BAZAAR - 2

Du même auteur
aux Éditions J'ai lu

Carrie, *J'ai lu* 835
Shining, *J'ai lu* 1197
Danse macabre, *J'ai lu* 1355
Danse macabre, *Librio* (4 vol. de nouvelles)
Cujo, *J'ai lu* 1590
Peur bleue, *J'ai lu* 1999
Simetierre, *J'ai lu* 2266
Différentes saisons, *J'ai lu* 2434
La peau sur les os, *J'ai lu* 2435
Brume - Paranoïa, *J'ai lu* 2578
Brume - La Faucheuse, *J'ai lu* 2579
Running man, *J'ai lu* 2694
Marche ou crève, *J'ai lu* 3203

La Tour Sombre :
1. Le Pistolero, *Éditions 84*, *J'ai lu* 2950
2. Les Trois Cartes, *Éditions 84*, *J'ai lu* 3037
3. Terres perdues, *Éditions 84*, *J'ai lu* 3243
4. Magie et Cristal, *Éditions 84*, *J'ai lu* 5313

Le Fléau-1, *J'ai lu* 3311
Le Fléau-2, *J'ai lu* 3312
Le Fléau-3, *J'ai lu* 3313
Les Tommyknockers-1, *J'ai lu* 3384
Les Tommyknockers-2, *J'ai lu* 3385
Les Tommyknockers-3, *J'ai lu* 3386
Minuit 2, *J'ai lu* 3529
Minuit 4, *J'ai lu* 3670
Bazaar-1, *J'ai lu* 3817
Bazaar-2, *J'ai lu* 3818
La ballade de la balle élastique (nouvelles), *Librio* 46
Anatomie de l'horreur-1, *J'ai lu* 4410
Anatomie de l'horreur-2, *J'ai lu* 4411
Le singe (nouvelles), *Librio* 4
Insomnie-1, *J'ai lu* 4615
Insomnie-2, *J'ai lu* 4616
Rose Madder, *J'ai lu* 5341
Désolation, *J'ai lu* 5010
La ligne verte, *Éditions 84*, *Librio* (6 vol.), *J'ai lu* 5157

SOUS LE PSEUDONYME DE RICHARD BACHMAN
Les régulateurs, *J'ai lu* 5011

STEPHEN

KING

BAZAAR - 2

Traduit de l'américain par William-Olivier Desmond

J'AI LU

Pour Chris Lavin,
qui ne possède pas toutes les réponses
- seules celles qui comptent

Titre original :

NEEDFUL THINGS
Published by agreement with the author
c/o Ralph M. Vicinanza, Ltd

DEUXIÈME PARTIE

L'AFFAIRE DU SIÈCLE

12

1

L'aube annonça, en ce 14 octobre, Jour de Christophe Colomb, une belle et chaude journée à Castle Rock. Les habitants pestaient contre la chaleur, et lorsqu'ils se rencontraient, au square, chez Nan's Luncheonette ou devant le bâtiment municipal, ils se disaient que ce n'était pas naturel. Sans doute était-ce à cause de ces maudits champs pétrolifères en feu du Koweit, ou encore du trou d'ozone dont on leur rebattait les oreilles à la télé. Plusieurs anciens affirmèrent qu'ils n'avaient jamais vu une température de vingt degrés à sept heures du matin pendant la deuxième semaine d'octobre, dans leur jeunesse.

C'était évidemment faux, et la plupart d'entre eux le savaient bien ; tous les deux ou trois ans, on avait droit à un été indien exceptionnel qui, pendant quatre ou cinq jours, donnait l'impression qu'on était en juillet. Puis, un matin, on se réveillait pour découvrir sa pelouse pétrifiée de givre et quelques flocons de neige dansant dans l'air glacé. Oui, tous le savaient, mais il n'était pas question de gâcher un aussi excellent sujet de conversation que la pluie et le beau temps. Personne ne voulait discuter ; discuter alors qu'il se mettait à faire anormalement chaud était une mauvaise idée. Les gens avaient alors tendance à piquer des rognes, et si les citoyens de Castle Rock voulaient savoir jusqu'où la rogne pouvait conduire les gens, ils n'avaient qu'à regarder au carrefour des rues Willow et Ford ; ça vous calmait tout de suite.

« C'est pas pour dire, mais on le sentait venir avec ces deux-là », opina gravement Lenny Partridge, le résidant le plus âgé de la ville et chef d'orchestre des colporteurs de ragots. Il se tenait avec d'autres devant le tribunal qui occupait une aile du bâtiment municipal. « Z'étaient plus cinglées que deux rats dans un trou à merde. Faut pas oublier que la Cobb a tué son homme à coups de fourchette. » Lenny se gratta entre les jambes. « Comme un cochon, qu'elle l'a égorgé ; bon Dieu ! C'est-y pas une cinglée, une bonne femme comme ça ? » Il regarda le ciel et conclut : « Chaud comme ça, va encore y avoir de la bagarre. On a déjà vu ça. Le shérif Pangborn devrait bien commencer par fermer le Mellow Tiger, tant que le temps restera comme ça.

— J'vois pas que ça me gênerait, l'ancien, intervint Charlie Fortin. J'peux toujours aller m'chercher mes bières au Hemphill et boire à la maison. »

Cette repartie lui valut les rires du petit groupe et un froncement de sourcils de la part de Mr Partridge. Les hommes commencèrent à se disperser ; la plupart avaient quelque chose à faire, jour de congé ou non. Déjà, les premiers camions de grumes, garés devant Nan's Luncheonette, s'ébranlaient en ferraillant et prenaient la direction des sites de coupe de Sweden ou de Nodd's Ridge.

2

Danforth « Buster » Keeton restait assis dans son cabinet, en caleçon long. Un caleçon long détrempé. Il n'avait pas quitté la pièce depuis le dimanche soir, après avoir effectué un bref aller et retour au bâtiment municipal, où il avait récupéré les dossiers relatifs au Bureau des Impôts. Le maire de Castle Rock huilait son colt pour la troisième fois. A un moment donné, il avait songé à le charger. Puis il avait songé à tuer sa femme. Ensuite, à retourner au bâtiment municipal, pour y trouver ce salopard de Ridgewick (il ignorait que c'était le jour de congé de l'adjoint) et l'abattre. Et, finalement, il avait décidé de s'enfermer dans son cabinet et de se suicider. Il en était arrivé à la conclusion que c'était la seule manière d'échapper définitivement aux Persécuteurs. Il avait été bien naïf d'imaginer s'en sortir autrement. Même un jeu de petits chevaux qui donnait les gagnants des courses du jour ne pouvait les arrêter. Oh, non! Il avait bien compris la leçon, la veille, lorsqu'il avait trouvé tous ces formulaires roses collés partout en rentrant chez lui.

Le téléphone sonna sur le bureau. Il sursauta et appuya sur la détente du colt. L'arme produisit un claquement sec. Si elle avait été chargée, il aurait pratiqué un beau trou dans la porte.

Il souleva brutalement le combiné. «Hé! les mecs, vous pouvez me laisser tranquille un moment?» cria-t-il, furieux.

La voix tranquille qui lui répondit le réduisit aussitôt au silence. C'était celle de Leland Gaunt et elle coulait sur l'âme à vif de Keeton comme un baume apaisant.

«Avez-vous eu de la chance avec le jouet que je vous ai vendu, monsieur Keeton?

— Ça marche!» Il avait répondu sur le ton de la jubilation, ayant pour l'instant oublié ses projets meurtriers. «J'ai gagné à toutes les courses!

— Ah, voilà qui est bien.»

Le visage du maire se rembrunit; sa voix se réduisit à un murmure. «Et puis... hier... lorsque je suis rentré chez moi...»

Il n'arriva pas à continuer. Mais au bout de quelques secondes, il se rendit compte, à sa grande stupéfaction (et à son grand ravissement) que ce n'était pas nécessaire.

«Vous avez découvert qu'ils étaient venus chez vous? demanda Mr Gaunt.

— Oui ! *Oui !* Comment le sa... ?

— Ils sont partout dans cette ville. Je vous l'ai bien dit, l'autre jour, non ?

— Oui ! et... » Il s'interrompit brusquement et prit une expression angoissée. « On est peut-être sur écoutes ! Y aviez-vous pensé, monsieur Gaunt ? *Si ça se trouve, ils écoutent notre conversation en ce moment même !* »

Leland Gaunt ne perdit pas son calme. « Ils en sont capables, mais ce n'est pas le cas. Ne me prenez pas pour un naïf, monsieur Keeton. Je les ai déjà rencontrés. Très souvent.

— Je vous crois, je vous crois. » Il se rendait compte que la joie sauvage qu'il avait ressentie en jouant au Ticket Gagnant n'était rien, ou presque, comparée au fait de trouver, après ce qui lui paraissait des siècles de luttes et de ténèbres, une âme sœur.

« Il y a un petit système électronique branché sur mon appareil, continua Gaunt de sa voix calme et apaisante. Lorsque la ligne est sur écoutes, une petite lumière s'allume. Pour le moment, elle est éteinte. Aussi noire que sont noirs certains des cœurs qui battent dans cette ville.

— Vous savez tout, n'est-ce pas ? » dit Keeton d'une voix tremblante de ferveur. Il se sentait sur le point de pleurer.

« Oui. Et je vous ai appelé pour vous dire de ne rien faire de définitif, monsieur Keeton. » La voix était toujours aussi douce et apaisante. A l'écouter, le maire avait l'impression de dériver mollement, comme un ballon d'enfant. « Vous ne feriez que leur faciliter la tâche. Comment ! Ne voyez-vous pas ce qui se passerait si vous veniez à disparaître ?

— Non. » Il avait parlé dans un murmure, regardant par la fenêtre d'un œil vide de somnambule.

« Ils feraient la fête ! Ils se saouleraient tous dans le bureau du shérif Pangborn ! Ils iraient en bande au cimetière Homeland pour uriner sur votre tombe !

— Le shérif Pangborn ? dit Keeton d'un ton incrédule.

— Vous ne croyez tout de même pas qu'un demeuré comme l'adjoint Ridgewick aurait opéré, dans une affaire pareille, sans en avoir reçu l'ordre exprès de son supérieur hiérarchique ?

— Non, bien sûr que non. » Il commençait à y voir un peu plus clair. Eux, Ils. Toujours et encore Eux, nuage de tempête s'alourdissant au-dessus de sa tête ; lorsqu'on essayait de le dissiper, on ne lui arrachait que des poignées de néant. Il commençait à comprendre qu'Ils avaient des noms et des visages. Qu'Ils étaient même peut-être vulnérables. Il en éprouvait un soulagement considérable.

« Pangborn, Fullerton, Samuels, Williams, votre propre femme. Ils sont tous complices, monsieur Keeton. Mais je soupçonne fortement le shérif Pangborn d'être à leur tête. Il serait ravi que vous tuiez un ou deux de ses sous-fifres pour pouvoir se débarrasser de vous. A mon avis, c'est ce qu'il cherche depuis le début. Mais vous allez l'avoir, n'est-ce pas, monsieur Keeton ?

— Oui, oui ! répondit-il entre ses dents. Que faut-il faire ?

— Aujourd'hui, rien. Ayez un comportement normal. Allez aux courses ce soir, si cela vous tente, et profitez de votre dernier achat. En vous voyant agir comme d'habitude, Ils seront désarçonnés. Vous sèmerez la confusion et l'incertitude chez l'ennemi.

— La confusion et l'incertitude, répéta lentement Keeton, goûtant les mots.

— Oui. J'élabore mes propres plans, et lorsque le moment sera venu, je vous avertirai.

— Vous me le promettez ?

— Je vous le promets, monsieur Keeton. Vous êtes quelqu'un de très important pour moi. J'irai jusqu'à dire que, sans vous, je ne pourrais rien faire. »

Mr Gaunt raccrocha. Keeton rangea le pistolet et le matériel d'entretien de l'arme. Puis il gagna le premier étage, jeta ses sous-vêtements souillés dans la corbeille à linge sale, se doucha et s'habilla. Lorsqu'il redescendit,

Myrtle se fit toute petite mais il lui parla gentiment et l'embrassa sur la joue. Elle se détendit un peu. Quelle qu'en eût été la cause, la crise était passée, semblait-il.

3

Everett Frankel était une armoire à glace, un rouquin qui faisait encore plus irlandais que le comté de Cork... ce qui n'avait rien de surprenant, vu que ses ancêtres, du côté de sa mère, étaient tous originaires de là. Cela faisait des années qu'il était l'assistant du Dr Van Allen — depuis qu'il avait fini son service dans la marine. Il arriva au dispensaire familial de Castle Rock à huit heures moins le quart et Nancy Ramage, l'infirmière en chef, lui demanda s'il ne pouvait pas se rendre sur-le-champ à la ferme Burgmeyer. Helen Burgmeyer avait eu pendant la nuit ce qui semblait être, à première vue, une crise d'épilepsie. Si Everett confirmait ce diagnostic, qu'il la ramène au dispensaire afin que le médecin (qui n'allait pas tarder à arriver) puisse l'examiner et décider s'il fallait ou non l'hospitaliser.

En temps normal, Everett aurait un peu rouspété de devoir commencer sa journée par une balade, d'autant que la ferme n'était pas à côté ; mais la matinée était tellement belle que cette perspective lui parut au contraire tout à fait agréable.

Et en plus, il y avait la pipe.

Une fois au volant de sa Plymouth, il ouvrit la boîte à gants et la sortit. Elle était en écume de mer et possédait un fourneau large et profond. Un maître artisan l'avait taillée, cette pipe ; des oiseaux, des fleurs et de la végétation entouraient le fourneau de leur frise, selon un motif qui paraissait se modifier en fonction de l'angle. Il avait laissé la pipe dans la boîte à gants non pas seulement parce qu'il était interdit de fumer dans le dispensaire, mais parce qu'il lui déplaisait que d'autres personnes (en particulier cette pipelette de Nancy Ramage) la vissent.

Elles voudraient tout de suite savoir où il se l'était procurée. Puis, combien elle lui avait coûté.

Certains la convoiteraient aussi, peut-être.

Il glissa le tuyau entre ses dents, s'émerveillant une fois de plus de la manière dont il y était parfaitement à sa place. Il inclina un instant le rétroviseur et fut entièrement satisfait de ce qu'il y vit. La pipe lui donnait l'air plus âgé, plus bel homme, plus sage. Et lorsqu'il l'avait entre les dents, le fourneau légèrement redressé selon un angle débonnaire, il se sentait plus âgé, plus sage, plus beau.

Il s'engagea dans Main Street avec l'intention de franchir le Tin Bridge, pont qui sépare la ville du reste du comté, mais il ralentit à la hauteur du Bazar des Rêves. L'auvent vert l'attirait comme un aimant. Il lui parut soudain très important, impératif, même, de s'y arrêter.

Il se rangea le long du trottoir et était déjà descendu de voiture lorsqu'il se souvint qu'il avait encore la pipe à la bouche. Il la sortit, non sans une petite pointe de regret, et l'enferma dans la boîte à gants. Il fit une deuxième fois demi-tour pour revenir verrouiller toutes les portières. Avec une aussi belle pipe, il ne fallait pas courir de risque. N'importe qui pouvait avoir envie de la voler, tant elle était ravissante.

Il se sentit déçu en s'approchant de la boutique. Le panneau suspendu à la vitre proclamait :

FERMÉ JOUR DE COLOMB

Everett était sur le point de repartir lorsque la porte s'ouvrit et que Mr Gaunt s'encadra sur le seuil, splendide et l'air lui aussi fort débonnaire, dans sa veste feuille-morte aux coudes protégés de cuir et son pantalon couleur anthracite.

« Entrez donc, monsieur Frankel. Je suis content de vous voir.

— En fait, j'ai une course à faire à l'extérieur de la ville et je voulais simplement vous dire en passant combien je suis content de ma pipe. J'en ai toujours voulu une comme celle-là.

— Je sais, répondit Gaunt avec un grand sourire.

— Mais je vois que vous êtes fermé, alors je ne vais pas vous ennuyer avec…

— La boutique n'est jamais fermée pour mes clients préférés, monsieur Frankel, et je vous compte parmi eux. Parmi les *premiers* d'entre eux. Entrez, entrez ! » Il lui tendit la main.

Everett eut un mouvement de recul. Leland Gaunt partit d'un rire joyeux et s'effaça pour laisser passer le jeune homme.

« Je n'ai vraiment pas le temps… », commença-t-il. Mais il sentit ses pieds l'entraîner dans la pénombre de la boutique comme si c'étaient eux qui décidaient.

« Bien sûr, vous ne l'avez pas. Le chaman doit faire sa tournée, rompre les chaînes de la maladie qui paralysent les corps (son sourire jaillit soudain, tout en sourcils levés et dents en bataille)… et chasser les démons qui paralysent les esprits. N'ai-je pas raison ?

— Heu… oui. » Everett éprouva une brève impression de malaise lorsque Leland Gaunt referma la porte. Il se demanda si sa pipe ne risquait rien. Des fois, les gens forcent les voitures. Même en plein jour.

« Votre pipe est en sécurité. » L'homme avait parlé d'un ton apaisant ; de sa poche, il retira une enveloppe ordinaire sur laquelle un seul mot était écrit : *Mon chou.* « Vous n'avez pas oublié la petite blague que vous m'avez promis de faire, docteur Frankel ?

— Je ne suis pas médecin, mais assis… »

Les sourcils de Gaunt se rejoignirent d'une manière qui eut le don de le faire taire. Il recula d'un pas.

« Est-ce que vous vous en souvenez ou non ? (Le ton était devenu très sec.) Vous feriez mieux de me répondre rapidement, jeune homme. Je commence à ne plus être très sûr, pour cette pipe…

— Je m'en souviens ! répondit Everett à la hâte, inquiet. Sally Ratcliffe ! L'orthophoniste ! »

Les broussailles, au milieu du front de Mr Gaunt, s'écartèrent plus ou moins. L'assistant médical se détendit un peu. « Exactement. Le moment est venu de lui jouer ce petit tour, docteur. Tenez. »

Il lui tendit l'enveloppe. Everett la saisit en prenant bien garde de ne pas effleurer les doigts de l'autre.

« Il n'y a pas école, aujourd'hui, mais la jeune Miss Ratcliffe est dans son bureau pour mettre ses dossiers à jour. Je sais que ce n'est pas sur votre chemin pour aller chez les Burgmeyer, mais...

— Comment êtes-vous au courant ? » demanda Everett, stupéfait.

Gaunt eut un geste d'impatience. « Vous pourriez trouver le temps d'y passer au retour, non ?

— Sans doute...

— Et comme on considère toujours avec suspicion les étrangers à l'école, même lorsque les élèves ne sont pas là, vous pourriez expliquer votre présence en allant faire un tour à l'infirmerie, n'est-ce pas ?

— Si l'infirmière est là, je crois que oui... En fait, je devrais même y passer, parce que...

—... parce que vous n'avez toujours pas récupéré les dossiers de vaccination. C'est parfait. Au fait, elle ne sera pas là, mais vous n'êtes pas obligé de le savoir, hein ? Passez simplement le nez à la porte du bureau et repartez. Mais en entrant ou en sortant, vous mettrez cette enveloppe dans la voiture que Miss Ratcliffe a empruntée à son petit ami. Vous la placerez sous le siège du conducteur... en la laissant dépasser un peu. »

Everett savait très bien qui était le « petit ami de Miss Ratcliffe » : le professeur d'éducation physique du lycée. Il aurait préféré, s'il l'avait pu, jouer ce tour à Lester Pratt plutôt qu'à sa fiancée. Lester, jeune baptiste robuste, s'habillait d'ordinaire d'un polo bleu et d'un survêtement bleu à bandes blanches verticales sur l'extérieur du pantalon ; le genre de type qui exsude sueur et Notre-Seigneur-Jésus-Christ par tous les pores de sa peau, en quantités égales (et phénoménales). Everett n'éprouvait aucune sympathie particulière pour lui. Il se demanda vaguement s'ils avaient couché ensemble ; elle n'était pas mal, la petite Sally. A son avis, probablement pas. Il se dit qu'après avoir flirté de manière un peu prolongée sur la balancelle du porche Sally devait sans doute lui faire faire des pompes ou plusieurs tours de la maison en courant.

« Elle a toujours la voiture de Pratt ?

— En effet, répondit Mr Gaunt, légèrement agacé. Avez-vous terminé votre numéro de petit malin, docteur Frankel ?

— Bien sûr. » En réalité, il éprouvait un profond et surprenant sentiment de soulagement. L'idée de cette blague l'avait chiffonné. Il se rendait compte, maintenant, que ses inquiétudes avaient été ridicules. Ce n'était pas comme si Mr Gaunt avait exigé de lui qu'il mît un pétard dans la chaussure de la dame ou un laxatif dans son chocolat. Quel mal pouvait faire une vulgaire enveloppe ?

Le sourire de Leland Gaunt, aussi resplendissant que le soleil, éclaira à nouveau son visage. « Parfait. » Il se dirigea vers Everett qui, horrifié, crut que l'homme allait lui passer un bras autour des épaules.

Il battit précipitamment en retraite et Gaunt, de cette manière, le repoussa jusqu'à la porte.

« Profitez bien de votre pipe, fit-il en ouvrant la porte. Est-ce que je vous ai dit qu'elle avait appartenu à Sir Conan Doyle, l'immortel créateur de Sherlock Holmes ?

— Non !

— Evidemment pas (le sourire de Gaunt s'élargit). Parce que ç'aurait été un mensonge... et en affaires, je ne mens jamais, docteur Frankel. N'oubliez pas votre petite course.

— Comptez sur moi.

— Alors je vous souhaite le bonjour.

— Moi de m... »

Mais Everett s'adressait à la porte déjà refermée, store baissé.

Il la contempla un moment, puis revint lentement à la Plymouth. S'il lui avait fallu rapporter le détail de sa conversation avec le propriétaire du Bazar des Rêves, il aurait eu beaucoup de mal ; il avait l'impression qu'on lui avait administré un anesthésique léger.

Une fois au volant, Everett commença par ouvrir la boîte à gants dans laquelle il posa l'enveloppe et prit sa pipe. Ah, si ! Il se souvenait que Gaunt l'avait taquiné en essayant de lui faire croire que la pipe avait appartenu à Conan Doyle. Il avait bien failli marcher. Comme c'était bête ! Il suffisait de refermer les dents sur le tuyau pour le savoir : le premier propriétaire de cette pipe s'appelait Hermann Göring.

Everett Frankel démarra et s'éloigna à petite vitesse de la ville. En route, il dut s'arrêter deux fois sur le bas-côté, rien que pour admirer l'allure que lui donnait cette pipe.

4

Albert Gendron avait son cabinet dentaire dans le Castle Building, édifice de brique dépourvu de grâce, situé en face du bâtiment municipal et du cube de béton qui abritait le Service des Eaux du comté. Le Castle Building projetait son ombre sur la rivière de Castle Rock et le Tin Bridge depuis 1924, et abritait trois des cinq avocats de la région, un opticien, un vendeur de prothèses auditives, plusieurs agents immobiliers indépendants, un consultant financier et un encadreur. La demi-douzaine de bureaux restants n'étaient pas occupés. Albert, pilier de Notre-Dame des Eaux Sereines depuis l'époque du vieux père O'Neal, commençait lui aussi à prendre de la bouteille ; ses cheveux, jadis si noirs, étaient maintenant poivre et sel ; ses larges épaules s'affaissaient, mais il conservait cependant une stature imposante, avec son mètre quatre-vingt-dix-huit et ses cent vingt kilos. C'était le plus grand gabarit de Castle Rock, sinon de tout le comté.

Il grimpa lentement l'escalier qui conduisait au quatrième et dernier étage, s'arrêtant à chaque palier pour reprendre sa respiration et ménager ce souffle au cœur que Van Allen avait détecté il y a quelque temps. Depuis la dernière volée de marches, il aperçut une feuille de papier scotchée sur le verre cathédrale de la porte de son cabinet, par-dessus les lettres qui proclamaient :

ALBERT GENDRON
CHIRURGIEN-DENTISTE

Il put déchiffrer l'exergue alors qu'il lui restait cinq marches à gravir, et son cœur se mit à battre plus fort, souffle ou pas, non à cause de l'exercice, mais de la rage qui s'empara de lui.

ÉCOUTE UN PEU, ARRACHEUR DE DENTS DE MES DEUX! lisait-on, en lettres d'imprimerie rouge fluo dessinées au marqueur.

Albert arracha la feuille et la parcourut rapidement.

ÉCOUTE UN PEU, ARRACHEUR DE DENTS DE MES DEUX!

On a essayé de raisonner avec toi — « qu'il écoute celui qui sait ! » —, mais ça n'a servi à rien. Tu es en train de prendre le chemin de l'enfer, et à leurs œuvres tu les connaîtras. On a déjà supporté patiemment ton idolâtrie papiste et même ta manière licencieuse d'honorer la grande prostituée de Babylone. Mais maintenant tu as été trop loin ! PAS QUESTION QU'ON VOUS LAISSE JOUER AUX DÉS AVEC LE DIABLE À CASTLE ROCK !

Les bons chrétiens sentent la puanteur du soufre et de l'enfer sur la ville, depuis quelque temps. Si tu n'y arrives pas, c'est parce que tu as le nez bouché par tes propres péchés. Fais bien attention à notre avertissement et tiens-en compte : abandonne le projet de faire de cette ville un repaire de voleurs et de joueurs, sans quoi tu vas le sentir pour de bon, l'enfer ! Tu vas le sentir pour de bon, le soufre ! « Les méchants iront en enfer, ainsi que toutes les nations qui oublient Dieu ! » Psaumes 9, 17.

ÉCOUTE ET OBÉIS, SANS QUOI TES CRIS DE LAMENTATION S'ENTENDRONT JUSQU'EN ENFER!

LES BONS BAPTISTES DE CASTLE ROCK

«Que le cul leur pèle! finit par s'exclamer Albert, froissant la feuille dans le jambonneau qui lui tenait lieu de paluche. Cet abruti de marchand de godasses baptiste a fini par perdre complètement les pédales!»

Il commença par appeler le père John pour lui dire que la partie risquait de devenir un peu plus houleuse d'ici la Nuit-Casino.

«Ne vous inquiétez pas, Albert, lui répondit calmement le père Brigham. Si ce crétin commence à taper, il ne va pas tarder à s'apercevoir qu'un arracheur de dents peut taper encore plus fort que lui, n'est-ce pas?

— Tout juste, mon père.» Albert tenait toujours la note froissée dans sa main. Il la regarda de nouveau, et eut un mauvais petit sourire. «Tout à fait juste.»

5

A dix heures et quart, le cadran numérique de la banque affichait une température de vingt-cinq degrés. De l'autre côté du pont, sur le point de l'horizon où se perdait la route 117, le soleil anormalement fort fit naître une étoile diurne qui se mit à miroiter, aveuglante. Dans son bureau où il rédigeait le rapport sur le double meurtre Cobb-Jerzyck, Alan Pangborn ne voyait rien de ces reflets éclatants de métal et de verre. Les aurait-il vus qu'il ne s'y serait d'ailleurs pas intéressé: après tout, ce n'était qu'une voiture qui s'approchait. Pourtant, le féroce scintillement de chromes et de vitres qui fonçait vers le pont à plus de cent dix kilomètres à l'heure annonçait l'arrivée de quelqu'un qui allait jouer un rôle essentiel dans la destinée de Pangborn... et dans celle de toute la ville.

Dans la vitrine du Bazar des Rêves, une longue main

osseuse, sortant d'une manche couleur fauve, prit le panneau

FERMÉ JOUR DE COLOMB

et le remplaça par un autre où on lisait :

RECHERCHONS EMPLOYÉ

6

La voiture roulait encore à quatre-vingts dans une zone limitée à quarante lorsqu'elle traversa le pont. Les ados du lycée auraient regardé ce véhicule avec envie : il s'agissait d'une Dodge Challenger couleur de citron vert, que son arrière-train relevé par des amortisseurs renforcés faisait piquer du nez. On distinguait à peine, à travers les vitres fumées, l'arceau de sécurité qui séparait l'avant de l'arrière. Divers autocollants ornaient l'arrière, cataloguant toutes les améliorations apportées à l'engin. Les gros pots d'échappement ronronnaient avec satisfaction, repus du super à quatre-vingt-seize d'octane que l'on ne pouvait trouver qu'à la station-service en bordure de l'autoroute d'Oxford, une fois que l'on avait dépassé Portland.

La Challenger ralentit un peu au croisement de Main Street et de Laurel Street, puis alla se garer dans l'une des places en épi en face du Clip Joint, faisant légèrement crisser les pneus. Il n'y avait aucun client chez le coiffeur ; Bill Fullerton et son aide, Henry Gendron, assis dans les fauteuils, lisaient le journal qu'ils s'étaient partagé sous les vieilles publicités de Brylcreem et de Wildroot Creme Oil. Le chauffeur donna un coup d'accélérateur qui fit pétarader son échappement, et les deux hommes levèrent la tête.

« Un engin de mort ou je ne m'y connais pas », commenta Henry.

Bill acquiesça, étirant sa lèvre inférieure entre deux doigts. « Ouais. »

Le moteur s'arrêta de tourner et la portière s'ouvrit ; le coiffeur et son acolyte regardaient toujours. Un pied chaussé d'une Doc Martin noire éraflée surgit des profondeurs de la Challenger. Il précédait une jambe serrée dans un pantalon de toile délavé. Puis le conducteur sortit et, debout dans la chaleur anormale du jour, enleva ses lunettes de soleil qu'il glissa dans le V de sa chemise ouverte avant de regarder autour de lui, sans se presser, l'air méprisant.

« Oh ! oh ! On dirait bien que la racaille vient de débarquer », commenta Henry.

Bill Fullerton, la partie « sport » du journal encore sur les genoux, contemplait cette apparition bouche bée. « Ace Merrill, fit-il dans un souffle. Aussi vrai que je suis le fils de ma mère !

— Mais qu'est-ce qu'il peut bien foutre ici ? demanda Henry avec indignation. Je croyais qu'il était à Mechanic Falls, à semer la merde dans *leur* vie à eux !

— Aucune idée. (Bill étira de nouveau sa lèvre inférieure.) Regarde-moi ça ! Gris comme un rat et deux fois plus immonde, j'te parie ! Quel âge a-t-il ? »

Henry haussa les épaules. « Plus de quarante et moins de cinquante. De toute façon, qu'est-ce que ça peut faire ? M'a toujours l'air d'un fouteur de merde. »

Comme s'il les avait entendus, Ace se tourna vers la vitrine du salon, leva lentement la main et leur adressa un petit signe sarcastique. Les deux hommes sursautèrent, indignés, comme deux vieilles filles qui se rendent soudain compte que les sifflets insolents en provenance de l'académie de billard leur sont destinés.

Ace enfonça les mains dans les poches de son Low Riders et s'éloigna d'un pas tranquille, image même de l'homme qui a tout son temps et qui est d'une décontraction à toute épreuve.

« Tu ne crois pas qu'on devrait appeler le shérif Pangborn ? » demanda Henry.

Bill Fullerton continua d'étirer sa lèvre. Finalement, il secoua la tête. « Il saura bien assez tôt qu'Ace est en ville. Pas besoin que je le lui apprenne. Ni toi. »

Ils se turent et suivirent l'homme du regard jusqu'à ce qu'il fût hors de vue.

7

Personne n'aurait deviné, à le voir se pavaner d'un pas aussi nonchalant, qu'Ace Merrill était un homme aux abois. Buster Keeton aurait pu, dans une certaine mesure, comprendre son problème : Ace devait une somme rondelette à certaines de ses relations. Une somme qui dépassait nettement les quatre-vingt mille dollars. Les créanciers de Keeton, cependant, n'avaient guère d'autres possibilités que de l'envoyer en prison. Tandis que si Ace ne disposait pas de l'argent avant la fin du mois au plus tard, ses créanciers à lui l'expédieraient six pieds sous terre.

Tous ceux qu'Ace Merrill avait terrorisés, des garçons comme Teddy Duchamp, Chris Chambers, Vern Tessio, l'auraient immédiatement reconnu en dépit de ses cheveux grisonnants. Pendant les années où il avait travaillé dans l'usine de textile de la région (usine maintenant fermée depuis cinq ans), ils auraient eu plus de difficulté. A cette époque, il s'adonnait aux petits larcins et à la bière, avait pris beaucoup de poids à cause de celle-ci et attiré l'attention de feu le shérif Bannerman à cause de ceux-là. C'est alors qu'Ace avait découvert la cocaïne.

Il avait quitté son travail, perdu vingt kilos, sniffé la coke à un train d'enfer et gagné ses galons d'authentique cambrioleur sous l'effet de cette merveilleuse substance. Sa situation financière était passée par des hauts très hauts et des bas très bas comme seuls en connaissent les voltigeurs de la grande finance pas nette et les trafiquants de cocaïne. Il lui arrivait de commencer un mois sans un sou et de le terminer avec cinquante ou soixante mille dollars planqués entre les racines du pommier mort, au fond de son jardin de Cranberry Bog Road. Il se payait un jour le menu royal de Chez Maurice et mangeait le lendemain un plat de macaronis au fromage dans la kitchenette de sa caravane. Tout dépendait du marché et de l'offre car Ace, comme la plupart des trafiquants de cocaïne, était son meilleur client.

Environ un an après que le nouvel Ace — longiligne, mince, grisonnant et accro jusqu'à la moelle — fut sorti de la chrysalide de lard dont il s'était bardé depuis le jour où il avait faussé compagnie à l'école, il avait rencontré quelques types du Connecticut. Les types en question, en plus de la schnouf, trafiquaient dans les armes. Ace les jaugea sur-le-champ ; comme lui, les frères Corson étaient leurs meilleurs clients. Ils lui offrirent l'équivalent d'une franchise « gros calibre » pour la région centrale du Maine, et Ace accepta avec joie. Décision qui ne relevait pas plus de son sens des affaires que lorsqu'il avait commencé à dealer de la coke. S'il y avait une chose qu'il aimait plus passionnément que les bagnoles et la drogue, c'étaient bien les armes.

Un jour qu'il était à court de fonds, il avait été voir son oncle, lequel avait prêté de l'argent à la moitié de la population de Castle Rock et croulait sous le pognon, d'après ce qu'on disait. Ace ne voyait pas pourquoi il ne pourrait pas lui en emprunter, lui aussi ; il était jeune (enfin... relativement : quarante-huit balais, tout de même) et il avait des perspectives et du cran.

Son oncle, en revanche, avait une vision entièrement différente des choses.

« Pas question, lui avait répondu Reginald Marion "Pop" Merrill. Je sais d'où vient ton argent — quand tu en as. C'est le fric de cette merde blanche.

— Voyons, Oncle Reginald...

— Me fais pas le coup du bon tonton, veux-tu ? T'en as encore sur le bout du nez. Quelle insouciance ! Les types qui prennent cette saloperie et qui en vendent sont toujours négligents. Et les types négligents finissent par se retrouver en taule. S'ils ont de la chance. Sinon, ils se retrouvent à fertiliser un coin de marécage de six pieds de long sur trois de profondeur. Je ne peux pas récupérer mon argent si mes débiteurs sont derrière les barreaux, ou transformés en macchabées. Je ne te donnerai même pas la sueur de mon trou de balle crasseux, si tu vois ce que je veux dire. »

Il s'était trouvé dans cet état de gêne financière peu après la nomination d'Alan Pangborn au poste de shérif du comté de Castle. Et la première grosse affaire d'Alan avait eu lieu le soir où il avait surpris Ace et deux compères essayant leurs talents sur le coffre-fort de Henry Beaufort, au Mellow Tiger. Une affaire exemplaire, à mettre dans tous les manuels, qui avait valu à Ace Merrill de se retrouver bouclé à Shawshank moins de quatre mois après avoir été averti par son oncle que c'était l'avenir qui l'attendait. Grâce à un compromis, il avait pu éviter l'accusation de tentative de cambriolage aggravé, mais celle de violation nocturne de domicile avec effraction lui avait malgré tout donné pas mal de fil à retordre.

Libéré au printemps 1989, il avait été s'installer à Mechanic Falls. On lui avait trouvé un travail dans le service de maintenance de l'autoroute d'Oxford Plains, dans le cadre d'un programme de réhabilitation financé par l'Etat.

Bon nombre de ses anciens copains traînaient encore dans le secteur — sans parler de ses anciens clients — et Ace ne tarda pas à se remettre au boulot et à saigner de nouveau du nez.

Il conserva son travail à l'autoroute jusqu'au terme officiel du contrat, mais n'y resta pas un jour de plus. Il avait reçu un coup de fil des Corson, les Frères Volants, et au bout de peu de temps, il vendait de nouveau des armes à feu en plus de dealer la poudre bolivienne à s'exploser la tête.

Le marché des pétoires avait évolué à la hausse pendant son séjour à l'ombre ; au lieu de fusils, pistolets et armes de chasse semi-automatiques, c'étaient maintenant des armes de guerre, automatiques ou semi-automatiques, qu'il fourguait avec de juteux bénéfices. Il avait atteint le paroxysme en juin de cette année-là, lorsqu'il avait vendu un missile sol-air Thunderbolt à un marin affublé d'un accent sud-américain prononcé. L'homme avait rangé l'engin et donné dix-sept mille dollars en billets de cent à Ace. Des billets neufs, mais dont les numéros ne se suivaient pas.

« Qu'est-ce que vous allez faire de ce truc-là ? n'avait-il pu s'empêcher de demander, fasciné.

— On peut fairrre tout ce qu'on veut de ce trrruc-là », avait répondu le marin, sans sourire.

Puis en juillet, la grande dégringolade. Ace ne comprenait toujours pas très bien comment c'était arrivé, sinon qu'il aurait été mieux inspiré de ne traiter qu'avec les Frères Volants pour la poudre comme pour les armes. Un type de Portland lui avait livré un kilo de colombienne, achat qu'il avait financé avec l'aide de Mike et de David Corson, dont la participation s'élevait à quatre-vingt-cinq mille dollars, exactement. Le lot lui avait paru valoir deux fois ce prix, le test ayant révélé qu'il était de toute première qualité. Ace n'ignorait pas que quatre-vingts billets représentaient beaucoup plus de fric que ce qu'il maniait d'habitude, mais il avait confiance en lui et se sentait prêt à passer au régime supérieur. A cette époque, « Pas de problème ! » était sa devise préférée. Depuis, les choses avaient changé. Beaucoup changé.

Ces changements étaient intervenus lorsque Dave Corson l'avait appelé de Danburry, Connecticut, pour lui demander ce qui lui prenait, de vouloir faire passer du sucre glace pour de la coke. Apparemment, le type de Portland l'avait refait, qualité extra ou pas, et lorsque Dave Corson avait commencé à s'en rendre compte, il s'était montré nettement moins amical. En fait, carrément inamical.

Ace aurait pu jouer les filles de l'air. Au lieu de cela, il rassembla tout son courage — il n'en manquait pas, alors qu'il n'était pourtant plus tout jeune — et alla voir les Frères Volants. Il leur donna sa version des faits. Il le fit à l'arrière d'une fourgonnette Dodge avec moquette, lit d'eau et miroir au-dessus. Il se montra très convaincant. Il fallait l'être, car la fourgonnette se trouvait garée tout au bout d'une route de terre creusée d'ornières, à quelques kilomètres à l'ouest de Danbury ; un Noir surnommé Timmy la Grande Perche se tenait au volant et les frères Corson étaient assis de part et d'autre de lui, un fusil sans recul à la main.

Tout en parlant, Ace se rappela ce que lui avait prédit son oncle avant qu'il fût pris dans le casse du Mellow Tiger. *Les types négligents finissent par se retrouver en taule. S'ils ont de la chance. Sinon, ils se retrouvent à fertiliser un coin de marécage de six pieds de long sur trois de profondeur.* Eh bien, Pop avait eu raison pour le début ; Ace avait bien l'intention de se servir de toute sa force de persuasion pour éviter qu'il n'ait aussi raison pour la fin. Il n'y avait pas de programme de réhabilitation une fois qu'on croupissait au fond du marécage.

Il fut très persuasif. Surtout à partir du moment où il mentionna ce nom magique : Ducky Morin.

« T'as acheté cette merde à Ducky ? dit Mike Corson, ouvrant de grands yeux injectés de sang. T'es bien sûr du nom ?

— Sûr que j'en suis sûr. Pourquoi ? »

Les frères Corson se regardèrent et commencèrent à rire. Ace ignorait ce qui provoquait leur hilarité, mais il était content de les entendre s'esclaffer ; il lui semblait que c'était bon signe.

« De quoi avait-il l'air, ce mec ? demanda Dave.

— Il est grand ; pas autant que lui (du pouce il montra l'homme au volant qui, un baladeur sur la tête, se balançait en mesure sur un rythme qu'il était seul à entendre), mais grand. C'est un Canadien. Parle comme za. Il a une boucle d'oreille en or.

— C'est ce bon vieux Daffy Duck ! reconnut Mike.

— J'vais te dire la vérité, enchaîna Dave : j'en reviens pas que personne n'ait encore descendu ce zigoto. » Il regarda son frère et tous deux secouèrent la tête, l'air aussi stupéfaits l'un que l'autre.

— Je croyais qu'il était correct. Jusqu'ici, il l'avait toujours été, fit remarquer Ace.

— Mais voilà, t'as été prendre de petites vacances, hein ? (Mike.)

— Des petites vacances à l'hôtel sans fenêtres, c'est ça ? (Dave.)

— T'étais sans doute au trou lorsque Ducky Morin a découvert le free-base. (Mike.) C'est là qu'il a commencé à dégringoler la pente, et vite.

— Vois-tu, Ducky a appris un petit tour qu'il aime bien faire, depuis quelque temps. (Dave.) Connais-tu le coup : t'appâtes et tu ferres ? »

Ace réfléchit, puis secoua la tête.

« Mais si, tu connais. (Dave.) La preuve, c'est à cause de ça que tu y es jusqu'au cou. Il te montre tout un tas de sachets remplis de poudre blanche. L'un est plein de coke. De la bonne. Les autres sont pleins de merde. Comme toi, abruti.

— Mais on a fait le test ! J'ai pris un sac au hasard et on l'a testé ! »

Mike et Dave échangèrent un regard chargé d'humour noir.

« Ils l'ont testé, dit Dave.

— Il a pris un sachet au hasard », ajouta Mike.

Ils levèrent les yeux au ciel et échangèrent un nouveau regard dans le miroir qui occupait le plafond.

« Alors ? » demanda Ace, les regardant tour à tour. Soulagement de voir qu'ils savaient qui était Ducky, soulagement aussi d'être cru — mais il n'en était pas moins démoralisé. Ils le traitaient comme un crétin, ce qu'Ace Merrill ne supportait de personne.

« Alors *quoi* ? répliqua Mike Corson. Si tu n'avais pas cru avoir choisi le sachet toi-même, tu n'aurais pas fait l'affaire, non ? Ducky, c'est un type du genre prestidigitateur qui refait éternellement le même tour de cartes à la con. "Prenez une carte, n'importe laquelle." T'as déjà vu ça, tout de même ! Hein, trouduc' Ace ? »

Les pétards braqués sur lui ne l'empêchèrent pas de se rebiffer. « M'appelez pas comme ça !

— On t'appellera comme on voudra, rétorqua Dave. Tu nous dois quatre-vingts gros billets, Ace, et tout ce que nous avons en garantie, c'est du sucre en poudre... y en a bien pour un dollar et demi. Et on t'appellera Ace Ducon-Lajoie tant que ça nous plaira. »

Les deux frères échangèrent de nouveau un regard. Après cette communication silencieuse, Dave se leva, alla taper Timmy la Grande Perche sur l'épaule et lui confia son arme. Puis Dave et Mike descendirent du véhicule et tinrent conférence à côté d'un buisson de sumac vénéneux, en bordure d'un champ. Ace n'avait pas besoin de les entendre pour savoir de quoi il était question : de son avenir immédiat.

Assis au bord du lit d'eau, il suait comme un porc en attendant le verdict. Timmy la Grande Perche, vautré sur le siège capitonné que Mike Corson venait de libérer, tenait l'automatique pointé sur Ace et suivait la cadence de la tête. Très faiblement, Ace entendait la voix de Marvin Gaye et de Tammi Terrell sortir des écouteurs ; ils chantaient « Ma Faute ».

Mike et Dave revinrent.

« On te donne trois mois », dit Mike. Ace se sentit liquéfié de soulagement. « Pour l'instant, on a plus envie de notre fric que de te trouer la paillasse. Y a autre chose.

— Ouais, enchaîna Dave. On veut se faire Ducky Morin. Ça fait trop longtemps qu'il déconne.

— Ce type va finir par nous faire une sale réputation.

— On a notre petite idée sur la manière de le trouver. Il va se dire que quand on a baisé un trouduc'Ace une fois, on peut le baiser deux.

— Des commentaires à faire, trouduc'Ace ? » demanda Mike.

Ace n'en avait pas. La seule idée qu'il verrait la lumière le lendemain le rendait heureux.

« Date limite : le premier novembre. Tu nous amènes notre fric le premier, et on se fout à la chasse au connard tous les trois. Sinon, on te découpera en petits morceaux jusqu'à ce que tu en aies marre et claques. »

8

Lorsque l'affaire lui avait pété dans les mains, Ace détenait notamment une douzaine d'armes diverses de gros calibre, automatiques ou semi-automatiques. Il passa l'essentiel de sa période de grâce à les négocier. Avec l'argent, il aurait pu acheter de la coke ; il n'y avait pas meilleur placement que la poudre, lorsqu'il fallait récupérer en vitesse un gros paquet.

Mais pour le moment, le marché des armes stagnait. Il vendit la moitié de son stock (mais aucun des gros calibres), et ce fut tout. Au cours de la deuxième semaine de septembre, il avait décroché un acheteur potentiel dans un pub de Lewiston. Le type lui avait fait comprendre de toutes les manières possibles qu'il souhaitait acheter au moins six armes automatiques, voire dix, si Ace pouvait aussi donner le nom d'un fournisseur de munitions qui soit fiable. Rien de plus facile pour lui ; les frères Corson étaient les trafiquants de munitions les plus fiables qu'il connût.

Ace se rendit dans les toilettes du pub afin de s'envoyer deux lignes de coke avant de conclure le marché. Il rayonnait, heureux et soulagé, victime de ce même sentiment de toute-puissance qui avait coûté si cher à nombre de présidents américains ; il avait l'impression de voir la lumière au bout du tunnel.

Il avait placé son petit miroir de poche sur le réservoir de la chasse d'eau et venait de poser une première ligne dessus, lorsqu'une voix monta de l'urinoir situé tout à côté. Il ignora toujours qui avait parlé ; ce qu'il savait, cependant, était qu'on lui avait peut-être épargné quinze ans dans un pénitencier fédéral.

« Le mec à qui tu parles t'enregistre, mec. Gaffe », dit la voix en provenance de l'urinoir. Ace sortit par la porte de derrière de l'établissement.

9

A la suite de cette alerte (il ne lui vint jamais à l'esprit que son informateur inconnu avait pu simplement se payer sa tête), Ace fut pris d'une sorte d'étrange torpeur. Il était incapable de faire autre chose que d'acheter un peu de coke, de temps en temps, pour son usage personnel; jamais il n'avait connu auparavant un tel état de paralysie. Il avait beau en être horrifié, il ne savait que faire. Tous les matins, il commençait par regarder le calendrier; novembre paraissait se précipiter sur lui à toute vitesse.

Puis, ce matin-là, il s'était éveillé avant l'aube avec dans la tête une idée lumineuse — comme si elle brillait d'un étrange éclat bleu: il devait retourner à Castle Rock. Là-bas se trouvait la réponse. Il le sentait... mais même s'il se trompait, le changement aurait peut-être pour effet de rompre le charme qui le paralysait.

A Mechanic Falls, il n'était que John Merrill, un ancien taulard qui vivait dans un cabanon aux vitres fermées de plastique et à la porte capitonnée de carton. A Castle Rock, il avait toujours été Ace Merrill, l'ogre qui patrouillait à grandes enjambées dans les cauchemars de toute une génération de gosses. A Mechanic Falls, il n'était qu'un pauvre Blanc, un débris, un laissé-pour-compte, un type qui possédait une Dodge trafiquée mais pas de garage pour l'abriter. A Castle Rock, il avait été, au moins pendant un temps, quelque chose comme un roi.

Il était donc revenu. Bon, et la suite des opérations?

Ace ne savait pas. La ville lui paraissait plus petite,

plus sinistre, plus vide que dans son souvenir. Pangborn devait traîner ses guêtres quelque part, et ce vieux merlan de Fullerton n'allait pas tarder à décrocher le bigophone pour lui dire qui venait de débarquer. Le shérif le retrouverait, lui demanderait ce qu'il fabriquait là, s'il avait un travail. Il ne pourrait même pas répondre qu'il était revenu dire bonjour à son oncle, vu que Pop se trouvait malencontreusement dans sa boutique lorsqu'elle avait brûlé. Bon, d'accord, lui dirait Pangborn, et si tu remontais dans ta machine infernale voir ailleurs si je m'y trouve ?

Que répondrait-il ?

Ace ne le savait pas davantage ; mais la lumière bleue avec laquelle il s'était réveillé continuait de briller quelque part en lui.

Il constata que l'emplacement sur lequel se dressait naguère l'Emporium Galorium était resté un terrain vague ; rien que des herbes folles, quelques bouts de planche calcinés et divers déchets. Des morceaux de verre brisé renvoyaient d'éblouissants reflets de soleil. Il n'y avait rien à voir, mais Ace voulait tout de même voir. Il avait presque fini de traverser la rue lorsqu'un auvent vert, un peu plus loin, attira son regard.

LE BAZAR DES RÊVES

lisait-on sur le côté. Tu parles d'un nom pour une boutique ! Ace retourna sur ses pas pour aller voir. Il pourrait toujours aller admirer un peu plus tard le terrain vague où s'élevait naguère le piège à touristes de son oncle ; personne n'allait l'emporter.

La première chose qui attira son œil fut :

RECHERCHONS EMPLOYÉ

Il ignorait pour quelle raison il était revenu à Castle Rock, mais en tout cas, ce n'était pas pour devenir magasinier.

Il découvrit dans la vitrine un certain nombre d'objets de qualité — du genre de ceux qu'il aurait emportés lors d'un petit travail de nuit dans une maison cossue. Un échiquier dont les pièces étaient des animaux sauvages ; un collier de perles noires qui lui parut de valeur. Il se demanda tout de même si les perles n'étaient pas fausses ; qui, dans ce trou perdu, aurait pu s'offrir un authentique collier de perles noires ? Bon travail, pourtant ; elles lui paraissaient aussi vraies que possible. Et...

Ses yeux se rétrécirent lorsqu'ils lurent le titre de l'ouvrage qui trônait derrière le collier de perles ; sur la couverture, on distinguait parfaitement deux hommes sur une crête, dans un paysage nocturne. L'un tenait une pioche, l'autre une pelle. Le titre du livre était *Trésors enterrés et perdus de la Nouvelle-Angleterre.* Le nom de l'auteur figurait en petites lettres blanches sous l'illustration.

Reginald Merrill.

Ace mit la main sur le bouton de la porte, qui tourna sans difficulté. La clochette tinta. Ace Merrill entra dans le Bazar des Rêves.

10

« Non, dit Ace, en examinant le livre que Mr Gaunt avait retiré de la vitrine. Ce n'est pas celui-ci. Vous vous êtes sans doute trompé.

— C'est le seul bouquin de la vitrine, je vous assure, objecta l'homme d'une voix légèrement intriguée. Regardez vous-même, si vous ne me croyez pas. »

C'est bien ce qu'il faillit faire, un instant, puis il laissa échapper un sourire exaspéré. « Non, je vous crois. »

Le livre que le commerçant lui avait mis entre les mains était *L'Ile au trésor,* de Robert Louis Stevenson. Il comprenait bien ce qui venait de se passer : il pensait à Pop, et il s'était trompé. Sa première erreur, cependant, avait été de revenir à Castle Rock. Mais, bon Dieu, qu'est-ce qui lui avait pris ?

« Ecoutez, il est très bien, votre magasin, mais faut que j'y aille... On pourra se voir une autre fois, monsieur...

— Gaunt, Leland Gaunt », dit le commerçant en lui tendant la main.

Ace vit la sienne disparaître dans celle de l'autre. Il se sentit brusquement envahi d'une grande force qui le galvanisa ; de nouveau, la lumière bleue flamboyait dans son esprit, plus éclatante que jamais.

Il retira sa main, étourdi, les jambes en coton.

« C'est *quoi*, cette affaire ? murmura-t-il.

— Je crois qu'on appelle ça un "capteur d'attention", répondit Gaunt sur un ton calme. Vous allez décider de m'écouter attentivement, monsieur Merrill.

— Comment connaissez-vous mon nom ? Je ne vous l'ai pas dit.

— Oh, je sais très bien qui vous êtes, vous. Je vous attendais.

— Comment ça ? Je ne savais même pas que j'allais venir ici avant de monter dans ma foutue bagnole.

— Veuillez m'excuser un instant. »

Gaunt alla prendre un panonceau appuyé contre un mur ; puis il se pencha sur l'étalage, retira :

RECHERCHONS EMPLOYÉ

et mit à la place :

FERMÉ JOUR DE COLOMB

« Qu'est-ce que vous faites ? » Ace se sentait comme quelqu'un qui vient de heurter une barrière électrifiée de faible voltage.

« La coutume veut qu'un commerçant qui vient de trouver l'employé qu'il désire retire l'offre d'emploi de sa vitrine, répondit Leland Gaunt sur un ton un peu sévère. Mes affaires à Castle Rock se sont rapidement développées, et j'ai besoin de quelqu'un avec un dos solide et deux mains vigoureuses. Je me fatigue si vite, depuis quelque temps...

— Hé ! je n'ai...

— J'ai aussi besoin d'un chauffeur. Conduire est votre talent le mieux développé, je crois. Votre premier travail, Ace, consistera à vous rendre à Boston. J'y possède une auto dans un garage. Cela devrait vous amuser. C'est une Tucker.

— Une Tucker ? » Un instant, Ace oublia qu'il n'était pas venu ici pour prendre un emploi de magasinier, voire de chauffeur. « Vous voulez dire... comme dans ce film ?

— Pas exactement. » Mr Gaunt passa derrière son comptoir, sortit une clef et ouvrit un tiroir dans lequel il prit deux enveloppes. Il laissa l'une d'elles sur le comptoir et tendit l'autre à Ace. « Elle a subi quelques modifications. Tenez. Ce sont les clefs.

— Hé ! Attendez une minute ! Je n'ai jamais dit... »

Les yeux de Mr Gaunt étaient d'une couleur étrange qu'Ace n'aurait su définir, mais lorsqu'ils s'assombrirent et le foudroyèrent, il sentit ses jambes redevenir en coton.

« Tu es dans la panade, Ace. Mais si tu n'arrêtes pas de te comporter comme une autruche et de mettre la tête dans le sable, je ne vais même plus avoir envie de t'aider. Les magasiniers, il suffit de taper dans un réverbère pour qu'il en tombe dix. Je le sais, crois-moi. J'en ai engagé des centaines, au cours des années. Peut-être des milliers. Alors arrête de faire le con avec moi, et *prends ces clefs.* »

Ace se saisit de la petite enveloppe. Lorsque ses doigts effleurèrent ceux de Gaunt, le rideau de feu lui remplit de nouveau l'esprit. Il gémit.

« Tu iras à l'adresse que je vais te donner, et tu rangeras ta voiture à la place de la mienne. Je t'attends au plus tard à minuit. Ce serait encore mieux un peu plus tôt... Ma Tucker est beaucoup plus rapide qu'elle en a l'air. »

Il sourit, révélant ses dents de travers.

Ace fit une dernière tentative. « Ecoutez, monsieur...
— Gaunt. »
Il acquiesça; sa tête oscillait comme celle d'une marionnette entre les mains d'un manipulateur novice. « Dans d'autres circonstances, j'aurais marché. Vous êtes... intéressant. » Ce n'était pas ce qu'il avait voulu dire, mais c'était ce qu'il avait trouvé de mieux, sur le moment. « Vous avez raison. Je suis dans le pétrin, et si je ne trouve pas un paquet de fric d'ici deux semaines...
— Eh bien, et le livre ? demanda Mr Gaunt d'un ton à la fois amusé et réprobateur. N'est-ce pas pour le livre que vous êtes entré ?
— Mais ce n'est pas celui... »
Il se rendit compte qu'il le tenait encore à la main; l'illustration était toujours la même, mais le titre semblait être maintenant celui qu'il avait cru lire dans la vitrine : *Trésors enterrés et perdus de la Nouvelle-Angleterre,* de Reginald Merrill.
« Mais que... que... », marmonna-t-il d'une voix étranglée. Soudain, il comprit. Il n'était nullement à Castle Rock; il était chez lui, à Mechanic Falls, et rêvait tout cela dans son lit crasseux.
« Un livre, apparemment, remarqua Mr Gaunt. Le nom de feu votre oncle n'est-il pas Reginald Merrill ? Quelle coïncidence !
— Mon oncle n'a jamais rien écrit de toute sa vie, sinon des reçus et des chiffres dans la colonne recettes... », répondit Ace de la même voix étouffée. Il regarda Leland Gaunt et se rendit compte qu'il ne pouvait détacher son regard des yeux de l'homme. Des yeux qui ne cessaient de changer de couleur. Bleus... gris... noisette... bruns... noirs...
« Oh, ce nom est peut-être un pseudonyme, admit Gaunt. Qui sait si ce n'est pas moi qui ai rédigé cet ouvrage ?
— Vous ? »
L'homme joignit les doigts sous son menton. « Ce n'est peut-être même pas un livre du tout; et les choses parti-

culières que je vends ne sont peut-être pas du tout ce qu'elles semblent être. Ce ne sont peut-être que des choses grises qui n'ont qu'une seule propriété remarquable, celle de prendre la forme de ce qui hante les rêves des hommes et des femmes. » Il se tut un instant, puis ajouta : « Elles ne sont peut-être elles-mêmes que des rêves.

— J'y comprends rien.

— Je sais, fit Mr Gaunt avec un sourire. Ça n'a pas d'importance. Si jamais votre oncle avait écrit un livre, le sujet n'en aurait-il pas été les trésors enfouis ? Ne peut-on pas dire à bon droit que les trésors, enfouis dans le sol ou dans les poches de ses contemporains, étaient un sujet qui l'intéressait au plus haut point ?

— Oh, pour ça, il aimait l'argent, oui, convint Ace d'un ton sinistre.

— Et au fait, où cet argent est-il donc passé ? Vous l'a-t-il laissé ? Certainement, puisque vous étiez son seul parent survivant.

— Pas un sou, oui ! éclata Ace, furieux. Tout le monde dans ce patelin vous racontait qu'il possédait encore le premier dollar qu'il avait gagné, mais il y avait moins de quatre mille dollars sur son compte en banque quand il est clamsé. Ça a servi à payer l'enterrement et le nettoyage du site. Et quand on a ouvert son coffre, à la banque, savez-vous ce qu'on a trouvé ?

— Oui. » Mr Gaunt avait répondu d'un ton sérieux, compatissant, même, mais son regard riait. « Des timbres de rabais découpés sur les emballages. Vingt classeurs en tout.

— Tout juste ! » L'air navré, Ace regardait *Trésors enterrés et perdus de la Nouvelle-Angleterre.* Un instant, sa rage lui avait fait oublier son impression de désorientation et de rêve. « Et vous savez quoi ? La plupart de ces foutus timbres ne sont même plus valables. A Castle Rock, tout le monde avait peur de lui ; même moi, j'en avais un peu peur. Tout le monde pensait qu'il était aussi riche que l'oncle Picsou, mais il est mort sans un rond.

— Il ne faisait peut-être pas confiance aux banques. Il

a peut-être enterré son trésor. Ça ne vous paraît pas possible ? »

Ace ouvrit la bouche. La referma. La rouvrit. La referma.

« Arrêtez. On dirait un poisson dans un aquarium. »

Le neveu de Pop regarda le livre qu'il tenait à la main. Il le posa sur le comptoir et se mit à le feuilleter ; les pages étaient écrites en petits caractères aux lignes serrées. Quelque chose en tomba. Un morceau irrégulier de papier kraft, inégalement replié, qu'il reconnut sur-le-champ : il provenait d'un sac de commissions du supermarché Hemphill. Combien de fois, petit garçon, avait-il pu observer son oncle déchirer un fragment semblable, sur l'un des sacs qu'il remisait sous sa vieille caisse enregistreuse Tokeheim ? Combien de fois l'avait-il vu additionner des chiffres sur un tel bout de papier... voire rédiger une reconnaissance de dette ?

Il le déplia, les mains tremblantes.

C'était une carte ; on le comprenait au premier coup d'œil. Mais encore fallait-il pouvoir interpréter ce qui n'était qu'un fatras de traits et de cercles entortillés.

« C'est quoi, ce truc ?

— Vous avez besoin de quelque chose qui vous aide à vous concentrer, c'est tout. Voilà qui pourrait vous aider. »

Mr Gaunt venait de poser un petit miroir au cadre en argent travaillé à côté de sa caisse enregistreuse. Il ouvrit la deuxième enveloppe et versa une généreuse quantité de cocaïne sur le miroir. Elle paraissait, à l'œil très expérimenté d'Ace, d'une qualité absolument fabuleuse ; le projecteur qui éclairait la zone y faisait naître des milliers de minuscules éclats brillants.

« Bordel de Dieu ! C'est de la colombienne ? demanda Ace, qui sentait déjà son nez le chatouiller.

— Non, un mélange spécial, répondit Gaunt sans lever les yeux. Il vient des plaines de Leng. » Il prit un coupe-papier en or dans l'une des poches de son veston et commença à disposer la poudre en longues lignes bien fournies.

« C'est où, ce coin ?

— Au-delà des collines et très loin ensuite. Ne posez pas de questions, Ace. Les gens qui doivent autant d'argent que vous sont bien avisés de saisir au passage les bonnes choses qui leur arrivent. »

Il rangea le coupe-papier et, de la même poche, sortit un chalumeau à boire qu'il tendit à Ace. « A la vôtre. »

Le poids du chalumeau était stupéfiant ; il ne devait pas être en verre, mais sans doute en cristal de roche, ou quelque chose comme ça. Il s'inclina sur le miroir, puis hésita. Et si le vieux avait le sida, ou un truc dans ce genre ?

Ne posez pas de questions, Ace. Les gens qui doivent autant d'argent que vous sont bien avisés de saisir au passage les bonnes choses qui leur arrivent.

« Amen », dit-il à voix haute. Et il sniffa. Sa tête s'emplit de l'effluve, mélange de banane et de citron, que présente toujours la bonne coke. Elle était à la fois douce et puissante. Il sentit son cœur se mettre à battre plus fort. En même temps, ses pensées devinrent plus aiguës et tranchantes, éclatantes de chrome. Il se souvint de ce qu'un type lui avait dit, peu de temps après s'être fait piéger par le produit : *Les choses ont davantage de noms quand tu es pété. Bien davantage.*

Il n'avait pas compris, ce jour-là ; mais maintenant, si.

Il tendit le chalumeau à Gaunt, mais ce dernier secoua la tête. « Jamais avant cinq heures de l'après-midi, Ace. Ne vous gênez pas, Allez-y.

— Merci. »

Ace regarda de nouveau la carte et vit qu'il la déchiffrait maintenant très bien. Les deux lignes parallèles avec le X entre elles désignaient manifestement le Tin Bridge : cela compris, tout le reste en découlait logiquement. Le tortillon qui courait entre les lignes, sous le X, représentait la route 117. Le petit cercle s'identifiait à la ferme Gavineaux, le grand cercle à l'étable et aux installations laitières. Logique. Aussi clair, net et scintillant que le petit tas de coke immaculée qu'avait posé devant lui cet incroyable bonhomme à la coule.

Ace se pencha de nouveau sur le miroir. « Feu à volonté ! » murmura-t-il en sniffant deux autres lignes. Bang ! Zap ! « Bordel, ça, c'est de la came ! » Il en avait presque le souffle coupé.

« De la super ! » ajouta Mr Gaunt gravement.

Ace leva les yeux, soudain convaincu que le commerçant se payait sa tête ; mais l'homme présentait une expression calme et sereine. Il se tourna de nouveau vers la carte.

C'étaient les petites croix qui l'intéressaient. Il en compta sept. Non, huit. L'une d'elles semblait se trouver sur le marécage qui appartenait au père Treblehorn… sauf que le père Treblehorn était mort depuis quatre ans et que le bruit avait couru que Pop avait récupéré cette terre, gagée sur un emprunt qu'il avait consenti au vieux.

Celle-là, s'il connaissait bien sa topographie locale, était aux limites du Conservatoire naturel, de l'autre côté de Castle View. Il y en avait deux autres le long du chemin vicinal 3, près d'une ferme qui ne pouvait être que celle du vieux Joe Camber : Seven Oaks Farm. Deux autres encore sur la terre qui aurait en principe appartenu à Diamond March, sur la rive occidentale du lac de Castle Rock.

Ace leva sur Gaunt deux yeux fous injectés de sang. « Il aurait enterré son fric ? C'est ça que veulent dire les croix ? *Elles indiquent les endroits ?* »

Mr Gaunt haussa les épaules d'un geste élégant. « Je n'en suis pas sûr du tout. Ça paraît logique, mais le comportement des gens n'a souvent pas grand-chose à voir avec la logique.

— Mais ce n'est pas impossible. » Trop de cocaïne et trop d'excitation le rendaient frénétique ; impression que d'épais ressorts de cuivre explosaient dans la musculature de son ventre et de ses bras. Son visage jaunâtre, grêlé des cicatrices de l'acné juvénile, s'était empourpré. « C'est pas impossible ! Tous ces endroits où il y a des croix… eh bien, *ils pourraient appartenir à Pop* ! Vous voyez ? Il a très bien pu mettre la terre sous un autre nom... pour que personne d'autre ne puisse l'acheter... et que personne ne risque de trouver où il avait mis ses... »

Il renifla le reste de coke et se pencha sur le comptoir. Ses yeux rougis lui sortaient littéralement de la tête et roulaient dans tous les sens.

« Avec tout ça, je pourrais être autre chose qu'un ancien taulard ! continua-t-il doucement, d'une voix qui tremblait. Je pourrais être foutrement riche !

— Oui, c'est une possibilité. Mais n'oubliez pas, Ace. » Du pouce il indiqua le panonceau qui, sur le mur, proclamait

MARCHANDISES NI REPRISES NI ÉCHANGÉES
CAVEAT EMPTOR !

« Qu'est-ce que ça veut dire ?

— Que vous n'êtes pas le premier qui a cru trouver la clef d'une grande fortune dans un vieux livre. Cela signifie aussi que j'ai toujours besoin d'un magasinier et d'un chauffeur. »

Ace le regarda comme s'il venait de recevoir un choc. Puis il éclata de rire. « Vous blaguez ? (Il montra la carte.) J'ai pas mal de trous à creuser. »

Leland Gaunt poussa un soupir de regret, replia la feuille de papier brun, la remit dans le livre et glissa celui-ci dans le tiroir, sous la caisse. Tout cela avec une incroyable célérité.

« Hé ! s'exclama Ace. Qu'est-ce que vous faites ?

— Je viens juste de me souvenir que j'ai déjà promis cet ouvrage à un autre client, monsieur Merrill. Je suis désolé. Et la boutique est vraiment fermée. C'est le jour de Colomb, comme vous le savez.

— Attendez une minute !

— Evidemment, si vous aviez trouvé bon d'accepter cet emploi, je suis sûr qu'on aurait pu finir par s'entendre. Mais je vois que vous êtes trop occupé ; vous souhaitez très certainement mettre de l'ordre dans vos affaires avant que les frères Corson ne vous aient transformé en viande froide. »

Ace se mit de nouveau à ouvrir et à fermer la bouche sans émettre le moindre son. Il essayait de se souvenir de l'emplacement des petites croix, sans y parvenir. Elles semblaient toutes se confondre en une seule et grande croix dans son esprit enfiévré et survolté... une grande croix comme on en voit dans les cimetières.

« Très bien ! s'écria-t-il, très bien ! D'accord, je le prends, votre putain de boulot !

— Dans ce cas, je crois que ce livre est en fin de compte à vendre », dit Leland Gaunt. Il le ressortit, l'ouvrit à la première page et ajouta : « Un dollar trente-cinq, avec la remise pour l'employé. »

Ace tira son portefeuille, le laissa échapper et faillit s'éborgner contre l'épaisse vitre du comptoir en se baissant pour le ramasser.

« Mais il me faudra du temps libre.

— D'accord.

— Parce que j'ai vraiment des fouilles à faire.

— Bien sûr.

— Je n'ai pas beaucoup de temps.

— C'est la sagesse même que d'en tenir compte.

— Quand je reviendrai de Boston, ça va ?

— Ne serez-vous pas trop fatigué ?

— Je n'ai pas les moyens de me reposer, monsieur Gaunt.

— Je pourrais peut-être vous aider. » Le sourire de Gaunt s'élargit et ses dents saillirent comme sur une tête de mort. « J'aurais diverses choses à vous faire ramasser, si l'on peut dire.

— Quoi ? demanda Ace, l'œil rond. Qu'est-ce que vous avez dit ?

— Je vous demande pardon ?

— Rien...

— Très bien. Avez-vous toujours les clefs sur vous ? »

Ace découvrit, surpris, qu'il avait fourré l'enveloppe qui les contenait dans sa poche revolver.

« Bien. » Mr Gaunt fit tinter la caisse qui afficha $ 1.35 ; il prit le billet de cinq dollars que lui tendait Ace et lui rendit trois dollars soixante-cinq cents. Ace prit la monnaie avec le geste d'un homme qui rêve tout éveillé.

« Bon. Attendez que je vous donne quelques indications, Ace. Et n'oubliez pas : de retour pour minuit. Si vous arrivez plus tard, je serai très fâché. Lorsque je suis fâché, il m'arrive de perdre mon sang-froid. Vous n'aimeriez pas voir ça.

— Vous vous transformez en Hulk ? » le taquina Ace.

Il y avait tellement de férocité dans le regard que Gaunt adressa à son interlocuteur que celui-ci recula involontairement d'un pas. « Oui, répondit-il. C'est exactement ce que je fais. Je me transforme en Hulk. Tout à fait. Et maintenant, écoutez bien. »

Ace écouta.

11

Il était onze heures moins le quart et Alan s'apprêtait à aller prendre un café en vitesse chez Nan lorsque Sheila Brigham l'appela par l'intercom. Sonny Jackett était au bout du fil et insistait pour lui parler personnellement.

Alan prit le téléphone. « Salut, Sonny ! Qu'est-ce que je peux faire pour vous ?

— Eh bien, voilà, shérif, expliqua le mécanicien de son accent traînant du Sud. C'est pas que j'aie envie de vous mettre encore du boulot sur le dos après ce qui s'est passé hier, mais je crois qu'un de vos vieux amis est de retour en ville.

— Qui donc ?

— Ace Merrill. J'ai vu sa voiture garée un peu plus haut. »

Oh, merde ! Et puis quoi, encore ? « Vous l'avez vu ?

— Non, mais avec la bagnole, on peut pas se tromper. Une Dodge Challenger vert dégueulis, de celles que les jeunes appellent un bélier. Je l'avais déjà vue.

— Merci, Sonny.

— De rien. Dites, qu'est-ce qu'il peut bien venir foutre à Castle Rock, ce salopard ?

— Aucune idée. » *Mais j'ai intérêt à le savoir rapidement.*

12

Il y avait un emplacement vide à côté de la Challenger. Alan s'y glissa et descendit de voiture. Il vit Bill Fullerton et Henry Gendron qui le regardaient à travers leur vitrine, brûlant de curiosité, et il les salua de la main. Henry lui montra une direction dans la rue. Alan acquiesça et traversa. Wilma Jerzyck et Nettie Cobb se massacraient à un coin de rue un jour et Ace Merrill se pointait le lendemain, pensa-t-il. Ce patelin devient un cirque.

Remontant sur le trottoir d'en face, il aperçut Ace qui surgissait de l'ombre de l'auvent vert du Bazar des Rêves. Il tenait à la main un objet que le shérif ne put identifier sur le coup ; mais comme l'autre se rapprochait, il lui fallut se rendre à l'évidence, même s'il avait du mal à en croire ses yeux. Un livre était bien la dernière des choses qu'on s'attendait à voir entre les mains d'Ace Merrill.

Ils se rejoignirent à la hauteur du terrain vague qui marquait l'emplacement de l'ex-Emporium Galorium.

« Salut, Ace », dit Alan.

Le voyou ne parut nullement surpris de le voir. Il prit les lunettes de soleil glissées dans son décolleté, les secoua pour écarter les branches et se les posa sur le nez. « Tiens, tiens, tiens... Alors ça boume, patron ?

— Qu'est-ce que tu fais à Castle Rock, Ace ? » demanda Alan d'un ton calme.

L'autre examina le ciel avec un intérêt exagéré. Des reflets lumineux dansèrent dans ses Ray-Ban. « Chouette journée pour une petite balade. On se croirait en été.

— Très chouette. As-tu un permis de conduire en règle, Ace ? »

Ace lui lança un regard de reproche. « Voyons ! Je ne conduirais pas, sinon ! Ce serait illégal…

— Ce n'est pas une réponse.

— J'ai passé l'examen dès que j'ai eu ma feuille rose. Je suis parfaitement en règle. Alors, c'est une réponse, ça, patron ?

— Je préfère vérifier par moi-même. (Alan tendit la main.)

— J'ai bien l'impression que vous ne me faites pas confiance ! » répondit Ace, toujours du même ton facétieux et provocateur ; mais, dessous, on sentait bouillonner la colère.

« Disons que je débarque du Missouri. »

Ace fit passer le livre dans sa main gauche pour pouvoir prendre son portefeuille de la droite, et Alan distingua mieux la couverture. *L'Ile au trésor,* de Robert Louis Stevenson.

Il regarda le permis. Signé et validé.

« Les papiers de la voiture sont dans la boîte à gants, si vous n'avez pas peur de traverser la rue pour aller vérifier. » Le ton de colère était plus net ; l'ancienne morgue reprenait le dessus.

« Je pense que je peux te croire. Pourquoi ne pas me dire les raisons de ta venue ici ?

— Je suis venu voir *ça,* répondit Ace en indiquant le terrain vague. Je ne sais pas pourquoi, mais c'est comme ça. Je suis sûr que vous n'allez pas me croire. C'est pourtant la vérité. »

Bizarrement, Alan le crut.

« Je vois aussi que tu as acheté un livre.

— Je sais lire, figurez-vous.

— Bien, bien… (Alan passa les pouces dans sa ceinture.) Un coup d'œil tu es venu jeter, un livre tu as acheté…

— Il est poète sans même s'en rendre compte.

— Mais si. C'est gentil de ta part de l'avoir remarqué. Je suppose que tu vas maintenant quitter tranquillement la ville, n'est-ce pas ?

— Et si je ne m'en vais pas ? Vous allez inventer quelque chose pour me baiser, c'est ça ? Le mot "réhabilitation" ne fait sans doute pas partie de votre vocabulaire, shérif Pangborn !

— Mais si. Il n'est pas forcément synonyme d'Ace Merrill, c'est tout.

— Il vaut mieux ne pas trop m'asticoter, vieux.

— Je ne t'asticote pas. Si je m'y mets, tu t'en apercevras très vite. »

Ace enleva ses lunettes de soleil. « Vous ne me lâcherez jamais les baskets, les mecs ? Vous ne me lâcherez jamais mes putains de baskets ? »

Alan ne répondit rien.

Au bout d'un instant, Ace parut s'être repris. Il remit ses lunettes. « Au fait, je pense que je vais partir. J'ai plein de courses à faire.

— Excellent. Mains occupées, mains heureuses, comme on dit.

— Mais si je décide de revenir, je reviendrai. Est-ce bien clair ?

— Très. Et moi je te dis que ce serait maladroit de ta part. Est-ce bien clair ?

— Vous ne me faites pas peur.

— Ah, bon ? Alors tu es encore plus bête que je ne croyais. »

Ace regarda Alan pendant quelques instants, puis se mit à s'esclaffer. Alan n'y fit pas attention ; c'était un rire inquiétant, bizarrement décalé. Il le regarda traverser la rue de sa démarche démodée de voyou d'une autre époque, ouvrir sa portière et s'installer au volant. Le moteur démarra. Le pot d'échappement rugit ; dans la rue, des gens s'arrêtèrent pour regarder.

C'est un silencieux illégal, pensa Alan. Je pourrais lui coller une amende pour ça.

Mais quel intérêt ? Il avait des affaires plus sérieuses sur les bras qu'Ace Merrill, lequel quittait de toute façon la ville. Pour de bon, cette fois, espérait-il.

Il regarda la Challenger vert dégueulis faire un demi-tour illégal dans la rue et prendre la direction de la rivière de Castle et de la périphérie de la ville. Puis il se tourna, songeur, vers l'auvent vert. Ace était revenu dans sa ville natale et avait acheté un livre. *L'Ile au trésor*. Où ça ? Au Bazar des Rêves.

J'aurais cru le magasin fermé, aujourd'hui, se dit-il. C'était bien ce qu'indiquait le panneau, non ?

Il s'avança jusqu'à la devanture et constata qu'il ne s'était pas trompé :

FERMÉ JOUR DE COLOMB

S'il a reçu Ace, il pourra bien me recevoir ; il leva la main pour cogner à la porte. Mais, à cet instant-là, le signal qu'il avait à la ceinture se déclencha. Alan appuya sur le bouton qui coupait ce détestable gadget et resta quelques instants indécis. Néanmoins, ce qu'il avait à faire était clair : un avocat, un P-DG pouvaient peut-être se permettre d'ignorer un moment les appels de leur signal, mais lorsqu'on était shérif d'un comté — autrement dit un élu —, les priorités étaient évidentes.

Il retraversa la rue, s'arrêta en plein milieu et fit brusquement demi-tour. L'impression d'être observé était revenue, plus forte que jamais ; il eut la certitude de surprendre un mouvement derrière le store baissé.

Mais il ne vit rien. La boutique somnolait dans la lumière de cette journée d'octobre anormalement chaude ; et s'il n'avait pas vu Ace en sortir de ses propres yeux, Alan aurait juré que le Bazar des Rêves était vide, sensation d'être observé ou pas.

Il alla se pencher dans son véhicule de patrouille pour y prendre le micro.

« Henry Payton vient d'appeler, lui dit Sheila. Il a déjà le rapport préliminaire de Ryan sur Nettie Cobb et Wilma Jerzyck. A vous.

— Bien compris. A vous.

— Henry dit que si vous voulez connaître les grandes lignes, il sera à son bureau jusqu'à midi. A vous.

— Très bien. Je suis sur Main Street. J'arrive. A vous.

— Alan ?

— Oui ?

— Henry a aussi demandé si nous aurions un fax avant le troisième millénaire... Ça lui permettrait d'envoyer des copies au lieu d'être obligé de vous appeler tout le temps et de vous lire les rapports. A vous.

— Dites-lui d'écrire au maire, bougonna le shérif. Ce n'est pas moi qui décide du budget, et il le sait très bien.

— Moi, je n'ai fait que répéter ce qu'il m'a dit, se rebiffa Sheila. Ce n'est pas la peine de se vexer pour ça. »

Alan observa que la standardiste paraissait elle-même plutôt vexée. « Bon, terminé. »

Il monta dans le véhicule et raccrocha le micro. Il jeta un coup d'œil à la banque, dont l'horloge numérique annonçait dix heures cinquante ; le thermomètre indiquait vingt-sept degrés. Bon Dieu, on n'avait pas besoin de ça en plus, se dit-il. Les esprits allaient s'échauffer sérieusement.

Alan revint lentement jusqu'au bâtiment municipal, perdu dans ses pensées. Il n'arrivait pas à se débarrasser de l'impression qu'il se passait, à Castle Rock, quelque chose sur le point d'échapper à tout contrôle. C'était insensé, évidemment, tout à fait insensé, mais il n'arrivait vraiment pas à s'en débarrasser.

13

1

L'école était fermée, mais Brian Rusk n'y serait pas allé, de toute façon.

Il était malade.

Pas une maladie physique comme la rougeole, la varicelle ou même la bonne vieille courante, la plus humiliante et la plus pénible de toutes. Il ne s'agissait pas non plus exactement d'une maladie psychologique : certes, son esprit y jouait un rôle, mais ce n'était en quelque sorte qu'un effet secondaire. La partie malade était située bien plus profond que son esprit; quelque chose d'essentiel en lui, que ni l'aiguille ni le microscope ne pouvait atteindre, allait mal. Lui qui avait toujours été la joie de vivre incarnée se trouvait plongé dans une mélancolie de plus en plus noire.

Les nuages avaient commencé à s'accumuler l'après-midi où il avait maculé de boue les draps de Wilma Jerzyck, pour se faire de plus en plus denses lorsque Gaunt était venu le visiter en rêve, habillé du maillot des Dodgers, lui dire qu'il n'avait pas fini de payer pour sa carte de Sandy Koufax... Mais son ciel s'était définitivement bouché ce matin-là, lors du petit-déjeuner.

Son père, déjà habillé de la salopette grise qu'il portait au travail et attablé dans la cuisine, avait le *Press Herald* de Portland ouvert devant lui.

« Bon Dieu de Patriots ! dit-il de derrière sa barricade de papier. Quand vont-ils enfin avoir un *quarterback* capable de lancer un ballon ?

— Ne jure pas devant les enfants », lança Cora depuis la cuisinière. Elle n'avait cependant pas son ton exaspéré et batailleur habituel ; elle paraissait distante, préoccupée.

Brian se glissa sur sa chaise et versa le lait sur ses corn flakes.

« Hé, Bri ! lui dit Sean joyeusement. Si on allait en ville aujourd'hui ? Jouer à des jeux vidéo ?

— Peut-être, répondit-il. Je crois que... » C'est à cet instant qu'il vit la manchette en première page du journal.

AFFRONTEMENT MEURTRIER ENTRE DEUX FEMMES
À CASTLE ROCK

Deux femmes s'entre-tuent sur un coin de rue ; « un véritable duel », déclare la police.

Il y avait des photos des deux femmes, côte à côte. Brian les reconnut toutes les deux. L'une était Nettie Cobb, qui vivait non loin, sur Ford Street. Sa mère disait qu'elle était cinglée, mais Brian n'avait jamais rien remarqué de spécial. Il s'était arrêté pour caresser son petit chien pendant qu'elle le promenait, une ou deux fois, et elle lui avait fait l'effet d'être comme n'importe qui.

L'autre femme était Wilma Jerzyck.

Il enfonça sa cuillère dans ses céréales, mais n'avala rien. Une fois son père parti au travail, il jeta le mélange détrempé à la poubelle et remonta en catimini dans sa chambre. Il s'attendait aux reproches de sa mère — « Quoi ? tu jettes de la bonne nourriture comme ça alors qu'il y a des enfants qui meurent de faim en Afrique ? » (Comme si l'idée que des gens mouraient de faim devait vous donner de l'appétit) —, mais elle n'en fit rien. Elle paraissait perdue dans son univers privé, ce matin.

Sean était là, en revanche, à lui casser les pieds comme toujours.

« Alors, qu'est-ce que t'en dis, Brian ? On va en ville ? D'accord, dis ? » Il dansait presque d'un pied sur l'autre tant il était excité. « On pourrait jouer à des jeux vidéo... et peut-être aller voir le nouveau magasin ; y a plein de trucs chouettes dans la vitrine !

— Ne rentre jamais là-dedans ! rugit Brian, si fort que le petit recula, une expression toute déconfite sur le visage. Hé... excuse-moi. Mais il ne faut pas que tu ailles dans cette boutique, mon vieux. Ça pue. »

Sean avait la lèvre inférieure qui tremblait. « Mais Kevin Pelkey a dit...

— Qui sait que tu préfères croire ? Cet abruti, ce taré, ou ton frère ? C'est un sale magasin, Sean. C'est... » Il dut se mouiller les lèvres pour achever et dire le fond de sa pensée. « C'est mal.

— Mais qu'est-ce qui te prend ? » demanda le petit. Il se rebiffait, mais il y avait des larmes dans sa voix. « T'as pas arrêté d'être méchant, toute cette semaine ! et Maman qu'est toute bizarre !

— Je ne me sens pas très bien, c'est tout.

— Ah, bon... » Sean eut l'air de réfléchir, et soudain son visage s'éclaira. « Peut-être que ça te ferait du bien, quelques parties de jeux vidéo. On pourrait jouer au raid aérien ! Ils en ont un ! Celui dans lequel on s'assoit et qui te fait pencher dans tous les sens ! C'est super-chouette ! »

Brian hésita un instant. Non. Il ne pouvait s'imaginer se rendant à l'arcade de jeux vidéo ; pas aujourd'hui ; peut-être même jamais. Tous les autres y seraient ; c'était un jour à faire la queue devant un jeu comme le raid aérien. Mais il était différent d'eux, maintenant, et il le resterait peut-être toute sa vie.

Après tout, il possédait une carte Sandy Koufax de 1956.

Il avait tout de même envie de faire plaisir à Sean ; il aurait eu envie de faire plaisir à n'importe qui, d'ailleurs, afin de compenser un peu la chose monstrueuse qu'il avait faite à Wilma Jerzyck. Il dit donc à Sean qu'il irait peut-être jouer avec lui cet après-midi et qu'en attendant il allait lui donner quelques pièces de vingt-cinq cents. Il secoua sa tirelire, une bouteille de coke en plastique.

« Bon sang ! s'exclama Sean, l'œil rond. Il y en a huit... neuf... dix ! Dix quarters ! C'est que tu es vraiment malade !

— Ouais, ça doit être ça. Amuse-toi bien, Sean. Et ne dis rien à Maman, elle t'obligerait à me les rendre.

— Elle est dans sa chambre, avec ses lunettes de soleil, et elle n'arrête pas de gémir. Elle ne sait même plus qu'on existe. » Il se tut un instant avant de reprendre : « Je les déteste, ces lunettes ! Elles me fichent les boules. (Il étudia son frère plus attentivement.) T'as pas l'air d'aller très bien, toi non plus, Brian.

— Je ne me sens pas très bien, admit-il sincèrement. Je crois que je vais m'allonger un peu.

— Bon... je vais attendre un moment. On verra, tu iras peut-être mieux. Je vais regarder les dessins animés, sur canal cinquante-six. Descends si tu te sens mieux. » Il secoua les quarters dans son poing.

« D'accord », dit Brian, avant de refermer doucement la porte.

Mais il ne s'était pas senti mieux. Et au fur et à mesure

qu'avançait la journée, il ne fit que se sentir de plus en plus

(embrumé)

mal. Il pensa à Mr Gaunt. Il pensa à Sandy Koufax. Il pensa à la manchette qui lui avait sauté aux yeux :

AFFRONTEMENT MEURTRIER ENTRE DEUX FEMMES
À CASTLE ROCK

il pensa aux photos, aux deux visages familiers dessinés en petits points d'impression.

Il faillit même s'endormir, mais le petit tourne-disque, dans la chambre de ses parents, se mit à jouer à ce moment-là. Sa mère faisait passer une fois de plus un de ses vieux quarante-cinq tours crachotants d'Elvis. Elle n'avait pratiquement pas arrêté de tout le week-end.

Les pensées tourbillonnaient comme des débris au cœur d'un cyclone, dans la tête de Brian, entrecoupées de fragments de chanson.

AFFRONTEMENT MEURTRIER.

« Tu sais qu'on dit que t'es classe... mais c'est juste un mensonge... »

C'était un duel.

MEURTRIÈRE : Nettie Cobb, la femme au chien.

« ... Jamais t'attraperas un lapin... »

Quand on fait affaire avec moi, il y a deux choses qu'il ne faut pas oublier.

AFFRONTEMENT : Wilma Jerzyck, la dame aux draps.

Monsieur Gaunt sait ce qu'il dit...

« ... et t'es pas mon copain... »

... et le duel n'est pas terminé tant que Monsieur Gaunt n'a pas dit qu'il l'était.

Tout cela tournait, tournait, dans une confusion de terreur, de culpabilité et d'angoisse rythmée par les tubes d'Elvis Presley. Vers midi, Brian sentit son estomac se soulever. Il se précipita en chaussettes dans la salle de bains, au fond du couloir, referma la porte et vomit aussi silencieusement qu'il put. Sa mère n'entendit rien. Elle était toujours dans sa chambre, à écouter le King lui déclarer qu'il voulait être son nounours.

Tandis qu'il revenait lentement dans sa chambre, se sentant plus malheureux que jamais, il fut pris de la conviction que sa carte Sandy Koufax avait disparu. On la lui avait volée la nuit dernière, pendant son sommeil. Il était impliqué dans un meurtre à cause d'une carte qu'il ne possédait même plus.

Il bondit, faillit glisser sur le tapis de sa chambre et cueillit l'album sur l'étagère du haut de son placard. Il tourna les pages à une telle vitesse qu'il en arracha en partie quelques-unes de leurs anneaux. Mais la carte — *LA* carte — se trouvait toujours là. Le visage étroit le regardait toujours, sous le plastique. Il se sentit envahi d'une pitoyable sensation de soulagement.

Il sortit la carte de son logement, gagna son lit et s'allongea en la tenant toujours à la main. Il ne voyait pas comment il pourrait jamais la lâcher. C'était tout ce qu'il avait gagné à vivre ce cauchemar. La seule chose. Il ne l'aimait plus, mais elle était à lui. S'il avait pu rendre la vie à Nettie Cobb et à Wilma Jerzyck en la brûlant, il aurait été immédiatement chercher des allumettes (du moins le croyait-il), mais il ne pouvait les ressusciter : et du coup, la seule idée de perdre sa carte et de se retrouver sans rien du tout avait quelque chose d'insupportable.

Il la garda donc à la main et, les yeux au plafond, écouta la voix étouffée d'Elvis, qui en était maintenant à « Cœur de bois ». La remarque de Sean n'avait rien d'étonnant : il était blanc comme de la craie, et ses yeux exorbités avaient une expression sombre et malheureuse. Et son propre cœur lui faisait l'effet d'être en bois, maintenant qu'il y pensait.

Une nouvelle idée, soudain, une idée épouvantable, traversa les ténèbres de son esprit avec l'éclat effrayant et véloce d'une comète : *On l'avait vu !*

Il se retrouva sur son séant, regardant le miroir de son

placard, de l'effroi dans les yeux. La bonne femme avec sa robe de chambre d'un vert criard ! Son fichu d'un rouge tout aussi criard sur ses bigoudis ! Mme Mislaburski !

Qu'est-ce qui se passe là-bas, mon garçon ?

Je ne sais pas exactement. Je crois que monsieur et madame Jerzyck se disputent.

Brian sauta du lit et bondit jusqu'à la fenêtre, s'attendant presque à voir la voiture du shérif Pangborn s'engager dans l'allée. Personne, mais il n'allait pas tarder. Parce que, lorsque deux femmes se disputent à mort, il y a enquête. On allait interroger Mme Mislaburski. Elle déclarerait avoir vu un garçon sortir de chez les Jerzyck. Un garçon qui était le petit Rusk, Brian, exactement, monsieur le shérif.

En bas, le téléphone se mit à sonner. Sa mère ne décrocha pas (il y avait un deuxième poste dans sa chambre). Elle continua de fredonner en suivant la chanson. C'est finalement Sean qui répondit.

« Qui est à l'appareil ? »

Calmement, Brian songea : *Il me fera avouer. Je ne pourrai pas mentir, pas à un policier. Je n'ai même pas pu mentir à Mme Leroux à propos du vase cassé sur son bureau... Il me fera avouer, et j'irai en prison pour meurtre.*

Ce fut la première fois qu'il pensa au suicide. Il y pensa d'une manière calme et rationnelle, nullement romantique et excitante. Son père avait un fusil de chasse, dans le garage, et l'arme lui paraissait la réponse appropriée. La réponse qui réglerait tout.

« Briannn ! Téléphone !

— Je n'ai pas envie de parler à Stan ! cria-t-il. Dis-lui de rappeler demain.

— C'est pas Stan, mais un type. Une grande personne. »

De grandes mains glacées étreignirent son cœur. Ça y était. Le shérif Pangborn.

Brian ? J'ai quelques questions à te poser. Des questions très sérieuses. Si jamais tu n'y réponds pas correctement, il faudra que je vienne te chercher, j'en ai peur. Je viendrai dans ma voiture de patrouille. Ton nom ne va pas tarder à apparaître dans les journaux, Brian, et ton image à la télé. Tous tes amis te verront. Ton père, ta mère et ton petit frère aussi. Et en même temps qu'on te verra, le type de la télé dira : « Voici Brian Rusk, le garçon qui est complice de l'assassinat de Nettie Cobb et de Wilma Jerzyck. »

« C'est q-q-qui ? lança-t-il dans l'escalier d'une voix haut perchée qui s'étranglait.

— Chai pas ! » On venait d'arracher Sean à son feuilleton de science-fiction, et il était irrité. « Je crois qu'il a dit qu'il s'appelait Crowfix, ou quelque chose comme ça.

Crowfix ?

Brian restait sur le pas de la porte, le cœur battant à grands coups. Deux taches rouges clownesques brillaient maintenant à ses joues, au milieu de son visage livide.

Non, pas Crowfix.

Koufax.

Sandy Koufax l'appelait au téléphone. Sauf que Brian se doutait bien qui se cachait derrière ce Sandy Koufax-là.

Il descendit, les jambes en plomb. Le combiné lui parut peser une tonne.

« Bonjour, Brian, dit Mr Gaunt d'une voix douce.

— B-b-bonjour, répondit Brian de sa voix haut perchée et étranglée.

— Tu n'as absolument aucune raison de t'inquiéter. Si madame Mislaburski t'avait vu lancer les cailloux, elle ne t'aurait pas demandé ce qui se passait, n'est-ce pas ?

— Comment le savez-vous ? » Brian sentait de nouveau l'envie de vomir le gagner.

« C'est sans importance. Ce qui compte, c'est que tu as fait exactement ce qu'il fallait faire, Brian. Exactement. Tu as répondu que les Jerzyck devaient se disputer. Si la police t'interroge, tu seras simplement celui qui a entendu lancer des cailloux. Tu n'as pas vu qui les lançait, car la personne se trouvait alors derrière la maison. »

Brian regarda par l'arche qui donnait sur le coin télévision pour s'assurer que Sean ne l'espionnait pas. Mais le garçonnet était assis en tailleur face à la télé, un sachet de pop-corn entre les jambes.

« Je ne peux pas mentir ! murmura-t-il dans le téléphone. Je me fais toujours prendre, quand je mens !

— Pas cette fois, Brian. Cette fois, tu vas t'en sortir comme un champion. »

Et ce qu'il y avait de plus horrible était que Brian pensait qu'encore une fois Mr Gaunt savait ce qu'il disait.

2

Tandis que l'aîné pensait au suicide, puis marchandait d'un ton étouffé et désespéré avec Leland Gaunt, Cora Rusk dansait sans bruit dans sa chambre, en blouse de travail.

Sauf qu'elle n'était pas dans sa chambre.

Lorsqu'elle mettait les lunettes de soleil que Mr Gaunt lui avait vendues, elle se retrouvait chez le King, à Graceland.

Elle traversait en dansant les pièces fabuleuses à l'odeur de désinfectant et de frites, des pièces dans lesquelles les seuls bruits étaient le ronronnement tranquille de l'air conditionné (seules quelques fenêtres ouvraient, à Graceland ; les autres étaient fermées et condamnées), le glissement de ses chaussures sur les tapis moelleux et la voix d'Elvis chantant « Mon rêve réalisé » de son timbre mystérieux et suppliant. Elle dansait entre les énormes chandeliers en cristal de France de la salle à manger, elle dansait devant les paons des vitraux. Elle laissait glisser une main sur les riches draperies en velours bleu. Le mobilier était de style provincial français ; les murs rouge sang.

La scène se transforma comme dans un lent fondu enchaîné de cinéma et Cora se retrouva dans le boudoir du sous-sol. Il y avait des têtes d'animaux naturalisées sur un mur, des colonnes de disques d'or encadrés sur un autre, des écrans de télé éteints sur un troisième. Derrière le bar, long et incurvé, les étagères débordaient de Gatorade : parfumé à l'orange, au citron vert, au citron.

Le changement automatique de disque cliqueta, sur le vieux tourne-disque portable orné d'une photo du King. Un nouveau quarante-cinq tours tomba. Elvis commença à chanter « Blue Hawaii » et Cora passa en roulant des hanches dans la Jungle, pièce meublée de Tikis, d'un canapé aux appuis sculptés de gargouilles et d'un miroir encadré d'une dentelle de plumes de faisan (arrachées aux oiseaux vivants).

Elle dansa. Avec les lunettes achetées au Bazar des Rêves lui dissimulant les yeux, elle dansa. Elle dansait encore lorsque son fils revint à pas de loup s'allonger sur son lit, regardant le visage étroit de Sandy Koufax, tout à ses fantasmes d'alibis et de fusil de chasse.

3

Le lycée de Castle Rock était un maussade empilement de briques rouges situé entre la Poste et la Bibliothèque, témoin d'une époque où les élus de la ville estimaient qu'une école devait ressembler à une maison de correction. Celle-ci datait de 1926 et correspondait admirablement à cette conception. Chaque année se posait la question, de plus en plus pressante, de la construction de nouveaux bâtiments scolaires — de bâtiments qui auraient de véritables fenêtres et non des meurtrières, une vraie cour de récréation et non un promenoir pour condamnés à mort, et des classes où on ne se gèlerait pas en hiver.

La salle de cours de Sally Ratcliffe, au sous-sol, était une improvisation plus tardive, coincée entre la chaufferie et le magasin des fournitures avec ses piles de papier hygiénique, ses craies, ses manuels et ses tonneaux de sciure de bois rouge et odorante. Entre le bureau du professeur et les six réservés aux élèves, c'est à peine si l'on pouvait s'y déplacer, ce qui n'avait pas empêché Sally d'essayer de rendre la pièce aussi attrayante que possible. Elle savait que tous les enfants (les bègues, les zézayeurs, les dyslexiques) qui avaient besoin de ces séances d'orthophonie trouvaient l'expérience pénible et effrayante. Les autres élèves les taquinaient et leurs parents les harcelaient de questions. Inutile, pour couronner le tout, de les faire travailler dans une classe vainement sinistre.

Deux mobiles pendaient, accrochés aux tuyaux poussiéreux qui couraient le long du plafond ; des photos de vedettes de télé ou de rock ornaient les murs, et sur un poster, le chat Garfield proclamait : « Si un matou comme moi peut parler ce charabia, vous le pouvez aussi ! »

Elle avait accumulé un retard déprimant dans ses dossiers, alors que les cours n'avaient repris que depuis cinq semaines. A treize heures quinze, en dépit de ses bonnes intentions de passer la journée à les mettre à jour, elle les fourra de nouveau sous clef dans leur classeur. Elle prit pour prétexte qu'il faisait trop beau pour rester enfermée dans ce sous-sol même si, pour une fois, on n'entendait pas gronder la chaudière. Mais elle ne s'avouait pas toute la vérité, à vrai dire ; elle avait des plans très précis pour son après-midi.

Elle n'avait qu'une envie : retourner chez elle, s'asseoir dans le fauteuil placé à côté de la fenêtre, la lumière du soleil lui inondant les genoux, et méditer sur le fabuleux éclat de bois qu'elle avait acheté au Bazar des Rêves.

Elle était de plus en plus convaincue qu'il s'agissait d'un objet miraculeux authentique, l'un des divins trésors éparpillés par Dieu sur la terre, afin qu'ils fussent trouvés par les vrais croyants. On avait l'impression, en le tenant, de se rafraîchir la main dans un seau d'eau de puits, par une chaude journée d'été ; de se nourrir alors qu'on était affamé. Le tenir, c'était…

C'était l'extase.

Quelque chose aussi la titillait ; elle avait glissé l'éclat de bois dans le tiroir du bas de sa commode, dissimulé par ses sous-vêtements, et soigneusement fermé la porte à clef en partant. Et cependant, elle ne pouvait se défaire de l'horrible impression que quelqu'un avait pu pénétrer chez elle par effraction et voler

(la relique la sainte relique)

l'éclat de bois. Elle se rendait compte que c'était absurde — quel cambrioleur aurait l'idée d'emporter un vieux morceau de bois tout gris, en admettant qu'il l'eût trouvé ? Mais si jamais il le touchait... Si ces bruits et ces images lui emplissaient la tête comme ils lui emplissaient la sienne chaque fois qu'elle serrait l'éclat dans son petit poing... eh bien...

Sally allait donc retourner chez elle. Elle se changerait, mettrait un short et un T-shirt sans manches, et passerait une bonne heure dans une calme

(exaltation)

méditation ; sous ses pieds, le plancher se transformerait en pont de bateau, animé par le roulis et le tangage ; les animaux beugleraient, feuleraient, grogneraient ; elle sentirait la lumière d'un soleil différent et elle attendrait l'instant magique — elle était sûre qu'il arriverait si elle tenait l'éclat de bois suffisamment longtemps, si elle demeurait très, très calme, si elle priait très, très fort — où la proue de l'énorme et pesant bateau viendrait se poser sur le sommet de la montagne avec un bruit sourd de raclement. Elle ignorait pour quelle raison Dieu avait cru bon de la bénir, elle entre tous les fidèles du monde, en lui accordant ce miracle éclatant, mais puisqu'Il l'avait fait, elle avait l'intention de le vivre aussi pleinement et complètement que possible.

La jeune femme, grande, mince, jolie, avec ses cheveux blond foncé et ses longues jambes, traversa le terrain de jeux pour gagner le parking de la faculté. Ces longues jambes faisaient d'ailleurs l'objet de discussions animées chez le coiffeur, quand elle passait, en chaussures à talons presque plats, tenant en général son sac d'une main et sa bible, bourrée de tracts, de l'autre.

« Bon Dieu de Dieu, s'exclama une fois Bobby Dugas, voilà une fille qui a des jambes qui lui vont jusqu'au menton !

— Inutile de t'exciter, mon vieux, lui avait répondu Charlie Fortin. Tu ne les sentiras jamais s'enrouler autour de tes fesses. Elle appartient à Jésus et à Lester Pratt. Dans cet ordre. »

Tout le salon de coiffure avait explosé en rires virils lorsque Charlie avait sorti celle-là — une sacrée bonne vanne ! Dehors, Sally avait poursuivi son chemin : elle allait à la séance de catéchisme pour adultes du jeudi soir du révérend Rose, inconsciente de ce qu'on disait d'elle, drapée dans son innocence joyeuse et sa vertu.

Personne ne se serait avisé de faire des plaisanteries sur les jambes de Sally (ou de toute autre partie de son anatomie) si Lester Pratt s'était trouvé au Clip Joint ; il y venait d'ailleurs régulièrement, toutes les trois semaines, faire retailler les poils rigides de sa brosse. Pour tous ceux qui s'intéressaient aux ragots, en ville, Lester croyait, c'était évident, que Sally lâchait des pets parfumés à la rose et chiait des pétunias, et on ne tenait pas ce genre de propos devant un type baraqué comme lui. C'était un garçon absolument charmant, par ailleurs, mais Dieu et Sally Ratcliffe étaient deux sujets sur lesquels il ne plaisantait jamais. Un gaillard comme lui était capable de vous arracher bras et jambes et de vous mettre les uns à la place des autres en un tournemain, si ça lui chantait.

Ils avaient parfois des séances torrides, Sally et lui, mais jamais ils n'avaient été *jusqu'au bout*. D'ordinaire, Lester retournait chez lui dans un état indescriptible, la tête explosant de joie et les couilles explosant de sperme comprimé, rêvant du jour, plus très lointain, où il ne serait pas obligé de s'arrêter. Il se demandait s'il n'allait pas la noyer la première fois qu'ils le feraient.

Sally attendait aussi avec impatience le jour de son mariage et la fin de ses frustrations sexuelles… quoique, depuis quelques jours, les étreintes de Lester lui eussent paru moins importantes. Elle avait envisagé de lui parler de l'éclat de bois de Terre sainte qu'elle avait acheté au Bazar des Rêves, l'éclat de bois miraculeux, pour décider, en fin de compte, de ne rien dire. Elle lui en parlerait un jour, bien sûr ; on doit partager de tels miracles. C'était certainement un péché que de ne pas le faire. Mais elle avait été surprise (et un peu honteuse) du sentiment de possessivité jalouse qui s'était emparé d'elle chaque fois qu'elle avait pensé à montrer l'objet à Lester ou à lui demander de le tenir.

Non ! avait crié une voix enfantine et coléreuse, la première fois. *Non ! Il est à moi ! Il ne signifierait pas pour lui ce qu'il signifie pour moi ! C'est impossible !*

Le jour viendrait où elle le partagerait avec lui, comme viendrait le jour où ils ne seraient plus qu'une chair ; mais le moment n'était venu ni pour l'une ni pour l'autre chose.

Cette chaude journée d'octobre était tout à elle, et rien qu'à elle.

Il n'y avait que quelques voitures dans le parking, et la Mustang de Lester faisait partie des plus récentes et des plus belles. Elle avait eu des tas de problèmes avec sa propre auto (quelque chose qui n'arrêtait pas de se bloquer dans la transmission), mais ce n'était pas vraiment le problème. Lorsqu'elle avait appelé Lester, le matin, pour lui demander de lui prêter la Mustang qu'elle lui avait rendue la veille après l'avoir gardée six jours, il avait aussitôt accepté de la conduire. Il reviendrait en joggant, avait-il répondu, après quoi il irait faire une partie de football avec les Gars. Elle se doutait qu'il lui aurait proposé le véhicule même s'il en avait eu besoin, et elle trouvait ça très bien Elle se rendait compte, mais d'une manière vague et intuitive plus que consciente, que Lester était prêt à sauter dans des cercles de feu si elle le lui demandait, et qu'elle acceptait avec complaisance de vivre dans une chaîne d'adoration : Lester l'adorait, tous deux adoraient Dieu, le monde n'avait pas de fin, amen.

Elle se glissa au volant de la Mustang et vit, lorsqu'elle voulut poser son sac à main sur la console, quelque chose qui dépassait sous le siège du passager. On aurait dit une enveloppe.

Elle se pencha et la ramassa, trouvant curieux que Lester, d'ordinaire si méticuleux pour sa voiture comme il l'était pour sa personne, eût laissé traîner quelque chose. Il n'y avait qu'un mot sur l'enveloppe, mais il fit un sale effet à la jeune fille. *Mon chou,* écrit d'une main légère et coulante.

Une main *féminine.*

Elle retourna l'enveloppe. Il n'y avait rien d'écrit au dos, et on l'avait scellée.

« Mon chou ? » se demanda Sally, dubitative. Elle se rendit soudain compte que les vitres étaient levées et qu'elle transpirait abondamment. Elle lança le moteur, baissa la vitre de son côté et se pencha pour en faire autant avec celle du passager.

Elle eut l'impression de sentir une légère odeur de parfum. Un parfum qui n'était pas le sien, puisqu'elle n'en portait pas, de même qu'elle n'avait aucun maquillage. Sa religion lui avait appris que tels étaient les artifices des femmes de mauvaise vie. (Cela dit, elle n'en avait guère besoin.)

Mais non, ce n'était pas du parfum. Simplement les dernières fleurs de chèvrefeuille qui poussaient sur le grillage du terrain de jeux.

« Mon chou ? » s'interrogea-t-elle à nouveau en regardant l'enveloppe.

Elle passa les doigts dessus, puis la plia en deux. Il y avait un morceau de papier dedans, au moins un, mais aussi autre chose, de plus rigide. Une photo, peut-être.

Elle plaça l'enveloppe à contre-jour devant le pare-brise, sans résultat. La lumière ne venait pas vers elle. Elle hésita un instant, descendit de voiture et tint l'enveloppe face au soleil. Elle ne distingua qu'un premier rectangle (sans doute la lettre) qui en contenait un deuxième plus petit (sans doute la photo).

La photo de

(Mon chou)

ou de celle qui avait envoyé la lettre.

Si ce n'est, évidemment, qu'elle n'avait pas été

envoyée, en tout cas pas par la poste. Il n'y avait ni timbre ni adresse. Seulement ce mot troublant. Elle n'avait pas non plus été ouverte, ce qui signifiait... quoi ? Que quelqu'un l'avait glissée dans la Mustang de Lester pendant que Sally épluchait ses dossiers ?

Possible. Cela pouvait aussi vouloir dire que quelqu'un l'avait placée là pendant la nuit, ou même la veille, et que Lester ne l'avait pas vue. Après tout, elle dépassait à peine lorsque Sally l'avait vue et elle s'était peut-être déplacée pendant que Sally avait roulé, ce matin.

« Hé, Miss Ratcliffe ! » lança une voix. Sally baissa promptement la main et dissimula la lettre dans les plis de sa robe. Son cœur battait sous l'effet de la culpabilité.

Ce n'était que le petit Billy Marchant qui traversait le terrain de jeux, sa planche à roulettes sous le bras. Sally lui fit bonjour de la main et monta rapidement dans la voiture. Elle avait chaud aux joues — elle rougissait ! C'était idiot — non, ridicule ! Mais elle se comportait presque comme si Billy l'avait surprise à faire quelque chose qu'elle n'aurait pas dû.

Au fait, n'était-ce pas le cas ? N'essayais-tu pas de deviner ce qu'il y avait dans une lettre qui ne t'était pas destinée ?

Elle éprouva la première piqûre de jalousie à ce moment-là. Mais la lettre était peut-être pour elle ; à Castle Rock, des tas de gens l'avaient vue au volant de la Mustang, au cours des semaines passées. Et même si la lettre ne lui était pas destinée, Lester Pratt, lui, l'était. Ne venait-elle pas justement de se dire, non sans quelque satisfaction, qu'il aurait sauté dans des cercles de feu pour elle ?

Mon chou.

Non, personne n'avait mis cette lettre ici pour elle, elle en était sûre. Aucune de ses amies ne l'appelait mon chou, ma chérie, ou d'un nom de ce genre. On l'avait déposée pour Lester. Et...

L'explication lui vint brusquement à l'esprit et elle se laissa retomber contre le siège baquet de tissu bleu avec un petit soupir de soulagement. Lester n'enseignait l'éducation physique qu'aux garçons du lycée, bien entendu, mais les jeunes filles — les jeunes filles impressionnables — le croisaient tous les jours. Et Lester était jeune et bel homme.

Une collégienne qui a le béguin pour lui a dû glisser cette lettre dans la voiture. C'est tout. Elle n'a même pas osé la poser sur le tableau de bord, où il l'aurait vue tout de suite.

« Ça lui serait égal que je l'ouvre », dit-elle à voix haute en déchirant proprement une extrémité, qu'elle déposa dans le cendrier (cendrier qu'aucune cigarette n'était jamais venue salir). « On va bien rire, ce soir ! »

Elle renversa l'enveloppe, et un cliché lui tomba dans les mains. Son cœur s'arrêta un instant de battre lorsqu'elle le vit. Puis elle eut un hoquet étranglé. Ses joues s'empourprèrent et elle porta la main à ses lèvres — sa bouche formait un O de désarroi et de surprise.

Sally n'avait jamais mis les pieds au Mellow Tiger, mais elle n'était pas totalement innocente ; elle avait suffisamment vu de films avec des scènes de bar pour en reconnaître immédiatement un. On voyait un homme et une femme attablés dans ce qui paraissait être le coin (un coin confortablement discret, lui souffla son esprit) d'une grande salle. Deux bières étaient posées devant eux. Les autres tables, autour du couple, étaient occupées ; on distinguait au fond une piste de danse.

Le couple s'embrassait.

La femme portait un bustier étincelant de paillettes (qui lui laissait l'abdomen dégagé) et une minijupe, en lin blanc, apparemment. Une minijupe très mini. L'une des mains de l'homme la tenait familièrement par la taille, mais l'autre était *sous* la jupe, si haut qu'elle ne semblait pas pouvoir aller plus loin ; on devinait un bout de la petite culotte de la femme.

La sale petite garce ! pensa-t-elle, déconfite.

L'homme tournait le dos à l'objectif ; on ne distinguait de son visage qu'une oreille et la mâchoire. On voyait cependant qu'il était très musclé et que ses cheveux noirs étaient coupés en brosse ultracourte. Il portait un T-shirt bleu (de ceux qui soulignent la musculature) et un pantalon de survêt bleu à bandes blanches sur le côté.

Lester.

Lester, en train d'explorer la topographie intime de cette sale petite garce.

Non ! hurla son esprit, pris de panique. Ça ne peut pas être lui ! Lester ne met jamais les pieds dans les bars ! Il ne boit même pas ! Et il n'embrasserait jamais une autre femme, parce qu'il m'aime ! Je le sais, parce que...

« Parce qu'il me l'a dit. » Son timbre de voix, débordant de tristesse, la fit elle-même sursauter. Elle avait envie de froisser la photo et de la jeter, mais il n'en était pas question : quelqu'un pouvait la trouver, et qu'est-ce que cette personne en penserait ?

Elle se pencha de nouveau sur le cliché, l'étudiant d'un œil avide et jaloux.

Le visage de l'homme dissimulait l'essentiel de celui de la femme, mais Sally distinguait tout de même l'arc d'un sourcil, le coin d'un œil, la moitié d'une joue et la courbe de la mâchoire. Plus important, la coupe et la couleur des cheveux étaient bien visibles, une coupe en boucles folles dont certaines retombaient sur le front, une couleur sombre.

Judy Libby avait une chevelure semblable. Une coupe semblable, avec une frange de boucles folles lui retombant sur le front.

Tu te trompes. Non, pire encore. Tu es cinglée. Lester a rompu avec elle lorsqu'elle a quitté l'Eglise. Ensuite elle est partie. A Portland ou à Boston, Sally ne se souvenait plus exactement. Il s'agit de la mauvaise plaisanterie d'un esprit tordu et malsain. Tu sais bien que jamais Lester...

Mais le savait-elle vraiment ?

Toute son ancienne autosatisfaction lui revint à l'esprit, comme pour se moquer d'elle, et une voix qu'elle n'avait encore jamais entendue parla soudain, du plus profond d'elle-même : *La confiance de l'innocent est le meilleur atout du menteur.*

Ce n'était pas forcément Lester, ce n'était pas forcément Judy. Après tout, il n'est pas si facile de reconnaître les gens quand ils s'embrassent à pleine bouche. On ne peut même pas les distinguer dans un film que l'on prend en cours de route, y compris si ce sont des vedettes connues. Il faut attendre qu'ils arrêtent et regardent de nouveau vers la caméra.

Mais ce n'est pas un film, rétorqua la voix. *C'est dans la réalité que ça se passe. Et s'il ne s'agit pas d'eux, pour quelle raison avoir déposé l'enveloppe dans la voiture ?*

Elle examina la main droite de la jeune femme, posée, légère, sur le cou de

(Lester)

son petit ami. Elle portait les ongles longs et taillés en amande, recouverts d'un vernis sombre. Judy Libby avait des ongles semblables. Sally se souvint qu'elle n'avait pas été surprise de voir Judy cesser de fréquenter l'Eglise. Quand on porte des ongles aussi longs, s'était-elle dit, c'est qu'on pense à autre chose qu'au Seigneur des Armées.

Bon, très bien, c'est Judy. Cela ne signifie pas forcément que l'homme soit Lester. Il pourrait s'agir justement d'une basse vengeance, puisque Lester l'a laissée tomber lorsqu'il s'est aperçu qu'elle était aussi chrétienne que Judas Iscariote. Après tout, des tas de types ont les cheveux coupés en brosse, et n'importe qui peut enfiler un T-shirt bleu et un pantalon de survêt bleu à bandes blanches.

Puis les yeux de Sally tombèrent sur quelque chose d'autre et son cœur devint soudain aussi lourd que s'il s'était rempli de plomb. L'homme portait une montre-bracelet à cadran numérique qu'elle reconnut sans peine, même si elle était un peu floue sur le cliché ; ne l'avait-elle pas offerte elle-même à Lester pour son anniversaire, le mois dernier ?

Il pourrait s'agir d'une coïncidence, se défendit-elle

faiblement. C'est juste une Seiko, tout ce que je pouvais me permettre. N'importe qui peut avoir une telle montre. Mais la nouvelle voix éclata d'un rire sardonique désespérant — Tu blagues ou quoi ? Car il y avait plus. Elle ne pouvait voir la main qui disparaissait sous la jupe (Dieu soit loué !) mais le bras, en revanche, était bien visible. Et il y avait deux gros grains de beauté sur ce bras, juste au-dessous du coude. Ils se touchaient presque en dessinant une sorte de huit.

Combien de fois avait-elle passé un doigt amoureux sur ces deux grains de beauté, pendant qu'ils étaient sur la balancelle, sous le porche ? Combien de fois les avait-elle embrassés tandis qu'il lui caressait les seins (solidement blindés par un soutien gorge J. C. Penny, expressément choisi pour ce genre de joute amoureuse) et, haletant, chuchotait à son oreille promesses et serments d'amour éternel ?

Bon, d'accord, c'était Lester. On pouvait mettre ou enlever une montre, pas des grains de beauté... un fragment de chanson lui vint à l'esprit : « *Mauvaises filles... toot-toot... bip-bip...* »

« Sale garce, sale garce, sale garce ! » siffla-t-elle avec quelque chose de méchant dans la voix. Comment avait-il pu retourner vers elle ? Comment ?

Peut-être parce qu'elle lui laissait faire ce qu'il voulait, susurra la voix.

Sa poitrine se souleva violemment ; elle aspira entre ses dents, furieuse et malheureuse.

Mais ils sont dans un bar ! Jamais Lester...

Elle se rendit compte que la question était tout à fait secondaire. Si Lester voyait Judy, s'il était capable de mentir là-dessus, mentir à propos d'une bière ou deux était sans importance, non ?

Elle posa la photo et, d'une main tremblante, tira de l'enveloppe la note qui l'accompagnait. C'était une feuille de papier à lettres couleur pêche à bordure d'où émanait une odeur légère, douce et un peu poussiéreuse. Elle la porta à ses narines et inhala.

«Sale garce!» s'écria-t-elle d'une voix étranglée et pleine d'angoisse. Si Judy Libby était apparue à cet instant-là, Sally se serait jetée sur elle toutes griffes dehors, même si les siennes étaient nettement plus courtes. Elle aurait bien voulu qu'elle fût là. Et Lester aussi. Il resterait un bon moment sans pouvoir jouer au football lorsqu'elle en aurait terminé avec lui. Un sacré bon moment.

Elle déplia la lettre. Elle était brève et rédigée dans les caractères scolaires arrondis de la méthode Palmer.

Les, mon chéri,

C'est Felicia qui a pris cette photo au Tiger l'autre soir. Elle a dit qu'elle aurait dû s'en servir pour nous faire chanter! Mais elle ne faisait que blaguer. Elle me l'a donnée, et je te la donne à mon tour en souvenir de *notre grande nuit.* C'était *terriblement cochon* de ta part de passer comme ça ta main sous ma jupe en public. Mais ça m'a mise dans un état! Et tu es *si fort*! Plus je regarde cette photo, plus je me sens *toute chose. Si* tu regardes bien, tu verras ma petite culotte! Heureusement que Felicia n'était pas là quand je n'en portais même plus!!! On se voit bientôt. En attendant, garde cette photo en souvenir de moi. Je penserai à toi et à *ton gros machin.* Il vaut mieux que je m'arrête avant de trot m'exciter, sans quoi il va falloir que je fasse des cochonneries. Et je t'en prie, arrête de t'en faire à propos de qui tu sais. Elle est trot occupée à se mettre bien avec Jésus pour nous soupçonner.

Ta Judy

Sally resta presque une demi-heure derrière le volant de la Mustang, lisant et relisant ce mot, bouillonnant de colère, de jalousie et de chagrin. Ses pensées et ses sensations étaient aussi traversées d'excitation sexuelle, mais c'était quelque chose qu'elle n'aurait jamais reconnu devant quiconque, et devant elle moins que personne.

Cette espèce de salope est tellement stupide qu'elle ne sait même pas comment on écrit « trop ».

Ses yeux revenaient sans cesse sur les phrases soulignées, comme pour s'en repaître :

notre grande nuit
terriblement cochon
si fort
toute chose
ton gros machin

Mais la phrase qui lui faisait l'effet le plus terrible, la phrase qui alimentait le plus sûrement sa rage, était celle qui blasphémait le rituel de la communion : *garde cette photo en souvenir de moi.*

Des images incontrôlables l'envahirent. Les lèvres de Lester se refermant sur l'un des seins de Judy tandis qu'elle roucoulait « prends, bois ceci en souvenir de moi ». Lester agenouillé entre les jambes écartées de Judy tandis qu'elle lui disait « prends et mange ceci en souvenir de moi ».

Elle froissa la feuille de papier et la jeta sur le sol de la voiture. Elle se tenait toute droite, respirant fort, les cheveux emmêlés en mèches collées par la transpiration (elle n'avait cessé d'y passer la main pendant qu'elle lisait et relisait la lettre). Puis elle se baissa, ramassa le mot, le défroissa et le remit dans l'enveloppe avec la photo. Ses mains tremblaient tellement qu'elle dut s'y reprendre à trois fois ; lorsqu'elle y parvint, ce fut en déchirant à moitié l'enveloppe.

« Sale garce ! » cria-t-elle encore une fois avant d'éclater en sanglots. Ses larmes étaient brûlantes et la piquaient comme de l'acide. « Salope ! Et toi ! Menteur ! Ignoble menteur ! »

Elle enfonça violemment la clef de contact dans son logement ; la Mustang s'éveilla avec un rugissement qui reflétait sa colère. Elle enclencha le levier sur D et quitta le parking dans un nuage de fumée bleue accompagné d'un hurlement de pneus martyrisés.

Billy Marchant, qui s'entraînait à faire des figures de planche à roulettes sur le terrain de jeux, leva les yeux, étonné.

4

Elle était dans sa chambre un quart d'heure plus tard, fouillant parmi ses sous-vêtements, à la recherche de l'éclat de bois qu'elle ne retrouvait pas. Sa fureur contre Judy et son salopard de menteur était éclipsée par une forme de terreur incoercible : et s'il avait disparu ? Si on le lui avait volé ?

Elle se rendit soudain compte qu'elle tenait encore le message à la main gauche et qu'il gênait ses recherches. Elle jeta l'enveloppe, qui fut bientôt suivie par sa délicate lingerie de coton qu'elle balançait à poignées dans tous les sens. A l'instant même où elle allait se mettre à hurler sous l'effet combiné de la panique, de la rage et de la frustration, elle aperçut le morceau de bois. Elle avait tiré le tiroir avec tellement de violence qu'il avait été projeté tout au fond du coin gauche.

Elle s'en empara et se sentit aussitôt envahie par un sentiment de paix et de sérénité. Elle prit l'enveloppe dans son autre main et leva les deux côte à côte : elle avait devant les yeux le bien et le mal, le sacré et le profane, l'alpha et l'oméga. Elle mit l'enveloppe dans le tiroir et la recouvrit de sa lingerie, qu'elle empila n'importe comment.

La jeune femme s'assit, croisa les jambes et s'inclina contre l'éclat de bois. Elle ferma les yeux et s'attendit à sentir le sol se mettre à osciller doucement sous elle, à sentir la paix descendre sur elle tandis que retentissaient les voix des animaux, ces pauvres bêtes innocentes, épargnées en une époque de perversité par la grâce de Dieu.

Au lieu de cela, ce fut la voix de l'homme qui lui avait

vendu l'objet qui lui parvint. *Tu devrais t'occuper sérieusement de régler cette affaire, Sally,* dit Mr Gaunt du plus profond de la relique. *Tu devrais vraiment t'occuper de régler cette... cette sale affaire.*

« Oui, répondit Sally Ratcliffe. Oui, je sais. »

Elle passa tout l'après-midi dans la chaleur de sa chambre de jeune fille, à réfléchir et à rêver dans le cercle sombre dont l'éclat de bois l'entourait, cercle sombre qui rappelait le capuchon d'un cobra.

5

Pendant que Sally Ratcliffe méditait au fond des ténèbres où elle venait d'être précipitée, Polly Chalmers, assise à sa machine à coudre dans un éclatant rayon de soleil (elle avait ouvert la fenêtre, profitant de cette température exceptionnelle), fredonnait « Iko, Iko » de son agréable voix d'alto.

Rosalie Drake s'approcha d'elle et remarqua : « Je connais quelqu'un qui se sent mieux, aujourd'hui. Beaucoup mieux, même. »

Polly leva les yeux et lui adressa un sourire étrangement ambigu. « Oui et non.

— Quelle hypocrite ! »

Polly réfléchit un instant et acquiesça. Ce n'était pas tout à fait cela, mais autant se contenter de cette explication. Les deux femmes mortes hier étaient de nouveau réunies, au salon funéraire Samuels. Les funérailles seraient célébrées le lendemain dans deux églises différentes, mais les dépouilles mortelles de Nettie et de Wilma se retrouveraient ensuite voisines pour l'éternité... au cimetière Homeland. Polly se sentait en partie responsable de cette double disparition ; après tout, Nettie ne serait jamais venue à Castle Rock sans son intervention. Elle avait écrit les lettres, assisté aux différents entretiens et avait même trouvé un foyer pour sa femme de ménage. Et pourquoi s'était-elle tant démenée, au juste ? Elle ne s'en souvenait plus très bien, sinon qu'elle avait vu là un acte de charité chrétienne rendu nécessaire par une vieille amitié familiale.

Pas question de chercher à nier ses responsabilités ni de laisser quiconque la persuader qu'elle n'en avait pas (Alan avait intérêt à se tenir à carreau). Ce qu'il y avait au cœur de la démence de Nettie, personne n'aurait pu l'altérer ou le contrôler, pas plus Polly qu'un autre ; la pauvre femme avait cependant passé trois années heureuses et riches à Castle Rock. Et peut-être trois années de bonheur valaient-elles mieux que des décennies grises passées à se morfondre dans l'institution, avant qu'elle ne soit rattrapée par la vieillesse et ne périsse d'ennui. Et si, par son action, Polly avait signé le certificat de mort de Wilma Jerzyck, cette dernière n'en avait-elle pas contresigné toutes les clauses particulières ? C'était Wilma, et non Polly, qui avait frappé à mort le petit chien chéri de Nettie. Avec un tire-bouchon !

Et puis, elle éprouvait tout simplement du chagrin, comme on en ressent à la mort d'une amie ; mais quelque chose en elle s'étonnait tout de même que Nettie ait pu agir ainsi au moment même où elle paraissait aller mieux.

Polly avait passé une bonne partie de la matinée à prendre les dispositions pour les funérailles et à appeler les rares parents de son ancienne femme de ménage (aucun n'avait l'intention de se déplacer, comme elle s'y était attendue), et ces tâches l'avaient aidée à mettre son chagrin en perspective... ce qui est très certainement l'objectif des rituels de funérailles.

Il y avait certains détails, cependant, qui ne cessaient de la tracasser.

Les lasagnes, par exemple ; elles se trouvaient toujours dans le réfrigérateur, protégées par du papier d'aluminium. Sans doute les partagerait-elle avec Alan ce soir, si celui-ci pouvait se libérer. Impossible de les manger toute seule ; elle n'en supportait pas l'idée.

Elle évoquait aussi la rapidité avec laquelle Nettie

s'était rendu compte qu'elle souffrait, la précision de son estimation, la manière dont elle lui avait apporté les gants thermiques et dont elle avait dit que, cette fois, ils lui feraient peut-être du bien. Et bien sûr, la dernière chose que Nettie lui avait dite : « Je vous aime beaucoup, Polly. »

« La Terre à Polly, la Terre à Polly, vous m'entendez ? » chantonna Rosalie. Les deux femmes avaient parlé de Nettie, évoquant cet épisode et d'autres souvenirs, et elles avaient pleuré dans les bras l'une de l'autre, au milieu des coupons de tissu du débarras. Rosalie paraissait avoir retrouvé sa joie de vivre, peut-être parce qu'elle venait d'entendre Polly chanter.

Ou peut-être parce que tout cela ne leur faisait pas l'effet d'être réel, songea Polly. Une ombre planait là-dessus ; une ombre peu épaisse, mais juste assez pour rendre les choses difficiles à distinguer. C'est ce qui rend notre chagrin si fragile.

« Je vous entends, je vous entends, répondit Polly. Oui, je me sens mieux, je ne peux rien y faire, et j'en suis pleine de reconnaissance. Est-ce que cela suffit comme explication ?

— A peu près. Je ne sais pas ce qui m'a surprise le plus en revenant ; de vous entendre chanter ou de vous voir à la machine à coudre. Montrez-moi vos mains. »

Certes, elles n'auraient pas remporté un prix de beauté, avec leurs doigts tordus, leurs nodosités de Heberden, leurs articulations épaissies et grotesques, mais Rosalie vit qu'elles étaient spectaculairement moins enflées que vendredi dernier, jour où sa patronne avait dû partir plus tôt tant elle souffrait.

« Hou ! la la ! Est-ce qu'elles vous font mal ?

— Bien sûr. Mais cela fait au moins un mois que je ne me suis pas sentie aussi bien. Regardez. »

Elle replia les doigts avec précaution, puis les détendit. « Au moins un mois que je n'ai pas pu faire ce geste. » La réalité était pire : elle n'avait pu replier ses doigts en poing depuis avril ou mai sans souffrir le martyre.

« Ça, alors !

— Voilà pourquoi je me sens mieux. Si Nettie était là pour le voir, mon bonheur serait parfait. »

La porte du magasin s'ouvrit.

« Voulez-vous aller voir ? demanda Polly. Je voudrais finir de coudre cette manche.

— Bien sûr. » Elle fit trois pas et s'arrêta. « Nettie ne vous en voudrait pas, vous savez.

— Oui, je sais », répondit-elle en acquiesçant gravement.

Quand Rosalie fut partie s'occuper de la cliente, Polly porta la main à sa poitrine et effleura la forme, pas plus grosse qu'un gland, qui reposait entre ses seins, sous son chandail.

Azka... quel nom merveilleux ! se dit-elle en lançant la machine à coudre et en manipulant le tissu sous le pied-de-biche argenté, le mouvement de l'aiguille brouillé par la vitesse.

Elle se demanda vaguement combien Mr Gaunt allait lui demander pour l'amulette. Il pouvait bien exiger ce qu'il voulait, ce ne serait jamais assez. Il ne faut pas — il ne faut surtout pas ! — que je raisonne ainsi avant de marchander, mais c'est la simple vérité. Quoi qu'il demande, ce sera toujours une affaire.

14

1

Les conseillers (et conseillères) municipaux de Castle Rock se partageaient une secrétaire à plein temps, une jeune femme répondant au nom exotique d'Ariadne Saint-Clair. Dotée d'une heureuse nature mais d'une intelligence qui n'avait rien d'excessif, elle était infatigable et en outre fort agréable à regarder. Elle avait des seins volumineux qui transformaient son inépuisable collection de chandails angora en un paysage de douces et imposantes collines et un teint de pêche. Elle souffrait aussi d'une forte hypermétropie, et ses yeux, bruns et agrandis, paraissaient nager derrière les verres de ses lunettes cerclées de corne. Buster l'aimait bien. Il la jugeait trop bête pour faire partie d'Eux.

A quatre heures moins le quart, Ariadne passa la tête par la porte de son bureau. « Deke Bradford aurait besoin d'une signature pour un bon de sortie, monsieur Keeton. Pouvez-vous la donner ?

— Voyons d'abord de quoi il s'agit », répondit Buster, qui, d'un geste vif, fit disparaître la page des pronostics du *Daily Sun* de Lewiston dans un tiroir de son bureau.

Il se sentait mieux, décidé à agir, maître de ses moyens. Ces saloperies de P-V avaient brûlé dans la cuisinière, Myrtle ne décampait plus comme un chat échaudé à son approche (il se souciait d'elle comme d'une guigne, mais c'est tout de même embêtant de vivre aux côtés d'une femme qui vous soupçonne d'être l'étrangleur de Boston), et il espérait bien ramasser encore un gros paquet aux courses, ce soir. Comme c'était jour de congé, il y aurait davantage de monde, et donc le rapport serait meilleur.

Il avait même commencé à réfléchir en termes de quarté, quinté-plus et autres combinaisons tarabiscotées.

Quant à l'adjoint Têtedenœud, au shérif Têtedecon et à toute leur joyeuse bande... lui et Mr Gaunt faisaient une sacrée équipe, à tous les deux, et ils les avaient dans le collimateur.

C'est pour toutes ces raisons qu'il accueillit aimablement Ariadne ; il retrouva même un peu de l'ancien plaisir qu'il avait à observer sa vaste poitrine osciller doucement, prisonnière, sans aucun doute, d'un formidable harnais.

Elle posa le formulaire de mise à disposition de fonds sur son bureau ; Buster le prit et s'inclina dans son fauteuil pivotant pour l'examiner. La somme demandée figurait dans un encadré : neuf cent quarante dollars. Au bénéfice d'un fournisseur des BTP de Lewiston. Dans l'espace réservé à la description de la demande, Deke avait écrit en lettres capitales : 16 CAISSES DE DYNAMITE. Et dans celui des explications :

Nous sommes finalement tombés sur la barre granitique, dans la gravière de la route vicinale 5, dont le géologue fédéral nous avait annoncé la présence en 87 (voir rapport joint). Il reste cependant beaucoup de gravier à récupérer de l'autre côté, mais il faut faire sauter cette barre pour l'atteindre. Il serait bon de procéder avant le froid et les premières chutes de neige. Si nous devons acheter six mois de gravier à Norway, les contribuables vont crier au meurtre. Deux ou trois explosions devraient en venir à bout, et le fournisseur de Lewiston dispose à l'heure actuelle d'une bonne réserve de Taggart Hi-Impact ; j'ai vérifié. Nous pourrions l'avoir demain à midi et commencer les tirs mercredi. J'ai fait poser des repères au cas où l'un des conseillers voudrait venir voir.

Deke avait griffonné sa signature au-dessous.

Buster lut deux fois cette prose, tout en se tapotant les dents de devant, songeur, pendant qu'Ariadne attendait. Finalement il se redressa sur son siège, inscrivit un changement, ajouta une phrase, initiala les deux, et contresigna le texte de son paraphe compliqué. Il sourit en tendant la feuille rose à la secrétaire.

« Voilà ! Et dire que tout le monde me prend pour un vieux radin ! »

Ariadne regarda le formulaire. Buster avait changé le montant de l'allocation : quatorze cents dollars au lieu de neuf cent quarante. Sous les explications de Deke, il avait ajouté : *Autant en prendre vingt caisses tant qu'ils en ont en stock.*

« Avez-vous l'intention d'aller voir la gravière, monsieur Keeton ?

— Non, non, ça ne sera pas nécessaire. » Buster reprit

sa position inclinée en arrière, mains derrière la nuque cette fois. « Dites simplement à Deke de me passer un coup de fil lorsque la camelote arrivera. Y aurait de quoi faire sauter la ville... Vaudrait mieux que ça ne tombe pas entre de mauvaises mains, n'est-ce pas ?

— Oui, en effet », l'approuva Ariadne. Elle sortit, soulagée de quitter ce bureau. Il y avait chez Mr Keeton quelque chose... quelque chose d'inquiétant.

Buster avait entre-temps fait pivoter son fauteuil pour regarder Main Street ; l'activité qui régnait dans la rue était autrement plus grande que quand il l'avait contemplée samedi dernier, plein de désespoir. Beaucoup de choses étaient arrivées et il avait l'impression qu'il allait s'en passer d'encore plus spectaculaires dans les jours à venir. Pardi... avec vingt caisses de dynamite Taggart Hi-Impact dans le hangar communal (hangar dont il possédait bien entendu la clef), à peu près n'importe quoi pouvait se produire.

N'importe quoi.

2

Ace Merrill entra à Boston par Tobin Bridge à quatre heures de l'après-midi, mais il lui fallut plus d'une heure pour atteindre ce qu'il espérait être sa destination. Elle se trouvait au milieu des taudis de Cambridge, dans un endroit étrange, non loin d'un réseau compliqué de rues dont une moitié paraissait être à sens unique et l'autre se terminer en culs-de-sac. Les immeubles en ruine allongeaient leur ombre dans la rue lorsque Ace rejoignit Whipple Street et s'arrêta devant un bâtiment sans étage, construit en parpaings, qui se dressait au milieu d'un terrain vague.

Un grillage entourait la propriété, mais comme on avait volé le portail, il ne constituait pas un obstacle ; seuls les gonds étaient restés. On devinait dessus la trace de grosses pinces coupantes. Il franchit l'entrée, conduisant la Challenger au pas.

Les murs du bâtiment ne comportaient pas de fenêtres. La piste creusée d'ornières le conduisit jusqu'à une porte de garage fermée, sur le côté, qui faisait face à la rivière Charles. La Dodge tressautait désagréablement sur ses amortisseurs, tant les nids-de-poule étaient nombreux. Il passa devant un landau abandonné au milieu de débris de verre. Une poupée à demi rongée le regarda de l'intérieur, d'un œil unique mangé de moisissure. Il se gara devant la porte fermée. Qu'attendait-on exactement de lui, maintenant ? L'édifice paraissait avoir été déserté depuis l'armistice, en 1945.

Ace descendit de voiture. Il prit le bout de papier sur lequel Gaunt avait écrit l'adresse où son véhicule était soi-disant remisé. Il l'étudia à nouveau, dubitatif. Les derniers numéros devant lesquels il était passé suggéraient qu'il se trouvait bien au 85 Whipple Street, mais comment en être sûr, nom d'un foutre ? Dans ce genre d'endroit, il n'y avait presque jamais de numéros ou de plaques de rue et il ne voyait personne, alentour, qui aurait pu le renseigner. En fait, toute cette partie de la ville donnait l'impression inquiétante d'être complètement désertée. Ça ne lui plaisait pas trop. Des terrains vagues. Des carcasses de voitures où l'on avait barboté tout ce qui pouvait être utile et où ne restait pas un centimètre de fil de cuivre. Des baraques vides qui n'attendaient que le moment où les politiciens auraient palpé leurs pots-de-vin pour s'effondrer sous la pioche des démolisseurs. Des ruelles sinueuses ou s'achevant en impasse dans des cours crasseuses ou sur des murs contre lesquels s'amoncelaient les ordures. Il lui avait fallu une bonne heure pour trouver Whipple Street, et maintenant que c'était fait, il regrettait presque d'y être parvenu. On était dans le quartier où les flics trouvaient de temps en temps le cadavre d'un bébé dans une vieille lessiveuse ou un frigo au rebut.

Il s'avança jusqu'à la porte sans fenêtres du garage et chercha une sonnette. Rien. Il appuya l'oreille contre le métal rouillé et écouta. C'était peut-être un atelier clandestin ; un type qui vous sortait une coke aussi explosive que celle que Gaunt lui avait fait sniffer pouvait fort bien connaître le genre de citoyens qui revendent des Porsche et des Lamborghini contre argent liquide, après le coucher du soleil.

Mais le silence était total.

Ce n'est même pas la bonne adresse, je parie. Cependant, il avait arpenté la rue dans les deux sens et c'était le seul endroit assez grand — et surtout en assez bon état — pour abriter une voiture de collection. A moins qu'il ne se fût royalement planté sur le quartier. Cette idée le rendit nerveux.

Et n'oubliez pas : de retour pour minuit. Si vous arrivez plus tard, je serai très fâché. Lorsque je suis fâché, il m'arrive de perdre mon sang-froid.

On se calme, se dit-il, mal à l'aise. C'est juste un vieux chnoque avec un dentier fabriqué par Picasso. Un pédé, sans doute.

Mais il n'arrivait ni à se calmer ni à se convaincre que monsieur Leland Gaunt était un vieux chnoque équipé d'un dentier mal fichu. Il se rendit compte, en outre, qu'il n'avait aucune envie de vérifier tout ça.

Pour l'instant, son problème était que la nuit n'allait pas tarder à tomber et qu'il n'avait aucune envie d'être encore dans le coin. Quelque chose clochait, dans le secteur. Quelque chose qui allait bien au-delà des inquiétants immeubles de rapport avec leurs fenêtres aveuglées ou leurs vitres cassées, et des carcasses de voitures gisant sur les jantes dans le caniveau. Il n'avait pas vu un chat depuis qu'il était dans le secteur de Whipple Street ; personne dans les rues, personne à une fenêtre, personne assis sous un porche... ce qui ne l'avait pas empêché d'avoir l'impression d'être surveillé. Qu'il l'était encore. Il en avait les poils qui se hérissaient sur la nuque.

On aurait dit qu'il n'y avait plus âme qui vive à Boston. On se serait cru dans un épisode de *La Quatrième Dimension.*

Si vous arrivez plus tard, je serai très fâché.

Ace, du poing, martela la porte rouillée. « Hé ! Y a personne qui veut mon bel aspirateur, là-dedans ? »

Pas de réponse.

Il y avait une poignée au bas de la porte. Il tira dessus. Pas mèche. La porte ne se mit pas à rouler, elle ne frémit même pas dans son cadre.

Il siffla entre ses dents et regarda nerveusement autour de lui. La Challenger l'attendait juste à côté : jamais de sa vie il n'avait eu autant envie de sauter dedans et de prendre la poudre d'escampette. Mais il n'osa pas.

Il fit le tour du bâtiment, mais ne vit rien. Rien du tout. Juste de grands pans de murs de parpaings, peints en vert caca d'oie. Un étrange graffiti ornait l'arrière du garage ; Ace le contempla quelques instants, sans comprendre pourquoi il lui donnait la chair de poule.

YOG-SOTHOTH RÈGNE

lisait-on en lettres rouges délavées.

Il se retrouva devant l'entrée du garage et se demanda : *Bon, et maintenant ?* Incapable de trouver autre chose, il remonta dans la Challenger et resta assis, contemplant la porte. Finalement, il appuya des deux mains sur l'avertisseur et donna un long coup de klaxon frustré.

La porte se mit aussitôt à s'élever entre ses rails.

Ace la regarda, bouche bée, et sa première impulsion fut de démarrer et de ficher le camp avec la Challenger, aussi vite et loin que possible. Mexico, pour commencer. Puis il repensa à Leland Gaunt et il redescendit lentement de la voiture. Il s'encadra dans l'entrée au moment où la porte s'arrêtait, parallèle au plafond.

L'intérieur était brillamment éclairé par une demi-douzaine d'ampoules de deux cents watts pendant au bout de gros fils électriques. Des abat-jour coniques en tôle dessinaient des flaques circulaires brillantes sur le sol en béton. Au fond, il vit la forme d'une voiture sous une bâche ; contre un mur, un établi jonché d'outils. Trois caisses étaient rangées contre un autre mur ; dessus était posé un magnétophone de modèle ancien, avec les bobines qu'il faut raccorder à la main.

C'était tout.

« Qui a ouvert la porte ? demanda Ace d'une petite voix étranglée. Qui a ouvert cette putain de porte ? »

Mais il n'y eut pas de réponse.

3

Il alla ranger la Challenger contre le mur du fond ; la place ne manquait pas. Puis il alla appuyer sur le bouton FERMÉ de la boîte de contrôle qu'il avait vue à côté de la porte. Le terrain vague au milieu duquel se dressait cette espèce de blockhaus se remplissait d'ombres qui le rendaient nerveux. Il avait l'impression de voir des choses y bouger confusément.

La porte s'abaissa sans le moindre heurt ou grincement. Pendant ce temps, Ace chercha des yeux le détecteur sonique qui avait réagi à son coup de klaxon ; il ne vit rien. Il devait pourtant bien exister : les portes de garage ne s'ouvrent pas toutes seules.

Remarque, se dit-il, *Whittle Street est bien le coin pour ce genre de conneries.*

Il s'approcha des caisses sur lesquelles était posé le magnétophone. Ses chaussures produisaient un crissement bizarre sur le ciment. La phrase *Yog-Sothoth règne* lui vint à l'esprit et il frissonna. Il ignorait qui pouvait bien être ce Yog-Sothoth (sans doute un chanteur de reggae rasta avec vingt kilos de tortillons de cheveux sur sa caboche pouilleuse), mais le nom lui déplaisait. Il trouvait malsain de l'évoquer en ce lieu. Dangereux, même.

Un morceau de papier était posé sur l'une des bobines de l'appareil.

FAIS-MOI MARCHER

avait-on écrit en lettres capitales. Ace appuya sur le bouton LECTURE. Les bobines se mirent à tourner et la voix qui s'éleva le fit légèrement sursauter. Qui s'était-il attendu à entendre ? Richard Nixon ?

« Salut, Ace, dit la voix enregistrée de Mr Gaunt. Bienvenue à Boston. Veuillez débâcher la voiture et y charger les caisses. Elles contiennent des marchandises assez spéciales dont je pense avoir besoin très bientôt. Il faudra probablement en mettre une sur le siège arrière, j'en ai peur ; le coffre de la Tucker laisse un peu à désirer. Votre voiture ne risquera absolument rien ici et votre voyage de retour se passera sans incidents. Et n'oubliez pas ceci : plus vite vous reviendrez, plus vite vous pourrez commencer vos petits travaux de fouille en vous servant de votre carte. Je vous souhaite bonne route. »

Puis il n'y eut plus qu'un léger chuintement et le ronronnement presque imperceptible de la tête de lecture.

Ace laissa néanmoins les bobines tourner pendant encore une minute. Cette histoire était complètement démente et le devenait un peu plus à chaque instant. Mr Gaunt était forcément passé dans l'après-midi : il le fallait, puisqu'il avait mentionné la carte et qu'Ace avait vu celle-ci et Gaunt pour la première fois le matin même. Ce vieux vautour avait dû venir en avion pendant que lui arrivait par la route. Mais pourquoi ? Qu'est-ce que cela voulait dire, bon Dieu ?

Il n'est pas venu ici, pensa-t-il. Impossible ou pas, peu importe : il n'est pas venu. Regarde ce foutu magnétophone, par exemple. Plus personne ne se sert d'engins pareils. Et regarde la poussière, sur les bobines. Il y en avait même sur le mot. Ce bidule t'attendait depuis un bon moment. Qui sait s'il n'était pas déjà là à ramasser la poussière au moment où Pangborn t'envoyait à Shawshank ?

Insensé, dément !

Des conneries, oui !

Néanmoins, tout au fond de lui, quelque chose y croyait. Mr Gaunt n'avait pas mis les pieds à Boston cet après-midi. Mr Gaunt avait passé la journée à Castle Rock, Ace en était convaincu ; il était resté derrière sa vitrine à regarder les passants, retirant peut-être même de temps en temps le panonceau :

FERMÉ JOUR DE COLOMB

pour le remplacer par :

OUVERT

s'il voyait approcher la bonne personne, évidemment ; celle avec laquelle Leland Gaunt pouvait avoir envie de marchander quelque chose.

Mais que pouvait-il bien trafiquer, au juste ?

Ace n'avait pas trop envie d'être mis au courant. En revanche, il voulait savoir ce qui se trouvait dans les caisses. Il allait les transporter d'ici à Castle Rock et il avait bien le droit d'en connaître le contenu.

Il appuya sur le bouton ARRÊT du magnétophone et déplaça l'appareil. Avec un marteau et une pince-monseigneur qu'il trouva sur l'établi, il fit sauter un premier couvercle. Les clous arrachés grincèrent. Une lourde toile huilée protégeait l'intérieur. Il la souleva et resta bouche bée.

Des détonateurs.

Des douzaines de détonateurs.

Peut-être même des centaines, tous bien rangés dans leurs petits nids douillets de copeaux.

Bordel de Dieu ! Mais qu'est-ce qu'il veut en faire ? Déclencher la Troisième Guerre mondiale ?

Le cœur battant fort, Ace remit le couvercle en place en quelques coups de marteau et déplaça la caisse de détonateurs. Il ouvrit la deuxième caisse, s'attendant à trouver des pains d'explosifs soigneusement alignés.

Mais ce furent des armes de poing qu'il découvrit.

Environ deux douzaines de pistolets automatiques de forte puissance. L'odeur de la graisse qui les protégeait lui parvint. Il ne connaissait pas ce modèle (allemand, peut-être ?) mais savait ce qu'il risquait : entre vingt ans et perpète s'il se faisait prendre avec ce lot dans le Massachusetts. La justice n'aimait pas les gens qui faisaient joujou avec les armes de poing, des automatiques de ce calibre, en particulier.

Il ne remit même pas le couvercle avant d'ouvrir la troisième caisse ; celle-ci était remplie de munitions destinées aux pistolets.

Il recula d'un pas, se frottant nerveusement les lèvres de la paume de la main gauche.

Détonateurs.

Pistolets automatiques.

Munitions.

Ça, de la marchandise ?

« Sans moi, murmura-t-il, secouant la tête. Pas question, alors là, pas question ! »

L'éventualité Mexico lui souriait de plus en plus. Pourquoi pas Rio, tant qu'à faire ? Ace ignorait si Gaunt s'employait à perfectionner un piège à souris ou une chaise électrique, mais il refusait de s'y trouver mêlé en quoi que ce soit. Il se tirait, et tout de suite, encore.

Ses yeux revinrent à la caisse d'automatiques.

Et je vais prendre un de ces joujoux avec moi, pensa-t-il. Une petite compensation pour ma peine. Un souvenir, disons.

Au moment où il se penchait sur la caisse, les bobines du magnétophone partirent toutes seules, sans qu'il eût touché à rien.

« N'y pense même pas, Ace », lui conseilla froidement la voix de Leland Gaunt. Ace poussa un cri. « Ne t'avise pas de faire le con avec moi. Essaie seulement, et ce que les frères Corson avaient l'intention de te faire aura l'air d'une partie de plaisir, à côté de ce que je te réserve. Tu es à moi, maintenant. Sois-moi fidèle, et tu prendras ton pied. Sois-moi fidèle, et tu pourras te payer tous ceux qui t'en ont fait baver, à Castle Rock. Sans compter que tu en repartiras plein aux as. Mais si jamais tu me trompes, tu passeras le reste de l'éternité à hurler. »

Les yeux exorbités, Ace suivit du regard le fil électrique de l'appareil. La prise mâle gisait sur le sol, couverte de poussière.

Il n'y avait même pas de prise femelle dans le secteur.

4

Ace se sentit soudainement plus calme, ce qui était moins étrange qu'on n'aurait pu le croire au premier abord. Deux éléments avaient contribué à réguler son baromètre émotionnel.

Le premier tenait à sa nature plutôt arriérée. Il aurait été parfaitement à l'aise dans une caverne, à tirer sa femme par les cheveux entre deux chasses à l'auroch. Ses réactions ne devenaient complètement prévisibles que lorsqu'il se trouvait confronté à une autorité qui lui en imposait ; ce genre de situation ne se présentait pas souvent, mais lorsque c'était le cas, il s'inclinait presque aussitôt devant une force supérieure à la sienne. Il ignorait posséder ce trait de caractère, mais c'était pourtant bien celui-ci qui l'avait empêché de prendre la poudre d'escampette devant les frères Corson. Chez des hommes comme Ace Merrill, la seule pulsion plus forte que le besoin de dominer est le besoin profond de se rouler sur le dos, gorge offerte, devant le chef de meute, lorsque celui-ci l'exige.

La seconde raison était encore plus simple : il avait choisi de croire qu'il rêvait. Il savait bien, quelque part au fond de lui, que ce n'était pas vrai, mais cette interprétation était plus facile à admettre que les preuves de ses sens ; il ne voulait même pas envisager l'idée d'un monde où rôderaient des Leland Gaunt. Il était plus facile (et plus sûr) de faire le black-out sur ces questions et de respecter la marche à suivre. De cette manière, il avait quelque chance de se réveiller dans le monde qu'il avait toujours connu. Dieu sait si ce monde comportait des dangers, mais au moins les comprenait-il.

Il recloua les couvercles des caisses, puis alla retirer la bâche, recouverte d'un manteau de poussière, qui dissimulait la voiture. Pendant quelques instants, émerveillé, il oublia tout de sa situation.

C'était bien une Tucker, dans un état admirable.

Jaune canari, sa carrosserie aérodynamique scintillait de tous ses chromes, sur les côtés et les pare-chocs avant. Un troisième phare pointait du milieu de la calandre, juste au-dessous d'un ornement en argent qui ressemblait au moteur de quelque train futuriste.

Il en fit lentement le tour, la dévorant des yeux. Il vit une paire de grilles chromées, à l'arrière du pavillon, dont il ne comprit pas la fonction. Les gros pneus Goodyear à flancs blancs étaient si propres qu'ils brillaient sous les ampoules. Ecrit en lettres fluides chromées, à l'arrière, figurait ce nom : *Tucker Talisman.* Ace n'avait jamais entendu parler de ce modèle. Il avait toujours cru que Preston Tucker n'avait produit qu'un seul modèle, sa Torpedo.

T'as un problème plus sérieux sur les bras, mon vieux. Pas la moindre plaque d'immatriculation sur la bête. Est-ce bien raisonnable de vouloir revenir dans le Maine dans une voiture qui passe aussi inaperçue que le carrosse de la reine, chargée d'armes et sans plaques ?

Non, mais il allait tout de même le faire. C'était évidemment rien moins que raisonnable... mais l'autre solution, celle qui impliquait de faire le con avec Mr Gaunt, lui paraissait bien pire. En outre, il *rêvait.*

Il prit les clefs, fit le tour pour aller ouvrir le coffre, derrière, et chercha en vain la serrure. Au bout d'un instant, il se souvint du film avec Jeff Bridges et comprit. Comme la Coccinelle et la Chevrolet Corvair, le moteur de la Tucker était à l'arrière, et le coffre à l'avant.

Il trouva bien entendu la serrure juste au-dessous du bizarre troisième phare. Le coffre n'était effectivement pas très grand. Il ne contenait rien, sinon une petite bouteille de poudre blanche avec une cuillère attachée au goulot par une chaînette. Un bout de papier y était accroché. Ace le prit et lut le message, rédigé en capitales :

SNIFFE-MOI

Il s'empressa d'obéir.

5

Se sentant beaucoup mieux sous l'effet de cet échantillon de l'incomparable coke de Gaunt qui lui transformait la tête en arbre de Noël, Ace chargea pistolets et munitions dans le coffre et la caisse de détonateurs sur le siège arrière, ne s'arrêtant que pour reprendre sa respiration. Il se dégageait de la berline cette odeur particulière de voiture neuve, une odeur que rien n'égalait (sinon celle d'une mignonne petite chatte, peut-être), et lorsqu'il se retrouva au volant, il constata qu'elle était effectivement flambant neuve : le compteur de la Tucker Talisman de Leland Gaunt marquait 00000.0.

Ace tourna la clef de contact.

La Tucker démarra en produisant un grondement grave, ample, un bruit épatant. Combien de chevaux sous le capot ? Il l'ignorait, mais de quoi fournir un bataillon de cavalerie, au bas mot. La bibliothèque de la prison contenait de nombreux ouvrages consacrés à l'automobile, et Ace les avait presque tous lus. La Tucker Torpedo avait un six cylindres à plat de cinq litres et demi ressemblant beaucoup aux moteurs Ford des années cinquante. Soit quelque chose comme cent cinquante chevaux.

Mais celle-ci donnait l'impression d'être plus puissante encore. Beaucoup plus puissante.

Ace eut envie de descendre et d'aller à l'arrière voir s'il ne pourrait pas trouver un moyen de soulever le capot… mais ça lui faisait le même effet que de penser à ce nom dingue, Yog j'sais pas quoi. C'était une mauvaise idée. La bonne idée, c'était de conduire cette chose à Castle Rock, aussi vite que possible.

Il était sur le point de descendre pour aller rouvrir la porte, mais il donna un coup d'avertisseur, pour voir. Il vit : la porte se releva silencieusement.

Il doit bien y avoir un capteur soniquc quelque part… C'est ce qu'il se dit, mais il n'y croyait plus tellement. Il en était même au point où il s'en fichait. Il passa la première et la Talisman sortit du garage. Il donna un nouveau coup de klaxon en s'engageant sur l'allée creusée d'ornières et aperçut, dans le rétroviseur, les lumières qui s'éteignaient et la porte qui commençait à redescendre. Il vit même un instant la Challenger, nez au mur, la bâche posée à côté d'elle sur le sol. Curieusement, il eut l'impression qu'il ne la reverrait jamais. Mais de cela aussi, il se fichait.

6

Non seulement la Talisman roulait comme dans un rêve, mais elle paraissait connaître l'itinéraire qui rejoignait Storrow Drive et l'autoroute du Nord. Les clignotants se déclenchaient tout seuls ; Ace se contentait d'obéir et de tourner. Le temps de le dire, le bidonville de Cambridge n'était plus qu'un souvenir et la forme familière du Tobin Bridge, couramment connu sous le nom de Pont de la Rivière Mystique, se profilait devant lui, vaste portique noir contre le ciel envahi par le crépuscule.

Ace alluma les phares et un rayon de lumière se déploya devant lui en éventail, nettement délimité, obliquant à chaque mouvement qu'il donnait au volant. Le phare central faisait merveille. Pas étonnant qu'ils aient poussé à la faillite le pauvre crétin qui avait conçu cette machine, songea-t-il.

A environ cinquante kilomètres au nord de Boston, il se rendit compte que l'aiguille de la jauge d'essence était passée au-dessous de zéro. Il prit la première sortie et alla s'arrêter dans une station-service Mobil toute proche. Le pompiste repoussa sa casquette sur son crâne d'un pouce graisseux et fit le tour du véhicule, admiratif. « Belle bagnole ! Où avez-vous trouvé ça ? »

Sans réfléchir, Ace répondit : « Les plaines de Leng. Yog-Sothoth Vintage Motors.

— Hein ?

— Fais-nous le plein, fiston. C'est pas le jeu des vingt questions, ce soir.

— Oh ! » Le pompiste examina un peu mieux son client et devint immédiatement obséquieux. « Bien sûr ! A votre service ! »

Il fit ce qu'il put, mais la coupure automatique se produisit alors qu'il n'avait mis que pour quatorze cents d'essence dans le réservoir. Il essaya bien d'en ajouter, mais ne réussit qu'à la faire déborder ; l'essence coula sur le flanc d'un jaune étincelant de la Talisman avant de goutter sur la piste.

« Je crois qu'il n'y en a pas besoin, dit timidement le pompiste.

— M'en a tout l'air.

— La jauge d'essence ne fonctionne peut-être p...

— Essuie donc l'essence, avant qu'elle bousille la peinture. Hé ! qu'est-ce que t'attends ? »

Le gosse bondit et Ace se rendit dans les toilettes pour s'en envoyer un petit coup dans les narines. A son retour, il trouva le pompiste à distance respectueuse de la Talisman, tordant nerveusement un chiffon entre les mains.

Il a la frousse, se dit Ace. Mais de quoi ou de qui ? De moi ?

Non ; à peine le gosse en salopette aux couleurs de Mobil lui jeta-t-il un regard. C'était la Tucker qui le fascinait.

Il a essayé de la toucher.

Cette révélation (il n'y a pas d'autre mot) fit naître un petit sourire sinistre au coin de ses lèvres.

Il a voulu l'essuyer et il est arrivé quelque chose. Peu importait quoi. Il a compris qu'on pouvait regarder mais qu'il valait mieux ne pas toucher : c'était ça qui importait.

« Y a rien à payer, dit le pompiste.

— Voilà qui est parlé. » Ace se glissa derrière le volant et repartit sur les chapeaux de roues. Il se faisait maintenant une toute nouvelle idée de la Talisman. Une idée plutôt effrayante, en un certain sens, mais une idée qui ne manquait pas de grandeur. Il songea que la jauge d'essence devait toujours indiquer un réservoir vide... alors qu'il était toujours plein.

7

Les postes de péage pour voitures de tourisme, dans le New Hampshire, sont automatiques ; on jette un dollar en monnaie (pas de pièce d'un cent, s'il vous plaît !) dans le panier et la lumière verte s'allume. Mais lorsque la Tucker Talisman arriva à hauteur du panier, la lumière passa toute seule au vert tandis que s'affichait :

PÉAGE PAYÉ, MERCI !

« Un peu, mon neveu ! » grommela Ace, fonçant vers le Maine.

Portland passé, la Talisman monta à cent vingt à l'heure ; on sentait qu'il lui restait de la marge. Juste après la sortie de Falmouth, il arriva au sommet d'une côte et aperçut une patrouille de la Police d'Etat, embusquée ; on voyait distinctement la forme en torpille du radar qui dépassait de la vitre du chauffeur.

Houla ! pensa Ace. Ils m'ont eu. En plein dans le panneau. Bordel, mais quelle idée de foncer comme ça, avec la camelote que je transporte ?

Quelle idée ? Il le savait bien, et ce n'était pas à cause de la coke qu'il avait sniffée. Pas aujourd'hui. C'était la

Talisman. Elle *voulait* aller vite. Il regardait le compteur, levait un peu le pied... et cinq minutes plus tard, se rendait compte qu'il enfonçait de nouveau l'accélérateur aux trois quarts de sa course.

Il s'attendit à voir la patrouille exploser de tous ses feux et gyrophares et se lancer à ses trousses, mais non. Il passa devant le « trooper » à cent vingt, et le bonhomme ne bougea pas.

Il devait coincer la bulle.

Mais Ace ne s'y trompa pas. Quand un radar pointait par une vitre, on pouvait être sûr que le type, derrière, était parfaitement réveillé et impatient d'en découdre. Le flic, tout simplement, n'avait pas vu la Talisman. Ça paraissait dément, mais c'était son impression. Indiscutable. La grosse voiture jaune, avec ses trois phares d'une invraisemblable portée, était aussi invisible pour un radar ultra-moderne que pour les flics qui l'utilisaient.

Avec un sourire, Ace monta la Tucker à cent soixante-dix. Il était vingt heures quinze lorsqu'il franchit de nouveau le Tin Bridge ; son avance était presque de quatre heures.

8

Leland Gaunt sortit de sa boutique et, sous son auvent, regarda Ace glisser la Talisman dans l'un des trois emplacements en épi, face au Bazar des Rêves.

« Vous avez bien roulé, Ace.

— Ouais. C'est une sacrée machine.

— Un peu, mon neveu ! » répondit Gaunt. Il passa une main légère sur l'avant plongeant de la carrosserie. « Une machine pas ordinaire. Vous m'avez rapporté mes marchandises, j'imagine ?

— Ouais. J'ai pu me faire une idée plus précise de ce qu'était votre voiture en la conduisant, monsieur Gaunt, mais il me semble tout de même qu'il vaudrait mieux mettre des plaques et un certificat d'inspection...

— Ce n'est pas nécessaire, le coupa Gaunt d'un ton indifférent. Garez-la dans l'allée de service, derrière la boutique. Je m'en occuperai plus tard.

— Comment ? Où ? »

L'idée de rendre le véhicule lui répugnait soudain. Ce n'était pas seulement parce qu'il avait laissé sa propre caisse à Boston et allait avoir besoin d'une voiture pour ses petits travaux nocturnes : à côté de la Talisman, toutes les voitures qu'il avait conduites, la Challenger y comprise, n'étaient que d'immondes tacots.

« Ça, c'est mon affaire, dit Gaunt, imperturbable. Les choses seraient plus simples pour vous, Ace, si vous les envisagiez avec l'esprit discipliné d'un soldat. Vous avez à votre disposition trois manières de procéder : la bonne, la mauvaise et la mienne. Si vous choisissez cette dernière, vous n'aurez jamais le moindre ennui. Me suis-je bien fait comprendre ?

— Ouais. Ouais... très bien.

— Voilà qui est parfait. Et maintenant, allez jusqu'à la porte de service. »

Ace s'exécuta, roulant lentement. Leland Gaunt l'attendait à la porte, dans un rayon oblique de lumière jaune. Les caisses étaient lourdes, Ace haletait, mais le propriétaire du Bazar des Rêves ne fit pas un geste pour l'aider. Ses clients auraient été passablement surpris du spectacle qu'offrait l'arrière-boutique ; ils avaient entendu Mr Gaunt, derrière le rideau de velours, déplacer des caisses ou des cartons, fouiller dans des affaires... mais jusqu'au moment où Ace déposa les caisses d'armes dans le coin que lui indiqua Gaunt, il n'y avait strictement rien eu dans la pièce.

Pardon : il y avait quelque chose. Dans un autre coin, un gros rat brun gisait entre les mâchoires refermées d'un lourd piège Victory. Il avait la nuque brisée, et ses dents de devant étaient figées en une grimace de mort

« Bon travail, déclara Mr Gaunt, se frottant les mains, un sourire aux lèvres. Je ne pouvais attendre mieux de votre part, Ace. C'est vraiment très bien.

— Merci, chef. » Ace Merrill fut surpris de sa propre réponse. Jamais il n'avait appelé quelqu'un « chef » de sa vie.

« Voilà un petit quelque chose pour votre peine. » Gaunt lui tendit une enveloppe brune ; Ace la pressa du bout des doigts et sentit la poudre s'effriter à l'intérieur. « Je crois que vous souhaitez vous livrer à quelques investigations, cette nuit ? Voilà qui devrait vous donner un surcroît d'énergie, comme on dit dans les pubs pour cocktails de vitamines. »

Ace tressaillit. « Oh merde ! *Merde !* J'ai laissé le livre ! Le livre avec le plan ! Il est dans ma voiture, à Boston ! Nom de Dieu de nom de Dieu ! » Du poing, il se frappa la cuisse.

Mr Gaunt souriait. « Je ne crois pas. Il me semble qu'il est dans la Tucker.

— Non, je...

— A votre place, j'irais vérifier. »

Ace vérifia ; bien entendu, le livre s'y trouvait, posé sur le tableau de bord, le dos appuyé contre le pare-brise incliné. *Trésors enterrés et perdus de la Nouvelle-Angleterre.* Il le prit et fit défiler les pages sous son pouce, regardant Gaunt avec une expression de gratitude stupide.

« Je n'aurai besoin de vos services que demain soir, à peu près à la même heure, reprit Gaunt. Je vous conseille de passer la journée chez vous, à Mechanic Falls. Cela devrait vous convenir : vous aurez sans doute envie de dormir tard. Si je ne me trompe, vous avez encore une dure nuit devant vous. »

Ace pensa aux petites croix de la carte et acquiesça.

« Et, ajouta Gaunt, il serait prudent d'éviter de se faire remarquer par le shérif Pangborn, ces prochains jours. Ensuite, ça n'aura plus d'importance. » Ses lèvres s'étirèrent et ses dents s'avancèrent, grandes, carnassières. « Je crois qu'à la fin de la semaine bien des choses qui jusqu'ici étaient de la plus grande importance pour les citoyens de cette ville n'en auront plus du tout. Vous ne croyez pas, Ace ?

— Si c'est vous qui le dites, chef.» Il se retrouvait dans l'état semi-comateux qu'il avait déjà connu, mais ça lui était complètement égal. «Je ne sais pas comment je vais faire pour circuler.

— La question est déjà réglée. Une voiture est garée devant le magasin ; un véhicule de société, si je puis dire. Les clefs sont dessus. Ce n'est qu'une Chevrolet, une Chevrolet parfaitement banale, qui fera néanmoins un moyen de transport parfait, sûr, passant tout à fait inaperçu. La fourgonnette de la télé vous plaira davantage, mais...

— La fourgonnette de la télé ? Quelle... »

Mr Gaunt choisit de ne pas répondre. «Mais la Chevrolet répondra à tous vos besoins actuels, soyez-en certain. Simplement, évitez de jouer avec les radars de la police. Elle ne peut rien contre. »

Ace s'entendit répondre : «Qu'est-ce que ça me plairait, d'avoir une voiture comme la Tucker, monsieur Gaunt ! Elle est fabuleuse !

— On peut peut-être conclure un marché. Ma politique commerciale, figurez-vous, est extrêmement simple. Voulez-vous savoir à quoi elle se résume ?

— Bien sûr.» Il avait répondu sincèrement.

«Tout est à vendre. Telle est ma philosophie. Tout est à vendre.

— Tout est à vendre, répéta Ace, rêveur. Hou ! la la ! Très fort !

— Oui, très fort ! Bon, je crois que je vais manger un morceau. J'ai été débordé et je n'ai encore rien pris, jour de congé ou pas. Je vous inviterais bien, mais...

— Je n'ai vraiment pas le temps.

— En effet, en effet. Vous avez quelques trous à aller creuser, n'est-ce pas ? Je vous attends demain soir, entre huit et neuf.

— Entre huit et neuf.

— Oui. Après la tombée de la nuit.

— Quand tous les chats sont gris, ajouta Ace de son ton rêveur.

— C'est exactement ça ! Bonne nuit, Ace. »

Mr Gaunt lui tendit la main. Ace tendit la sienne — puis vit soudain qu'elle tenait déjà quelque chose. Le rat brun pris au piège dans l'arrière-boutique. Il eut un sursaut et émit un grognement dégoûté. Il ne se souvenait pas avoir vu l'homme ramasser l'animal. C'en était peut-être un autre ?

Ace choisit de ne pas s'en occuper. Il savait seulement qu'il n'avait aucune envie de prendre un rat mort dans la main, même si Leland Gaunt était le roi de l'humour à froid.

Avec un sourire, l'autre s'excusa. « Il faut me pardonner ; avec les années, je perds un peu la mémoire. Je crois que j'ai failli vous donner mon dîner, Ace.

— Votre dîner ? (Il avait répondu d'une toute petite voix.)

— Oui, c'est bien ça. » Il plongea l'ongle du pouce, un ongle jaune et épais, dans la fourrure du ventre de la bestiole ; les intestins se mirent à déborder dans la paume sans plis de Gaunt. Avant qu'Ace ait pu en voir davantage, l'homme s'était tourné et avait refermé la porte donnant sur la contre-allée. « Mais où ai-je mis ce bout de fromage ? »

Il y eut un claquement métallique sec lorsque la serrure se referma.

Ace se pencha, convaincu qu'il allait vomir entre ses chaussures. Son estomac se tordit, se souleva… puis tout reprit sa place.

Parce qu'il n'avait pas vu ce qu'il croyait avoir vu. « C'était une blague, balbutia-t-il. Il avait un rat en caoutchouc dans sa poche. Un truc dans ce genre. Juste une blague. »

Vraiment ? Et les intestins ? Et l'espèce de matière gluante, froide et gélatineuse qu'il y avait autour ? C'était quoi, ça ?

T'es juste fatigué. Tu l'as imaginé, c'est tout. Un rat en caoutchouc, tout bêtement. Quant au reste… Bof !

Mais pendant un instant le garage désert, la Tucker

qui roulait toute seule et même le graffiti menaçant YOG-SOTHOTH RÈGNE, tout cela essaya de se mettre en place tandis qu'une voix lui criait : Tire-toi de là ! Tire-toi tant qu'il en est encore temps !

Mais c'était *cela,* l'idée absurde. De l'argent l'attendait dans la nuit, quelque part. Beaucoup d'argent, peut-être. Voire une putain de fortune.

Ace resta quelques minutes dans l'obscurité, planté là comme un robot aux batteries à plat. Il reprit peu à peu conscience de la réalité et de lui-même (partiellement, au moins) et décida que l'histoire du rat était sans importance. Comme celle de la Tucker Talisman. Ce qui comptait, c'étaient la bonne coke et la carte, ainsi que, soupçonnait-il, la politique commerciale simpliste de Leland Gaunt. Mais rien d'autre. Il ne pouvait se permettre de laisser autre chose compter.

Il fit le tour du bâtiment et se retrouva devant le Bazar des Rêves, fermé, toutes lumières éteintes, à l'instar des autres boutiques du secteur. Comme promis, il découvrit une Chevrolet Celebrity rangée sur l'un des emplacements en épi. Il essaya de se rappeler si elle s'y trouvait déjà lorsqu'il était arrivé avec la Talisman, sans y parvenir. Chaque fois qu'il essayait d'évoquer un souvenir vieux de plus de quelques minutes, il se heurtait à un mur. Il se revit sur le point d'accepter la main tendue de Mr Gaunt, geste le plus naturel du monde, pour découvrir que l'homme tenait un gros rat mort.

Je crois que je vais manger un morceau... Je vous inviterais bien, mais...

Encore une chose sans importance : la Chevy était là, voilà ce qui comptait. Il ouvrit la portière, posa le livre contenant la précieuse carte sur le siège du passager et prit les clefs sur le tableau de bord. Il alla ouvrir le coffre, ayant déjà une certaine idée de ce qu'il allait y trouver : il ne fut pas déçu. Un pic et une pelle, les manches posés en croix. Il y avait même une paire de solides gants de travail.

« Vous pensez vraiment à tout, Mr Gaunt ! » dit-il en

refermant le coffre. Il remarqua alors un autocollant sur le pare-chocs et il se pencha pour le déchiffrer :

J'♥ LES ANTIQUITÉS

était-il écrit, avec un petit cœur pour « aime ». Il se mit à rire. Il riait encore lorsque, après avoir traversé le Tin Bridge, il prit la direction de la vieille ferme Treblehorn, où il avait décidé de procéder aux premières fouilles. Sur la côte de Panderly's Hill, il croisa un coupé où s'était entassée toute une bande de jeunes gens. Ils chantaient à tue-tête « Quel ami est pour nous Jésus ! » dans le plus parfait unisson baptiste.

9

L'un d'eux était Lester Ivanhoé Pratt. Après la partie de football, lui et un groupe d'amis s'étaient rendus au lac Auburn, au bord duquel était dressée, pour une semaine, une tente pour des manifestations « revival » ; Vic Tremayne avait annoncé qu'il s'y tiendrait une réunion spéciale pour le Jour de Colomb, avec prières et chants. Comme Sally avait la voiture de Lester et que les deux amoureux n'avaient aucun projet pour la soirée, il avait accompagné Vic et les autres — tous de bons chrétiens comme lui.

Il n'ignorait pas ce qui incitait tant les autres à faire la balade : ce n'était pas la religion ; en tout cas, pas uniquement. On rencontrait toujours beaucoup de jolies filles dans les tentes de revival qui sillonnaient la Nouvelle-Angleterre entre le mois de mai et la dernière foire avec concours de bestiaux, en octobre ; et les hymnes chantés à pleins poumons (sans parler des sermons dont on les bombardait dans cet ancien esprit « Jésus est parmi nous ») avaient le don de les mettre d'humeur folâtre.

Lester, qui était fiancé, avait pour le manège de ses amis le regard indulgent de l'homme marié pour les jeunes célibataires qui piaffent d'impatience. Il les accompagnait avant tout par amitié et parce qu'il aimait bien écouter des sermons et chanter des hymnes, surtout après un après-midi passé à s'empoigner dans une partie de football ; rien de mieux, à sa connaissance, pour se calmer.

La réunion avait été sympathique, mais une incroyable quantité de gens avaient tenu à être « sauvés » à son issue, si bien qu'elle s'était prolongée plus que Lester ne l'aurait souhaité. Il avait envisagé d'appeler Sally pour aller prendre une crème glacée chez Weeksie ; les filles, avait-il remarqué, aimaient bien ce genre d'invitations impromptues, de temps en temps.

Ils franchirent le Tin Bridge et Vic le déposa à l'angle des rues Main et Watermill.

« Une sacrée partie, Lester ! lui lança Bill McFarland depuis le siège arrière.

— Et comment ! lui répondit-il joyeusement. Si on remettait ça samedi prochain ? Ça me donnerait une chance de te casser le bras au lieu de simplement te fouler le poignet ! »

Les quatre jeunes gens, dans la voiture, éclatèrent de rire de bon cœur, et Vic démarra. Les paroles de « Jésus est mon ami pour toujours » continuèrent à flotter quelques instants dans l'atmosphère si étonnamment estivale. On s'attendait toujours à de la fraîcheur après le coucher du soleil, pendant un été indien. Mais pas ce soir.

Lester entreprit de remonter la colline à pas lents, fatigué, fourbu même, mais profondément satisfait. Chaque jour était merveilleux lorsqu'on avait donné son cœur à Jésus, mais certains l'étaient davantage que d'autres ; celui-ci comptait parmi les meilleurs et il n'avait plus qu'une envie, arriver chez lui pour prendre une douche, appeler Sally et sauter dans son lit. Il accéléra le pas.

Il regardait les étoiles, à la recherche d'Orion, lorsqu'il s'engagea dans son allée. Si bien qu'il rentra à bonne vitesse dans l'arrière de sa propre voiture, les couilles les premières.

« Ouille ! » Il recula, se plia en deux et se prit les testicules entre les mains. Au bout de quelques instants, il put relever la tête et regarder la Mustang à travers les larmes qui lui brouillaient la vue. Qu'est-ce qu'elle fabriquait là, cette fichue bagnole ? La Honda de Sally ne serait pas prête avant mercredi, dans le meilleur des cas ; il valait mieux tabler sur jeudi ou même vendredi.

Puis soudain, l'illumination ! Sally était à la maison. Elle était venue en son absence, et elle l'attendait ! Peut-être avait-elle décidé que c'était ce soir que *ça* se passerait ! C'était mal, évidemment, d'avoir des relations sexuelles avant le mariage, mais il fallait savoir casser les œufs pour faire l'omelette, n'est-ce pas ? Il n'avait pas peur de devoir expier plus tard ce péché, si elle était d'accord.

Lester Pratt poussa un cri simiesque et enthousiaste. « Hou-hou ! La gentille petite Sally dans le costume du jour de sa naissance ! »

Il courut jusqu'au porche d'une démarche qu'un crabe n'aurait pas désavouée, se tenant toujours les roudoudous. La douleur commençait à y laisser la place à l'impatience. Il prit la clef sous le paillasson et entra.

« Sally ? lança-t-il. Tu es là, Sally ? Désolé, je suis en retard. On a été au lac Auburn avec les copains, et... »

Sa voix mourut. Il n'y avait pas eu de réaction ; elle n'était donc pas là, en fin de compte. A moins que... !

Il monta au premier aussi vite qu'il le put, soudain convaincu qu'il allait la trouver endormie dans son lit. Elle allait se réveiller et les draps découvriraient sa ravissante poitrine quand elle s'assiérait (ses seins ! il les avait touchés, enfin, plus ou moins, mais ne les avait jamais vus !) ; elle lui tendrait les bras, ouvrant tout grands ses yeux adorables couleur de bleuet et, le temps que sonnent dix heures, ils auraient perdu leur virginité. « Hou-hou ! »

Mais la chambre était aussi vide que la cuisine et le séjour. Draps et couvertures gisaient au sol, comme presque toujours ; Lester faisait partie de ces gens débordant tellement d'énergie et tellement pleins du Saint-Esprit qu'ils sont incapables de se lever normalement le matin ; il sautait littéralement du lit tant il lui tardait non seulement de vivre sa journée, mais de lui faire rendre tout ce qu'elle pouvait.

Quand il redescendit, un pli se creusa sur son visage rond et ingénu. La voiture était là, mais pas Sally. Pourquoi ? Il l'ignorait, mais ça ne lui plaisait pas.

Il alluma la lumière du porche et alla regarder la Mustang, peut-être lui avait-elle laissé un mot. Mais il n'alla pas plus loin que la première marche du perron. D'accord, elle avait laissé un mot. En rose fluo, écrit à la bombe en travers du pare-brise. Les grandes lettres le foudroyaient impitoyablement :

VA AU DIABLE SALOPARD DE MENTEUR

Lester resta longtemps pétrifié sur place, lisant et relisant le message de sa fiancée. La réunion du lac Auburn ? C'était ça ? Croyait-elle qu'il s'était rendu là-bas pour y rencontrer quelque pouffiasse ? Dans sa détresse, ce fut la seule idée qui lui parut tenir debout.

Il rentra et appela Sally ; il laissa le téléphone sonner plus de vingt fois, mais personne ne répondit.

10

Sally se doutait bien qu'il appellerait et avait donc demandé à Irene Lutjens si elle pouvait passer la nuit chez elle. Irene, mourant de curiosité, avait accepté avec empressement. *Quelque chose* déprimait tellement Sally qu'elle en était presque laide. Irene avait du mal à en croire ses yeux.

De son côté, Sally n'avait aucune envie de lui raconter ce qui venait d'arriver. C'était trop affreux, elle avait trop honte. Elle résista donc pendant une demi-heure au bombardement de questions d'Irene. Puis le barrage céda, et elle déballa tout dans un flot de larmes brûlantes. L'autre l'écoutait en la serrant dans ses bras, l'œil de plus en plus rond.

« Tout va bien, roucoula Irene en berçant son amie. Tout va bien, Sally ; Jésus t'aime, même si ce salopard n'est pas capable d'en faire autant. Moi aussi, je t'aime, et le révérend Rose aussi. Et j'espère que tu lui as fait comprendre ce que tu pensais de lui, à ce grand cornichon plein de muscles ? »

Sally acquiesça avec un reniflement, tandis que l'autre ronronnait des mots apaisants et lui caressait les cheveux. Irene avait le plus grand mal à attendre le moment où elle pourrait foncer sur le téléphone pour raconter ça à ses copines. Il lui fallait patienter jusqu'à demain. Elles n'arriveraient pas à le croire ! Irene se sentait désolée pour Sally, sincèrement, mais elle éprouvait néanmoins une petite satisfaction secrète. Sally était tellement jolie... tellement pieuse et exemplaire ! Il y avait quelque chose d'agréable à la voir ainsi descendue en flammes, au moins une fois.

Et Lester, le plus bel homme de toute la congrégation... S'ils rompent vraiment tous les deux, je me demande s'il ne m'invitera pas à sortir avec lui. Par moments, il me regarde comme s'il voulait savoir la couleur de ma petite culotte... ce n'est peut-être pas impossible...

« Je me sens affreusement mal ! geignait Sally. Tellement sale !

— C'est bien normal, répondit Irene sans cesser de la bercer et de lui caresser les cheveux. Tu n'as plus cette lettre et cette photo, n'est-ce pas ?

— Je les ai b-b-brûlées ! balbutia Sally avec un gros sanglot qui n'en finit pas et mouilla un peu plus la poitrine de son amie.

— Oui, bien sûr, murmura Irene. C'était ce qu'il fallait faire. » Tu aurais pourtant pu attendre que je jette un coup d'œil dessus, pauvre chialeuse, ajouta-t-elle en son for intérieur.

Irene l'installa dans la chambre d'ami, mais Sally ne dormit guère. Elle finit par arrêter de pleurer et passa l'essentiel de la nuit à fixer les ténèbres d'un œil sec et à se rouler avec une amère volupté dans ces fantasmes de vengeance que seul un amoureux plaqué aussi brutalement peut concevoir.

15

1

Le premier client « sur rendez-vous » de Mr Gaunt se présenta sans tarder dès huit heures du matin, le mardi : c'était Lucille Dunham, serveuse au Nan's Luncheonette. Elle s'était sentie prise d'une passion douloureuse pour les perles noires qu'elle avait vues dans l'un des présentoirs vitrés du Bazar des Rêves. Elle savait que même dans un million d'années, elle ne pourrait jamais s'acheter un article de ce prix — pas avec le salaire de misère qu'elle touchait chez Nan. Néanmoins, lorsque Leland Gaunt lui avait suggéré d'en parler sans que la moitié de la ville soit là à traîner une oreille (manière de parler), Lucille avait bondi sur la proposition avec la voracité d'un poisson affamé qui se jette sur un appât chatoyant.

Elle quitta la boutique à huit heures vingt, une expression de béatitude légèrement hébétée sur le visage. Elle avait acheté le rang de perles au prix incroyable de trente-huit dollars et cinquante cents. Elle avait également promis de jouer un petit tour, parfaitement innocent, à cet empaillé de pasteur baptiste, William Rose. Même pas une corvée pour elle : un vrai plaisir. Ce grigou qui n'arrêtait pas d'assener des citations de la Bible à tout bout de champ ne lui avait jamais laissé le moindre pourboire, ne seraient-ce que dix cents. Lucille (bonne méthodiste qui n'avait aucun complexe à danser un boogie endiablé le samedi soir) connaissait les histoires de récompenses obtenues au ciel par l'accumulation de ses mérites; elle se demandait si le révérend Rose avait jamais entendu dire qu'il était plus chrétien de donner que de recevoir.

Eh bien, elle allait lui rendre la monnaie de la pièce qu'il ne lui avait pas donnée... et c'était tout à fait innocent. Mr Gaunt le lui avait assuré.

Le digne gentleman la regarda sortir en affichant un sourire charmant. Une journée chargée l'attendait, extrêmement chargée, avec des rendez-vous toutes les demi-heures et des tas de coups de téléphone à donner. Ses attractions foraines étaient montées, prêtes à fonctionner; l'une des plus spectaculaires avait subi un essai concluant; le moment de lancer tous les manèges en même temps n'allait pas tarder. Comme toujours, lorsqu'il en arrivait à ce stade, que ce fût au Liban, à Ankara, dans les provinces canadiennes de l'Ouest ou ici à Trifouillis-les-Oies, USA, il avait l'impression que les journées étaient trop courtes de quelques heures. Mais il fallait déployer tous les efforts possibles vers le but qu'on s'était donné, les mains occupées étaient des mains heureuses, et il était noble d'essayer...

... et si ses yeux anciens ne le trompaient pas, sa deuxième cliente de la journée, Yvette Gendron, se dirigeait à pas pressés vers l'auvent de la boutique.

« Quelle journée, quelle journée! » murmura Leland Gaunt en barbouillant sur son visage un grand sourire de bienvenue.

2

Alan Pangborn arriva à huit heures trente dans son bureau et trouva un message déjà collé sur le côté de son téléphone. Henry Payton l'avait appelé à sept heures quarante-cinq: que le shérif le rappelle, toutes affaires cessantes. Alan se cala dans son fauteuil et, le combiné coincé entre l'oreille et l'épaule, appuya sur le bouton qui faisait automatiquement le numéro de la Police d'Etat, à

Oxford. Dans le tiroir du haut de son bureau, il prit quatre dollars d'argent.

« Salut, Alan, dit Henry. J'ai bien peur d'avoir de mauvaises nouvelles pour votre double meurtre.

— Oh, c'est *mon* double meurtre, tout d'un coup ? » Il referma la main sur les pièces au chariot ; quand il la rouvrit, elles n'étaient plus que trois. Il s'inclina en arrière et posa les pieds sur le bureau. « Il doit s'agir de nouvelles vraiment mauvaises.

— Vous n'avez pas l'air surpris.

— Pas une miette. » Il ferma de nouveau le poing et, du petit doigt, poussa le dollar le plus bas. C'était une opération d'une certaine précision... mais il était largement à la hauteur. La pièce d'argent glissa de son poing et roula dans sa manche. Il y eut un petit *clink!* lorsqu'elle heurta la première, bruit qui serait couvert par le baratin du magicien, dans une vraie représentation. Alan ouvrit la main ; il ne restait plus que deux dollars au chariot.

« Vous ne voyez peut-être pas d'inconvénient à me dire pourquoi ? dit Henry, légèrement agacé.

— J'y ai beaucoup réfléchi, depuis deux jours. » C'était un euphémisme. Dès l'instant où il avait reconnu Nettie Cobb dans l'une des deux femmes qui venaient de s'entretuer, il n'avait guère pensé à autre chose. Il en avait même rêvé, et l'impression que quelque chose ne collait pas dans cette affaire n'avait fait que s'accentuer, irritante. Si bien que l'appel de Henry le soulageait bien plus qu'il ne l'ennuyait.

Il serra les deux dollars restants dans son poing.

Clink!

Ouvrit la main ; plus qu'un seul.

« Qu'est-ce qui vous chiffonne ? demanda Henry.

— Tout, répondit-il sans ambages. A commencer par le fait que ce soit arrivé. Ce qui me tracasse le plus est la manière dont les faits s'enchaînent dans le temps. C'est juste... très juste. Ou trop juste. J'imagine Nettie Cobb qui trouve son chien mort et qui s'installe pour écrire toutes ces notes. Et vous savez quoi ? Je n'arrive pas à me la figurer en train de le faire. Et à chaque fois, je me demande ce que je n'ai pas vu, ce que je n'ai pas compris. »

Alan referma fortement le poing, l'ouvrit. Plus de pièces.

« Ouais. Autrement dit, mes mauvaises nouvelles en sont peut-être des bonnes. Quelqu'un d'autre est dans le coup, Alan. Nous ignorons qui a tué le chien de Cobb, mais on est à peu près certains que ce n'est pas Wilma Jerzyck. »

Alan reposa les pieds par terre d'un mouvement vif. Les dollars d'argent roulèrent en cascade sur le dessus de son bureau. L'un d'eux fit mine de vouloir passer par-dessus bord, et d'un coup de patte magique, surnaturellement rapide, Alan le rattrapa. « Il vaudrait peut-être mieux me dire ce que vous savez, Henry.

— Oui. Commençons par le chien. On l'a confié à John Palin, un véto de South Portland. Aussi fort avec les animaux que Ryan avec les humains. Il dit que le tire-bouchon ayant touché le cœur, tuant la bestiole presque sur le coup, il peut déterminer le moment de la mort avec beaucoup de précision.

— Voilà qui nous change agréablement », commenta Alan. Il pensa aux romans d'Agatha Christie qu'Annie lisait autrefois à la douzaine ; on y trouvait toujours un médecin de campagne à demi gâteux capable d'affirmer que le « décès était intervenu entre seize heures trente et dix-sept heures quinze ». Au bout de près de vingt ans passés dans la police, Alan savait que la réponse la plus réaliste à la question de l'heure de la mort était « la semaine dernière. Sauf erreur ».

« N'est-ce pas ? Bref, Palin dit qu'il est mort entre dix heures et midi. Peter Jerzyck a déclaré que lorsqu'il était venu dans sa chambre pour se préparer avant d'aller à l'église, *un peu après dix heures*, sa femme était sous la douche.

— Oui, les emplois du temps sont serrés, on le savait déjà. Mais ce Palin doit tenir compte d'une certaine marge d'erreur, tout de même. C'est pas Dieu le père. Il ne faut pas plus de quinze minutes pour mettre Wilma dans le coup.

— Ah oui ? Et elle vous paraît vraiment dans le coup ? »

Alan étudia la question, puis répondit, la voix grave : « A vous dire la vérité, pas tellement. J'ai toujours trouvé que ça clochait. » Il dut se forcer pour ajouter : « Mais on ne va tout de même pas laisser ce dossier ouvert parce qu'un vétérinaire déclare qu'il nous manque... quoi — un quart d'heure ?

— Bon, d'accord. Parlons maintenant de la note sur le tire-bouchon. Vous vous en souvenez ?

— Oui. Il était question de ne laisser personne lui salir ses draps, et qu'elle l'aurait.

— C'est ça. Le graphologue d'Augusta est encore en train de s'acharner dessus, mais Pete Jerzyck nous a donné un échantillon de l'écriture de sa femme et j'ai devant moi une photocopie des deux. Elles ne concordent pas. Absolument pas.

— Ne me dites pas... !

— Si, je vous le dis. Je croyais que vous étiez le type que ça ne surprenait pas.

— Je savais bien que quelque chose ne collait pas, mais je pensais plutôt aux cailloux avec les feuilles attachées dessus. L'enchaînement dans le temps est vraiment juste, et ça me mettait mal à l'aise : mais dans l'ensemble, j'étais prêt à l'accepter. Surtout parce que c'était le genre de chose que je croyais Wilma Jerzyck capable de faire. Vous êtes sûr qu'elle n'a pas déguisé son écriture ? » Il ne le croyait pas — fonctionner incognito n'était pas le genre de la Polonaise —, mais il fallait envisager cette possibilité.

« Moi ? J'en suis sûr. Mais je ne suis pas l'expert et ce que je pense ne compterait pas devant un tribunal. C'est d'ailleurs pour cela qu'on fait faire une analyse graphologique.

— Quand aurez-vous le rapport du type ?

— Qui sait ? En attendant, vous pouvez m'en croire,

Alan. Elles sont aussi différentes que des pommes et des oranges.

— Mais alors… si Wilma ne l'a pas fait, quelqu'un a voulu que Nettie croie que c'était la Polonaise. Qui ? Et pourquoi ? Pourquoi, pour l'amour du ciel ?

— Je ne sais pas, vieux. C'est votre patelin. En attendant, j'ai encore deux choses pour vous.

— Allez-y. » Alan remit les dollars d'argent dans leur tiroir puis fit traverser le mur à un grand type efflanqué avec un chapeau haut de forme ; lorsque l'ombre chinoise revint, le chapeau s'était transformé en canne.

« Celui ou celle qui a tué le chien a laissé des empreintes ensanglantées sur le bouton de porte de Nettie Cobb. C'est la numéro un.

— Nom d'un foutre !

— Nom d'un petit foutre, tout au plus. Les empreintes sont brouillées. Notre bonhomme les a probablement laissées lorsqu'il a filé.

— Elles sont vraiment mauvaises ?

— On dispose de quelques fragments qui pourraient être utilisables, mais là aussi, ça ne tiendra pas devant un tribunal. Je les ai envoyées au service spécial du FBI, en Virginie. Ils arrivent à faire des trucs stupéfiants à partir d'empreintes partielles, aujourd'hui. Ils sont plus lents que des escargots, et il faudra attendre une semaine ou peut-être même dix jours avant d'avoir leurs résultats. Mais en attendant, j'ai comparé ces partielles avec les empreintes de la Jerzyck.

— Ça ne concorde pas ?

— Eh bien, c'est comme l'écriture. On compare un truc partiel à un autre qui est complet, et si je me présente avec ça au tribunal, je me fais plomber par la défense, sans un pli. Mais au risque de dire des conneries, je prétends, moi, qu'elles n'ont rien à voir. Rien que par la taille, déjà. Wilma Jerzyck avait de petites mains. Les partielles viennent de quelqu'un qui a de grandes paluches. Même en tenant compte du fait que les empreintes sont brouillées, ce sont de fichues grandes paluches.

— Des mains d'homme ?

— J'en suis sûr. Mais encore une fois, ça ne tiendrait jamais devant un tribunal.

— Qu'est-ce qu'on en a à foutre ? » Sur le mur, un phare fantomatique se transforma brusquement en pyramide ; la pyramide s'ouvrit comme une fleur et se transforma en oie volant à tire-d'aile. Alan essaya d'imaginer le visage de l'homme — pas celui de Wilma Jerzyck — qui avait pu entrer chez Nettie dimanche dernier. L'homme qui avait tué Raider à l'aide d'un tire-bouchon et fait en sorte d'incriminer Wilma. Il ne vit qu'une figure plongée dans l'ombre. « Mais, Henry... qui a bien pu vouloir commettre un tel geste, sinon Wilma Jerzyck elle-même ?

— Comment savoir ? Nous avons cependant peut-être un témoin de la séance "jet de pierres".

— *Quoi !* ? Qui ?

— J'ai dit *peut-être,* n'oubliez pas.

— Oui, je sais. Ne me laissez pas sur le gril ! Qui est-ce ?

— Un gamin. La femme de la maison voisine a déclaré qu'elle avait entendu des bruits et qu'elle était venue essayer de voir ce qui se passait. Qu'elle pensait que peut-être cette salope (ce sont ses propres mots) avait fini par piquer une telle crise qu'elle avait balancé son mari à travers une fenêtre. Elle a vu un môme qui s'éloignait à bicyclette de la maison, l'air apeuré. Elle lui a demandé ce qui se passait. Il lui a répondu qu'à son avis les Jerzyck devaient avoir une scène de ménage. C'était ce qu'elle pensait aussi, mais comme les bruits s'étaient arrêtés, elle ne s'en est pas inquiétée davantage.

— Il doit s'agir de Jillian Mislaburski. La maison de l'autre côté de celle des Jerzyck est vide, en ce moment. Elle est à vendre.

— Ouais. Jillian Mis-machinski. C'est ce qu'il y a dans le rapport.

— Et qui était le garçon ?

— Je ne sais pas. Elle le connaissait, mais elle n'a pas été fichue de nous donner son nom. Elle a dit qu'il était du quartier, cependant, qu'il devait habiter tout à côté. Nous le trouverons.

— Quel âge ?

— Entre onze et quatorze ans, d'après elle.

— Henry ? Soyez sympa et laissez-moi le trouver moi-même. D'accord ?

— Entendu », répondit aussitôt Payton. Alan se détendit. « D'ailleurs, je ne comprends pas pourquoi nous devons diriger ces enquêtes alors que le crime a eu lieu dans le chef-lieu du comté. On laisse bien les gens de Portland et de Bangor s'occuper de leurs affaires, alors pourquoi pas Castle Rock ? Bon Dieu ! Je ne savais même pas comment prononcer le nom de cette bonne femme tant que vous ne l'avez pas dit à haute voix !

— Il y a beaucoup de Polonais à Castle Rock », répondit Alan, pensant à autre chose. Il arracha un formulaire rose de P-V et griffonna au dos : *Jill Mislab.* et *garçon 11-14 ans.*

« Si ce sont mes gars qui lui mettent la main dessus, il va se retrouver en face de trois malabars du Détachement d'Etat et se payer une telle frousse qu'il en oubliera tout. Tandis qu'il est probable qu'il vous connaît, vous. Est-ce que vous n'avez pas été leur parler à l'école ?

— Si, dans le cadre du programme de prévention, au cours de la journée Loi et Sécurité. » Alan essayait déjà de penser aux familles qui avaient des enfants de cet âge, dans le quartier des Jerzyck. Si Jill Mislaburski l'avait reconnu sans pouvoir dire son nom, cela signifiait qu'il devait habiter dans une autre rue ; Pond Street, peut-être. Il écrivit rapidement quelques noms sur le bout de papier : *DeLois, Rusk, Bellingham.* Il devait y avoir d'autres familles avec des garçons dans cette tranche d'âge ; il ne se souvenait pour le moment que de ces trois-là et elles feraient l'affaire pour commencer. Une rapide vérification suffirait certainement à trouver la bonne.

« Jill se souvient-elle de l'heure à laquelle elle a entendu le tapage et vu le gosse ? demanda Alan.

— Elle n'en est pas sûre, mais il lui semble qu'il était onze heures passées.

— Ainsi, ce n'étaient pas les Jerzyck qui se crêpaient le chignon, puisqu'ils étaient à la messe.

— Exact.

— C'était donc notre lanceur de cailloux.

— Toujours exact.

— Pour le coup, ça devient bougrement bizarre.

— Ça en fait trois de suite. Encore une, et vous gagnez le four à catalyse.

— Je me demande si le gamin a vu de qui il s'agissait.

— En temps ordinaire, je vous répondrais que ce serait trop beau pour être vrai, mais la Mis-machinski a dit qu'il avait l'air d'avoir peur, alors ce n'est pas impossible. S'il a vu ce tordu, je vous parie une tournée de bières que ce n'était pas Nettie Cobb. Vous savez ce que je pense ? Quelqu'un a monté les deux femmes l'une contre l'autre, mon vieux, et peut-être tout simplement histoire de rigoler. Rien que pour ça. »

Mais Alan, qui savait mieux sa ville que l'officier ne la connaîtrait jamais, trouvait l'idée aberrante. « C'est peut-être le gosse qui a fait ça lui-même. Ce qui expliquerait aussi bien son air apeuré. Il s'agit peut-être tout bêtement d'un acte de vandalisme.

— Dans un monde où existent les Michael Jackson et les trous du cul comme Axl Rose, tout est effectivement possible, répliqua Henry. Mais l'hypothèse du vandalisme me plairait davantage si le gamin avait seize ou dix-sept ans, il me semble.

— En effet, admit Alan.

— Et à quoi nous sert de spéculer, si vous pouvez retrouver le gosse ?

— Oui, je pense y arriver facilement. Mais je préférerais attendre la sortie de l'école, si vous n'y voyez pas d'inconvénient. Comme vous l'avez remarqué, il ne servirait à rien de lui flanquer la frousse.

— Oh, ça me va. Pour les deux femmes, ça ne change rien : elles iront de toute façon six pieds sous terre. Les journalistes grouillent dans le coin, une vraie peste. Suffit de leur filer un coup de tapette. Comme pour les mouches. »

Alan vit juste à ce moment-là, par la fenêtre, une camionnette-studio de la station WMTW qui passait au pas, avec pour destination probable l'entrée du tribunal, au coin de la rue.

« Ouais, ils sont aussi ici.

— Pourrez-vous m'appeler à cinq heures ?

— Dès quatre heures, sans doute. Merci, Henry.

— Y a pas de quoi », répondit l'officier en raccrochant.

La première impulsion d'Alan fut d'aller en parler à Norris Ridgewick — lequel constituait au moins une boîte à échos parfaite. Puis il se souvint que son adjoint devait être garé au beau milieu du lac de Castle, à essayer sa nouvelle canne à pêche.

Il fit naître encore quelques ombres chinoises sur le mur, puis se leva. Il était énervé, bizarrement mal à l'aise. Ça ne lui ferait pas de mal d'aller patrouiller dans le secteur où le double crime avait eu lieu. Le nom d'autres familles ayant des gosses dans la bonne fourchette d'âge lui reviendrait peut-être s'il voyait les maisons... et qui sait ? Ce que Henry avait dit des gamins était aussi peut-être vrai pour les Polonaises d'âge intermédiaire qui s'habillaient au Monoprix. La mémoire de Jill Mislaburski serait peut-être meilleure si quelqu'un qu'elle connaissait l'interrogeait.

Il tendit la main vers son chapeau d'uniforme, mais le laissa finalement accroché à la patère, près de la porte. Il valait peut-être mieux ne pas avoir un air trop officiel, aujourd'hui. Et tant qu'à faire, je n'en mourrais pas si je prenais le break, ajouta-t-il en lui-même.

Il quitta son bureau et s'immobilisa une fois dans la salle principale, amusé. John LaPointe avait transformé son bureau et l'espace environnant en un amas que seuls les pompiers allaient pouvoir dégager, s'il continuait. Les papiers s'empilaient sur le moindre espace disponible. Les tiroirs étaient entassés les uns sur les autres, formant une tour de Babel sur le sous-main. La tour paraissait près de s'effondrer d'une seconde à l'autre. Et John, d'ordinaire le type du policier joyeux et bon garçon, rouge comme une pivoine, jurait à voix retenue.

«Tu vas m'obliger à te passer la bouche au savon, Johnny», dit Alan avec un sourire.

Le policier sursauta et fit demi-tour. Il rendit à Alan un sourire à la fois honteux et distrait. «Désolé, Alan, je...»

Le shérif bondit. Il traversa la salle avec cette même vélocité féline et silencieuse qui avait tant frappé Polly Chalmers le vendredi soir. John en était bouche bée. Du coin de l'œil, il comprit ce qui se passait: les deux tiroirs du haut de la pile étaient en train de s'effondrer.

Alan réussit à éviter un désastre complet, mais ne put être assez rapide pour rattraper le premier tiroir, lequel lui atterrit sur les orteils dans un grand éparpillement de papiers, d'agrafes en paquet et d'attaches diverses. De la paume des mains, il coinça les deux autres contre le bureau de John.

«Nom de Dieu de bon Dieu! s'exclama John, un vrai numéro de cirque!

— Merci, John», répondit Alan avec un sourire grimaçant. Les tiroirs commençaient à glisser. Il ne servait à rien de pousser plus fort, sinon à faire bouger le bureau. Ses orteils lui faisaient mal. «Balance-moi tous les compliments qu'il te plaira, mon vieux, mais entre-temps, pourrais-tu me sortir ce tiroir des pieds?

— Oh, merde! Oui! Bien sûr!» John, dans sa précipitation, heurta Alan qui, légèrement déséquilibré, lâcha les tiroirs qu'il maintenait si difficilement contre le bureau. Eux aussi atterrirent sur ses pieds.

«*Aïe!*» cria-t-il. Il se prit le pied droit, puis décida que le gauche lui faisait encore plus mal. «*Saloperie!*

— Bon Dieu, Alan, je suis désolé!

— Mais qu'est-ce que tu gardes, là-dedans? Des échantillons d'enclume?

— Je crois que ça fait pas mal de temps que je n'avais pas mis un peu d'ordre.» John sourit d'un air coupable et se mit à fourrer dans les tiroirs, n'importe comment, papiers et fournitures de bureau. Son visage banal, aux traits réguliers, était cramoisi. Il se tenait à genoux et lorsqu'il pivota pour attraper des attaches qui s'étaient éparpillées sous le bureau de Clut, il fit s'écrouler une pile de formulaires et de rapports qu'il avait entassée sur le sol. On aurait dit qu'une tornade venait de passer dans la grande salle du poste de police.

« Merde et remerde ! s'écria John.

— Merde et remerde, en effet, dit Alan qui, assis sur le bureau de Norris, essayait de se masser les orteils à travers le cuir épais de ses chaussures noires réglementaires. Merde et remerde, voilà une description très précise de la situation. C'est un cas de merde et remerde, ou je ne m'y connais pas.

— Désolé », répéta John qui se mit à ramper à plat ventre sous son bureau, balayant de la main, vers lui, les agrafes et les trombones disséminés partout. Alan se demandait s'il devait rire ou pleurer. Les pieds de l'adjoint gigotaient en cadence avec ses mains et ne faisaient qu'éparpiller davantage les papiers.

« Sors d'ici, John ! » aboya Alan. Il déployait de grands efforts pour ne pas rire, mais il se rendait compte que c'était en vain.

LaPointe sursauta. Il se cogna sèchement la tête contre le dessous du bureau, si bien qu'une autre pile de papiers, qu'il avait repoussée jusqu'à la limite des lois de la gravitation pour ménager de la place aux tiroirs, alla rejoindre les précédentes sur le plancher, une bonne partie en voletant paresseusement dans l'air.

Il va lui falloir la journée pour classer tout ça, pensa Alan, résigné. Sinon toute la semaine.

Cette fois-ci, il n'y tint plus. Renversant la tête en arrière, il se mit à hurler de rire. Andy Clutterbuck, qui se trouvait dans le bureau du standard, sortit voir ce qui se passait.

« Tout va bien, shérif ?

— Ouais. » Puis il parcourut des yeux les formulaires,

rapports, notices et documents qui jonchaient le sol et repartit de plus belle. « C'est John... Il est très créatif, quand il se met à faire de la paperasse. »

L'adjoint rampa de dessous son bureau et se releva. Il avait l'air d'un homme qui n'attend qu'une chose, qu'on le mette au garde-à-vous ou qu'on lui ordonne de faire cinquante pompes. De la poussière maculait le devant de son uniforme, impeccable encore un instant auparavant ; en dépit de son amusement, Alan songea que cela faisait un moment qu'Eddie Warburton n'avait pas donné un bon coup de balai dans ce secteur. Puis il se remit à rire. Il n'arrivait pas à s'en empêcher. Clut regardait tour à tour ses deux collègues, intrigué.

« Bon, d'accord, dit Alan en se calmant enfin. Qu'est-ce que tu cherchais, John ? Le Saint Graal ? La harpe merveilleuse ? Quoi donc ?

— Mon portefeuille. (Il tenta de brosser son uniforme, sans résultat.) Je n'arrive pas à mettre la main dessus.

— Tu as vérifié dans ta voiture ?

— Dans les deux. » Il jeta un regard circulaire et dégoûté sur la ceinture d'astéroïdes en papier qui l'entourait. « Dans la voiture de patrouille que j'avais cette nuit et dans ma Pontiac. Mais il m'arrive de le mettre dans un tiroir quand je suis assis ici. A cause de la bosse que ça me fait aux fesses. Alors je vérifiais...

— Il ne te tannerait pas autant les fesses si tu n'y rangeais pas toute ton existence, John, remarqua Andy Clutterbuck d'un ton raisonnable.

— Dis donc, Clut, va donc faire la circulation au carrefour, veux-tu ?

— Hein ? »

Alan leva les yeux au ciel. « Trouve-toi quelque chose à faire. Je crois que John et moi pouvons venir à bout de la situation ; nous sommes des enquêteurs confirmés. Si on n'y arrive pas, on t'appellera.

— Bon, bon, ça va. Je voulais juste vous aider, c'est tout. Je l'ai vu, son foutu portefeuille. C'est à croire qu'il y range toute la bibliothèque du Congrès. En réalité...

— Merci pour ta participation, Clut. A bientôt.

— Bon, d'accord. Toujours content de donner un coup de main. Salut, les mecs. »

Alan leva encore les yeux au ciel. Il avait toujours envie de rire, mais il se contrôla. A l'expression malheureuse de John, il était évident qu'il ne trouvait pas ça drôle du tout. Sa gêne n'était qu'un aspect de ce qu'il éprouvait. Alan avait connu une ou deux fois l'ennui de perdre un portefeuille et savait la pénible impression que l'on ressentait. Le fait de perdre de l'argent et le désagrément d'avoir à signaler la disparition des cartes de crédit n'en étaient qu'un aspect, et pas nécessairement le pire. On ne cessait de se rappeler les choses qu'on y avait conservées, des trucs que d'autres auraient sans doute jugés bons pour la poubelle, mais irremplaçables pour soi.

John s'était remis sur les rotules et, le dos voûté, triait et empilait les papiers, l'air inconsolable. Alan l'aida.

« Tu t'es vraiment fait mal, Alan ?

— Mais non. Tu sais bien comment sont ces godasses ; on dirait qu'on a un camion de la Brink's à chaque pied. Tu avais combien, dans ce portefeuille ?

— Oh, pas plus de vingt dollars. Mais j'y avais mon permis de chasse, qui date de la semaine dernière. Ma carte de crédit. Il va falloir appeler la banque et l'annuler, si je n'arrive pas à remettre la main dessus. Mais ce qui me fait le plus mal, ce sont les photos. Mes parents, mes sœurs... tu sais, des trucs comme ça. »

Ce n'était cependant pas la perte du portrait de son papa et de sa maman qui le chagrinait le plus ; la photo qui comptait vraiment était celle où il était en compagnie de Sally Ratcliffe. Celle prise par Clut à la foire de Fryeburg trois mois avant que Sally ne le laisse tomber pour ce tas de muscles de Lester Pratt.

« Ne t'en fais pas, dit Alan, tu les retrouveras. L'argent et la carte auront peut-être disparu, mais le portefeuille et les photos finiront par revenir, un de ces jours. Tu sais bien que c'est le cas, la plupart du temps.

— Ouais, répondit-il avec un soupir. C'est simplement

que… Bon sang, j'essaie de me souvenir si je l'avais en venant ce matin, mais je n'y arrive pas !

— J'espère que tu finiras par le retrouver. En attendant, colle une affichette PERDU sur le tableau, d'accord ?

— Oui, je vais le faire. Et je vais finir de ranger tout ce bazar.

— Je sais bien que tu le feras, John. Ne t'énerve pas. »

Alan gagna le parking, secouant la tête.

3

La clochette d'argent tinta, au-dessus de la porte, et Babs Miller, membre à part entière du Club de Bridge d'Ash Street, fit une entrée timide au Bazar des Rêves.

« Madame Miller ! s'exclama Leland Gaunt en consultant une liste sur laquelle il apposa une marque discrète. Comme vous avez bien fait de venir ! Et juste à l'heure ! C'est bien la boîte à musique, n'est-ce pas, qui vous intéresse ? Un travail ravissant.

— Oui, je voulais vous en parler… mais elle est sans doute vendue, non ? » Elle avait du mal à croire qu'un objet aussi charmant n'eût pas déjà disparu ; cette seule idée lui serrait le cœur. La musique qu'il jouait, celle que Mr Gaunt prétendait avoir oubliée… elle pensait la connaître. Elle avait dansé sur elle, jadis, au Pavillion, à Old Orchard Beach, dans les bras du capitaine de l'équipe de football auquel elle avait donné un peu plus tard sa virginité, sans hésiter, sous un superbe clair de lune. Il lui avait fait connaître le premier et dernier orgasme de toute sa vie, et pendant que l'extase montait et grondait dans ses veines, cet air avait tourbillonné dans sa tête comme un fil incandescent.

« Non, elle est encore ici », dit Mr Gaunt. Il la prit dans le présentoir (le Polaroid l'avait dissimulée) et la posa dessus. Le visage de Babs Miller s'éclaira.

« Je suis sûre qu'elle coûte beaucoup plus que ce que je peux me permettre, monsieur Gaunt, mais elle me plaît vraiment beaucoup. Et s'il y avait possibilité de la payer en plusieurs fois... la moindre possibilité... »

Mr Gaunt sourit. Un sourire exquis, réconfortant. « Je crois que vous vous inquiétez pour rien. Vous allez être très surprise par le prix extrêmement raisonnable que je demande pour cette ravissante boîte à musique. Très surprise. Asseyez-vous, et parlons-en. »

Elle s'assit.

Il s'approcha d'elle.

Les yeux de Babs Miller furent incapables de quitter ceux de Leland Gaunt.

L'air se mit à jouer dans sa tête.

Elle était perdue.

4

« Ça m'est revenu, déclara Jillian Mislaburski à Alan. C'est le fils Rusk. Billy, je crois... ou peut-être Bruce. »

Ils se tenaient dans la salle de séjour de la Polonaise, où trônait une télé Sony sous un crucifix géant en plâtre. Un présentateur dont il vaut mieux taire le nom était à l'écran. A en juger par la manière dont Jésus roulait des yeux, sous sa couronne d'épines, Alan pensa qu'il aurait peut-être préféré Geraldo. Ou la série *Jugements de divorce.* Il avait refusé la tasse de café que Mme Mislaburski lui avait offerte.

« Brian, la corrigea-t-il.

— Oui, c'est ça ! Brian ! »

Elle portait sa blouse de travail d'un vert éclatant, mais pas son fichu rouge, ce matin. Des boucles de la taille des cylindres en carton que l'on trouve dans les rouleaux de papier hygiénique étaient disposées en une étrange couronne sur son crâne.

« Vous en êtes sûre, madame Mislaburski ?

— Oui. C'est ce matin, au réveil, que son nom m'est revenu. C'est son père qui a posé les cadres en aluminium de la maison, il y a deux ans. Le fils est venu lui donner un coup de main, pendant un moment. Il m'a fait l'effet d'un petit garçon bien gentil.

— Avez-vous une idée de ce qu'il pouvait fabriquer chez les Jerzyck ?

— Il m'a dit qu'il avait voulu leur demander s'ils avaient prévu quelqu'un pour pelleter la neige de leur allée, cet hiver, je crois bien. Qu'il reviendrait plus tard, quand ils ne se battraient plus. Le pauvre gosse avait l'air mort de frousse, et je le comprends. » Elle secoua la tête. Les grosses boucles rebondirent avec souplesse. « Je suis désolée qu'elle soit morte de cette façon... (Jill Mislaburski prit un ton confidentiel.) Mais je suis contente pour Pete. Personne ne peut s'imaginer ce qu'il a dû supporter, à vivre avec cette femme. Personne. » Elle eut un regard significatif en direction du crucifix.

« Heu... heu..., dit Alan. N'avez-vous rien remarqué d'autre, madame Mislaburski ? A propos de la maison, du gamin, des bruits ? »

Elle posa un doigt le long de son nez et inclina la tête. « Non, pas vraiment. Le petit — Brian Rusk — avait une glacière sur son porte-bagages. Je m'en souviens, parce que ce n'est pas le genre de chose...

— Attendez ! » la coupa Alan. Une lumière rouge venait de clignoter un instant dans sa tête. « Une glacière ?

— Oui, vous savez, comme celles qu'on emporte pour les pique-niques. Je l'ai remarquée parce qu'elle était vraiment trop grande pour son porte-bagages. Elle était de travers, comme si elle allait tomber.

— Merci, madame Mislaburski, dit Alan lentement. Merci beaucoup.

— Est-ce que c'est important ? Est-ce que c'est un indice ?

— Oh, j'en doute. » Mais il se posait la question.

L'hypothèse du vandalisme me plairait davantage si le gamin avait seize ou dix-sept ans, avait observé Henry Payton. Alan avait ressenti la même chose... mais il était déjà tombé sur des vandales de douze ans et il ne devait pas être difficile, se dit-il, de transporter une bonne quinzaine de cailloux dans l'une de ces glacières.

Il se sentit soudain très intéressé à la perspective de la conversation qu'il allait avoir avec le jeune Brian Rusk, cet après-midi.

5

La clochette tinta. Sonny Jackett pénétra dans la boutique lentement, sur ses gardes, malaxant entre ses mains une casquette graisseuse aux couleurs de Sunoco. Il avait la tête d'un homme qui croit sincèrement être sur le point de casser toute une kyrielle d'objets coûteux, quelque effort qu'il fasse ; casser les choses, proclamait son expression, était une fatalité pour lui, non son désir.

« Monsieur Jackett ! »

Gaunt avait lancé son salut habituel avec sa vigueur coutumière avant de faire une nouvelle petite marque sur la feuille posée à côté de la caisse. « Je suis content que vous ayez pu passer ! »

Sonny avança de trois pas de plus et s'immobilisa, son regard inquiet allant des vitrines à Leland Gaunt.

« Heu..., commença-t-il. J'suis rien venu acheter. Je vous l'dis carrément. C'est le vieux Samuels qui m'a dit de venir, si j'avais l'occasion. Y paraît qu'vous avez un jeu de clefs à douille qu'est pas mal. J'en cherchais un, justement, mais ici, c'est pas une boutique pour les gars comm'moi. C'est juste histoire d'êt' correct avec vous, m'sieur.

— J'apprécie tant d'honnêteté, mais il ne faut pas parler si vite, monsieur Jackett. C'est un très bel ensemble de clefs à douille ajustables, à double mesure.

— Ah bon ? » Il souleva les sourcils. Sonny savait que ce genre d'outil existait et qu'il permettait de travailler sur les voitures américaines et étrangères avec le même jeu de clefs ; mais il n'en avait jamais vu.

« Oui. Je les ai mises de côté dans mon arrière-boutique, monsieur Jackett, dès que j'ai su que cela pouvait vous intéresser. Sans quoi elles seraient sans doute parties tout de suite ; mais je voulais au moins pouvoir vous les montrer avant. »

Sonny réagit immédiatement en bon Yankee soupçonneux. « Ah ? Et pourquoi faire ça pour moi ?

— Parce que je possède une voiture ancienne, et les voitures anciennes ont souvent besoin de réparations. J'ai entendu dire que vous étiez le meilleur mécanicien de ce côté-ci de la Derry.

— Oh... (Il se détendit.) C'est possible. Et c'est quoi, votre machine ?

— Une Tucker. »

Les sourcils de Sonny se relevèrent encore et il regarda Gaunt avec une expression respectueuse. « Une Torpedo ! Vous vous rendez compte !

— Non. C'est une Talisman.

— Ah bon ? Jamais entendu parler de celle-là.

— Il n'y en a eu que deux de construites, le prototype et la mienne. C'était en 1953. Monsieur Tucker est parti pour le Brésil peu après. Il y est mort (un sourire mélancolique flotta un instant sur les lèvres de Gaunt). Preston était un type charmant et un sorcier, question automobile... mais ce n'était pas un homme d'affaires.

— Ah bon ?

— Oui... (Le regard de Gaunt se désembruma.) Mais c'est du passé, tout ça. Il faut savoir tourner la page, n'est-ce pas, monsieur Jackett ? C'est ce que je dis toujours : regarder l'avenir en face, s'y élancer d'un pas décidé et ne jamais regarder en arrière ! »

Sonny observa le commerçant du coin de l'œil, un peu mal à l'aise, et garda le silence.

« Laissez-moi vous montrer ces clefs à douille. »

Sonny n'accepta pas tout de suite. Il regardait le contenu des présentoirs de verre, dubitatif. « Peux pas m'payer de trucs trop chers. Si vous voyiez ma pile de factures impayées ! Des fois, j'me dis que j'devrais tout envoyer au diable et aller toucher l'assurance chômage.

— Je comprends ce que vous ressentez. Ce sont ces fichus Républicains, voilà mon avis. »

La figure nouée et à l'expression méfiante de Sonny se détendit sur-le-champ. « Vous avez fichtrement raison, l'ami ! s'exclama-t-il. George Bush a quasiment ruiné le pays ! Lui et sa foutue guerre ! Mais les Démocrates, d'après vous... ils auront quelqu'un à mettre en face avec des chances, l'année prochaine ?

— J'en doute.

— Jesse Jackson, par exemple... Un nègre. »

Il regarda Gaunt, provocateur. L'autre inclina la tête comme pour dire : *Oui, mon ami, dis-moi le fond de ta pensée. On est tous les deux des types à la coule et nous n'avons pas peur d'appeler un chat un chat.* Sonny se détendit encore un peu plus, moins gêné par la graisse qui lui salissait les mains, plus à l'aise.

« J'ai rien contre les nègres, on est bien d'accord, mais juste l'idée d'un bougnoul à la Maison-Blanche — *la Maison-Blanche !* — ça m'fout des boutons.

— Moi aussi, admit Gaunt.

— Et ce macaroni de New York ? Mario j'sais-pas-Kuomo ! Vous croyez, vous, qu'un type comme ça pourrait battre l'autre enfoiré ?

— Non. » Gaunt leva la main droite, faisant le geste de mesurer quelque chose entre son affreux pouce spatulé et son index. « En plus, je n'ai pas confiance dans les hommes qui ont de petites têtes. »

Sonny resta un instant bouche bée, puis se donna une claque sur un genou et partit d'un rire sibilant. « Pas confiance dans les hommes qui ont de petites têtes ! Elle est bien bonne, celle-là ! »

Mr Gaunt souriait.

Sonny aussi.

Leland Gaunt alla chercher le jeu de clefs à douille ; il était présenté dans une sacoche en cuir doublée de velours noir : jamais Sonny Jackett n'avait vu un tel outillage, tout en alliage chrome-acier.

Ils échangèrent un nouveau sourire, qui leur découvrit les dents comme deux singes qui s'apprêtent à se battre.

Et bien entendu, Sonny acheta le jeu de clefs. Pour un prix absolument ridicule : cent soixante-dix dollars, plus deux blagues vraiment marrantes à faire à Don Hemphill et au révérend Rose. Sonny déclara que ce serait un plaisir que de foutre la merde chez ces fils de pute républicains chanteurs d'hymnes.

Les tours que Sonny allait jouer à Willie-la-Moutarde-au-Nez et à Don Hemphill les faisaient sourire d'avance tous les deux.

Sonny Jackett et Leland Gaunt : juste deux types qui se souriaient.

Et au-dessus de la porte, la clochette d'argent tinta.

6

Henry Beaufort, propriétaire-gérant du Mellow Tiger, avait son domicile à moins de cinq cents mètres de son lieu de travail, à la périphérie de la ville. Myra Evans se gara dans le parking de l'établissement, vide en cette heure matinale étonnamment chaude, et continua à pied jusqu'à la maison. Etant donné la nature de sa course, la précaution semblait raisonnable. Elle n'aurait pas dû s'inquiéter. Le Mellow Tiger ne fermait jamais avant une heure du matin, et Henry se levait rarement avant treize heures. Tous les stores, au premier comme au rez-de-chaussée, étaient tirés. Sa voiture, une Thunderbird de 1960 parfaitement entretenue qui faisait sa joie et son orgueil, était garée dans l'allée.

Myra portait un jean et une chemise de travail bleue, empruntée à son mari ; les pans lui tombaient presque jusqu'aux genoux. Ils dissimulaient une ceinture à laquelle pendait un fourreau. Chuck Evans collectionnait les souvenirs de la Seconde Guerre mondiale (et avait déjà acheté un petit quelque chose, sans en parler à sa femme, au nouveau magasin) et le fourreau contenait une baïonnette japonaise. Myra l'avait décrochée une demi-heure auparavant du mur, dans la pièce que Chuck s'était réservée au sous-sol. Elle heurtait sèchement sa cuisse à chaque enjambée.

Il lui tardait beaucoup d'en avoir terminé afin de pouvoir retourner à la photo d'Elvis. La tenir, avait-elle découvert, suffisait à déclencher une sorte d'histoire. Ce n'était pas réel, mais à de nombreux titres (à tous les titres, de son point de vue), elle estimait que c'était encore mieux ainsi. Acte I : le concert ; le King la sort de la foule et danse avec elle sur la scène. Acte II : la pièce verte après le spectacle. Acte III : dans la grosse limousine. L'un des hommes d'Elvis la conduisait et le King ne se souciait même pas de refermer le vitrage fumé entre l'avant et l'arrière avant de lui faire les choses les plus audacieuses et délicieuses, tandis qu'ils roulaient en direction de l'aéroport.

Le titre de l'acte IV était : « En avion. » Il se déroulait à bord du *Lisa-Marie*, le jet privé d'Elvis… dans le grand lit double derrière la cloison qui séparait la cabine du poste de pilotage, pour être exact. Elle y aurait volontiers passé tout le reste de sa vie, mais ils étaient en route pour l'acte V : Graceland. Une fois qu'ils y seraient, les choses ne pouvaient qu'aller encore mieux.

Mais avant, elle avait cette petite corvée à accomplir.

Elle était au lit, ce matin, après le départ de son mari, seulement habillée de son porte-jarretelles (le King avait été très clair sur ce détail), étreignant la photo entre ses mains, gémissant et se tordant lentement sur les draps. Soudain le grand lit double avait disparu. Le ronronnement étouffé des moteurs du *Lisa-Marie* aussi. Comme le parfum de cuir anglais d'Elvis.

Au lieu de ces merveilleuses choses, elle avait vu les traits de Mr Gaunt, un Mr Gaunt bien différent de ce qu'il était dans son magasin. Son visage paraissait fendillé et desséché par quelque fantastique chaleur interne. Il pulsait et ondulait comme si, en dessous, des choses luttaient pour s'en dégager. Et son sourire s'ouvrait sur une double rangée de crocs au lieu des grandes dents carrées.

« Le moment est venu, Myra, avait-il dit.

— Je veux rester avec Elvis, avait-elle gémi. Je le ferai, mais pas maintenant. Je vous en prie, pas maintenant.

— Si, maintenant. Vous l'avez promis et vous allez remplir votre promesse. Sinon, vous allez beaucoup, beaucoup le regretter, Myra. »

Elle entendit un craquement sec. Avec horreur, elle vit que le verre qui protégeait la photo venait de se fendre.

« Non ! s'écria-t-elle, non, ne faites pas ça !

— Je ne fais rien du tout, avait répondu Gaunt avec un petit rire. C'est *toi* qui le fais. Tu le fais en te comportant comme une idiote, comme une petite conne paresseuse. On est en Amérique, ici, et seules les putes travaillent au lit. En Amérique, les personnes respectables se lèvent pour aller gagner les choses dont elles ont besoin, sinon elles les perdent pour toujours. Je crois que tu l'as oublié. Bien sûr, je peux toujours trouver quelqu'un pour aller jouer ce petit tour à Mr Beaufort, mais dans ce cas, ta délicieuse *affaire de cœur** avec le King... »

Une autre craquelure zigzagua comme un éclair argenté sur la vitre protectrice. Le visage en dessous, observa-t-elle avec épouvante, devenait vieux, ridé et ratatiné sous l'effet corrupteur de l'air qui pénétrait sous le verre.

« Non ! Je vais le faire ! Je vais le faire tout de suite ! Je me lève, je me lève ! Mais arrêtez ! Arrêtez ça ! »

Elle avait bondi sur le sol aussi vite que si elle avait découvert un nid de scorpions entre les draps.

« Quand tu auras rempli ta promesse, Myra. » Mr Gaunt lui parlait du plus profond d'elle-même. « Tu sais ce que tu as à faire, n'est-ce pas ?

— Oui, je le sais ! » Myra regardait la photo, désespérée : elle y voyait un homme vieux et malade, le visage bouffi à force d'excès. La main qui tenait le micro était une serre de vautour.

« Lorsque tu reviendras mission accomplie, Myra, l'image sera comme avant. Mais surtout, que personne ne te voie. Si quelqu'un t'aperçoit, jamais tu ne *le* reverras.

— On ne me verra pas ! avait-elle balbutié. Je jure que personne ne me verra ! »

Au moment où elle atteignait le coin de la maison de Henry Beaufort, elle se souvint de l'avertissement. Elle regarda autour d'elle ; la route était déserte dans les deux directions ; un corbeau croassait sans enthousiasme au milieu d'un champ dépouillé de toute végétation. Il n'y avait pas d'autre bruit. On aurait dit que la journée pulsait comme une chose vivante et que la terre restait assommée, hébétée par les lents battements de ce cœur hors saison.

Myra remonta l'allée, vérifiant de la main la présence de la baïonnette dans son fourreau. La sueur coulait dans son dos, irritante, et passait sous son soutien-gorge. Elle ne s'en doutait pas et ne l'aurait pas cru si on le lui avait dit, mais elle avait atteint une sorte de beauté fugitive au milieu du calme de la campagne. Pendant quelques instants, son visage d'ordinaire brouillé et vide refléta une détermination farouche, un sentiment qu'il n'avait encore jamais exprimé. Ses pommettes se dessinaient nettement pour la première fois depuis qu'elle avait quitté le lycée, lorsqu'elle avait décidé que sa mission, dans la vie, consistait à dévorer toutes les confiseries industrielles qui lui tomberaient sous la main. Depuis quatre jours, elle avait été bien trop occupée à faire l'amour d'une manière de plus en plus bizarre avec le King pour penser beaucoup à manger. Ses cheveux, qui pendaient d'ordinaire autour de son visage en mèches plates et molles, étaient tirés en arrière pour former une queue de cheval, dégageant son front. Grâce au choc d'une brutale overdose d'hormones (peut-être) et grâce à celui, tout aussi violent, d'une baisse radicale dans sa consommation de sucres, la plupart des boutons qui avaient troué la peau de sa figure de leur petit volcan depuis qu'elle avait douze ans subissaient une impressionnante rémission. Plus remarquables encore étaient ses yeux, vastes, bleus, félins. Ce n'étaient pas les yeux de Myra Evans, mais ceux d'un fauve de la jungle, susceptible d'une soudaine et imprévisible férocité.

Elle atteignit la voiture de Henry. Un véhicule se profilait sur la 117 : un antique camion de paysan tout bringuebalant qui se dirigeait vers la ville. Myra se glissa devant la calandre de la Thunderbird et s'accroupit, le temps de le laisser passer. Puis elle sortit un papier, le déplia en l'aplatissant avec soin et le glissa sous l'un des essuie-glaces, de manière à ce que le message fût clairement visible.

NE T'AVISE JAMAIS DE M'EMPÊCHER DE BOIRE POUR ENSUITE GARDER MES CLEFS, ESPÈCE DE BOUFFEUR DE GRENOUILLES !

pouvait-on lire.

Le moment était venu d'utiliser la baïonnette.

Elle jeta un nouveau et rapide coup d'œil autour d'elle, mais la seule chose qui bougeait dans la lumière et la chaleur du jour était un corbeau solitaire, le même, peut-être, que celui qui croassait un moment auparavant. Il vint se poser sur le poteau téléphonique situé juste en bas de l'allée et parut l'observer.

Myra dégagea l'arme, la prit fermement à deux mains, se pencha en avant et l'enfonça jusqu'à la garde dans le pneu à flancs blancs avant, côté conducteur. Un rictus féroce lui déformait le visage tandis qu'elle attendait la bruyante explosion ; mais au lieu de cela, il n'y eut qu'un soudain *wooooch !* (comme aurait pu faire un boxeur recevant un coup à l'estomac) vite à bout de souffle. La Thunderbird se mit à pencher nettement à gauche. Myra arracha la baïonnette, agrandissant un peu plus le trou, non sans rendre grâce à Chuck de garder ses joujoux bien affûtés.

Lorsqu'elle eut découpé un sourire zigzaguant dans le pneu qui se dégonflait rapidement, elle alla en faire autant du côté passager. Il lui tardait toujours de retrouver sa photo chérie, mais elle était néanmoins contente d'être venue ; il y avait quelque chose d'excitant dans l'aventure. La seule idée de la tête que ferait Henry en découvrant ce qui était arrivé à sa précieuse Thunderbird la rendait toute chose. Dieu seul sait pourquoi, mais elle se dit que lorsqu'elle embarquerait à nouveau sur le *Lisa-Marie,* elle aurait un ou deux petits trucs à montrer au King.

Elle passa à l'arrière. La baïonnette ne coupait plus tout à fait aussi bien, mais son enthousiasme compensa cette faiblesse, et elle cisailla énergiquement les flancs blancs.

Sa tâche terminée, et les quatre pneus non seulement crevés mais littéralement éventrés, elle se recula pour admirer le travail. Elle respirait vite et elle chassa la sueur de son front d'un geste vif et viril du bras. La Thunderbird venait de perdre plus de quinze centimètres et reposait sur les jantes, au milieu des débris de coûteux pneus à carcasse radiale. C'est alors qu'elle décida, sans que cela lui eût été demandé, d'ajouter cette touche personnelle qui signifie tant. Elle fit courir la pointe de la baïonnette le long du flanc de la voiture, laissant une longue éraflure inégale dans la surface lisse et polie.

L'arme émit un petit crissement gémissant contre le métal et Myra regarda en direction de la maison, soudain sûre que Henry Beaufort devait avoir entendu, que le store de sa chambre allait vivement remonter et qu'il la verrait.

Rien de tel ne se produisit, mais elle comprit qu'il était temps de partir. Elle avait épuisé le temps imparti et en outre, là-bas dans son lit, le King l'attendait. Myra pressa le pas le long de l'allée tout en rabattant les pans de sa chemise, après avoir glissé la baïonnette dans son fourreau. Une voiture passa avant qu'elle eût rejoint le Mellow Tiger, mais elle se dirigeait dans la même direction qu'elle : sauf à lorgner dans son rétroviseur, le conducteur ne l'avait vue que de dos.

Elle se glissa derrière le volant, arracha l'élastique qui lui retenait les cheveux (ils retombèrent comme d'habitude en boucles molles et plates autour de sa figure) et prit la direction de la ville. Elle conduisit d'une main ; l'autre avait à faire au-dessous de sa taille. Une fois chez elle, elle grimpa l'escalier quatre à quatre. Le portrait d'Elvis se trouvait sur le lit, là où elle l'avait laissé. Elle se débarrassa vivement de ses chaussures et de son jean, s'empara de la photo et bondit dans le lit. Les craquelures de la vitre avaient disparu ; le King avait retrouvé sa jeunesse et sa beauté.

On aurait pu en dire autant pour Myra Evans... au moins temporairement.

7

Au-dessus de la porte, la clochette d'argent tintinnabula.

« Bonjour, madame Potter ! » dit joyeusement Leland Gaunt. Une marque de plus sur la liste. « Je commençais à me dire que je ne vous verrais pas.

— J'ai failli ne pas venir », avoua Lenore Potter. Elle paraissait dans tous ses états et penser à autre chose. Ses cheveux argentés, coiffés d'ordinaire à la perfection, étaient ramenés en un chignon informe. Deux centimètres de sa combinaison dépassaient de sa jupe grise en tissu croisé et elle avait des cernes sombres sous les yeux. Des yeux qui ne cessaient d'aller et venir en tous sens avec une expression désespérée et soupçonneuse.

« C'était bien la poupée Howdy Doody que vous vouliez voir, n'est-ce pas ? Je crois vous avoir entendue dire que vous aviez toute une collection de jouets d'enf...

— Je ne suis vraiment pas sûre d'avoir envie de regarder ce genre de choses aujourd'hui », le coupa-t-elle. Femme de l'avocat le plus riche de Castle Rock, elle s'exprimait en phrases hachées avec, si l'on peut dire, des effets de manche dans la voix. « Je suis dans un état d'esprit extrêmement pénible, catastrophique. Une journée magenta! Vous vous rendez compte? pas rouge, *magenta*!»

Gaunt contourna sa vitrine principale et se dirigea vers elle, affichant sur-le-champ une expression de sympathie inquiète. «Chère madame, qu'est-il arrivé? Vous avez effectivement l'air dans un état…

— Bien sûr, que je suis dans un état… terrible. On a bouleversé le flux normal de mon aura psychique! Gravement bouleversé! Au lieu de bleu, couleur du calme et de la sérénité, tout mon *calava* est devenu d'un magenta éclatant! Et tout ça par la faute de cette garce, de l'autre côté de la rue! Cette garce infecte!»

Gaunt fit de curieux gestes apaisants qui, pas un instant, n'effleurèrent le corps de Lenore Potter. «De quelle garce voulez-vous parler, madame Potter? demanda-t-il, connaissant la réponse.

— Bonsaint, évidemment! Bonsaint! Cette sale menteuse de Stephanie Bonsaint! Jamais mon aura n'avait été magenta jusqu'à ce jour, jamais, monsieur Gaunt! Rose foncé quelquefois, et je crois qu'elle a dû virer au rouge une fois, pendant quelques minutes, le jour où j'ai failli me faire écraser par un ivrogne à Oxford. Mais magenta, jamais! Je ne peux tout simplement pas vivre ainsi!

— Bien sûr que non, acquiesça Gaunt, toujours apaisant. Personne ne pourrait l'exiger de vous, ma chère.»

Ses yeux finirent par maîtriser ceux de la femme. Pas facile, alors qu'elle ne cessait de jeter des coups d'œil dans tous les sens, mais il y parvint. Et Lenore se calma presque instantanément. Plonger les yeux dans ceux de Mr Gaunt, découvrit-elle, revenait à regarder sa propre aura quand elle faisait tous ses exercices, consommait la bonne nourriture (des germes de haricot et du tofu, pour l'essentiel) et conservait l'aspect de son *calava* à l'aide d'une heure de méditation au réveil et d'une autre heure avant de se coucher. Ses iris avaient la nuance estompée et sereine d'un ciel de désert.

«Venez par ici», dit-il. Il la conduisit jusqu'à l'un des

fauteuils en velours à haut dossier sur lesquels tant de citoyens s'étaient assis au cours de la semaine écoulée. « Racontez-moi tout, ajouta-t-il une fois qu'elle fut installée.

— Elle m'a toujours détestée. Elle a toujours pensé que si son mari n'avait pas eu l'avancement qu'il espérait, c'était parce que le mien l'en empêchait, sous mon influence. Elle a une cervelle d'oiseau, une grosse poitrine et une aura d'un gris sale. Vous voyez le genre.

— En effet.

— Mais jamais, jusqu'à ce matin, je n'aurais cru qu'elle me haïssait autant ! » Lenore Potter se laissait de nouveau gagner par l'agitation, en dépit de l'influence apaisante de Gaunt. « En me levant, j'ai trouvé mes massifs de fleurs massacrés ! *Complètement massacrés !* Hier encore, ils étaient magnifiques ! Toutes ces fleurs qui donnaient de la sérénité à mon aura et nourrissaient mon *calava* ont été assassinées ! Par cette garce ! *Par cette salope de Bonsaint !* »

Lenore serra les poings, cachant ses ongles élégamment manucurés, et se mit à marteler les bras sculptés de son fauteuil.

« Des chrysanthèmes, des cimicaires, des asters, des œillets d'Inde... La garce est venue pendant la nuit et les a toutes arrachées ! Elle les a jetées partout ! Savez-vous où j'ai retrouvé mes choux ornementaux ce matin, monsieur Gaunt ?

— Non. Où ? » demanda-t-il gentiment, toujours avec les mêmes mouvements caressants au-dessus de son corps.

Il en avait en fait une idée assez précise, et savait sans l'ombre d'un doute qui était responsable de ce massacre destructeur de *calava* : Melissa Clutterbuck. Lenore Potter ne la soupçonnait pas parce qu'elle ne connaissait pas la femme de l'adjoint Clutterbuck, pas davantage que Melissa ne la connaissait, sinon pour échanger de temps en temps un bonjour dans la rue. Il n'y avait eu aucune méchanceté dans le geste de Melissa (si l'on excepte, bien entendu, pensa Gaunt, le plaisir malsain que tout un chacun éprouve à mettre en pièces l'objet chéri de quelqu'un d'autre). Elle avait ravagé les massifs de fleurs de Lenore Potter en paiement partiel d'un service en porcelaine de Limoges. Si l'on allait au fond des choses, c'était une pure transaction commerciale. Amusante, d'accord, songea Gaunt, mais a-t-on jamais prétendu que les transactions commerciales devaient être une corvée ?

« Mes fleurs sont dans la rue ! cria Lenore. Au beau milieu de Castle View ! Elle n'a rien épargné ! Même les marguerites d'Afrique sont fichues ! Fichues ! *Tout est... fichu !*

— L'avez-vous vue ?

— Oh, ce n'était pas la peine ! Elle est la seule à me haïr au point de faire quelque chose comme ça ! Et on voit la trace de ses talons hauts partout. Je suis prête à parier que cette salope les porte même au lit ! Oh, monsieur Gaunt, se mit-elle à geindre, chaque fois que je ferme les yeux, ça devient tout violet ! Qu'est-ce que je dois faire ? »

Il resta quelques instants sans répondre, se contentant de la fixer des yeux jusqu'à ce qu'elle eût repris calme et distance.

« Ça va mieux ? demanda-t-il finalement.

— Oui, répondit-elle d'une petite voix exprimant du soulagement. Je crois que je peux voir à nouveau le bleu...

— Mais vous êtes encore trop bouleversée pour seulement penser à faire des achats.

— Oui...

— Etant donné ce que cette garce vous a fait.

— Oui...

— Elle devra payer.

— Oui...

— Si jamais elle recommence, il faudra qu'elle paie.

— Oui !

— Il se peut que j'aie exactement ce qui vous conviendrait. Ne bougez pas d'ici, madame Potter. Je reviens tout de suite. Pensez en bleu, en attendant.

— En bleu... », répéta-t-elle, rêveuse.

A son retour, il lui mit dans les mains l'un des automatiques qu'Ace avait rapportés de Cambridge. Le chargeur était plein et il se parait de reflets bleu-noir huileux sous l'éclairage des vitrines.

Elle leva l'arme à la hauteur des yeux et la regarda avec un profond plaisir ; un profond soulagement, même.

« Cela dit, je ne pousserai jamais personne à tirer sur quelqu'un d'autre, reprit Gaunt. Au moins sans une très bonne raison. Mais vous m'avez l'air de quelqu'un qui pourrait avoir d'excellentes raisons de le faire, madame Potter. Je ne parle pas des fleurs ; nous savons tous les deux que là n'est pas l'important. On peut toujours remplacer des fleurs. Mais votre karma... votre *calava*... ce sont des choses irremplaçables. Qu'avons-nous d'autre ? (Il eut un petit rire désapprobateur.)

— Rien, admit-elle, pointant l'arme vers le mur. Pan, pan, pan, pan ! C'est pour toi, sale petite garce envieuse ! J'espère que ton mari finira éboueur ! C'est ce qu'il mérite ! C'est ce que vous méritez tous les deux !

— Vous voyez ce petit levier, là, madame Potter ?

— Oui.

— C'est la sécurité. Si jamais cette garce revenait faire des siennes, il faudrait commencer par repousser ce levier. Vous comprenez ?

— Oh oui ! très bien, répondit-elle d'une voix somnambulique. Je comprends parfaitement. Pan-pan !

— Personne ne pourrait vous critiquer. On a tout de même le droit de protéger son karma, non ? Cette Bonsaint ne reviendra probablement pas, mais sait-on jamais... »

Il lui jeta un regard significatif.

« Si elle vient, ce sera pour la dernière fois. » Lenore porta le canon court à ses lèvres et l'embrassa doucement.

« Rangez-le dans votre sac, dit Gaunt, et retournez chez vous. Après tout, qui sait si elle n'est pas déjà dans votre jardin ? Elle pourrait même être entrée chez vous. »

A cette idée, Lenore Potter s'alarma. Des vrilles d'un violet sinistre commencèrent à se couler en se tortillant dans son aura bleue. Elle se leva et fourra l'automatique dans son sac. Gaunt détourna les yeux, et elle cilla aussitôt à plusieurs reprises.

« Je suis désolée, mais pour Howdy Doody, ce sera une autre fois, monsieur Gaunt. Je crois qu'il vaut mieux que je retourne chez moi. Après tout, qui sait si la Bonsaint n'est pas déjà dans mon jardin ? Elle est peut-être même dans ma maison !

— Quelle idée affreuse ! s'exclama Gaunt.

— Oui, mais j'ai la responsabilité d'une propriété. Je dois la protéger. Il faut voir les choses en face, monsieur Gaunt. Combien vous dois-je pour le... le... » Mais elle n'arrivait pas à se souvenir exactement de ce qu'il lui avait vendu, tout en sachant que la mémoire n'allait pas tarder à lui revenir. Elle montra son sac d'un geste vague.

« C'est gratuit pour vous. Ils sont en promotion aujourd'hui. Voyez-y (son sourire s'élargit)... un cadeau pour faire connaissance.

— Merci. Je me sens tellement mieux !

— Comme toujours, répliqua Gaunt avec une petite courbette, je suis trop heureux d'avoir pu vous rendre service. »

8

Norris Ridgewick n'était pas à la pêche.

Norris Ridgewick regardait dans la chambre de Hugh Priest, par la fenêtre.

Hugh, étalé sur le lit, ronflait tourné vers le plafond. Il ne portait qu'un short taché d'urine. Entre ses grandes mains osseuses, il étreignait quelque chose qui ressemblait à un morceau de fourrure feutrée. Impossible d'en être sûr (Norris avait des paluches vraiment immenses et les carreaux étaient très sales), mais Norris avait l'impression qu'il s'agissait d'une queue de renard mangée des mites. Peu importait, de toute façon ; l'essentiel était que Hugh dormait.

Le policier revint à sa voiture personnelle, garée derrière la Buick de Hugh. Il ouvrit la portière côté passager et se pencha. Son panier de pêche était posé sur le plancher. La Bazun se trouvait sur le siège arrière ; il se sentait mieux, plus tranquille, de la garder avec lui.

Elle n'avait toujours pas servi. La vérité était toute bête : il *avait peur* de l'utiliser. Il s'était rendu sur le lac de Castle, hier, il avait tout préparé, ligne, hameçon, appât... et au moment de faire son premier lancer, la canne brandie, il avait hésité.

Et si jamais un poisson, un poisson vraiment très gros, se jetait sur la ligne ? Smokey, par exemple ?

Smokey était une vieille truite de lac à la peau brune, un poisson de légende parmi les pêcheurs de Castle Rock. On disait qu'elle mesurait plus de soixante centimètres de long, qu'elle était rusée comme une belette, costaud comme un blaireau, plus résistante qu'un vieux clou. D'après les anciens, la mâchoire de Smokey était hérissée de tous les hameçons que tous les pêcheurs avaient perdus en essayant de la ferrer... sans y parvenir.

Et si elle me cassait la canne ?

Il paraissait stupide d'imaginer qu'une truite de lac, même aussi énorme que Smokey (si elle existait vraiment), puisse briser une Bazun, mais Norris se disait que c'était possible. Et à la manière dont la malchance le poursuivait, depuis quelque temps... Il entendait déjà le claquement sec qu'elle produirait, il éprouvait déjà l'affreux sentiment de se retrouver avec un fragment dans sa main, l'autre flottant à la surface de l'eau. Et lorsqu'une canne à pêche se cassait, on pouvait toujours courir ! Il n'y avait plus qu'une chose à faire, la jeter.

Il avait donc fini par reprendre sa vieille Zebco. Il n'avait eu aucun poisson pour le dîner, hier au soir, mais Mr Gaunt lui était apparu en rêve. Dans ce rêve, Gaunt portait des cuissardes et un vieux fédora ; des mouches artificielles accrochées au bord du chapeau tressautaient gaiement au moindre mouvement. Il était dans un bateau à rames, à une dizaine de mètres de la rive du lac, tandis que Norris se tenait sur la berge, tournant le dos au vieux cabanon de son père (cabanon qui avait brûlé dix ans auparavant). Il écoutait Gaunt. Ce dernier lui avait rappelé sa promesse, et Norris s'était réveillé, rempli d'un sentiment de certitude : celui d'avoir intelligemment agi, hier, en préférant la Zebco à la Bazun. La Bazun était trop belle, beaucoup trop belle. Ce serait un crime de risquer de la perdre en s'en servant vraiment.

Norris ouvrit le panier. Il prit un long couteau à vider les poissons et se dirigea vers la Buick de Hugh.

Personne ne le méritait davantage que cet ivrogne, ce débris, se dit-il. Il n'était cependant pas entièrement d'accord avec lui-même. Quelque chose lui disait qu'il commettait une faute grave, déplorable, dont il ne se remettrait jamais. Il était policier ; son travail consistait entre autres à arrêter les gens qui faisaient ce qu'il était sur le point de faire. C'était du vandalisme, ni plus ni moins, et les vandales sont des voyous.

A toi de décider, Norris. La voix de Gaunt venait soudain de s'élever dans son esprit. *C'est ta canne à pêche. Et c'est ton libre arbitre, aussi. Tu as le choix. On a toujours le choix. Mais…*

La voix s'interrompit. Elle n'avait pas besoin d'achever. Norris savait quelles seraient les conséquences, s'il faisait maintenant machine arrière. En revenant à la voiture, il trouverait la Bazun cassée en deux. Car tout choix comporte ses conséquences. Parce qu'en Amérique, on peut obtenir tout ce qu'on veut, tant qu'on peut le payer. Si l'on ne peut le payer, ou si l'on refuse de payer, on reste pour toujours dans le besoin.

Et en plus, il ne se gênerait pas pour me faire pareil, songea-t-il, irrité. Et même pas pour une belle canne à pêche comme la Bazun. Hugh Priest serait capable d'égorger sa mère pour une bouteille de Old Duke et un paquet de Lucky Strike.

Ainsi rejeta-t-il la culpabilité. Lorsque le quelque chose au fond de lui essaya de nouveau de protester, de lui dire de réfléchir à ce qu'il allait faire, *réfléchir*, il le refoula brutalement.

Il se baissa et commença à entailler les pneus de la Buick. Son enthousiasme s'accrut au fur et à mesure, comme Myra Evans. Histoire de corser le jeu, il cassa les phares et les feux de position. Il finit en apposant sous l'essuie-glace une note sur laquelle on lisait :

SIMPLE AVERTISSEMENT
TU SAIS CE QUI T'ATTEND LA PROCHAINE FOIS
TOTO, C'EST LA DERNIÈRE FOIS QUE T'AS DONNÉ
UN COUP DE PIED DANS MON JUKE-BOX
JE VEUX PLUS TE VOIR DANS MON BAR, PIGÉ ?

Sa tâche terminée, il revint sur la pointe des pieds jusqu'à la fenêtre, son cœur cognant fort dans son étroite cage thoracique. Hugh Priest ronflait toujours et n'avait pas lâché son vieux morceau de fourrure élimé.

Quel plaisir peut-on trouver à tripoter une pareille saloperie ? se demanda Norris. Il s'y accroche comme à son nounours.

Il revint à sa vieille Coccinelle, passa au point mort et se laissa entraîner sans bruit par la pente de l'allée. Il ne démarra que lorsqu'il fut sur la route, puis s'éloigna aussi vite qu'il le put. Il avait mal à la tête, et de pénibles haut-le-cœur lui soulevaient l'estomac. Il ne cessait de se dire que c'était sans importance ; il se sentait bien, il se sentait très bien, bon Dieu, vraiment très bien !

Ça ne lui réussit guère que lorsqu'il tendit le bras vers le siège arrière et saisit la délicate canne à pêche de la main gauche. Il retrouva alors son calme.

Norris conduisit dans cette position jusque chez lui.

9

La clochette d'argent tinta.

Slopey Dodd entra au Bazar des Rêves.

« Bonjour, Slopey, dit Mr Gaunt.

— B-Bon-bonjour, monsieur G-G-G…

— Tu n'es pas obligé de bégayer devant moi, Slopey. » Gaunt leva une main, deux doigts en V, et fit une passe verticale devant la bonne bouille du garçon. Celui-ci ressentit quelque chose — un nœud emmêlé et ricanant dans son esprit — qui se dissolvait. Il resta bouche bée.

« Qu'est-ce que vous m'avez fait ? » dit-il, stupéfait. Les mots étaient sortis sans heurt de sa bouche, comme des perles sur un fil.

« Un tour que Miss Ratcliffe aimerait certainement apprendre », répondit Gaunt. Il sourit, fit une petite marque sur sa liste à côté du nom de Slopey et jeta un coup d'œil à la grande horloge comtoise qui rythmait allégrement le temps dans un coin. Une heure moins le quart. « Dis-moi comment tu as fait pour quitter l'école aussi tôt. Personne ne le remarquera ?

— Non. » Slopey avait gardé son expression de stupéfaction et semblait vouloir loucher sur sa propre bouche, comme s'il avait pu voir les mots en sortir, pour la première fois, en bon ordre. « J'ai dit à madame DeWeese que j'avais mal au cœur. Elle m'a envoyé voir l'infirmière. Je lui ai dit que ça allait un peu mieux, mais que je n'étais quand même pas très bien. Elle m'a demandé si je pouvais rentrer chez moi à pied. J'ai dit oui, et elle m'a laissé partir. (Il se tut un instant.) Je suis venu parce que je me suis endormi pendant l'étude. J'ai rêvé que vous m'appeliez.

— C'était vrai. » Gaunt joignit ses deux mains aux doigts d'une longueur étrangement identique sous son menton et sourit au garçon. « Dis-moi… la théière que tu as achetée à ta mère lui plaît-elle ? »

Le rouge monta aux joues du gamin ; elles prirent la couleur de vieilles briques. Il voulut dire quelque chose, y renonça et se mit à s'examiner les pieds.

De sa voix la plus douce et la plus onctueuse, Gaunt lui demanda : « Tu l'as gardée pour toi, c'est ça ? »

Slopey acquiesça sans relever la tête. Il avait honte et se sentait confus. Pis encore, il éprouvait un terrible sentiment de perte et de chagrin : alors que Mr Gaunt avait réussi à le débarrasser de cette irritante et épuisante pelote qui lui emmêlait les mots, voici qu'il se sentait trop gêné pour parler.

« Mais dis-moi... Qu'est-ce qu'un garçon de douze ans peut bien faire d'une théière en étain ? »

L'épi de cheveux du garçon, après avoir oscillé d'avant en arrière, s'agitait maintenant de droite à gauche. Non, il ne savait pas ce qu'on pouvait faire, à douze ans, d'une théière en étain. Il savait seulement qu'il avait envie de la garder. Il l'aimait. Il l'aimait... vraiment... beaucoup.

« ... la sentir, finit-il par balbutier.

— Pardon ? dit Gaunt en soulevant un unique sourcil.

— J'ai dit, j'aime la sentir.

— Slopey, Slopey ! (Gaunt fit le tour du comptoir.) Il est inutile de m'expliquer cela. Je sais tout de ce sentiment particulier qu'on appelle "l'orgueil de posséder". J'en ai fait la clef de voûte de ma carrière. »

Slopey battit en retraite, alarmé. « Ne me touchez pas ! Je vous en prie !

— Je n'ai pas plus l'intention de te toucher que de te dire de donner la théière à ta mère. Elle est à toi. Tu peux en faire tout ce que tu veux. En fait, j'applaudis à ta décision de la garder.

— Vous... vraiment ?

— Mais bien sûr ! Les gens égoïstes sont des gens heureux. Je le crois du fond du cœur. Seulement voilà... »

Slopey releva un peu la tête et regarda craintivement Leland Gaunt à travers sa frange de cheveux roux.

« Le moment est venu de finir de la payer.

— Oh ! » Une expression de grand soulagement apparut sur le visage du garçon. « C'est tout ce que vous voulez ? Je me disais que peut-être... » Mais il ne put ou n'osa achever. Il n'avait pas été très sûr de ce que désirait Mr Gaunt.

« Oui. Tu te souviens de la personne à qui tu m'as promis de jouer un tour, n'est-ce pas ?

— Bien sûr. Lester Pratt, le prof de gym.

— Exact. C'est une blague en deux parties. Il faudra que tu mettes un objet quelque part, et que tu dises quelque chose à Lester Pratt. Et si tu respectes exactement mes recommandations, la théière sera à toi pour toujours.

— Est-ce que je pourrai continuer à parler comme ça, aussi ? demanda Slopey avec enthousiasme. Sans bégayer, pour toujours ? »

Gaunt poussa un soupir de regret. « J'ai bien peur que tu ne retrouves ton ancienne diction dès que tu auras quitté cette boutique, Slopey. Il me semble bien avoir un système anti-bégaiement quelque part en stock, mais...

— S'il vous plaît ! S'il vous plaît ! Je ferais n'importe quoi ! Absolument n'importe quoi à n'importe qui ! J'ai horreur de bégayer !

— Je n'en doute pas, mais ce n'est pas le problème, vois-tu. Je commence à manquer de blagues à faire ; mon carnet de bal, si tu me permets l'expression, est pratiquement rempli. Si bien que tu ne pourrais pas me payer. »

Slopey hésita longtemps avant de répondre. Lorsqu'il le fit, ce fut à voix basse, d'un ton incertain. « Est-ce que vous ne pourriez pas... je veux dire... juste *donner* quelque chose, monsieur Gaunt ? »

Une expression de profond chagrin se peignit sur les traits de l'homme. « Oh, Slopey ! Combien de fois y ai-je pensé ! Comme je l'aurais voulu ! Il demeure de grandes réserves de charité inutilisée au fond de mon cœur. Mais...

— Mais ?

— Ce serait très mauvais pour les affaires. » Gaunt adressa au garçon un sourire de compassion... accompagné d'un regard tellement féroce cependant que Slopey recula d'un pas. « Tu comprends, n'est-ce pas ?

— Heu... oui ! Evidemment !

— En outre, les quelques heures qui viennent seront cruciales pour moi. Une fois que les événements se sont déclenchés, pratiquement plus rien ne peut les arrêter... mais pour le moment, prudence doit être mon mot d'ordre. Si tu t'arrêtais soudain de bégayer, on pourrait s'en étonner. Ce serait mauvais. Le shérif commence déjà à poser des questions sur des choses qui ne le regardent pas. » Son expression s'assombrit un instant, puis son horrible sourire charmeur fit de nouveau irruption sur sa figure. « Mais j'ai l'intention de m'occuper de lui, Slopey. Oh, oui.

— Vous voulez dire... du shérif Pangborn ?

— Oui, du shérif Pangborn. » Gaunt passa une fois de plus deux doigts en V devant le visage du garçon, du front au menton. « Nous n'en avons jamais parlé, n'est-ce pas ?

— Parlé de quoi ? demanda Slopey, désorienté.

— Exactement. »

Leland Gaunt portait aujourd'hui une veste en daim gris foncé ; de l'une des poches, il sortit un portefeuille en cuir noir, qu'il tendit à Slopey. Le garçon le prit du bout des doigts, prenant bien garde de ne pas toucher la main de Mr Gaunt.

« Tu connais la voiture de Lester Pratt ?

— La Mustang ? Bien sûr.

— Place ça dedans. Sous le siège du passager, avec simplement un coin qui dépasse. Rends-toi immédiatement au lycée ; il faut qu'il y soit avant la dernière sonnerie. Tu m'as compris ?

— Oui.

— Ensuite, tu attendras qu'il sorte. Et à ce moment-là... »

Gaunt continua à voix basse tandis que Slopey le regardait, bouche bée, l'œil atone, acquiesçant de temps en temps.

Slopey Dodd sortit du Bazar des Rêves cinq minutes plus tard, le portefeuille de John LaPointe glissé sous sa chemise.

16

1

Polly Chalmers avait payé le cercueil gris tout simple dans lequel reposait Nettie. Alan lui avait proposé de partager la dépense mais elle lui avait opposé un de ses refus nets et sans réplique qu'il avait fini par comprendre et respecter. La bière, sur son support en acier, attendait à côté de l'endroit où les membres de la famille Cobb étaient enterrés, au cimetière Homeland. Un tapis de gazon artificiel d'un vert éclatant brillait fiévreusement sous le soleil, sur un monticule voisin. Cette herbe factice ne manquait jamais de faire frissonner Alan. Elle avait quelque chose d'obscène, de hideux. Il détestait cela davantage encore que l'habitude des thanatopracteurs de farder les morts et de les habiller de leurs vêtements les plus chics, comme s'ils allaient partir pour quelque importante réunion d'affaires à Boston et non pas pour un long voyage immobile vers la décomposition, parmi les racines et les vers.

Polly avait demandé au révérend Tom Killingworth, le pasteur méthodiste qui assurait le service religieux deux fois par semaine à Juniper Hill et avait bien connu Nettie, de diriger la cérémonie. Son homélie fut brève mais chaleureuse, pleine d'allusions à la Nettie Cobb dont il se souvenait : une femme qui avait courageusement remonté la pente pour se sortir des ténèbres de la folie, une femme qui avait pris la décision difficile d'essayer d'affronter une deuxième fois un monde qui l'avait si gravement blessée la première.

« Lorsque j'étais petit, rappela Tom Killingworth, ma mère avait dans sa lingerie une plaque qui portait cet aphorisme : "Puissiez-vous arriver au paradis une demi-heure avant que le diable ne sache que vous êtes mort."

Nettie Cobb a eu une vie dure, une vie triste à bien des points de vue ; mais en dépit de cela, je suis convaincu que le diable et elle n'ont pas grand-chose en commun. En dépit de sa mort, terrible et prématurée, je crois en mon cœur que c'est au ciel qu'elle est allée, et que le diable n'en a même pas encore entendu parler. » Killingworth procéda alors à la bénédiction traditionnelle. « Prions, mes frères. »

Depuis l'autre côté de la colline, où l'on enterrait au même moment Wilma Jerzyck, leur parvinrent de nombreuses voix qui s'élevaient et se taisaient en réponse au père John Brigham. Là-bas, les voitures s'alignaient de la tombe jusqu'au portail est du cimetière ; les gens étaient venus pour Pete Jerzyck, le vivant, non pour sa défunte femme. Mais à côté du cercueil de Nettie, on ne comptait que cinq personnes, en dehors du pasteur : Polly, Alan, Rosalie Drake, le vieux Lenny Partridge (qui assistait par principe à tous les enterrements, sauf lorsque c'était un soldat des armées papistes que l'on conduisait à sa dernière demeure) et Norris Ridgewick. Ce dernier était pâle et paraissait distrait. Les poissons n'ont pas dû mordre, pensa Alan.

« Puisse le Seigneur vous bénir et vous faire garder le souvenir de Nettie Cobb frais et vivant dans vos cœurs », dit Killingworth. Polly se mit à pleurer. Alan passa un bras sur ses épaules et elle se serra contre lui avec gratitude, lui prenant une main qu'elle étreignit vigoureusement. « Puisse le Seigneur tourner son visage vers vous ; puisse-t-Il faire pleuvoir les grâces sur vous ; puisse-t-Il réjouir vos âmes et vous donner la paix. Amen. »

Il faisait encore plus chaud que le Jour de Colomb et lorsque Alan releva la tête, il fut aveuglé par les reflets du soleil sur le cadre d'acier qui soutenait la bière. De sa main libre, il s'essuya le front ; il était couvert d'une transpiration tout estivale. Polly fouilla dans son sac et y prit un Kleenex propre dont elle se tamponna les yeux.

« Ça va bien, ma chérie ? demanda le policier.

— Oui… mais il fallait que je la pleure, Alan. Pauvre

Nettie. Pauvre, pauvre Nettie. Mais pourquoi est-ce arrivé ? Pourquoi ? » Les sanglots la secouèrent à nouveau.

Alan, qui se posait exactement la même question, la prit dans ses bras. Par-dessus son épaule, il aperçut Norris qui se dirigeait vers les véhicules du cortège de Nettie ; il avait l'air d'un homme qui ne sait pas très bien où il va, ou qui serait mal réveillé. Alan fronça les sourcils. Puis Rosalie Drake s'approcha de Norris, lui dit quelque chose et l'adjoint l'embrassa.

Il la connaissait, c'est tout, pensa Alan. Et il est triste. C'est fou, la quantité d'ombres qui te font sursauter, depuis quelques jours, mon vieux. Peut-être la bonne question serait : Mais qu'est-ce qui t'arrive ?

Puis Killingworth les rejoignit et Polly quitta Alan pour le remercier, reprenant son calme. Le pasteur eut un geste vers elle et, sous le regard stupéfait d'Alan, elle se laissa engloutir les mains dans celles, énormes, de Killingworth. Il ne se souvenait pas de Polly tendant la main à quelqu'un avec autant d'aisance et de décontraction.

Elle ne va pas seulement un peu mieux, mais *beaucoup* mieux. Diable, qu'est-ce qui a bien pu se produire ?

De l'autre côté de la colline, le père John Brigham, de sa voix nasale assez désagréable, proclama : « Que la paix soit avec vous.

— Et avec vous », répondit en chœur l'assistance.

Alan regarda le cercueil posé à côté du hideux tapis de gazon artificiel et pensa : Que la paix soit avec vous, Nettie. Qu'elle soit enfin avec vous.

2

Pendant que se déroulait le double enterrement, Eddie Warburton, au volant de sa voiture (pas la voiture neuve que ce salopard de Sunoco lui avait massacrée, mais un vulgaire moyen de transport), allait se garer devant la maison de Polly. Il en sortit, et regarda attentivement dans les deux directions. Tout paraissait aller très bien ; la rue somnolait dans la chaleur de ce qui aurait pu être une journée du début du mois d'août.

Eddie remonta l'allée d'un pas vif en tirant une enveloppe d'allure officielle de sa poche. Mr Gaunt l'avait appelé dix minutes auparavant, seulement, pour lui dire qu'il était temps de finir de payer son médaillon, et il avait obtempéré. Bien entendu. Quand quelqu'un du genre de Mr Gaunt dit grenouille, on saute.

Eddie escalada les trois marches du porche. Une légère brise agita le carillon de bambou, au-dessus de la porte, le faisant doucement tinter. C'était le son le plus civilisé que l'on pût imaginer, mais Eddie n'en sursauta pas moins légèrement. Il jeta un nouveau coup d'œil autour de lui, ne vit personne, puis regarda une dernière fois l'enveloppe. Elle était adressée à « Madame Patricia Chalmers » — un rien snob ! Eddie n'avait aucune idée que le prénom de Polly était en réalité Patricia, et de toute façon, il s'en fichait. Son boulot consistait à faire cette petite blague et à prendre le large.

Il laissa tomber la lettre dans la fente. Une lettre d'affaires, avec l'adresse du destinataire apparaissant dans une fenêtre, juste au-dessous de l'affranchissement automatique. En haut à gauche, figurait celle de l'expéditeur :

Sécurité sociale de San Francisco
Département de l'Aide à l'Enfance
666 Geary Street
San Francisco, Californie 94112.

3

« Qu'est-ce qui se passe ? » demanda Alan en raccompagnant Polly jusqu'à son break. Il avait espéré au moins échanger quelques mots avec Norris, mais ce dernier s'éloignait déjà dans sa Coccinelle. Sans doute retournait-il au lac sortir quelques poissons avant le coucher du soleil.

Polly le regarda, les yeux rouges, encore un peu pâle, mais avec un début de sourire. « Quoi, qu'est-ce qui se passe ?

— Tes mains. Comment se fait-il qu'elles aillent aussi bien ? C'est de la magie !

— Oui, répondit-elle en les tendant devant elle, doigts écartés afin qu'il pût bien les voir. De la magie, c'est le mot. » Son sourire devenait un peu plus naturel.

Elle avait toujours les doigts tordus, les articulations déformées, mais le gonflement qui les paralysait encore vendredi soir avait presque complètement disparu.

« Allez, ma petite dame, avouez tout !

— Je ne sais pas si je dois t'en parler. A la vérité, ça me gêne un peu. »

Ils s'arrêtèrent pour saluer de la main Rosalie qui s'éloignait dans sa vieille Toyota bleue.

« Allez, cesse de faire des manières.

— Eh bien, je crois qu'en fin de compte il suffisait de rencontrer le bon médecin. » Les couleurs revenaient lentement à ses joues.

« Qui ça ?

— Le docteur Gaunt, dit-elle avec un petit rire nerveux. Le docteur Leland Gaunt.

— Gaunt ! » Il la regarda, surpris. « Mais quel rapport avec tes mains ?

— Conduis-moi jusqu'à sa boutique et je t'expliquerai en chemin. »

4

Cinq minutes plus tard (d'après Alan, l'un des grands agréments de Castle Rock : on n'était jamais à plus de cinq minutes de n'importe quel endroit), il se glissait dans l'un des emplacements en épi devant le Bazar des

Rêves. Dans la vitrine, était accroché un panneau qu'il avait déjà vu :

MARDIS ET JEUDIS SEULEMENT SUR RENDEZ-VOUS

Il lui vint soudain à l'esprit, pour la première fois, que recevoir « seulement sur rendez-vous » était tout de même une curieuse façon de faire des affaires, pour une boutique située dans une petite ville.

« Alan ? dit Polly d'un ton hésitant. Tu as l'air furieux.

— Je ne suis pas furieux ! Pour quelle raison devrais-je l'être, bon sang ? La vérité, c'est que je ne sais pas comment je me sens. J'ai l'impression... » Il émit un rire bref, secoua la tête, et recommença : « Je crois que je suis *stufaipé*, comme aurait dit Todd. Un remède de charlatan ? Ça ne te ressemble pas, Polly. »

Elle serra immédiatement les lèvres, et on lisait un avertissement dans son regard quand elle se tourna vers lui. « Je n'ai pas parlé de charlatan. Les charlatans, c'est bon pour les amateurs de moulins à prières et de bagues magiques. Si quelque chose marche, "charlatan" n'est pas le terme à employer, Alan. Corrige-moi si je me trompe. »

Il ouvrit la bouche sans très bien savoir ce qu'il allait répondre, mais elle fut plus rapide que lui.

« Regarde ça. » Elle tendit les mains dans la lumière qui entrait à flots par le pare-brise, puis les ouvrit et les referma plusieurs fois, sans effort.

« Bon, très bien. Ce n'est pas le mot. Ce que je...

— En effet, pas le mot du tout.

— Je suis désolé. »

Elle se tourna complètement pour lui faire face, assise à la place où il avait si souvent vu Annie, dans ce qui avait été la voiture familiale des Pangborn. Pourquoi ne m'en suis-je pas encore débarrassé ? se demanda Alan. Est-ce que je suis cinglé ?

Polly posa doucement la main sur celle d'Alan. « Je commence à trouver ça vraiment désagréable... On ne se dispute jamais et je ne vais pas commencer maintenant.

Je viens d'enterrer une personne qui m'était chère, et ce n'est certainement pas le moment de me bagarrer avec mon compagnon. »

Un sourire vint lentement éclairer le visage d'Alan. « C'est ce que je suis pour toi ? Ton compagnon ?

— Eh bien... tu es mon *ami*. C'est au moins ce que je peux dire, non ? »

Il la prit dans ses bras, un peu étonné d'avoir frôlé la dispute d'aussi près. Et pas parce qu'elle se sentait plus mal, parce qu'elle se sentait mieux ! « Tu peux dire tout ce que tu veux, ma chérie. Je t'aime bougrement...

— Et on ne va pas se quereller. Pour rien au monde. »

Il acquiesça solennellement. « Pour rien au monde.

— Parce que moi aussi, je t'aime, Alan. »

Il déposa un baiser sur sa joue et la lâcha. « Voyons un peu cet en-cas qu'il t'a donné.

— Pas un en-cas, mais un *azka*. Et il ne me l'a pas donné ; il me l'a prêté pour que je fasse un essai. C'est pour ça que je suis ici, pour l'acheter. J'espère seulement qu'il ne va pas me demander la lune. »

Alan regarda le panneau dans la vitrine et le store baissé sur la porte. J'ai bien peur que ce ne soit précisément ce qu'il veuille, ma chérie, pensa-t-il.

Cette histoire ne lui plaisait pas du tout. Il avait eu de la difficulté à détacher les yeux des mains de Polly pendant les funérailles, et l'avait observée qui manipulait sans effort le fermoir de son sac, plongeait dedans pour y prendre un Kleenex, puis le refermait du bout des doigts au lieu de manipuler le sac de façon à pouvoir engager le fermoir avec les pouces (d'ordinaire, ils lui faisaient beaucoup moins mal que les autres doigts). Il savait que les mains de Polly allaient mieux, mais cette histoire de charme magique — car s'il fallait appeler les choses par leur nom, c'était bien de cela qu'il s'agissait — le rendait extrêmement nerveux. Ça puait l'arnaque.

MARDIS ET JEUDIS SEULEMENT SUR RENDEZ-VOUS

Non... en dehors de Chez Maurice, le restaurant chic, il n'avait jamais vu, dans le Maine, un commerce avec des journées réservées pour les rendez-vous. Et neuf fois sur dix, on pouvait débarquer sans avertir Chez Maurice et avoir une table, sauf en été, lorsque pullulaient les touristes.

SEULEMENT SUR RENDEZ-VOUS

Malgré cela, il avait observé (du coin de l'œil au moins) que des gens étaient entrés au Bazar des Rêves pendant toute la semaine. Pas à la douzaine, peut-être, mais il était clair que la manière de procéder de Mr Gaunt ne lui portait pas tort, bizarre ou non. Ses clients se présentaient parfois en petits groupes, mais paraissaient bien plus souvent venir seuls... c'est du moins l'impression qu'en gardait Alan en repensant à la semaine dernière. N'était-ce pas justement la manière d'opérer des escrocs ? Ils vous séparent du troupeau, vous mettent à l'aise et vous expliquent comment acheter la statue de la Liberté à un prix vraiment exceptionnel.

« Alan ? » De l'index, elle lui tapota légèrement le front. « Tu es bien là, Alan ? »

Son regard s'accommoda sur elle et il sourit. « Oui, bien sûr, Polly. »

Pour l'enterrement, elle avait mis un jumper bleu marine ; un ruban assorti fermait le col de son chemisier blanc. Pendant qu'Alan réfléchissait, elle avait enlevé le ruban et défait avec dextérité les deux premiers boutons de son corsage.

« Encore un autre ! dit-il avec une expression concupiscente. La naissance des seins, je veux voir la naissance des seins !

— Arrête ! » Elle souriait mais avait parlé d'un ton ferme. « On est au milieu de Main Street, à deux heures et demie de l'après-midi. Et on vient d'assister à des funérailles, au cas où tu l'aurais oublié. »

Il sursauta. « Il est si tard que ça ?

— Si pour toi c'est tard, oui. (Elle tapota son poignet.) Tu devrais consulter plus souvent le petit appareil attaché là. »

Il obéit et constata qu'il était plus près de trois heures moins vingt que de deux heures et demie. Le lycée ouvrait ses portes à trois heures. S'il voulait s'y trouver lorsque Brian Rusk en sortirait, il n'avait pas une minute à perdre.

« Montre-moi ce bidule », dit-il.

Elle prit la délicate chaîne d'argent et fit apparaître le petit objet qui pendait au bout. Elle le tint dans sa paume mais referma les doigts dessus lorsque Alan voulut le toucher.

« Heu… Je ne sais pas si tu peux. » Elle souriait, mais le geste l'avait manifestement mise mal à l'aise. « Ça pourrait ficher les vibrations en l'air, quelque chose comme ça.

— Allons, voyons, Polly ! dit-il, ennuyé.

— Ecoute… mettons les choses bien au point, d'accord ? » La colère était revenue dans sa voix. Elle essayait de la contrôler mais elle était bien présente. « C'est facile pour toi de prendre ça à la légère. Ce n'est pas chez toi qu'on a été obligé d'installer des téléphones avec des touches géantes, ce n'est pas toi qui dois te bourrer de Percodan.

— Hé, Polly ! C'est…

— Non, laisse tomber les "Hé, Polly !", veux-tu ? » Ses joues s'étaient brillamment colorées. Une partie de sa colère, penserait-elle plus tard, avait une origine très simple : le dimanche précédent, elle avait ressenti exactement ce qu'Alan ressentait maintenant. Depuis, il s'était produit quelque chose qui avait changé sa façon de voir, et il n'était pas facile d'aborder cette question. « Ce truc-là *marche,* Alan. Je sais que c'est insensé, mais *ça marche*. Dimanche dernier, lorsque Nettie est venue, je souffrais le martyre. J'avais sérieusement commencé à me dire que la seule solution à mon problème était une double amputation, peut-être. J'avais tellement mal que j'ai examiné cette idée avec un sentiment qui était presque de la surprise, du genre, oh, oui, l'amputation! Pourquoi n'y ai-je pas pensé avant? C'est tellement évident! En ce moment, c'est-à-dire deux jours plus tard, je n'éprouve plus que ce que le docteur Van Allen appelle des "élancements fugitifs", et même ceux-là semblent diminuer. Je me souviens, il y a un an, d'avoir passé toute une semaine à manger du riz complet parce qu'il y avait une chance que cela me fasse du bien. Est-ce tellement différent?»

Sa colère s'était progressivement évaporée au fur et à mesure qu'elle parlait, et elle s'exprimait maintenant d'une manière presque suppliante.

«Je ne sais pas, Polly, je ne sais vraiment pas.»

Elle avait de nouveau ouvert la main et tenait *l'azka* entre le pouce et l'index. Alan se pencha pour l'examiner de plus près, sans essayer de le prendre, cette fois. Le petit objet d'argent n'était pas parfaitement rond; sa partie inférieure était percée de trous minuscules, pas plus gros que les points sur des photos de presse. Il brillait doucement au soleil.

Et tandis qu'il l'étudiait, un sentiment aussi puissant qu'irrationnel balaya le policier: il n'aimait pas cet objet. Il ne l'aimait pas du tout. Il dut résister à l'impulsion (elle ne dura qu'un instant mais fut très forte) de l'arracher du cou de Polly et de le jeter par la fenêtre.

Ouais! Bonne idée, mon vieux! Fais donc ça, et numérote tes abattis!

«Parfois, on a presque l'impression qu'il y a quelque chose qui bouge à l'intérieur, dit Polly avec un sourire. Comme un haricot sauteur mexicain. C'est idiot, non?

— Je ne sais pas.»

Il ne put s'empêcher d'éprouver un mauvais pressentiment en la regardant remettre l'objet sous son corsage... mais une fois qu'il eut disparu à sa vue et que les doigts de Polly refermèrent les boutons de sa blouse, ce sentiment s'estompa. En revanche, il soupçonnait toujours autant Leland Gaunt de vouloir escroquer la femme qu'il aimait… Et s'il ne se trompait pas, elle ne serait pas la seule.

« As-tu pensé que cela pourrait provenir d'autre chose ? » Il s'avançait maintenant avec les précautions de quelqu'un qui franchit un torrent sur des pierres particulièrement glissantes. « Ce n'est pas ta première rémission.

— Comme si je ne le savais pas ! répondit-elle d'un ton impatient. Ce sont mes mains, il me semble !

— Polly, je voulais seul…

— Je me doutais bien que tu réagirais de cette manière, Alan. Mais les faits sont très simples : je sais à quoi ressemble une rémission d'arthrite et je peux te dire que c'est pas de ça qu'il s'agit. J'ai eu des moments, depuis cinq ou six ans, où je me sentais beaucoup mieux, mais jamais, jamais autant qu'en ce moment ! C'est différent, cette fois. C'est… » Elle se tut, réfléchit, puis, des épaules et des mains, fit un petit geste de frustration. « C'est comme si j'étais *bien* de nouveau. Je ne m'attends pas à ce que tu comprennes exactement ce que je veux dire, mais je ne vois pas comment exprimer les choses autrement. »

Il acquiesça, sourcils froncés. Il croyait comprendre, pourtant, mais surtout, il se rendait compte qu'elle parlait sérieusement. L'*azka* avait peut-être réveillé en elle quelque faculté assoupie de guérison. Etait-ce possible, même si la maladie n'avait pas d'origine psychosomatique ? Les Rosicruciens prétendent que ces choses-là arrivent tout le temps ; tout comme les millions de gens qui ont acheté le livre de Ron Hubbard sur la dianétique, d'ailleurs. Lui-même n'en avait aucune idée ; la seule chose qu'il pouvait dire était qu'il n'avait jamais entendu parler d'aveugle retrouvant la vue par la seule force de la pensée, ni de blessé arrêtant de saigner grâce à un effort de concentration.

Il savait seulement ceci : quelque chose clochait, dans cette affaire. Quelque chose puait, aussi fort qu'un poisson mort qui vient de passer trois jours au soleil.

« Arrêtons la bagarre, dit Polly. Ça m'épuise d'essayer de ne pas me mettre en colère contre toi. Entre avec moi dans la boutique. Parle toi-même à Mr Gaunt. De toute façon, il est temps que tu le rencontres. Il pourra peut-être t'expliquer mieux que moi comment le charme agit... ce qu'il fait et ce qu'il ne fait pas. »

Il consulta de nouveau sa montre. Trois heures moins le quart. Un bref instant il songea à accepter sa proposition, se réservant d'aller voir Brian Rusk plus tard. Cependant, coincer le gamin à la sortie de l'école, alors qu'il était loin de chez lui, lui paraissait indispensable. Il en tirerait de meilleures réponses si sa mère n'était pas là à tourner comme une lionne protégeant son lionceau, à intervenir, voire à dire à son fils de ne pas répondre. Oui, on en revenait toujours là : si jamais son fils avait quelque chose à cacher, ou si Mme Rusk soupçonnait seulement qu'il eût quelque chose à cacher, il serait difficile, sinon impossible, d'obtenir l'information qu'il cherchait.

Il avait ici un escroc potentiel ; mais avec Brian Rusk, c'était peut-être la clef d'un double meurtre qu'il détenait.

« Je ne peux pas, ma chérie, dit-il. Plus tard, peut-être. Je dois aller jusqu'au lycée pour parler à quelqu'un, et je dois le faire tout de suite.

— C'est à propos de Nettie ?

— Non, de Wilma Jerzyck... mais si mon intuition est juste, Nettie est aussi concernée. Si je trouve quelque chose, je t'en parlerai plus tard. En attendant, puis-je te demander un service ?

— Ecoute, Alan, je l'achète ! Ce ne sont pas tes mains !

— Oh, je savais que tu l'achèterais. Je veux simplement que tu le paies par chèque, c'est tout. Il n'a aucune raison de ne pas vouloir en accepter un, s'il est un commerçant honnête. Tu es établie en ville et ta banque est juste de l'autre côté de la rue. Mais si quelque chose se met à clocher, tu auras deux ou trois jours pour arrêter le paiement.

— Je vois. » Polly avait répondu calmement, mais Alan

se rendit compte, le cœur serré, qu'il avait finalement glissé sur l'une des pierres et venait de plonger tête la première dans les eaux tumultueuses. « Tu penses que c'est un escroc, c'est ça ? Tu imagines déjà qu'il va prendre tout son argent à la pauvre petite femme crédule, replier sa tente et disparaître dans la nuit !

— Je l'ignore, répondit Alan sans s'énerver. Ce que je sais, c'est qu'il n'a ouvert boutique que depuis une semaine. Un chèque me paraît donc une précaution raisonnable à prendre. »

Oui, c'était raisonnable ; Polly ne pouvait pas le nier. C'était précisément cette attitude raisonnable, rationnelle avec entêtement devant ce qui lui semblait être une guérison miraculeuse qui alimentait maintenant sa colère. Elle éprouvait presque le besoin de claquer des doigts sous son nez et de dire : *Est-ce que tu vois* ÇA, *Alan ? Serais-tu aveugle ?* Le fait qu'Alan avait raison, que Mr Gaunt n'aurait pas dû avoir le moindre problème à prendre un chèque s'il n'avait rien à se reprocher, tout cela ne faisait qu'ajouter à sa colère.

Fais attention, lui murmura une voix. Fais bien attention, ne te presse pas, et tourne sept fois la langue dans ta bouche avant de parler. N'oublie pas que tu aimes cet homme.

Mais une autre s'éleva, plus froide ; une voix qu'elle ne reconnaissait pas et qui lui souffla : Tu l'aimes ? Tu l'aimes vraiment ?

« Très bien, dit-elle, lèvres serrées, s'éloignant de lui sur le siège. Merci de prendre autant à cœur mes intérêts, Alan. Il m'arrive parfois d'oublier à quel point j'ai besoin de quelqu'un pour s'occuper de moi. Je lui ferai un chèque.

— Polly…

— Non, Alan. Plus un mot là-dessus. Je ne supporterai pas d'être plus longtemps en colère contre toi aujourd'hui. » Elle ouvrit la porte et descendit en un seul mouvement coulé. La jupe de son jumper remonta et révéla un instant une cuisse tentante.

Il voulut la rattraper, lui parler, la calmer, lui expliquer qu'il n'avait fait état de ses doutes que parce qu'il s'inquiétait pour elle. Puis il regarda encore une fois sa montre. Moins neuf. Même en fonçant, il risquait de manquer le petit Rusk.

« Je te parlerai ce soir ! lança-t-il par la vitre baissée.

— C'est ça, ce soir. » Elle se dirigea directement vers la porte sous l'auvent, sans se tourner. Avant d'avoir eu le temps de faire marche arrière, Alan entendit le tintement d'une petite cloche d'argent.

5

« Madame Chalmers ! » s'écria joyeusement Mr Gaunt. Il apposa une nouvelle petite marque sur sa liste, à côté de la caisse. Il ne restait plus guère de noms à cocher : celui de Polly était l'avant-dernier.

« S'il vous plaît… Polly ! dit-elle.

— Veuillez m'excuser. (Son sourire s'élargit.) *Polly.* »

Elle dut se forcer un peu pour lui rendre son sourire. Depuis qu'elle était entrée dans le magasin, elle éprouvait un cuisant chagrin de la manière aigre dont ils s'étaient séparés. Elle se sentit sur le point d'éclater en sanglots.

« Madame Chalmers — Polly —, quelque chose qui ne va pas ? demanda Gaunt en faisant le tour de son comptoir. Je vous trouve un peu pâle. » Son visage exprimait l'inquiétude la plus sincère. Voilà l'homme qu'Alan soupçonne d'être un escroc, pensa-t-elle. S'il pouvait seulement le voir en ce moment…

« C'est le soleil, je crois, dit-elle d'une voix mal assurée. Il fait tellement chaud, dehors.

— Mais frais ici, observa-t-il d'un ton apaisant. Venez donc vous asseoir, Polly. »

Il la conduisit (sans toutefois la toucher : sa main resta suspendue à quelques centimètres du dos de la jeune femme) jusqu'à l'un des fauteuils de velours. Elle s'installa, gardant les genoux serrés.

« Il se trouve que je regardais dehors par la vitrine », reprit-il en s'asseyant dans le fauteuil voisin. Il croisa les mains sur ses cuisses. « J'ai eu l'impression que vous aviez une discussion un peu vive avec le shérif Pangborn.

— Ce n'est rien. »

Mais une grosse larme déborda de son œil et roula sur sa joue.

« Bien au contraire. C'est très important. »

Elle le regarda, surprise... et les yeux noisette de Gaunt s'emparèrent des siens. Au fait, étaient-ils noisette, la dernière fois ? Elle ne s'en souvenait plus, elle n'en était plus sûre. Tout ce qu'elle savait, c'est que tandis qu'elle y plongeait les siens, tous les malheurs de la journée (l'enterrement de la pauvre Nettie, puis cette dispute stupide avec Alan) commençaient à s'estomper.

« Important ? Très... important ?

— Je pense que tout va aller pour le mieux, Polly. Si vous me faites confiance. Me faites-vous confiance ?

— Oui. » Quelque chose tout au fond d'elle-même lui cria, faiblement, un avertissement désespéré. « Je vous fais confiance. Peu importe ce que dit Alan, je vous fais entièrement confiance.

— C'est parfait. » Gaunt prit la main de Polly dans la sienne. Elle ne put réprimer une grimace de dégoût, mais elle se détendit rapidement et retrouva son expression vide et rêveuse. « C'est absolument parfait. Votre ami le shérif n'aurait pas dû s'inquiéter, vous savez ; un chèque fait aussi bien l'affaire que de l'or, pour moi. »

6

Alan se rendit compte qu'il allait arriver en retard s'il ne mettait pas le gyrophare sur le toit, ce qu'il ne voulait justement pas faire. Il ne fallait pas que Brian voie une voiture de police, mais un break légèrement décati, du même genre que celui que possédait sans doute son père.

Au lieu de foncer jusqu'à l'école, il se gara donc à une

intersection de Main Street par laquelle Brian devait logiquement passer ; restait à espérer que la logique soit respectée, aujourd'hui.

Il descendit de voiture, s'adossa à la carrosserie et se mit à la recherche d'un chewing-gum. Il entendit sonner, immatériels et lointains, les trois coups de quinze heures à l'horloge de l'école au moment où il défaisait le papier de celui qu'il avait trouvé au fond d'une poche.

Il décida qu'il devait absolument avoir un entretien avec Mr Leland Gaunt, d'Akron, Ohio, dès qu'il en aurait terminé avec le jeune Brian Rusk, rendez-vous ou pas... tout cela, pour changer immédiatement d'avis. Il faudrait tout d'abord appeler le bureau du procureur général, à Augusta, pour vérifier si Gaunt ne figurait pas sur les listes des condamnations pour escroquerie. Si ça ne donnait rien, il pouvait toujours envoyer le nom à l'ordinateur LAWS R & I, à Washington ; un système qui, de l'avis d'Alan, était l'une des rares bonnes choses qu'avait laissées l'administration Nixon.

Les premiers enfants arrivaient, avec des cris, des rires et des gambades. Soudain, il lui vint une idée à l'esprit. Il ouvrit la portière et se pencha pour fouiller dans la boîte à gants. La fausse boîte de cacahuètes de Todd tomba au sol.

Il était sur le point d'abandonner lorsqu'il trouva ce qu'il voulait, une petite enveloppe de carton sur laquelle une étiquette proclamait :

Le Tour de la Fleur Magique
Blackstone Magic Co.
19 Greer St.
Paterson, N-J.

Alan en retira un rectangle encore plus petit, un bloc épais de papier crépon multicolore qu'il glissa sous le bracelet de sa montre. Tous les prestidigitateurs ont ainsi des cachettes sur eux et dans leurs vêtements, chacun ayant son endroit favori. Celui d'Alan se trouvait sous le bracelet de sa montre.

Le célèbre Tour de la Fleur Magique en place, Alan se remit à surveiller la rue. Il aperçut un garçon sur une bicyclette, zigzaguant au milieu de groupes de piétons hauts comme trois pommes, et fut sur-le-champ en alerte.

Puis il reconnut l'un des jumeaux Hanlon et retrouva son calme.

« Ralentis ou je te colle une contredanse ! » lança Alan lorsque le jeune cycliste passa en trombe. Jay Hanlon le regarda, surpris, et faillit se jeter sur un arbre. Il repartit à une vitesse beaucoup plus raisonnable.

Alan le suivit un moment des yeux, amusé, puis se tourna dans la direction de l'école et reprit son attente.

7

Sally Ratcliffe quitta sa petite salle de classe pour gagner le rez-de-chaussée de l'établissement cinq minutes après la cloche de trois heures. Elle traversa le hall (où le vide se faisait rapidement, comme toujours par beau temps) pour rejoindre les bureaux. Dehors, avec des cris d'oiseaux, les gosses se précipitaient sur les pelouses vers les Bus 2 et 3, dont les moteurs tournaient au ralenti. Les talons plats de Sally claquaient sur le sol. Elle tenait à la main une enveloppe de papier bulle ; le nom du destinataire, Frank Jewett, se dissimulait contre la forme à la courbe délicate de son sein.

Elle fit halte à hauteur de la salle 6, à une porte de sa destination, et regarda à travers la vitre renforcée. A l'intérieur, Frank Jewett s'adressait à la demi-douzaine de professeurs qui devaient jouer le rôle d'entraîneurs pendant la saison de sport. C'était un petit homme replet qui, depuis toujours, lui faisait penser au personnage de Mr Weatherbee, héros de la bande dessinée Archie. Comme Mr Weatherbee, ses lunettes ne cessaient de lui glisser sur le nez.

A sa droite était assise Alice Tanner, secrétaire de l'école, qui prenait apparemment des notes.

Mr Jewett aperçut Sally qui regardait par la fenêtre et lui adressa le petit sourire affecté dont il était coutumier. Elle le salua de la main et se força à lui rendre son sourire. Elle se rappela qu'il n'y avait pas si longtemps, elle souriait spontanément ; prier et sourire (dans l'ordre) étaient pour elle les choses les plus naturelles au monde.

Une partie des autres professeurs suivit le regard de leur intrépide leader, imités par Alice Tanner. Alice agita timidement les doigts en direction de Sally, avec un sourire sucré à la saccharine.

Ils sont au courant, pensa-t-elle. Tout le monde sait maintenant que Lester et moi, c'est fini. Irene a été si gentille, hier au soir... si sympathique... il lui tardait tellement de raconter tout ça ! La sale garce !

Sally rendit son petit salut à Alice, sentant son sourire (tout aussi timide et en plus complètement contraint) lui étirer les lèvres. Fais-toi donc écraser par une benne à ordures en rentrant chez toi, espèce de radasse, pensa-t-elle en repartant dans le claquement sec de ses talons bas.

Lorsque Mr Gaunt l'avait appelée pendant son temps libre pour lui demander de finir de payer le merveilleux éclat de bois, elle avait réagi avec enthousiasme et une sorte d'amère satisfaction. Elle sentait bien que la « petite plaisanterie » qu'elle avait promis de jouer à Mr Jewett était un sale tour et ça lui convenait très bien. Elle se sentait d'humeur à faire des sales tours.

Elle posa la main sur la poignée de la porte et s'immobilisa.

Voyons, qu'est-ce qui t'arrive ? se demanda-t-elle soudain. Tu possèdes le fragment... ce merveilleux fragment sacré qui te procure une vision sanctifiée... ne devrais-tu pas te sentir grandie ? Plus calme ? Davantage en contact avec Dieu Tout-Puissant ? Tu ne te sens ni plus calme ni plus proche de qui que ce soit. Tu te sens comme quelqu'un qui aurait la tête pleine de fil de fer barbelé.

« Oui, mais ce n'est pas ma faute, ni celle du fragment, marmonna-t-elle. C'est celle de Lester. Monsieur Lester Pratt et son Gros Machin. »

Une fillette courte sur pattes et portant lunettes et appareil dentaire détourna son attention de l'affiche qu'elle consultait et lui jeta un regard curieux.

« Qu'est-ce que tu regardes, Irvina ? » demanda Sally

La fillette cligna des yeux. « Rien de spéfial, Miff Ratcliffe.

— Alors va le regarder ailleurs, aboya-t-elle, mauvaise. L'école est finie, figure-toi. »

Irvina partit rapidement en direction du hall, lui jetant un ou deux regards déconfits par-dessus l'épaule.

Sally entra. Elle avait trouvé l'enveloppe là où Mr Gaunt lui avait dit qu'elle serait, derrière les poubelles de la cafétéria. Elle avait écrit elle-même le nom de Mr Jewett dessus. Elle jeta un rapide coup d'œil dans le corridor pour s'assurer qu'Alice Tanner ne l'avait pas suivie, puis passa dans une deuxième pièce et alla rapidement poser l'enveloppe sur le bureau de Frank Jewett. Restait la deuxième chose.

Elle ouvrit le tiroir du haut, prit une paire de lourds ciseaux, se pencha et essaya d'ouvrir celui du bas. Il était fermé. Mr Gaunt lui avait dit que ce serait probablement le cas. Sally regardait dans le bureau qui donnait directement sur le corridor ; il était toujours vide, la porte était toujours fermée. Bon. Parfait. Elle enfonça la pointe des ciseaux dans l'interstice, au-dessus du tiroir, et fit un mouvement de levier. Le bois se fendit et Sally sentit la pointe de ses seins qui, curieusement et agréablement, se durcissait. Au fond, c'était amusant. Ça fichait la frousse, mais c'était amusant.

Elle enfonça la pointe des ciseaux plus avant, la deuxième fois, et força de nouveau. La serrure lâcha et le tiroir roula sur ses rails, révélant son contenu. Sally en resta bouche bée. Puis elle commença à pouffer, des sons haletants et étouffés qui paraissaient plus proches de sanglots que de rires.

« Oh, monsieur Jewett, vous êtes vraiment un vilain garçon ! »

Une pile de magazines de petit format se trouvait dans le tiroir, et *Vilains garçons* était en fait celui qui étalait son titre sur le dessus. L'image floue de la couverture montrait un garçon d'environ neuf ans, habillé, en tout et pour tout, d'une casquette de motocycliste des années cinquante.

Sally se mit à sortir les revues du tiroir ; il y en avait au moins une douzaine. Avec toutes des titres plus racoleurs les unes que les autres. Elle regarda le contenu de l'une d'elles et eut du mal à en croire ses yeux. Mais d'où pouvaient donc venir de tels torchons ? Certainement pas du marchand de journaux, même pas de la rangée tout en haut du présentoir, celle que protégeait la mention INTERDIT AUX MINEURS DE MOINS DE DIX-HUIT ANS.

Une voix qu'elle connaissait bien s'éleva soudain dans sa tête. *Dépêche-toi, Sally. La réunion est presque terminée, et tu n'as pas envie d'être surprise ici, n'est-ce pas ?*

Puis il y eut une autre voix, une voix de femme sur laquelle Sally aurait presque pu mettre un nom. Une voix qui rappelait ces conversations lointaines que l'on entend parfois en fond sonore, lorsqu'on téléphone.

Me paraît plus que correct... absolument divin.

Sally fit taire la voix et procéda comme Gaunt le lui avait ordonné : elle éparpilla les revues dans toute la pièce. Puis elle rangea les ciseaux et quitta rapidement le bureau privé de Jewett ; elle regarda ensuite discrètement par la porte qui donnait sur le couloir : personne... mais les voix venant de la salle 6 étaient plus fortes et on entendait des rires. Ils étaient sur le point de se séparer après une réunion inhabituellement courte.

Grâce en soit rendue à Mr Gaunt ! pensa-t-elle en se glissant dans le corridor. Elle avait presque atteint les portes extérieures lorsqu'elle les entendit qui quittaient la salle 6. Sally ne se retourna pas. Elle se rendit compte qu'elle n'avait pas pensé à Mr Lester Gros-Machin Pratt depuis plus de cinq minutes, ce qui était parfait. Elle envisagea de rentrer chez elle, de se faire couler un bon bain en branchant l'appareil à bulles et d'y rester au moins deux heures, le merveilleux éclat de bois à la main, à ne pas penser à Mr Lester Gros-Machin Pratt : quel agréable changement ! Oui, vraiment ! Oui...

Qu'as-tu été fabriquer, là-dedans ? Qu'y avait-il dans cette enveloppe ? Qui l'a déposée derrière les poubelles de la cafétéria ? Quand ? Et surtout, dans quoi t'es-tu lancée, Sally ?

Elle s'immobilisa un instant, sentant des gouttelettes de sueur sourdre à son front et à ses tempes. Ses yeux s'agrandirent et prirent fugitivement une expression effarouchée d'oiseau piégé. Puis cela passa et elle repartit. Elle portait un pantalon dont l'agréable frottement lui faisait penser à leurs fréquentes séances de pelotage, à Lester et elle.

Ce que j'ai fait, je m'en fiche. J'espère même que c'est quelque chose de vraiment dégueulasse. C'est exactement ce qu'il mérite, ce type qui joue les bons apôtres et qui garde des revues dégoûtantes dans ses tiroirs. J'espère qu'il va s'étouffer de honte en entrant dans son bureau.

« Oui, j'espère bien qu'il va s'étouffer, ce con », murmura-t-elle. C'était la première fois de sa vie qu'elle prononçait ce gros mot à voix haute ; elle sentit de nouveau le bout de ses seins se durcir et la picoter. Elle se mit à marcher plus vite, songeant vaguement à quelque chose d'autre qu'elle pourrait faire dans le bain chaud. Il lui sembla soudain qu'elle avait certains besoins personnels à satisfaire ; comment ? elle n'en était pas tout à fait sûre... mais se doutait qu'elle trouverait bien.

Ne dit-on pas que le Seigneur vient en aide à ceux qui s'aident eux-mêmes ?

8

« Trouvez-vous que c'est un prix correct ? » demanda Gaunt à Polly. Polly ouvrit la bouche pour répondre, mais ne dit rien. Gaunt avait l'air de quelqu'un qui, soudain, se met à penser à autre chose; ses yeux étaient perdus dans l'espace et il bougeait silencieusement les lèvres, comme s'il priait.

« Monsieur Gaunt? »

Il sursauta légèrement. Son regard revint se poser sur elle et il sourit. « Veuillez m'excuser, Polly. Il m'arrive de battre un peu la campagne, de temps en temps.

— Le prix me paraît plus que correct, il est absolument divin. » Elle prit son carnet de chèques et commença à en remplir un. A chaque fois qu'elle se demandait ce qui se passait exactement ici, elle sentait les yeux de Mr Gaunt qui requéraient les siens; dès que leurs regards se croisaient, questions et doutes s'apaisaient.

Elle lui tendit le chèque: quarante-six dollars. Gaunt le plia avec soin et le glissa dans la poche de sa veste de sport.

« N'oubliez pas de remplir le talon, dit-il. Votre ami fouineur voudra sans aucun doute le consulter.

— Il va venir vous voir, répondit Polly en s'exécutant docilement. Il vous prend pour un escroc.

— Oui, il se fait beaucoup d'idées et il a beaucoup de projets. Mais ses projets vont changer et ses idées vont se disperser comme un brouillard que dissipe le vent. Croyez-m'en.

— Vous... vous n'allez pas lui faire de tort, au moins?

— Moi? Vous me jugez vraiment bien mal, Patricia Chalmers. Je suis un pacifiste... l'un des plus grands pacifistes du monde! Je ne lèverai pas le petit doigt contre notre shérif. Je veux simplement dire qu'il aura fort à faire de l'autre côté du pont, cet après-midi. Il ne le sait pas encore, c'est tout.

— Ah.

— Polly?

— Oui?

— Votre chèque ne constitue pas le règlement intégral de l'*azka*.

— Pas le...?

— Non. » Il tenait une enveloppe blanche à la main.

D'où l'avait-il sortie? Polly n'en avait pas la moindre idée, mais elle n'y voyait rien à redire. « Afin de finir de payer pour votre amulette, vous devez m'aider à jouer un petit tour à quelqu'un.

— A Alan ? » Elle fut soudain aussi inquiète qu'un lapin qui, au fond de sa forêt, sent les premières odeurs d'un feu, par une chaude journée d'été. « Vous voulez que je joue un tour à Alan ?

— Certainement pas ! Vous demander de faire une blague à quelqu'un que vous connaissez, sans parler du fait que vous pensez l'aimer, serait en contradiction avec mon éthique, ma chère.

— Ah oui ?

— Oui... n'empêche, vous devriez réfléchir sérieusement à vos relations avec le shérif, Polly. Vous risquez de vous apercevoir que cela se réduit à un choix relativement simple : un petit désagrément passager qui vous en épargnerait de graves et de prolongés plus tard. En d'autres termes, ceux qui se marient à la hâte passent souvent le reste de leur vie à s'en repentir.

— Je ne vous comprends pas.

— Oui, je sais. Vous me comprendrez mieux, Polly, lorsque vous aurez vu votre courrier. Voyez-vous, je ne suis pas le seul dans les affaires de qui il a mis son nez fouineur. Mais pour le moment, voyons cette petite blague. Celui qui doit en être l'objet est un personnage que je viens d'employer récemment. Il s'appelle Merrill.

— *Ace* Merrill ? »

Son sourire s'évanouit. « Veuillez ne pas m'interrompre. Ne me coupez jamais ainsi la parole. Surtout si vous ne voulez pas que vos mains redeviennent comme des saucisses remplies de gaz délétères. »

Elle eut un mouvement de recul, le regard vague et rêveur. « Je... je suis désolée.

— Très bien. J'accepte vos excuses... pour cette fois. Maintenant, écoutez-moi. Ecoutez-moi attentivement. »

9

Frank Jewett pénétra dans le premier bureau avec Brion McGinley, professeur de géographie et entraîneur de l'équipe de basket, juste après Alice Tanner. Frank souriait et racontait à Brion une blague de représentant de commerce qu'il venait d'entendre la veille. Il y était question d'un médecin qui n'arrivait pas à déterminer si une femme avait le sida ou la maladie d'Alzheimer.

« Alors le mari de la bonne femme a pris le toubib à part. » Alice feuilletait une pile de documents sur son bureau ; Frank baissa la voix. La jeune femme avait tendance à se formaliser quand on racontait des histoires un peu osées.

« Et alors ? dit Brion, qui souriait d'avance.

— Alors, il était bouleversé, tu penses ! Il dit : "Bon Dieu, docteur, il n'y pas moyen de savoir vraiment ce qu'elle a ?" »

Alice prit deux des documents et passa dans le bureau intérieur. Elle n'alla pas plus loin que le seuil, sur lequel elle fit brusquement halte, comme si elle venait de heurter un mur invisible. Aucun des deux hommes — exemplaires typiques de la population masculine des trente-quarante ans de race blanche d'une petite ville — n'y fit attention.

« Si, c'est facile, répond le toubib. Laissez-la à quarante kilomètres de chez vous, au fond d'une forêt. Si elle retrouve son chemin, ne la baisez pas. »

Le prof de géographie regarda un instant son patron bouche bée, l'air idiot, puis éclata d'un gros rire sans contrainte. Le principal Jewett l'imita. Ils riaient de si bon cœur qu'ils n'entendirent pas lorsque Alice appela Frank, la première fois. Mais comme elle hurla presque, la seconde, il n'y eut pas de problème.

Frank se précipita vers elle. « Alice ? Qu'est-ce... »

Il vit lui-même ce qu'il y avait, et il se sentit rempli

d'un sentiment d'épouvante, terrible et cristallin. La phrase mourut instantanément sur ses lèvres. La peau de ses testicules se recroquevilla à toute vitesse, et il eut la sensation qu'elles allaient remonter d'où elles venaient.

Les revues.

Les revues qu'il conservait en secret dans le dernier tiroir de son bureau.

Elles étaient éparpillées dans son bureau comme des confettis de cauchemar ; garçons en uniforme, garçons en chapeau de paille, garçons couchés dans le foin, garçons sur des chevaux de bois...

« Au nom du ciel... ? » Enrouée par un mélange d'horreur et de fascination, une voix venait de s'élever à la gauche de Frank, qui tourna la tête (impression des tendons de son cou craquant comme des gonds rouillés) et il vit Brion McGinley contemplant le déballage. Il en avait les yeux qui lui sortaient presque de la tête.

C'est une blague, essaya-t-il de dire. C'est une blague stupide ; ces revues ne m'appartiennent pas. Vous n'avez qu'à me regarder pour comprendre que des revues de ce genre ne peuvent pas... ne pourraient pas... avoir d'intérêt pour un homme... un homme... comme moi... qui...

Qui quoi ? Il ne savait pas et ça n'avait d'ailleurs pas d'importance, car il avait perdu la parole. Complètement.

Tous trois restaient immobiles, silencieux, contemplant le bureau du principal de l'école. Une des revues se trouvait en équilibre précaire sur le bord d'une chaise ; un appel d'air chaud, venu de la fenêtre entrouverte, fit tourner quelques pages avant que le déplacement de poids ne l'entraînât au sol. *Jeunes garçons à croquer*, promettait la couverture.

Une blague, oui, je dirai que c'est une blague... mais me croira-t-on ? Me croira-t-on, si le tiroir de mon bureau a été forcé ?

« Madame Tanner ? » fit une voix de fillette derrière eux.

Le trio se retourna comme un seul homme, la mine coupable. Deux adolescentes d'une douzaine d'années, en tenue de majorette, leur faisaient face. Presque simultanément, Alice Tanner et Brion McGinley se déplacèrent pour bloquer la vue du bureau de Frank (ce dernier, en revanche, paraissait avoir pris racine), mais quelques dixièmes de seconde trop tard. Les yeux des majorettes s'agrandirent. L'une d'elles, Darlene Vickery, porta vivement la main à sa bouche en bouton de rose et regarda Frank Jewett, incrédule.

Le principal se dit : Ô mon Dieu... dès demain midi, tous les élèves seront au courant. Et dès demain soir, toute la ville.

« Fichez-moi le camp, les filles, dit Alice Tanner. Quelqu'un a fait une plaisanterie de très mauvais goût à monsieur Jewett. Une plaisanterie abominable. Il ne faut pas en dire un mot à personne. C'est compris ?

— Oui, madame », répondit Erin McAvoy, qui, moins de trois minutes plus tard, allait raconter à sa meilleure amie, Donna Beaulieu, qu'on avait décoré le bureau de Mr Jewett de photos de garçons portant de lourds bracelets de métal et pas grand-chose d'autre.

« Oui, madame », dit Darlene Vickery, qui, moins de cinq minutes plus tard, ferait le même genre de confidence à sa meilleure amie à elle, Natalie Priest.

« Allez, filez ! » leur intima McGinley. Il avait voulu prendre un ton autoritaire, démenti par le timbre encore étranglé de sa voix. « Et au trot ! »

Les deux adolescentes s'enfuirent, jupes battant leurs solides genoux.

Brion se tourna timidement vers Frank. « Il me semble... », commença-t-il, mais l'autre ne l'écoutait pas. Il s'avançait dans son bureau à pas mesurés, comme un somnambule. Il referma la porte sur laquelle on lisait PRINCIPAL en grandes lettres noires et entreprit de ramasser lentement les revues.

Pourquoi ne pas tout simplement leur faire une confession écrite ? disait une voix en lui.

Il l'ignora. D'un recoin plus profond, la voix primitive de la survie s'élevait aussi pour lui rappeler que jamais il ne pourrait être aussi vulnérable qu'en cet instant. S'il adressait la parole à Alice ou à Brion, s'il essayait de s'expliquer, il se passerait lui-même la corde au cou.

Alice frappa à la porte. Frank n'en tint pas compte et continua sa déambulation somnambulique, se baissant pour récupérer les revues qu'il avait accumulées au cours des neuf dernières années, des revues commandées par lettres et qu'il avait fait adresser à la poste de Gates Falls, redoutant à chaque fois que la Police d'Etat ou l'Inspection postale ne lui tombât dessus comme une tonne de briques. Il ne lui était jamais rien arrivé. Et maintenant, cela.

On ne croira pas qu'elles t'appartenaient, lui souffla la voix primitive. Ils ne *s'autoriseront* pas à le croire ; cela bouleverserait trop de choses dans leur conception étriquée de la vie. Une fois que tu auras repris ton sang-froid, tu seras capable de surmonter la crise. Cependant… qui a bien pu songer à manigancer un coup pareil ? (Il ne lui vint pas un instant à l'esprit de se demander par quel bizarre besoin compulsif il avait décidé de cacher les revues ici, précisément *ici*, et non chez lui.)

Il ne voyait qu'un seul coupable possible : la seule personne qui, à Castle Rock, partageait la même vie secrète que lui. George T. Nelson, le professeur de menuiserie du lycée de la ville. George T. Nelson qui, sous ses dehors de macho, était aussi homo qu'on peut l'être. George T. Nelson, avec qui Frank Jewett avait assisté à une soirée un peu spéciale à Boston — une soirée avec beaucoup de messieurs entre deux âges et une poignée de jeunes garçons en très petite tenue. Le genre de soirée qui peut vous valoir un séjour en prison jusqu'à la fin de vos jours. Le genre de soirée…

Il aperçut l'enveloppe de papier bulle posée sur son sous-main. Son nom y figurait. Il éprouva une effroyable sensation de vide au fond de son ventre. Un trou qui se creusait, un ascenseur en chute libre. Il leva les yeux et vit Alice et Brion qui l'observaient, presque joue contre joue. Ils ouvraient de grands yeux, bouche bée, et il pensa : Je sais ce que l'on ressent, maintenant, quand on est poisson dans un aquarium.

De la main, il leur fit un geste qui disait : *Allez-vous-en !* Ils ne bougèrent pas ; Frank n'en fut pas vraiment surpris. C'était un cauchemar et dans les cauchemars, les choses ne se passent jamais comme on le voudrait. Il ressentit une terrible impression de perte, de désorientation... mais quelque part en dessous, comme une braise sous une pile de petit bois humide, rougeoyait de la colère.

Il s'assit derrière son bureau et posa la pile de revues sur le sol. Il constata qu'on avait forcé le tiroir, comme il l'avait craint. Il déchira l'enveloppe et en fit tomber le contenu sur le sous-main. Des photos, pour l'essentiel. Des photos sur papier glacé, brillantes, où on le voyait avec George Nelson à cette soirée de Boston. Ils faisaient des galipettes avec de charmants jeunes garçons (le plus âgé d'entre eux devait avoir douze ans) et, sur chaque cliché, si le visage de George restait indistinct, celui de Frank, en revanche, était on ne peut plus reconnaissable.

Il n'en fut pas, non plus, tellement surpris.

Un mot était joint aux photos.

Mon vieux Frank,

Désolé de te faire ce coup, mais je dois quitter la ville et je n'ai pas le temps de faire des manières. J'ai besoin de deux mille dollars. Apporte-les-moi ce soir chez moi à dix-neuf heures. Jusqu'ici, tu dois pouvoir te tirer de ce merdier, ça ne sera pas facile mais un salopard aussi vicelard que toi devrait y arriver ; demande-toi tout de même ce qui se passerait si des copies de ces photos se retrouvaient accrochées à tous les poteaux téléphoniques de la ville, au-dessous des affiches pour la Nuit-Casino. La navette spatiale ne suffirait pas à te faire quitter la ville assez vite, vieux. N'oublie pas, deux mille dollars, au plus tard à sept heures et quart. Sinon tu regretteras d'être né avec une queue.

Ton ami,
George

Ton ami...

Ton ami!

Ses yeux ne cessaient de revenir à cette formule, incrédules, fascinés, horrifiés.

Ce salopard de fumier qui te poignarde dans le dos, ce Judas, signe « ton ami »!

Brion McGinley martelait toujours la porte; mais lorsque Frank Jewett finit par s'arracher à ce qui semblait avoir tellement capté son attention, le poing du professeur de géographie interrompit net son mouvement. Le visage du principal, à l'exception de deux points rouges clownesques sur ses joues, était d'une pâleur de cire. Un sourire étroit étirait ses lèvres et lui découvrait les dents.

Il ne ressemblait plus du tout au bon gros Weatherbee de la bande dessinée.

Mon ami, pensa-t-il. Il froissa la lettre en boule d'une main et repoussa les clichés lustrés dans l'enveloppe de l'autre. Le minuscule rougeoiement de colère flamboyait, maintenant: le petit bois avait pris feu. *Entendu, vieux, j'y serai. J'y serai pour discuter de la question avec mon ami George T. Nelson.*

« Oui, tu peux y compter, dit-il à haute voix. Tu peux y compter. » Son sourire s'agrandit.

10

Il était presque quinze heures quinze et Alan commençait à se dire que Brian avait dû emprunter un autre chemin; le flot des élèves du collège rentrant chez eux s'était presque tari. Puis, à l'instant où il plongeait la main dans sa poche pour y prendre ses clefs, il vit une silhouette solitaire s'avancer à bicyclette. Le garçon pédalait lentement, accroché à son guidon comme s'il essayait de l'arracher; il penchait tellement la tête qu'on ne pouvait distinguer son visage.

Il voyait parfaitement bien, en revanche, ce qu'il y avait sur le porte-bagages: une glacière portative.

11

« Vous comprenez ? demanda Gaunt à Polly, qui tenait l'enveloppe.

— Oui, je... je comprends. » Son visage à l'expression rêveuse paraissait cependant troublé.

— Vous ne paraissez pas très contente.

— Eh bien... je...

— Un objet comme l'*azka* ne marche pas toujours très bien sur les gens qui ne sont pas heureux. » Gaunt tendit l'index vers le minuscule renflement indiquant la présence de la boule d'argent et elle eut une fois de plus l'impression de sentir quelque chose bouger bizarrement à l'intérieur. En même temps, d'horribles crampes envahirent ses mains et se répandirent comme de cruels crochets d'acier. Elle poussa un gémissement.

L'index de Gaunt se replia comme s'il disait : « Viens. » Elle sentit de nouveau le mouvement dans la boule d'argent, plus net cette fois, et la douleur disparut.

« Vous n'avez aucune envie que les choses reviennent à leur état antérieur, n'est-ce pas, Polly ?

— Non ! » s'écria-t-elle. Sa poitrine se soulevait et s'abaissait rapidement ; ses mains se mirent à s'agiter frénétiquement, l'une contre l'autre, et ses yeux agrandis ne quittèrent pas un instant ceux de Gaunt. « Je vous en prie, non !

— Car les choses pourraient aller de mal en pis, n'est-ce pas ?

— Oui !

— Et personne ne comprend, n'est-il pas vrai ? Pas même le shérif. Il ne sait pas ce que c'est, lui, que de se réveiller à deux heures du matin avec cette douleur infernale dans les mains... »

Elle secoua la tête et commença à pleurer.

« Faites comme je vous ai dit, et plus jamais vous ne vous réveillerez ainsi, Polly. Et il y a autre chose... faites comme je vous dis, et si jamais quelqu'un, à Castle Rock, découvre que votre enfant est mort brûlé vif à San Francisco, ce ne sera pas à cause de moi. »

Polly émit un cri rauque de désespoir, le cri d'une femme qui se retrouve prisonnière d'un atroce cauchemar.

Gaunt souriait.

« Il y a toutes sortes d'enfer, n'est-ce pas, Polly ?

— Comment savez-vous ça ? murmura-t-elle. Personne ne le sait, pas même Alan. J'ai dit à Alan…

— Je le sais parce que c'est mon affaire d'être au courant. La sienne est d'avoir des soupçons. Alan ne vous a jamais crue, Polly.

— Il a dit…

— Je suis sûr qu'il a dit toutes sortes de choses, mais il ne vous a pas crue. La fille que vous aviez engagée pour garder l'enfant était une droguée, non ? Ce n'était pas votre faute, mais bien entendu, les choses qui ont fait que vous en êtes arrivée à cette situation relevaient de choix personnels, n'est-il pas vrai ? Vos choix, Polly. La jeune fille que vous avez engagée pour garder Kelton a perdu connaissance et a laissé tomber sa cigarette — c'était peut-être un joint — dans une corbeille à papiers. C'est son doigt qui a appuyé sur la détente, pourrait-on dire ; mais c'est votre orgueil qui a chargé le revolver, votre incapacité à vous soumettre à vos parents et aux autres bonnes gens de Castle Rock. »

Polly sanglotait plus fort que jamais.

« Pourquoi une jeune femme, cependant, n'aurait-elle pas droit à son amour-propre ? demanda doucement Gaunt. Quand tout le reste lui échappe, n'a-t-elle pas au moins droit à cela ? A cette dernière pièce qui empêche sa bourse d'être vide ? »

Polly releva la tête, une expression de défi sur son visage en larmes. « J'estimais que ça me regardait, répliqua-t-elle. Je le pense encore. C'est peut-être de l'orgueil, et alors ?

— Oui, répondit-il d'un ton apaisant. C'est parler en femme… mais ils vous auraient reprise, n'est-ce pas ?

Vos parents vous auraient reprise... Ça n'aurait peut-être pas été bien agréable, avec l'enfant toujours là comme une preuve vivante, avec la manière dont les commérages vont bon train dans des trous comme celui-ci... mais c'était tout de même possible.

— Oui, et j'aurais passé toutes mes journées à essayer d'échapper à l'emprise de ma mère ! hurla-t-elle d'une voix furieuse, enlaidie, méconnaissable.

— En effet... (Il avait toujours le même ton apaisant.) Vous êtes donc restée où vous étiez. Vous aviez Kelton, et vous aviez votre orgueil. Et lorsque Kelton est mort, il vous restait encore votre orgueil... n'est-ce pas ? »

Polly cria de chagrin et d'angoisse, et s'enfouit le visage dans les mains.

« Ça fait encore plus mal que l'arthrite, n'est-ce pas ? » Polly acquiesça, se dissimulant toujours la figure. Gaunt se croisa les mains derrière la nuque et se mit à parler d'un ton d'éloge funèbre : « L'Humanité ! Si noble ! Si prête à sacrifier l'autre !

— Arrêtez ! gémit-elle. Ne pouvez-vous arrêter ?

— C'est un secret, n'est-ce pas, Patricia ?

— Oui. »

Il lui toucha le front. Polly émit un hoquet étouffé mais ne recula pas.

« Vous aimeriez bien qu'elle reste fermée, cette porte sur l'enfer ? »

Le visage toujours caché, elle acquiesça.

« Alors, fais ce que je t'ai dit, Polly, murmura-t-il, détachant une des mains du visage de la jeune femme pour la caresser. Fais ce que je t'ai dit et ferme-la. » Il étudia attentivement ses joues humides, ses yeux rougis. Une petite *moue** de dégoût lui plissa un instant la bouche.

« Je ne sais pas ce qui m'écœure le plus : une femme qui pleure ou un homme qui rit. Essuie ta sale gueule, Polly. »

Lentement, l'expression toujours rêveuse, elle tira un mouchoir à bord de dentelle de son sac et commença à sécher ses larmes.

« C'est mieux, commenta-t-il en se levant. Je vais vous laisser rentrer chez vous, Polly. Vous avez des choses à faire. Je veux cependant que vous sachiez que ce fut un grand plaisir de faire affaire avec vous. J'ai toujours énormément apprécié les femmes ayant beaucoup d'amour-propre. »

12

« Hé ! Brian, tu veux que je te montre un tour ? »

Le jeune cycliste releva vivement la tête dans un grand remous de cheveux et Alan lut sur son visage une expression qui trahissait indubitablement la peur la plus nue, la plus authentique.

« Un tour ? Quel tour ? » répondit-il d'une voix tremblante.

Alan ignorait de quoi le garçon avait peur, mais il comprit que ses talents de prestidigitateur, dont il s'était si souvent servi pour rompre la glace avec les enfants, étaient cette fois la dernière chose à laquelle il aurait dû avoir recours. Autant exécuter rapidement son numéro et repartir à zéro.

Il leva le bras gauche (celui qui portait la montre) et sourit à Brian, dont les traits pâles exprimaient peur et méfiance. « Tu remarqueras que je n'ai rien dans la manche et que mon bras s'attache normalement à mon épaule. Et maintenant… hop ! »

Il passa lentement la main droite, paume ouverte, le long de son bras gauche, détachant d'un coup sec du pouce, au passage, le petit paquet coincé sous la montre. En refermant le poing, il défit la minuscule boucle qui le maintenait fermé. Il referma sa main gauche sur la droite et lorsqu'il les rouvrit, un grand bouquet de fleurs de papier aux couleurs invraisemblables fleurit à l'endroit où il n'y avait que du vide l'instant précédent.

Alan avait fait ce tour des centaines de fois, et jamais aussi bien qu'en ce chaud après-midi d'octobre ; mais la réaction qu'il attendait (un instant d'ébahissement suivi d'un sourire où se mêleraient une part d'émerveillement et deux parts d'admiration) ne se manifesta pas sur le visage de Brian. Le garçon ne jeta qu'un coup d'œil indifférent au bouquet (il crut cependant déceler du soulagement dans ce bref regard, comme si Brian s'était attendu à un tour d'une nature beaucoup moins agréable) avant de revenir à Alan.

« Pas mal, non ? » demanda le shérif. Il écarta les lèvres sur un grand sourire qui paraissait aussi authentique que le dentier de son grand-père.

« Ouais, concéda Brian.

— Hum. Je vois bien que tu n'es pas très impressionné. » Adroitement, il replia le bouquet entre ses mains fermées ; c'était facile, trop facile, même. Il était temps de se procurer un nouvel exemplaire de ce tour. La fleur en papier ne durait pas très longtemps ; son minuscule ressort se fatiguait et les pétales brillamment colorés n'allaient pas tarder à se déchirer.

Il ouvrit de nouveau les mains avec un sourire plein d'espoir. Le bouquet avait disparu, de nouveau réduit à un minuscule paquet glissé sous le bracelet de sa montre. Le garçon ne lui rendit pas son sourire ; son visage, en fait, était dépourvu de toute expression. Les restes de bronzage de l'été n'arrivaient pas à dissimuler complètement sa pâleur, pas plus que le fait que son épiderme se trouvait dans un état bizarre de révolte préadolescente : plusieurs boutons gonflaient à son front, un autre, plus gros, au coin de ses lèvres, et des points noirs se massaient autour de son nez. Des cernes tirant sur le violet, sous ses yeux, laissaient soupçonner qu'il dormait mal depuis un certain temps.

Ce gosse est loin, très loin d'aller bien, songea Alan. Il y a quelque chose d'abîmé, pour ne pas dire de brisé, chez lui. Deux possibilités : soit Brian Rusk a vu le vandale qui a cassé les fenêtres des Jerzyck, soit il l'a fait lui-même. Le gros lot dans les deux cas, mais si c'était le second, Alan avait du mal à imaginer les proportions du sentiment de culpabilité qui devait maintenant tarauder l'enfant.

« C'est un excellent tour, shérif Pangborn, dit Brian d'une voix sans timbre ni émotion. Vraiment.

— Merci. Je suis content qu'il t'ait plu. Sais-tu de quoi je désire te parler, Brian ?

— Je... je crois », répondit-il. Alan eut soudain la conviction que le garçon allait avouer avoir cassé les vitres. Ici, au coin de la rue, il allait tout déballer, et Alan faire un pas de géant dans la reconstitution de ce qui s'était passé entre Wilma et Nettie.

Mais Brian n'ajouta rien. Il se contenta de regarder Alan de ses yeux fatigués, légèrement injectés de sang.

« Qu'est-ce qui s'est passé, fiston ? demanda Alan de la même voix tranquille. Qu'est-il arrivé pendant que tu te trouvais chez les Jerzyck ?

— J'sais pas. Mais j'en ai rêvé la nuit dernière. Dimanche soir, aussi. J'ai rêvé que j'allais chez eux, mais dans mon rêve, j'ai vu ce qui faisait réellement tout ce bruit.

— Et c'était quoi, Brian ?

— Un monstre. » L'enfant avait répondu du même ton de voix apathique, mais une grosse larme s'était formée dans chacun de ses yeux. « Dans mon rêve, je frappais à la porte au lieu de partir à bicyclette comme j'ai fait et un monstre ouvrait et il... il me dévorait. » Les larmes grossirent et débordèrent lentement sur les joues aux couleurs malsaines.

Oui, songea Alan, il pourrait s'agir de ça : de la peur, tout simplement. Le genre de peur qu'un gosse peut ressentir lorsqu'il ouvre la porte au mauvais moment et qu'il trouve ses parents en train de baiser ; et comme il est trop jeune pour comprendre ce qu'ils font, il s'imagine qu'ils se battent. Voire même, pour peu qu'ils fassent du bruit, qu'ils essaient de s'entre-tuer.

Mais...

Mais ça sonnait faux. Aussi bête que ça. Impression que le môme mentait comme un arracheur de dents en dépit de son regard hagard et de l'expression qui proclamait *je vais tout vous dire.* Qu'est-ce que cela signifiait ? Alan était perplexe, mais son expérience lui suggérait que de toute façon, et quel que fût le vandale, Brian le connaissait. C'était peut-être quelqu'un qu'il se sentait obligé de protéger. A moins que le lanceur de cailloux n'ait aperçu Brian et que ce dernier n'ait su qu'il avait été vu. Le gosse redoutait peut-être des représailles.

« Quelqu'un a lancé des cailloux dans les vitres des Jerzyck, dit Alan sans élever la voix, d'un ton qu'il espérait rassurant.

— Oui, monsieur, répondit Brian, presque dans un soupir. Je crois. C'est peut-être ça. Je crois qu'ils se battaient, mais c'est peut-être quelqu'un qui a lancé des cailloux. Crac, boum, bing ! »

Une vraie section rythmique de hard rock, pensa Alan. « Tu penses qu'ils se battaient ?

— Oui monsieur.

— C'est vraiment ce que tu crois ?

— Oui monsieur. »

Alan soupira. « Eh bien, tu sais ce qu'il en est, maintenant. Et que c'était mal de faire ça. Lancer des cailloux dans les vitres de quelqu'un, c'est grave, même s'il n'y a pas de conséquences.

— Oui monsieur.

— Mais cette fois-ci, il y en a eu. Tu le sais, n'est-ce pas, Brian ?

— Oui monsieur. »

Ces yeux… des yeux qui le regardaient, dans ce visage calme, pâle. Alan commença à se douter de deux choses : que le garçon *voulait* lui dire ce qui s'était passé, mais ne le ferait très probablement pas.

« Tu m'as l'air bien malheureux, Brian.

— Oui monsieur.

— "Oui monsieur"… veux-tu dire que tu es malheureux ? »

Le garçon acquiesça, et deux nouvelles larmes débordèrent de ses yeux avant de rouler sur ses joues. Alan était le théâtre d'émotions aussi fortes que contradictoires : une profonde pitié et une exaspération de plus en plus grande.

« Qu'est-ce qui te rend malheureux, Brian ? Dis-le-moi.

— Avant, j'avais un rêve vraiment bien, répondit le gamin d'une voix à peine audible. C'était un rêve stupide, mais chouette quand même. Un rêve avec Miss Ratcliffe, mon professeur. Elle est orthophoniste. Je sais maintenant qu'il était stupide. Avant, je ne le savais pas, et c'était mieux. Mais maintenant, j'ai compris, figurez-vous. »

Les yeux sombres et affreusement malheureux plongèrent dans ceux d'Alan.

« Le rêve que je fais... celui sur le monstre qui lance les cailloux... il me fait peur, shérif Pangborn... mais ce qui me rend malheureux, ce sont les choses que je sais maintenant. C'est comme savoir comment un magicien fait son tour. »

Il eut un petit hochement de tête et Alan aurait juré qu'il lui montrait le bracelet de sa montre.

« Parfois, c'est mieux de rester idiot. Je le sais, maintenant. »

Le policier posa la main sur l'épaule du garçon. « Bon, on arrête les conneries, Brian, d'accord ? Dis-moi ce qui s'est passé. Dis-moi ce que tu as vu, ce que tu as fait.

— Je suis venu voir s'ils voulaient quelqu'un pour déneiger leur allée, cet hiver. » L'enfant parlait d'une voix mécanique qu'Alan trouva extrêmement impressionnante. Comme un répondeur automatique. Il ressemblait à n'importe quel gamin américain de son âge, avec ses tennis, son jean, son T-shirt orné d'une vedette de télé, mais il s'exprimait comme un robot dont on aurait salopé le programme et qui serait sur le point de disjoncter. Pour la première fois, Alan se demanda s'il n'aurait pas vu l'un de ses parents vandaliser la maison des Jerzyck.

« J'ai entendu des bruits », continua le gamin. Il parlait par phrases courtes et simples, comme on apprend à le faire aux enquêteurs qui doivent déposer devant un tribunal. « C'étaient des bruits qui faisaient peur. Des craquements, des choses qui se cassaient. Alors je suis parti aussi vite que j'ai pu sur ma bicyclette. La voisine était sur son perron. Elle m'a demandé ce qui se passait. Je crois qu'elle avait peur, aussi.

— Oui. Jillian Mislaburski. Je lui ai parlé. » Alan tendit la main vers la glacière posée de travers sur le porte-bagages. Il ne se rendit pas compte que les lèvres de Brian se serrèrent. « Avais-tu cette glacière avec toi, dimanche matin, Brian ?

— Oui monsieur. » Le garçon s'essuya les joues du dos de la main et regarda Alan, l'air inquiet.

« Que contenait-elle ? »

Brian ne répondit pas, mais Alan eut l'impression de voir ses lèvres trembler.

« Que contenait-elle, Brian ? »

Toujours pas de réponse.

« Des cailloux ? »

Lentement, délibérément, il secoua la tête. Non.

Pour la troisième fois, Alan demanda : « Que contenait-elle ?

— La même chose que maintenant, murmura le garçon.

— Puis-je l'ouvrir et regarder ?

— Oui monsieur, répondit-il de sa voix apathique. Bien sûr. »

Alan fit pivoter le couvercle et examina le contenu de la glacière. Elle était pleine de cartes de base-ball : Topps, Fleer, Donruss.

« C'est pour mes échanges. Je les emporte partout avec moi.

— Tu.. tu les enportes partout avec toi ?

— Oui monsieur.

— Pourquoi ? Pourquoi trimbaler une glacière pleine de cartes de base-ball partout avec toi ?

— Je vous l'ai dit ; c'est pour mes échanges. On ne sait jamais quand on pourra faire une bonne affaire. Je suis toujours à la recherche d'une Joe Foy — il était dans l'équipe du Rêve Impossible de 67 — et d'une carte de débutant de Mike Greenwell. C'est mon joueur préféré. » Alan eut alors l'impression de déceler une fugitive lueur d'amusement dans l'œil du garçon ; il crut presque entendre une voix télépathique lui seriner : *Je t'ai bien eu ! Ah, je t'ai bien eu !* Mais cela venait sûrement de lui-même ; ce n'était que sa propre frustration qui singeait la voix du gamin.

Non ?

D'ailleurs, que t'attendais-tu donc à trouver dans la glacière, de toute façon ? Un tas de cailloux avec une feuille de papier autour, retenue par un élastique ? Avais-tu imaginé l'avoir intercepté alors qu'il allait faire la même chose dans la maison de quelqu'un d'autre ?

Eh bien oui, il devait le reconnaître. Il avait envisagé cette possibilité. Brian Rusk Trois-Pommes-la-Terreur de Castle Rock. Le roc-lanceur fou. Mais il y avait pis : il était à peu près sûr que Brian Rusk lisait dans son cerveau.

Je t'ai eu, je t'ai bien eu, shérif !

« Je t'en prie, Brian, dis-moi ce qui se passe vraiment ici. Si tu le sais, dis-le-moi. »

Le garçon referma le couvercle de la glacière sans répondre. On entendit simplement le petit *clic !* de la serrure dans le calme paresseux de l'après-midi.

« Tu ne peux pas le dire ? »

Brian acquiesça lentement, l'air de sous-entendre, crut comprendre Alan, qu'il avait raison : le gamin ne pouvait pas parler.

« Réponds au moins à ceci, Brian : as-tu peur ? As-tu peur de quelque chose, Brian ? »

L'enfant acquiesça à nouveau, tout aussi lentement.

« Dis-moi de quoi, fiston. Je peux peut-être m'en occuper. » Il tapota son insigne d'un doigt léger. « Il me semble que l'on me fait trimbaler cet insigne pour ça. Pour que je me charge de régler leur compte aux choses qui font peur. »

« Je... », commença Brian, mais à cet instant précis, le récepteur installé par Alan sous le tableau de bord de sa voiture personnelle trois ou quatre ans auparavant se mit à crachouiller.

« Première Unité, Première Unité, Base appelle, Base appelle. Vous me recevez ? Parlez ! »

Les yeux de Brian se détachèrent de ceux d'Alan pour se tourner vers le break et la voix de Sheila Brigham — la voix de l'autorité, la voix de la police. Alan se rendit compte que si le garçon avait été sur le point de lui confier quelque chose (mais peut-être l'avait-il seulement rêvé), c'était fini. Son visage s'était refermé comme une huître à marée basse.

« Rentre chez toi maintenant, Brian. Nous reparlerons de ce... de ce rêve... un peu plus tard. D'accord ?

— Oui monsieur, si vous voulez.

— En attendant, pense à ce que je t'ai dit : l'essentiel du travail d'un shérif consiste à débarrasser les gens des choses qui font peur.

— Il faut que je rentre chez moi, shérif. Sinon, ma mère va être furieuse contre moi. »

Alan acquiesça. « Il vaut mieux l'éviter. Allez, va, Brian. »

Il regarda le garçon s'éloigner. Il se tenait la tête basse et paraissait peiner laborieusement sur ses pédales. Quelque chose clochait là-dedans, clochait même tellement que découvrir ce qui avait bien pu arriver à Nettie et à Wilma lui paraissait moins important que de comprendre les raisons de l'expression ravagée du visage de l'enfant.

Les deux femmes, après tout, étaient mortes et enterrées. Brian Rusk, lui, vivait encore.

Il s'approcha du vieux break dont il aurait dû se séparer depuis au moins un an, se pencha par la fenêtre, prit le micro. « Oui, Sheila, ici Première Unité. Je vous reçois. J'arrive.

— Henry Payton vient d'appeler, Alan. Il dit que c'est urgent, que j'établisse un relais, si possible. A vous.

— D'accord. » Il sentit son pouls s'accélérer.

« Il faudra compter une minute ou deux. A vous.

— C'est bon. Je ne bouge pas. Terminé pour moi. »

Il se pencha contre la carrosserie, dans l'ombre claire,

le micro à la main, se demandant ce que Payton pouvait avoir de si urgent à lui faire savoir.

13

Lorsque Polly arriva chez elle, à trois heures vingt, elle était déchirée entre deux attitudes complètement opposées. Elle éprouvait d'un côté un besoin urgent, profond, de faire la « commission » que Mr Gaunt lui avait confiée (elle n'aimait pas à y penser comme lui, en termes de blague ou de tour : elle n'avait rien d'une mystificatrice) afin que l'*azka* soit définitivement à elle. L'idée que la négociation n'était terminée que lorsque Gaunt disait qu'elle l'était ne lui avait même pas effleuré l'esprit.

Elle éprouvait par ailleurs un besoin tout aussi urgent d'entrer en contact avec Alan pour lui raconter ce qui s'était exactement passé... ou du moins ce dont elle se souvenait. Elle se rappelait au moins une chose, qui la remplissait de honte et d'une sorte d'ignoble horreur, mais elle se la rappelait clairement : Mr Leland Gaunt haïssait l'homme qu'elle aimait et il faisait quelque chose — *quelque chose* — qui était très mal. Il fallait mettre Alan au courant. Même si l'*azka* arrêtait de faire son effet, il le fallait.

Tu n'es pas sérieuse ?

Si. C'était exactement ce qu'une partie d'elle-même pensait. Partie terrifiée à la seule évocation de Leland Gaunt, même si elle n'arrivait pas à se souvenir de ce qui provoquait en elle ce sentiment de terreur.

Veux-tu donc revenir au stade où les choses en étaient avant, Polly ? Tiens-tu tant que ça à la sensation d'avoir deux mains bourrées d'éclats d'obus ?

Non... mais elle ne voulait pas non plus qu'il soit fait de mal à Alan. Pas plus qu'elle ne voulait que Mr Gaunt soit en mesure de faire ce qu'il envisageait, si quelque chose (comme elle le soupçonnait) risquait de porter tort à la ville. Elle n'avait enfin aucune envie d'être partie prenante de ce qui se tramait en allant jusqu'à la vieille ferme désertée des Camber, au bout du chemin vicinal 3, pour jouer une sorte de tour qu'elle ne comprenait même pas.

Ces désirs conflictuels, chacun défendu par une voix sermonneuse, la tiraillaient en tous sens tandis qu'elle approchait de son domicile. Si Mr Gaunt l'avait hypnotisée d'une manière ou d'une autre (ce dont elle était convaincue en quittant la boutique mais qui lui paraissait de moins en moins sûr), son effet s'était dissipé (cela, elle le croyait vraiment). Jamais, au cours de sa vie, elle ne s'était trouvée aussi incapable de décider de la conduite à tenir dans une situation donnée. On aurait dit qu'on lui avait volé toutes les réserves de produits-chimiques-à-prendre-les-décisions de son cerveau.

Finalement, elle choisit d'aller chez elle faire ce que lui avait conseillé Gaunt (bien que ne se souvenant plus très clairement de son conseil). Elle prendrait son courrier puis elle appellerait Alan pour lui dire ce que Mr Gaunt attendait d'elle.

Si tu fais ça, dit une voix intérieure d'un ton mortel, l'*azka* cessera réellement de faire son effet. Et tu le sais

Oui... mais restait la question du bien et du mal. Elle appellerait Alan, s'excuserait d'avoir été aussi cassante avec lui et lui dirait ce que Mr Gaunt voulait d'elle. Peut-être irait-elle même jusqu'à lui donner l'enveloppe, celle qu'elle devait mettre, en principe, dans la boîte de conserve.

Peut-être.

Se sentant un peu mieux, elle glissa la clef dans la serrure, se réjouissant de l'aisance de l'opération qu'elle avait faite sans presque y prêter attention, et la tourna. Le courrier était à l'endroit habituel sur le tapis. D'ordinaire, il y en avait davantage après un jour de congé. Elle le parcourut. Une publicité pour la télé par câble avec le visage souriant et d'une insupportable beauté de Tom Cruise en couverture ; un catalogue de la Collection Horchow ; un autre de Shparer Image. Et...

En voyant la lettre, Polly sentit une boule d'angoisse grossir dans son estomac. A Patricia Chalmers de Castle

Rock, de la part des Services sociaux de l'Aide à l'Enfance de San Francisco, 666 Geary Street... Elle ne se souvenait que trop bien de ses incursions au 666 Geary Street. Trois en tout. Trois entretiens avec trois bureaucrates dont deux avaient été des hommes — des hommes qui l'avaient regardée comme un chewing-gum qui vient de se coller à votre meilleure paire de chaussures. Le troisième bureaucrate, en revanche, une Noire de proportions phénoménales, mais une femme qui savait écouter et rire, avait fini par donner son approbation à Polly. Mais elle n'avait pas oublié le premier étage du 666 Geary Street, pas une miette: la manière dont la lumière de la haute fenêtre, à l'extrémité du corridor, jetait une longue traînée laiteuse sur le lino; le bruit des machines à écrire lui parvenant de bureaux dont la porte restait ouverte en permanence; les hommes fumant, agglutinés autour du gros cendrier rempli de sable, à l'autre bout du couloir, et la façon dont ils la regardaient. Plus que tout, elle se souvenait de l'impression de se retrouver habillée de ses meilleurs vêtements (un ensemble pantalon en polyester noir, une blouse blanche, un collant fin, des talons bas) et d'être en proie à la terreur et à la déréliction: le corridor plongé dans la pénombre du premier étage, au 666 Geary Street, semblait un endroit dépourvu de cœur et d'âme. On y avait finalement approuvé sa demande d'aide de mère célibataire, mais c'étaient les deux échecs précédents qu'elle se rappelait, évidemment. Les yeux des hommes et leur façon de s'attarder sur sa poitrine (mieux habillés que Norville, l'autre employé du restaurant, ils n'étaient cependant pas tellement différents); la bouche des hommes, la manière dont elle s'était pincée avec une désapprobation prétentieuse en considérant le problème de Kelton Chalmers, le rejeton bâtard de cette Marie-couche-toi-là qui certes n'avait pas l'air d'une hippie, pour l'instant, mais qui commencerait par enlever sa blouse et son beau pantalon dès qu'elle aurait fichu le camp, sans parler de son soutien-gorge, pour enfiler une paire de jean moulant pat'd'éph et une blouse en sérigraphie qui ne servirait qu'à mettre ses tétons en valeur. Leurs yeux disaient tout cela et bien d'autres choses ; et quoique la réponse fût arrivée par la poste, Polly avait tout de suite su qu'elle aurait droit à un refus. Elle avait pleuré en sortant, ces deux premières fois, et il lui semblait se rappeler l'acidité de chacune des larmes qui avaient coulé sur ses joues… sans parler de la manière dont les gens la regardaient dans la rue : aucun apitoiement, une simple et morne curiosité.

Elle s'était toujours refusée à évoquer cette époque et le souvenir de ce deuxième étage sombre, mais celui-ci lui retombait dessus, clair et précis au point qu'elle sentait l'odeur de la cire du plancher, voyait le reflet laiteux de lumière tombant de la grande fenêtre et entendait le cliquetis rêveur et lointain des vieilles machines manuelles qui mâchaient et digéraient leurs feuilles de papier quotidiennes au fond des entrailles de la bureaucratie.

Que lui voulait-on ? Mon Dieu, qu'est-ce que les fonctionnaires du 666 Geary Street pouvaient bien lui vouloir, après toutes ces années ?

Déchire-la ! lui cria une voix intérieure, tellement impérative qu'elle faillit le faire. Au lieu de cela, c'est l'enveloppe qu'elle déchira ; elle ne contenait qu'une feuille, une photocopie. C'était bien son nom qui figurait sur l'enveloppe, mais, constata-t-elle avec étonnement, la missive ne lui était pas adressée ; elle était destinée au shérif Pangborn.

Son regard tomba sur le bas de la lettre. John L. Perlmutter, lisait-on sous le griffonnage de la signature ; ce nom éveillait quelque chose de lointain en elle. Encore plus bas, près de la marge inférieure, figurait la mention : « Pour copie : Patricia Chalmers. » Il s'agissait d'une photocopie, pas d'un double au carbone, mais cela éclaircissait néanmoins le fait que la lettre fût adressée à Alan : elle ne l'avait pas reçue par erreur, comme elle l'avait tout d'abord vaguement pensé. Mais alors pourquoi, au nom du ciel...

Elle s'assit sur le petit banc de son entrée et commença à lire. Au fur et à mesure, une étonnante série d'émotions traversa son visage, comme des nuages en formation par une journée venteuse : perplexité, honte, horreur, colère et finalement fureur. Elle cria une fois un « non ! » violent, puis se força à reprendre sa lecture, lentement, jusqu'à la fin.

Département de l'Aide sociale à l'Enfance de San Francisco
666 Geary Street
San Francisco, Californie 94112

le 23 septembre 1991

Shérif Alan Pangborn
Bureau du shérif du comté de Castle Rock
Immeuble municipal
Castle Rock, Maine 04055

Shérif,

J'ai sous les yeux votre lettre du 1er dernier et vous écris pour vous dire que je ne peux rien faire, concernant la question que vous soulevez. La règle, dans notre administration, veut que nous ne donnions aucun renseignement sur les demandeurs d'une allocation de parent unique, sauf lorsque nous sommes obligés de le faire par des réquisitions expresses de justice. J'ai montré votre lettre à Martin D. Chung, notre juriste, qui m'a demandé de vous faire savoir qu'une copie en a été envoyée au bureau du Procureur général de Californie. Mr Chung a ouvert une enquête pour savoir si votre requête ne serait pas en soi illégale. Quel qu'en soit le résultat, je tiens à vous dire que votre curiosité quant à la vie de cette femme à San Francisco me paraît à la fois déplacée et insultante.

Je vous suggère, shérif Pangborn, de renoncer à vos

démarches si vous ne voulez pas courir le risque de poursuites judiciaires.

Sentiments distingués,

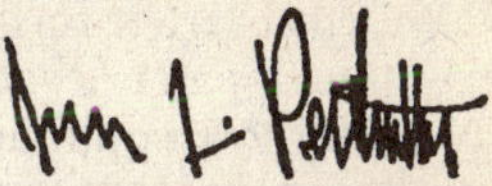

John L. Perlmutter
Directeur adjoint

Pour copie : Patricia Chalmers

Après avoir lu cette terrible lettre pour la quatrième fois, Polly se rendit à la cuisine. Elle avançait d'un pas lent, avec une grâce qui rappelait davantage la nage que la marche. Elle avait la vue troublée, comme si elle avait été éblouie ; mais le temps de composer le numéro du bureau du shérif sur son clavier spécial, sa vision avait retrouvé sa netteté. Le sentiment qui faisait briller son œil était simple et indubitable : une colère d'une telle violence qu'elle frisait la haine.

Son amant avait fourré son nez dans son passé ; cette idée lui paraissait à la fois incroyable et étrangement, horriblement plausible. Elle s'était souvent jugée par rapport à Alan Pangborn au cours des quatre ou cinq derniers mois ; comparaisons qui lui avaient été rarement favorables. Les larmes d'Alan, tandis que chez elle un calme trompeur cachait de la honte, des blessures d'orgueil, des secrets, de la méfiance ; l'honnêteté d'Alan, qu'elle-même avait abreuvé de misérables mensonges. Comme il avait paru auréolé de sainteté ! Quelle impressionnante perfection chez cet homme, tandis qu'elle insistait hypocritement pour qu'il oubliât son passé !

Et pendant tout ce temps, il avait reniflé à ses basques, essayant de découvrir quelle était la véritable histoire de Kelton Chalmers.

« Espèce de salopard », murmura-t-elle comme le téléphone commençait à sonner. Elle serrait tellement le combiné que ses articulations blanchissaient.

14

Lester Pratt quittait d'ordinaire le lycée de Castle Rock en compagnie de quelques amis ; ils allaient boire un soda au supermarché Hemphill puis se rendaient chez l'un ou l'autre et, pendant une heure ou deux, chantaient des hymnes, jouaient à quelque chose, ou simplement bavardaient. Aujourd'hui, cependant, Lester partit seul, le sac à dos à l'épaule (il n'avait que dédain pour le porte-documents traditionnel des profs), la tête basse. Si Alan l'avait aperçu, traversant lentement la pelouse pour rejoindre le parking, il aurait été frappé par sa ressemblance avec Brian Rusk.

Par trois fois dans la journée, Lester avait essayé d'entrer en contact avec Sally afin de savoir ce qui avait pu la mettre dans un tel état ; la dernière fois, pendant la pause du déjeuner. Il savait qu'elle était au collège, mais il ne put franchir la garde montée par Mona Lawless, professeur de mathématiques et amie de Sally.

« Elle ne peut pas venir répondre, lui avait dit Mona, aussi chaleureuse qu'un congélateur posé sur la banquise.

— Mais pourquoi ? avait-il demandé, d'un ton presque gémissant. Ecoute, Mona, explique-moi !

— Aucune idée. » Le ton de Mona atteignait maintenant l'équivalent verbal de l'azote liquide. « Tout ce que je sais, c'est qu'elle a été dormir chez Irene Lutjens, qu'on dirait qu'elle a passé tout son temps à pleurer, et qu'elle dit qu'elle ne veut pas te parler. » *Et tout ça, c'est ta faute,* précisait le ton glacial de Mona. *Je le sais parce que tu es un homme et que tous les hommes sont de la crotte de chien. Tu n'es qu'un cas de plus illustrant la règle générale.*

« Eh bien, je n'ai pas la moindre idée de ce qu'elle me reproche ! cria-t-il. Peux-tu au moins lui dire ça ? Dis-lui que je ne sais pas pourquoi elle est furieuse contre moi ! Dis-lui que quelle que soit la raison, il ne peut s'agir que d'une méprise, *parce je n'ai rien, rien à me reprocher* ! »

Il y eut un long silence. Lorsque Mona avait repris la parole, sa voix s'était légèrement réchauffée. Pas beaucoup, mais ce n'était plus de l'azote liquide. « Entendu, Lester. Je le lui dirai. »

Il leva la tête, espérant presque voir Sally assise dans la Mustang, prête à l'embrasser et à se réconcilier. Mais la voiture était vide. Il n'y avait qu'une personne dans les parages, ce taré de Slopey Dodd qui faisait l'idiot avec sa planche à roulettes.

Steve Edwards arriva derrière Lester et lui donna une claque sur l'épaule. « Dis donc, Lester, veux-tu venir chez moi prendre un Coke ? Tous les copains vont venir. Nous devons parler de la manière scandaleuse dont les catholiques nous agressent. Il y a une grande réunion à l'église ce soir, n'oublie pas, et ce serait bien si nous autres, les Jeunes Adultes, pouvions présenter un front uni lorsqu'il sera question des décisions à prendre. J'en ai parlé à Don Hemphill, qui a répondu qu'il était partant. » Il regarda Lester comme s'il s'attendait à se faire gratter derrière les oreilles.

« Impossible cet après-midi, Steve. Une autre fois, peut-être.

— Hé, Lester ! Tu n'as pas compris ? Il n'y aura peut-être pas une autre fois ! Ils ne jouent plus maintenant, ces fils de pape !

— Je ne peux pas venir. » Et si tu as deux sous de bon sens, ajoutait son expression, arrête de me harceler.

« Mais... pourquoi ? »

Parce que je dois trouver ce qui a pu mettre ma petite amie dans une telle colère, pensa Lester. Et je vais le trouver, même si je dois lui secouer sérieusement les puces.

A voix haute, il répondit : « J'ai des choses à faire, Steve. Des choses importantes ; crois-moi sur parole.

— Si c'est à propos de Sally, je... »

Un éclair menaçant brilla dans le regard de Lester. « Pour Sally, tu la fermes ! »

Steve, jeune homme inoffensif que la querelle de la Nuit-Casino mettait dans tous ses états, n'était cependant pas remonté au point de franchir les limites que Lester Pratt venait de tracer si clairement. Il n'était toutefois pas prêt à renoncer aussi vite. Sans la présence de Lester Pratt, une réunion d'orientation des Jeunes Adultes était une plaisanterie, même si tous les autres venaient. Prenant un ton de voix plus modéré, il dit : « Tu es au courant de la carte anonyme que Bill a reçue ?

— Oui », répondit Lester. La nouvelle du billet insultant trouvé dans son courrier par le révérend avait déjà fait le tour de la paroisse. A la hâte, Rose avait convoqué une réunion des Jeunes Adultes (« hommes seulement ») parce que, avait-il déclaré, la chose était impossible à croire tant qu'on ne l'avait pas vue soi-même. Il était difficile de comprendre pleinement, avait-il ajouté, le degré de euh... bassesse que les catholiques étaient capables d'atteindre pour étouffer toute opposition à leur nuit de jeu inspirée par euh... Satan ; le fait de voir de leurs propres yeux cet ignoble débordement ordurier n'aiderait-il pas les « remarquables jeunes gens » à mesurer à quoi ils se frottaient ? « Car ne dit-on pas qu'un homme euh... averti en vaut deux ? » avait noblement achevé le révérend. Il avait alors sorti la carte (placée sous enveloppe plastique, comme s'il y avait un risque d'infection pour ceux qui la manipulaient) et l'avait fait circuler.

Lecture faite, Lester s'était senti plus que disposé à aller vigoureusement sonner les cloches aux catholiques ; mais toute l'affaire, maintenant, lui paraissait lointaine et quelque peu enfantine. Qu'est-ce que ça pouvait faire, au fond, si les catholiques jouaient quatre sous et distribuaient un train de pneus et une demi-douzaine d'appareils ménagers ? S'il fallait choisir entre s'occuper ou de Sally Ratcliffe ou des catholiques, la religion de Lester était bientôt faite.

« ... la réunion qui décidera des actions à entreprendre ! continuait Steve, qui s'échauffait de nouveau. Il faut reprendre l'initiative, Lester... il le faut ! Le révérend Bill dit que les soi-disant bons catholiques n'en sont plus aux paroles. La prochaine étape sera peut-être...

— Ecoute, Steve, fais tout ce que tu veux, *mais fiche-moi la paix* ! »

L'autre s'interrompit et le regarda, manifestement blessé et attendant tout aussi manifestement de Lester, d'ordinaire l'homme le plus doux de la terre, qu'il retrouvât son calme et s'excusât. Lorsqu'il comprit qu'il ne fallait pas y compter, il repartit vers l'école, mettant une certaine distance entre eux deux. « Tu es d'une humeur épouvantable, mon vieux !

— Tu l'as dit ! » répliqua Lester d'un ton agressif, les poings plantés sur les hanches.

Mais ce n'était pas une simple question d'humeur ; Lester avait mal, bon Dieu, mal partout, et ce qui lui faisait le plus mal était sa tête, et il avait envie de frapper quelqu'un. Pas le pauvre vieux Steve Edwards ; simplement, le fait de s'en être pris à Steve avait en quelque sorte ouvert un circuit en lui ; l'électricité avait envahi toute une gamme d'appareils mentaux d'ordinaire inertes et silencieux. Pour la première fois depuis qu'il était devenu amoureux de Sally, Lester, le plus placide des hommes en temps normal, se sentait aussi en colère contre elle. De quel droit lui disait-elle d'aller au diable ? De quel droit le traitait-elle de salopard ?

Quelque chose l'avait rendue furieuse, mais quoi ? Bon, d'accord, elle était furieuse. Admettons encore qu'il ait fait quelque chose susceptible de la rendre furieuse. Il n'avait pas la moindre idée de ce que ça pouvait être, mais admettons-le tout de même, pour les besoins de la cause. Cela lui donnait-il le droit de lui voler dans les plumes sans même avoir la courtoisie de lui demander une explication ? Cela lui donnait-il le droit d'aller se planquer chez Irene Lutjens pour qu'il ne puisse forcer sa porte, ou de refuser de répondre au téléphone, ou d'employer Mona Lawless comme intermédiaire ?

Je vais la trouver et je vais découvrir ce qui l'a mise dans cet état. Une fois cela réglé, on pourra se réconcilier. Après quoi elle aura droit à mon petit topo, le même que je fais aux débutants de l'équipe de basket, chaque année : comment la confiance est la clef d'un travail en équipe.

Il se débarrassa de son sac à dos qu'il jeta sur le siège arrière et se mit au volant. Il vit alors quelque chose qui dépassait de dessous le siège du passager. Quelque chose de noir. Un portefeuille, aurait-on dit.

Lester s'en empara vivement, pensant tout d'abord qu'il appartenait à Sally. Si elle l'avait oublié à un moment ou un autre, au cours du long week-end, il devait maintenant lui manquer. Elle allait s'inquiéter. Et s'il pouvait la rassurer en le lui rapportant, le reste de leur conversation s'en trouverait peut-être facilité.

Mais il n'appartenait pas à Sally ; il s'en rendit compte tout de suite. Il était en cuir noir, alors que le sien était en daim bleu, et beaucoup plus petit.

Il l'ouvrit, curieux. La première chose qu'il vit lui fit l'effet d'un coup violent au plexus : la carte d'identité de policier du shérif adjoint John LaPointe.

Au nom du ciel, qu'est-ce que LaPointe avait bien pu foutre dans *sa* voiture ?

Sally en a disposé pendant toute la fin de semaine, lui susurra une voix. Alors, que crois-tu donc qu'il faisait dans *ta* voiture ?

« Non, certainement pas, dit-il à voix haute. Jamais elle n'aurait fait ça. Au grand jamais. »

Sally, cependant, était sortie avec l'adjoint LaPointe pendant plus d'un an, en dépit de la tension montante entre catholiques et baptistes de Castle Rock. Ils avaient rompu avant le récent scandale de la Nuit-Casino, mais...

Lester redescendit de voiture et se mit à parcourir les pochettes transparentes du portefeuille, de plus en plus incrédule. Un permis de conduire ; sur la photo, il arborait la petite moustache qu'il avait cultivée à l'époque où il fréquentait Sally. Lester savait comment certains types appellent ce genre de moustache : une chatouille-chagatte. Un permis de pêche. Une photo des parents de John. Un permis de chasse. Et ici... *ici*....

Il écarquilla les yeux et resta paralysé ; il venait de tomber sur un cliché où l'on voyait John et Sally. La photo typique d'un type et de sa petite amie. Ils se tenaient devant un stand de tir de fête foraine, semblait-il. Ils se regardaient en riant. Sally tenait un gros nounours dans les bras. LaPointe venait sans doute de le gagner.

Une veine s'était mise à gonfler au milieu de son front, une veine d'une grosseur impressionnante qui battait rythmiquement.

De quoi l'avait-elle traité, déjà ? De sale menteur ? de salopard de menteur ?

« On dirait bien que c'est la première poule qui chante qui a pondu l'œuf... », murmura-t-il.

La fureur l'envahit. Brutalement. Et lorsqu'il sentit une main le toucher au bras, il virevolta poings fermés, laissant tomber le portefeuille. Il s'en fallut d'un rien qu'il n'assommât l'inoffensif et bégayant Slopey Dodd.

« Mon-monsieur P-Pratt ? » dit le garçon qui ouvrait de grands yeux mais ne paraissait pas effrayé. Intéressé, mais pas effrayé. « Ça-ça va b-b-bien ?

— Très bien, répondit Lester d'une voix enrouée. Rentre chez toi, Slopey. Tu n'as rien à faire ici avec ta planche ; c'est un parking. »

Il se baissa pour ramasser le portefeuille, mais Slopey, plus proche du sol de soixante centimètres, le battit facilement. Il regarda avec curiosité le permis de conduire de John LaPointe avant de rendre l'objet à Lester. « Ouais, dit-il, c'est bien le même type. »

Il sauta sur sa planche à roulettes et fit mine de s'éloigner, mais le prof de gym l'attrapa par le col de son T-shirt avant. La planche partit toute seule, rencontra un nid-de-poule sur sa trajectoire et se retourna. Le T-shirt du gamin (aux armes d'AC/DC « CEUX QUI VONT ROCKER TE SALUENT ! » proclamait-il) se déchira, ce dont il ne parut pas se formaliser ; non seulement il n'avait manifestement pas peur, mais il ne semblait même pas surpris par le comportement de Lester. Celui-ci n'y prêta pas attention ; il n'en était plus à remarquer ce genre de nuances. Il était de la race de ces géants dont la placidité habituelle dissimule un sale caractère et des réserves de violence : une tornade émotionnelle qui n'attendait qu'une occasion d'éclater pour faire des ravages. Certains de ces hommes passent toute leur vie sans savoir qu'ils abritent les germes de telles tempêtes. Lester, lui, venait de découvrir la sienne (ou plutôt celle-ci venait-elle d'exploser au grand jour) et il se trouvait maintenant entièrement en son pouvoir.

Tenant dans son poing de la taille d'un jambonneau un fragment déchiqueté du T-shirt de Slopey, il inclina sa figure en sueur vers celle du gamin. Au milieu de son front, la veine battait plus fort que jamais.

« Qu'est-ce que ça veut dire, "c'est bien le même type" ?

— Le m-même qui a r-rencontré M-Miss Ra-Ra-Ratcliffe après l'é-école vendredi d-dernier.

— Il l'a retrouvée *après l'école* ? » demanda-t-il d'une voix encore plus étranglée. Il secoua si vigoureusement le gamin qu'il entendit des dents qui s'entrechoquaient. « En es-tu bien sûr ?

— Ouais. Ils s-sont partis dans vo-votre voiture, m'sieur P-Pratt. Le ty-type c-conduisait.

— Il conduisait ? Il conduisait ma voiture ? *John LaPointe conduisait* MA *voiture avec Sally dedans ?*

— Ben, ce t-type, répéta Slopey avec un geste en direction de la photo, sur le permis de conduire. Mais a-avant de m-monter, il l'a em-em-embrassée.

— Il l'a embrassée ? » Un calme soudain s'était emparé de Lester. « Il l'a donc embrassée.

— Oh, et c-comment », répondit Slopey, dont le visage s'éclaira d'un grand sourire quelque peu grivois.

D'un ton de voix doux et soyeux extraordinairement différent de son timbre macho habituel, Lester demanda : « Et elle lui a rendu son baiser... Qu'est-ce que tu en penses, Slopey ? »

Le gamin roula des yeux, jubilant. « Ben, je d-dirai que oui. Ils se s-suçaient v-v-raiment la p-p-praline, m-m'sieur P-Pratt !

— Ils se suçaient la praline », répéta Lester, toujours du même ton suave, se disant que le gamin ne devait pas connaître toutes les variantes de cette expression.

« Ouaip !

— Ils se suçaient vraiment la praline. » Lester était émerveillé par la suavité de son tout nouveau timbre de voix.

« Un peu, mon n-n-neveu. »

Lester lâcha le Bafouillou (comme l'appelaient ses quelques rares amis) et se redressa. La veine continuait à battre vigoureusement à son front. Il souriait. Un sourire désagréable, qui exhibait ce qui paraissait être un nombre de dents considérablement supérieur à la normale. Ses yeux se réduisaient à deux ouvertures triangulaires plissées, et ses cheveux en brosse semblaient pointer dans toutes les directions.

« M-m'sieur P-Pratt ? Quelque ch-chose qui c-cloche ?

— Mais non, rien », répondit Lester de sa voix de soie toute neuve. Son sourire ne vacilla pas. « Rien que je ne puisse arranger », ajouta-t-il. En esprit, il se voyait déjà refermant ses grandes paluches autour du cou de ce menteur de papiste, gagnant d'ours en peluche, voleur de filles, bouffeur de merde de Français, bouffeur de grenouilles de John LaPointe. Ce trou du cul qui se prenait pour un homme. Ce trou du cul qui avait apparemment tout appris à la fille que Lester aimait, cette même fille qui n'aurait pas écarté les lèvres pour un empire lorsque Lester l'embrassait — qui lui avait même appris comment on se suçait la praline.

Il commencerait par s'occuper de John LaPointe. Pas de problème. Cela fait, il irait parler à Sally.

La trouver, en tout cas.

« Pas une chose au monde que je ne puisse arranger », répéta-t-il de sa voix suave en se coulant derrière le volant de la Mustang. Le véhicule s'inclina sensiblement à gauche sous le poids des cent kilos de muscles, d'os et de tendons du prof de gym. Il lança le moteur, donna quelques coups d'accélérateur du style tigre en cage qu'on asticote et démarra dans un hurlement de pneus. Le Bafouillou, toussant et chassant la poussière de son visage d'un geste emphatique, partit chercher sa planche à roulettes.

Complètement déchirée, l'encolure de son T-shirt pendait comme un collier en lambeaux sur les clavicules proéminentes du garçon. Il souriait. Il avait fait exactement ce que lui avait dit Mr Gaunt, et tout avait marché comme sur des roulettes ; le prof de gym avait eu l'air plus fou furieux que tous les pensionnaires de Juniper Hill réunis.

Il pouvait maintenant retourner chez lui et se perdre dans la contemplation de sa théière.

« Si s-seulement je p-p-pouvais ne p-plus bé-bégayer », remarqua-t-il.

Il monta sur sa planche et s'éloigna.

15

Sheila eut beaucoup de mal à relier Alan à Henry Payton et crut même la ligne coupée, un instant, tandis que Henry s'excitait à l'autre bout. A peine avait-elle réussi cette prouesse technologique que la ligne personnelle d'Alan se mettait à clignoter. Sheila posa la cigarette qu'elle avait été sur le point d'allumer et répondit.

« Bureau du shérif de Castle Rock, j'écoute.

– Bonjour, Sheila. Je veux parler à Alan.

— Polly ? » Elle fronça les sourcils. Elle avait bien reconnu la voix, mais jamais elle n'avait entendu une telle intonation chez Polly Chalmers : froide, cassante, comme celle d'une secrétaire de direction dans une grande société. « C'est vous, Polly ?

— Oui. Je veux parler à Alan.

— Bon sang, Polly, c'est impossible. Il est en communication avec Henry Payton en ce moment m...

— Mettez-moi en attente. Je patienterai. »

Sheila commença à se sentir froissée. « Eh bien... euh... je veux bien, mais ce n'est pas si simple. Alan... est sur le terrain, pas dans son bureau. J'ai dû relayer l'appel de Henry.

— Si vous avez pu relayer celui de Henry, vous devez pouvoir relayer le mien, répondit froidement Polly. Non ?

— Euh, oui, mais je ne sais pas pour combien de temps...

— Ils peuvent bien parler jusqu'à ce que l'enfer gèle, je m'en fiche. Mettez-moi en attente, et passez-moi Alan quand il en aura terminé avec Henry. Je ne vous le demanderais pas si ce n'était pas important, vous le savez bien, n'est-ce pas, Sheila ? »

Oui, Sheila le savait bien. Mais il y avait autre chose : Polly commençait à lui faire peur. « Quelque chose ne va pas, Polly ? »

Il y eut un long silence. Puis Polly répondit par une question. « Avez-vous tapé un courrier, pour le shérif Pangborn, adressé au Département de l'Aide sociale à l'Enfance de San Francisco, Sheila ? Ou vu une enveloppe portant cette adresse ? »

Des lumières rouges — une flopée — s'allumèrent soudain dans l'esprit de la standardiste. Elle idolâtrait presque Alan Pangborn et voici que Polly Chalmers semblait l'accuser de quelque chose. Elle ne comprenait pas de quoi, exactement, mais elle avait parlé sur un ton qui ne trompait pas. Absolument pas.

« C'est une information que je ne peux donner à personne, se rebiffa-t-elle, parlant à son tour d'un ton plus frais de vingt bons degrés. Je suppose qu'il vaudrait mieux poser la question au shérif Pangborn, Polly.

— Oui, je crois qu'il vaudrait mieux. Mettez-moi en attente et branchez-moi dès que possible, s'il vous plaît.

— Mais qu'est-ce qui se passe, Polly ? Vous êtes en

colère contre Alan ? Il faut que vous sachiez qu'il n'a jamais fait quoi que ce soit qui…

— Je ne sais plus rien. Si je vous ai posé une question déplacée, j'en suis désolée. Mettez-moi en attente et passez-le-moi dès qu'il aura fini… ou faut-il que je me lance à sa recherche ?

— Non, non. Je vous le passerai. » La standardiste se sentait étrangement troublée, comme si quelque chose de terrible venait de se passer. Beaucoup de femmes de Castle Rock avaient imaginé comme elle que Polly et Alan étaient tombés profondément amoureux l'un de l'autre, et comme nombre de ces femmes, elle avait tendance à voir le couple dans un clair-obscur dramatique de conte de fées où, à la fin, tout finirait par s'arranger… où l'amour, à l'ultime moment, triompherait. Or Polly paraissait plus qu'en colère ; on aurait dit qu'elle souffrait — mais il n'y avait pas que ça. Sheila avait perçu quelque chose qui frôlait la haine dans sa voix. « Bon, restez en ligne. Ça risque de durer longtemps, Polly.

— Très bien. Merci, Sheila.

— De rien. » Elle poussa le bouton d'attente et reprit sa cigarette. Elle l'alluma, inspira profondément, puis regarda rougeoyer le bout, perplexe, les sourcils froncés.

16

« Alan ? demanda Henry Payton. Vous êtes en ligne, Alan ? » Sa voix résonnait comme s'il avait parlé avec une caisse de biscuits salés vide sur la tête.

« Oui, je suis là, Henry.

— Je viens d'avoir un appel du FBI, reprit-il du fond de sa caisse. Nous avons eu un coup de chance extraordinaire avec ces empreintes. » Alan sentit son pouls s'accélérer subitement. « Les partielles ? Celles de la poignée de porte de Nettie ?

— Tout juste. Elles correspondent sur un certain nombre de points à celles d'un type de votre patelin. Un récidiviste — menu larcin, en 1977. Nous avons aussi ses empreintes datant du service militaire.

— Ne me laissez pas sur le gril ! De qui s'agit-il ?

— Le nom du type est Hugh Albert Priest.

— Hugh Priest ! » s'exclama Alan. Il n'aurait pas été davantage surpris si Payton lui avait donné le nom du vice-président Quayle. D'après ce que savait Alan, les deux hommes avaient tout autant connu Nettie l'un que l'autre. « Mais pourquoi aurait-il été tuer le chien de Nettie ? Ou démolir les fenêtres des Jerzyck ?

— Je ne sais rien de ce gentleman, moi, fit remarquer Henry. Pourquoi ne pas aller le cueillir et le lui demander ? Et pourquoi pas tout de suite, avant qu'il ne devienne trop nerveux et ne décide d'aller rendre visite à sa vieille tante de Bout-du-Monde, Dakota du Sud ?

— Bonne idée. Je vous rappelle plus tard, Henry. Merci.

— N'oubliez surtout pas de me tenir au courant, cher confrère ; en principe, c'est *mon* affaire.

— Ouais. Comptez sur moi. »

Il y eut un bruit métallique sec, *clink !* et le récepteur d'Alan ne lui retransmit plus que le bourdonnement d'une ligne ouverte. Il se demanda fugitivement ce que la compagnie du téléphone penserait de leurs bricolages, puis se baissa pour raccrocher le micro. A cet instant, le bourdonnement fut interrompu par la voix de Sheila Brigham ; une voix hésitante, ce qui n'était pas dans ses habitudes.

« Shérif ? J'ai Polly Chalmers en attente. Elle m'a demandé de vous relayer son appel dès que possible. Bien reçu ? »

Alan cligna des yeux. « Polly ? » Il eut soudain peur, peur comme lorsque le téléphone sonne à trois heures du matin. Jamais Polly n'avait exigé d'être traitée ainsi, jusqu'à ce jour, et Alan aurait juré qu'elle ne l'aurait jamais demandé ; ça allait à l'encontre de sa conception d'un comportement correct et pour elle, un comportement correct était essentiel.

« Qu'est-ce qui se passe, Sheila ? Vous l'a-t-elle dit ? A vous.

— Non, shérif. A vous. »

Non ; évidemment non. Il s'en serait douté. Polly n'était pas du genre à raconter ses petites histoires à tout le monde. Le seul fait qu'elle ait tenu à le joindre de cette manière était déjà une entorse assez surprenante, comme le prouvait la réaction d'Alan.

« Shérif ?

— Passez-la-moi, Sheila. A vous.

— Terminé pour moi, shérif. »

Clink !

Debout au soleil, il sentait son cœur battre trop fort, trop vite. Ça ne lui plaisait pas.

Nouveau *clink !* suivi de la voix de Sheila, distante, à peine audible. « Allez-y, Polly, vous devriez être branchée.

— Alan ? » La voix était si forte qu'il eut un mouvement de recul ; c'était celle d'une géante... d'une géante en colère. En un seul mot, il l'avait compris.

« Je suis là, Polly. Qu'est-ce qui se passe ? »

Un instant, il n'y eut qu'un silence bourdonnant, tout au fond duquel on percevait à peine d'autres voix, sur d'autres lignes. Il eut le temps de se demander si la communication n'avait pas été coupée... il l'espéra presque.

« Je sais qu'on est sur une ligne ouverte, Alan, dit-elle. Mais tu vas tout de suite comprendre de quoi je veux parler. Comment as-tu pu faire ça ? *Comment ?* »

L'impression de quelque chose de familier, depuis que Sheila l'avait rappelé, n'avait cessé de croître ; brusquement, il sut ce que c'était : comme dans l'un des cauchemars qu'il avait faits après la mort de Todd et d'Annie, les cauchemars dans lesquels il se tenait sur le bord de la route et les regardait passer dans le Scout. Ils roulaient vers la mort. Il le savait, mais ne pouvait rien y faire. Il essayait d'agiter les bras, mais ils étaient trop pesants. Il essayait de crier, mais avait oublié comment on ouvrait la bouche. Ils passaient devant lui comme s'il était invisible et c'était encore ce qui se passait aujourd'hui : pour une raison mystérieuse, il était devenu invisible pour Polly.

« Annie... » Avec horreur, il se rendit compte de l'erreur de nom qu'il venait de commettre et battit en retraite. « Polly... Je ne sais pas de quoi tu veux parler, mais je...

— Si, tu le sais ! explosa-t-elle brutalement. Ne me dis pas que tu l'ignores ! Pourquoi ne pas attendre que je t'en parle, Alan ? Et si tu ne pouvais pas attendre, pourquoi ne pas me poser la question ? Quel besoin de faire les choses derrière mon dos ? Mais quel besoin ? »

Il ferma les yeux pour essayer de mettre de l'ordre dans ses pensées éparses, cavalant en tous sens, mais sans y parvenir. Au lieu de cela, une image hideuse se présenta à lui : Mike Horton, journaliste au *Journal-Register* de Norway, penché sur l'appareil avec lequel son canard captait la fréquence de la police, prenant furieusement des notes de son écriture bourrée d'abréviations.

« Je te dis que je ne sais absolument pas à quoi tu fais allusion, mais tu as tout faux. Retrouvons-nous et parlons...

— Non. Je ne crois pas pouvoir supporter de te voir, Alan.

— Si, tu le pourras. Et tu vas le faire. Je serai... »

C'est à cet instant que la voix de Henry Payton se fit entendre dans sa tête. *Et pourquoi pas tout de suite, avant qu'il ne devienne trop nerveux et ne décide d'aller rendre visite à sa vieille tante de Bout-du-Monde, Dakota du Sud ?*

« Tu seras quoi ? demanda-t-elle. Tu seras quoi ?

— Je viens juste de me souvenir de quelque chose, répondit-il lentement.

— Ah, vraiment ? Est-ce que par hasard ce ne serait pas d'une lettre que tu aurais écrite au début du mois de septembre, Alan ? A San Francisco ?

— Je ne sais toujours pas de quoi tu veux parler, Polly. Je ne peux pas venir maintenant parce qu'il y a du nouveau dans... l'autre affaire. Mais plus tard... »

Elle lui coupa la parole par quelques mots hachés de sanglots qui auraient dû la rendre difficile à suivre. Il y parvint néanmoins. « Mais tu ne comprends pas, Alan ? Il n'y aura pas de plus tard ! C'est fini. Tu...

— Polly, je t'en prie !

— Non ! Fiche-moi la paix ! Je ne veux plus te revoir, espèce d'ignoble fouineur, de sale fouille-merde ! »

Clink !

Il n'y eut plus que le bourdonnement de la ligne ouverte. Il regarda autour de lui et ses yeux parcoururent le carrefour comme s'il se demandait où il se trouvait et comment il y était arrivé. Il avait cette expression lointaine et légèrement intriguée d'un boxeur dans l'instant qui précède le moment où ses genoux vont se dérober sous lui et où il va s'allonger sur le ring pour le compte.

Qu'est-ce qui s'était passé ? Comment était-ce arrivé aussi rapidement ?

Il n'en avait pas la moindre idée. Toute la ville paraissait prise d'une sorte de folie, depuis une semaine... et voici que la contagion venait de gagner Polly.

Clink !

« Hum... shérif ? » Au ton de Sheila, Alan comprit qu'elle avait suivi au moins une partie de sa conversation avec Polly. « Alan ? Vous êtes là ? Répondez ! »

Il éprouva un besoin presque irrépressible d'arracher le micro et de le jeter dans les buissons, de l'autre côté du trottoir. Puis de sauter derrière le volant et de partir, n'importe où. Arrêter de penser à tout ça et rouler dans le soleil.

Au lieu de cela, il rassembla toute son énergie et s'obligea à penser à Hugh Priest. C'était cela qu'il devait faire, car tout semblait indiquer, maintenant, que l'homme était à l'origine du double assassinat. C'était de Hugh qu'il fallait tout de suite s'occuper, pas de Polly... Ce raisonnement, se rendit-il compte, le soulageait beaucoup.

Il appuya sur le bouton d'émission. « Je suis ici, Sheila. A vous.

— Je crois que j'ai perdu le relais avec Polly, Alan... Je... euh... je n'avais pas l'intention d'écouter, mais...

— Ça va, Sheila, on avait terminé. (Il y avait quelque

chose d'horrible à employer cette expression, mais il refusa de s'y attarder.) Qui est sur place, en ce moment ? A vous.

— John, répondit Sheila, manifestement soulagée du tour que prenait la conversation. Clut est en patrouille, quelque part du côté de Castle View, d'après son dernier contact.

— Très bien. » Le visage de Polly, déformé par une expression de colère sans précédent, essaya de monter jusqu'à la surface de son esprit. Il le repoussa et se concentra de nouveau sur Hugh Priest. Pendant une affreuse seconde, il ne vit aucun trait, rien qu'un vide terrible.

« Alan ? Vous êtes là ? A vous !

— Oui, un peu ! Appelez Clut et dites-lui de se rendre au domicile de Hugh Priest, au bout de la route de Castle Hill. Il doit savoir où ça se trouve. Je suppose que Hugh est au travail, mais si jamais il a pris sa journée, qu'il nous le ramène pour interrogatoire. A vous.

— Bien compris, Alan.

— Dites-lui aussi de procéder avec la plus extrême prudence. Qu'on a des questions à poser à Hugh à propos de la mort de Nettie Cobb et de Wilma Jerzyck. Il comprendra la suite. A vous.

— Oh ! dit Sheila, à la fois inquiète et excitée. Bien compris, shérif.

— Je me rends au garage municipal. Je pense y trouver Priest. Terminé pour moi. »

En raccrochant le micro (il avait l'impression de le tenir depuis des siècles), il se dit que s'il avait expliqué à Polly ce qu'il venait juste de dire à Sheila, la situation qu'il avait sur les bras serait peut-être moins catastrophique.

Ou non. Comment l'affirmer, alors qu'il ignorait justement tout de cette situation ? Polly l'avait accusé de fouiner... de fouiller la merde. Voilà qui couvrait un vaste territoire dépourvu de tout repère. En outre, demander à la standardiste d'organiser une arrestation faisait partie de son travail. De même que d'avertir les adjoints que l'homme qu'ils recherchaient pouvait être dangereux.

Donner la même information à sa petite amie par radio était tout autre chose. Il avait agi correctement et il le savait.

Considérations qui n'atténuaient cependant pas sa douleur et il dut faire un nouvel effort pour se concentrer sur la tâche qui l'attendait : retrouver Hugh Priest, le ramener au poste de police, lui trouver un foutu avocat s'il en voulait un et lui demander ce qui lui avait pris de trucider Raider, le chien de Nettie Cobb, avec un tire-bouchon.

Mais à peine avait-il lancé le moteur et quitté le trottoir que le visage de Polly s'imposait dans sa tête à la place de celui de Hugh Priest.

17

1

A peu près au moment où Alan traversait la ville pour aller arrêter Hugh Priest, Henry Beaufort contemplait sa Thunderbird, tenant à la main le mot qu'il avait trouvé sous l'essuie-glace. L'immonde salopard avait massacré les quatre pneus, et c'était déjà quelque chose : mais les pneus, on pouvait les remplacer. C'était la grande éraflure, le long du côté droit de la carrosserie, qui le mettait le plus en pétard.

Il relut le message à voix haute : « Ne t'avise pas de recommencer à m'empêcher de boire pour ensuite me garder les clefs, espèce de *bouffeur de grenouilles* ! »

Qui avait-il refusé de servir, récemment ? Oh, pas mal de types. Les soirées où il n'était pas obligé de refuser un dernier verre à quelqu'un étaient rares. Mais garder les clefs ? Il n'y en avait qu'un avec qui c'était arrivé, ces temps derniers.

Un seul.

« Espèce de fumier ! grommela le propriétaire du Mellow Tiger à voix basse, d'un ton retenu. Espèce d'immonde salopard, de crétin demeuré ! »

Il envisagea de rentrer chez lui prendre sa carabine de chasse puis eut une autre idée. L'établissement n'était qu'à quelques centaines de mètres et il y avait dans une boîte, sous le bar, un objet un peu particulier : une Winchester à deux canons sciés. L'arme était là depuis le jour où cet abruti d'Ace Merrill avait essayé de le cambrioler, quelques années auparavant. Une arme parfaitement illégale que Henry n'avait jamais utilisée.

Les choses risquaient bien de changer aujourd'hui.

Il toucha l'affreuse éraflure, puis froissa le mot en boule et le jeta. Billy Tupper devait se trouver au Mellow Tiger, à balayer la salle et nettoyer les robinets de bière. Il irait y prendre la Winchester et emprunterait la Pontiac de Billy. C'était son jour de chasse au trou du cul, semblait-il.

D'un coup de pied, Henry envoya la boule de papier dans l'herbe. « T'as encore pris de ces pilules idiotes, mon vieux, mais je te garantis que tu n'en auras plus jamais besoin. Plus jamais. » Il toucha une dernière fois l'éraflure. Il n'avait jamais été aussi en colère de toute sa vie. « Je te le garantis. »

D'un pas rapide, il partit en direction du Mellow Tiger.

2

Frank Jewett avait entrepris de dévaster systématiquement la chambre de George Nelson ; pendant qu'il s'y employait, il découvrit, sous le matelas double, quelques grammes de coke. Il alla les jeter dans les toilettes et ressentit, en regardant tourbillonner la poudre blanche, des crampes dans l'intestin. Il commença à défaire sa ceinture, mais retourna dans la chambre au lieu de s'asseoir sur la lunette. Il se disait qu'il était devenu complètement cinglé, mais ça lui était à peu près indifférent. Les cinglés n'ont pas à se préoccuper de l'avenir. L'avenir, pour eux, est le dernier de leurs soucis.

Parmi les rares choses que Frank n'avait pas encore touchées dans la chambre restait un cadre, sur un mur. Doré à la feuille, il devait avoir coûté très cher et contenait la photo d'une vieille dame. Frank supposa qu'il devait s'agir de la mère vénérée de George Nelson. La crampe le reprit. Il décrocha le cadre et le posa sur le plancher. Puis il défit son pantalon, s'accroupit au-dessus de la photo... et le reste vint tout naturellement.

Ce fut l'apogée de ce qui avait été, jusqu'ici, une très mauvaise journée.

3

Lenny Partridge, le plus vieux citoyen de Castle Rock et détenteur de la canne du *Post* de Boston, trophée que tante Evvie Chalmers avait autrefois possédé, roulait également dans l'un des véhicules les plus antiques de la ville : une Chevrolet Bel-Air de 1966, jadis blanche et actuellement d'une couleur indéfinissable que, faute de mieux, on aurait pu baptiser gris-poussière-des-chemins. Elle n'était pas en très bon état. La vitre arrière avait été remplacée quelques années auparavant par une feuille de plastique (qualité quatre-saisons) qui claquait au vent ; les panneaux de la caisse étaient tellement rouillés que Lenny apercevait la route à travers une dentelle de ferraille rongée, et le tuyau d'échappement pendait comme le bras momifié d'un homme mort dans le Sahara. Les joints n'étaient plus qu'un souvenir, si bien que lorsque la Bel-Air roulait, Lenny laissait derrière lui des nuages bleus fortement parfumés, et les champs qu'il traversait lors de sa virée quotidienne en ville paraissaient avoir été aspergés de doses massives d'insecticide par un aviateur fou. La Chevrolet engloutissait ses trois litres d'huile quotidiens (sinon quatre). Cette prodigieuse consommation n'ennuyait nullement Lenny ; il achetait de l'huile recyclée chez Sonny Jackett, en bidons de taille économique de cinq gallons, soit près de vingt litres. Et il vérifiait que Sonny lui faisait bien son rabais de dix pour cent... en tant que titulaire de la carte du troisième âge. Et comme il n'avait jamais poussé la Bel-Air à plus de soixante kilomètres à l'heure au cours des dix dernières années, il était probable qu'elle survivrait à son propriétaire.

Tandis que Henry Beaufort s'engageait sur la route du Mellow Tiger, Lenny Patridge, à huit kilomètres de là, lançait sa Bel-Air rouillée à l'assaut du sommet de la colline de Castle Rock.

Un homme se tenait au milieu de la route, les bras tendus en un geste impérieux ; il était torse nu et pieds nus ; il ne portait qu'un pantalon kaki à la braguette ouverte et, autour du cou, un bout de fourrure mangé des mites.

Le cœur de Lenny sauta laborieusement dans sa poitrine décharnée et des deux pieds (chaussés de brodequins en cours de lente désagrégation) il enfonça la pédale de frein. Elle alla presque toucher le plancher et émit un gémissement surnaturel ; la voiture s'arrêta à moins d'un mètre de l'homme, en qui Lenny reconnut alors Hugh Priest. Celui-ci n'avait même pas tressailli. Une fois le véhicule immobilisé, Hugh en fit rapidement le tour pour venir à la portière du conducteur qui, pressant des mains son thermolactyl, s'efforçait de reprendre son souffle et se demandait s'il ne vivait pas ses derniers battements de cœur.

« Hugh ! s'écria-t-il. Nom d'un bougre, qu'est-ce que vous fabriquez ? J'ai failli vous passer dessus ! Je... »

Hugh ouvrit la portière et se pencha. Le tortillon de fourrure se balançait à son cou, et Lenny eut un mouvement de recul ; on aurait dit une queue de renard en pleine décomposition qui perdait ses poils par poignées. Elle sentait mauvais.

Hugh l'attrapa par les bretelles de sa salopette et le tira hors de la voiture. Le vieillard émit un couinement aussi scandalisé que terrorisé.

« Désolé, grand-père, déclara Hugh de la voix absente d'un homme qui a d'autres chats plus importants à fouetter pour le moment. J'ai besoin de la voiture. La mienne est un peu fatiguée.

— Mais vous ne pouvez pas... »

Mais Hugh pouvait, c'était clair. Il jeta Lenny sur la route comme si c'était un vulgaire tas de chiffons. Lorsque le vieillard tomba, il y eut un craquement très net, et ses couinements se transformèrent en de pitoyables gémissements de souffrance. Il venait de se fracturer la clavicule et deux côtes.

Sans davantage s'en préoccuper, Hugh se mit au volant de la Chevrolet, claqua la portière et enfonça l'accélérateur. Le moteur laissa échapper un grondement de surprise et un cumulus bleuâtre et huileux jaillit de ce qui restait du pot d'échappement. L'antiquité atteignait déjà les quatre-vingts kilomètres à l'heure, au bas de la pente, que Lenny Partridge n'avait pas encore réussi à se remettre sur le dos.

4

Andy Clutterbuck s'engagea sur la route de la colline de Castle vers quinze heures trente-cinq. Il croisa le vieux tacot bouffeur d'huile de Lenny Partridge sans y prêter la moindre attention : Clut était concentré sur Hugh Priest et l'antique Bel-Air faisait depuis longtemps partie du paysage.

Le policier n'avait aucune idée du rôle qu'avait pu jouer Hugh dans les morts de Wilma et de Nettie, mais ça ne le tracassait pas, en bon soldat qu'il était. Les pourquoi et les comment n'étaient pas de son ressort et un jour comme aujourd'hui, il en était rudement content. Il savait seulement que Hugh, un ivrogne qui avait l'alcool mauvais, ne s'était pas arrangé en prenant de la bouteille (ah ! ah !). Un type comme ça pouvait faire n'importe quoi, en particulier avec plusieurs verres dans le nez.

Il devait probablement se trouver au travail, se dit Clut, ce qui ne l'empêcha pas, en approchant de la ruine que l'autre appelait sa maison, de faire sauter l'attache de cuir qui retenait son arme de service. Encore un instant, et il découvrit des reflets de soleil sur les chromes et les vitres d'un véhicule dans l'allée de Priest ; ses nerfs se tendirent jusqu'à bourdonner comme des fils téléphoniques pendant un coup de vent. Si la voiture était là, l'homme s'y trouvait sans doute aussi. A la campagne, c'était presque toujours comme ça.

Lorsque Hugh était parti à pied de chez lui, il avait pris à droite, s'éloignant de la ville et prenant la direction de la colline de Castle. Si Clut avait regardé dans cette direction, il aurait aperçu Lenny Partridge allongé sur le bas-côté de la route et se débattant comme un gallinacé qui prend un bain de poussière. Mais toute son attention se concentrait sur la maison de Priest. Les faibles cris de poussin de Lenny lui entrèrent par une oreille, traversèrent son cerveau sans déranger personne et sortirent directement par l'autre.

Le policier prit son arme à la main avant même de descendre de la berline.

5

William Tupper n'avait que dix-neuf ans et ne deviendrait jamais agrégé de lettres, mais il était tout de même assez intelligent pour être terrifié par le comportement de Henry, lorsque (en cette dernière réelle journée d'existence de Castle Rock) celui-ci arriva à quatre heures moins vingt au Mellow Tiger. Assez intelligent aussi pour comprendre qu'il n'avait aucun intérêt à refuser de donner les clefs de la Pontiac ; de l'humeur dont il était, Henry (qui, en temps normal, était le meilleur patron que Billy eût jamais eu) l'aurait assommé sans hésiter pour les lui prendre.

Si bien que, pour la première fois de sa vie (et peut-être la seule), Billy essaya la ruse. « Henry ? demanda-t-il timidement. On dirait qu'un verre ne vous ferait pas de mal. En tout cas, ça me ferait du bien, à moi. Si on prenait un petit coup avant que vous partiez ? »

Henry venait de disparaître derrière le bar. Billy l'entendait farfouiller dessous et jurer dans sa barbe. L'homme finit par se redresser, tenant une caisse de bois rectangulaire, fermée d'un petit cadenas, qu'il posa sur le bar ; puis il commença à étudier les clefs de son trousseau.

Il réfléchit à ce que Billy venait de dire, commença par secouer la tête, puis se ravisa. Un verre, voilà qui n'était pas une si mauvaise idée ; ça lui calmerait et les mains, et les nerfs. Il trouva la bonne clef et décrocha le cadenas. « D'accord, dit-il. Mais tant qu'à prendre un verre, faisons les choses comme il faut. Chivas. Double pour moi, normal pour toi. » Il tendit l'index vers Billy, qui eut l'impression de se recroqueviller, sûr et certain que l'autre allait ajouter : *Mais tu m'accompagnes.* « Et ne raconte pas à ta mère que je t'ai fait boire, t'entends ?

— Oui, m'sieur », répondit Billy, soulagé. Il alla rapidement prendre la bouteille avant que Henry ne changeât d'avis. « J'ai très bien compris. »

6

Deke Bradford, l'homme qui avait la responsabilité des opérations les plus importantes et les plus coûteuses de Castle Rock, à savoir les travaux publics, était profondément écœuré.

« Non, il n'est pas ici, répondit-il à Alan. Je ne l'ai pas vu de la journée. Mais si vous le trouvez avant moi, vous pouvez toujours lui dire qu'il est viré.

— Pourquoi ne pas l'avoir fait avant, Deke ? »

Les deux hommes se tenaient au soleil, devant le garage n° 1 de la ville. Un peu plus loin sur la gauche, un camion de fournisseur était tourné à cul vers un hangar. Trois hommes déchargeaient des caisses de bois de petite taille, mais lourdes. Des pointes de diamant rouges, symboles d'explosifs puissants, figuraient au pochoir sur toutes. Le bourdonnement de l'air conditionné leur provenait de l'intérieur du hangar. C'était très étrange d'entendre ce bruit aussi tard dans la saison, mais depuis une semaine, tout était extrêmement étrange à Castle Rock.

« Je l'ai gardé plus longtemps que je n'aurais dû, admit Deke, passant la main sur ses cheveux courts et grisonnants. Je l'ai fait parce que j'avais l'impression qu'il y avait un type pas si mal qui se cachait au fond de lui. »

Deke était l'un de ces hommes petits et trapus — de vrais détonateurs à deux pattes — qui ont toujours l'air prêts à vous sauter dessus et à mordre. En réalité, Alan avait rarement rencontré quelqu'un d'aussi doux et gentil. « Quand il n'est pas saoul ou qu'il n'a pas trop mal aux cheveux, il n'y a personne qui travaille aussi dur que lui, reprit-il. Il y avait quelque chose sur sa figure qui me faisait penser qu'il n'était peut-être pas de ceux qui se sentent obligés de picoler jusqu'à que le diable les assomme. Je me disais qu'avec un travail régulier il finirait peut-être par redresser la barre et reprendre le bon chemin. Mais depuis une semaine...

— Que s'est-il passé ?

— Il est devenu intenable. Il ne paraissait jamais dans son état normal, et je ne veux pas seulement parler de la gnôle. On aurait dit qu'il avait les yeux de plus en plus enfoncés dans la tête, et il regardait constamment par-dessus mon épaule quand je lui adressais la parole, jamais en face. Et il s'était mis à parler tout seul.

— Qu'est-ce qu'il racontait ?

— Je sais pas. Et je crois que les autres gars ne le savent pas non plus. J'ai horreur de virer un employé, mais j'étais décidé à le faire avant que vous n'arriviez. J'en ai ma claque, du bonhomme.

— Excusez-moi une seconde, Deke. »

Alan retourna à la voiture, appela Sheila, lui expliqua que Hugh n'était pas venu au travail de la journée et lui demanda d'essayer de joindre Clut. « Qu'il fasse vraiment gaffe. Et envoyez-lui John en renfort. » Il hésita à poursuivre, sachant que la précaution avait parfois provoqué d'inutiles fusillades, puis il se décida ; il le fallait, pour ses adjoints qui se trouvaient sur le terrain. « Clut et John doivent supposer que Hugh Priest est armé et dangereux. Bien reçu ?

— Armé et dangereux, bien reçu.

— Très bien, terminé pour Unité Un. »

Il remit le micro en place et rejoignit Deke.

« D'après vous, aurait-il pu quitter la ville ?

— *Lui ?* » Deke inclina la tête de côté et cracha un jet de salive teinté de tabac. « Les types dans son genre ne quittent *jamais* la ville sans être venus prendre leur dernier chèque de paye. Et la plupart ne partent jamais. Lorsqu'il s'agit de se rappeler les routes qui quittent le patelin, les types comme Priest semblent atteints d'un genre d'amnésie sélective. »

Deke accrocha quelque chose du coin de l'œil et se tourna vers ses hommes. « Qu'est-ce que vous fabriquez avec ces trucs, les gars ! On vous demande de les décharger, pas de jouer au basket avec !

— Il y a de quoi faire un joli feu d'artifice, dites-moi, remarqua Alan.

— J'vous le fais pas dire. Vingt caisses. On va faire sauter une barre de granite au-dessus de la gravière de la route 5. A mon avis, il va nous en rester de quoi envoyer Priest jusque sur Mars, si ça vous tente.

— Pourquoi en avoir commandé autant ?

— Ça ne vient pas de moi. C'est Buster qui en a rajouté à ma commande, Dieu seul sait pourquoi. En tout cas, je peux vous dire une chose : il va drôlement faire la gueule quand il verra la facture d'électricité du mois... à moins qu'un front froid ne débarque en vitesse. Vous pouvez pas savoir ce que ça pompe, cet air conditionné ; mais si on ne refroidit pas ce truc, il se met à suinter. Ils vous racontent tous que celui-là est un produit nouveau et qu'il ne le fait pas, mais prudence est mère de sûreté.

— Buster a *rajouté* quelque chose à votre commande ? dit Alan, intrigué.

— Ouais, quatre ou six caisses, je ne me souviens plus très bien. On n'a jamais tout vu, n'est-ce pas ?

— Sans doute pas. Dites-moi, Deke, je peux utiliser votre téléphone ?

— Je vous en prie. »

Alan resta assis une bonne minute derrière le bureau du chef de chantier, tandis que des taches sombres de transpiration s'agrandissaient sous les bras de sa chemise réglementaire et que le téléphone sonnait dans le vide chez Polly. Il reposa finalement le combiné.

Il quitta le bureau à pas lents, tête basse. Deke verrouillait la porte du hangar à dynamite, et lorsqu'il se tourna de nouveau vers le shérif, il arborait une expression malheureuse. « Il y avait quelqu'un de bien tout au fond de Priest, Alan. Je suis prêt à le jurer. Je l'ai souvent vu triompher chez d'autres. Plus souvent qu'on pourrait le croire. Avec Hugh… (il haussa les épaules) pas mèche. »

Alan acquiesça.

« Ça va, Alan ? Vous paraissez tout drôle.

— Très bien », répondit-il avec une amorce de sourire. Mais il mentait ; il se sentait tout drôle, il était tout drôle. Comme Polly. Et Hugh. Et Brian Rusk. On aurait dit que tout le monde devenait tout drôle, aujourd'hui.

« Un verre d'eau ? Du thé glacé ? Il m'en reste un peu.

— Non, merci. Il faut que j'y aille.

— Très bien. Vous me raconterez comment ça s'est passé. »

C'était quelque chose qu'il ne pouvait promettre de faire, mais il avait le désagréable pressentiment que Deke ne tarderait pas à apprendre tout ce qu'il voulait savoir dans son journal, d'ici un à deux jours. Ou à la télé.

7

La Chevrolet Bel-Air de Lenny Partridge vint se garer dans l'un des emplacements en épi, devant le Bazar des Rêves, peu avant quatre heures. L'homme du jour en sortit. La braguette toujours ouverte, la pelure râpée toujours autour du cou. Ses pieds claquèrent avec un bruit mat sur le béton du trottoir et il ouvrit la porte. La petite cloche d'argent retentit.

Une seule personne le vit, Charlie Fortin, qui se tenait dans l'entrée de Western Auto, fumant l'une de ses infections de cigarettes qu'il roulait lui-même. « Ce vieux Priest a fini par perdre les pédales », dit-il, à personne en particulier.

A l'intérieur du Bazar des Rêves, Gaunt, le sourire aux lèvres, regardait ce vieux Priest comme si des individus pieds nus et torse nu, une queue de renard bouffée aux mites autour du cou, entraient tous les jours dans sa boutique. Il fit une petite marque sur la liste posée à côté de la caisse enregistreuse. La dernière.

« J'ai des problèmes », dit Hugh en avançant vers Gaunt. Ses yeux roulaient dans leurs orbites comme les billes d'un flipper. « Je suis vraiment dans la merde, cette fois.

— Je sais, répondit Gaunt de son timbre de voix le plus apaisant.

— Il m'a semblé que je devais venir ici. Je sais pas pourquoi... je n'arrête pas de rêver à vous... je n'ai personne d'autre à qui m'adresser.

— Vous avez bien fait de venir, Hugh.

— Il a crevé mes pneus, murmura Hugh. Beaufort, le salopard qui tient le Mellow Tiger. Il a laissé un mot. "Tu sais ce qui t'attend la prochaine fois, Toto", qu'il a écrit. Ouais, je le sais. Vous parlez, que je le sais. » L'une de ses grosses mains crasseuses vint caresser le débris de fourrure, et une expression d'adoration éclaira son visage. « Ma belle queue de renard, ma beauté...

— Vous devriez peut-être vous occuper de lui, suggéra Gaunt, l'air pensif, avant qu'il ne s'occupe de vous. Je sais que ça peut paraître un peu *excessif*... mais lorsqu'on songe...

— Oui ! Oui ! C'est exactement ce que je veux faire !

— Je crois que j'ai justement ce qu'il vous faut. » Gaunt se pencha, et lorsqu'il se releva, il tenait à la main un automatique qu'il posa sur le dessus de la vitrine. « Il est chargé. »

Hugh le prit. Son état de confusion parut se dissiper comme de la fumée lorsqu'il sentit le poids massif de l'arme dans sa main. L'odeur de la graisse à canon, affaiblie mais typée, lui parvenait.

« Je... j'ai laissé mon portefeuille à la maison, dit-il.

— Oh, il ne faut surtout pas s'inquiéter de ce détail. Au Bazar des Rêves, les choses que nous vendons sont assurées, Hugh. » Soudain, son visage se durcit. Ses lèvres se retroussèrent sur ses dents en palissade et ses yeux flamboyèrent. « Va lui faire la peau ! gronda-t-il d'une voix basse et rauque. Fais-toi ce salopard avant qu'il ne détruise ce qui t'appartient ! Va lui faire la peau, Hugh ! Protège-toi ! Protège ta *propriété* ! »

Un sourire soudain éclaira le visage de Priest. « Merci, monsieur Gaunt. Merci beaucoup.

— Il n'y a pas de quoi », répondit Gaunt, reprenant aussitôt son ton de voix normal. Mais déjà la clochette d'argent tintait : Hugh sortait, glissant l'automatique dans la taille de son pantalon à demi affaissé.

Gaunt s'avança jusqu'à la vitrine et regarda son client se couler au volant de la Chevrolet poussive et s'éloigner. Un camion de livraison de bière qui remontait lentement Main Street klaxonna bruyamment et dut donner un coup de volant pour l'éviter.

« Va lui faire la peau, Hugh », répéta Gaunt à voix basse. De petites volutes de fumée commencèrent à s'élever de ses oreilles et de ses cheveux ; d'autres, plus épaisses, jaillirent de ses narines et d'entre ses dents en pierres tombales. « Descends-en autant que tu veux, mon gros. La chasse est ouverte. »

Leland Gaunt renversa la tête en arrière et éclata de rire.

8

John LaPointe, excité, fonça vers la porte du poste de police qui donnait sur le parking. Armé et dangereux... Ça n'arrivait pas tous les jours, de participer à l'arrestation d'un suspect *armé et dangereux*. Pas dans un patelin endormi comme Castle Rock, en tout cas. Il avait (pour l'instant) tout oublié de son portefeuille égaré et de Sally Ratcliffe.

Il atteignit la porte au moment où quelqu'un l'ouvrait de l'autre côté. John se trouva soudain en face de quatre-vingt-dix-neuf kilos de muscles en colère.

« Justement le type que je voulais voir », dit Lester Pratt de sa nouvelle voix suave. Il brandit un portefeuille de cuir noir. « T'aurais rien perdu, espèce de doubleur dégueulasse, de salopard d'athée ? »

John n'avait pas la moindre idée des raisons de la présence de Lester Pratt ici, ni de la manière dont il avait pu retrouver son portefeuille. Il savait seulement qu'on l'envoyait en renfort à Clut et qu'il devait y aller sur-le-champ.

« Peu importe, on en parlera plus tard, Lester », répondit John en tendant la main vers l'objet. Lorsque l'autre le brandit hors de sa portée pour l'abattre ensuite violemment sur sa figure, il fut sur le coup plus étonné qu'en colère.

« Oh, je n'ai aucune envie de parler, répliqua Lester de sa nouvelle voix suave. Je n'ai pas de temps à perdre. » Il lâcha le portefeuille, saisit John aux épaules, le souleva et l'envoya valser dans la salle. L'adjoint LaPointe parcourut deux mètres en l'air et alla atterrir sur le bureau de Norris Ridgewick. Il glissa sur les fesses, se frayant un chemin au milieu de la paperasse et renversant la corbeille ARRIVÉE/ DÉPART de son collègue. Il la suivit au sol, sur lequel il tomba lourdement.

Sheila Brigham contemplait la scène à travers la vitre de sa cabine, bouche bée.

John commença à se relever. Il était secoué, sonné et ne comprenait rien à ce qui lui arrivait.

Lester se dirigea vers lui, la démarche agressive. Il brandissait les poings dans un style démodé (on aurait dit John Sullivan) ridicule qui ne donnait toutefois pas envie de rire. « Tu vas avoir droit à une bonne leçon, expliqua Lester de sa nouvelle voix suave. Je vais t'apprendre ce qui arrive à un catho qui pique sa petite amie à un baptiste. Tu vas tout savoir, et quand j'aurai terminé, ça te sera tellement bien rentré dans la tête que tu ne l'oublieras plus jamais. »

Un pas de plus, et Lester était à bonne distance pour commencer la leçon.

9

Billy Tupper n'était peut-être pas un intellectuel, mais il tendait une oreille sympathique, et une oreille sympathique était sans doute le meilleur remède à la rage dans laquelle Henry Beaufort se trouvait. Le propriétaire du Mellow Tiger vida son verre et raconta ce qui s'était passé... Le fait de parler le calma. Il se rendit compte que s'il avait pris le fusil à canon scié et continué sur sa lancée, il aurait très bien pu terminer sa journée non derrière son bar, mais derrière des barres — celles du local de garde à vue du poste de police. Il avait une véritable passion pour sa Thunderbird, mais il commençait à se dire qu'il ne l'aimait tout de même pas au point d'aller en prison pour elle. On pouvait remplacer les pneus et, à force de soin, l'éraflure finirait bien par disparaître. Quant à Hugh Priest, que la justice s'occupe de lui.

Il finit son verre et se leva.

« Vous allez toujours lui faire sa fête, monsieur Beaufort ? demanda Billy d'un ton inquiet.

— Je ne vais pas perdre mon temps à ça (l'employé poussa un soupir de soulagement). Je laisserai le shérif Pangborn s'en occuper. Après tout, c'est bien pour ça que nous payons nos impôts locaux, non ?

— Ben oui. » Le jeune homme regarda par la fenêtre et son visage s'éclaira un peu plus. Une vieille auto rouillée, autrefois blanche mais ayant pris une nuance délavée — disons gris-poussière-des-chemins —, se dirigeait vers le Mellow Tiger en laissant derrière elle un grand nuage de fumée bleue. « Regardez ! Le vieux Lenny ! Ça fait une paye que je ne l'ai pas vu !

— On n'ouvre pas avant cinq heures, de toute façon. » Henry passa derrière le bar pour téléphoner. La caisse contenant le fusil à canon scié se trouvait toujours au même endroit. Dire que j'envisageais de m'en servir, songea-t-il. Sérieusement ! Qu'est-ce qui nous arrive, bon Dieu ? On nous a empoisonnés, ou quoi ?

Billy se dirigea vers la porte lorsque la vieille guimbarde de Lenny vint se ranger dans le parking.

10

« Voyons, Lester... », commença John LaPointe. A cet instant, un poing de la taille d'un gros, très gros jambonneau, mais en beaucoup plus dur, entra en collision avec son nez. Il y eut un abominable bruit de craquement suivi d'une douleur atroce. John ferma les yeux très fort et des étincelles colorées se mirent à jaillir à profusion des ténèbres. Il alla rouler dans la salle, battant l'air des bras dans un combat perdu d'avance pour garder l'équilibre. Du sang lui dégoulinait sur la bouche. Il heurta le panneau d'affichage des bulletins et le fit dégringoler.

Lester s'avança de nouveau sur lui, les sourcils froncés, menaçant, concentré, sa courte brosse en bataille.

Dans la petite pièce du standard, Sheila brancha la radio et appela Alan désespérément.

11

Frank Jewett était sur le point de quitter le domicile de son « vieil ami » George T. Nelson, lorsqu'il lui vint soudain à l'esprit de prendre des mesures de prudence. On pouvait en effet imaginer sans peine que lorsque George T. Nelson arriverait chez lui et trouverait sa chambre saccagée, sa coke dans les chiottes et un gros étron sur le portrait de sa chère maman, il se mettrait vraisemblablement à la recherche de son ancien complice de parties fines. Frank estima qu'il aurait été insensé de partir sans achever le travail... et si l'achever signifiait faire avaler son bulletin de naissance à ce salopard de maître chanteur, qu'il en soit ainsi. Il y avait une armoire contenant un râtelier d'armes, en bas, et l'idée de faire le boulot à l'aide de l'un des propres fusils de George T. Nelson lui parut relever à la fois de la poésie et de la justice. S'il n'arrivait pas à forcer la porte de l'armoire, ou le cadenas du râtelier, il se servirait de l'un des couteaux à steak de son service pour régler la question. Il se tiendrait derrière la porte d'entrée, et lorsque George T. Nelson entrerait, soit il lui ferait sauter la cervelle, soit il lui couperait la gorge, à ce fumier. Une arme à feu serait sans doute plus sûre, mais plus Frank Jewett se représentait le sang chaud giclant du cou de George et lui inondant les mains, plus cette option lui plaisait. *Et tu quoque,* Georgie. *Et tu quoque*, salopard de maître chanteur.

Frank fut distrait de ses considérations, à cet instant-là, par le perroquet de George T. Nelson ; la bestiole, baptisée Tammy Faye, venait de choisir le moment le plus défavorable de toute sa vie de psittacidé pour se mettre à baragouiner. Tandis que Frank l'écoutait, un sourire aussi étrange que terrible se dessina lentement sur ses traits. Comment n'ai-je pas tout de suite pensé à ce foutu volatile? se demanda-t-il en fonçant vers la cuisine.

Il ne lui fallut pas beaucoup de temps pour trouver le tiroir aux couteaux à steak. Il passa les quinze minutes suivantes à larder Tammy Faye de coups à travers les barreaux de la cage, mettant le malheureux oiseau, dont les plumes volaient en tous sens, dans un état de panique indescriptible. Puis il en eut assez et l'embrocha. Il se rendit ensuite au sous-sol pour voir s'il pouvait venir à bout de l'armoire à fusils. La serrure n'offrit guère de résistance, et lorsqu'il remonta au rez-de-chaussée, il se lança dans un chant allègre quoique hors de saison :

Ooh... vaut mieux ne pas te battre, vaut mieux ne pas pleurer,
Vaut mieux ne pas bouder, je vais te dire pourquoi,
Papa Noël arrive en ville!
Il te voit quand tu dors!
Il sait quand tu es réveillé!
Il sait si tu es gentil ou méchant!
Vaut mieux donc que tu sois gentil, mon garçon!

Frank, qui n'avait jamais manqué *Bonsoir les petits* avec Lawrence Welk, le samedi soir, en compagnie de sa maman chérie, chanta la fin de l'air d'une voix de basse à la Larry Hooper. Bon sang, qu'est-ce qu'il se sentait bien! Comment avait-il pu croire, moins d'une heure auparavant, que sa vie était achevée? Ce n'était pas la fin, mais le commencement! Terminé, son ancienne existence! Et en particulier les bons «vieux amis» comme George T. Nelson! En avant pour la nouvelle!

Frank s'installa derrière la porte, armé jusqu'aux dents: une carabine Winchester 44/40 appuyée à côté de lui contre le mur, un automatique Llama 32 passé à la ceinture, un couteau à steak Sheffington à la main. D'où il se tenait, il voyait le tas de plumes jaunes de ce qui restait de Tammy Faye. Un petit sourire s'esquissait avec des tressaillements sur ses lèvres à la Mr Weatherbee, et ses yeux (complètement gagnés par la folie) ne cessaient de rouler derrière ses petites lunettes rondes sans monture à la Mr Weatherbee.

« Vaut mieux donc que tu sois gentil, mon garçon ! » se conseilla-t-il à lui-même dans un murmure. Il chanta ce passage à plusieurs reprises, tout d'abord debout, puis dans une position plus confortable, assis en tailleur derrière la porte, adossé au mur, son artillerie sur les genoux.

Au bout d'un moment, il se sentit gagné par une somnolence qui l'inquiéta. C'était dingue d'être sur le point de s'endormir alors qu'on attendait quelqu'un pour lui couper la gorge, mais ça n'y changeait rien. Il croyait se souvenir d'avoir lu quelque part (peut-être lorsqu'il était à l'Université du Maine, à Farmington, institution de ploucs dont il était sorti sans la moindre mention honorifique) qu'un système nerveux, après un grand choc, pouvait connaître ce symptôme... et en matière de grand choc, il avait été servi. Un miracle que son cœur n'eût pas explosé lorsqu'il avait vu les revues éparpillées partout dans son bureau.

Il estima qu'il ne fallait pas courir de risques. Il décolla légèrement du mur le grand canapé couleur beige de George T. Nelson, se coula derrière et s'allongea sur le dos, la Winchester dans la main gauche. Sa main droite, qui tenait toujours le couteau à steak, était repliée contre sa poitrine. Voilà. Beaucoup mieux. La moquette épaisse de George T. Nelson était d'un confort parfait.

« Vaut mieux donc que tu sois gentil, mon garçon ! » marmonna Frank. Il chantait encore d'une voix basse au timbre ronflant, dix minutes plus tard, lorsque enfin il s'endormit.

12

« Première Unité ! » hurla la voix de Sheila dans le haut-parleur, sous le tableau de bord. Alan venait d'aborder le Tin Bridge pour entrer en ville. « Vite, Première Unité, venez ! Venez tout de suite ! »

Alan sentit son estomac se nouer. Clut avait dû tomber sur un nid de frelons chez Hugh Priest, sûr et certain. Pourquoi, au nom du ciel, n'avait-il pas attendu John avant de s'attaquer à l'autre ?

Pourquoi ? Tu le sais bien. Parce que ton attention n'était pas toute à ce que tu faisais lorsque tu as donné tes ordres. S'il est arrivé quelque chose à Clut, tu auras ta part de responsabilité. Mais on verra ça plus tard. Pour l'instant, ton boulot est de faire ton boulot. Alors fais-le, vieux. Oublie Polly et fais ton boulot.

Il arracha le micro à sa fourche. « Première Unité ! Je dois rentrer ?

— Quelqu'un est en train de battre John ! hurla Sheila. Venez vite, Alan, c'est un vrai massacre ! »

L'information paraissait ne présenter aucun rapport avec ce à quoi il s'était attendu, et il resta quelques instants complètement éberlué.

« Quoi ? Qui ? Où ?

— Dépêchez-vous, Alan ! *Il va le tuer !* »

Tout d'un coup, il comprit. Hugh Priest, bien entendu. Pour une raison quelconque, Hugh était venu au poste de police avant le départ de John et avait commencé à matraquer. C'était John LaPointe qui était en danger, pas Andy Clutterbuck.

Alan prit le gyrophare, le brancha et le posa sur le toit. Une fois de l'autre côté du pont, il présenta des excuses silencieuses au break poussif et écrasa l'accélérateur.

13

Clut commença à soupçonner que Priest n'était pas chez lui lorsqu'il constata que tous les pneus de la voiture étaient non seulement à plat, mais en charpie. Il était sur le point d'atteindre la maison quand il entendit enfin la voix lointaine qui appelait à l'aide.

Il resta un instant indécis, puis battit en retraite sur l'allée. Cette fois il aperçut Lenny gisant sur le bas-côté et partit vers le vieillard au pas de course, l'étui de son arme lui battant la cuisse.

« Aide-moi ! dit Lenny d'une voix sibilante tandis que Clut s'agenouillait à côté de lui. Hugh Priest est devenu fou ! Cette brute m'a foutu en pièces !

— Où avez-vous mal, Lenny ? » demanda Clut, touchant le vieillard à l'épaule. Lenny laissa échapper un cri, réponse qui en valait bien une autre. Clut se releva, ne sachant trop ce qu'il devait faire. Trop de choses se bousculaient sous son crâne. Il souhaitait désespérément, néanmoins, ne pas saloper son boulot.

« Ne bougez pas, finit-il par dire. Je vais appeler l'Assistance médicale.

— J'ai aucune envie de me lever pour danser le tango, crétin », répondit Lenny. La douleur le faisait pleurer et rager. Il avait l'air d'un vieux chien de chasse qui vient de se casser une patte.

« D'accord, d'accord. » Il commença à partir en direction de la voiture de patrouille, puis revint sur ses pas. « Il vous a pris votre voiture, c'est ça ?

— Non ! éructa Lenny, tenant ses côtes brisées à deux mains. Il m'a juste mis en morceaux, et il est parti sur un tapis volant. Evidemment, qu'il a pris ma voiture ! Pourquoi tu crois que je reste allongé ici, bordel ? Pour bronzer ?

— D'accord, d'accord », répéta Clut qui, cette fois, s'éloigna au pas de course. Des pièces de dix et cinq cents sautaient de sa poche et décrivaient des arcs argentés gracieux avant de tomber sur le macadam.

Il se pencha si brusquement par la fenêtre de la portière qu'il manqua de peu de s'assommer au montant. Il prit le micro ; il fallait appeler Sheila de toute urgence pour qu'elle fasse envoyer de l'aide pour le vieux, mais ce n'était pas le plus urgent. Il fallait qu'Alan et la Police d'Etat sachent que Hugh Priest roulait maintenant dans la vieille Chevrolet Bel-Air de Lenny Partridge. Clut n'était pas sûr de l'année, mais on ne pouvait se tromper à sa couleur de poussière.

Impossible de joindre Sheila ! Il essaya à trois reprises, et il n'eut pas de réponse. Rien.

Il entendait Lenny qui s'était remis à gémir ; il entra chez Hugh avec l'intention d'appeler directement les services d'urgence de Norway.

Nom de Dieu ! Elle a vraiment bien choisi son moment pour aller aux chiottes, notre Sheila.

14

Henry Beaufort essayait aussi de joindre le bureau du shérif. A l'autre bout du fil, il entendait la sonnerie qui s'éternisait. « Répondez, bon Dieu, répondez à ce foutu téléphone ! Qu'est-ce vous fabriquez, là-bas ? Vous tapez le carton ou quoi ? »

Billy Tupper était sorti. Henry l'entendit qui criait quelque chose et il leva les yeux, énervé. Le cri fut suivi d'une forte détonation. La première idée de Henry fut que l'un des pneus du vieux tacot de Lenny venait d'éclater... puis il y eut deux nouvelles explosions.

Billy entra dans le Mellow Tiger, marchant très lentement. Il tenait une main à sa gorge, et du sang coulait entre ses doigts.

« 'Enry, fit Billy d'une voix étranglée, à l'étrange accent cockney. 'Enry ! 'En... »

Il arriva à hauteur du juke-box, oscilla sur place un instant, puis tout ce qui le maintenait debout parut lâcher d'un seul coup, et il s'effondra mollement sur lui-même.

Une ombre tomba sur ses pieds qui se trouvaient encore presque à l'entrée, et le propriétaire de l'ombre apparut. Il portait une queue de renard autour du cou et tenait un pistolet à la main. De la fumée montait du canon. De minuscules perles de transpiration brillaient dans la toison clairsemée entre ses seins. La peau, au-dessous de ses paupières, était tuméfiée et brune. Il enjamba le corps de Billy Tupper et pénétra dans la pénombre du Mellow Tiger.

« Hello, Henry », dit Hugh Priest.

15

John LaPointe ne comprenait rien à ce qui lui arrivait, mais il savait au moins une chose : si ça continuait, Lester allait le tuer. Et Lester ne manifestait aucun signe de vouloir s'arrêter ; il ne ralentissait même pas. John essaya de glisser le long du mur pour se mettre hors de portée, mais le prof de gym le saisit par la chemise et le remit brutalement sur ses pieds, même pas essoufflé. Jusqu'aux pans de sa chemise qui n'étaient pas sortis de la ceinture élastique de son survêtement.

« Encore un pour toi, Johnnie, mon garçon ! » dit Lester en balançant un direct qui atterrit sur la lèvre supérieure du policier. John la sentit se fendre contre ses dents. « T'auras qu'à te refaire pousser une chatouille-chagatte par-dessus. »

A l'aveuglette, John tendit la jambe et poussa aussi fort qu'il put. Lester laissa échapper un cri de surprise et trébucha en arrière, mais il eut le temps de lancer les deux mains et d'accrocher la chemise ensanglantée de l'autre, l'entraînant avec lui dans sa chute. Ils commencèrent à rouler sur le plancher, se frappant comme ils pouvaient.

Ils étaient beaucoup trop occupés pour voir Sheila filer vers le bureau du shérif. Elle empoigna le fusil de chasse accroché au mur, releva le chien et revint en courant dans la salle principale du local où régnait maintenant un désordre indescriptible. Lester était assis sur John et lui cognait consciencieusement la tête contre le sol.

Elle savait se servir de cette arme pour avoir pratiqué le tir sur cible depuis l'âge de huit ans. Elle épaula et cria : « Sors-toi de là, John ! Donne-moi un peu de champ ! »

Lester se tourna, les yeux fous. Il dénuda ses dents en

direction de Sheila, comme un gorille mâle en colère, puis se remit à cogner la tête de John contre le plancher.

16

Tandis qu'il arrivait en vue du bâtiment municipal, Alan aperçut quelque chose qui lui procura son premier réel plaisir de la journée : la Coccinelle de Norris Ridgewick, approchant de l'autre direction. Norris était en civil, mais Alan s'en moquait. Il allait avoir besoin de lui cet après-midi. Oh, oui, il allait en avoir besoin !

L'agréable vision, cependant, tourna à son tour au cauchemar.

Une grosse berline rouge, une Cadillac dont la plaque minéralogique indiquait KEETON 1, bondit alors de la contre-allée conduisant au parking du bâtiment municipal. Alan, bouche bée, vit Buster jeter sa voiture contre la Coccinelle de Norris ; il n'avait pas eu le temps de prendre beaucoup de vitesse, mais la grosse américaine devait faire quatre fois le poids de la petite allemande. Il y eut un formidable grincement de tôle et la Volkswagen se renversa côté passager avec un choc sourd et des tintements de verre brisé.

Alan écrasa le frein et descendit du véhicule de patrouille.

Buster en fit autant de la Cadillac.

Norris essayait de se hisser par la vitre de sa portière, l'air abasourdi.

Buster se dirigea à grands pas vers Norris, les poings serrés ; un sourire sinistre s'était pétrifié sur son visage rond et gras.

Il suffit à Alan d'apercevoir ce sourire pour prendre le pas de course.

17

Le premier coup de feu de Priest fit exploser une bouteille de Wild Turkey derrière le bar. Le deuxième, la vitre qui protégeait un document encadré juste au-dessus de la tête de Henry ; il laissa un trou noir circulaire dans la licence IV, placée juste au-dessous. Le troisième arracha la joue droite du patron du Mellow Tiger et la transforma en un nuage rose de sang et de chair vaporisés.

Henry hurla, saisit la caisse contenant le fusil à canon scié et se laissa tomber derrière le bar. Il savait que Hugh l'avait touché, pas si c'était grave ou non. Il avait seulement conscience d'avoir le côté droit du visage qui lui brûlait comme une fournaise et que du sang, chaud, humide et gluant, lui coulait dans le cou.

« Parlons un peu voitures, Henry, dit Hugh en se rapprochant du bar. Mieux que ça : parlons de ma queue de renard... Qu'est-ce que t'en penses ? »

Henry ouvrit la boîte, tapissée de velours rouge à l'intérieur. Il y glissa des mains tremblantes et incertaines et en retira la Winchester à canon scié. Il commença à la casser pour vérifier la culasse, mais comprit qu'il n'avait pas le temps ; il fallait espérer qu'elle était chargée.

Il ramena ses jambes sous lui, prêt à bondir et à faire à Hugh ce qu'il souhaitait ardemment être une grande surprise.

18

Sheila se rendit compte que John ne serait sans doute pas capable de se dégager du fou qui le chevauchait et qui devait s'appeler Lester Platt ou Pratt... bref, le prof de gym du lycée. Non, John ne pourrait sûrement pas. L'autre avait arrêté de lui cogner la tête et refermé ses grandes mains autour de son cou.

Sheila prit le fusil à l'envers, par le canon, et le brandit au-dessus de sa tête. Comme au cinéma. Puis elle lui fit décrire un grand arc, de toutes ses forces.

Lester tourna la tête au dernier moment, juste à temps pour prendre le rebord ferré de la crosse en châtaignier entre les deux yeux. Il y eut un ignoble craquement d'os brisé lorsque l'arme s'enfonça dans son crâne et transforma les circonvolutions frontales de la cervelle en purée. On aurait dit, au bruit, que quelqu'un venait de sauter à pieds joints sur un carton plein de pop-corn. Lester Pratt était mort avant d'avoir touché le sol.

Sheila Brigham le regarda et se mit à hurler.

19

« Tu croyais sans doute que je ne saurais pas d'où ça venait ? » grogna Buster Keeton à l'intention de Norris, tout en finissant de l'extraire de la Coccinelle. L'adjoint était sonné mais pas blessé. « Tu t'imaginais que je n'y verrais que du feu, avec ton nom imprimé au bas de chacun des bouts de papier que t'as collés partout ? C'est ça ? Hein, c'est ça ? »

Il brandit le poing pour frapper Norris et Alan Pangborn en profita pour glisser prestement autour l'un des bracelets d'une paire de menottes.

« Hé ! » s'exclama Buster en virevoltant lourdement.

A l'intérieur du bâtiment municipal, quelqu'un commença de hurler.

Alan eut un coup d'œil dans cette direction puis se servit de l'autre extrémité des menottes pour entraîner Buster jusqu'à la porte ouverte de la Cadillac. Buster se mit à le bombarder de coups de poing de sa main libre mais ne l'atteignit qu'à l'épaule, sans lui faire grand mal, et se retrouva finalement attaché à la poignée de sa propre voiture.

Le shérif se tourna et se trouva face à Norris ; il eut le temps de remarquer l'expression épouvantable qu'arborait son adjoint, mais il la mit sur le compte du fait qu'il venait de se faire empapaouter par le maire en personne.

« Amène-toi, dit-il à Norris. On a un pépin. »

Mais l'autre l'ignora, du moins sur le moment. Il frôla Alan au passage et abattit son poing droit dans l'œil de Keeton. Le maire lâcha un couinement effrayé et retomba contre sa portière ; son poids la fit se refermer, coinçant en même temps un pan de sa chemise blanche trempée de sueur.

« Ça, c'est pour le piège à rats, gros lard plein de merde ! cria Norris.

— Je t'aurai ! hurla à son tour Buster. Si tu t'imagines que je t'aurai pas ! *Je vous aurai tous, vous m'entendez ? Tous !*

— Prends ça en attendant », répliqua Norris dans un grognement. Il allait encore se précipiter sur le maire, les poings serrés contre sa poitrine de pigeon qui se gonfle pour faire le beau, mais Alan l'empoigna et le tira à lui.

« Arrête ça ! lui cria-t-il en pleine figure. On a un gros pépin là-dedans ! Un très gros pépin ! »

Le hurlement retentit à nouveau. Les gens se rassemblaient sur les trottoirs ; Norris les regarda, puis se tourna vers Alan. Son regard avait perdu son expression démente, constata le shérif avec soulagement, et il avait de nouveau l'air d'être lui-même. Enfin, à peu près.

« Quoi ? Ça a un apport avec lui ? » répondit-il avec un coup de menton en direction de la Cadillac. D'où il se tenait, Buster les fusillait du regard, tout en cherchant à ouvrir la menotte de sa main libre. Il paraissait n'avoir pas remarqué les hurlements.

« Non. As-tu ton arme ? »

Norris secoua la tête.

Alan dégagea l'attache de l'étui, sortit son .38 réglementaire et le lui tendit.

« Et toi, Alan ?

— Je préfère garder les mains libres. Viens, allons-y. Hugh Priest est dedans, et il est devenu complètement fou. »

20

Hugh Priest était devenu fou, d'accord (le doute n'était guère permis), mais il se trouvait à cinq bons kilomètres du bâtiment municipal de Castle Rock.

« Si on parlait un peu de... », commença-t-il, mais c'est le moment que choisit Henry Beaufort pour bondir de derrière son bar comme un diable de sa boîte, dégoulinant de sang, le fusil à canon scié braqué.

Les deux hommes firent feu en même temps. Le claquement de l'automatique se perdit dans le rugissement fracassant du fusil. Hugh se trouva soulevé du sol, propulsé à travers la salle, ses talons nus traînant au sol, son torse transformé en un marécage plein d'une bouillie sanglante qui se désintégrait. Le revolver lui sauta des mains ; les pointes de la queue de renard brûlaient.

Henry fut repoussé contre le fond du bar par la balle qui lui traversa le poumon droit. Les bouteilles dégringolèrent et explosèrent autour de lui. Un grand engourdissement se mit à croître dans sa poitrine. Il laissa tomber le fusil et partit d'un pas trébuchant vers le téléphone. L'air dégageait un mélange insensé d'odeurs : gnôle renversée, poils de renard carbonisés, poudre brûlée. Il essaya de reprendre sa respiration ; mais sa poitrine avait beau se soulever, il avait l'impression de ne pas inhaler d'air. Un petit sifflement aigu montait du trou de sa poitrine à chaque mouvement.

Le téléphone lui parut peser des tonnes, mais il finit par le porter à son oreille et il appuya sur le bouton qui composait automatiquement le numéro de la police.

Ring... ring... ring...

« Mais, bordel, qu'est-ce que vous foutez, les mecs ? hoqueta péniblement Hugh. J'suis en train de crever, ici ! Répondez, nom de Dieu, répondez ! »

Mais le téléphone continua de sonner dans le vide.

21

Norris rattrapa Alan dans la contre-allée et ils traversèrent côte à côte le petit parking du bâtiment municipal. Norris tenait le pistolet d'Alan le doigt sur le pontet, canon tourné vers le ciel de cette chaude journée d'octobre.

La Saab de Sheila Brigham était garée à côté du véhicule de patrouille n° 4, celui de John LaPointe, mais c'était tout. Alan se demanda fugitivement où se trouvait la voiture de Priest. A cet instant, la porte du poste de police s'ouvrit brutalement sur quelqu'un qui en surgit, tenant, les mains en sang, le fusil de chasse du bureau du shérif. Norris baissa son arme et son doigt glissa du pontet pour s'enrouler autour de la détente.

Alan enregistra deux choses en même temps : la première, que son adjoint était sur le point de tirer ; la seconde, que la personne qui arrivait en hurlant n'était pas Hugh Priest, mais Sheila Brigham.

Les réflexes quasi surnaturels du shérif sauvèrent la vie de Sheila, ce jour-là, mais ce fut in extremis. Il ne prit pas la peine de crier, ni même de se servir de sa main pour détourner le canon du pistolet. Ni l'une ni l'autre action n'aurait eu beaucoup de chance de succès. Au lieu de cela, il souleva un coude (comme un danseur enthousiaste de musique country qui a passé les pouces sous ses bretelles) et vint heurter la main qui tenait l'arme une fraction de seconde avant que Norris ne fît feu. Le canon pointa de nouveau en l'air et la détonation fut amplifiée en coup de fouet dans l'espace clos de la cour. La fenêtre d'un bureau, au premier, vola en éclats. Sheila lâcha alors le fusil de chasse avec lequel elle avait fracassé le crâne de Lester Pratt et courut vers eux, mêlant cris et sanglots.

« Bordel de Dieu ! » dit Norris d'une petite voix, sous le choc. Il était blanc comme du papier lorsqu'il tendit l'arme à Alan, crosse en avant. « J'ai failli tuer Sheila, *Sheila !* Oh, bordel de Dieu !

— Alan ! s'écria la jeune femme. Grâce à Dieu, vous voilà ! »

Elle ne ralentit pas en arrivant sur lui et faillit le renverser. Il rengaina son revolver et la prit dans ses bras. Elle tremblait comme un câble électrique en survoltage. Alan se disait qu'il devait lui aussi trembler comme une feuille et il s'en était fallu de peu qu'il ne mouillât son pantalon. La standardiste était en pleine crise d'hystérie, aveuglée par la panique, ce qui était probablement aussi bien : elle n'avait pas dû se rendre compte, pensa-t-il, qu'il s'en était fallu d'un cheveu qu'elle ne se fasse descendre.

« Qu'est-ce qui se passe là-dedans, Sheila ? Vite, parlez ! » Les oreilles lui tintaient si fort, à la suite de la détonation amplifiée par l'écho, qu'il aurait presque juré entendre un téléphone sonner quelque part.

22

Henry Beaufort se sentait comme un bonhomme de neige qui fond au soleil. Ses jambes s'effondrèrent sous lui. Il s'affaissa lentement et se retrouva à genoux, tandis que le téléphone continuait à résonner comme un glas dans son oreille, sans que personne décrochât. Le mélange d'odeurs, gnôle, fourrure calcinée, poudre brûlée, lui donnait le tournis. D'autres effluves puissants vinrent s'y joindre ; ils devaient émaner de Hugh Priest, pensa-t-il.

Il avait vaguement conscience que quelque chose ne marchait pas et qu'il aurait dû essayer un autre numéro, mais il s'en sentait incapable. Il n'était plus en état de composer un seul chiffre sur le cadran. Il se tassa donc contre le bar, agenouillé, dans une flaque de plus en plus grande de son propre sang, écoutant le sifflement qui lui parvenait du trou dans sa poitrine, cherchant désespérément à rester conscient. Le Mellow Tiger ne devait normalement ouvrir ses portes que dans une heure, Billy était mort, et si personne ne répondait rapidement, lui aussi serait mort lorsque les premiers clients, en un flot menu, viendraient joyeusement s'abreuver.

« Je vous en prie, murmura Henry d'une voix minuscule et plaintive. Je vous en prie, répondez, que quelqu'un décroche ce putain de téléphone... »

23

Sheila Brigham commença à se calmer, et Alan put obtenir l'information la plus importante : elle avait descendu Hugh d'un coup de crosse. Personne ne devrait leur tirer dessus lorsqu'ils franchiraient la porte.

Théoriquement.

« Bien, dit-il à Norris, on y va.

— Quand elle est sortie... j'ai cru...

— Je sais ce que tu as cru, mais il n'est rien arrivé. Juste un carreau de cassé. John est à l'intérieur, allons-y vite. »

Une fois de part et d'autre de la porte, les deux hommes se consultèrent du regard. « Tu entres accroupi », dit Alan à Norris, lequel acquiesça.

Alan saisit la poignée, ouvrit brutalement la porte et fonça, imité par un Norris plié en deux.

John avait réussi à se remettre debout et à parcourir d'un pas chancelant la distance qui le séparait de la porte. Ses deux collègues lui tombèrent dessus comme un pack de rugby, et le malheureux dut subir un dernier et douloureux outrage : se voir renversé et expédié à l'autre bout de la salle par ses propres amis. Il glissa comme une boule de bowling sur le sol carrelé, heurta sèchement le mur et laissa échapper un cri de douleur qui traduisait un mélange de surprise et d'épuisement.

« Bordel, c'est John ! s'exclama Norris. Tu parles d'un coup foireux !

— Viens me donner un coup de main. »

Les deux hommes se précipitèrent vers John, qui se mettait lentement sur son séant. Son visage n'était plus qu'un masque ensanglanté. Il avait le nez nettement tourné vers la gauche, la lèvre supérieure gonflée comme une chambre à air ; il cracha une dent dans sa main au moment où ses collègues s'accroupissaient à côté de lui.

« Y est fou furieux », dit-il en zozotant horriblement. Il parlait d'une voix pâteuse, sidérée. « Feila lui a balanfé un coup de crozze. Ze crois qu'elle l'a tué.

— Ça va, John ? demanda Norris.

— M'a foutu dans un fale état. » Il se pencha et vomit copieusement entre ses jambes tendues pour le confirmer.

Alan regarda autour de lui. Il se rendait vaguement compte que ce n'étaient pas seulement les oreilles qui lui tintaient ; un téléphone sonnait vraiment quelque part. Mais ce n'était pas ça l'important, pour le moment. Il venait d'apercevoir Hugh allongé face à terre contre le mur du fond. Il alla placer l'oreille contre le dos de l'agresseur, cherchant à discerner un battement de cœur. Il n'entendit tout d'abord que la sonnerie qui lui carillonnait dans les oreilles. Ces foutus téléphones sonnaient sur tous les bureaux, ma parole.

« Va répondre à ces enfoirés ou décroche ! » lança-t-il à Norris.

Norris s'approcha du plus proche (celui de son propre bureau), enfonça la touche allumée et vociféra : « C'est pas le moment de nous embêter. Nous avons une urgence ici. Rappelez plus tard. » Il laissa retomber le combiné sans même attendre une réponse.

24

Henry Beaufort détacha de son oreille un téléphone devenu horriblement lourd, et le regarda d'un œil incrédule et de plus en plus éteint.

« Vous dites.. ? » murmura-t-il.

Soudain, il fut incapable de tenir plus longtemps le fichu appareil ; il était devenu beaucoup, beaucoup trop pesant. Il le laissa tomber, s'effondra sur un côté et resta comme il était, haletant.

25

Pour autant qu'il pouvait en juger, Hugh avait cessé de vivre. Alan le saisit par les épaules, le retourna… et vit qu'il ne s'agissait pas de Hugh Priest. Le visage était trop tartiné d'un mélange de sang, de cervelle et de fragments osseux pour être reconnaissable, mais ce n'était sûrement pas l'employé de Deke.

« Mais, bon Dieu, qu'est-ce qui se passe, dans ce patelin ? » murmura-t-il à voix basse, stupéfait.

26

Danforth « Buster » Keeton, cadenassé au milieu de la rue à la portière de sa Cadillac, LES regardait le regarder. Maintenant que le Persécuteur en Chef et son Adjoint Persécuteur avaient disparu, Ils n'avaient pas d'autre spectacle.

Il LES observa et comprit ce qu'ILS valaient, tous tant qu'ILS étaient.

Bill Fullerton et Henry Gendron se tenaient devant la boutique du coiffeur ; ils encadraient Bobby Dugas, qui, avec la grande serviette de barbier qui lui pendait encore autour du cou, paraissait s'apprêter à dépecer un crustacé. Devant Western Auto, Charlie Fortin le regardait aussi. Quant à Scott Garson et à ses deux copains, Albert Martin et Howard Potter, deux juristes débectants, ils l'observaient depuis le seuil de la banque, où ils devaient être en train de parler de lui lorsque le tapage avait commencé.

Des yeux.

Partout, des *yeux*.

Des yeux immondes.

Qui tous le regardaient, lui.

« Je Vous vois ! s'écria soudain Buster. Je Vous vois

TOUS ! Oui, TOUS ! Et je sais ce qui me reste à faire ! Bon Dieu, oui, je le sais ! »

Il ouvrit la portière de la Cadillac et essaya d'y entrer. Impossible : il était attaché à la poignée extérieure ; la chaîne qui reliait les menottes était longue, mais pas à ce point.

Quelqu'un éclata de rire.

Buster l'entendit parfaitement.

Il regarda autour de lui.

De nombreux badauds s'étaient attroupés devant les commerces de Main Street et lui rendaient son regard de leurs petits yeux en boutons de bottine, des yeux intelligents, des yeux de rats.

Tout le monde était là, sauf Mr Gaunt.

Le propriétaire du Bazar des Rêves n'était cependant pas absent ; il se trouvait sous le crâne de Buster et lui disait ce qu'il devait exactement faire.

Buster écouta... et un sourire naquit sur ses lèvres.

27

Le camion de livraison de bière que Priest avait failli accrocher, après deux arrêts dans d'autres établissements, finit par venir se ranger sur le parking du Mellow Tiger ; il était seize heures une. Le conducteur descendit, prit son carnet de livraison, remonta son pantalon kaki et se dirigea vers le pub. Il s'arrêta à moins de deux mètres de la porte, l'œil rond. Deux pieds dépassaient du seuil.

« Bonté divine ! s'exclama-t-il. Ça va pas, l'ami ? »

Un appel affaibli et sibilant parvint jusqu'à ses oreilles :

« .... à l'aide......... »

Le conducteur courut à l'intérieur et y découvrit Henry Beaufort, moribond, recroquevillé derrière le bar.

28

« F'est Lefter Pratt », coassa John LaPointe. Soutenu par Norris et Sheila, il s'était approché en boitillant.

« *Qui ?* » demanda Alan. Il avait l'impression d'être tombé par accident dans une authentique histoire de fous. Truc et Machin vont en enfer. Hé, Lester, faudrait nous expliquer...

« Lefter Pratt, répéta patiemment (et douloureusement) John. F'est le profeffeur d'éducafion physique du lyfée.

— Mais qu'est-ce qu'il fabriquait ici ? »

John LaPointe secoua laborieusement la tête. « Ch'ai pas, Alan. Y est arrivé et y est d'venu fou.

— Non mais je rêve ! Où est passé Hugh Priest ? Et où est Clut ? Quelqu'un peut-il me dire, bon Dieu, ce qui se passe ici ? »

29

George T. Nelson se tenait sur le seuil de sa chambre ; il la parcourait des yeux, incrédule. On aurait dit qu'une bande de punks — les Sex Pistols, voire les Cramps — venaient d'y faire la bringue avec leurs groupies.

Il éructa quelque chose, un début de question, et s'arrêta ; inutile d'en dire davantage. Il savait ce que c'était. La coke. Ça ne pouvait pas être autre chose. Cela faisait six ans qu'il dealait la poudre parmi le corps enseignant de Castle Rock ; tous les profs n'étaient pas amateurs du produit tant vénéré par Ace Merrill, mais seulement ceux que Nelson baptisait les « grands connaisseurs ». Il en avait laissé une once presque pure sous son matelas. Sûr que c'était ça. Quelqu'un avait parlé, quelqu'un d'autre avait flairé le bon coup. George avait subodoré que quelque chose clochait dès qu'il s'était garé dans son allée et avait vu la fenêtre cassée de sa cuisine.

Il s'avança dans la pièce et souleva le matelas d'une main qu'il avait l'impression de ne plus sentir. Rien. Tout avait disparu. Près de deux mille dollars de bonne coke, envolés ! D'un pas de somnambule, il passa dans la salle de bains pour vérifier si sa petite réserve se trouvait toujours dans la bouteille de médicament, sur l'étagère du haut de son armoire à pharmacie. Jamais, de toute sa vie, il n'avait autant éprouvé le besoin de sniffer une ligne.

Une fois de plus, il s'arrêta sur le seuil, l'œil agrandi. Ce ne fut pas tant la pagaille qui retint son attention, en dépit du zèle que l'on avait déployé à mettre la pièce sens dessus dessous, que le siège des toilettes. Un fin voile de poussière blanche maculait le siège.

George se douta qu'il ne devait pas s'agir de talc à poudrer les fesses de bébé.

Il humecta son doigt, le passa sur le siège et goûta ; le bout de sa langue s'engourdit sur-le-champ.

A côté, sur le sol, traînait une petite poche en plastique. La scène était claire ; délirante, mais claire. Quelqu'un était venu, avait trouvé la coke, et.... *l'avait balancée dans les chiottes*. Pourquoi ? *Pourquoi ?* Aucune idée ; s'il trouvait l'auteur de ce geste, cependant, il ne manquerait pas de lui poser la question. Juste avant de lui arracher la tête des épaules. Ça ne pouvait pas faire de mal. De poser la question.

Les trois grammes de sa réserve personnelle étaient intacts. Il les prit avec lui et s'arrêta pile, une fois de plus, en retournant dans la chambre ; il n'avait pas vu cette nouvelle abomination à l'aller, mais en revenant sur ses pas, il devenait impossible de la manquer.

Il resta longtemps planté là, les yeux écarquillés d'une stupéfaction horrifiée, avec des mouvements convulsifs de la pomme d'Adam. Le réseau de veines de sa tempe pulsait frénétiquement, comme des ailes de passereaux. Il finit par articuler un son minuscule, étranglé :

« .... m'man.......... ! »

En bas, derrière le canapé beige de George, Frank Jewett dormait toujours.

30

Les badauds de la rue commerçante, attirés sur le trottoir par l'accident, les cris et le coup de feu, avaient droit maintenant à un nouveau numéro : celui de l'évasion, laborieuse, de leur maire.

Buster se pencha aussi loin qu'il le put dans la Cadillac et tourna la clef de contact, puis appuya sur le bouton qui descendait électriquement la vitre, côté conducteur. Il referma ensuite la portière et commença à se tortiller pour s'introduire à l'intérieur du véhicule en passant par la fenêtre.

Il s'y était déjà glissé jusqu'aux genoux, le bras gauche coincé en arrière à cause des menottes, la chaîne s'incrustant dans sa grosse cuisse, lorsque Scott Garson s'approcha.

« Heu... Danforth, dit le banquier d'un ton hésitant. Je crois qu'il vaudrait mieux pas. Tu es en état d'arrestation, il me semble. »

Buster regarda par-dessous son bras droit, sentant les effluves qui montaient de son aisselle (effluves marqués, très marqués, même), et vit Garson à l'envers, juste derrière lui, l'air de vouloir le tirer par les pattes.

Buster ramassa ses jambes sous lui autant qu'il le put et les détendit, violemment, comme un poulain qui décoche des ruades dans son pré. Ses talons vinrent frapper le banquier en pleine figure avec un bruit mat qu'il trouva tout à fait satisfaisant. Les lunettes à monture d'or de l'homme volèrent en éclats. Il poussa un hurlement, partit en arrière en portant les mains à son visage en sang, et s'étala en pleine rue, sur le dos.

« Ha ! grogna Buster, tu ne t'attendais pas à celui-là, hein, vieux ? Pas un poil tu t'y attendais ! Salopard de persécuteur ! »

Il se remit à se tortiller pour finir de passer à l'intérieur. Son épaule émit un craquement inquiétant, mais pivota suffisamment pour lui permettre de passer sous son propre bras et de ramener ses fesses sur le siège. Il se retrouva derrière le volant, la main gauche à l'extérieur du véhicule. Il lança le moteur.

Scott Garson se rassit à temps pour voir la Cadillac foncer sur lui. La calandre semblait ricaner, vaste montagne de chrome s'apprêtant à le broyer.

Il roula frénétiquement sur lui-même et n'évita la mort que de quelques dixièmes de seconde. Le gros pneu avant de la voiture lui roula sur la main droite, qu'elle écrasa fort proprement ; puis le pneu arrière répéta l'opération pour achever le travail. Garson se retrouva gisant sur le dos, contemplant la forme grotesque de ses doigts écrasés ; ils avaient à peu près la taille de spatules à mastic. Il se mit à hurler, tourné vers le ciel bleu et chaud.

31

« *TAMMMEEEEE FAYYYYEE* ! »

Ce hurlement tira Frank Jewett d'une somnolence de plus en plus profonde. Il n'eut aucune idée de l'endroit où il se trouvait, pendant ces premiers instants de confusion, sinon qu'il était fermé et resserré. *Désagréable.* Il tenait aussi quelque chose à la main... mais quoi ?

Il faillit se crever l'œil en voulant voir l'objet : un couteau à steak.

« *Oooooooohh, nooonn ! Tammmmeeeeee Fayye !* »

D'un seul coup, tout lui revint. Il se trouvait derrière le canapé de son bon, de son excellent ami George T. Nelson et c'était George T. Nelson en personne qui déplorait bruyamment le décès de son perroquet. Le reste aussi : les revues éparpillées dans son bureau, la lettre de chantage, la ruine possible (non : probable ! Plus il y pensait, plus le terme « probable » s'imposait) de sa carrière et de sa vie.

Incroyable : George pleurait, maintenant ! Il pleurait une saloperie volante à faire des fientes ! Eh bien, pensa

Frank, je vais mettre un terme à tous tes malheurs, George, mon chou. Qui sait ? Tu te retrouveras peut-être dans un paradis pour oiseaux.

Les sanglots se rapprochèrent du canapé. De mieux en mieux. Il allait bondir de là — coucou, George ! — et ce fumier serait mort avant d'avoir compris ce qui se passait. Frank était sur le point de s'élancer lorsque George T. Nelson, pleurant toujours à chaudes larmes, se laissa pesamment tomber sur le canapé. Son poids — il était corpulent et lourd — expédia le siège contre le mur. Il n'entendit pas le « Ouf ! » étranglé de surprise qui monta de derrière lui ; ses sanglots couvrirent le bruit. Il attrapa maladroitement le téléphone, réussit à faire le bon numéro à travers le voile de ses larmes et obtint (presque miraculeusement) Fred Rubin après la première sonnerie.

« Fred ! se mit-il à geindre. Fred, il vient de se passer quelque chose de terrible ! Ça continue peut-être encore ! Oh, bordel, Fred ! Oh, bordel de Dieu ! »

Dessous, Frank Jewett cherchait désespérément à respirer.

Les contes d'Edgar Poe qu'il avait lus enfant, ceux dans lesquels on se retrouve enterré vivant, se mirent à défiler à toute vitesse dans son esprit. Son visage prit lentement la couleur de la vieille brique. Le lourd pied de bois qui lui avait enfoncé la cage thoracique, lorsque George T. Nelson s'était effondré sur le canapé, pesait sur lui comme une barre de plomb. L'arrière du siège comprimait son épaule et un côté de sa tête.

Au-dessus de lui, George T. Nelson s'était lancé dans une description confuse de ce qu'il avait trouvé chez lui, et au bout d'un moment, Fred Rubin finit par comprendre. Il y eut un silence qui dura un certain temps, puis il reprit, criant presque : « Ça m'est égal ! Je m'en fous d'en parler au téléphone ! Qu'est-ce que tu veux que ça me fasse, maintenant qu'on a tué Tammy Faye ? Ce salopard a tué Tammy Faye ! Mais qui a pu faire un truc pareil, Fred ? Qui ? Il faut que tu m'aides ! »

Il y eut un autre silence pendant que George T. Nelson

écoutait et, de plus en plus paniqué, Frank se rendit compte qu'il allait s'évanouir. Il comprit brusquement ce qui lui restait à faire : tirer un coup de feu avec le Llama à travers le canapé. Il ne tuerait peut-être pas George T. Nelson, il ne le toucherait peut-être même pas mais, à n'en pas douter, il attirerait son attention. Il y avait alors toutes les chances pour que ce bon George T. Nelson décolle son gros cul à toute vitesse avant que Frank ne mourût ici, le nez écrasé contre le système de chauffage accolé à la plinthe.

Frank lâcha le couteau et essaya d'attraper le revolver coincé dans sa ceinture. Il fut envahi d'un sentiment d'horreur cauchemardesque lorsqu'il se rendit compte qu'il n'y arrivait pas, que ses doigts se refermaient à moins de cinq centimètres au-dessus de la crosse incrustée d'ivoire de l'arme. Il rassembla toutes les forces qui lui restaient pour effectuer une ultime tentative, mais son épaule refusait complètement de bouger ; le lourd canapé, auquel s'ajoutait le poids considérable de George T. Nelson, le maintenait solidement collé au mur. Comme s'il y était cloué.

Des roses noires, annonciatrices de l'asphyxie, commencèrent à se déployer devant ses yeux de plus en plus exorbités.

Comme s'il avait soudain parlé d'une distance considérable, Frank entendit son « vieil » ami hurler quelque chose à l'intention de Fred Rubin, lequel devait sans aucun doute être le partenaire de George T. Nelson dans le trafic de cocaïne. « Mais qu'est-ce que tu racontes ? Je te dis que je viens d'être cambriolé et tu me parles d'aller voir ce nouveau mec dans la rue ? C'est pas d'un bricolage à la con que j'ai besoin, mais d'un... »

Il s'interrompit, se leva et se mit à aller et venir. Avec ce qui était littéralement tout ce qui lui restait de forces, Frank réussit à repousser le meuble de quelques centimètres. Ce n'était pas beaucoup, mais cela lui permit cependant d'aspirer de petites bouffées d'un air qu'il trouva merveilleux.

« Il veut *quoi* ? cria George T. Nelson. Mais bordel de Dieu, pourquoi tu n'as pas commencé par là ? »

Silence de nouveau. Frank gisait derrière le canapé comme une baleine échouée, aspirant de l'air et espérant que sa tête, transformée en enclume sur laquelle cognait un énorme marteau, n'allait pas exploser. Encore quelques instants, et il se lèverait et ferait sauter la caisse de George T. Nelson. Encore quelques instants. Lorsqu'il aurait retrouvé son souffle. Lorsque les grandes fleurs noires qui lui bouchaient la vue se seraient évanouies. Dans un moment. Deux tout au plus.

« D'accord, dit George T. Nelson. J'irai le voir. J'ai bien peur qu'il ne puisse pas faire de miracle, ton type, mais à cheval donné on ne regarde pas les dents, hein ? Je vais quand même te dire quelque chose ; j'en ai rien à foutre s'il deale de la came ou non. Je vais trouver l'enfant de salaud qui a fait tout ça, avant toute chose. Priorité numéro un. Et je vais le clouer au mur le plus proche. Tu piges ? »

Je pige, pensa Frank. Reste à savoir qui va clouer qui sur ce fameux mur, mon cher vieux compagnon de partouzes.

« Oui, j'ai compris le nom ! hurla George T. Nelson. Gaunt, Gaunt, Gaunt, putain ! »

Il raccrocha brutalement, puis envoya sans doute l'appareil valser dans la pièce, car Frank entendit un bruit de verre fracassé. Quelques secondes plus tard, George T. Nelson lançait un dernier juron et fonçait hors de la maison. Le moteur de son Iroc-Z gronda ; Frank l'entendit partir en marche arrière dans l'allée au moment où il repoussait lentement le canapé. Il y eut un crissement de pneus et George T. Nelson, ce bon vieil ami, démarra en trombe.

Deux minutes plus tard, deux mains firent leur apparition au-dessus du canapé beige et l'agrippèrent. Au bout de quelques instants, le visage de Frank Jewett, blême, chiffonné, les lunettes à la Weatherbee (dont un verre était craquelé) de travers sur son nez camard, surgit à son tour entre les mains. L'arrière du meuble avait laissé une marque rouge en pointe de lance sur sa joue droite. Quelques moutons de poussière dansaient, accrochés à ses cheveux clairsemés.

Avec lenteur, comme un cadavre boursouflé qui remonte du lit d'une rivière pour venir flotter juste sous la surface, un sourire se dessina sur sa figure. Il avait manqué son «vieil» ami George T. Nelson pour cette fois, mais George T. Nelson n'envisageait pas de quitter la ville; d'après sa conversation téléphonique, c'était clair. Frank ne doutait pas de le trouver avant le soir. Dans une ville de la taille de Castle Rock, pouvait-il le manquer?

32

Sean Rusk se tenait sur le seuil de la cuisine et regardait anxieusement vers le garage. Son grand frère venait d'y entrer cinq minutes auparavant: il l'avait aperçu par hasard, depuis la fenêtre de sa chambre. Brian tenait quelque chose à la main. Sean savait ce que c'était, même s'il était trop loin pour distinguer l'objet: la nouvelle carte de base-ball, celle que Brian n'arrêtait pas d'aller contempler en cachette.

L'aîné croyait que son cadet ignorait tout de la carte, mais il se trompait. Sean savait même qui était dessus, car arrivé de l'école bien avant son frère, aujourd'hui, il s'était introduit dans sa chambre pour la regarder. Il se demandait pourquoi Brian y tenait tant; elle était vieille, sale, écornée, à demi effacée. En plus, Sean n'avait jamais entendu parler de ce joueur, un lanceur des Dodgers de Los Angeles du nom de Sammy Koberg, dont les coups gagnants se comptaient sur les doigts de la main. Un type qui n'avait même pas passé une année entière dans la première division. Qu'est-ce que Brian pouvait bien lui trouver, à cette carte?

Sean l'ignorait. Deux choses étaient certaines, en revanche: son frère y tenait beaucoup, et le comportement de Brian était très inquiétant depuis une semaine. On aurait dit un personnage de ces mises en garde contre la drogue destinées aux jeunes, qui passent à la télé. Mais Brian ne prenait pas de drogue... pas lui !

L'expression qu'il avait lue sur le visage de Brian, au moment où il l'avait vu entrer dans le garage, l'avait tellement effrayé qu'il était allé en parler à sa mère. Il ne savait trop comment s'expliquer, mais en fin de compte ça n'avait pas eu d'importance : il n'eut pas la moindre possibilité de le faire. Elle gémissait dans sa chambre, en sortie de bain, portant ces stupides lunettes de soleil qu'elle avait trouvées au nouveau magasin.

« M'man ! Y a Brian qui... », avait-il commencé. Mais il n'avait pas pu aller plus loin.

« Va-t'en, Brian. Maman est occupée.

— Mais, M'man...

— *Va-t'en,* je te dis ! »

Et avant d'avoir pu placer deux mots, il s'était trouvé reconduit sans cérémonie à la porte de la chambre. La sortie de bain s'était entrouverte pendant qu'elle le bousculait et il n'avait pas eu le temps de détourner les yeux. Dessous, elle ne portait rien du tout. Même pas une chemise de nuit.

Elle avait claqué la porte et donné un tour de clef.

Et maintenant, sur le seuil de la cuisine, de plus en plus inquiet, il attendait de voir Brian sortir du garage. Mais Brian n'en sortait pas.

Son angoisse avait crû de manière furtive pour se transformer en une terreur qu'il contrôlait de moins en moins bien. L'enfant partit finalement au petit trot et entra dans le garage.

Il y faisait sombre et la chaleur étouffante qui y régnait rendait encore plus agressives les odeurs d'huile. Il resta un moment sans voir son frère dans la pénombre et pensa qu'il avait dû passer dans l'arrière-cour par la porte du fond. Puis ses yeux accommodèrent et il laissa échapper un petit cri geignard.

Assis contre le mur du fond, à côté de la tondeuse à

gazon, Brian tenait le fusil de chasse de papa. La crosse était posée sur le sol, le canon pointé vers sa tête. Brian s'accrochait d'une main à l'arme et tenait de l'autre la vieille carte de base-ball crasseuse qui semblait avoir une emprise si grande sur sa vie, depuis une semaine.

« Brian ! Qu'est-ce que tu fais ? s'écria Sean.

— Ne t'approche pas, Sean, ça va te salir.

— Brian, non ! gémit le petit, se mettant à pleurer. Fais pas l'idiot ! Tu… tu me fiches la trouille !

— Tu dois me faire une promesse », répondit Brian. Il avait enlevé chaussettes et tennis et glissait un gros orteil sous le pontet de la Remington.

Sean sentit son entrejambe devenir chaud et humide. Jamais il n'avait eu aussi peur de sa vie. « Brian ! je t'en supplie ! Je t'en supplie !

— Il faut me promettre de ne jamais aller au nouveau magasin. Tu m'as compris ? »

Sean fit un pas vers son frère, dont l'orteil se recroquevilla sur la détente.

« *Non!* hurla Sean en battant immédiatement en retraite. Je veux dire oui ! *oui !* »

Brian laissa retomber un peu le canon ; son orteil se détendit légèrement. « Promets-moi.

— Oui ! Je te promets tout ce que tu veux ! Mais ne fais pas ça ! Ne… Arrête de me faire marcher, Bri ! Je t'en supplie ! Allons voir *Les Transformateurs* ! Non… choisis ce que tu veux ! N'importe quoi ! Même Wapner ! On peut regarder Wapner si tu veux ! Toute la semaine ! Tout le mois, même ! Mais arrête de me faire peur, Brian, *je t'en supplie, arrête ça !* »

Brian Rusk n'avait peut-être même pas entendu. Ses yeux semblaient flotter au milieu de son visage, lointains et sereins.

« Ne va jamais là-bas, reprit-il. Le Bazar des Rêves est un endroit empoisonné, et monsieur Gaunt est un empoisonneur. Sauf qu'il n'est pas vraiment un homme, Sean. Pas un homme du tout. Jure-moi que tu n'achèteras jamais les poisons que vend monsieur Gaunt !

— Je le jure! Je le jure! bafouilla Sean. Je te le jure sur la tête de maman!

— Non, tu ne peux pas. Maman s'est fait avoir, elle aussi. Jure sur ton propre nom, Sean. Sur ton propre nom.

— Je le jure!» cria Sean dans le garage sombre à la chaleur étouffante. Il tendit vers son frère deux mains implorantes. «Je le jure sur mon propre nom! Mais pose ce fusil, maintenant, pose-le, Bri...

— Je t'aime, frérot.» Brian regarda un instant la carte de base-ball. «Sandy Koufax... de la merde», observa Brian Rusk en appuyant sur la détente avec son orteil.

Le cri perçant que poussa Sean, un hurlement d'horreur, fut plus fort que la détonation, bruyante mais sans écho dans le garage. Le garage sombre, où régnait une chaleur étouffante.

33

Leland Gaunt regardait la rue à travers la vitrine du Bazar des Rêves et souriait doucement. Le coup de feu en provenance de Ford Street était presque inaudible, mais il avait l'ouïe très fine et il l'entendit.

Son sourire s'agrandit légèrement.

Il enleva le panonceau (celui qui précisait «sur rendez-vous seulement») pour en mettre un nouveau. Sur ce dernier on lisait:

FERMÉ JUSQU'À NOUVEL AVIS

«On commence enfin à bien s'amuser, dit Leland Gaunt. Oui, m'sieur.»

18

1

Polly Chalmers ignorait tout de ces événements.

Au moment où Castle Rock voyait poindre les premiers fruits authentiques des travaux de Leland Gaunt, elle se trouvait au bout de la route vicinale 3, sur le terrain de l'ancienne ferme Camber. Elle s'y était rendue une fois sa conversation avec Alan terminée.

Terminée ? pensa-t-elle. L'expression est bien trop courtoise. Dès qu'elle lui avait raccroché au nez, voilà qui serait plus proche de la vérité, non ?

Bon, d'accord, admit-elle. Je lui ai raccroché au nez. Mais il est allé fouiller dans mon dos. Et quand je l'ai mis devant le fait accompli, il s'est empêtré et il a menti. Il a menti ! J'estime qu'un tel comportement ne mérite pas une réponse courtoise.

Quelque chose en elle n'était pas complètement convaincu ; ce quelque chose aurait pu élever la voix, si elle lui en avait laissé le temps et la place, mais elle ne lui accorda ni l'un ni l'autre. Elle refusait d'écouter toute voix discordante ; elle ne voulait même pas revenir sur sa dernière conversation avec Alan Pangborn. Elle ne désirait qu'une chose, faire ce qu'elle avait à faire ici, au bout du chemin vicinal 3, et rentrer chez elle. Une fois à la maison, elle prendrait un bain froid et irait au lit pour douze ou seize heures.

La voix lointaine réussit cependant à glisser quelques mots : Mais, Polly, as-tu pensé… ?

Non, elle n'y avait pas pensé. Sans doute y penserait-elle, le moment venu, mais c'était encore trop tôt. Lorsqu'elle se mettrait à y penser, elle commencerait aussi à souffrir. Pour l'instant elle ne voulait qu'une chose, s'occuper de ce qu'elle avait à faire, et ne pas penser du tout.

La ferme Camber n'était pas un endroit rassurant. On disait même qu'elle était hantée. Quelques années auparavant, deux personnes (un petit garçon et le shérif George Bannerman) étaient mortes dans la cour de cette ferme. Deux autres, Gary Pervier et Joe Camber lui-même, avaient péri juste au pied de la colline. Polly se gara à l'endroit où une femme du nom de Donna Trenton avait commis jadis l'erreur fatale de faire halte avec sa Ford Pinto et sortit. L'*azka* se balança entre ses seins.

Elle regarda un moment autour d'elle, mal à l'aise ; le porche s'affaissait, le lierre recouvrait les murs à la peinture écaillée, les fenêtres, presque toutes brisées, lui rendaient son regard de leurs yeux aveugles. Des grillons chantaient leur chanson stupide dans l'herbe, et le soleil tapait aussi fort que le jour où Donna Trenton avait lutté pour se sauver et sauver son fils de la mort.

Mais qu'est-ce que je fabrique ici ? Au nom du ciel, qu'est-ce que je fabrique ici ?

Elle le savait, cependant, et ça n'avait rien à voir avec le shérif Pangborn, ni avec Kelton, ni avec le Département de l'Aide sociale à l'Enfance de San Francisco. Cette petite promenade aux champs n'avait rien à voir avec l'amour. Elle avait à voir avec la souffrance. C'était tout... mais suffisant.

Il y avait quelque chose à l'intérieur de l'amulette d'argent. Quelque chose de vivant. Si elle ne remplissait pas les conditions du marché qu'elle avait passé avec Gaunt, la chose mourrait. Elle ne savait pas si elle pourrait supporter une rechute dans les douleurs horribles, suffocantes, qui l'avaient réveillée, dimanche dernier. Si elle devait envisager une telle vie de souffrance, autant se tuer.

« Et ce n'est pas contre Alan, murmura-t-elle tout en se dirigeant vers la grange à la porte béante et dont le toit incliné menaçait ruine. Il a dit qu'il ne lèverait pas la main contre lui. »

Mais alors, pourquoi t'inquiéter ? lui souffla la voix.

Elle s'inquiétait parce qu'elle ne voulait pas faire de

mal à Alan. Elle était en colère contre lui, furieuse, en réalité ; mais cela ne signifiait pas qu'elle devait s'abaisser à son niveau, qu'elle devait le traiter aussi lamentablement que lui l'avait traitée.

Mais, Polly, as-tu pensé... ?

Non. *Non!*

Elle allait faire une blague à Ace Merrill, et elle se fichait complètement de ce type qu'elle n'avait même jamais rencontré et ne connaissait que de réputation. C'était lui qui serait victime de la blague, mais...

Mais Alan, qui avait expédié Ace Merrill moisir à Shawshank, intervenait quelque part. Son cœur le lui disait.

Pouvait-elle faire machine arrière ? Le pouvait-elle, quand bien même elle l'aurait voulu ? Car il y avait aussi Kelton. Mr Gaunt ne lui avait pas franchement dit que la ville serait mise au courant de ce qui était arrivé à son fils si elle n'exécutait pas ses ordres... mais il l'avait laissé entendre. Cette seule idée était insupportable.

Pourquoi une jeune femme, cependant, n'aurait-elle pas droit à son amour-propre ? Quand tout le reste lui échappe, n'a-t-elle pas au moins droit à cela ? A cette dernière pièce qui empêche sa bourse d'être vide ?

Oui. Oui et oui.

Mr Gaunt lui avait dit qu'elle trouverait dans la grange l'outil dont elle aurait besoin. Elle s'avança vers la bâtisse branlante.

Va où tu veux, mais vas-y vivante, lui avait dit tante Evvie. *Ne deviens pas un fantôme.*

Mais en ce moment, alors qu'elle franchissait la porte grande ouverte, pétrifiée sur son rail rouillé, elle se sentait comme un fantôme ; jamais elle ne s'était autant sentie comme un fantôme de toute sa vie. *L'azka* bougeait entre ses seins... mais de lui-même. A l'intérieur, quelque chose. Quelque chose de vivant. Ça ne lui plaisait pas, mais l'idée de ce qui se passerait si la chose mourait lui plaisait encore moins.

Elle ferait ce que Mr Gaunt lui avait demandé de faire, au moins cette fois, puis couperait tout lien avec Alan

Pangborn (une erreur dès le début, cette liaison : elle le voyait bien, maintenant) et garderait son passé pour elle. Pourquoi pas ?

Après tout, il ne s'agissait que de bien peu de chose.

2

La pelle se trouvait exactement là où il avait dit qu'elle serait, appuyée contre un mur, dans un rayon de soleil où dansait la poussière. Elle la saisit par sa poignée, lisse d'usure.

Elle eut soudain l'impression d'entendre une sorte de feulement bas en provenance des parties les plus sombres de la grange, comme si le saint-bernard enragé qui avait tué le grand George Bannerman et entraîné la mort de Tad Trenton se trouvait encore ici, plus féroce que jamais. La chair de poule lui hérissa le bras, et elle se précipita dehors. La cour ne respirait pas exactement la joie de vivre, avec cette maison vide qui vous foudroyait de son regard sinistre, mais c'était mieux que la grange.

Qu'est-ce que je fabrique ici ? se demanda-t-elle une fois de plus, affligée ; ce fut la voix de tante Evvie qui lui répondit : *Tu te transformes en fantôme. Voilà ce que tu fabriques ici. Tu fais un fantôme de toi.*

Elle ferma fortement les paupières. « Arrête ! murmura-t-elle d'un ton rogue. Arrête, t'entends ? »

Très juste, intervint alors Leland Gaunt. *Et d'ailleurs, où est le problème ? Ce n'est qu'une petite blague inoffensive. Et s'il devait y avoir des conséquences sérieuses — il n'y en aura pas, évidemment, simple supposition pour les besoins de la cause —, la faute à qui, hein ?*

« A Alan », marmonna-t-elle. Ses yeux ne cessaient d'aller et venir nerveusement ; ses mains s'ouvraient et se serraient nerveusement entre ses seins. « S'il était ici pour parler à... s'il ne s'était pas coupé de moi en allant fouiner dans des affaires qui ne le regardaient pas... »

La petite voix essaya de nouveau de s'élever, mais Leland Gaunt la coupa avant même qu'elle ait pu placer un mot.

Tout juste, encore une fois. Quant à ce que tu fabriques ici, Polly, la réponse est simple: tu paies. C'est ce que tu fais, et c'est tout ce que tu fais. Les fantômes n'ont rien à voir là-dedans. Et n'oublie pas ceci, parce que c'est l'aspect le plus élémentaire et le plus merveilleux du commerce: une fois que tu as payé pour une chose, elle t'appartient. Tu ne t'attendais pas à ce qu'un objet aussi fantastique soit bon marché, tout de même? Quand tu auras fini de payer, il sera à toi. Tu as des droits très clairs sur la chose pour laquelle tu as payé. Alors vas-tu rester plantée là à écouter toute la journée ces voix geignardes, ou feras-tu ce que tu es venue faire?

Polly rouvrit le yeux. L'*azka* pendait, immobile, au bout de sa chaîne. S'il avait bougé (elle n'en était plus tout à fait aussi sûre), c'était maintenant terminé. La maison n'était qu'une maison, abandonnée depuis trop longtemps et portant les stigmates inévitables de cet abandon. Les fenêtres n'étaient pas des yeux, mais de simples trous privés de vitrage par des gamins aventureux armés de cailloux. Et ce qu'elle avait entendu dans la grange (et qu'elle n'était plus très sûre d'avoir entendu) ne devait être que le bruit d'une planche qui avait craqué dans la chaleur anormale de cette journée d'octobre.

Ses parents étaient morts. Son adorable petit garçon était mort. Et le chien qui avait régné en maître, un maître redoutable et terrifiant, dans cette cour pendant trois journées successives, était mort depuis onze ans.

Il n'y avait pas de fantômes.

« Pas même moi », dit-elle.

Elle contourna la grange.

3

Derrière la grange, lui avait dit Gaunt, *vous trouverez la carcasse d'une vieille caravane.* Il y en avait une, en effet, une Airflow métallisée qui disparaissait presque au milieu d'un fouillis de verges d'or et de tournesols desséchés.

Vous verrez un rocher plat à la gauche de la caravane.

Elle n'eut pas de mal à le découvrir ; il faisait la taille d'une dalle de jardin.

Déplacez le rocher et creusez. A environ soixante centimètres, vous trouverez une boîte de Crisco.

Elle mit le rocher de côté et creusa. Moins de cinq minutes plus tard, la lame de la pelle heurtait la boîte métallique. Elle continua à creuser avec les mains dans la terre meuble, cassant des doigts les fragiles ramifications des racines. La boîte de margarine était rouillée mais intacte. L'étiquette en décomposition se détachait ; elle comportait au dos une recette de gâteau surprise à l'ananas (la liste des ingrédients rendue illisible par les moisissures) et un coupon Bisquick dont l'année d'expiration était 1969. Du doigt, elle réussit à dégager le couvercle. La bouffée d'air qui s'en échappa la fit grimacer et éloigner la tête. La voix tenta une dernière fois de lui demander ce qu'elle fabriquait ici, mais Polly la fit taire.

Elle regarda dans la boîte et y trouva ce qu'avait prévu Mr Gaunt : un paquet de timbres publicitaires Gold Bond et plusieurs photos à demi effacées d'une femme ayant un rapport sexuel avec un chien colley.

Elle sortit tout cela et le fourra dans sa poche, puis s'essuya vivement les doigts sur son jean. Elle se promit de se laver les mains dès que possible. Le fait de toucher des choses restées si longtemps sous terre lui répugnait.

D'une autre poche, elle prit une enveloppe scellée de format commercial. Imprimé en lettres capitales, on lisait ceci dessus :

Polly mit l'enveloppe dans la boîte, referma le couvercle et remit l'ensemble dans le trou qu'elle combla avec la pelle ; elle travaillait vite et sans soin. Elle n'avait plus qu'une envie, ficher le camp d'ici.

La corvée terminée, elle s'éloigna à grands pas, après avoir balancé la pelle dans les hautes herbes. Elle n'avait nulle intention de la remettre dans la grange, quelque banale que pût être l'explication du bruit qu'elle y avait entendu.

Une fois à sa voiture, elle ouvrit tout d'abord la portière côté passager pour accéder à la boîte à gants. Elle chercha dans le fouillis de papiers qui y traînaient et finit par trouver une vieille pochette d'allumettes. Il lui fallut quatre essais pour en faire prendre une. Ses mains ne la faisaient presque plus souffrir, mais elles tremblaient tellement qu'elle écrasa les trois premières, la tige en carton se pliant sous la pression.

Lorsque la quatrième produisit sa petite flamme, presque invisible dans la lumière éclatante de l'après-midi, elle sortit la pile agglomérée de bons d'échange et de photos obscènes de sa poche et en approcha l'allumette, qu'elle tint jusqu'à ce que les papiers aient bien pris feu. Puis elle les agita pour améliorer le tirage. La femme des photos avait l'air sous-alimentée avec ses yeux creux ; le chien d'allure minable paraissait assez malin pour se sentir gêné. Ce fut un soulagement que de voir la photo du dessus se cloquer et brunir. Lorsque le cliché commença à se recroqueviller sur lui-même, elle laissa tomber la pile de papiers à terre, sur ce même sol où une autre femme avait jadis battu un autre chien à mort, un saint-bernard cette fois, à l'aide d'une batte de base-ball.

Les flammes jaillirent. La petite pile de timbres et de photos se réduisit rapidement en un tas de cendres. Il y eut un brasillement, le feu s'éteignit et... à cet instant précis, une rafale de vent soudaine rompit le calme de l'air, éparpillant le magma de cendres. Les débris tourbillonnèrent en une mini-tornade qui s'éleva sous les yeux écarquillés de Polly ; elle sentit brusquement la peur la gagner. D'où cette rafale de vent incompréhensible sortait-elle donc ?

Oh, je vous en prie ! Vous ne pourriez pas arrêter de…

Le grognement bas, semblable au ralenti d'un gros moteur de hors-bord, s'éleva de nouveau d'entre les mâchoires béantes et noires de la grange. Ce n'était pas son imagination, et ce n'était pas une poutre qui craquait.

Mais un *chien*.

Polly regarda dans cette direction, apeurée, et vit deux points rouges phosphorescents qui semblaient guetter dans les ténèbres. Elle fit le tour de la voiture en courant, se heurta douloureusement la hanche au capot, sauta sur son siège, remonta les vitres et verrouilla les portières. Elle tourna la clef de contact. Le moteur ahana… mais ne démarra pas.

Personne ne sait où je me trouve, se rendit-elle compte. Personne, sinon Mr Gaunt… qui ne dira jamais rien.

Un instant, elle s'imagina prisonnière ici comme l'avaient été Donna Trenton et son fils. Puis le moteur vint soudain à la vie ; elle recula si brusquement dans l'allée qu'elle faillit jeter la voiture dans le fossé, de l'autre côté de la route. Elle remit la boîte automatique sur D et repartit vers la ville aussi vite qu'elle l'osa.

Elle avait complètement oublié qu'elle aurait bien aimé se laver les mains.

4

Ace Merrill roula hors de son lit à peu près au moment où Brian Rusk se faisait sauter la tête, à une cinquantaine de kilomètres de là.

Il se rendit aux toilettes, s'extirpa de son caleçon crasseux tout en marchant et urina pendant une heure ou deux. Il leva un bras et renifla son aisselle. Il jeta un coup d'œil à la douche et y renonça. Une grosse journée l'attendait. La douche serait pour plus tard.

Il quitta le petit coin sans se donner la peine de tirer la chasse — *quand c'est jaune, ça peut attendre la bonne* était l'un des aphorismes classiques de sa philosophie — et se rendit à sa commode, sur laquelle l'attendait un miroir et, posé dessus, ce qui restait de la schnouf de Gaunt, c'est-à-dire pas grand-chose. Une came de première, agréable au nez, chaude dans la tête, dont il avait eu besoin d'utiliser de grandes quantités la nuit dernière, comme Gaunt le lui avait prédit ; mais il se doutait bien que les réserves ne devaient pas être épuisées.

Du bord de son permis de conduire, Ace forma deux lignes qu'il sniffa avec un billet de cinq roulé sur lui-même ; quelque chose d'assez approchant d'un missile Shrike décolla dans sa tête.

« Boum ! s'écria Ace Merrill de sa voix Grand Méchant Loup de la Warner, allons-y pour le cinoche ! »

Il enfila un jean délavé sur ses hanches nues, puis un T-shirt Harley Davidson. C'est ce que portent tous les chasseurs de trésors qui savent s'habiller, cette année, pensa-t-il, avant d'éclater d'un rire dément. Hou la ! elle est chouette, cette coke !

Il se dirigeait vers la porte lorsque ses yeux tombèrent sur ses trouvailles de la nuit ; il se rappela qu'il avait eu l'intention de donner un coup de fil à Nat Copeland, à Portsmouth. Il retourna dans sa chambre, fouilla parmi les vêtements fourrés pêle-mêle dans le premier tiroir de la commode et finit par retrouver un carnet d'adresses en piteux état. Il alla à la cuisine, s'assit et composa le numéro. Il ne pensait pas joindre Nat lui-même, mais ça valait la peine d'essayer. La coke bourdonnait dans sa tête et lui cisaillait le crâne, mais il sentait s'évaporer les premiers effets du coup de fouet. Une giclée de coke fait de vous un homme nouveau ; le problème, c'est qu'une deuxième giclée est la première chose dont a envie cet homme nouveau, et les réserves d'Ace se trouvaient sérieusement amenuisées.

« Ouais ? » fit une voix. Le ton était méfiant, mais Ace se rendit compte qu'il avait une fois de plus tapé dans le mille ; la chance était avec lui.

« Nat ! s'écria-t-il.

— Qui êtes-vous, bordel ?

— Hé, c'est moi, vieille noix ! Moi !

— Ace ? C'est toi, Ace ?

— Personne d'autre ! Alors ça boume, vieux ?

— On a vu mieux. » Nat n'avait pas l'air particulièrement ravi d'avoir des nouvelles de son ancien compagnon de boutique à Shawshank. « Qu'est-ce que tu veux ?

— Hé, c'est pas une manière de parler aux copains, ça ! » dit Ace d'un ton de reproche. Il coinça le combiné entre l'oreille et l'épaule et attira à lui deux vieilles boîtes métalliques rouillées.

Il avait déterré l'une d'elles derrière la vieille ferme Treblehorn, l'autre dans la fosse qui correspondait à la cave, dans ce qui restait de la ferme Masters, laquelle avait brûlé de fond en comble alors qu'Ace avait dix ans. La première contenait seulement quatre cahiers de timbres S & H et plusieurs paquets de coupons de cigarettes Raleigh ; la deuxième, quelques feuillets de timbres d'échange et six rouleaux de pennies. Sauf que les petites pièces ne ressemblaient pas aux pennies habituels.

Elles étaient blanches.

« J'veux peut-être tout juste te taper, le taquina Ace. Vérifier l'état de tes piles, quoi, voir comment marchent les affaires... des trucs comme ça.

— Qu'est-ce que tu veux, Ace ? » répéta Nat d'un ton fatigué.

Ace sortit l'un des rouleaux de pennies de la vieille boîte de Crisco. Le papier, violet à l'origine, était devenu d'un rose délavé. Il en fit tomber deux pièces et les regarda avec curiosité. Si quelqu'un avait une idée de ce que c'était, ce ne pouvait être que Nat Copeland.

Il avait autrefois tenu à Kittery un magasin pour collectionneurs de pièces. Il possédait également sa propre collection, l'une des dix plus belles de la Nouvelle-Angleterre, à l'en croire. Puis il avait lui aussi découvert les joies et merveilles de la cocaïne. Dans les quatre ou cinq années qui avaient suivi, il s'était séparé de sa collection pièce à pièce pour se poudrer le nez. En 1985, alertée par une alarme silencieuse qui s'était déclenchée dans le local d'un marchand de monnaies de collection, à Portland, la police avait trouvé Nat Copeland dans l'arrière-boutique, occupé à fourrer les dollars en argent de Dame Liberty dans un sac en peau. Ace l'avait rencontré peu de temps après.

« Au fait, tu m'y fais penser, j'ai bien une question à te poser.

— Une question ? C'est tout ?

— Absolument tout, vieille noix.

— Très bien. (A sa voix, Nat paraissait se détendre un peu.) Eh bien, je t'écoute. J'ai pas que ça à faire.

— D'accord. Boulot, boulot, boulot. Des trucs à faire, des gens à se taper, c'est bien ça, Natty ? » Il partit de son rire de dément. Ce n'était pas seulement l'effet de la poudre ; c'était la *journée*. Il n'était rentré chez lui qu'aux petites heures du matin et la coke qu'il avait ingurgitée l'avait tenu réveillé presque jusqu'à dix heures, en dépit des stores baissés et de son épuisement physique : il se sentait prêt à bouffer des barres d'acier et à recracher des clous de douze. Et pourquoi ? Pourquoi pas, nom d'un foutre ? Il était sur le point de faire fortune ! Il le savait, il le sentait par toutes les fibres de son corps.

« Dis donc, Ace, c'est-y que t'as quelque chose à me dire dans ce qui te sert de tête, ou tu te fous juste de moi ?

— Non, je me fous pas de toi. Donne-moi le bon tuyau et je te mettrai dessous de quoi renifler. Du super.

— Vraiment ? »

La voix de Copeland avait perdu toute agressivité. Elle se fit feutrée, presque émerveillée. « T'es pas en train de me bourrer le mou, dis ?

— La meilleure came que j'aie jamais touchée, Natty, mon chou...

— Tu peux me mettre dans le coup ?

— Je vois vraiment pas pourquoi je le ferais pas », répondit Ace, qui n'en pensait pas un mot. Il venait de détacher trois ou quatre autres de ces pennies bizarres de leur vieux rouleau délavé. Il les aligna du bout des doigts. « Mais rends-moi un service.

— Dis toujours.

— Les pennies blancs, ça te dit quelque chose ? »

Il y eut un silence à l'autre bout du fil. Puis Nat répondit prudemment. « Des pennies blancs, tu veux dire des penny d'acier ?

— Je ne sais pas ce que je veux dire, le collectionneur, c'est toi.

— Regarde les dates. S'ils ont été frappés entre 1941 et 1945. »

Ace retourna les pièces posées devant lui. L'une était de 1941 ; quatre de 1943 ; la dernière de 1944.

« Ouais, c'est ça. Qu'est-ce qu'elles valent, Nat ? » Il essaya de dissimuler son ton d'impatience sans y arriver parfaitement.

« Pas grand-chose, une à la fois, mais fichtrement plus qu'un penny d'un cent actuel. Disons deux dollars pièce. Trois s'ils sont FC.

— C'est quoi ?

— Fleur de coin. En parfait état. Tu en as beaucoup ?

— Pas mal, dit Ace, pas mal, mon vieux. » Mais il était déçu. Il avait six rouleaux, soit trois cents pièces, et ceux qu'il avait sous les yeux n'étaient pas dans un excellent état, à son avis. Six cents, huit cents dollars maximum. Pas vraiment un grand coup.

« Eh bien ! amène-les-moi, on regardera ça. Je pourrai t'en donner un bon prix. » Il hésita, puis ajouta : « Et n'oublie pas la poudre à canon.

— J'y penserai.

— Hé, Ace ! ne raccroche pas !

— Va te faire gentiment foutre, Natty », répliqua Ace en reposant le combiné.

Il resta un moment songeur, contemplant les pennies et les deux boîtes rouillées d'un air morose. Il y avait quelque chose de très bizarre dans cette affaire. Des timbres d'échange et six cents dollars en pennies d'acier. Ça rimait à quoi ?

C'est ça qui fait chier, pensa-t-il. Ça rime à rien. Où peut-il bien être, le vrai magot ? Où peut-il bien être, bordel ?

Il se leva et alla dans la chambre sniffer le reste de la coke de Gaunt. Lorsqu'il sortit de chez lui, le livre contenant la carte à la main, il se sentait considérablement plus joyeux. Si, ça rimait à quelque chose. Ça rimait très bien. Maintenant qu'il venait d'aider sa tête à fonctionner, il s'en rendait compte.

Après tout, il y avait quantité de croix, sur cette carte. Il avait trouvé deux caches exactement là où elles étaient indiquées, chacune marquée par une grosse pierre plate. Croix + pierre plate = trésor enterré. Il semblait bien, certes, que Pop ait eu pas mal plus de mou dans les voiles, à la fin de sa vie, que l'avaient cru les gens de la ville, et comme qui dirait un problème à faire la différence entre des diamants et des cailloux ; mais le gros lot — l'or, les billets, voire des bons au porteur — devait bien être planqué quelque part, sous l'une ou l'autre de ces grosses pierres plates.

Il en avait établi la preuve ; son oncle avait enterré des choses *de valeur*, pas juste de vieux timbres périmés et moisis. A la vieille ferme Masters, il avait déniché six rouleaux de pennies d'acier qui valaient au moins six cents dollars. Ça ne faisait pas beaucoup... mais c'était une indication.

« C'est quelque part par là, murmura Ace, une lueur démente dans le regard. Tout ça est quelque part par là, dans l'une des sept autres caches. Ou dans deux. Ou dans trois. »

Il le *savait*.

Il prit la carte sur papier bulle et fit passer son doigt d'une croix à une autre, se demandant si tel ou tel emplacement était plus favorable que les autres. Il s'arrêta finalement sur la ferme du vieux Joe Camber. C'était le seul endroit comportant deux croix proches l'une de l'autre. Son index se mit à faire lentement la navette entre les deux.

Joe Camber était mort au cours d'une tragédie qui avait coûté trois autres vies. A l'époque, sa femme et son fils se trouvaient loin, en vacances. D'ordinaire, les gens comme les Camber ne prennent pas de vacances, mais Charity Camber avait gagné une certaine somme à la loterie d'Etat, croyait se rappeler Ace. Il essaya d'évoquer d'autres souvenirs, mais tout ça restait flou dans son esprit. Il avait eu d'autres chats à fouetter à l'époque. Beaucoup d'autres.

Qu'avait fait Mme Camber en revenant de vacances avec son fils, lorsqu'elle avait découvert que Joe, une ordure de première (là-dessus, les opinions étaient unanimes, se souvenait Ace), avait passé l'arme à gauche ? Déménagé pour un autre Etat, non ? Et la propriété ? Elle avait sans doute dû vouloir s'en débarrasser rapidement. A Castle Rock, un nom venait aussitôt à l'esprit quand il s'agissait de réaliser sans délai une transaction : celui de Reginald Marion « Pop » Merrill. Etait-elle allée le voir ? Si oui, il lui en avait offert un prix dérisoire, à n'en pas douter, mais lorsqu'on était pressé de partir, on acceptait un prix dérisoire. En d'autres termes, la ferme Camber appartenait peut-être très bien à Pop au moment de sa mort.

Cette éventualité se transforma en certitude dès qu'elle lui fut venue à l'esprit.

« La ferme Camber ! s'écria-t-il. Mais oui ! Je parie que c'est là ! J'en suis *sûr* ! »

Des milliers de dollars ! Voire des dizaines de milliers de dollars ! Bordel de Dieu !

Il referma sèchement le livre sur la carte puis fonça,

courant presque, jusqu'à la Chevrolet que lui avait prêtée Gaunt.

Une question le titillait toujours : si Pop ne voyait vraiment aucune différence entre des diamants et des cailloux, pourquoi s'était-il donné le mal d'enterrer les timbres-cadeaux ?

Ace repoussa impatiemment cette interrogation et prit la direction de Castle Rock.

5

Danforth Keeton arriva à son domicile des hauteurs de Castle View au moment où Ace se mettait en chemin pour les secteurs plus ruraux du district. Il était toujours menotté à sa voiture, ce qui ne l'empêchait pas de se sentir d'une humeur sauvagement euphorique. Il avait passé ces deux dernières années à lutter contre des ombres, des ombres qui n'avaient cessé de gagner. Il en était arrivé au point où il commençait à penser qu'il devenait fou... ce qui était, bien entendu, exactement ce qu'ILS voulaient lui faire croire.

En chemin, il vit plusieurs paraboles de réception par satellite ; il les avait déjà remarquées et s'était demandé si elles ne jouaient pas un rôle dans ce qui se passait en ville. Aujourd'hui, il en était convaincu. Il ne s'agissait nullement de paraboles pour satellites. C'étaient des perturbateurs d'esprit. Ils n'étaient peut-être pas tous tournés vers sa maison, mais on pouvait être sûr que ceux qui ne l'étaient pas pointaient en direction d'autres personnes qui, comme lui, comprenaient qu'une conspiration monstrueuse se tramait.

Buster s'arrêta dans son allée, et appuya sur le bouton de la télécommande, accrochée à son pare-soleil, qui provoquait l'ouverture du garage. La porte commença à s'élever, mais il sentit, à cet instant précis, un élancement douloureux, insupportable, lui traverser la tête. Il comprit que *cela* aussi en faisait partie : ILS avaient remplacé sa télécommande par un objet de même aspect qui lançait de mauvais rayons dans sa tête en même temps qu'il ouvrait la porte

Il l'arracha au pare-soleil et le jeta par la fenêtre avant d'entrer dans le garage.

Il coupa le moteur et descendit de voiture. La menotte qui l'attachait à la poignée de la Cadillac le retenait aussi efficacement qu'une corde le pendu. Il y avait bien des outils soigneusement rangés sur leurs crochets, au-dessus de l'établi, mais ils étaient hors de portée. Il se pencha dans la voiture et se mit à klaxonner.

6

Myrtle Keeton, qui avait eu ses propres courses à faire cet après-midi, somnolait à demi, allongée sur son lit, l'esprit troublé, lorsque le klaxon retentit. Elle se mit brusquement sur son séant, l'œil exorbité par la terreur. « Je l'ai fait ! dit-elle dans un hoquet. J'ai fait ce que vous m'avez dit, fichez-moi la paix, maintenant ! »

Elle se rendit alors compte qu'elle avait rêvé, que Mr Gaunt n'était pas là, et laissa échapper un long soupir tremblotant.

HONK ! HONK ! HOOOOOOOOOOONNNNK !

On aurait dit l'avertisseur de la Cadillac.

Elle prit la poupée posée sur le lit à côté d'elle, la ravissante poupée qu'elle avait trouvée dans la boutique de Mr Gaunt, et la serra dans ses bras pour se réconforter. Elle avait commis un acte, cet après-midi, un acte que quelque part au fond d'elle-même, obscurément, elle savait mauvais, très mauvais, même, et qui l'effrayait ; mais depuis, la poupée lui était devenue inexprimablement chère. Le prix, aurait pu dire Gaunt, augmente toujours la valeur d'une chose… du moins aux yeux de l'acheteur.

HOOOOOOOOOOOONNNNNNNNNNNNKK !

C'était bien le klaxon de la Cadillac. Qu'est-ce qu'il lui

prenait, de klaxonner dans le garage ? Elle se dit qu'elle ferait mieux d'aller voir.

« Mais il n'a pas intérêt à toucher à ma poupée », dit-elle à voix basse. Elle la posa avec délicatesse dans la pénombre, sous son côté du lit. « Il a pas intérêt ; ça serait la goutte d'eau... »

Myrtle comptait parmi les très nombreuses personnes qui avaient rendu visite au Bazar des Rêves ce jour-là ; un nom de plus à marquer d'un signe sur la liste de Leland Gaunt. Elle était venue, comme beaucoup d'autres, parce que Mr Gaunt le lui avait ordonné. Elle avait reçu le message d'une manière qui n'aurait nullement surpris son époux : elle l'avait entendu dans sa tête.

Mr Gaunt lui avait dit qu'il était temps de finir de payer pour la poupée... si elle voulait la conserver, bien entendu. Pour cela, il lui fallait emporter une boîte métallique et une lettre scellée au Hall des Filles d'Isabelle, à côté de Notre-Dame des Eaux Sereines. La boîte présentait des parties grillagées sur chacun de ses côtés, sauf le fond ; il en sortait un tic-tac à peine audible. Elle avait essayé de regarder par les grilles circulaires (on aurait dit les haut-parleurs des anciens postes de radio) mais elle n'avait pu deviner qu'une forme vaguement cubique. A la vérité, elle n'avait pas fait de gros efforts. Il lui semblait préférable — plus sûr — d'en rester là.

Il n'y avait qu'une voiture dans le parking de la petite église et de ses dépendances lorsqu'elle arriva à pied. La salle paroissiale était vide, cependant. Elle s'en assura en regardant par la vitre de la porte, au-dessus d'une feuille de papier qu'on y avait scotchée ; puis elle lut celle-ci :

RÉUNION DES FILLES D'ISABELLE MARDI 19 HEURES
AIDEZ-NOUS À ORGANISER LA NUIT-CASINO !

Myrtle se glissa à l'intérieur. A sa gauche, contre le mur, s'alignaient des casiers peints en couleurs vives dans lesquels les enfants de la garderie laissaient leur déjeuner, et où ceux du catéchisme mettaient leurs dessins et leurs divers travaux. Myrtle devait poser l'objet dans l'un des casiers, ce qu'elle fit ; il s'y emboîtait très bien. Dans le fond de la salle, se dressait l'estrade avec la table de la présidente, un drapeau américain à gauche et une bannière représentant l'Infant de Prague à droite. La table était déjà prête pour la réunion avec stylos, crayons, bons de Nuit-Casino à remplir et, au milieu, la feuille détaillant l'ordre du jour. Myrtle déposa l'enveloppe de Mr Gaunt sous ce document de façon à ce que Betsy Vigue, présidente en exercice des Filles d'Isabelle, cette année, la voie dès qu'elle prendrait l'ordre du jour.

LIS ÇA TOUT DE SUITE, PUTAIN PAPISTE

lisait-on, tapé en capitales, sur le devant de l'enveloppe.

Le cœur battant à tout rompre, sa pression sanguine frôlant des altitudes stratosphériques, Myrtle était sortie du Hall des Filles d'Isabelle sur la pointe des pieds. Elle fit halte quelques instants, une fois à l'extérieur, les mains pressées sur son ample poitrine, afin de reprendre sa respiration.

Et vit alors quelqu'un qui s'esquivait en catimini du côté du Hall des Chevaliers de Colomb.

June Gavineaux, qui paraissait dans le même état de frayeur et de culpabilité que Myrtle. Elle descendit si rapidement les marches de bois donnant sur le parking qu'elle faillit tomber, puis elle se dirigea à pas pressés vers la seule voiture qui s'y trouvait garée, dans le claquement de ses talons plats.

Elle leva alors les yeux, vit Myrtle et pâlit. Puis elle regarda plus attentivement le visage de Myrtle... et comprit.

« Vous aussi ? » demanda-t-elle à voix basse. Un sourire étrange, à la fois coquin et écœuré, éclaira son visage. L'expression d'un enfant habituellement bien élevé qui, pour des raisons qui le dépassent, a mis une souris blanche dans le tiroir de son professeur préféré.

Myrtle sentit un sourire identique se dessiner sur ses

traits. Elle essaya néanmoins la dénégation. « De grâce ! je ne sais pas de quoi vous parlez !

— Si, vous le savez. » June regarda rapidement autour d'elle, mais les deux femmes disposaient entièrement du lieu et du moment, en cet étrange après-midi. « Mr Gaunt. »

Myrtle acquiesça et sentit une violente rougeur lui monter aux joues.

« Qu'est-ce que vous avez eu ? demanda June.

— Une poupée. Et vous ?

— Un vase. Un des plus beaux cloisonnés que vous avez jamais vus.

— Qu'avez-vous fait ? »

Avec un sourire madré, June contra : « Et vous ?

— Laissez tomber. » Myrtle jeta un coup d'œil en direction du Hall des Filles d'Isabelle et renifla. « De toute façon, ça n'a pas d'importance. Ce ne sont que des catholiques.

— C'est juste », répondit June, elle-même une catholique repentie. Sur quoi, elle s'était dirigée vers sa voiture. Myrtle ne lui avait pas demandé de la ramener, et June ne le lui avait pas proposé. Myrtle avait quitté le parking d'un pas pressé et n'avait même pas levé les yeux lorsque June l'avait dépassée, dans sa Saturn blanche. Elle n'avait plus qu'une envie, rentrer chez elle, faire un petit somme en tenant la poupée dans ses bras et oublier l'acte qu'elle avait commis.

Programme, découvrait-elle maintenant, auquel elle risquait de devoir renoncer.

7

HHHOOOOOOOOOOOOONNNNNNNNNNNNNKKKKKKKKK !

De la paume, Buster enfonça le klaxon et le maintint ainsi. L'avertisseur lui cornait aux oreilles à le rendre sourd. Où donc était passée cette conne ?

La porte qui séparait la cuisine du garage finit par

s'entrebâiller et Myrtle passa la tête. Elle ouvrait de grands yeux apeurés.

« C'est pas trop tôt ! s'exclama Buster, lâchant le klaxon. Je te croyais crevée dans les chiottes !

— Danforth ? Qu'est-ce qu'il y a ?

— Rien. Jamais les choses ne sont allées mieux depuis deux ans. J'ai juste besoin d'un petit coup de main, c'est tout. »

Myrtle ne bougea pas.

« Tu vas bouger ton gros cul, oui ? »

Elle n'avait aucune envie de lui obéir — il lui faisait peur —, mais l'habitude était ancienne, profondément ancrée et difficile à rompre. Elle fit le tour de la voiture pour le rejoindre dans l'étroit espace derrière la portière ouverte. Elle marchait lentement, laissant traîner ses pantoufles sur le ciment avec un bruit qui lui faisait grincer des dents.

Elle vit les menottes et ses yeux s'agrandirent. « Mais qu'est-ce qui s'est passé, Danforth ?

— Rien que je ne puisse régler. Passe-moi la scie à métaux, veux-tu ? Là, sur le mur. Non — au fond, laisse tomber la scie, pour le moment, et passe-moi plutôt le gros tournevis et le marteau. »

Elle eut un mouvement de recul, joignant en même temps les poings sur sa poitrine en un geste d'anxiété. Rapide comme un cobra, Buster lança sa main libre à travers la vitre baissée et la saisit par les cheveux avant qu'elle fût hors de portée.

« Aïe ! cria-t-elle en s'attaquant inutilement au poing énorme qui la tenait. *Aïe ! Danforth ! Aïe !* »

Buster la tira à lui, une grimace horrible sur la figure. Deux grosses veines battaient à son front. Il ne sentait pas plus les mains qui frappaient son poing que des battements d'ailes d'oiseaux.

« Fais ce que je tc dis ! » hurla-t-il. Une fois la tête de sa femme près de la portière, il la cogna une fois, deux fois, trois fois contre le montant. « Est-ce que tu es née comme ça, ou est-ce que t'as pris des cours, pour être si conne ? Va les attraper, je te dis !

— Tu me fais mal, Danforth !

— Tout juste ! » Il lui cogna de nouveau la tête contre la carrosserie, bien plus fort cette fois. A son front, la peau se déchira et un filet de sang se mit à couler sur sa joue gauche. « Est-ce que tu vas enfin faire attention à ce que je te dis, espèce de gourde ?

— Oui, oui, oui !

— Bien. » Il desserra son étreinte. « Alors donne-moi le gros tournevis et le marteau. Et n'essaie pas de faire la maligne. »

Elle agita le bras droit en direction du mur. « Je ne peux pas les attraper. »

Il se pencha en avant et lui donna assez de champ pour lui permettre d'avancer d'un pas vers le mur où étaient accrochés les outils. Il la tenait toujours solidement par la chevelure ; des gouttelettes de sang tombèrent sur les pantoufles de Myrtle et sur le sol.

Sa main tâtonnante se referma sur un outil et Danforth lui secoua vigoureusement la tête, comme un terrier secouerait un rat mort. « Pas celui-là, crétine ! C'est une perceuse. Est-ce que je t'ai parlé d'une perceuse, hein ?

— Mais, Danforth, aïe ! Je n'y vois rien !

— Tu aimerais bien que je te lâche, sans doute ! Comme ça tu pourrais courir dans la maison et LES appeler, hein ?

— Je ne comprends rien à ce que tu racontes !

— Bien sûr que non, pauvre petit agneau innocent ! C'était juste un accident si tu m'as entraîné ailleurs dimanche dernier, pour que ce salopard d'adjoint ait tout le temps de coller ces foutus P-V partout dans la maison ! C'est bien ce que tu voudrais me faire avaler, hein ? »

Elle le regarda au milieu des mèches qui lui retombaient sur les yeux. Ses cils retenaient des gouttes minuscules de sang. « Mais... Danforth... c'est *toi* qui m'as invitée au restaurant, dimanche dernier. Tu as dit... »

Il tira un coup sec sur ses cheveux. Elle cria.

« Contente-toi d'attraper ce que je t'ai dit. On pourra en discuter après. »

Elle tâta une fois de plus le mur, la tête baissée, les mèches que ne tenait pas la poigne de Buster lui retombant sur la figure. Ses doigts touchèrent le gros tournevis.

« Et d'un. Si t'essayais l'autre, qu'est-ce que tu en penses ? »

Elle reprit ses tâtonnements et finit par venir poser la main sur le manche enrobé de caoutchouc du marteau Craftsman.

« Bien. Donne-moi ça. »

Elle décrocha le marteau et Buster l'attira de nouveau à lui. Il lui lâcha les cheveux, prêt à les empoigner à nouveau au moindre signe de fuite. Elle ne bougea pas. Elle était domptée. Elle n'avait qu'un désir, qu'il la laissât remonter dans sa chambre afin qu'elle pût cajoler sa jolie poupée et s'endormir en la tenant dans ses bras. Elle se sentait capable de dormir jusqu'à la fin des temps.

Il prit les outils ; Myrtlc ne lui résista pas. Il plaça la pointe du tournevis contre la poignée de la porte et donna plusieurs coups violents de marteau sur la tête de l'outil. Au quatrième, la poignée céda. Buster la laissa tomber au sol avec le tournevis. Il alla ensuite appuyer sur le bouton qui refermait la porte du garage. Puis, tandis que celle-ci redescendait bruyamment sur ses rails, il s'avança vers sa femme, le marteau à la main.

« As-tu couché avec lui, Myrtle ? demanda-t-il doucement.

— Quoi ? » Elle le regardait, l'air morne et apathique.

Buster se mit à donner dans la paume de sa main des coups de marteau qui faisaient un bruit sourd et charnu. *Chonk ! Chonk ! Chonk !*

« As-tu couché avec lui, après l'avoir aidé à coller ces foutus formulaires roses partout dans la maison ? »

Elle le regardait du même air dénué de toute compréhension ; Buster avait oublié qu'elle était avec lui Chez Maurice lorsque Ridgewick avait forcé sa porte et accompli son petit forfait.

« Mais enfin, Buster, de quoi parles... ? »

Il se pétrifia, les yeux exorbités. « Comment tu m'as appelé ? »

L'expression apathique disparut du visage de Myrtle. Elle commença à battre en retraite, enfonçant déjà la tête dans les épaules. Derrière eux, la porte du garage s'immobilisa. On n'entendait plus que le frottement des chaussures sur le ciment et le tintement de la menotte qui oscillait au bout de sa chaîne.

« Je suis désolée, murmura-t-elle. Je suis désolée, Danforth. »

Puis elle fit demi-tour et courut vers la porte de la cuisine.

Il la rattrapa trois pas avant, la saisissant une fois de plus par les cheveux. « Comment tu m'as appelé ? » hurla-t-il, brandissant le marteau.

Les yeux de Myrtle suivirent le mouvement ascendant. « Danforth ! Non, je t'en supplie !

— Comment tu m'as appelé, hein ? Comment ? »

Il répéta sa question sans fin, hurlant toujours plus fort, la ponctuant à chaque fois de ce bruit charnu et étouffé : *Chonk. Chonk. Chonk.*

8

Ace pénétra dans la cour de la ferme Camber à cinq heures. Il fourra la carte dans sa poche revolver et ouvrit le coffre. Prenant la pelle et la pioche que Gaunt lui avait si obligeamment fournies, il s'avança vers le porche affaissé et noyé de plantes grimpantes qui courait le long d'un côté de la maison. Il reprit la carte et s'assit sur les marches pour l'examiner. Les effets à court terme de la coke s'étaient estompés, mais son cœur battait toujours à un rythme vif dans sa poitrine ; il venait de découvrir que la chasse au trésor possédait aussi un aspect stimulant.

Il parcourut des yeux la cour envahie d'herbes folles, la grange de guingois, les bouquets de tournesols tournant vers lui leur œil aveugle. Le coin qui me permettra de me débarrasser pour toujours des frères Corson et qui, par la même occasion, fera de moi un homme riche, le voilà. Une partie, au moins. Ici. Je le sens.

Mais c'était plus qu'une simple impression ; on aurait dit que ça l'appelait, chantonnant depuis le sol. Et pas juste des dizaines de milliers de dollars, mais des centaines de milliers. Un million, peut-être.

« Un million de dollars », murmura Ace d'une voix étouffée et retenue, avant de se pencher de nouveau sur la carte.

Cinq minutes plus tard, il remontait le flanc ouest de la ferme Camber et tout au bout, presque complètement dissimulée par de hautes herbes, il trouva ce qu'il cherchait : une grande pierre plate. Il la souleva, la renversa de côté et se mit à creuser avec frénésie. Moins de deux minutes plus tard, la pelle produisit un bruit métallique étouffé en heurtant de la ferraille rouillée. Il se laissa tomber à genoux, fouaillant la terre comme un chien qui cherche un os. Encore une minute, et il exhumait un vieux seau de peinture Sherwin-Williams.

La plupart des accros à la cocaïne ont tendance à se ronger les ongles et Ace ne faisait pas exception à la règle. Pas d'ongles pour soulever le couvercle, collé, soudé sur le bord par la peinture séchée. Avec un grognement de frustration et de rage, Ace prit son couteau de poche et se servit de la lame pour faire levier.

Des billets !

Des liasses et des liasses de billets !

Il poussa un cri, plongea les mains dans le seau, les ressortit... et vit que son impatience l'avait leurré. Une fois de plus, ce n'étaient que des timbres-cadeaux. Des Red Ball, cette fois, une variété qui ne s'échangeait qu'au-dessous d'une ligne Mason-Dixon... et dont l'année d'expiration était 1964, date à laquelle l'entreprise avait fait faillite.

« Bordel de merde de putain de bordel de merde ! » hurla Ace. Il jeta les paquets de timbres qui se défirent et cascadèrent dans la brise légère et chaude qui venait de se lever. Certains, emportés par elle, allèrent s'accrocher aux herbes comme autant de bannières poussiéreuses. « Connard ! Fumier ! Salopard ! »

Il se mit à fouiller dans le seau et alla même jusqu'à le renverser pour en faire tomber ce qui aurait pu y rester. Rien. Il le jeta, le regarda un instant puis se précipita dessus pour lui donner un coup de pied, comme si c'était un ballon de foot.

Il tâta sa poche pour reprendre la carte. Pendant une horrible seconde il ne sentit rien et crut l'avoir perdue, mais il n'avait fait que l'enfoncer jusqu'au fond, dans son impatience à se mettre au travail. Il vit que l'autre croix se trouvait derrière la grange… et soudain, une idée merveilleuse lui vint à l'esprit — en illuminant les ténèbres agitées de colère comme une chandelle romaine le soir d'un quatorze juillet.

Le seau de peinture n'était qu'un leurre ! Pop avait craint que quelqu'un ne remarque le fait que ses différentes caches étaient marquées d'une pierre. Il avait donc employé la ruse du faux appât ici, à la ferme Camber. Par sécurité. Un chasseur de trésors qui découvre une cache pleine d'objets sans valeur ne pourra jamais deviner qu'il en existe une autre sur la même propriété, mais dans un endroit mieux dissimulé…

« A moins de posséder la carte, murmura Ace. Comme moi. »

Il prit le pic et la pelle et se précipita vers la grange, les yeux agrandis, en sueur, les cheveux collés à ses tempes en mèches grises.

9

Il vit la vieille caravane Air-Flow et courut jusqu'à elle. Il l'avait presque atteinte lorsque son pied heurta quelque chose ; il s'étala de tout son long. Il se mit aussitôt sur son séant et regarda autour de lui. Il vit tout de suite sur quoi il avait trébuché.

Une pelle. Une pelle avec de la terre encore fraîche sur la lame.

Une impression désagréable se coula en lui ; une impression très désagréable. Elle monta de son ventre puis se déploya vers sa poitrine et vers ses couilles. Il retroussa les lèvres très lentement, en un ricanement hideux qui lui découvrit les dents.

Il se releva et aperçut la dalle de pierre carrée salie de terre. Elle avait été retournée. Quelqu'un était venu ici avant lui... et il n'y avait pas bien longtemps, à l'aspect de la pierre. On l'avait battu au poteau.

« Non », murmura-t-il. Le mot tomba de ses babines retroussées comme une goutte de sang corrompu ou de salive infectée. « *Non !* »

Ace vit alors, non loin de la pelle et de la pierre retournée, qu'un trou avait été sommairement rebouché. Délaissant ses outils ou la pelle abandonnée par le voleur, il tomba à genoux et, les mains comme des griffes, entreprit de déblayer le trou ; le temps de le dire, il avait trouvé la boîte de Crisco.

Il la sortit, arracha le couvercle.

Il n'y avait rien dedans, sinon une enveloppe blanche.

Qu'il prit et déchira.

Deux choses en tombèrent : une feuille de papier et une enveloppe plus petite. Ace ignora temporairement la seconde enveloppe et déplia le papier. Un mot y était tapé à la machine. Il resta bouche bée en voyant qu'il lui était adressé.

Cher Ace,

Je ne suis pas sûr que tu trouveras cette lettre, mais il n'est pas interdit d'espérer, que je sache. Je me suis bien amusé en t'expédiant à Shawshank, mais ce coup-ci est encore plus drôle. Je regrette bien de ne pas voir ta tête quand tu liras ça !

Peu après t'avoir fait boucler, je suis allé voir Pop. Je le voyais d'ailleurs très régulièrement, une fois par mois, en fait. Nous avions conclu un petit accord : il me donnait un billet de cent, et je le laissais faire ses prêts illégaux. On s'entendait parfaitement. Bref, le jour en question, il s'excusa parce qu'il fallait qu'il aille aux toilettes, « un truc que j'ai bouffé », il m'a dit. Ha ! ha ! J'ai profité de l'occasion pour jeter un coup d'œil dans son tiroir qu'il avait oublié de fermer à clef. Ça ne lui ressemblait pas, mais je crois qu'il avait peur de faire dans son pantalon avant d'arriver au petit coin ! Ha !

Je n'ai trouvé qu'un truc intéressant, mais ça suffisait. On aurait dit une carte. Il y avait pas mal de croix dessus, mais l'une d'elles — celle qui marquait ce coin — était en rouge. J'ai remis la carte en place avant son retour. Il ne s'est jamais douté que je l'avais vue. Je suis venu ici dès sa mort et j'ai déterré la boîte de Crisco. Il y avait plus de deux cent mille dollars dedans, Ace. Ne t'inquiète pas, pourtant ; j'ai décidé de les partager convenablement et de te laisser exactement ce que tu mérites.

Bienvenue pour ton retour en ville, Trouduc'Ace !

Bien à toi,
Alan Pangborn
Shérif du comté de Castle

P-S : Et pas de bêtises, Ace : maintenant que tu es au courant, fais-toi une raison et oublie tout ça. Tu connais le vieux proverbe : premier arrivé, premier servi. Si jamais t'essaies de me faire des histoires à cause de l'argent de ton oncle, je t'agrandis le trou du cul pour t'y fourrer la tête, parole d'homme.

A P

Ace laissa la feuille de papier tomber de ses doigts engourdis et ouvrit la seconde enveloppe.

Elle contenait un billet d'un dollar.

J'ai décidé de les partager convenablement et de te laisser exactement ce que tu mérites.

« Espèce d'immonde salopard », siffla Ace.

Bienvenue pour ton retour en ville, Ace !

« Espèce de fils de pute ! » hurla-t-il, si fort qu'il sentit quelque chose se tendre dans sa gorge jusqu'au point de rupture. L'écho lui renvoya faiblement son juron : ... *ute... ute... ute...*

Il se mit à déchirer le billet avec des doigts qui lui obéissaient mal, puis arrêta son geste.

Non, non, pas question, tonton.

Celui-là, il allait le mettre de côté. Ce fils de pute voulait le fric de Pop, hein ? Il avait chouravé ce qui appartenait de droit au dernier parent vivant de Pop, hein ? Bon, très bien. Parfait. Mais le shérif aurait dû *tout* prendre. Ainsi en décida Ace, dans sa grande générosité. Lorsqu'il lui aurait coupé les couilles avec son canif, il avait l'intention de fourrer le billet d'un dollar dans le trou sanglant qui resterait.

« Tu veux tout le fric, petit père ? demanda Ace d'une voix douce et rêveuse. D'accord, absolument d'accord. Pas de problème. Pas le moindre foutu problème... »

Il se remit debout et retourna vers la voiture d'une démarche qui n'était plus que la version caricaturale, raide et chancelante, de son pas de parade habituel.

Le temps qu'il y arrivât, il courait presque.

TROISIÈME PARTIE

TOUT DOIT DISPARAÎTRE

19

1

A six heures moins le quart, un étrange crépuscule tomba peu à peu, sournoisement, sur Castle Rock ; des cumulus se massaient à l'horizon occidental. Les grondements graves et lointains qui en provenaient venaient mourir sur les bois et les champs. Les nuages se dirigeaient vers la ville et devenaient de plus en plus denses. Les lampadaires, commandés par une cellule photoélectrique principale, s'allumèrent avec une bonne demi-heure d'avance.

Le bas de Main Street, envahi par la foule, les véhicules de police et les fourgonnettes des télés, était le théâtre de la plus grande confusion. Les craquements des appels radio se mêlaient dans l'air brûlant et immobile. Les techniciens de la télé déroulaient des câbles et invectivaient tous ceux (surtout des enfants) qui se prenaient les pieds dedans avant qu'ils aient pu les fixer temporairement au sol à l'aide de bandes adhésives. Les photographes de quatre quotidiens avaient franchi les barricades placées devant le bâtiment municipal pour prendre les photos qui paraîtraient en première page, demain. Quelques natifs du cru (étonnamment peu nombreux, si quelqu'un avait pris la peine d'y réfléchir) jouaient les badauds. Un correspondant de chaîne télévisée, debout dans l'éclat aveuglant d'un projecteur à haute intensité, enregistrait son compte rendu avec le bâtiment municipal en fond de décor. « Une vague de violence incompréhensible a frappé Castle Rock cet après-midi, commença-t-il, s'arrêtant court. Frappé, balayé ? se demanda-t-il, dégoûté. Merde, on recommence. »

A sa gauche un confrère d'une autre chaîne regardait son équipe préparer ce qui serait une retransmission en direct dans moins de vingt minutes. Les curieux étaient plus nombreux à entourer les journalistes dont le visage leur était familier par la télé qu'à se masser devant les barricades ; il faut dire qu'il ne s'était plus rien passé depuis que deux infirmiers de l'Assistance médicale d'Urgence avaient déposé dans leur ambulance le corps du malheureux Lester Pratt, enfermé dans un sac en plastique, et étaient partis avec.

L'autre bout de Main Street, loin des gyrophares bleus de la police et des flaques de lumière éclatante des équipes de télé, était presque désert.

Presque.

De temps en temps, une voiture ou un pick-up se garait dans l'un des emplacements en épi, devant le Bazar des Rêves. De temps en temps, un piéton se glissait en douce sous l'auvent de la nouvelle boutique ; elle était plongée dans la pénombre et le store, sur la porte d'entrée, restait baissé. De temps à autre, l'un des badauds du bas de la rue s'écartait du groupe mouvant des curieux et remontait l'artère commerciale ; il passait devant le terrain vague de l'Emporium Galorium, devant Cousi-Cousette (également fermée et sans lumières) et arrivait devant le Bazar des Rêves.

Personne ne remarqua ce défilé furtif de visiteurs, ni la police, ni les équipes de télé, ni les journalistes, ni la majorité des badauds. Tous contemplaient LA SCÈNE DU CRIME et tournaient le dos à l'endroit où, à moins de trois cents mètres, le crime se poursuivait.

Si quelque observateur désintéressé avait surveillé le Bazar des Rêves, il n'aurait pas tardé à remarquer la reproduction d'un même type de comportement. Les visiteurs s'approchaient. Ils voyaient le panneau sur la porte et lisaient :

FERMÉ JUSQU'À NOUVEL AVIS

Les visiteurs reculaient d'un pas, une même expression de frustration et d'angoisse s'affichant sur leur visage — la tête d'un drogué qui se rend compte que son fourgueur de came n'est pas au rendez-vous. *Qu'est-ce que je fais, maintenant ?* disaient leurs yeux. La plupart se rapprochaient de nouveau pour lire le panonceau une deuxième fois, comme si un examen plus attentif pouvait changer le contenu du message.

Certains remontaient dans leur voiture et s'en allaient, d'autres partaient à pied vers le bâtiment municipal pour profiter un moment du spectacle gratuit, l'air hébétés et vaguement déçus. Mais une expression de soudaine compréhension se manifestait sur les traits de la plupart. Ils faisaient la tête de gens qui saisissent brusquement un concept fondamental, comme la manière de résumer une phrase ou de réduire des fractions à leur plus petit dénominateur commun.

Ceux-là faisaient le tour du bâtiment pour s'engager dans l'allée qui desservait les immeubles commerciaux de Main Street — l'allée dans laquelle Ace avait garé la Tucker Talisman, la nuit précédente.

A une quinzaine de mètres, une tache oblongue de lumière jaune tombait d'une porte ouverte sur la chaussée rapiécée. Son éclat croissait lentement au fur et à mesure que la nuit tombait. Une ombre se tenait au milieu de cette forme oblongue, comme une silhouette découpée dans un crêpe funèbre. Elle appartenait, bien entendu, à Leland Gaunt.

Il avait disposé une table sur le seuil. Dessus, était posée une boîte à cigares Roi-Tan. Il y mettait l'argent que lui donnaient ses clients et leur rendait la monnaie. Ceux-ci s'approchaient d'un pas hésitant, apeuré même, dans certains cas ; tous avaient cependant quelque chose en commun : la colère de gens ayant des comptes terribles à régler. Quelques-uns, mais bien peu, firent demi-tour avant d'atteindre l'étal improvisé de Gaunt ; parfois en courant, avec les yeux exorbités de ceux qui ont aperçu un diable effrayant se lécher les babines dans l'obscurité. La plupart, néanmoins, restaient pour conclure une affaire. Et pendant que Gaunt négociait avec eux, se comportant comme si cet étrange commerce d'arrière-boutique était une agréable diversion à la fin d'une longue journée, ils devenaient plus détendus.

Leland Gaunt appréciait l'atmosphère de sa boutique, mais il ne se sentait jamais aussi bien derrière une vitrine et sous un toit qu'ici, à l'air libre, alors que la brise annonciatrice de la tempête venait jouer dans ses cheveux. Le magasin, avec l'habile disposition de ses plafonniers, c'était bien, certes… mais ici, c'était mieux. C'était *toujours* mieux.

Il avait commencé sa carrière bien des années auparavant, comme colporteur, à errer sur une terre lointaine ; un colporteur qui transportait toutes ses marchandises sur son dos, un colporteur qui arrivait d'ordinaire à la tombée de la nuit et repartait toujours à l'aube, laissant derrière lui un bain de sang, l'horreur et la désolation. Des années plus tard, en Europe, tandis que la peste faisait rage et que partout grondait la charrette des morts sur les pavés, il était allé de ville en ville et de pays en pays dans un chariot tiré par un cheval blanc étique, un cheval au terrible regard de braise et à la langue aussi noire que le cœur d'un assassin. Il vendait ses marchandises à l'arrière de son véhicule… et partait avant que ses clients, qui le payaient avec de petites pièces écornées ou en nature, pussent découvrir la vraie nature de leur achat.

Les temps avaient changé, les méthodes aussi. Et les visages. Mais lorsqu'ils sont sous l'empire de la nécessité, tous les visages sont les mêmes ; des visages de moutons ayant perdu leur berger, et c'était dans ce genre de commerce qu'il se sentait le plus à l'aise, le plus près de l'époque ancienne de ses vagabondages de colporteur, celle où il se tenait non pas à côté d'une caisse enregistreuse dernier cri Sweda, mais derrière une table bancale, à rendre la monnaie en plongeant la main dans une boîte à cigares... et à vendre toujours et encore le même article.

Les objets qui avaient tellement attiré les habitants de Castle Rock, perles noires, saintes reliques, pâtes de verre, pipes, vieux illustrés, cartes de base-ball, anciens kaléidoscopes, avaient tous disparu. Gaunt avait maintenant atteint le stade des affaires sérieuses, stade où elles étaient toujours les mêmes. L'objet définitif avait peut-être changé avec les années, comme tout le reste, mais il s'agissait d'un changement superficiel, l'équivalent du glaçage différent d'un gâteau toujours identique, sombre et amer.

A la fin, Leland Gaunt leur vendait toujours des armes... et ils les achetaient toujours.

« Merci, merci, monsieur Warburton ! » dit Mr Gaunt au concierge qui lui tendait un billet de cinq dollars. Il lui en rendit un, en même temps qu'il lui donnait l'un des automatiques rapportés par Ace de Boston.

« Merci, Miss Milliken ! » Il prit dix dollars et en rendit huit.

Il leur demandait exactement ce qu'ils pouvaient payer, pas un sou de plus, pas un de moins. A chacun selon ses moyens, telle était la devise de Leland Gaunt, et non à chacun selon ses rêves, car tous avaient un rêve à satisfaire et étaient venus ici pour combler ce vide douloureux en eux et mettre un terme à leur souffrance.

« Je suis content de vous voir, monsieur Emerson ! »

Oh, il était toujours content, toujours très content de faire des affaires à l'ancienne mode. Et jamais les affaires n'avaient aussi bien marché.

2

Alan Pangborn ne se trouvait pas à Castle Rock. Pendant que reporters et policiers d'Etat se rassemblaient à un bout de Main Street et que Leland Gaunt concluait ses petites affaires à l'autre, il patientait dans la salle des infirmières de l'hôpital Cumberland, à Bridgton.

L'aile Blumer était petite (quatorze chambres seulement), mais ses couleurs rattrapaient la faiblesse de sa taille. Les murs étaient peints en nuances primaires éclatantes. Un mobile pendait du plafond, les oiseaux accrochés à ses rayons plongeant et se balançant gracieusement au moindre déplacement d'air.

Alan était assis face à une énorme fresque qui illustrait un pot-pourri de berceuses et de chansons d'enfant. A un endroit, on voyait un homme accoudé à une table qui tendait à un petit rustaud quelque chose qui paraissait lui faire peur et le fasciner à la fois. Un aspect de ce tableau avait frappé Alan, et un fragment de chanson lui vint à l'esprit :

> Simon le Benêt rencontre l'homme aux tartes
> qui s'en va à la foire.
> « Simon le Benêt, dit l'homme aux tartes,
> Viens donc goûter mes poires ! »

Une onde de chair de poule remonta le bras du policier ; de minuscules renflements, comme des gouttes de sueur froide. Il n'aurait su dire pour quelle raison, et ça lui paraissait tout à fait normal. Jamais de toute sa vie il ne s'était senti aussi secoué et profondément désorienté qu'en ce moment. Quelque chose qui allait bien au-delà de ses facultés de compréhension se passait en ce moment à Castle Rock. C'était devenu manifeste à la fin de l'après-midi, lorsque tout avait explosé dans tous les sens, mais le phénomène avait commencé plusieurs jours auparavant, sinon depuis une semaine. Il ignorait de quoi il s'agissait ; il avait toutefois compris que Nettie Cobb et Wilma Jerzyck n'étaient que des signes avant-coureurs.

Et il redoutait que les choses n'eussent fait qu'empirer depuis qu'il patientait ici en compagnie de Simon le Benêt et de l'homme aux tartes.

Une infirmière, Miss Hendrie à en croire son badge, arriva du couloir dans le chuintement étouffé de ses semelles de crêpe, se frayant avec élégance un chemin au milieu des jouets qui encombraient le passage. Au moment où il était arrivé, une demi-douzaine d'enfants, certains avec une jambe dans le plâtre ou un bras en écharpe, d'autres avec une calvitie qu'il imputa à des traitements de chimiothérapie, jouaient dans la salle, échangeant des cubes ou des petits camions et s'interpellant joyeusement. C'était maintenant l'heure du dîner, et ils étaient soit à la cafétéria, soit dans leur chambre.

« Comment va-t-il ? demanda Alan à Miss Hendrie.

— Aucun changement. » Elle regardait le shérif avec une expression calme où se lisait aussi un peu d'hostilité. « Il dort. Il devrait dormir. Il vient de subir un grand choc.

— Quelles nouvelles de ses parents ?

— On a appelé le père chez son employeur, à South Paris. Il était en déplacement dans le New Hampshire. Si j'ai bien compris, il venait de partir pour rentrer chez lui, et sera informé à son arrivée. Il devrait débarquer vers neuf heures, à mon avis, mais c'est évidemment impossible à affirmer.

— Et la mère ?

— Je ne sais pas. » L'hostilité, davantage manifeste, n'était pas tournée contre Alan. « Ce n'est pas moi qui ai donné les coups de fil. Je sais seulement qu'elle n'est pas ici. Le petit a vu son frère se suicider sous ses yeux ; ça s'est passé chez eux, et pourtant la mère n'est pas encore là. Il faut m'excuser, j'ai mon chariot de médicaments à préparer.

— Bien sûr. » Il la regarda s'éloigner, puis se leva de son siège. « Miss Hendrie ? »

Elle se retourna. Son regard ne s'était pas départi de son calme, mais ses sourcils haussés exprimaient l'ennui.

« Voyez-vous, Miss Hendrie, j'ai vraiment besoin de parler avec Sean Rusk. A un point que vous ne pouvez imaginer.

— Ah ? fit-elle d'un ton froid.

— Quelque chose... » Alan pensa brusquement à Polly et sa voix se brisa. Il s'éclaircit la gorge et reprit. « Il se passe quelque chose dans ma ville. Le suicide de Brian Rusk n'est qu'un élément, à mon sens. Et je crois également que Sean Rusk peut détenir la clef de tout le reste.

— Shérif Pangborn, Sean n'a que sept ans. Et s'il sait vraiment quelque chose, comment se fait-il qu'il n'y ait pas d'autres policiers ici ? »

D'autres policiers... des policiers *qualifiés,* voilà ce qu'elle voulait dire. Des policiers qui n'interrogent pas des gamins de onze ans dans la rue et les envoient ensuite se suicider chez eux, au fond d'un garage.

« Tout simplement parce qu'ils sont débordés et parce qu'ils ne connaissent pas la ville comme moi, je la connais.

— Je vois. » Elle se tourna de nouveau.

« Miss Hendrie ?

— On manque de personnel, ce soir, shérif, et il me reste beaucoup à faire...

— Brian Rusk n'est pas le seul incident mortel de la journée à Castle Rock. Il y en a eu au moins trois autres. Un homme, le propriétaire du pub local, a été dirigé sur l'hôpital de Norway après avoir reçu un coup de fusil. Il survivra peut-être, mais ça va être la corde raide pour lui dans les deux jours qui viennent. Et quelque chose me dit que le carnage n'est pas terminé. »

Il avait enfin réussi à retenir son attention.

« Vous croyez que Sean Rusk pourrait être au courant de quelque chose ?

— Il sait peut-être pourquoi son frère s'est tué. Si oui, cela peut nous donner la clef du reste. S'il se réveille, vous me le direz ? »

Elle hésita avant de répondre. « Ça dépendra de son

état mental. Je ne vous laisserai pas aggraver la condition d'un petit garçon hystérique, quelles que soient les choses qui se passent dans votre ville.

— Je comprends.

— Vraiment ? Parfait. » Elle lui adressa un regard qui signifiait *alors restez assis ici bien tranquillement et ne venez plus m'embêter,* avant de passer derrière son haut bureau. Elle s'assit, et il l'entendit qui manipulait bouteilles et boîtes de médicaments.

Alan se leva, alla jusqu'au taxiphone au fond du couloir et fit une fois de plus le numéro de Polly. Et une fois de plus la sonnerie s'éternisa. Il composa celui de Cousi-Cousette, tomba sur le répondeur et raccrocha. Il revint s'installer sur sa chaise pour continuer à contempler la fresque de chansons.

Vous avez oublié de me poser une question, Miss Hendrie, pensa Alan. Vous avez oublié de me demander pourquoi je restais assis ici, alors qu'il se passait tant de choses dans le comté où je suis censé assurer la loi et l'ordre parmi les gens qui m'ont élu. Vous avez oublié de me demander pourquoi je ne mène pas mon enquête pendant qu'un sous-fifre (le vieux Seat Thomas, par exemple) poireaute ici en attendant le réveil de Sean Rusk. Vous avez oublié de me demander tout cela, Miss Hendrie, et je connais un secret. Je suis bien content que vous ayez oublié. C'est ça, le secret.

La réponse à ces questions était aussi simple qu'humiliante. Sauf à Portland et à Bangor, les affaires de meurtre relevaient non pas du shérif mais de la Police d'Etat. Henry Payton lui avait laissé les rênes dans celle du duel de Wilma et de Nettie, mais il les avait depuis fermement reprises. Il ne pouvait faire autrement. Des représentants de tous les journaux et de toutes les chaînes de télé du sud du Maine étaient en ce moment à Castle Rock ou sur le point d'y débarquer. Dans pas longtemps, leurs collègues de tout le reste de l'Etat allaient les rejoindre... Et si, comme le redoutait Alan, les choses n'étaient pas vraiment terminées, c'est de tout le pays qu'allaient affluer les journalistes.

Telle était la simple réalité de la situation, mais cela ne changeait rien à ce que ressentait Alan : impression d'être un joueur qui reste sur le banc de touche et qui se retrouve sous la douche sans avoir touché une balle. L'impression de s'être fait baiser. Tout en regardant Simon le Benêt, il entreprit de faire les comptes.

Lester Pratt, mort. Il était arrivé au poste de police dans un état de jalousie frénétique et avait attaqué John LaPointe. A cause de sa petite amie, apparemment ; pourtant, John avait déclaré à Alan, avant l'arrivée de l'ambulance, qu'il n'avait pas revu une seule fois Sally en tête à tête depuis un an. « Ze faizais que la voir de temps en temps dans la rue, et même là elle me regardait pas ; y z'ont défidé que z'étais un monftre. » Il avait touché son nez cassé et grimacé. « Ze m'en sens vraiment un, en fe moment. »

John était à l'heure actuelle hospitalisé à Norway avec un nez cassé, une mâchoire fracturée et peut-être des blessures internes.

Sheila Brigham était aussi à l'hôpital, en état de choc.

Hugh Priest et Billy Tupper étaient morts tous les deux. La nouvelle était arrivée au moment où Sheila commença à avoir sa crise de nerfs. Un coup de téléphone du livreur de bière qui avait eu le bon sens d'appeler les urgences avant le shérif. Il n'en avait pas moins paru aussi hystérique que Sheila, au bout du fil, mais Alan n'avait pas pu lui en vouloir ; il s'était lui-même senti sur le point d'éclater.

Henry Beaufort : état critique. Blessures multiples par coups de feu.

Norris Ridgewick, manquant à l'appel... et c'était peut-être ce qui lui faisait le plus mal.

Alan l'avait cherché des yeux après l'appel du livreur de bière, mais Norris avait disparu. Alan avait cru, sur le moment, qu'il était sorti pour arrêter Danforth en bonne et due forme, et qu'il allait le voir réapparaître remorquant le maire ; mais la suite lui prouva que personne n'avait procédé à l'arrestation de Keeton. Alan supposait que les flics de l'Etat l'intercepteraient s'ils lui tombaient dessus au cours de leurs investigations, mais sinon, il n'y fallait pas compter. Ils avaient des choses plus importantes à faire. Entre-temps, Norris avait tout simplement disparu. Où qu'il fût, il s'y était rendu à pied ; lorsque Alan avait quitté Castle Rock, la Coccinelle de son adjoint gisait toujours sur le flanc, au beau milieu de la rue commerçante.

Les témoins racontaient que Buster était entré dans la Cadillac en passant par la fenêtre avant de partir au volant de sa voiture. La seule personne à avoir tenté de l'arrêter avait chèrement payé son civisme : Scott Garson était hospitalisé au Northern Cumberland avec la mâchoire, la pommette, le poignet et trois doigts fracturés. Il aurait pu s'en tirer encore plus mal ; d'après les témoins, Buster aurait délibérément essayé de lui passer dessus pendant qu'il gisait au sol.

Lenny Partridge, la clavicule et Dieu seul sait combien de côtes cassées, se trouvait dans le même établissement. Andy Clutterbuck avait rapporté la nouvelle de ce dernier désastre alors qu'Alan essayait encore de comprendre comment le premier magistrat de la ville s'était si vite retrouvé fuyant la justice, enchaîné à une grosse Cadillac rouge. Hugh Priest avait fait arrêter Lenny, semblait-il, pour s'enfuir dans la voiture du vieillard après l'avoir rudoyé. Alan supposa qu'il retrouverait la voiture de Lenny dans le parking du Mellow Tiger, puisque c'était là que Priest avait mordu la poussière.

Et bien entendu il y avait Brian Rusk, qui s'était logé une balle dans la tête à l'âge avancé de onze ans. Clut avait à peine commencé le récit de ses aventures que le téléphone sonnait de nouveau. Sheila n'était plus là, Alan avait décroché et entendu la voix hystérique d'un petit garçon, celle de Sean Rusk, qui avait composé le numéro inscrit sur l'étiquette fluo collée à l'appareil de la cuisine.

En tout, les ambulances des services d'urgence de

quatre villes différentes étaient venues faire un tour à Castle Rock dans l'après-midi.

Tournant le dos à Simon le Benêt et à l'homme aux tartes, les yeux perdus sur le mobile aux oiseaux de plastique qui oscillaient au bout de leur fil, Alan revint une fois de plus sur l'incident intervenu entre Priest et Lenny Partridge ; l'une des confrontations les moins spectaculaires de la journée, certes, mais sans doute la plus étrange... Il avait l'impression que la clef de toute cette affaire se cachait peut-être, précisément, dans cette étrangeté.

« Au nom du ciel, pourquoi avoir pris la voiture de Lenny s'il avait un compte à régler avec Henry Beaufort ? avait demandé Alan à Clut, passant la main dans des cheveux déjà en bataille. Pourquoi prendre ce vieux tas de ferraille ?

— Parce que la Buick de Priest n'avait plus un seul pneu entier. Quelqu'un a dû les lacérer à coups de couteau, sans doute. » Clut avait haussé les épaules, mal à l'aise, tout en contemplant le capharnaüm qu'était devenu le poste de police. « Il a peut-être pensé que c'était Beaufort qui l'avait fait. »

Eh bien oui, pensait maintenant Alan. Peut-être. Délirant, soit, mais l'était-ce davantage que Wilma Jerzyck s'imaginant que Nettie Cobb avait balancé de la boue sur ses draps, puis des cailloux dans ses fenêtres ? Que Nettie se persuadant que Wilma avait tué son chien ?

Alan n'avait pas eu le temps de questionner Clut davantage ; Henry Payton était arrivé et lui avait déclaré, aussi gentiment que possible, qu'il prenait les choses en main. Alan avait acquiescé. « Il y a une chose que vous devez trouver, Henry, et le plus vite possible.

— Quoi donc ? » avait demandé Henry. Mais Alan s'était rendu compte, le cœur serré, que le représentant de la Police d'Etat l'écoutait d'une oreille distraite. Son vieil ami (le seul qu'il se fût fait dans la communauté policière depuis qu'il avait été élu shérif, mais un ami de poids) se concentrait déjà sur d'autres objectifs. Comment déployer ses forces, étant donné l'étendue des incidents, devait être l'un des premiers.

« Il faut découvrir si Henry Beaufort était aussi en colère contre Hugh Priest que Priest l'était apparemment contre Beaufort. Comme il est inconscient, on ne peut pas le lui demander pour le moment, mais lorsqu'il se réveillera…

— On le fera, on le fera », l'avait coupé Henry en lui donnant une claque sur l'épaule. Puis, élevant la voix : « Brooks ! Morrison ! Par ici ! »

Alan l'avait regardé s'éloigner non sans avoir envie de lui courir après, de l'empoigner et de l'obliger à écouter. Il ne le fit pas parce que Henry, Hugh, Lester, John, sans compter Wilma et Nettie, commençaient à perdre toute réalité pour lui. Les morts étaient morts ; on s'occupait des blessés ; les crimes avaient été commis.

Sauf que le shérif n'arrivait pas à se débarrasser de l'impression, aussi effrayante qu'insidieuse, que la manœuvre criminelle se poursuivait.

Lorsque Henry l'avait laissé pour aller donner ses ordres, Alan avait rappelé Clut. L'adjoint s'était avancé, les mains dans les poches, une expression morose sur le visage. « On s'est fait débarquer, Alan. Comme des malpropres. Bon Dieu !

— Pas complètement. (Il avait espéré paraître convaincant.) Tu vas me servir d'agent de liaison ici, Clut.

— Où vas-tu ?

— Chez les Rusk. »

Mais une fois là-bas, il n'avait plus trouvé personne ; l'ambulance dans laquelle on avait mis le malheureux Scott Garson avait fait un détour pour recueillir Sean ; elle roulait vers l'hôpital Northern Cumberland. Le deuxième corbillard de Harry Samuel, une vieille Lincoln à caisse surélevée, avait emporté le corps de Brian Rusk pour autopsie à Oxford. Le meilleur véhicule de Samuel (celui qu'il appelait la « voiture d'entreprise » sans ajouter « de pompes funèbres ») était déjà parti pour la même destination avec Priest et Billy Tupper.

Il va falloir les empiler comme du bois de chauffe dans cette petite morgue, avait pensé Alan.

C'est en arrivant chez les Rusk qu'Alan s'était rendu compte, d'une manière autant viscérale qu'intellectuelle, à quel point on l'avait mis hors circuit. Deux des enquêteurs de Henry l'avaient précédé et lui avaient clairement fait comprendre qu'il pouvait rester à condition de ne pas tenter de sortir un aviron pour se mettre à ramer avec eux. Il était resté un moment à les observer depuis le seuil de la cuisine, se sentant aussi utile qu'une cinquième roue à un carrosse. Cora Rusk répondait avec lenteur, comme si elle était droguée. Alan pensa que c'était le choc, à moins que les infirmiers qui avaient emporté les restes de son fils ne lui eussent administré un calmant avant de partir. Elle lui rappelait de façon étonnante l'impression que lui avait faite Norris, lorsqu'il était sorti par la fenêtre de sa Coccinelle renversée. Tranquillisant ou choc, toujours est-il que les enquêteurs n'en avaient pas tiré grand-chose. Elle ne pleurait pas, mais elle était néanmoins incapable de se concentrer suffisamment sur leurs questions pour leur donner des réponses exploitables. Elle ne savait rien, dit-elle ; elle était au premier où elle faisait la sieste. Pauvre Brian, ne cessait-elle de répéter. Pauvre, pauvre Brian. Mais elle exprimait ce sentiment d'un ton monocorde qui donna la chair de poule à Alan ; elle ne cessait de tripoter une paire de vieilles lunettes de soleil dont une des branches avait été réparée avec du tissu adhésif, tandis que l'un des verres était craquelé.

Alan était parti pour l'hôpital, écœuré.

Il se leva pour aller au taxiphone du fond du hall d'entrée. Il essaya de nouveau inutilement de joindre Polly, puis fit le numéro de son propre bureau. La voix qui lui répondit grogna « Police d'Etat », et Alan ressentit une bouffée de jalousie enfantine. Il s'identifia et demanda Clut. Au bout d'au moins cinq minutes, il entendit la voix de son adjoint.

« Désolé, Alan. Ils ont simplement laissé le téléphone

traîner sur le bureau. Tu as de la chance que je sois venu jeter un coup d'œil... Ces bons vieux Tuniques-Bleues se foutent complètement de nous.

— Laisse tomber, Clut. Dis-moi, est-ce qu'on a enfin cravaté Keeton ?

— Eh bien.... je ne sais pas trop comment te dire, Alan, mais... »

Le shérif sentit une boule se former à hauteur de son estomac et ferma les yeux. Il avait eu raison : ça continuait.

« Laisse tomber les manières, vide ton sac.

— Buster — Danforth, je veux dire — est retourné chez lui et a fait sauter la poignée de la Cadillac avec un tournevis. Celle à laquelle il était attaché.

— Oui, je sais, répondit Alan, les yeux toujours fermés.

— Eh bien... il a tué sa femme, Alan. Avec un marteau. Ce n'est pas un flic d'Oxford qui l'a trouvée, parce que Buster n'intéressait pas beaucoup ces messieurs, il y a vingt minutes. C'est Seat Thomas. Il est passé vérifier au domicile de Buster ; il a signalé ce qu'il a trouvé, et il est revenu depuis moins de cinq minutes. Il a mal à la poitrine, d'après ce qu'il dit, mais ça ne m'étonne pas. Il m'a raconté qu'il ne restait plus rien de la figure de madame Keeton. Il y avait des cheveux et des intestins partout. Il y a quasiment un peloton au grand complet de Tuniques-Bleues là-haut, maintenant. J'ai installé Seat dans ton bureau. J'ai trouvé plus prudent de le faire asseoir avant qu'il tombe.

— Bordel de Dieu ! Amène-le tout de suite voir Ray Van Allen, Clut. Il a soixante-deux balais et il se ramone aux Camel depuis le Déluge.

— Ray est parti à Oxford. Pour essayer d'aider ses confrères à recoudre tous les morceaux de Beaufort.

— Alors son assistant — comment s'appelle-t-il ? Ah oui, Frankel. Everett Frankel.

— Introuvable. Ni dans son cabinet, ni chez lui.

— Sa femme ne sait pas où il est passé ?

— Il est célibataire.

— Oh, merde. » Quelqu'un avait griffonné quelque

chose au-dessus du téléphone. *Dans la vie faut pas s'en faire.* Tu parles, se dit Alan, amer.

« Je peux l'amener à l'hôpital, proposa Clut.

— J'ai besoin de toi là où tu es. Les journalistes et les types de la télé sont-ils là ?

— Ouais, ça grouille de partout.

— Bon, vois comment va Seat dès qu'on a terminé. S'il ne se sent pas mieux, voilà ce que tu vas faire : tu sors me choper un de ces journalistes, un qui n'ait pas l'air trop crétin, tu le nommes adjoint sur-le-champ et tu le fais conduire Seat au Northern Cumberland.

— D'accord. » Clut hésita, puis éclata. « J'ai voulu aller chez les Keeton mais ces enfoirés de troopers n'ont même pas voulu que je les accompagne ! Qu'est-ce que tu dis de ça, Alan ? Ces salauds refusent d'accepter un shérif adjoint sur la scène du crime !

— Je sais ce que tu ressens. Moi non plus, ça ne me plaît pas. Mais ils font leur boulot. Peux-tu voir Seat d'où tu es ?

— Ouais.

— Et alors ? Il est encore vivant ?

— Il est assis à ton bureau, il fume une cigarette et il parcourt *Maintien de l'ordre en milieu rural.*

— C'est parfait ! » Alan se sentait l'envie de pleurer ou de rire, voire de faire les deux à la fois. « Le tableau est parfait. Est-ce que Polly Chalmers a appelé ?

— N... Attends une minute, que je regarde la main-courante. Je ne la trouvais plus. Si, elle a appelé. Juste avant trois heures et demie. »

Alan fit la grimace. « Pour celui-là, je suis au courant. Et plus tard ?

— Rien là-dessus, mais ça ne veut rien dire. Avec Sheila partie et tous les ours de la Police d'Etat à tourner en rond, qui peut le dire ?

— Merci, Clut. Autre chose que je devrais savoir ?

— Ouais, une ou deux.

— Balance.

— On a trouvé le pistolet avec lequel Priest a tué

Henry, mais David Friedman, du service de balistique d'Oxford, dit qu'il n'a jamais vu ce modèle. C'est un automatique, mais il ne correspond à aucune marque connue.

— Tu es bien sûr qu'il s'agit de David Friedman ?

— Friedman, ouais, absolument.

— Il *doit* le savoir. Question armes à feu, il en connaît plus que tous les guides réunis.

— Eh bien pourtant, il cale. J'étais là au moment où il parlait à ton copain Payton. Il a dit qu'il ressemblait un peu à un Mauser allemand, mais qu'il y manquait les marques habituelles et que la culasse était différente. Je crois qu'ils l'ont envoyé à Augusta avec une tonne d'autres pièces à conviction.

— Quoi encore ?

— Ils ont trouvé une lettre anonyme sur la pelouse de Henry Beaufort. Roulée en boule, pas loin de sa voiture. Tu te souviens de sa Thunderbird ? Elle a été vandalisée. Comme la Buick de Priest. »

Alan eut l'impression qu'une grande main molle venait de le frapper en plein visage. « Et qu'est-ce qu'elle disait ?

— Attends une minute. » Alan entendit le bruissement de feuilles que Clut tournait dans son carnet. « Voilà. "Ne t'avise pas de recommencer à m'empêcher de boire pour ensuite me garder les clefs, espèce de *bouffeur de grenouilles* !"

— *Bouffeur de grenouilles* ?

— Beaufort est d'origine québécoise, française, quoi. (Il eut un petit rire nerveux.) "Bouffeur de grenouilles" est même souligné.

— Et tu dis que sa voiture a été abîmée ?

— Un peu ! Tous les pneus entaillés, comme la Buick de Priest. Et une longue éraflure tout le long de la carrosserie, côté passager !

— D'accord. Encore autre chose à faire. Va chez le coiffeur puis à la salle de billard, si nécessaire. Et trouve-moi avec qui Beaufort s'est engueulé dernièrement.

— Mais les troopers...

— Qu'ils aillent se faire foutre ! répliqua Alan sans se

forcer. C'est *notre* ville. Nous, on sait à qui poser les questions, on sait où trouver les gens. Voudrais-tu me faire croire que tu n'es pas capable de dégoter quelqu'un au courant de l'histoire en moins de dix minutes ?

— Bien sûr que non, admit Clut. En revenant de Castle Hill, j'ai vu Charlie Fortin qui baguenaudait avec des types, devant Western Auto. Si Beaufort a eu une prise de bec avec quelqu'un, Charlie le saura. Il est quasiment en pension au Mellow Tiger.

— Oui. Les Tuniques-Bleues l'ont-ils interrogé ?

— Heu... non.

— Alors tu le fais, *toi*. Cela dit, je crois qu'on connaît tous les deux la réponse, non ?

— Hugh Priest.

— Voilà qui a le parfum indubitable de la vérité », répondit Alan qui pensa : Et ce n'est peut-être pas si loin de la première hypothèse de Payton, en fin de compte.

« D'accord, Alan, je m'en occupe.

— Et rappelle-moi dès la minute où c'est confirmé. Non ! Dès la *seconde*. » Il lui donna le numéro de téléphone et le lui fit répéter pour s'assurer qu'il l'avait bien noté.

— Entendu. » Puis il explosa : « Mais enfin, nom de Dieu ! Qu'est-ce qui se passe, Alan ?

— Aucune idée. » Il se sentait très vieux, très fatigué... et très en colère. Non pas contre Payton pour l'avoir mis sur la touche dans cette affaire, mais contre celui qui avait la responsabilité de ce monstrueux feu d'artifice. Et il se sentait de plus en plus sûr qu'à la base de tous ces événements il n'y avait qu'un seul et unique agent. Wilma et Nettie. Henry et Hugh. Lester et John. Quelqu'un les avait branchés entre eux comme des bâtons de dynamite. « Je ne sais pas, Clut, mais on va le trouver. »

Il raccrocha et composa de nouveau le numéro de Polly. Il sentait s'effriter son besoin de tirer les choses au clair avec elle, de comprendre ce qui avait pu la rendre tellement furieuse contre lui. Le sentiment qui avait insidieusement commencé à prendre sa place était encore moins rassurant : une angoisse profonde, sans objet précis ; l'impression croissante qu'elle courait un danger.

La sonnerie se prolongea, se prolongea... mais personne ne décrocha.

Polly, je t'aime et nous avons besoin de parler, tous les deux. Polly, je t'aime et nous avons besoin de parler, tous les deux. Je t'en prie, prends ce téléphone. Polly, je t'aime et...

La litanie continuait à se dévider dans sa tête comme un jouet remonté à bloc. Il eut envie de rappeler Clut et de lui demander d'aller voir sur-le-champ ce que fabriquait Polly, toutes affaires cessantes. Mais c'était impossible. Ce serait une erreur, une faute, même, alors qu'il y avait sans doute d'autres bâtons de dynamite qui n'attendaient que le moment d'exploser à Castle Rock.

Oui... mais si Polly était justement l'un d'eux ?

Cette idée provoqua une association enfouie en lui, mais elle se dissipa avant qu'il eût pu s'en saisir.

Il raccrocha lentement le combiné qui coupa une dernière sonnerie.

3

Polly n'y tenait plus. Elle roula sur le côté, tendit la main... et le téléphone se tut en milieu de sonnerie.

Bien, se dit-elle. Bien ? Ce n'était pas si sûr.

Allongée sur son lit, elle écoutait les roulements du tonnerre s'intensifier. Il faisait chaud, au premier, aussi chaud qu'en plein mois de juillet, mais elle devait renoncer à aérer : Dave Phillips, l'homme à tout faire de la ville, lui avait posé des fenêtres de sécurité la semaine dernière. Elle avait donc enlevé le vieux jean et la blouse défraîchie qui lui avaient servi pour son expédition à la campagne et les avait posés sur la chaise. Elle gisait sur le lit, en sous-vêtements, espérant faire un petit somme avant de se lever et de prendre une douche, mais incapable de trouver le sommeil.

En partie à cause des sirènes, mais surtout à cause

d'Alan, de ce qu'Alan avait fait. Elle n'arrivait pas à comprendre cette trahison grotesque de tout ce qu'elle avait cru, de tout ce en quoi elle avait placé sa confiance ; et cependant, les faits étaient là, incontournables. Son esprit essayait de s'intéresser à autre chose (les sirènes, par exemple, qui avaient l'air d'annoncer la fin du monde) et soudain c'était à lui qu'elle pensait, à la manière sournoise dont il avait manœuvré derrière son dos, *fouiné* dans son passé. Impression de sentir une écharde venir se planter dans quelque partie tendre et intime de son anatomie.

Oh, Alan, comment as-tu pu ? lui demandait-elle et se demandait-elle.

La voix qui lui répondit la surprit. C'était celle de tante Evvie, et derrière la sécheresse affective dont elle avait toujours fait preuve, Polly sentit une colère puissante qui la troubla.

Si tu avais commencé par lui dire la vérité, ma fille, il n'aurait pas eu besoin de fouiner.

Elle se mit brusquement sur son séant. Une voix troublante, d'accord, mais le plus troublant était néanmoins qu'il s'agissait de sa propre voix. Tante Evvie était morte depuis bien longtemps, et l'inconscient de Polly se servait de ses intonations pour exprimer sa colère, à la manière dont un ventriloque utiliserait sa marionnette pour demander un rendez-vous à une jolie fille, et...

Arrête ça, ma fille. Je t'ai pourtant déjà dit que cette ville était pleine de fantômes, non ? C'est peut-être bien moi, pourquoi pas ?

Polly émit un petit gémissement pleurnichard et effrayé, et porta la main à sa bouche.

Ou peut-être pas. En fin de compte, c'est sans importance, que ce soit moi ou non. La bonne question à se poser est la suivante, Trisha : Qui a péché la première ? Qui a menti la première ? Qui a maquillé la vérité la première ? Qui a lancé la première pierre ?

« Ce n'est pas juste ! » protesta-t-elle. Elle regarda son reflet, avec ses yeux agrandis et effrayés, dans le miroir de la chambre surchauffée. Elle attendit le retour de la voix de tante Evvie ; rien ne vint, et elle s'allongea de nouveau lentement.

Elle avait peut-être péché la première, d'accord, si omettre une partie de la vérité et commettre quelques menus mensonges, des détails, était un péché. D'accord, elle avait un peu maquillé la vérité. Mais cela donnait-il à Alan le droit d'ouvrir une enquête sur elle, à la manière dont un policier enquêterait sur un criminel notoire ? Cela lui donnait-il le droit d'écrire son nom sur un document qui allait circuler entre les Etats... ou d'envoyer une demande de renseignement, peu importait comment ils appelaient ça ? Ou... ou...

Peu importe, Polly, murmura une voix, une voix qu'elle connaissait. *Arrête de te torturer à propos de quelque chose qui était un comportement normal de ta part. Car enfin, tu as bien entendu la* culpabilité *dans sa voix, non ?*

« Oui ! marmonna-t-elle dans son oreiller. C'est vrai, je l'ai entendue ! Qu'est-ce que tu dis de *ça*, tante Evvie ? » Il n'y eut pas à proprement parler de réponse. Seulement une impression bizarre qui chiffonnait

(la bonne question est la suivante, Trisha)

son inconscient. Comme si elle avait oublié quelque chose, laissé quelque chose de côté

(Veux-tu un bonbon, Trisha ?)

dans la question.

Elle roula sur le côté, énervée, et l'*azka* vint se poser contre la rondeur de son sein. Elle entendit gratter contre la paroi en argent.

Non, se dit-elle, c'est simplement quelque chose qui s'est déplacé. Quelque chose d'inerte. L'idée que la chose en question est vivante... c'est juste ton imagination.

Scratch-scritch-scratch.

La boule d'argent eut une oscillation infime entre son soutien-gorge et la couverture.

Scratch-scritch-scratch.

Cette chose est vivante, Trisha. Cette chose est vivante, et tu le sais, fit la voix de tante Evvie.

« Ne sois pas idiote, lui dit Polly, se retournant de l'autre côté. Comment pourrait-il y avoir une créature vivante là-dedans ? Elle pourrait à la rigueur respirer par tous ces petits trous, mais de quoi se nourrirait-elle ? »

C'est peut-être de toi qu'elle se nourrit, Trisha, répondit tante Evvie avec une douceur implacable.

« Polly, murmura-t-elle, on m'appelle Polly. »

Cette fois-ci, la chose qui lui tiraillait l'inconscient se manifesta plus fort, de manière presque inquiétante, et elle fut sur le point de s'en saisir. C'est alors que le téléphone se mit une fois de plus à sonner. Elle eut un hoquet et s'assit sur le lit, une expression de découragement et d'épuisement sur le visage. Orgueil et désir luttaient en elle.

Parle-lui, Trisha ; quel mal peut-il y avoir? Ou mieux encore, écoute ce qu'il a à te dire. C'est quelque chose que tu n'as jamais beaucoup fait, n'est-ce pas ?

Je n'ai aucune envie de lui parler. Pas après ce qu'il a fait.

Mais tu l'aimes toujours.

Oui, c'était exact. Sauf que maintenant, elle le haïssait tout autant.

La voix de tante Evvie s'éleva une fois de plus dans son esprit. *Veux-tu être un fantôme toute ta vie, Trisha ? Mais qu'est-ce que tu as, ma fille ?*

Polly tendit la main (sa main souple qui ne la faisait plus souffrir) vers le téléphone d'un geste faussement décidé. Mais elle l'arrêta au moment de prendre le combiné. Parce que ce n'était *peut-être* pas Alan, mais Mr Gaunt. Et que peut-être Mr Gaunt voulait lui dire qu'elle n'en avait pas encore fini avec lui, qu'il restait quelque chose à payer.

Elle reprit son geste, toucha le téléphone du bout des doigts, puis battit en retraite. Ses deux mains s'étreignirent, serrées contre son ventre. Elle avait peur de la voix de la morte, de ce qu'elle avait fait cet après-midi, de ce que Mr Gaunt (ou Alan !) pourrait raconter partout à propos de la mort de son fils ou encore de ce que signifiait ce vacarme de sirènes et de voitures lancées à toute vitesse.

Plus que de tout cela, se rendit-elle cependant compte, c'était de Leland Gaunt lui-même qu'elle avait peur. Elle avait l'impression d'avoir été attachée au battant d'une énorme cloche de fer, une cloche qui, si elle se mettait à sonner, l'assourdirait, la rendrait folle et la réduirait en bouillie simultanément.

Le téléphone se tut.

A l'extérieur, une autre sirène se déclencha ; tandis que son hululement s'éloignait vers le Tin Bridge, le tonnerre gronda à nouveau. Plus proche que jamais.

Enlève ça, ma chérie, lui murmura la voix de tante Evvie. *Enlève ça. Tu peux le faire. Ça n'exerce un pouvoir que sur ton besoin, pas sur ta volonté. Enlève ça. Romps son emprise sur toi.*

Mais elle regardait le téléphone et se souvenait de la nuit (moins d'une semaine auparavant ?) où, tendant le bras pour le prendre, elle l'avait heurté des doigts et renversé au sol. Elle se souvenait de la douleur qui avait planté ses griffes dans son bras avant de le remonter comme un rat affamé aux dents déchiquetées. Elle ne pouvait retomber dans cet état. Elle ne pouvait tout simplement pas.

Non ?

Quelque chose de très malsain se passe à Castle Rock ce soir, reprit tante Evvie. *As-tu envie de te réveiller demain et de devoir reconnaître dans quelle mesure tu en es responsable ? Tiens-tu à ajouter encore ça au reste, Trisha ?*

« Mais tu ne comprends pas ! gémit-elle. Ce n'était pas dirigé contre Alan, mais contre Ace Merrill ! Et il mérite bien ce qui lui arrive ! »

La voix implacable de tante Evvie lui répliqua : *Alors toi aussi, ma chérie. Toi aussi.*

4

A six heures vingt, ce mardi soir, tandis que s'approchaient les nuages d'orage et que l'obscurité véritable venait remplacer le crépuscule, l'officier de police qui avait remplacé Sheila Brigham au central passa dans la salle principale du poste de police. Il fit le tour de la zone, vaguement en forme de pointe de diamant, délimitée par un adhésif marqué SCÈNE DU CRIME, et courut vers Payton.

Celui-ci avait un air défrisé et malheureux. Il venait de passer cinq minutes avec ces messieurs-dames de la presse et se sentait comme toujours dans ce cas-là : impression d'avoir été enduit de miel puis obligé de se rouler dans un gros tas de merde de hyène infestée de fourmis. Sa déclaration n'avait pas été aussi bien préparée (c'est-à-dire n'avait pas été assez fumeuse tout en étant irréprochable) qu'il aurait aimé. Les gens de la télé lui avaient forcé la main. Ils tenaient à avoir des mises au point en direct pendant la période (de dix-huit à dix-huit heures trente) du bulletin d'informations local, ça leur paraissait une nécessité, et s'il ne leur avait pas jeté un os à ronger, il se serait retrouvé crucifié, sans aucun doute, pour le bulletin de vingt-trois heures. De toute façon, son martyre était déjà commencé. Jamais, au cours de sa carrière, il n'avait frôlé d'aussi près le risque de lâcher qu'il n'avait pas la *moindre* idée de ce qui se passait. Il n'avait pas quitté la conférence de presse impromptue : il l'avait fuie.

Payton se prit à regretter de ne pas avoir écouté plus attentivement Alan. A son arrivée, il avait eu l'impression qu'il s'agissait avant tout de reprendre les choses en main et d'évaluer la casse. Mais il commençait à se poser des questions ; il y avait eu un nouveau meurtre depuis qu'il avait pris la direction des opérations, celui de Myrtle Keeton. Son mari se promenait toujours dans la nature et roulait probablement au-delà des collines, à l'heure actuelle, mais il pouvait tout aussi bien danser la danse du scalp dans les environs de cette ville de cinglés. Un type qui avait descendu sa femme à coups de marteau. Un psychopathe en pleine crise, en d'autres termes.

Le problème était qu'il ne connaissait pas ces gens. Alan et ses adjoints les fréquentaient, mais Alan et Ridgewick n'étaient pas là. LaPointe se trouvait à l'hôpital, se demandant avec anxiété si les médecins seraient capables de lui rendre son ancien nez droit. Il chercha Clutterbuck des yeux et ne fut pas tellement surpris, au fond, de constater qu'il s'était évaporé.

Vous voulez l'affaire, Henry ? Parfait. Elle est à vous. Et en ce qui concerne les suspects, pourquoi ne pas vous servir de l'annuaire du téléphone ? Il croyait entendre la voix de Pangborn dans sa tête.

« Lieutenant Payton, lieutenant Payton ! l'interpella l'officier de service au téléphone.

— Quoi ? gronda-t-il.

— Le Dr Van Allen, sur la radio. Il veut vous parler.

— De quoi ?

— Il n'a pas voulu le dire. Il a simplement déclaré qu'il voulait vous parler, à vous. »

Henry Payton se dirigea vers la cabine où se trouvait le central, se sentant de plus en plus comme un gosse juché sur une bicyclette sans freins, lancé dans une descente vertigineuse, un précipice à droite, une muraille rocheuse à gauche et une horde de loups à tête de journaliste à ses trousses.

Il prit le micro. « Ici Payton, à vous.

— Docteur Van Allen. Médecin légiste du comté. » La voix était creuse et lointaine, interrompue par moments par des explosions d'électricité statique. Elles devaient provenir de la tempête qui approchait, pensa Payton. Qu'est-ce qu'on va se marrer...

« Oui, je sais qui vous êtes. Vous avez accompagné monsieur Beaufort à Oxford. Comment va-t-il ? A vous.

— Il est... »

Craaacc, bzzziii, piiing.

« Vous avez été interrompu, docteur, dit Henry en manifestant aussi peu d'impatience que possible. Il semble qu'on va avoir droit à un orage électrique de première grandeur. Veuillez répéter. A vous.

— ... mort ! cria Van Allen à travers les crépitements de l'électricité statique. Il est mort dans l'ambulance, mais nous avons tout lieu de penser que ce n'est pas à cause du traumatisme du coup de feu. Vous comprenez ? *Nous ne croyons pas que le patient soit mort des suites du traumatisme dû au coup de feu.* Son cerveau a été victime d'un œdème atypique qui a provoqué des anévrismes cérébraux. Le diagnostic le plus vraisemblable est qu'une substance extrêmement toxique a été introduite dans le sang au moment du coup de feu. Cette même substance semble avoir fait littéralement éclater son cœur. Bien compris ? »

Oh, bordel de Dieu ! pensa Payton. Il défit son nœud de cravate, déboutonna son col, puis appuya de nouveau sur le bouton transmission.

« Message bien reçu, docteur Van Allen. Mais que je sois pendu si j'y comprends quelque chose. A vous.

— La toxine était vraisemblablement déposée sur les balles. L'infection s'est développée tout d'abord lentement, puis de plus en plus vite. Nous avons deux zones d'introduction très nettes en forme d'éventail, à la joue et à la poitrine. C'est très important de... »

Craaaac, bzzziiii, criiii.

« ... compris ? A vous.

— Répétez, docteur. » Henry se demandait pourquoi le médecin n'avait pas tout simplement décroché un téléphone. « S'il vous plaît, répétez !

— Qui détient cette arme, actuellement ? A vous ! hurla Van Allen.

— David Friedman. Expert en balistique. Il l'a emportée à Augusta. A vous.

— A-t-il commencé par la décharger ?

— Oui. C'est la procédure. A vous.

— Etait-ce un revolver ou un automatique, lieutenant Payton ? Ce détail est essentiel. A vous.

— Automatique.

— A-t-il enlevé le chargeur ?

— Il a dû le faire à Augusta. » Payton s'assit lourdement sur le siège du standard. Il était soudain pris d'une immense envie de tout bazarder. « A vous.

— Non ! Non ! Il ne doit pas y toucher ! Vous m'avez bien compris ?

— Bien compris, répéta Henry. Je vais laisser un message au labo de balistique, lui disant de laisser les foutues balles dans le foutu chargeur jusqu'à ce qu'on ait éclairci cette dernière histoire à la con. » Il éprouvait un plaisir enfantin à l'idée que ses propos se baladaient sur les ondes... et à se demander combien de journalistes les captaient sur leur Bearcat. « Ecoutez, docteur, il vaudrait mieux ne pas parler de cette affaire à la radio. A vous.

— Laissez tomber les bonnes manières, rétorqua sèchement Van Allen. Il s'agit de la vie d'un homme, lieutenant Payton. J'ai essayé de vous avoir au téléphone, mais c'était impossible. Dites à votre Friedman d'examiner soigneusement ses mains et de vérifier qu'il n'est pas égratigné — qu'il *n'a pas la moindre petite égratignure* ! Si c'est le cas, qu'il se rende immédiatement à l'hôpital le plus proche. Je n'ai aucun moyen de savoir si cette saloperie se trouvait sur le chargeur aussi bien que sur la balle elle-même. Et ce n'est pas le genre de truc avec lequel il faut prendre le plus petit risque. Cette cochonnerie est un produit *mortel*. A vous !

— Bien reçu », s'entendit répondre Payton. Il se prit à souhaiter se trouver n'importe où — n'importe où pourvu que ce ne fût pas ici ; mais tant qu'à être ici, il regrettait l'absence d'Alan Pangborn. Depuis qu'il était arrivé à Castle Rock, il se sentait de plus en plus comme Jeannot Lapin tombé dans le pot de colle. « Qu'est-ce que c'est ? A vous.

— On n'en sait encore rien. Pas du curare, parce qu'il n'y a eu paralysie que tout à la fin. En plus, le curare est relativement indolore, et monsieur Beaufort a énormément souffert. Tout ce que nous savons, c'est que cela démarre lentement et puis que ça se lance comme un jumbo. A vous.

— C'est tout ? A vous.

— Bordel ! Ça ne vous suffit pas ? suffoqua Van Allen.

— Si. Il faut bien. A vous.

— Soyez déjà content... »

Crrrriiisssss, bzzzzziiii, ccraaac !

« Veuillez répéter, veuillez répéter. A vous. »

A travers la marée montante de l'électricité statique, il entendit le Dr Van Allen dire : « Soyez déjà content de ne pas avoir ce pistolet à garder et de ne pas être obligé de vous demander s'il a commis d'autres dégâts. A vous.

— Bien dit, l'ami. Terminé pour moi. »

5

Cora Rusk s'engagea sur Main Street et se dirigea à pas lents vers le Bazar des Rêves. Elle passa à hauteur d'une fourgonnette Ford Econoline de la chaîne WPTD-5 (c'était écrit en grandes lettres sur le côté) mais ne vit pas Danforth Keeton qui, depuis le siège du conducteur, la regardait avancer sans ciller. De toute façon, elle ne l'aurait probablement pas reconnu ; Buster était devenu, si l'on peut dire, un homme nouveau. Et même si elle l'avait aperçu et identifié, elle n'y aurait prêté aucune attention. Elle avait ses problèmes et ses chagrins ; surtout, elle avait sa colère. Mais aucun de ses sentiments n'avait de rapport avec la mort de son fils.

Cora Rusk tenait à la main une paire de lunettes de soleil cassée.

Elle avait bien cru que les policiers n'arrêteraient de l'interroger que lorsqu'ils l'auraient rendue folle. Allez-vous-en ! avait-elle envie de leur crier. Cessez de me poser toutes ces questions stupides sur Brian ! Arrêtez-le s'il a fait des bêtises, son père arrangera l'affaire ! Il n'est bon qu'à ça, arranger des affaires, d'ailleurs ! Mais allez-vous-en ! J'ai rendez-vous avec le King, et je ne vais tout de même pas le faire attendre !

A un moment donné, elle avait aperçu le shérif Pangborn appuyé au chambranle de la porte, bras croisés, et elle avait été sur le point de lâcher exactement ça, se disant que lui la comprendrait. Il n'était pas comme les autres ; il était de la ville, il serait au courant pour le Bazar des Rêves, il y avait sûrement acheté quelque chose — oui, il comprendrait.

Sauf que Mr Gaunt lui avait parlé dans la tête exactement à ce moment-là, de sa voix toujours aussi calme et raisonnable. *Non, Cora, ne lui parle pas. Il ne comprendrait pas. Il n'est pas comme toi. Ce n'est pas un bon client. Dis-leur que tu veux aller à l'hôpital voir ton autre fils. Tu seras débarrassée d'eux, au moins pour un moment. Après, ça n'aura plus d'importance.*

C'était donc ce qu'elle leur avait déclaré, et ça avait marché comme un charme. Elle avait même réussi à s'arracher une larme ou deux, en pensant non pas à Brian mais à ce que devait ressentir Elvis, à tourner en rond à Graceland sans elle. Pauvre King perdu !

Ils étaient partis, sauf deux ou trois qui restèrent dans le garage. Cora ne savait pas ce qu'ils y fabriquaient ni ce qu'ils pouvaient bien vouloir, et elle s'en moquait. Elle s'empara de ses lunettes magiques, grimpa dans sa chambre, enleva prestement sa robe, s'allongea sur le lit et mit les verres sur son nez.

Elle se retrouva sur-le-champ à Graceland. Le soulagement, l'impatience et une excitation sexuelle stupéfiante s'emparèrent d'elle.

Elle escalada l'escalier en courbe, fraîche, nue, et s'élança sur le palier orné de tapisseries de jungle, un palier aussi large qu'une autoroute. Elle s'avança jusqu'à la double porte du fond, ses pieds faisant un bruit soyeux sur la profonde moquette. Elle vit ses doigts se refermer sur la poignée ; elle poussa les deux battants, révélant la chambre à coucher du King. Une pièce tout en noir et blanc — murs noirs, tapis blancs pelucheux, doubles rideaux noirs, dessus de lit à décor blanc — sauf le plafond, peint en bleu nuit, et où scintillaient mille étoiles électriques.

Puis elle regarda le lit, et c'est là qu'elle fut frappée d'horreur.

Le King y était bien couché dessus, mais le King n'était pas seul. Assise sur lui, le chevauchant comme si c'était un étalon, il y avait Myra Evans. Elle avait tourné la tête et regardé Cora au moment où la porte s'était ouverte. Le King continuait de regarder Myra, clignant de ses beaux yeux bleus endormis.

« Myra ! Qu'est-ce que tu fiches ici ? s'était exclamée Cora.

— Eh bien, avait répondu l'autre d'un ton suffisant, je ne passe pas vraiment l'aspirateur. »

Cora, complètement abasourdie, cherchait un peu d'air à respirer. « Ça alors... ça alors... ça alors ! Elle est raide, celle-là ! s'écria-t-elle, retrouvant sa voix en même temps que de l'air.

— Raide, mais pas pour toi ! répondit Myra, jouant de plus en plus vite des hanches. Et enlève donc ces lunettes ridicules tant que tu y es. Elles te rendent grotesque. Sors d'ici. Retourne à Castle Rock. On est occupés... n'est-ce pas, Elvis ?

— Tout juste, mon bijou, dit le King. Aussi occupés que deux punaises dans un tapis. »

Son horreur se transforma en rage et sa paralysie la quitta brusquement. Cora se précipita sur sa soi-disant amie avec l'intention bien arrêtée de lui arracher les yeux. Mais lorsqu'elle brandit la main, toutes griffes dehors, Myra, sans interrompre un instant ses déhanchements, lui arracha les lunettes de soleil d'un geste vif.

La surprise lui fit fermer les yeux ; lorsqu'elle les rouvrit, ce fut pour se retrouver sur son propre lit. Les lunettes de soleil gisaient au sol, les deux verres en miettes.

« Nonnn ! » gémit Cora en quittant péniblement son lit. Elle avait envie de hurler, mais une voix intérieure, une voix qui n'était pas la sienne, la mit en garde contre les policiers qui se trouvaient encore dans le garage et accourraient en l'entendant. « Non, je vous en supplie, non ! »

Elle avait essayé de remettre les morceaux de verre brisé dans leur monture d'or à la forme aérodynamique. Effort futile : ils étaient en pièces. Cassés par cette putain de salope, de diablesse. Cassés par son *amie*, Myra Evans. Son *amie* qui avait aussi trouvé (mais comment ?) le chemin de Graceland, son *amie* qui, en ce moment même, alors que Cora tentait de reconstituer un objet précieux irrémédiablement détruit, faisait l'amour avec le King.

Elle releva la tête. Ses yeux se réduisaient à deux fentes brillantes. « Ah, elle en veut une raide dans le corps ? murmura-t-elle d'une voix rauque. Elle va pas être déçue. »

6

Elle lut le panneau dans la vitrine du Bazar des Rêves, resta plantée devant un moment, réfléchissant, puis fit le tour pour gagner l'allée de service. Elle frôla Francine Pelletier, qui en sortait en glissant quelque chose dans son sac à main. C'est à peine si Cora lui jeta un regard.

Elle aperçut bientôt Leland Gaunt, debout derrière une table de bois, posée en travers du seuil de son arrière-boutique comme une barricade.

« Ah, Cora ! s'exclama-t-il. Je me demandais quand vous alliez venir.

— Cette salope, cracha-t-elle. Cette super-salope hypocrite !

— Je vous prie de m'excuser, observa Gaunt avec la plus exquise courtoisie, mais il semble que vous ayez oublié un ou deux boutons. » De son index trop long, il lui montra le devant de sa robe.

Cora avait enfilé le premier vêtement qui lui était tombé sous la main et n'en avait fermé que le premier bouton. En dessous, la robe bâillait sur les boucles de ses poils pubiens. Son ventre, gonflé par une trop grande absorption de gâteaux salés ou sucrés pendant *Santa Barbara* et autres séries du même genre, en écartait les pans de sa courbe prononcée.

« Personne n'en a rien à foutre ! rétorqua-t-elle.

— Moi, certainement pas, en tout cas, répondit Gaunt d'une voix sereine. Puis-je vous aider ?

— Cette pute baise avec le King. Elle a cassé mes lunettes de soleil. Je veux la tuer.

— Vraiment ? fit Gaunt en relevant les sourcils. Je ne peux pas dire que je ne vous comprenne pas, Cora. Il est possible qu'une femme qui vole l'homme d'une autre mérite de vivre. Je ne me permettrais pas de me prononcer sur un tel sujet car, ayant été dans les affaires commerciales toute ma vie, je ne sais que bien peu de choses sur les affaires de cœur. Mais une femme qui casse délibérément le bien le plus cher d'une autre femme… voilà une chose des plus sérieuses. Vous ne croyez pas ? »

Elle commença à sourire. D'un sourire dur. D'un sourire impitoyable. D'un sourire qui ne trahissait plus que de la folie. « Vous avez foutrement raison. »

Mr Gaunt se tourna un instant. Lorsqu'il fit de nouveau face à Cora, il tenait un pistolet automatique à la main.

« C'est peut-être un objet dans ce genre que vous cherchez ? » demanda-t-il.

20

1

Lorsque Buster en eut fini avec Myrtle, il se retrouva plongé dans un profond état de transe. Il semblait avoir perdu le sens de tout ce qui le motivait. Il pensait à EUX — toute la ville était infestée par EUX —, mais au lieu de la colère limpide et vertueuse que provoquait leur évocation quelques minutes auparavant, il ne ressentait plus que fatigue et dépression. La migraine lui martelait le crâne et les différents exercices physiques auxquels il s'était livré, dont le maniement du marteau, avaient rendu son bras douloureux.

Il se rendit compte qu'il le tenait toujours. Il le lâcha sur le lino de la cuisine, où l'outil laissa une trace de sang. Il resta presque une minute complète dans la contemplation imbécile de l'éclaboussure. Il croyait y reconnaître l'esquisse sanglante d'un portrait de son père.

D'un pas lourd, il traversa le salon pour gagner son cabinet, se frottant le haut du bras et l'épaule. Les menottes qui dansaient à son poignet gauche le rendaient fou. Il ouvrit le placard, se laissa tomber à genoux et fouilla au milieu des vêtements pour en exhumer la boîte avec les trotteurs sur le couvercle. Il sortit à reculons, lourdaud et maladroit (les menottes se prirent dans une vieille paire de chaussures de Myrtle qu'il rejeta dans le fond du placard avec un juron impatient), posa la boîte sur son bureau et s'assit devant. Mais au lieu d'excitation, il ne ressentait que de la tristesse. Ticket Gagnant était un jeu merveilleux, d'accord, mais quel bien pouvait-il lui faire, maintenant? Peu importait qu'il rendît ou non l'argent; il venait d'assassiner sa femme. Elle l'avait incontestablement mérité, mais ILS ne verraient pas les choses ainsi. ILS seraient trop contents de l'expédier au fond de la cellule la plus noire et la plus sinistre du pénitencier de Shawshank, et dc jeter la clef ensuite.

Il s'aperçut qu'il venait de déposer une grosse tache sanglante sur le couvercle de la boîte. Il se regarda et se rendit alors compte qu'il était couvert de sang. On aurait pu prendre ses gros avant-bras pour ceux d'un équarisseur des abattoirs de Chicago. Molle et noire, une nouvelle vague de dépression vint rouler sur lui. ILS l'avaient battu... d'accord. Mais il avait bien l'intention de LEUR échapper. Oui, il LEUR échapperait!

Il se leva, écrasé par une fatigue infinie, et gagna le

premier étage d'un pas pesant. Il se déshabilla au fur et à mesure : les chaussures dans le séjour, le pantalon à la hauteur de la première marche, puis les chaussettes au milieu de l'escalier (où il s'assit pour les enlever). Même celles-ci étaient couvertes de sang. La chemise lui donna plus de fil à retordre, à cause des menottes.

Près de vingt minutes s'écoulèrent entre le moment où Keeton assassina sa femme et celui où il sortit de la douche. On aurait pu l'arrêter sans la moindre difficulté ou presque pendant ces vingt minutes... mais une passation de pouvoirs avait eu lieu dans le bâtiment municipal et la plus grande des pagailles régnait au poste de police du shérif ; où se trouvait Danforth « Buster » Keeton et ce qu'il y faisait paraissaient secondaires.

Une fois qu'il se fut séché, il enfila un pantalon propre et un T-shirt (il ne se sentait pas l'énergie de se bagarrer avec une manche longue) et retourna dans son cabinet. Il s'assit de nouveau à son bureau et regarda Ticket Gagnant, avec l'espoir que sa dépression allait passer, qu'il allait retrouver un peu de son ancienne joie. Mais l'image, sur le couvercle, paraissait s'être estompée, atténuée. La couleur la plus brillante était la tache laissée par le sang de Myrtle sur les flancs d'un cheval.

Il l'ouvrit et regarda à l'intérieur. Il constata avec un choc que les petits chevaux de tôle s'inclinaient tristement dans tous les sens ; ils avaient aussi presque perdu leurs couleurs. Un morceau de ressort cassé dépassait de la platine dans laquelle on insérait la clef pour remonter le mécanisme.

Quelqu'un est venu ici ! Quelqu'un l'a touché ! C'est l'un d'EUX ! Il ne leur a pas suffi de me démolir ! Il a fallu qu'ILS démolissent aussi mon jeu ! cria une voix dans sa tête.

Mais une autre, plus profonde, peut-être la voix exténuée de ce qui lui restait de raison, lui murmura que ce n'était pas vrai. *C'était comme ça depuis le début, mais tu ne le voyais tout simplement pas,* lui souffla-t-elle.

Il retourna au placard avec l'intention, en fin de

compte, de prendre son pistolet. Il était temps de s'en servir. Sa main tâtonnait lorsque le téléphone sonna. Il alla soulever lentement le combiné, sachant qui était à l'autre bout.

Il ne fut pas déçu.

2

« Salut, Dan, attaqua Leland Gaunt. Comment allez-vous, par cette belle soirée ?

— Très mal, répondit Buster d'un ton sinistre, la voix traînante. Le monde est devenu infernal. Je vais me suicider.

— Oh ? » Gaunt paraissait légèrement déçu, rien de plus.

« Il n'y a plus rien qui vaille. Même le jeu que vous m'avez vendu ne vaut plus rien.

— Permettez-moi d'en douter, répliqua Gaunt avec une pointe de raideur dans le timbre. Je contrôle toujours mes marchandises avec le soin le plus extrême, monsieur Keeton. Vraiment, le plus extrême. Veuillez vérifier encore. »

Buster s'exécuta et resta stupéfait. Les chevaux se tenaient bien droit dans leur rainure ; les casaques paraissaient peintes de frais et brillaient ; leurs yeux donnaient l'impression de pétiller. Le parcours était tout dans les verts éclatants et les bruns poussiéreux de la fin de l'été. *La piste paraît rapide,* songea-t-il rêveusement. Ses yeux passèrent sur le couvercle.

Soit il avait été victime d'une illusion d'optique à cause de sa dépression, soit les couleurs s'étaient vivifiées au cours des quelques secondes qu'avait durées l'échange téléphonique, mais c'était maintenant le sang de Myrtle que l'on distinguait à peine, devenu d'un marron atténué.

« Mon Dieu ! murmura-t-il.

— Alors ? demanda Gaunt. Alors, Dan, je me trompe ?

Parce que si c'est le cas, vous devez reporter votre suicide, au moins le temps de me rapporter la marchandise, pour que je vous rembourse. J'ai une réputation à soutenir, voyez-vous. C'est quelque chose que je prends très au sérieux, dans un monde où ILS pullulent et où il n'en existe qu'un comme moi.

— Non, non ! Il est... il est splendide !

— Alors c'est vous qui vous trompiez ?

— Je... oui, ça doit être ça.

— Vous reconnaissez votre erreur ?

— Je... oui.

— Bien. » La voix de Gaunt retrouva sa douceur. « Dans ce cas, allez-y, suicidez-vous. Je dois cependant avouer que je suis déçu. Je croyais avoir enfin rencontré quelqu'un qui aurait le courage de m'aider à LEUR botter les fesses. En fin de compte, vous n'êtes qu'un hâbleur, comme les autres. » Il soupira comme un homme qui vient de se rendre compte que ce n'est pas la lumière au bout du tunnel qu'il vient de voir.

Il arrivait quelque chose d'étrange à Buster Keeton. Il sentait sa vitalité et sa détermination lui revenir. Ses couleurs intérieures redevenaient elles aussi éclatantes et pleines de vie.

« Vous voulez dire qu'il n'est pas trop tard ?

— Vous devez avoir suivi le cours d'initiation à la poésie. *Il n'est jamais trop tard pour chercher un monde nouveau.* Pas si vous avez du cran. J'avais tout préparé pour vous, monsieur Keeton. Je comptais sur vous, vous comprenez...

— Je préfère que vous m'appeliez tout simplement Dan, dit Buster, presque timidement.

— D'accord, Dan. Etes-vous vraiment décidé à faire une sortie aussi lamentable ?

— Non ! C'est juste que... je me disais, à quoi cela servira-t-il ? ILS sont tellement nombreux !

— Trois hommes décidés peuvent faire beaucoup de dégâts, Dan.

— Trois ? Vous avez dit trois ?

— Oui... il y a un troisième homme. Quelqu'un qui voit aussi le danger, et qui comprend ce qu'ILS mijotent.

— Qui ? demanda Buster avec impatience. Qui ?

— Je vous le dirai le moment venu. Mais pour l'instant nous manquons de temps. ILS vont venir vous chercher. »

Buster regarda par la fenêtre avec les yeux rétrécis d'un furet qui sent les effluves du danger. Pour l'instant, la rue était vide. Néanmoins, il LES sentait. Il LES sentait qui se massaient contre lui.

« Que dois-je faire ?

— Alors vous êtes avec moi ? Je peux finalement compter sur vous ?

— Oui !

— Jusqu'au bout ?

— Jusqu'à ce que l'enfer gèle !

— C'est parfait. Ecoutez-moi bien, Dan. » Et pendant que Leland Gaunt parlait et que Buster écoutait, s'enfonçant progressivement dans l'état hypnotique que l'autre semblait pouvoir provoquer à volonté, les premiers roulements de tonnerre de la tempête firent trembler l'air.

3

Cinq minutes plus tard, Buster quittait son domicile. Il avait enfilé une veste légère par-dessus le T-shirt et tenait sa main enchaînée profondément enfoncée dans sa poche. A quelques pas de chez lui, il trouva la fourgonnette garée dont Gaunt lui avait parlé. Elle était d'un jaune éclatant, garantie que la plupart des passants regarderaient plutôt le véhicule que son conducteur. Elle était presque dépourvue de vitres et portait sur les flancs le symbole d'une chaîne de télé de Portland.

Buster regarda rapidement dans les deux directions et monta. Gaunt lui avait dit que les clefs seraient sous le siège. Elles s'y trouvaient. Un sac de commissions l'attendait à la place du passager. Buster y découvrit une perruque blonde, une paire de lunettes à la mode cerclée de fer et une petite bouteille.

Il enfonça maladroitement la perruque sur son crâne (longue, hirsute, on aurait dit le scalp d'un chanteur de rock), mais lorsqu'il se regarda dans le rétroviseur, il n'en revint pas à quel point elle lui allait bien. Elle le faisait paraître plus jeune. Beaucoup plus jeune. Les verres de lunettes n'étaient pas teintés, mais celles-ci changeaient encore plus son aspect (en tout cas, selon lui) que la perruque. Le déguisement lui donnait un petit air classe, comme Harrison Ford dans *Mosquito Coast*. Il se contempla un moment, fasciné. Il avait soudain l'air d'avoir trente ans et quelques, et non plus cinquante-deux ans, comme un homme qui pourrait très bien travailler pour la télé. Non pas en tant que grand reporter, non, rien de romantique comme cela, mais peut-être en tant que cameraman ou même producteur.

Il dévissa le bouchon de la bouteille et fit la grimace. Le truc, à l'intérieur, avait l'odeur d'une batterie de tracteur en train de fondre. Des volutes de fumée s'en élevèrent. On a intérêt à faire gaffe avec ce truc, pensa-t-il. A faire vraiment gaffe.

Il glissa la menotte libre sous sa cuisse droite et tendit la chaîne. Puis il versa un peu du contenu de la bouteille juste en dessous de celle qui lui entourait le poignet, en prenant bien soin de ne pas se faire tomber la moindre goutte de liquide visqueux et sombre sur la peau. L'acier se mit immédiatement à fumer et à faire des bulles. Quelques gouttes allèrent atterrir sur le protège-plancher en caoutchouc, qui se mit aussi à pétiller. De la fumée et une atroce odeur de grillé s'en élevèrent. Au bout de quelques instants, Buster dégagea la menotte droite, la prit fermement dans sa main et tira un coup sec. La chaîne céda comme du papier et il la jeta au sol. Il portait toujours un bracelet, mais ça restait supportable ; c'était la chaîne au bout de laquelle oscillait la menotte vide qui était vraiment casse-pieds. Il lança le moteur et démarra aussitôt.

Moins de trois minutes plus tard, une voiture de patrouille (appartenant à l'équipe du shérif du comté), conduite par Seat Thomas, s'engageait dans l'allée des Keeton ; Seat découvrait le corps de Myrtle Keeton sur le seuil de la porte qui séparait la cuisine du garage. Peu de temps après, arrivaient quatre véhicules de la Police d'Etat. Les Tuniques-Bleues mirent la maison sens dessus dessous, à la recherche de Buster ou d'un indice sur sa destination. Aucun ne jeta le moindre coup d'œil appuyé au jeu qui trônait sur le bureau de son cabinet. Il était vieux, sale et manifestement cassé. Une cochonnerie descendue du grenier d'un parent pauvre.

4

Eddie Warburton, le gardien du bâtiment municipal, en voulait à Sonny Jackett depuis plus de deux ans. Sa colère, depuis deux jours, s'était transformée en une rage sanglante.

Lorsque la transmission de la petite Honda Civic impeccable d'Eddie avait lâché, pendant l'été de 1989, il avait tout d'abord pensé à la faire réparer par le concessionnaire Honda le plus proche, ce qui lui aurait cependant coûté très cher en remorquage. C'était déjà une tuile que la mécanique eût expiré trois semaines après le délai de garantie... Il avait donc préféré commencer par aller voir Sonny Jackett pour lui demander s'il s'y connaissait en voitures étrangères.

Sonny lui avait répondu que oui, sur ce ton protecteur et expansif que la plupart des Yankees de la cambrousse prennent avec l'employé municipal. *Nous, on n'a pas de préjugés, mon garçon,* disait ce ton. *On est dans le Nord, ici, tu sais. On n'est pas d'accord avec ces conneries que racontent les sudistes. EVIDEMMENT, t'es un nègre, tout le monde peut le voir, mais pour nous ça ne signifie rien. Noir, jaune, blanc ou vert, on vous roule tous dans la farine de la même manière. Amène-toi avec ton clou.*

Sonny avait réparé la transmission d'Eddie, mais la facture avait dépassé de cent dollars ce que Sonny avait prévu, et ils avaient failli en venir aux mains un soir, au Mellow Tiger. Puis, l'avocat de Sonny (Yankees ou petits Blancs, d'après ce qu'avait constaté Eddie Warburton, tous les Blancs ont des avocats) avait appelé Eddie pour lui notifier le dépôt d'une plainte. Eddie avait fini par en être de cinquante dollars de plus de sa poche et le système électrique de la Honda avait pris feu cinq mois plus tard. Le véhicule se trouvait alors garé sur le parking du bâtiment municipal ; quelqu'un avait bien appelé Eddie, mais le temps qu'il arrive avec un extincteur, l'intérieur de la Honda n'était plus qu'un brasier incandescent. Perte totale.

Depuis lors, il ne cessait de se demander si Sonny n'y avait pas mis le feu. L'enquêteur de l'assurance avait déclaré qu'il s'agissait bien d'un incendie accidentel provoqué par un court-circuit... accident qui avait une chance sur un million de se produire. Mais qu'est-ce qu'il en savait, ce type ? Probablement rien et en plus, c'était pas son fric ! Evidemment, le remboursement de l'assurance n'avait pas suffi à couvrir l'investissement d'Eddie.

Maintenant, néanmoins, il savait. Il savait avec certitude.

Un peu plus tôt, ce jour-là, il avait reçu un petit paquet par la poste. Les objets qu'il contenait étaient des plus explicites : un certain nombre de pinces-croco, une vieille photo cornée et un mot.

Les pinces étaient d'un modèle qui convenait parfaitement pour provoquer un court-circuit. Il suffisait de dénuder deux fils aux bons endroits, de les relier par les pinces-croco, *et voilà**.

Le cliché montrait Sonny et quelques-uns de ses amis à peau blanche, des types qu'on voyait toujours vautrés sur des chaises de cuisine dans la station-service. Ce n'était cependant pas au Sunoco de Sonny que la photo avait été prise, mais chez Robicheau, l'épaviste du chemin vicinal 5. La bande des fromages blancs se tenait devant les restes calcinés de la Honda, buvaient de la bière et rigolaient tout en bouffant de gros morceaux de pastèque.

Le mot était court et direct. *Cher négro, c'était une mauvaise idée de faire le con avec moi.*

Eddie s'était tout d'abord demandé ce qui avait pu pousser Sonny à lui envoyer un tel message (sans faire le rapport avec la missive qu'il avait lui-même glissée dans la boîte aux lettres de Polly Chalmers, à la requête de Mr Gaunt). Il conclut simplement que Sonny était encore plus stupide et mauvais que la plupart des gueules de fromage blanc. Pourtant... pourquoi avoir attendu aussi longtemps pour réouvrir les hostilités, si l'affaire lui était restée en travers de la gorge ? Mais plus il s'attardait sur cette période

(Cher négro)

plus la question semblait dépourvue d'importance. Le mot, les pinces-croco calcinées et la vieille photo lui étaient entrés dans la tête et y bourdonnaient comme un nuage de moustiques affamés.

Un peu plus tôt dans la soirée, il avait acheté un revolver à Leland Gaunt.

Les tubes fluo, dans le bureau de la station Sunoco, projetaient un trapèze blanc sur le macadam lorsque Eddie s'engagea sur la piste de service, au volant de la vieille Oldsmobile qui avait remplacé la Civic. Il descendit. La main qu'il gardait dans la poche de sa veste tenait l'arme.

Il fit halte à l'extérieur pendant une minute, regardant ce qui se passait dans le bureau. Sonny, derrière sa caisse enregistreuse, était assis sur une chaise en plastique basculée sur ses deux pieds de derrière. Eddie ne voyait que le haut de la casquette de Sonny, par-dessus le journal que le garagiste tenait grand ouvert. La lecture du journal. Bien sûr. Les Blancs ont tous des avocats, et après avoir passé la journée à baiser les pauvres Noirs comme lui, on les trouve toujours tranquillement installés à leur bureau, chaise renversée sur deux pattes, en train de lire leur canard.

Enfoirés de Blancs, avec leurs saletés d'avocat et leurs saletés de journaux.

Eddie sortit l'automatique et entra. Une partie de lui-même, restée jusqu'ici en sommeil, se réveilla soudain et se mit à crier qu'il ne devrait pas faire ça, que c'était une erreur. Mais peu importait cette voix. Elle n'importait pas car tout d'un coup, Eddie n'eut plus l'impression de se trouver à l'intérieur de lui-même. Il éprouvait la sensation d'être un esprit qui aurait plané juste au-dessus de son épaule et observé le déroulement des événements. Un diablotin venait de prendre les commandes.

« J'ai quelque chose pour toi, espèce de sale fripouille. » Eddie avait entendu sa bouche parler ; il vit son doigt se contracter par deux fois sur la détente de l'automatique. Deux petits trous noirs apparurent au milieu d'une manchette qui disait : LA COTE DE MCKERNAN EN HAUSSE. Sonny Jackett poussa un hurlement et se mit à gigoter. Les pieds de la chaise dérapèrent et le garagiste alla s'écrouler sur le sol, une tache de sang s'étalant sur sa salopette. Mais voilà... le nom cousu au vêtement en fil doré disait RICKY. Il ne s'agissait pas de Sonny, mais de Ricky Bissonette.

« Ah, merde ! s'exclama Eddie. Je me suis trompé de Blanc !

— Salut, Eddie », lança une voix derrière son dos. Celle de Sonny Jackett. « Une chance pour moi d'avoir été dans les goguenots, hein ? »

Eddie entama un mouvement de rotation. Trois balles de l'automatique que Sonny avait acheté l'après-midi même à Leland Gaunt vinrent se loger dans le bas de son dos, réduisant sa colonne vertébrale en bouillie avant même qu'il eût terminé la moitié de son geste.

Les yeux écarquillés, impuissant, il regarda Sonny se pencher sur lui. Le canon de l'arme que brandissait le garagiste était aussi vaste que l'entrée d'un tunnel et aussi ténébreux que l'enfer. Au-dessus, le visage de

Sonny paraissait calme et composé. Un filet de crasse graisseuse courait le long d'une de ses joues.

« Avoir l'idée de voler mon nouveau jeu de clefs, c'était assez astucieux, dit Sonny en appuyant l'arme au milieu du front du Noir. Mais m'écrire un mot pour me dire que tu avais l'intention de le faire, ça, c'était une erreur. »

Une grande lumière blanche — celle de la compréhension — envahit soudain l'esprit d'Eddie. Il se rappela la lettre qu'il avait glissée dans la boîte aux lettres de Polly Chalmers et rapprocha ce geste (une petite farce !) du mot qu'il avait reçu et de celui dont lui parlait maintenant Sonny.

« Ecoute ! murmura-t-il. Il faut que tu m'écoutes, Jackett ! On s'est fait baiser tous les deux, t'entends ? On...

— Au revoir, mon p'tit Noir », dit Sonny en appuyant sur la détente.

Sonny resta en contemplation, immobile devant le cadavre d'Eddie Warburton, pendant presque une minute, se demandant s'il n'aurait pas dû prêter attention à ce que l'autre avait essayé de lui dire. Il décida que la réponse était non. Qu'est-ce qu'un type assez crétin pour envoyer un mot semblable aurait bien pu avoir à déclarer d'intéressant ?

Il se leva, enjamba les pieds de Ricky Bissonette, ouvrit le coffre-fort et en sortit le jeu de clefs adaptables que Mr Gaunt lui avait vendu. Il les regardait encore, les prenant les unes après les autres, les manipulant avec amour et les remettant en place dans leur housse, lorsque arriva la Police d'Etat pour l'arrêter.

5

Garez-vous au carrefour des rues Birch et Main, avait dit Gaunt à Buster par téléphone. *Et attendez ; je vais vous envoyer quelqu'un.*

Il avait suivi ces instructions à la lettre. Il avait vu beaucoup d'allées et venues à l'entrée de l'allée de service depuis son poste d'observation; presque tous ses voisins et ses amis, aurait-on dit, avaient une petite affaire à régler avec Mr Gaunt, ce soir. Dix minutes auparavant, Cora Rusk était entrée dans l'allée, la robe déboutonnée, l'air d'une somnambule en plein cauchemar.

Puis, moins de cinq minutes après qu'elle en était ressortie en mettant quelque chose dans la poche de sa robe (toujours déboutonnée et révélant beaucoup de choses — mais quel est l'anormal qui aurait pu avoir envie de regarder ?), il avait entendu plusieurs coups de feu en provenance du haut de Main Street; il avait eu l'impression qu'ils venaient de la station Sunoco.

Les voitures de patrouille des troopers déboulèrent du bâtiment municipal, gyrophares branchés, et dispersèrent les journalistes comme des pigeons. Déguisement ou pas, Buster trouva plus prudent de passer à l'arrière de la fourgonnette pendant un petit moment.

Les véhicules des flics passèrent en trombe et les tourbillonnements bleutés de leurs lumières lui révélèrent une forme appuyée contre la porte arrière de la fourgonnette, un grand sac de marin en toile verte. Curieux, Buster défit le cordon, dégagea l'ouverture et regarda à l'intérieur.

Une boîte était posée sur le dessus; Buster la prit et vit que le reste du sac était rempli de minuteries. Des minuteries à plots; on en comptait bien deux douzaines. Les platines lisses et blanches le regardaient comme les yeux sans pupille d'Annie la Petite Orpheline. Il ouvrit la boîte qu'il tenait et découvrit une collection de pinces-croco, du genre de celles que les électriciens utilisent pour faire un branchement rapide.

Buster fronça les sourcils... puis soudain, il revit un formulaire administratif — une autorisation de déblocage de fonds de la mairie de Castle Rock, pour être précis. Proprement tapé à la machine dans l'espace réservé à cet effet *(Biens ou services à fournir)* on lisait: 16 CAISSES DE DYNAMITE.

Il commença par sourire. Puis se mit à rire. Dehors, le

tonnerre gronda et roula. Un éclair zigzagua sous le ventre d'un gros cumulus avant de se ficher dans la rivière de Castle.

Au fond de la fourgonnette, Buster n'en pouvait plus de rire, au point que le véhicule se mit à osciller.

« EUX ! s'écria-t-il, toujours secoué par l'hilarité. Bon sang, voilà qu'on a quelque chose pour EUX ! On peut pas dire le contraire ! »

6

Henry Payton, qui avait cru venir à Castle Rock sortir les fers mis au feu par le shérif Pangborn, se tenait bouche bée dans l'encadrement de la porte à la station-service Sunoco. Deux hommes abattus de plus. Un Noir et un Blanc, mais aussi morts l'un que l'autre.

Un troisième homme, le propriétaire à en croire le nom cousu à sa salopette, était assis sur le sol auprès de son coffre ouvert et serrait une caisse à outils crasseuse dans ses bras, comme si c'était un bébé. Un automatique était posé à côté de lui. En le découvrant, Payton sentit un ascenseur lui dégringoler jusque dans les entrailles. C'était le frère jumeau de celui avec lequel Hugh Priest avait abattu Henry Beaufort.

« Regardez, dit derrière lui l'un de ses adjoints, d'une voix calme et sidérée, il y en a un autre. »

Henry, en tournant la tête, eut l'impression d'entendre craquer les tendons de son cou. Un troisième pistolet automatique gisait à proximité du bras tendu du Noir.

« Ne les touchez pas, ordonna Payton. Ne vous en approchez même pas. » Il enjamba une flaque de sang, saisit Sonny Jackett par les bretelles de sa salopette et le remit sur ses pieds. Le garagiste ne résista pas, mais étreignit encore plus la caisse métallique.

« Qu'est-ce qui est arrivé ici ? lui cria Payton en pleine figure. Au nom du ciel, qu'est-ce qui s'est passé ? »

Sonny montra Eddie Warburton d'un geste, se servant

de son coude pour ne pas lâcher la boîte à outils. « Il est entré. Il avait un pistolet. Il était fou. On voyait bien qu'il était fou ; regardez ce qu'il a fait à Ricky. Il l'a pris pour moi. Il voulait me voler mes ajustables. Regardez. »

Le garagiste sourit et pencha la boîte, entrouvrant le couvercle ; Henry découvrit des pièces de quincaillerie rouillées entassées pêle-mêle.

« Je pouvais pas le laisser faire, hein ? Vous comprenez… ils sont à moi. Je les ai payés, et ils sont à moi. »

Payton ouvrit la bouche pour dire quelque chose ; il ne savait pas quoi, et les mots ne franchirent jamais ses lèvres. Avant qu'il ait pu prononcer le premier, il y eut de nouveaux coups de feu, cette fois en provenance des hauteurs de Castle View.

7

Lenore Potter se tenait au-dessus du corps de Stephanie Bonsaint, un automatique fumant à la main. Le cadavre gisait dans le massif de fleurs, derrière la maison ; le seul que cette diabolique salope n'avait pas mis en pièces au cours de ses deux premières expéditions.

« Tu n'aurais pas dû revenir », dit Lenore. Jamais elle n'avait tiré un coup de feu de sa vie, et elle venait d'abattre une femme… mais elle n'éprouvait qu'un sentiment sinistre d'exultation. Cette garce s'était glissée sur *sa* propriété, avait massacré *son* jardin (Lenore avait attendu que la salope se mette au travail, elle n'était pas la fille de sa mère pour rien), et elle avait utilisé son droit à la légitime défense. Parfaitement légitime.

« Lenore ? » C'était la voix de son mari. Il se penchait par la fenêtre de la salle de bains, au premier étage, de la crème à raser sur la figure. Il y avait de l'inquiétude dans sa voix. « Qu'est-ce qui se passe, Lenore ?

— J'ai tiré sur un intrus », répondit-elle calmement, sans se retourner. Elle glissa un pied sous le milieu du corps et poussa. Elle éprouva un plaisir ignoble et inattendu à sentir ses orteils s'enfoncer dans les flancs mous de la Bonsaint. « C'est Stephanie Bons... »

Le corps roula sur le dos : ce n'était pas celui de Stephanie Bonsaint, mais celui de la femme, si gentille, de l'adjoint du shérif.

Elle avait abattu Melissa Clutterbuck.

D'un seul coup, le *calava* de Lenore Potter passa du bleu au mauve, puis au magenta. Et continua ainsi jusqu'au noir minuit.

8

Alan Pangborn restait assis dans la contemplation de ses mains et de ce qu'il y avait au-delà, des ténèbres tellement sombres qu'on ne pouvait que les sentir. Il avait fini par comprendre qu'il avait peut-être perdu Polly cet après-midi, non pas temporairement (c'est-à-dire jusqu'à ce que soit éclairci le malentendu actuel), mais pour toujours. Ce qui lui laissait quelque chose comme quelque trente-cinq ans à tuer.

Il entendit un léger chuintement et leva vivement la tête. C'était Miss Hendrie. Elle paraissait nerveuse, mais elle avait aussi l'air d'avoir pris une décision.

« Le petit Rusk commence à s'agiter, dit-elle. Il n'est pas réveillé ; on l'a bourré de tranquillisants et il en a encore pour un moment, mais il bouge.

— Ah bon ? » fit Alan d'un ton calme, attendant la suite.

Miss Hendrie se mordit la lèvre et poursuivit : « Oui. Je vous aurais bien laissé le voir, si j'avais pu, mais vraiment, je ne peux pas, shérif Pangborn. Vous me comprenez, n'est-ce pas ? Certes, j'admets que vous avez de graves problèmes dans votre ville, mais il n'a que sept ans.

— Oui.

— Je descends à la cafétéria prendre un thé. Madame Evans est en retard, comme toujours, mais elle arrivera dans deux ou trois minutes. Au cas où vous iriez dans la chambre de Sean Rusk — la neuf — juste après mon départ, elle en ignorerait probablement tout. Vous me suivez ?

— Oui, répondit Alan, plein de gratitude.

— Les rondes n'ont pas lieu avant huit heures ; si vous êtes dans sa chambre, elle ne s'en apercevra sans doute pas. Si jamais elle vous y trouvait, vous lui diriez que j'ai respecté les directives de l'hôpital et que je vous en avais refusé l'entrée. Que vous vous y êtes faufilé pendant une vacance du bureau. D'accord ?

— Oui. N'en doutez pas.

— Vous pourriez partir par l'escalier à l'autre bout du couloir. Si vous alliez dans la chambre de Sean, bien sûr. Ce que je vous ai évidemment interdit de faire. »

Alan se leva et alla spontanément l'embrasser sur la joue.

L'infirmière rougit.

« Merci, dit Alan.

— De quoi ? Je n'ai rien fait. Je crois que je vais aller prendre mon thé. Veuillez rester assis ici jusqu'à mon départ, shérif. »

Alan obéit promptement. Il resta sur sa chaise, la tête entre Simon le Benêt et l'homme aux tartes, jusqu'à ce que les portes se fussent presque entièrement refermées derrière Miss Hendrie. Puis il se leva et se dirigea silencieusement, au milieu des jouets et des puzzles éparpillés dans le couloir aux couleurs vives, vers la chambre numéro 9.

9

Sean Rusk parut totalement éveillé à Alan.

Il se trouvait dans l'aile de pédiatrie et le lit était petit, mais l'enfant paraissait néanmoins perdu au milieu. Son buste ne créait qu'une infime ondulation sous la courtepointe et on aurait cru voir une tête privée de corps posée sur un oreiller à la blancheur impeccable. Son visage était très pâle avec sous les yeux des cernes mauves, presque aussi sombres que des meurtrissures ; il regardait Alan avec calme, sans manifester de surprise. Une boucle de cheveux bruns lui faisait une virgule sur le front.

Alan prit la chaise et la tira à côté du lit ; on avait monté les barres pour empêcher l'enfant de tomber. Sean ne bougea pas la tête, mais ses yeux suivirent le shérif.

« Salut, Sean, dit doucement Alan. Comment te sens-tu ?

— J'ai la gorge sèche », répondit le petit garçon dans un murmure rauque.

Il y avait un pichet et deux verres sur la table de nuit. Alan remplit un verre et se pencha par-dessus les barres.

Sean voulut s'asseoir mais n'y parvint pas ; il retomba contre son oreiller avec un petit soupir qui fendit le cœur d'Alan. Il pensa à son propre fils, le pauvre Todd. Tandis qu'il glissait une main derrière la nuque de Sean pour l'aider à se redresser, il vécut un instant diabolique pendant lequel le souvenir du passé vint se superposer au présent. Il revit Todd debout à côté du Scout, le jour fatidique, répondant à son salut d'un geste de la main bien à lui ; dans sa mémoire, une lumière nacrée semblait jouer autour de la tête du petit garçon et illuminer tous les traits qu'il chérissait tant.

Sa main trembla. Un peu d'eau tomba sur la chemise d'hôpital que portait Sean.

« Désolé.

— C'est rien », répondit Sean de son murmure rauque. Il but avidement, vida presque le verre, et eut un rot.

Alan lui reposa délicatement la tête. Le petit garçon lui semblait un peu plus réveillé, mais ses yeux manquaient encore d'éclat. Alan se dit qu'il n'avait jamais vu d'enfant paraissant si terriblement seul et son esprit voulut évoquer une fois de plus l'ultime image qu'il lui restait de Todd.

Il la repoussa. Il avait autre chose à faire. Une tâche pénible à accomplir et bougrement délicate à mener à bien ; mais il était de plus en plus persuadé qu'elle était fondamentale, qu'elle était son ultime espoir. Indépendamment de ce qui pouvait se passer en ce moment à

Castle Rock, il était plus convaincu que jamais que certaines des réponses, au moins, se trouvaient là, derrière ce front pâle et ces yeux tristes dépourvus d'éclat.

Il eut un coup d'œil circulaire pour la pièce et commenta : « C'est pas très joyeux, ici.

— Ouais, répondit Sean de sa voix basse et rauque. Ça fiche le cafard.

— Quelques fleurs ne feraient pas de mal. » Il passa la main droite devant le poignet de sa main gauche, saisissant habilement au passage le bouquet replié dans sa cachette, sous le bracelet de sa montre.

Il savait qu'il courait des risques mais avait décidé de saisir l'occasion aux cheveux ; il n'en aurait pas beaucoup d'autres. Il faillit bien échouer. Deux des pétales de papier crépon se déchirèrent lorsqu'il déploya le bouquet, et il entendit le ressort se détendre avec un nasillement fatigué. C'était sans conteste la dernière prestation de cet exemplaire du Tour de la Fleur Magique, mais il s'en sortit tout de même... Et Sean, contrairement à son frère, se montra ravi et amusé, en dépit de son état d'esprit et des drogues qui le maintenaient dans l'hébétude.

« Fantastique ! Comment vous faites ?

— Un petit tour de magie... Tu les veux ? » Il fit le geste de placer le bouquet dans le pichet d'eau.

« Non. Elles sont juste en papier. Et elles sont un peu déchirées. » Le garçonnet réfléchit, conclut apparemment que sa réponse n'était pas très généreuse et ajouta : « C'est un tour sensationnel. Vous pouvez les faire disparaître ? »

J'en doute, fiston, pensa-t-il. Puis, à voix haute : « Je vais essayer. »

Il tint le bouquet bien droit pour que Sean le vît bien, puis incurva légèrement la main droite et l'entraîna vers le bas. Il exécuta le tour de passe-passe beaucoup plus lentement que d'habitude eu égard à l'état lamentable dans lequel était l'objet, et fut lui-même étonné et surpris du résultat. Au lieu de disparaître d'un seul coup, les fleurs repliables donnèrent l'impression de s'évanouir comme de la fumée dans sa main refermée. Il sentit le ressort fatigué rechigner à se remettre en place, puis décider de coopérer une dernière fois.

« C'est vraiment génial », déclara respectueusement Sean ; à part lui, Alan acquiesça. Il venait d'introduire une variante merveilleuse dans un tour qui lui servait à épater les écoliers depuis des années, mais il était à peu près sûr de ne pouvoir le faire avec un modèle neuf ; un ressort en bon état ne lui permettrait pas ce lent geste magique.

« Merci, dit-il, glissant le bouquet replié, pour la dernière fois, sous le bracelet de sa montre. Si tu ne veux pas de fleurs, que dirais-tu d'une pièce de vingt-cinq cents pour la machine à Coke ? »

Il se pencha en avant et, d'un geste naturel, retira une pièce du nez du petit garçon, qui sourit.

« Hou la ! J'ai oublié. Ça vaut soixante-quinze cents, aujourd'hui, non ? L'inflation. Pas de problème. » Il découvrit une nouvelle pièce dans la bouche de Sean, une autre derrière son oreille. Le sourire de l'enfant commençait à s'effacer un peu, et Alan comprit qu'il valait mieux se mettre sans tarder au travail. Il empila les trois pièces sur la table de nuit. « Pour quand tu te sentiras plus vaillant.

— Merci, monsieur.

— Avec plaisir, Sean.

— Où est mon papa ? » demanda-t-il, d'une voix légèrement plus soutenue.

La question parut bizarre à Alan, qui se serait plutôt attendu à ce que l'enfant demandât sa mère. Il n'avait que sept ans.

« Il va arriver d'un moment à l'autre, Sean.

— J'espère bien. Il me tarde qu'il soit là.

— Je sais. » Il marqua un temps d'arrêt, puis ajouta : « Ta maman sera bientôt là, elle aussi. »

Le garçonnet réfléchit, puis secoua la tête d'un mouvement délibéré et lent. L'oreiller émit un petit bruit de frottement. « Non, elle viendra pas. Elle est trop occupée.

— Trop occupée pour venir te voir ?

— Oui. Elle est très occupée. Maman est en visite chez le King. C'est pour ça que je ne peux plus aller dans sa chambre. Elle ferme la porte et elle met des lunettes de soleil et elle va voir le King. »

Alan revit Mme Rusk répondant aux Tuniques-Bleues venues l'interroger d'une voix lente et déconnectée de la réalité. Les lunettes de soleil sur la table, à côté d'elle. Elle paraissait incapable de les laisser tranquilles une seconde ; elle jouait presque constamment avec. Elle retirait la main, comme si elle avait peur d'être remarquée, pour l'avancer aussitôt, d'un geste qui paraissait indépendant de sa volonté. Sur le coup, il avait pensé que c'était le choc ou l'effet des tranquillisants ; il n'en était plus tout à fait aussi sûr. Il se demandait également s'il devait interroger Sean sur Brian ou poursuivre dans cette nouvelle direction. A moins que les deux ne convergent ?

« Vous n'êtes pas vraiment un magicien, observa Sean. Vous êtes un policier, c'est ça ?

— Oui.

— Vous êtes de la Police d'Etat avec une grosse voiture bleue qui va très vite ?

— Non, je suis le shérif du comté. D'habitude, j'ai une voiture marron avec une étoile sur le côté ; elle va aussi très vite. Mais ce soir, j'ai pris mon vieux break, celui que j'aurais dû changer depuis longtemps. (Il sourit.) Il se traîne sur la route, tu peux pas savoir... »

La remarque parut éveiller l'intérêt de l'enfant. « Pourquoi vous n'avez pas pris la voiture de police ? »

Pour ne pas ficher les boules à Jill Mislaburski ou à ton frère, pensa Alan. Pour Jill, je ne sais pas, mais avec ton frère, ça n'a pas été une grande réussite.

« Je ne m'en souviens plus très bien. La journée a été longue, tu sais.

— Vous êtes un shérif comme dans *Young Guns* ?

— Eh oui. Enfin, à peu près.

— Avec Brian, on a été voir le film. C'était vraiment super ! On voulait aller voir *Young Guns II* quand il est passé à la Lanterne Magique, à Bridgton, l'été dernier. Mais maman a pas voulu, il était interdit aux moins de treize ans. On n'a pas le droit de voir des films interdits aux moins de treize ans, sauf quand papa nous laisse regarder avec lui sur le magnétoscope. On a beaucoup aimé *Young Guns*, tous les deux. » Il se tut un instant, et son regard s'assombrit. « Mais c'était avant que Brian ait sa carte.

— Quelle carte ? »

Pour la première fois, il put lire une émotion authentique dans les yeux du petit garçon. De la terreur.

« La carte de base-ball. La grande carte spéciale.

— Oh ? » Alan pensa aussitôt à la glacière portative et aux cartes de base-ball, à l'intérieur (les cartes « pour les échanges », avait-il dit). « Brian collectionnait les cartes, c'est ça ?

— Oui. C'est comme ça qu'*il* l'a eu. Je crois qu'il se sert de choses différentes avec chaque personne. »

Alan se pencha en avant. « Qui ça, Sean ? *Qui* l'a eu ?

— Brian s'est tué. Je l'ai vu faire. C'était dans le garage.

— Je sais. Je suis navré.

— Quelque chose est sorti de derrière sa tête. Pas que du sang. Un truc jaune. »

Alan ne trouvait rien à dire. Son cœur battait lentement mais avec force dans sa poitrine, il avait la bouche aussi sèche que le désert du Nefoud et une sensation désagréable lui montait du creux de l'estomac. Le nom de son fils résonna dans son crâne comme le tocsin funèbre qu'aurait déclenché un idiot en pleine nuit.

« Je voudrais qu'il l'ait pas fait », reprit Sean. Il avait parlé d'un ton étrangement neutre ; mais deux larmes se mirent à grossir dans ses yeux, débordèrent et roulèrent sur ses joues lisses. « On pourra pas voir *Young Guns II* ensemble quand il sortira en vidéocassette. Il faudra que je le regarde tout seul et ça sera pas aussi drôle. Brian sera pas là pour sortir toutes ses blagues idiotes. Je sais bien que ce sera pas aussi drôle.

— Tu aimais beaucoup ton grand frère, n'est-ce pas ? »

demanda Alan d'une voix étranglée. Il passa la main entre les barreaux du lit. La menotte de Sean vint se glisser dedans et serra très fort. Elle était brûlante. Et petite, toute petite.

« Ouais. Brian voulait être lanceur pour les Red Sox quand il serait grand. Il disait qu'il apprendrait à faire le lancer incurvé du poisson-mort, comme Mike Boddicker. Il le fera jamais. Il m'a dit de pas m'approcher pour pas me salir. J'ai pleuré. J'avais peur. Ce n'était pas comme dans un film. On était juste dans notre garage...

— Je sais. » Alan se rappela la voiture d'Annie. Les vitres cassées. Le sang étalé en grosses taches noires sur les sièges. Là non plus, ça n'avait pas été comme au cinéma. Il se mit à pleurer. « Oui, je sais, fiston.

— Il m'a demandé de lui promettre quelque chose, et je l'ai fait. Je garderai la promesse. Je la garderai toute ma vie.

— Qu'est-ce qu'il t'a fait promettre, Sean ? »

Alan s'essuya le visage de sa main libre, mais les larmes ne voulaient pas s'arrêter. Le petit garçon restait étendu devant lui, presque aussi blanc que l'oreiller sur lequel sa tête était posée ; le petit garçon qui avait vu son frère se suicider, qui avait vu la cervelle de son frère projetée sur le mur du garage comme un glaviot géant... et où se trouvait sa mère ? Avec le King. *Elle ferme la porte et elle met des lunettes de soleil et elle va voir le King.*

« Qu'est-ce que tu lui as promis, fiston ?

— J'ai voulu jurer sur la tête de maman, mais Brian a pas voulu. Il a dit de jurer sur mon nom. Parce qu'il l'a eue, elle aussi. Brian a dit qu'il avait tous ceux qui juraient sur la tête des autres. Alors j'ai juré sur mon nom comme il l'avait demandé, mais il a quand même tiré. » Sean pleurait plus fort, mais il regarda néanmoins Alan d'un air sérieux, à travers ses larmes. « Ce n'était pas juste du sang, monsieur shérif. Mais l'autre truc. Le truc jaune. »

Alan lui serra la main. « Je sais, Sean. Qu'est-ce qu'il voulait que tu promettes ?

— Brian ira peut-être pas au ciel si je le dis.

— Si, il ira. Je te le promets, *moi.* Et je suis le shérif.

— Les shérifs tiennent toujours leurs promesses ?

— Toujours, quand ils les font à un petit garçon qui est à l'hôpital. Si tu crois que les shérifs peuvent rompre leurs promesses comme ça !

— Est-ce qu'ils vont en enfer, s'ils les tiennent pas ?

— Exactement. C'est ce qui leur arrive.

— Vous me jurez que Brian ira au paradis même si je le dis ? Vous le jurez sur votre propre tête ?

— Sur ma propre tête, répondit Alan.

— Bon, d'accord. Il m'a fait promettre de ne jamais aller au nouveau magasin où il a eu sa fameuse carte de base-ball. Il croyait que c'était Sandy Koufax sur la carte, mais c'était pas vrai. C'était un autre joueur. Elle était vieille, abîmée, sale. Je crois que Brian ne s'en rendait pas compte. » L'enfant se tut quelques instants, songeur, puis reprit, s'exprimant toujours du même ton de voix surnaturellement calme : « Un jour, il est arrivé à la maison. Il avait de la boue sur les mains. Il s'est lavé et je l'ai entendu après. Il pleurait dans sa chambre. »

Les draps, pensa Alan. Les draps de Wilma. C'était donc Brian.

« Il a dit que le Bazar des Rêves est un endroit empoisonné et qu'*il* est un empoisonneur, et que je ne devais jamais y aller.

— Brian a dit *ça* ? Il a dit le Bazar des Rêves ?

— Oui.

— Sean... » Il s'interrompit et réfléchit. Des étincelles électriques fusaient de partout en lui, un vrai feu d'artifice de minuscules points bleus.

« Quoi ?

— Est-ce que... ta maman a trouvé les lunettes de soleil au Bazar des Rêves ?

— Oui.

— Elle te l'a dit ?

— Non, mais je le sais. Elle met les lunettes de soleil, et c'est comme ça qu'elle va retrouver le King.

— Quel King, Sean, tu sais ? »

L'enfant regarda Alan comme s'il avait affaire à un demeuré. « Elvis ; c'est lui, le King.

— Elvis..., murmura Alan. Evidemment.

— Je veux mon papa.

— Je sais, mon chou. Encore une ou deux questions et je te fiche la paix. Alors tu t'endormiras et à ton réveil, ton papa sera là. (Pourvu que...) Brian t'a-t-il dit qui était l'empoisonneur, Sean ?

— Oui. Monsieur Gaunt. L'homme qui tient le magasin. C'est lui, l'empoisonneur. »

Il pensa immédiatement à Polly ; Polly qui lui avait dit, après les funérailles : *Je crois qu'en fin de compte il suffisait de rencontrer le bon médecin... le docteur Gaunt. Le docteur Leland Gaunt.*

Il la revit lui montrant la petite boule d'argent qu'elle avait achetée au Bazar des Rêves... mais l'empêchant de la prendre dans sa main lorsqu'il avait voulu la toucher. L'expression qui s'était dessinée sur son visage, à ce moment-là, lui était totalement étrangère ; elle trahissait la suspicion mesquine, la possessivité. Puis lui revint aussi la voix stridente, tremblante et grosse de sanglots — une voix qu'il ne lui avait jamais entendue — avec laquelle elle lui avait reproché d'être allé fouiner dans son dos.

« Qu'est-ce que vous lui avez raconté ? » marmonna-t-il. Il ne se rendait absolument pas compte qu'il avait attrapé la courtepointe et la tordait lentement dans sa main crispée. « Qu'est-ce que vous lui avez raconté ? Et comment avez-vous réussi à la convaincre ?

— Monsieur shérif ? Ça va pas ? »

Alan se força à desserrer le poing. « Si, très bien. Tu es bien sûr que Brian a dit que c'était monsieur Gaunt, n'est-ce pas, Sean ?

— Oui.

— Merci. » Il se pencha par-dessus les barreaux et embrassa la joue pâle et fraîche de l'enfant. « Merci de m'avoir parlé. » Il lâcha la main de l'enfant et se leva.

Au cours de la semaine écoulée, il avait à plusieurs reprises repoussé une chose à faire, sur son agenda. Une chose qu'il n'avait finalement pas faite : une visite de courtoisie au commerçant nouvellement installé à Castle Rock. Ce n'était pas grand-chose ; un simple geste amical, avec un bref rappel de la procédure à suivre en cas d'incident. Il avait eu l'intention d'effectuer à cette visite, il était même passé une fois au magasin, mais il n'était pas parvenu à y entrer. Et aujourd'hui, alors que le comportement de Polly l'avait conduit à se poser des questions sur la probité de monsieur Gaunt, les choses avaient carrément tourné au vinaigre et il s'était retrouvé ici, à plus de trente kilomètres de Castle Rock.

Aurait-il manœuvré pour m'éviter ? Aurait-il manœuvré de la sorte depuis le début ?

Il n'arrivait pas, dans la pénombre et le calme de cette chambre, à trouver cette idée ridicule.

Il éprouva soudain le besoin de rentrer. De retourner aussi vite que possible à Castle Rock.

« Monsieur shérif ? »

Alan baissa les yeux sur l'enfant.

« Brian m'a dit autre chose, aussi.

— Ah oui ? Et quoi donc, Sean ?

— Brian m'a dit que monsieur Gaunt n'était pas vraiment un homme. »

10

Alan, dans le couloir, prit la direction de la porte surmontée du signe lumineux SORTIE, marchant le plus silencieusement possible ; il s'attendait à être à tout instant pétrifié sur place par un cri de la remplaçante de Miss Hendrie. Mais une seule personne lui adressa la parole, une petite fille qui se tenait sur le seuil d'une chambre, ses cheveux blonds tressés pendant devant elle sur sa chemise de nuit de flanelle d'un rose délavé. Elle tenait une couverture — sa doudoune, à voir l'état dans lequel elle était. Elle était pieds nus, les rubans qui tenaient ses tresses étaient de travers et elle avait des yeux énormes dans un visage hagard. Un visage qui disait en connaître beaucoup plus sur la souffrance que ne le devrait celui d'un enfant.

« T'as un revolver, annonça-t-elle.

— Oui.

— Mon papa aussi.

— Vraiment ?

— Oui. Il est plus gros que le tien. Il est plus gros que le monde. T'es le croque-mitaine ? »

— Non, ma puce », répondit-il, en se disant que le croque-mitaine se trouvait peut-être bien dans sa ville, ce soir.

Il franchit la porte, descendit l'escalier, poussa une autre porte et se retrouva dans une chaleur aussi accablante que lors d'un crépuscule estival. Il se dirigea à grands pas vers le parking, courant presque. Le tonnerre marmonnait et renaudait à l'ouest, en direction de Castle Rock.

Une fois au volant, il saisit le micro et appela. « Unité Un appelle Central. A vous. »

Un chuintement incohérent d'électricité statique fut la seule réponse.

La foutue tempête.

C'est peut-être une fleur que nous a faite le croque-mitaine, murmura une voix tout au fond de lui. Alan eut un sourire crispé.

Il fit une nouvelle tentative qui eut un résultat identique, puis essaya de joindre la Police d'Etat à Oxford. La liaison était excellente. Le standard lui dit qu'une violente tempête s'était déclarée du côté de Castle Rock et que les communications étaient incertaines. Même le téléphone ne semblait fonctionner que lorsqu'il en avait envie.

« Essayez de joindre Henry Payton. Dites-lui d'arrêter un homme du nom de Leland Gaunt. Comme témoin important, pour commencer. Oui, Gaunt, avec un G comme George. Bien reçu ? A vous.

— Vous ai reçu cinq sur cinq, shérif. Gaunt, avec un G comme George. A vous.

— Dites-lui que Gaunt a pu jouer un rôle dans les événements qui ont conduit au double meurtre de Nettie Cobb et de Wilma Jerzyck. A vous.

— Bien reçu, à vous.

— Terminé pour moi. »

Il reposa le micro sur sa fourche, lança le moteur et reprit la direction de Castle Rock. A la périphérie de Bridgton, il se faufila dans le parking d'un magasin Red Apple et utilisa le téléphone pour appeler son bureau. Il y eut des clics, et une voix enregistrée lui répondit que ce numéro était temporairement hors de service.

Il raccrocha et retourna à sa voiture ; il courait vraiment, cette fois. Avant de s'engager sur la route 117, il sortit le gyrophare et le posa à nouveau sur le toit. Le temps de parcourir huit cents mètres, le vieux break Ford, tremblant de toutes ses membrures, roulait à plus de cent vingt.

11

Les ténèbres et Ace Merrill s'abattirent en même temps sur Castle Rock.

Le repris de justice franchit le pont de la rivière de Castle tandis que grondait le tonnerre, au-dessus de lui, et que des éclairs poignardaient la terre offerte. Il roulait fenêtres ouvertes ; il ne pleuvait pas encore, et l'air avait la viscosité d'un sirop.

Il était sale, fatigué, furieux. Il avait exploré trois autres emplacements de la carte, en dépit de la lettre, incapable de croire à ce qui lui arrivait, incapable de se figurer que cela puisse arriver. Si l'on peut se permettre cette formule, il avait l'impression de s'être bel et bien fait « k'Acé ». Il avait trouvé à chaque fois une pierre plate et une boîte en tôle. Deux contenaient d'autres paquets de timbres-cadeaux crasseux et moisis. La dernière, en provenance du sol marécageux, derrière la ferme Strout, ne lui rapporta qu'un vieux stylo à bille. On voyait une femme coiffée dans le style des années quarante et portant un maillot de bain de la même époque sur le corps du stylo ; lorsqu'on le redressait, le maillot de bain disparaissait.

Vous parlez d'un trésor.

Ace était revenu à Castle Rock à toute vitesse, l'œil fou, le jean maculé de la boue collante du marécage jusqu'aux genoux, pour une seule et unique raison : tuer Alan Pangborn. Après quoi il foutrait le camp jusque sur la côte Ouest, ce qu'il aurait dû commencer par faire. Peut-être arriverait-il à extorquer un peu d'argent à Pangborn, ou peut-être pas. D'une manière ou d'une autre, une chose restait certaine : ce fils de pute allait crever, et il allait crever en *en chiant*.

Cinq kilomètres avant le pont, il s'était rendu compte qu'il n'avait pas d'armes. Il avait eu l'intention de faucher l'un des automatiques, dans le garage de Boston, mais c'était au moment où le foutu magnétophone était reparti tout seul en lui fichant une frousse monumentale. Il savait cependant où les trouver.

Oh, que oui.

Il franchit le pont... puis s'arrêta au carrefour de Main Street et de Watermill Lane, alors qu'il avait la priorité.

« Qu'est-ce que c'est que ce bordel ? » murmura-t-il.

Dans le bas de Main Street régnait un ahurissant désordre de voitures de patrouille, gyrophares en action, de fourgonnettes de télé et de petits groupes de gens à pied. L'essentiel de l'action paraissait se dérouler autour du bâtiment municipal. Un peu comme si les autorités du patelin avaient décidé, sur un coup de tête, d'organiser une sorte de carnaval.

Ace se fichait complètement de ce qui était arrivé ; la ville pouvait bien partir en fumée, il n'en avait rien à cirer. Mais il voulait la peau de Pangborn, il voulait le scalper et accrocher la tignasse à sa ceinture : comment y parvenir, cependant, avec ce qui ressemblait à un congrès de Tuniques-Bleues rassemblé devant le bâtiment municipal ?

La réponse lui vint spontanément à l'esprit. *Monsieur*

Gaunt saura. Monsieur Gaunt possède l'artillerie et il aura les réponses qui vont avec. Va voir monsieur Gaunt.

Il jeta un coup d'œil dans son rétroviseur et aperçut d'autres lumières bleues qui franchissaient le dernier vallonnement de terrain avant le pont. Encore d'autres flics dans cette direction ! Mais qu'est-ce qui a bien pu se passer ici, cet après-midi ? se demanda-t-il de nouveau ; c'était une question à laquelle il lui faudrait répondre une autre fois... ou jamais, selon la manière dont les choses tourneraient. En attendant, il avait ses propres affaires à régler, et il était plus prudent de se sortir du chemin avant que la nouvelle fournée de flics n'arrivât derrière lui.

Il tourna à gauche dans Watermill Lane, puis à droite dans Cedar Street, évitant la partie commerçante de Main Street avant de regagner celle-ci un peu plus haut. Il s'arrêta aux feux tricolores et regarda pendant quelques instants le fourmillement d'éclairs bleus au bas de la rue. Puis il alla se garer devant le Bazar des Rêves.

Il descendit de voiture, traversa la rue et lut le panonceau. Il eut un moment de profond désespoir — il avait non seulement besoin de l'artillerie de Leland Gaunt, mais aussi de sa poudre blanche —, puis il se souvint de l'autre entrée, dans l'allée de service. Il fit à pied le tour du pâté de maisons sans remarquer la fourgonnette jaune garée une quarantaine de mètres plus loin, ni l'homme assis à l'intérieur (Buster s'était installé sur le siège du passager) qui l'observait.

En s'engageant dans l'allée, il se heurta à un homme coiffé d'une casquette de tweed tirée bas sur le front.

« Hé, regarde un peu où tu vas, Papa ! » dit Ace.

L'homme à la casquette leva la tête, lui montra les dents et eut un ricanement. En même temps, il tira un automatique de sa poche et le pointa dans la direction de celui qui venait de l'interpeller. « Fais pas le con avec moi, l'ami, à moins que tu veuilles y goûter, toi aussi. »

Ace leva les mains et recula d'un pas. Il n'avait pas peur, mais était frappé de stupéfaction. « Je n'y tiens pas, monsieur Nelson.

— Très bien. T'aurais pas vu ce suceur de pines de Jewett, par hasard ?

— Euh... le type du lycée ?

— Exact, le principal. T'en connais d'autres, des Jewett ? Remets les pieds sur terre, l'ami !

— Je viens juste d'arriver, répondit prudemment Ace. Je n'ai vraiment vu personne, monsieur Nelson.

— Ouais, eh bien, moi, je vais le trouver, et il va bougrement le regretter, crois-moi. Il a tué mon perroquet et chié sur ma mère. » George T. Nelson plissa les yeux et ajouta : « C'est pas le jour pour venir me chercher des poux dans la tête. »

Ace ne chercha pas à discuter.

George T. Nelson remit l'arme dans sa poche et disparut à l'angle de la rue ; il avait la démarche décidée de quelqu'un qui est particulièrement en pétard. Ace resta un moment sur place, mains toujours levées. Monsieur Nelson enseignait la menuiserie au collège technique. Il l'avait toujours pris pour un type qui n'aurait pas osé chasser un taon venu se poser sur son œil, mais il se rendait compte qu'il allait devoir sans doute changer d'opinion. En plus, il avait reconnu le pistolet. Il n'avait pas de mérite : il en avait rapporté toute une caisse de Boston, il n'y avait pas deux jours.

12

« Ace ! s'exclama Gaunt. Pile à l'heure !

— J'ai besoin d'un pétard. Et aussi d'encore un peu de votre came de première, s'il vous en reste.

— Oui, oui... le moment venu. Chaque chose en son temps. Aidez-moi à porter cette table, Ace.

— Je vais tuer Pangborn. Il m'a volé mon trésor, ce salopard, et je vais le descendre. »

Leland Gaunt eut pour le repris de justice le regard neutre et jaune d'un chat qui vient de coincer une souris... et à cet instant-là, Ace *se sentit* comme une souris.

« Ne me faites pas perdre mon temps à me raconter des choses que je sais déjà, dit Gaunt. Si vous voulez mon aide, aidez-moi. »

Ace prit un bord de la table, et ils la transportèrent dans l'arrière-boutique. Gaunt se baissa et ramassa un panonceau appuyé contre le mur.

JE SUIS VRAIMENT FERMÉ, MAINTENANT

lisait-on. Il l'accrocha à la porte et ferma celle-ci. Il en tournait le verrou lorsque Ace se rendit compte qu'il n'y avait rien pour retenir l'annonce : pas de clou, pas d'adhésif, rien. Elle était néanmoins restée en place.

Puis ses yeux tombèrent sur les caisses qui avaient contenu les armes et les chargeurs. Il n'en restait que trois de chacune.

« Sainte merde ! Mais où sont-ils passés ?

— Les affaires ont été excellentes, ce soir, Ace, admit Gaunt, frottant ses mains aux longs doigts l'une contre l'autre. Vraiment excellentes. Et elles vont aller encore mieux. J'ai du travail pour vous.

— Je vous l'ai dit, se rebiffa l'autre. Le shérif m'a volé… »

Leland Gaunt fut sur lui sans qu'Ace l'eût vu bouger. Deux mains, longues et affreuses, l'agrippèrent par le devant de sa chemise et le firent décoller du sol comme s'il n'était qu'un sac de plumes. Il poussa un cri de surprise angoissée. Une poigne d'acier le retenait. Gaunt le souleva plus haut encore, et Ace se retrouva en train de plonger le regard dans ce visage enflammé, diabolique, n'ayant que l'idée la plus vague de la manière dont il s'était retrouvé ici. Même au comble de la terreur, il se rendit compte que de la fumée (ou de la vapeur ?) sortait des oreilles et des narines de Gaunt. On aurait dit un dragon humain.

« *Tu ne me dis RIEN !* » lui hurla Gaunt en pleine face. Sa langue se glissa entre ses dents en forme de pierres tombales et Ace vit qu'elle se terminait en fourche, comme celle d'un serpent. « *C'est moi qui* PARLE ! *Quand tu es en compagnie de tes aînés,* TU LA FERMES ! *Tu la fermes et tu écoutes !* TU LA FERMES ET TU ÉCOUTES ! »

Il le fit tournoyer par deux fois autour de lui, comme un lutteur de foire qui fait faire l'hélicoptère à son adversaire, et le projeta contre le mur le plus loin. La tête d'Ace heurta le plâtre. Le bouquet final d'un feu d'artifice explosa au milieu de sa tête. Lorsque sa vision s'éclaircit, ce fut pour voir Gaunt penché sur lui. Son visage était une monstruosité dans laquelle nageaient des yeux et des dents et d'où montaient des tourbillons de vapeur.

« *Non !* hurla Ace. *Non, monsieur Gaunt, non ! Je vous en supplie !* »

Les mains étaient devenues des serres, les ongles s'étaient allongés et effilés en un rien de temps... *à moins qu'ils n'aient toujours été comme ça ?* vagabonda son esprit. *Ils ont peut-être toujours été ainsi, et tu ne l'as pas remarqué.*

Ils entaillèrent le tissu de la chemise comme autant de lames de rasoir ; Ace sursauta et se retrouva nez à nez avec cette tête écumante.

« Es-tu prêt à m'écouter, Ace ? » demanda Gaunt. Des bouffées d'une vapeur brûlante venaient lui piquer les joues et la bouche à chaque parole. « Es-tu prêt, ou bien faut-il que je te mette les tripes à l'air et que j'en finisse avec toi ?

— Oui, sanglota-t-il. Je veux dire, non ! J'écouterai !

— Tu vas être un bon petit garçon de courses et suivre mes ordres ?

— Oui !

— Tu sais ce qui arrivera, sinon ?

— Oui ! *Oui ! Oui !*

— Tu me dégoûtes, Ace. C'est ce que j'aime, chez toi. »

Il le repoussa brutalement contre le mur. Ace glissa et se retrouva plus ou moins agenouillé, hoquetant, sanglotant. Il regardait le plancher. Tout plutôt que rester tourné vers le visage du monstre.

« S'il te venait jamais à l'esprit d'aller à l'encontre de mes désirs, Ace, je veillerais à ce que tu aies droit au grand tour de l'enfer. Tu auras le shérif, ne t'en fais pas. Pour l'instant, il n'est pas en ville. Et maintenant, lève-toi. »

Ace entreprit de se remettre lentement sur ses pieds. Sa tête lui élançait ; son T-shirt pendait en haillons.

« Permettez-moi de vous poser une question. » Gaunt, pas un seul cheveu déplacé, souriait et parlait de nouveau avec urbanité. « Est-ce que cette petite ville vous plaît ? L'aimez-vous ? En gardez-vous des photos sur les murs de votre bicoque de merde pour vous souvenir de son charme rustique et de l'époque où les chiens vous mordaient les mollets et où les abeilles vous piquaient les fesses ?

— Bordel, non ! » répondit Ace d'une voix mal assurée qui oscillait avec chaque battement de son cœur. Il lui fallut déployer les plus grands efforts pour se retrouver debout. Il avait les jambes en coton et restait appuyé au mur, regardant Gaunt avec inquiétude.

« L'idée de rayer ce patelin de la carte, en attendant le retour du shérif, vous épouvante-t-elle ?

— Je... je ne comprends pas très bien cette expression, répondit nerveusement Ace.

— Ça ne me surprend pas. Mais je crois que vous voyez ce que je veux dire, non ? »

Ace réfléchit. Ses réflexions le ramenèrent jusqu'à l'époque où, bien des années auparavant, quatre morveux l'avaient privé, lui et ses amis (oui, il avait alors ce qu'on aurait pu appeler grosso modo des amis) d'une chose qu'il avait voulue. Ils avaient chopé l'un des morveux (Gordie LaChance) un peu plus tard et lui avaient flanqué une raclée mémorable, mais peu importait. Actuellement, LaChance était un écrivain de renom qui vivait ailleurs aux Etats-Unis et se torchait probablement le cul avec des billets de dix dollars. En fin de compte, les morveux avaient gagné et les choses n'avaient plus jamais été tout à fait les mêmes par la suite. C'est en effet à ce moment-là que la chance avait commencé à tourner pour Ace. Les portes restées jusqu'ici ouvertes s'étaient mises à se fermer les unes après les autres. Il avait peu à peu fini par comprendre qu'il n'était pas le roi et que Castle Rock n'était pas son royaume. Et que si ça avait jamais été le cas, c'était de toute façon terminé depuis le jour où, alors qu'il avait seize ans, les morveux les avaient dépouillés, lui et ses amis, de ce qui leur revenait de droit. C'était le Jour de la Fête du Travail, et Ace n'était pas assez âgé pour pouvoir boire légalement au Mellow Tiger ; de roi qu'il était, il était devenu soldat sans uniforme, rôdant en territoire ennemi.

« J'ai ce trou de chiotte en horreur, dit-il à Leland Gaunt.

— Bien. Très bien. J'ai un ami, garé juste au coin de la rue, qui va vous aider à faire ça. Vous aurez le shérif... mais aussi toute la ville. Est-ce que ça vous plaît ? » Gaunt avait capté le regard d'Ace qui, debout devant lui dans les lambeaux de son T-shirt, commença à sourire. Il n'avait plus mal à la tête.

« Ouais, répondit-il. Ça me botte. »

Gaunt mit la main à sa poche et en retira un sachet en plastique rempli de poudre blanche qu'il lui tendit.

« Il y a du boulot qui vous attend, Ace. »

Il prit le sachet, mais c'était toujours dans les yeux de Gaunt que son regard plongeait.

« Bien. Je suis prêt. »

13

Buster vit revenir l'homme qui était entré le dernier dans l'allée de service. Son T-shirt était en lambeaux et il portait une caisse. Les crosses de deux automatiques dépassaient de sa ceinture.

Il eut un mouvement de recul, brusquement inquiet, lorsqu'il vit que l'homme, en qui il reconnaissait maintenant John « Ace » Merrill, se dirigeait directement vers la fourgonnette à côté de laquelle il déposa la caisse.

Ace cogna à la vitre. « Ouvre l'arrière, Papa. On a du boulot. »

Buster descendit la vitre. « Tire-toi d'ici, crapule ! Tire-toi, ou j'appelle la police !

— Bonne chance ! » grogna Ace.

Il retira l'un des pistolets de sa ceinture. Buster se raidit lorsque Ace le passa par la fenêtre — crosse la première — puis cligna des yeux.

« Prends ça, fit Ace avec impatience, et va ouvrir l'arrière. Si tu ne sais pas qui m'envoie, c'est que tu es encore plus crétin que t'en as l'air. » Il tendit l'autre main et tâta la perruque. « J'adore, ajouta-t-il avec un petit sourire. C'est tout simplement merveilleux.

— Arrête », dit Buster d'un ton d'où avait disparu toute colère. *A trois, on peut faire beaucoup de dégâts*, avait dit Mr Gaunt. *Je vous enverrai quelqu'un.*

Mais Ace ? Ace Merrill ? C'était un criminel !

« Ecoute, dit le criminel, si tu veux discuter de cet arrangement avec monsieur Gaunt, il doit encore être ici. Mais comme tu peux voir (il eut un geste qui fit onduler les pans déchirés de son T-shirt), il n'est pas de très bonne humeur.

— C'est toi qui dois m'aider à me débarrasser d'EUX ? demanda Buster.

— Exact. On va transformer tout ce patelin en steak flambé. (Il souleva la caisse.) Cela dit, je ne vois pas très bien les dégâts que l'on peut faire avec une boîte de détonateurs. Mais il m'a dit que tu connaîtrais la réponse à ça. »

Buster avait commencé à sourire. Il se leva et alla ouvrir la porte arrière de la fourgonnette. « Je crois que oui. Montez donc, monsieur Merrill. Nous avons quelques courses à faire.

— Où ça ?

— Au garage municipal, pour commencer », répondit Buster sans se départir de son sourire.

21

1

Le révérend William Rose, monté pour la première fois en chaire dans l'église baptiste de Castle Rock en mai 1983, était un bigot de première grandeur ; là-dessus, il n'y avait aucun doute. Malheureusement, il possédait aussi beaucoup d'énergie, avait parfois de l'esprit (d'un style étrange et cruel) et était extrêmement populaire parmi ses ouailles. Son premier sermon avait d'ailleurs annoncé la couleur. Son titre était : « Pourquoi les catholiques iront-ils en enfer ? » Il avait depuis lors continué dans cette veine, fort prisée de la congrégation baptiste. Les catholiques, répétait-il, étaient des créatures blasphématoires dévoyées qui n'adoraient pas Jésus mais la femme qui avait été choisie pour le porter en son sein. Fallait-il s'étonner qu'ils fussent également sujets à l'erreur dans d'autres domaines ?

Il expliquait que les euh... catholiques avaient perfectionné l'art de la torture pendant l'Inquisition ; que les inquisiteurs avaient euh... brûlé les véritables fidèles sur leurs euh... bûchers jusqu'au dix-neuvième siècle, époque à laquelle d'héroïques protestants (baptistes, essentiellement) avaient mi le holà à ces crimes ; que quarante papes, au cours de l'histoire, avaient connu bibliquement leur mère, leur sœur et même parfois leur fille illégitime — quelle abomination ! Que le Vatican s'était édifié sur le tas d'or volé aux martyrs protestants ou aux nations qu'ils avaient pillées.

Ce genre de balivernes à l'usage des ignorants n'étaient pas une nouveauté pour l'Eglise catholique, qui avait dû faire face à d'innombrables hérésies similaires au cours des siècles. Beaucoup de prêtres ne s'en formalisaient guère, allant parfois jusqu'à en faire un sujet de plaisanterie. Le père John Brigham, lui, n'était pas du genre à prendre ces sottises à la légère. Bien au contraire. Cet Irlandais irascible et bancal appartenait à cette race d'individus sans humour qui ne peuvent pas sentir les fous, en particulier les fous actifs dans le genre du révérend Rose.

Il avait supporté les provocations baptistes en silence pendant presque une année avant de finir par éclater du haut de sa chaire. Il n'y alla pas de main morte dans son homélie (intitulée « Les péchés du révérend Willie »), traitant le pasteur baptiste de « brailleur de psaumes abruti qui croit que Billy Graham marche sur l'eau et que Billy Sunday est assis à la droite de Dieu Tout-Puissant ».

Ce dimanche-là, le révérend Rose et quatre de ses diacres les plus athlétiques avaient été rendre visite au père John Brigham. Ils étaient furieux et scandalisés par les propos calomnieux qu'il avait tenus, lui avaient-ils déclaré.

« Vous ne manquez pas de toupet de venir me dire de la mettre en veilleuse, avait rétorqué le père John, après cinquante sermons passés à raconter aux fidèles que je sers la grande Prostituée de Babylone. »

Les couleurs étaient rapidement montées aux joues habituellement pâles du révérend Rose et avaient même gagné son crâne chauve. Jamais il n'avait parlé de la Prostituée de Babylone. Il avait mentionné à deux ou trois reprises la Prostituée de Rome et si la chaussure était à sa pointure, avait-il répliqué, le père Brigham n'avait qu'à l'enfiler et marcher avec.

Le père Brigham, les poings serrés, était sorti sur le perron de son presbytère. « Si vous voulez qu'on en parle plus à l'aise sur le trottoir, mon ami, demandez seulement à votre détachement de gestapistes de prendre un peu de champ, et nous en discuterons tout à votre aise. »

Le révérend Rose, qui mesurait huit centimètres de plus que l'autre (mais pesait bien dix kilos de moins) recula avec un ricanement. « Je ne voudrais pas me euh… salir les mains. »

L'un des diacres, qui n'était autre que Don Hemphill,

plus grand et plus lourd que le combatif curé, prit à son tour la parole. « Moi, je veux bien en discuter quand vous voudrez, dit-il. Je serais trop content d'essuyer le trottoir avec votre foutu derrière de papiste. »

Deux des autres diacres, qui savaient Don tout à fait capable de passer aux actes, avaient réussi à le contenir au dernier moment... mais, depuis, l'antagonisme n'avait pas cessé.

Jusqu'en octobre, l'affrontement était resté feutré : plaisanteries ethniques et ragots perfides dans les groupes d'hommes et de femmes des deux Eglises, provocations verbales entre les enfants des deux factions dans les cours d'école et, surtout, lancer de grenades rhétoriques de chaire à chaire le dimanche, jour de la paix du Seigneur où commencent, nous enseigne l'histoire, la plupart des conflits ouverts. Cette guéguerre était parfois ponctuée d'incidents déplorables (œufs jetés dans la salle paroissiale au cours d'une soirée de danse de la Jeunesse baptiste, un caillou lancé dans une fenêtre du presbytère), mais l'affrontement avait été avant tout verbal.

Comme toutes les guerres, celle-ci avait ses moments de tension et d'apaisement, mais les ressentiments n'avaient fait que s'accumuler depuis le jour où les Filles d'Isabelle avaient manifesté l'intention d'organiser la Nuit-Casino. A l'époque où le révérend Rose avait reçu la bordée d'injures des soi-disant bons catholiques, il était déjà probablement trop tard pour éviter une confrontation ; la grossièreté et l'ignominie du message semblaient simplement garantir que le jour où celle-ci aurait lieu, elle serait sans merci. Le baril de poudre était fin prêt ; il ne restait plus qu'à craquer une allumette pour y mettre le feu.

Si quelqu'un avait dramatiquement sous-estimé les dangers de la situation, c'était bien le père Brigham. Il s'était bien douté que son collègue baptiste n'aimerait pas l'idée de la Nuit-Casino, mais n'avait pas mesuré à quel point le concept d'un jeu organisé au sein même d'une église aurait le don d'offenser et de mettre en rage le pasteur. Il ignorait que le père de Willie la-Moutarde-au-Nez, joueur impénitent littéralement possédé par la passion du jeu, avait à plusieurs reprises abandonné sa famille pour finalement se tirer une balle dans la tête, au fond de l'arrière-salle d'un dancing, après avoir tout perdu aux dés. Et la pénible vérité, quant au père Brigham, était celle-ci : eût-il été au courant que cela n'aurait probablement rien changé pour lui.

Le révérend Rose mobilisa ses forces. Les baptistes ouvrirent les hostilités par une campagne de lettres anti-Nuit-Casino dont ils bombardèrent le *Castle Rock Call* (Wanda Hemphill, la femme de Don, rédigeait quatre-vingts pour cent des articles), suivie d'une campagne d'affichage diabolisant les jeux de hasard. Betsy Vigue, présidente du comité de la Nuit-Casino et grande Régente du chapitre local des Filles d'Isabelle, organisa la contre-attaque. Au cours des trois semaines précédentes, le *Call* avait atteint les seize pages pour pouvoir publier les débats (sauf qu'ils se présentaient davantage comme une série de surenchères dans l'hystérie que comme l'analyse raisonnable des différents points de vue). D'autres affiches fleurirent, immédiatement déchirées. Des appels à la modération, venus des deux côtés, restèrent sans effet. Certains partisans (des deux bords) s'amusaient beaucoup ; il y avait quelque chose de plaisant à se trouver ainsi dans la tempête, même si c'était une tempête dans un verre d'eau. Mais à l'approche de l'échéance, ni Willie la-Moutarde-au-Nez ni le père Brigham ne s'amusaient plus tant que ça.

« Je n'éprouve que le plus profond mépris pour cette espèce de petit merdeux moralisateur ! » avait explosé Brigham, à la surprise d'Albert Gendron, lorsque ce dernier était venu lui apporter la bordée d'insultes qu'il avait trouvée scotchée à la porte de son cabinet dentaire.

« Quand je pense que ce fils de pute accuse les braves baptistes d'une pareille chose ! » avait écumé le révérend Rose devant Norman Harper et Don Hemphill, également surpris, le Jour de Colomb, à la suite d'un appel du père Brigham. Celui-ci avait essayé de lui lire la lettre où on le traitait de maquereau ; le révérend Rose (à juste titre, du point de vue de ses diacres) avait refusé d'écouter.

Norman Harper, une armoire à glace qui pesait dix kilos de plus qu'Albert Gendron et ne lui cédait que deux ou trois centimètres, se sentit mal à l'aise devant la note quasiment hystérique de la voix de Rose, mais il n'y fit pas allusion. « Je vais vous dire de quoi il s'agit, fit-il de son timbre de basse. Le vieux père Machin est un peu nerveux à cause de la carte que vous avez reçue chez vous, Bill, c'est tout. Il a compris qu'ils avaient été trop loin. Il s'est imaginé qu'en disant que ses petits camarades ont reçu une lettre pleine du même genre d'ordures, on serait tous aussi coupables les uns que les autres.

— Oui, eh bien, ça ne marchera pas ! répliqua Rose d'un ton encore plus exaspéré. Personne de ma euh... congrégation ne s'abaisserait à écrire de pareilles euh... ordures ! Personne ! » Sa voix s'étrangla et ses mains s'ouvrirent et se refermèrent convulsivement. Norman et Don, mal à l'aise, échangèrent un bref regard. A plusieurs reprises, au cours des dernières semaines, ils avaient parlé de cet inquiétant comportement, de plus en plus fréquent chez le révérend Rose. L'affaire de la Nuit-Casino était en train de le démolir. Les deux hommes craignaient de lui voir faire une dépression nerveuse avant que la situation ne soit finalement réglée.

« Ne vous énervez pas, fit Don d'un ton apaisant. Nous connaissons bien la vérité, Bill.

— Oui ! s'écria Rose, tremblotant, le regard fixe. Oui, vous, vous la connaissez ! Vous deux ! Et moi ! Mais le euh... reste de la ville, hein ? Est-ce qu'ils la connaissent ? »

Ni Don ni Norman ne pouvaient répondre à ça.

« Je voudrais voir cet idolâtre cloué au pilori ! éructa Rose, qui serra les poings et les secoua, impuissant. Au pilori ! je paierais pour voir ça ! je paierais très cher ! »

Un peu plus tard, le lundi, le père Brigham avait fait un certain nombre d'appels téléphoniques à tous ceux qui se sentaient concernés « par l'atmosphère actuelle de répression religieuse qui règne à Castle Rock», les invitant à passer au presbytère pour une brève réunion, le soir même. Les gens furent tellement nombreux à venir qu'il fallut la tenir dans la salle des Chevaliers de Colomb, tout à côté.

Brigham commença par parler de la lettre trouvée par Albert Gendron sur sa porte — lettre qui impliquait les «bons baptistes» de Castle Rock —, puis raconta son infructueuse conversation téléphonique avec le révérend Rose. Lorsqu'il dit à l'assemblée que Rose prétendait avoir reçu lui aussi une lettre obscène, lettre qui émanerait de «bons catholiques» de Castle Rock, il y eut une rumeur dans la foule, scandalisée... puis bientôt gagnée par la colère.

«C'est un foutu menteur!» cria quelqu'un du fond de la salle. Le père Brigham donna l'impression de hocher la tête et de la secouer en même temps. «C'est possible, Sam, mais là n'est pas vraiment le problème. Il est complètement fou — c'est à mon avis là qu'est le problème.»

Un silence songeur et inquiet suivit, mais le père Brigham n'en éprouva pas moins un sentiment presque palpable de soulagement. *Complètement fou*: c'était la première fois qu'il le disait à voix haute, même si cette idée lui trottait dans la tête depuis au moins trois ans.

«Je ne vais pas me laisser impressionner par un cinglé sous prétexte qu'il est pasteur, poursuivit le père Brigham. Notre Nuit-Casino est une distraction inoffensive et même salutaire, en dépit de ce que peut en penser notre révérend La-Moutarde-au-Nez. Mais il me semble, étant donné qu'il est de plus en plus excité et de plus en plus instable, que nous devrions voter. Si vous trouvez préférable d'annuler la Nuit-Casino, de céder à ces pressions pour des raisons de sécurité, vous devez pouvoir le dire.»

Le résultat du vote avait été unanime: la Nuit-Casino aurait lieu comme prévu.

Le père Brigham avait acquiescé, satisfait. Puis il s'était tourné vers Betsy Vigue. «Vous avez une réunion pour son organisation demain soir, n'est-ce pas, Betsy?

— Oui, mon père.

— Puis-je vous suggérer que nous tenions la nôtre ici, dans la salle des Chevaliers de Colomb, à la même heure ? »

Albert Gendron, homme de poids lent à se mettre en colère mais lent aussi à se calmer, se leva, sans se presser, de toute sa hauteur. Les cous se tordirent pour suivre le trajet. « Laissez-vous entendre que ces cornichons de baptistes pourraient essayer d'ennuyer les dames, mon père ?

— Non, tout de même pas... mais il me semble qu'il serait sage de prévoir des mesures afin que la Nuit-Casino elle-même se passe sans incidents...

— Des gardes ? demanda quelqu'un avec enthousiasme. On prendra des gardes ?

— Eh bien... il faudra ouvrir les yeux et les oreilles, répondit Brigham, ne laissant aucun doute sur ce qu'il entendait par là. Et si nous nous retrouvions mardi soir ici pendant que les dames tiennent leur réunion, nous serions sur place, juste au cas où il se passerait quelque chose. »

Ainsi donc, pendant que les Filles d'Isabelle avaient leur assemblée dans l'un des bâtiments qui entouraient le parking, les Chevaliers de Colomb en faisaient autant dans le bâtiment d'en face. Au même moment, de l'autre côté de la ville, le révérend William Rose avait lui aussi convoqué une réunion pour parler des dernières calomnies répandues par les catholiques ; il était question de préparer des banderoles et une manifestation de protestation le soir même de la Nuit-Casino.

Les divers mouvements de va-et-vient qui eurent lieu à Castle Rock en début de soirée n'amputèrent que de quelques rares personnes la foule qui se pressa à ces différentes réunions ; la plupart des badauds qui s'étaient retrouvés autour du bâtiment municipal observaient la neutralité dans la Grande Affaire de la Nuit-Casino. Dans la mesure où catholiques et baptistes étaient impliqués dans cette bagarre, ce n'étaient pas un ou deux meurtres qui allaient les détourner de la perspective d'une guerre sainte. Car, en fin de compte, certaines choses devaient passer au second plan lorsqu'il était question de religion.

2

Plus de soixante-dix personnes se présentèrent à la quatrième réunion de ce que le révérend Rose avait appelé la Campagne Anti-Jeux (ou Anti-Nuit-Casino) des Soldats chrétiens baptistes de Castle Rock. C'était un revirement spectaculaire ; la participation avait fortement chuté lors de l'assemblée précédente, mais les rumeurs de la lettre obscène arrivée au rectorat avaient réamorcé la pompe. Cette démonstration de force revigora Rose, mais il fut déçu et étonné de ne pas voir Don Hemphill ; le gérant du supermarché lui avait promis de venir, et Don était son bras droit.

Le révérend regarda sa montre et vit qu'il était déjà dix-neuf heures cinq ; il n'avait pas le temps d'appeler le supermarché pour voir s'il n'aurait pas oublié. Tous ceux qui viendraient étaient déjà là et le pasteur voulait s'emparer des esprits tant que leur indignation et leur curiosité étaient à leur plus haut niveau. Il donna encore une minute à Hemphill, puis monta en chaire et leva ses bras maigrichons en manière de salut. Ses ouailles, pour la plupart encore en tenue de travail, ce soir, s'entassaient sur les bancs de bois.

« Plaçons les débuts de cette euh... entreprise sous le même signe que toute euh... grande entreprise, dit calmement le révérend Rose. Inclinons nos têtes et euh... prions. »

Tout le monde s'inclina. C'est à cet instant précis que la porte du vestibule s'ouvrit, derrière la foule, avec le bruit d'une détonation. Plusieurs femmes crièrent et bien des hommes sursautèrent.

C'était Don. Il était le chef de son propre rayon de boucherie et portait encore son tablier blanc taché de sang. Il avait la figure aussi rouge qu'un de ses biftecks. Ses yeux fous pleuraient et des filets de morve séchaient à son nez, sur sa lèvre supérieure et jusque dans les plis qui entouraient sa bouche.

Et aussi, il empestait.

Il puait autant qu'une portée de putois que l'on aurait plongés dans un bain soufré, recouverts de bouse de vache et lâchés, au comble de la panique, dans une pièce fermée. La puanteur le précédait, la puanteur le suivait, mais surtout, elle l'entourait d'un nuage pestilentiel. Les femmes battaient en retraite entre les bancs, cherchant un mouchoir dans leur sac tandis qu'il défilait devant elles d'un pas mal assuré, tablier battant devant, pans de chemise flottant derrière. Les quelques enfants présents se mirent à pleurer; les hommes émirent des grognements de dégoût et de stupéfaction mélangés.

« Don ! » s'écria Rose d'une voix outrée et surprise. Il avait toujours les bras levés mais les baissa involontairement au fur et à mesure que Don se rapprochait de la chaire, pour finir par se boucher le nez et la bouche ; il crut même qu'il allait vomir. Jamais il n'avait senti odeur aussi abominable de toute sa vie. « Que... qu'est-ce qui est arrivé ?

— Arrivé ? rugit Don Hemphill. *Arrivé ?* Je vais vous le dire, moi, ce qui est arrivé ! »

Il se retourna vers la congrégation et en dépit de l'infecte puanteur qu'il continuait à dégager, tous firent silence lorsque son regard furibond et quelque peu dément tomba sur eux.

« Ces fils de pute ont balancé un plein chargement de boules puantes dans mon magasin, voilà ce qui est arrivé ! Il n'y avait qu'une demi-douzaine de personnes parce que j'avais averti que je fermais tôt, grâce à Dieu, mais tout mon stock est à jeter ! tout ! Quarante mille dollars de marchandises foutues ! Je ne sais pas de quel genre de produit ces salopards se sont servis, mais ça va puer pendant des jours !

— Mais qui ? demanda Rose d'une voix incertaine. Qui a fait ça, Don ? »

Don Hemphill fourra la main dans la poche de son tablier et en retira une bande noire incurvée ornée d'un nœud blanc, ainsi qu'un paquet de tracts. La bande était un col romain. Il le brandit pour que tous le vissent.

« D'après vous, QUI a pu faire ça, hein ? QUI ? Mon magasin ! Mon stock ! Tout est foutu, et d'après vous, à cause de qui ? »

Il lança les tracts sur la foule des Soldats chrétiens baptistes anti-Nuit-Casino. Ils s'éparpillèrent en l'air et retombèrent comme des confettis. Des mains s'en emparèrent. Ils étaient tous identiques et représentaient un groupe d'hommes et de femmes riant autour d'une table de roulette.

JUSTE HISTOIRE DE S'AMUSER !

lisait-on au-dessus. Et, en dessous :

VENEZ TOUS À LA NUIT-CASINO
QUI AURA LIEU DANS LA SALLE DES CHEVALIERS DE COLOMB
LE 31 OCTOBRE 1991
AU BÉNÉFICE DES ŒUVRES CATHOLIQUES

« Où as-tu trouvé ces tracts, Don ? demanda Len Milliken d'une voix grondante et menaçante. Et ce col ?

— Quelqu'un les a jetés juste derrière les portes principales, au moment où tout a... »

La porte du vestibule claqua de nouveau brutalement, les faisant tous sursauter ; mais cette fois-ci, c'était en se refermant.

« J'espère que le parfum vous plaît, bande de pédés ! » cria une voix. Un éclat de rire suraigu, mauvais, accompagna l'insulte.

Les fidèles regardèrent leur révérend, une expression de peur sur le visage ; on lisait dans les yeux de William Rose une peur identique. C'est alors que la boîte dissimulée dans le chœur se mit soudain à siffler. Comme le mécanisme placé dans la grande salle des Filles d'Isabelle par feu Myrtle Keeton, celle-ci, posée par (lui aussi) feu Sonny Jackett, contenait un minuteur qui avait égrené les secondes pendant tout l'après-midi.

Des nuages d'une puanteur insupportable commencèrent à monter des grilles ménagées dans les côtés de la boîte.

A l'église de l'Union baptiste de Castle Rock, les divertissements venaient juste de commencer.

3

Babs Miller se glissa furtivement le long du mur de la grande salle des Filles d'Isabelle, se pétrifiant sur place à chaque fois que l'éclair bleu électrique de la foudre zébrait le ciel. Elle tenait un pied-de-biche d'une main et l'un des pistolets de Gaunt de l'autre. La boîte à musique achetée au Bazar des Rêves était enfoncée dans l'une des poches du manteau d'homme qu'elle avait endossé et si quelque inconscient avait eu le malheur de vouloir la lui voler, il était bon pour se faire larder de plombs.

Mais qui aurait pu désirer commettre un acte aussi minable, aussi odieux? Qui aurait pu désirer la voler avant que Babs ait pu trouver l'air qu'elle jouait?

Eh bien, voici comment on peut présenter les choses, pensa-t-elle. J'espère que Cyndi Rose ne pointera pas le bout de son nez ce soir. Sinon, elle n'aura plus jamais l'occasion de le pointer où que ce soit — pas de ce côté-ci de l'enfer, du moins. Pour qui me prend-elle? Pour une cruche?

En attendant, elle avait une petite mystification à faire. Une blague. A la demande de Mr Gaunt, évidemment.

Connaissez-vous Betsy Vigue? lui avait-il demandé.

Oui, bien entendu.

Bien entendu. Elle la connaissait depuis l'école secondaire, époque où elles étaient inséparables.

Bien. Regarde par la fenêtre. Elle va s'asseoir. Elle prendra une feuille de papier, et verra quelque chose dessous.

Quoi? avait voulu savoir Babs, curieuse.

Ça ne te regarde pas. Si tu veux finir par trouver la clef qui fait fonctionner la boîte à musique, autant fermer ta gueule et ouvrir tes oreilles, c'est bien clair?

Très clair. Elle avait aussi compris autre chose : monsieur Gaunt était parfois inquiétant. Extrêmement inquiétant.

Elle va examiner la chose qu'elle aura trouvée. Elle commencera à l'ouvrir. A ce moment-là, il faudra que tu sois à la porte du bâtiment. Attends que tout le monde se tourne vers le côté gauche de la salle.

Elle avait eu envie de demander pourquoi les gens allaient se comporter ainsi, mais jugé plus prudent de n'en rien faire.

Quand ils se tourneront pour regarder, tu glisseras la partie fendue du pied-de-biche sous la poignée de la porte. Puis tu caleras l'autre extrémité contre le sol. Coince-la bien.

Quand dois-je crier ? avait demandé Babs.

Tu le sauras. Ils vont tous avoir l'air de s'être fait talquer les fesses au piment de Cayenne. Tu n'as pas oublié ce qu'il faudra crier, Babs ?

Non, elle n'avait pas oublié. Evidemment, ça donnait l'impression d'une blague d'assez mauvais goût, surtout vis-à-vis de quelqu'un comme Betsy Vigue, avec qui elle avait fait l'école buissonnière ; mais une blague pas bien méchante, au fond (enfin... pas trop). Elles n'étaient plus des petites filles et l'époque où elle appelait Betsy « Betty-la-la » pour une raison oubliée était révolue depuis bien des années. D'ailleurs, comme l'avait fait remarquer Mr Gaunt, personne ne verrait le moindre rapport avec elle. Comment l'aurait-on fait ? Babs et son mari étaient des adventistes du septième jour et, en ce qui la concernait, les catholiques et les baptistes, Betty-la-la incluse, n'avaient que ce qu'ils méritaient.

Un éclair zigzagua. Babs se pétrifia puis courut jusqu'à une fenêtre non loin de la porte, d'où elle jeta un coup d'œil pour s'assurer que Betsy ne s'était pas encore assise à la table.

Les premières gouttes hésitantes de la tempête qui menaçait commencèrent à s'écraser sur le sol, autour d'elle.

4

La puanteur qui se répandait dans l'église baptiste était la même que celle qui émanait de Don Hemphill... mais en mille fois plus puissante.

« Oh, merde ! » rugit Don. Il avait complètement oublié dans quel lieu il se trouvait (et s'en souvenir n'aurait sans doute pas fait grand-chose pour châtier son langage). « Ils en ont mis un ici aussi ! Dehors ! Dehors ! Sortez tous !

— Bougez-vous ! cria Nan Roberts de son vibrant ton de contralto de l'heure du coup de feu. Bougez-vous les fesses, et plus vite que ça ! »

Tous voyaient d'où venait la puanteur : des volutes épaisses d'une fumée jaunâtre se déversaient par-dessus la balustrade qui surplombait le chœur et à travers les découpes en pointes de diamant de ses panneaux inférieurs. La porte latérale se trouvait juste au-dessous du balcon du chœur, mais personne n'eut l'idée de sortir par là. Une odeur aussi puissante pouvait tuer... mais avant, les yeux vous auraient sauté de la tête, vos cheveux seraient tombés et votre trou de balle se serait autocolmaté d'horreur.

Il fallut moins de cinq secondes aux vaillants Soldats chrétiens baptistes anti-Nuit-Casino de Castle Rock pour se transformer en une armée en déroute. Ils foncèrent à toute allure vers le vestibule du fond, hurlant et s'étouffant. L'un des bancs se renversa et heurta bruyamment le sol. Le pied de Deborah Johnstone se trouva pris dessous et Norman Harper la heurta au passage alors qu'elle tentait de se dégager. Elle tomba à la renverse et sa cheville se cassa avec un craquement sinistre. Elle poussa un hurlement de douleur, le pied toujours pris sous le banc, mais son cri se perdit au milieu de tous les autres.

Le révérend Rose était celui qui se trouvait le plus près du chœur et l'infâme puanteur se referma sur lui comme une grande cagoule infecte. Ce doit être l'odeur des catholiques qui rôtissent en enfer, pensa-t-il vaguement, bondissant de la chaire. Il atterrit directement sur l'abdomen de Deborah Johnstone, des deux pieds, et les cris de la malheureuse se transformèrent en un long geignement sibilant et étouffé qui s'arrêta progressivement avant qu'elle ne s'évanouît. Sans même s'être rendu compte qu'il venait de piétiner l'une de ses fidèles les plus convaincues, Rose s'ouvrit un chemin à coups de griffe jusqu'au fond de l'église. Les premiers arrivés venaient de découvrir que la voie était sans issue : d'une manière ou d'une autre, la porte était bloquée. Mais ces éclaireurs d'un nouvel exode n'eurent même pas le temps de faire demi-tour, et se trouvèrent aplatis contre les battants de bois par ceux qui arrivaient derrière.

Hurlements, rugissements de rage et jurons véhéments s'entrecroisèrent. Et au moment où la pluie commença à tomber dehors, les premiers vomissements se déclenchèrent à l'intérieur.

5

Betsy Vigue s'installa à sa place de présidente, entre le drapeau américain et la bannière de l'Infant de Prague. Elle donna quelques coups contre la table de l'index retourné et les dames, une quarantaine en tout, commencèrent à s'asseoir. A l'extérieur, un coup de tonnerre éclata. Il y eut de petits cris et des rires nerveux.

« Je déclare ouverte cette séance des Filles d'Isabelle, dit Betsy en prenant la feuille de l'ordre du jour. Comme d'habitude, nous commencerons par la lecture de... »

Elle s'arrêta. Une enveloppe de format commercial était posée sur la table. Les mots tapés à la machine lui sautèrent à la figure.

LIS ÇA TOUT DE SUITE, PUTAIN PAPISTE

Encore eux, pensa-t-elle. Les baptistes. Avec leur mentalité abominable, immonde.

« Betsy ? l'interpella Naomi Jessup. Quelque chose qui ne va pas ?

— Je ne sais pas… oui, je crois. »

Elle déchira l'enveloppe. Une feuille en tomba, sur laquelle était tapé le message suivant :

VOILÀ L'ODEUR DES CONS DES FILLES CATHO

Un sifflement soudain leur parvint du coin gauche de la salle, le même que celui qu'émet une Cocotte-Minute dont on enlève le régulateur de pression. Plusieurs femmes poussèrent une exclamation et se tournèrent dans cette direction. Le tonnerre rugit tout son saoul au-dessus des têtes et les cris, cette fois-ci, ne furent plus retenus.

Une fumée jaunâtre se déversait de l'un des casiers et brusquement, le petit bâtiment d'une seule pièce se trouva rempli de l'odeur la plus fétide qu'aucune d'entre elles eût jamais sentie.

Betsy se leva d'un bond, renversant sa chaise. Elle ouvrit la bouche (pour dire quoi, elle n'en avait aucune idée), lorsqu'une voix de femme, à l'extérieur, hurla : « C'est à cause de la Nuit-Casino, bande de salopes ! Repentez-vous ! Repentez-vous ! »

Elle aperçut une silhouette passer fugitivement devant la porte-fenêtre, dehors, puis l'ignoble fumée lui obscurcit la vue… et cet aspect des choses perdit tout intérêt. La puanteur était insupportable.

Ce fut un véritable pandémonium. Les Filles d'Isabelle couraient en tous sens dans la salle enfumée et empuantie, comme un troupeau de moutons pris de folie. Lorsque Antonia Bissette, violemment projetée en arrière, heurta le rebord en acier de la table de la présidente et se rompit le cou, personne n'entendit ou n'y fit attention.

A l'extérieur, le tonnerre grondait et la foudre frappait.

6

Les catholiques, dans la salle des Chevaliers de Colomb, s'étaient mis en cercle autour d'Albert Gendron. Se servant de la note qu'il avait trouvée collée à la porte de son cabinet comme point de départ («Ah, c'est rien, vous auriez dû voir ça lorsque...»), il les régalait d'horribles mais fascinantes histoires d'escarmouches entre catholiques et protestants à Lewiston, au cours des années trente. «Alors, quand il vit que cette bande de saints imbéciles avaient couvert les pieds de la Sainte Vierge de bouse, il sauta dans sa voiture et...»

Albert s'interrompit brusquement, l'oreille tendue.

«Qu'est-ce que c'est? demanda-t-il.

— Le tonnerre, répondit Jake Pulaski. Va y avoir une fameuse tempête.

— Non, ça... on dirait des cris.»

Le roulement de tonnerre s'estompa un instant et, dans le court intervalle de temps, tous entendirent: des femmes. Des femmes qui criaient.

Ils se tournèrent vers le père Brigham qui venait de se lever et s'écriait: «Venez, les gars! Allons voir...»

C'est alors que le sifflement de soupape qui saute se produisit et que la puanteur commença à dériver vers le groupe des hommes. Une fenêtre éclata et un caillou vint sauter en tous sens sur le plancher que les pieds des danseurs avaient poli avec les années. Les hommes poussèrent des cris et s'écartèrent du carambolage. Le caillou roula jusqu'au mur opposé, rebondit dessus et s'immobilisa enfin. «Tourments de l'enfer de la part des baptistes! cria une voix à l'extérieur. Pas de jeux d'argent à Castle Rock! Faites passer le mot, baiseurs de bonnes sœurs!»

La porte principale de la salle des Chevaliers de Colomb avait aussi été bloquée par un pied-de-biche. Les hommes commencèrent à s'y agglutiner.

«Non!» hurla le père Brigham, qui s'ouvrit difficilement un chemin, au milieu de la puanteur grandissante, en direction d'une petite porte latérale. Elle n'était pas verrouillée. «Par ici! *PAR ICI!*»

Tout d'abord, personne ne l'écouta; dans leur panique, les Chevaliers de Colomb continuaient de s'empiler contre l'inébranlable battant de l'entrée principale. Puis les deux grandes mains d'Albert Gendron se tendirent et cognèrent deux têtes l'une contre l'autre.

« Faites ce que dit le père ! rugit-il. Ils sont en train de tuer les femmes ! »

Albert, tel un bulldozer, se fraya un passage à travers la grappe humaine et les autres commencèrent à le suivre. Ils s'avancèrent en une file indienne approximative et chancelante au milieu des volutes de brouillard jaunâtre, toussant et jurant. Meade Rossignol ne put y tenir plus longtemps ; il ouvrit la bouche et rejeta tout son dîner sur le dos de la chemise d'Albert Gendron. C'est à peine si Albert sentit quelque chose. Le père Brigham partait déjà d'un pas incertain vers les marches qui conduisaient au parking et, de l'autre côté, au Hall des Filles d'Isabelle. Il s'arrêtait tous les quelques pas pour contenir des haut-le-cœur. La puanteur collait à lui comme du papier tue-mouches. La procession anarchique des hommes lui emboîta le pas sans même remarquer la pluie qui tombait dru, maintenant.

A mi-chemin de la petite volée de marches, un éclair permit au père Brigham de voir le pied-de-biche coincé contre la porte du hall des Filles d'Isabelle. Un instant plus tard l'une des fenêtres latérales du bâtiment explosa et les femmes se mirent à se jeter par l'ouverture, roulant sur la pelouse comme de grandes poupées débraillées auxquelles on aurait appris à vomir.

7

Le révérend Rose n'atteignit jamais le vestibule ; trop de gens s'empilaient devant lui. Il fit demi-tour, se bouchant le nez, et partit d'un pas chancelant vers l'intérieur de l'église. Il essaya d'appeler les autres, mais lorsqu'il ouvrit la bouche, ce fut pour rejeter un grand jet de vomi. Il se prit les pieds, tomba, se cogna violemment la tête contre un banc, voulut se relever et n'y parvint pas. C'est alors que deux grandes mains le saisirent sous les bras et le remirent debout. « Par la fenêtre, révérend ! lui cria Nan Roberts. Magnez-vous le train !

— Les vitraux...

— Tant pis pour eux ! Sinon on va étouffer, ici ! »

Elle le propulsa en avant, et le révérend eut tout juste le temps de se mettre une main devant les yeux tandis qu'il fracassait un vitrail qui représentait le Christ conduisant ses brebis, au bas d'une colline d'un beau vert d'angélique confite. Après un vol plané il atterrit sur la pelouse, rebondit, perdit la partie supérieure de son dentier et poussa un grognement.

Il se mit sur son séant, prenant soudain conscience de l'obscurité, de la pluie... et du parfum — béni soit-il ! — de l'air. Il n'eut pas le temps de le savourer ; Nan Roberts l'empoignait par les cheveux et pour la seconde fois le mettait sur ses pieds.

« Venez, révérend ! » cria-t-elle. A la lumière bleu électrique de la foudre il vit le visage de sa paroissienne, tordu comme celui d'une harpie. Elle portait encore son uniforme blanc de serveuse de restaurant (elle mettait un point d'honneur à s'habiller comme ses employées), mais le devant, à hauteur de sa volumineuse poitrine, était taché de vomi.

Rose la suivit en trébuchant, tête baissée, souhaitant qu'elle lui lâchât les cheveux ; mais à chaque fois qu'il essayait de dire quelque chose, le tonnerre noyait sa voix.

Une poignée d'autres personnes les avaient suivis par le vitrail, mais la plupart étaient restées empilées contre la porte du vestibule. Nan vit tout de suite pourquoi ; deux pieds-de-biche coinçaient les vantaux. Elle les dégagea à coups de pied au moment où un éclair tombait sur le square et mettait le feu au kiosque à musique où, jadis, un jeune homme du nom de Johnny Smith avait découvert le nom d'un tueur. Le vent soufflait plus fort que jamais et secouait les arbres sur un fond de ciel noir et agité.

Les deux battants s'écartèrent immédiatement ; l'un d'eux fut même arraché à ses gonds et alla atterrir dans le massif de fleurs, à gauche du perron. Un flot tumultueux de baptistes à l'œil fou se déversa à l'extérieur ; ils trébuchaient et tombaient les uns sur les autres en dégringolant les marches. Ils puaient. Ils pleuraient. Ils toussaient. Ils vomissaient.

Et ils étaient tous dans un état de fureur indicible.

8

Les Chevaliers de Colomb, sous la houlette du père Brigham, et les Filles d'Isabelle sous celle de Betsy Vigue, se retrouvèrent au milieu du parking à l'instant précis où les vannes célestes s'ouvraient. Betsy s'agrippa d'une main tâtonnante au curé ; elle avait les yeux rougis et débordant de larmes, et ses cheveux, collés sur son crâne, lui faisaient une sorte de bonnet mouillé et luisant.

« Il y en a encore d'autres dedans ! cria-t-elle. Naomi Jessup... Tonia Bissette... je ne sais pas combien, encore !

— Qui c'était ? rugit Albert Gendron. Qui a bien pu faire ça, par tous les diables ?

— Oh, les baptistes ! Evidemment ! » cria Betsy. Elle se mit à sangloter et un éclair se tortilla dans le ciel comme un filament de tungstène chauffé à blanc. « Ils m'ont traitée de putain papiste ! Ce sont les baptistes ! Les baptistes ! Ces salopards de baptistes ! »

Le père Brigham, entre-temps, s'était dégagé des mains de Betsy et avait bondi jusqu'à la porte du Hall des Filles d'Isabelle. Il fit sauter le pied-de-biche d'un coup de pied (la porte commençait à se fendre tout autour) et ouvrit le battant. Trois femmes hébétées, secouées de haut-le-cœur en sortirent au milieu d'un nuage pestilentiel.

Derrière elles, il aperçut Antonia Bissette, la jolie petite Tonia, si vive et si habile à l'aiguille, toujours si enthousiaste et désireuse d'aider un nouveau projet de son Eglise. Elle gisait sur le sol, à côté de la table de la présidente, en partie cachée par la bannière à l'Infant de Prague qui s'était renversée sur elle. Naomi Jessup gémissait, agenouillée à côté ; la tête de Tonia faisait un angle impossible avec son corps. Son regard vitreux contemplait fixement le plafond. L'infecte puanteur ne tourmentait plus la jeune femme qui, pourtant, n'avait jamais rien acheté au Bazar des Rêves ni participé à aucune des petites farces de Leland Gaunt.

Naomi vit le père Brigham debout dans l'entrée, se leva et vint vers lui d'un pas incertain. Elle était dans un tel état de choc que l'odeur ne semblait pas plus l'incommoder que son amie morte. « Mon père, s'écria-t-elle, pourquoi, mon père ? Pourquoi ils ont fait ça ? Il ne s'agissait que de s'amuser un peu... c'est tout ! Pourquoi ?

— Parce que cet homme est fou », répondit le curé en prenant Naomi dans ses bras.

A côté de lui, d'un ton de voix à la fois bas et chargé d'une menace mortelle, Albert Gendron déclara : « Allons nous occuper d'eux. »

9

Avec au premier rang Don Hemphill, Nan Roberts, Norman Harper et William Rose, les Soldats chrétiens baptistes anti-Nuit-Casino s'engagèrent à grands pas dans Harrington Street, sous la pluie battante. Leurs yeux rougis étaient deux globes furieux scrutant la nuit au milieu de paupières irritées et gonflées. La plupart des Soldats chrétiens avaient vomi qui sur sa chemise, qui sur son pantalon, qui sur ses chaussures — et qui sur les trois. En dépit des trombes d'eau, l'odeur d'œuf pourri leur collait à la peau et aux vêtements, refusant de se faire oublier.

Une voiture de patrouille de la Police d'Etat s'arrêta au carrefour des rues Harrington et Castle ; un trooper en sortit et regarda la cohorte, bouche bée. « Hé ! mais où vous allez comme ça ? leur cria-t-il.

— Botter les fesses à quelques branleurs de papistes, et sauf si vous tenez à avoir des ennuis, vous feriez mieux de ne pas vous en mêler ! » lui répondit Nan Roberts sur le même ton.

Soudain, Don Hemphill ouvrit la bouche et commença à chanter ; il avait un timbre plein et riche de baryton.

« *En avant, soldats du Christ, marchons...* »

D'autres se joignirent à lui et bientôt toute la congrégation chantait et marchait au pas, à un train plus vif. Les visages étaient blêmes, crispés de colère, vides de toute pensée ; ils ne chantaient pas, en fait, ils rugissaient. Le révérend Rose en faisait autant, en dépit du zézaiement que provoquait la perte d'une partie de son dentier.

« Christ, notre royal maître,
Conduis-nous contre l'ennemi
En avant dans la bataille
Pour qu'on voie fuir ses bannières ! »

Au bout de quelques mesures, ils couraient presque.

10

Le trooper Morris se tenait à côté de sa voiture, le micro à la main, et les regardait défiler. L'eau dégoulinait de la protection imperméable de son chapeau à large bord, en filets continus.

« Revenez, Unité Seize, crachota la voix de Henry Payton.

— Vous feriez mieux d'envoyer quelques hommes ici tout de suite ! » répondit Morris. Il y avait une certaine excitation dans sa voix, mais aussi de la peur. Cela faisait moins d'un an qu'il était dans la prestigieuse Police d'Etat. « Il se passe quelque chose ! Quelque chose de sérieux ! Une foule d'environ soixante à quatre-vingts personnes vient de passer devant moi ! A vous !

— Qu'est-ce qu'ils font ? A vous !

— Ils chantent "En avant, soldats du Christ".

— C'est bien vous, Morris ? A vous.

— Oui, monsieur. A vous !

— A ma connaissance, aucune loi n'interdit de chanter des hymnes, même sous un déluge. On peut considérer que c'est une activité stupide, mais pas qu'elle est illégale. Je ne vous le répéterai pas deux fois : j'ai quelque chose comme quatre affaires assez tristes sur les bras, je ne sais pas où sont passés le shérif et ses foutus adjoints et il n'est pas question de s'occuper de ce genre de bêtises ! Bien reçu ? A vous ! »

Le trooper Morris déglutit péniblement. « Euh, oui, monsieur, bien reçu, bien reçu. Mais voilà, y en a un qui m'a dit — je crois que c'était une femme — qu'ils allaient botter les fesses à des branleurs de papistes, si je me souviens bien. Je sais que ça ne tient pas debout, mais je n'ai pas beaucoup aimé le ton qu'elle avait. » Puis il ajouta timidement : « A vous ? »

Le silence se prolongea tellement que Morris était sur le point de rappeler (l'électricité de l'air rendait impossibles les communications radio à longue distance et difficiles celles à l'intérieur de la ville) lorsque Payton répondit, d'une voix fatiguée et effrayée : « Nom de Dieu... Nom de Dieu... Nom de Dieu de bordel de Dieu... Mais qu'est-ce qui se passe ici ?

— Eh bien, la dame a dit qu'ils...

— Vous l'avez déjà dit ! hurla Payton, tellement fort que sa voix se transforma en un magma sonore incompréhensible. Filez à l'église catholique ! S'il se passe quelque chose, essayez d'intervenir mais ne vous laissez pas coincer. Je répète : ne vous laissez pas coincer ! Je vous envoie des renforts dès que je peux... s'il m'en reste. Allez, tout de suite ! A vous !

— Heu... lieutenant Payton ? *Où* est l'église catholique, dans ce patelin ?

— Comment voulez-vous que je le sache, bordel ? je ne vais pas à confesse ici ! Vous n'avez qu'à suivre la foule ! Terminé ! »

Morris raccrocha le micro. Il ne voyait plus les manifestants, mais il les entendait toujours, entre deux roulements de tonnerre. Il démarra et suivit le chant.

11

L'allée qui conduisait à la porte de la cuisine, chez Myra Evans, était balisée de cailloux peints de diverses couleurs pastel.

Cora Rusk en ramassa un bleu et le fit sauter dans une main (l'autre tenait le revolver) pour en estimer le poids. Elle essaya la poignée, mais la porte était verrouillée, comme elle s'y était attendue. Elle jeta le caillou contre la vitre et finit de dégager le verre avec la crosse de son arme. Puis elle passa la main à l'intérieur, déverrouilla et entra. Ses cheveux, en mèches comme des virgules et des tortillons mouillés, lui collaient aux joues. Sa robe était toujours aussi largement ouverte et des gouttes de pluie couraient entre le renflement de ses seins.

Chuck Evans n'était pas chez lui, mais Garfield, le chat angora du couple, s'y trouvait. Il arriva en trottinant dans la cuisine, espérant avoir à manger, et Cora ne le déçut pas. « Bouffe ça, Garfield », dit-elle tandis que le chat se transformait en une boule de poils et de sang. Au milieu de la fumée de la détonation, elle se rendit dans l'entrée et s'élança aussitôt dans l'escalier. Elle savait où trouver cette pute. Dans son lit. Elle en était aussi sûre qu'elle était sûre de s'appeler Cora.

« C'est le moment de faire dodo, grommela-t-elle. Tout à fait. Tu ne vas jamais le croire, chère Myra. »

Elle souriait.

12

Le père Brigham et Albert Gendron étaient à la tête d'une escouade de catholiques exaspérés qui descendait Castle Avenue en direction de Harrington Street lorsque, à mi-chemin, ils entendirent chanter. Les deux hommes échangèrent un regard.

« Pensez-vous être capable de leur apprendre un autre air, Albert ? demanda le curé d'une voix douce.

— Oui, je crois, mon père.

— Qu'est-ce qu'on va leur apprendre ? "J'ai pris la poudre d'escampette" ?

— Une chanson charmante, mon père. Je crois que même des abrutis comme eux arriveront à la retenir. »

Il y eut un éclair qui illumina brièvement Castle Avenue de son éclat ; les deux hommes eurent le temps d'apercevoir une petite foule qui montait vers eux du bas de la colline. Avec des yeux vides et brillants, comme des yeux de statue, à la lueur électrique de la foudre.

« Les voilà ! » hurla une voix d'homme, tandis qu'une femme s'écriait : « Chopons-les tous, ces fils de pute !

— C'est le moment de mettre les ordures à la poubelle ! » s'exclama le père Brigham avec jubilation. Puis il chargea.

« Amen », répondit Albert Gendron, courant à ses côtés.

Et *tous* se mirent à courir.

Au moment où le trooper Morris tournait au carrefour, un nouvel éclair troua les nuages d'un zigzag en dents de scie, allant tomber sur l'un des vieux ormes qui longeaient la rivière de Castle. Dans son éclat aveuglant, il vit les deux groupes se précipiter l'un vers l'autre. L'un montait, l'autre descendait, mais les deux hurlaient à la mort. Le trooper Morris regretta amèrement de ne pas s'être fait porter pâle, ce matin.

13

Cora ouvrit la porte de la chambre de Chuck et de Myra, et découvrit exactement le spectacle qu'elle attendait : la salope allongée nue sur le grand lit double aux draps en désordre, comme s'ils venaient de connaître un tour de service particulièrement long et pénible. Myra, une main derrière elle, glissée sous l'oreiller, tenait de l'autre une photo encadrée. Plus précisément, elle la tenait entre ses cuisses charnues et se masturbait avec. Elle gardait les yeux mi-clos, extatique.

« OOOOOOOOOOOOOHHHHHHHHH.....

OOOOOOOOOOOOHHHHHHHHHHH.... EEEEHHHHHHHHHH ! »

Une puissante bouffée de jalousie monta du cœur de Cora jusque dans sa gorge, où elle put en goûter toute l'amertume.

« Espèce de sale petite ordure », siffla-t-elle, brandissant l'automatique.

A cet instant, Myra ouvrit les yeux et la regarda. Elle souriait. Elle sortit la main de dessous l'oreiller. Une main qui tenait aussi un automatique.

« Monsieur Gaunt m'a dit que tu viendrais, Cora. » Elle fit feu.

Cora sentit la balle lui frôler la joue et l'entendit qui se fichait dans le mur, à la gauche de la porte. Elle tira à son tour. Le verre qui protégeait la photo explosa, laissant un trou au beau milieu du front d'Elvis, et la balle alla se loger dans le haut de la cuisse de Myra.

« Regarde ce que tu as fait ! hurla-t-elle. Tu as descendu le King, sale connasse ! »

Elle tira par trois fois sur Cora. Deux des balles se perdirent, mais la troisième l'atteignit à la gorge, la repoussant contre le mur au milieu d'un geyser rose ; au moment où elle s'effondra, Cora fit de nouveau feu. La balle fit sauter le genou de son ex-amie, laquelle tomba hors du lit. Puis Cora s'effondra, visage tourné vers le sol, et l'arme lui échappa des mains.

Je viens te retrouver, Elvis, essaya-t-elle de dire. Mais il y avait quelque chose qui n'allait pas du tout, c'était affreux. On aurait dit que régnaient des ténèbres absolues, au milieu desquelles elle était désespérément seule.

14

Les baptistes de Castle Rock, conduits par le révérend William Rose, et les catholiques de Castle Rock, sous la houlette du père John Brigham, entrèrent en contact au pied de la colline de Castle. Un contact plus que rugueux. Pas question d'appliquer les règles de la boxe, de s'affronter en gentlemen ; ils étaient venus se crever les yeux, s'arracher le nez et les oreilles. Ils étaient peut-être même venus s'entre-tuer.

Albert Gendron, le dentiste herculéen lent à se mettre en colère mais redoutable lorsqu'il était parvenu dans cet état, saisit Norman Harper par les oreilles et lui donna un formidable coup de boule. Les deux crânes s'entrechoquèrent avec un bruit de vaisselle qui dégringole pendant un tremblement de terre. Un frisson secoua Norman et il s'affaissa. Albert le jeta comme un vulgaire sac de linge sale et voulut s'emparer de Bill Sayers qui, d'ordinaire, vendait des outils au Western Auto. Bill l'évita et lui envoya un direct qui atteignit Albert en pleine bouche. Albert recracha une dent, empoigna Bill dans ses bras et serra jusqu'à ce qu'il eût entendu une côte se casser. Bill se mit à hurler. Le dentiste l'envoya valser presque jusque de l'autre côté de la rue, où le trooper Morris l'intercepta juste à temps pour éviter d'être projeté à terre par lui.

On ne voyait plus qu'une mêlée confuse où des silhouettes s'agitaient, frappaient, se débattaient, crevaient des yeux, hurlaient. Elles se marchaient dessus, glissaient dans la pluie, se relevaient, cognaient et se faisaient cogner. Sous les éclairs stroboscopiques aveuglants de la foudre, on avait l'impression d'assister à quelque danse frénétique, à un pandémonium où, au lieu de rattraper sa partenaire, on la projetait sur l'arbre le plus proche, où, au lieu de la saisir à la taille, on lui envoyait un coup de genou dans l'entrejambe. Nan Roberts agrippa Betsy Vigue par le dos de sa robe au moment où Betsy imprimait de ses ongles un tatouage sanglant dans la joue de Lucille Dunham. Nan fit pirouetter Betsy vers elle et lui enfonça deux doigts dans le nez jusqu'à la hauteur de la deuxième articulation. Betsy émit un son de corne de brume nasillard tandis que Nan la secouait avec enthousiasme.

Frieda Pulaski frappa Nan de son sac à main, la projetant au sol. Les doigts de la matrone baptiste firent un bruit de bouchon en sortant des narines de Betsy. Lorsqu'elle voulut se relever, Betsy lui donna un coup de pied en plein visage qui l'envoya s'étaler au milieu de la rue. « Immonde zalope ! hurla Betsy. Immonde zalope ! » Elle voulut lui porter un autre coup de pied à l'estomac, mais Nan lui prit la cheville, la tordit et l'expédia à son tour au sol avant de se mettre à ramper vers elle. Celle qui avait été autrefois Betty-la-la l'attendait et, l'instant suivant, elles roulaient dans la rue, se mordant, se griffant.

« *ARRÊTEZ !* » rugit le trooper Morris. Mais sa voix fut noyée par un coup de tonnerre qui secoua toute la rue.

Il saisit son pistolet et le tourna vers le ciel. Cependant, il n'eut pas le temps de faire feu ; quelqu'un (Dieu seul sait qui) lui tira, avec l'un des articles spéciaux de Leland Gaunt, une balle à l'aine. Le Tunique-Bleue alla heurter le capot de son véhicule de patrouille avant de rouler dans la rue, étreignant les restes en ruine de son service trois-pièces et essayant de hurler.

Il était impossible de dire combien, parmi les combattants, avaient apporté d'armes à feu — de celles vendues un peu plus tôt par Gaunt. Pas beaucoup, car parmi ceux qui en détenaient, plusieurs les avaient perdues dans la panique provoquée par les suffocantes boules puantes. Il y eut cependant au moins quatre coups de feu tirés en une succession rapide, coups de feu qui passèrent pratiquement inaperçus au milieu du vacarme des cris et des roulements de tonnerre.

Len Milliken vit Jake Pulaski braquer l'un des pistolets de Gaunt sur Nan, laquelle avait laissé échapper Betsy Vigue et essayait maintenant d'étrangler Meade Rossignol. Len saisit Jake au poignet et détourna l'arme vers le ciel troué d'éclairs un dixième de seconde avant le coup de feu ; puis il abattit la main sur son genou où elle se cassa comme du petit bois. L'automatique tomba au sol avec un claquement. Jake se mit à hululer. Len fit un pas en arrière et dit : « Ça t'apprendra à... » mais il n'alla pas plus loin, car quelqu'un choisit ce moment précis pour enfoncer la lame d'un canif dans sa nuque, lui coupant la moelle épinière.

De nouvelles voitures de patrouille arrivèrent dans une sarabande affolée de gyrophares, sous la pluie battante. Les combattants ne prêtèrent aucune attention aux ordres de s'arrêter amplifiés par les mégaphones. Lorsque les policiers tentèrent de s'interposer, ils se retrouvèrent en fait rapidement mêlés à la bagarre générale.

Nan Roberts aperçut le père Brigham, la soutane complètement déchirée dans le dos. D'une main, il tenait le révérend Rose par la nuque ; de l'autre, il lui assenait des coups de poing répétés sur le nez ; à chaque fois, la tête de Rose partait en arrière, mais le curé la ramenait à lui pour recommencer.

Avec un hurlement à se rompre les cordes vocales, ignorant le Tunique-Bleue éberlué qui lui demandait, presque suppliant, de s'arrêter, *de s'arrêter tout de suite,* Nan envoya valdinguer Meade Rossignol et se jeta sur le père Brigham.

22

1

La violente attaque de la tempête obligea Alan à ralentir, en dépit du sentiment d'urgence vitale, dramatiquement vitale, qu'il éprouvait de plus en plus nettement : s'il n'arrivait pas très vite à Castle Rock, autant ne jamais y retourner. Une bonne partie des informations dont il avait eu réellement besoin, lui semblait-il maintenant, se trouvait depuis longtemps dans sa tête, barricadée derrière une porte épaisse. Sur le battant se détachait une légende, imprimée en lettres bien lisibles. Ce n'était pas BUREAU DU PRÉSIDENT, ni SALLE DU CONSEIL D'ADMINISTRATION, ni même PRIVÉ — DÉFENSE D'ENTRER. Ce qu'il y avait d'écrit ? TOUT CECI N'A AUCUN SENS. Pour ouvrir cette porte, il n'avait eu besoin que de la bonne clef ; celle que lui avait fournie Sean Rusk. Et que trouvait-on, derrière la porte ?

Tiens, pardi, le Bazar des Rêves. Et son propriétaire, le sieur Leland Gaunt.

Brian Rusk avait acheté une carte de base-ball au Bazar des Rêves et Brian Rusk était mort. Nettie Cobb avait acheté un abat-jour en pâte de verre au Bazar des Rêves et elle aussi était morte. Combien d'autres, à Castle Rock, avaient couru au puits acheter l'eau empoisonnée de l'empoisonneur? Norris: il avait trouvé une canne à pêche. Polly: un charme magique. La mère de Brian et de Sean: une paire de lunettes de soleil de quat'sous qui avait quelque chose à voir avec Elvis Presley. Même Ace Merrill: un vieux livre. Alan était prêt à parier que Hugh Priest y avait aussi fait un achat... et Danforth Keeton...

Et combien d'autres, combien?

Il s'arrêta juste avant de traverser le Tin Bridge, à l'instant où un éclair frappa un vieil orme, de l'autre côté du cours d'eau. Il y eut un formidable crépitement électrique et un éclat lumineux insupportable. Alan mit un bras devant les yeux, mais l'image rétinienne persista, imprimée en bleu aveuglant, tandis que la radio émettait un violent grésillement d'électricité statique et que l'orme s'effondrait dans l'eau avec une noble lenteur.

Il laissa retomber le bras, puis poussa un cri en entendant le tonnerre rugir juste au-dessus de sa tête, avec une puissance à fendre la planète. Rendu aveugle, il crut pendant un instant que l'orme était tombé sur le pont, lui bloquant le passage; puis il le vit en amont de l'arche rouillée, enfoncé au milieu des tourbillons. Il passa en première et traversa. Une fois sur le pont, il entendit le vent, qui soufflait maintenant avec la force d'un cyclone, hululer dans les membrures métalliques; c'était un bruit inquiétant, désespéré.

La pluie fouettait le pare-brise du vieux break, transformant tout le paysage en une hallucination agitée de contorsions. Au moment où il arriva au carrefour de Lower Main Street et de Watermill Lane, les trombes d'eau atteignirent une telle violence que les essuie-glaces, même à la vitesse maximum, étaient devenus complètement inutiles. Il baissa la vitre, passa la tête dehors et conduisit ainsi. Il fut trempé sur-le-champ.

Autour du bâtiment municipal, le secteur était encombré de voitures de patrouille et de fourgonnettes de télé, ce qui ne l'empêchait pas de présenter aussi un étrange aspect déserté, comme si les gens à qui appartenaient ces véhicules venaient d'être brusquement téléportés sur Neptune par d'abominables extraterrestres. Alan aperçut quelques journalistes réfugiés dans leur fourgonnette, puis vit un policier courir du bâtiment au parking, en faisant jaillir de l'eau à chaque foulée, mais ce fut tout.

A trois coins de rue de là, en direction des hauteurs de Castle Hill, une voiture de patrouille traversa Main Street sans ralentir en direction de l'ouest, par Laurel Street ; elle fut imitée quelques instants plus tard par une autre qui, elle, emprunta Birch Street pour prendre la direction opposée à la première. Les choses se déroulèrent si vite — *zip, zip* — qu'on se serait cru dans un film muet de Buster Keaton. *Les Fiancées en folie*, peut-être. Alan, néanmoins, n'y trouvait rien de drôle. La scène lui donnait une impression d'actions désordonnées et inefficaces, de mouvements incohérents commandés par la panique. Il eut soudain la certitude que Henry Payton avait perdu tout contrôle de ce qui se passait à Castle Rock, ce soir... en admettant qu'il n'ait pas été victime, jusqu'ici, de l'illusion d'avoir contrôlé les choses.

Il crut aussi entendre des cris affaiblis en provenance de Castle Hill. Avec la pluie, le tonnerre et les rafales de vent, c'était difficile à affirmer, mais il ne pensait pas être victime de son imagination. Comme une confirmation, une voiture de patrouille jaillit en trombe de l'allée voisine du bâtiment municipal, tous phares allumés, le gyrophare tournoyant sur le toit et illuminant les lances argentées de la pluie, et prit cette direction. Elle faillit bien venir raboter les flancs d'un camion télé de WMTW.

Alan se souvint d'avoir ressenti, un peu plus tôt cette semaine, l'impression qu'il y avait quelque chose qui ne tournait pas rond du tout dans sa petite ville ; il se passait des événements qu'il ne pouvait voir et Castle Rock était sur le point de connaître d'inimaginables désordres. Et voici que ces désordres éclataient au grand jour, manigancés et organisés par l'homme

(Brian a dit que monsieur Gaunt n'était pas vraiment un homme)

que le shérif n'avait jamais réussi à rencontrer.

Un cri s'éleva dans la nuit, suraigu, perçant. Il fut suivi d'un bruit de verre brisé... puis, venant d'ailleurs, il y eut un coup de feu et quelqu'un éclata d'un rire dément, idiot. Le tonnerre, dans le ciel, donna l'impression d'une pile instable de grumes débaroulant d'un seul coup.

Mais j'ai tout mon temps, maintenant, pensa Alan. Oui. Tout mon temps. Je crois bien que nous allons nous saluer, monsieur Gaunt, et je crois aussi que le moment est venu de vous montrer ce qui arrive aux gens qui viennent faire les cons dans ma ville.

Sans s'occuper des échos affaiblis de violence qui lui parvenaient par la fenêtre ouverte, ni du bâtiment municipal où Henry coordonnait les forces chargées du maintien de l'ordre (ou essayait), Alan remonta Main Street en direction du Bazar des Rêves.

Un violent éclair blanc-mauve déploya ses branches incandescentes dans le ciel, comme un arbre de Noël survolté, et tandis que roulait la canonnade du tonnerre qui le suivit immédiatement, toutes les lumières de Castle Rock s'éteignirent.

2

L'adjoint Norris Ridgewick, sanglé dans l'uniforme qu'il gardait pour les parades et autres grandes occasions, se trouvait debout sur un tabouret dans l'appentis attenant à la maison qu'il avait partagée avec sa mère jusqu'à la mort de celle-ci, victime d'une attaque d'apoplexie en 1986. Il l'avait toujours habitée depuis. Une solide corde, terminée par un nœud coulant, tombait d'une poutre à côté de lui. Il passa la tête dans le nœud et tira sur la corde pour la tendre contre son oreille droite. La foudre frappa à cet instant-là et les deux ampoules électriques de l'appentis s'éteignirent.

Il apercevait néanmoins toujours la Bazun appuyée contre le mur, juste à côté de la porte donnant sur la cuisine. Dire qu'il l'avait tellement désirée, cette canne à pêche ! Il avait cru l'avoir pour presque rien, mais en fin de compte, le prix en avait été trop élevé. Norris n'avait pas pu payer.

Sa maison se trouvait sur la partie haute de Watermill Lane, à l'endroit où la rue tourne vers les hauteurs de Castle Hill. Le vent venait de la bonne direction : il entendait le vacarme de la bataille rangée qui se poursuivait en bas. Les cris, les hurlements, les coups de feu.

J'en suis responsable, pensa-t-il. Pas de tout, bon Dieu, non ! Mais d'une partie. J'ai participé. C'est à cause de moi que Henry Beaufort souffre — qu'il est mourant ou peut-être même mort à l'heure actuelle, à Oxford. C'est à cause de moi que Hugh Priest est au frigo. De moi. Le type qui voulait tellement être engagé dans la police et aider les gens, le type qui ne rêvait que de ça depuis l'enfance. Ce pauvre vieux crétin maladroit de Norris Ridgewick, qui croyait avoir tellement envie d'une Bazun et s'imaginait s'en procurer une pour trois fois rien.

« Je suis désolé pour ce que j'ai fait, dit-il. Ça n'arrange pas les choses, mais toujours est-il que je suis vraiment désolé. »

Il se préparait à sauter lorsqu'une voix nouvelle s'éleva dans sa tête.

Et pourquoi n'essaies-tu pas de les arranger, les choses, froussard, poule mouillée ?

« Je peux pas. » Un éclair sillonna la nuit ; son ombre bondit follement sur les murs de l'appentis, comme s'il faisait déjà la danse des pieds dans le vide. « C'est trop tard. »

Alors jette au moins un coup d'œil sur le truc pour lequel tu as fait ce que tu as fait, insista la voix, chargée de colère. *Tu peux au moins faire ça, non ? Regarde ! Regarde bien !*

La foudre frappa à nouveau. Norris regarda la Bazun... et laissa échapper un cri d'incrédulité, un cri désespéré. Il sursauta et manqua de peu tomber du tabouret et se pendre accidentellement.

L'élégante Bazun, si fine, si forte, avait disparu. A la place, il n'y avait plus qu'un bambou crasseux et fendu, rien de plus, en vérité, qu'un bâton avec un Zebco retenu par une vis unique et rouillée, un vrai moulinet d'enfant.

« On me l'a volée ! » s'écria-t-il. Toute sa jalousie et sa convoitise paranoïdes lui revinrent d'un seul coup et il n'eut plus qu'une envie, foncer dans la rue et retrouver le voleur. Il les tuerait tous, oui, tous, s'il le fallait, pour attraper le responsable. « On m'a volé ma Bazun ! » répéta-t-il d'un ton geignard, oscillant sur le tabouret.

Non, lui répondit la voix coléreuse. *Elle a toujours été ainsi. Tout ce qu'on t'a volé, ce sont tes œillères, celles que tu t'étais mises sur les yeux, de ton propre chef.*

« Non ! » On aurait dit que des mains monstrueuses venaient de se refermer sèchement sur les oreilles de Norris et qu'elles se mettaient à serrer. « Non ! Non ! NON ! »

Mais il y eut un nouvel éclair et le bambou minable se trouvait toujours à la place de la Bazun. Il l'avait placée là de manière à ce que la canne fût la dernière chose qu'il verrait avant de basculer du tabouret. Personne n'était venu, personne ne l'avait déplacée ; la voix devait par conséquent avoir raison.

Elle a toujours été comme ça, insista la voix coléreuse. *La seule question qui reste est celle-ci : vas-tu faire quelque chose, ou bien vas-tu t'enfuir dans les ténèbres ?*

Il commença à tâtonner autour du nœud coulant et eut alors l'impression qu'il n'était plus seul dans l'appentis. Il lui sembla sentir des odeurs de café, de tabac et, plus faiblement, d'eau de Cologne... les effluves qui émanaient de Mr Gaunt.

Soit il perdit l'équilibre, soit des mains invisibles le poussèrent. L'un de ses pieds se prit dans le tabouret et le renversa lorsqu'il bascula.

Le nœud coulant se resserra, étouffant son cri. Un de ses bras s'agita, se tendit et trouva la poutre. Il se souleva en partie, se procurant ainsi un peu de mou. Son autre main s'escrimait sur le nœud coulant. Il sentait le chanvre lui gratter le cou.

Tu as raison de dire non ! lui cria la voix en colère de Mr Gaunt. *C'est exactement ça, « non », espèce d'escroc, de mauvais payeur !*

L'autre n'était pas ici, pas vraiment ; Norris savait

qu'on ne l'avait pas poussé. Il éprouvait néanmoins l'impression, avec une certitude absolue, que Leland Gaunt était d'une certaine manière bien présent... et que Leland Gaunt n'était pas content, parce que ce n'était pas ainsi que les choses auraient dû se passer. En principe, toutes ces poires ne devaient rien voir. Ou alors, lorsqu'il était trop tard et que ça n'avait plus aucune importance.

Il tirait sur le nœud, essayait d'y glisser les doigts, mais on aurait dit qu'on l'avait plongé dans du béton à prise rapide. Le bras qui le retenait à la poutre tremblait furieusement. Ses jambes s'agitaient en ciseaux à moins d'un mètre au-dessus du sol ; il n'allait pas pouvoir tenir ainsi bien longtemps. Il était déjà stupéfiant d'avoir pu maintenir un peu de mou dans la corde.

Il réussit finalement à couler deux doigts sous le nœud et à l'écarter un peu. D'une secousse, il en dégagea la tête à l'instant précis où une crampe paralysante s'emparait du bras qui le retenait. Il s'effondra au sol en une masse sanglotante, serrant son bras douloureux contre lui. Un éclair illumina la scène et transforma la bave qui coulait entre ses dents et ses lèvres retroussées en minuscules arcs lumineux. C'est alors qu'il s'évanouit. Pour combien de temps, il n'en eut aucune idée, mais la pluie tombait toujours aussi dru et la foudre continuait à frapper lorsqu'il reprit connaissance.

Il se mit debout, titubant, et se dirigea vers la canne à pêche, tenant toujours son bras contre lui. La crampe se faisait moins violente, mais Norris respirait toujours péniblement. Il saisit la canne et l'examina attentivement, plein de colère.

Un bambou. Un immonde bambou crasseux. Elle ne valait rien. Absolument rien.

La poitrine étroite de l'adjoint se gonfla d'air et il poussa un cri de honte et de rage. En même temps, il leva un genou et cassa le bambou dessus ; puis il prit les deux morceaux et répéta l'opération. Les fragments lui faisaient une sale impression, comme s'ils étaient couverts d'une invisible vermine. Ils avaient quelque chose de vicié. Il les jeta, et ils allèrent rouler contre le tabouret renversé. Un vulgaire tas de bouts de bois bons à jeter au feu.

« Voilà ! cria-t-il. Voilà ! VOILÀ ! »

Ses pensées se tournèrent vers Gaunt. Mr Gaunt, avec ses cheveux argentés, sa veste en tweed et son sourire carnassier qui vous houspillait.

« Je vais t'avoir, murmura Norris Ridgewick. Je ne sais pas ce qui arrivera après, mais je vais t'avoir, saloperie. »

Il sortit sous la pluie. « Unité Deux » était garée dans l'allée. Il plia son corps étriqué pour lutter contre le vent et avancer.

« Je ne sais pas ce que tu es, mais je viens te chercher, espèce d'immonde menteur, d'enjôleur de merde. »

Il monta dans la berline et partit en marche arrière. Des expressions conflictuelles luttaient pour s'emparer de ses traits. L'humiliation, le désespoir, la colère. Il tourna à gauche, une fois dans la rue, et prit la direction du Bazar des Rêves, roulant aussi vite qu'il l'osait.

3

Polly Chalmers rêvait.

Dans son rêve, elle se rendait à pied au Bazar des Rêves, mais à la place de Leland Gaunt, c'était tante Evvie qui l'attendait derrière le comptoir. Evelyn Chalmers portait sa plus belle robe (bleue) et son châle bleu bordé de rouge. Elle serrait entre ses grandes dents, trop régulières pour être vraies, une Herbert Tareyton.

Tante Evvie! s'écria Polly dans son rêve. Une joie immense et un soulagement encore plus immense — soulagement comme on n'en éprouve que lors des rêves heureux ou en se réveillant d'un cauchemar — l'emplirent de lumière. *Tu es vivante, tante Evvie!*

Mais la vieille dame ne paraissait pas reconnaître sa nièce. *Achetez tout ce que vous voulez, mademoiselle. Au fait, votre nom est-il Polly ou Patricia? Je ne m'en souviens pas très bien.*

Voyons, tante Evvie, tu connais mon nom ! Trisha. Tu m'as toujours appelée Trisha.

Tante Evvie ne parut pas faire attention. *Peu importe. Nous avons des soldes, aujourd'hui. Tout doit disparaître.*

Mais qu'est-ce que tu fais ici, tante Evvie ?

Je suis chez moi, ici. Tous les gens de la ville sont chez eux, ici, mademoiselle Deux-Noms. En réalité le monde entier est ici chez soi, parce que tout le monde adore faire une bonne affaire. Tout le monde est ravi d'avoir quelque chose pour rien... même si ça vous coûte tout.

La merveilleuse impression du début disparut soudain, remplacée par de l'effroi. Polly regarda dans les vitrines et vit des bouteilles dont l'étiquette proclamait : LE TONIQUE ÉLECTRIQUE DU Dr GAUNT. Il y avait aussi des jouets à remontoir de fabrication médiocre qui recracheraient ressorts et pignons dès la seconde utilisation. Des gadgets sexuels grossiers. Des petits flacons de ce qui semblait être de la cocaïne, étiquetés SUPER-POUDRE *GRAND FRISSON* DU Dr GAUNT. Les farces et attrapes à quatre sous abondaient : fausses crottes de chien en plastique, poudre à gratter, cigarettes explosives, fromages musicaux. Il y avait une paire de ces lunettes à rayons X supposées permettre de voir à travers les portes fermées et les vêtements des dames, mais qui, en réalité, vous collent deux ronds noirs de raton-laveur autour des yeux ; des fleurs en plastique, des cartes à jouer biseautées et des bouteilles de parfum bon marché (PHILTRE D'AMOUR DU Dr GAUNT 9 *transforme la lassitude en concupiscence*). Ces vitrines constituaient le catalogue du périmé, du kitsch, de l'inutile.

Tout ce que vous voulez, mademoiselle Deux-Noms.

Pourquoi m'appelles-tu comme ça, tante Evvie ? Comment, tu ne me reconnais pas ?

Tous les produits sont garantis en bon état de marche. Ce qui n'est pas garanti de marcher après la vente, c'est vous. Alors achetez, achetez, achetez.

Elle regarda Polly droit dans les yeux et la terreur la transperça comme un coup de poignard. Elle lut de la compassion dans les yeux de sa tante, mais une compassion terrible, impitoyable.

Quel est votre nom, mon enfant? J'ai l'impression de l'avoir su.

Dans son rêve (et dans son lit), Polly se mit à pleurer.

Quelqu'un d'autre a oublié votre nom? Je me demande... On dirait que oui.

Tu me fais peur, tante Evvie!

Vous vous faites peur vous-même, mon enfant, répliqua tante Evvie, regardant de nouveau Polly droit dans les yeux. *N'oubliez jamais que lorsque vous achetez quelque chose ici, mademoiselle Deux-Noms, vous vendez aussi.*

Mais j'en ai besoin! protesta-t-elle. Elle se mit à pleurer plus fort. *Mes mains...!*

Oui, voilà qui devrait faire l'affaire, mademoiselle Polly San Francisco. Tante Evvie prit l'une des bouteilles marquées TONIQUE ÉLECTRIQUE DU Dr GAUNT et la posa sur le comptoir ; petit, trapu, le flacon contenait un produit qui ressemblait à de la boue. *Evidemment, ça ne peut pas faire partir la douleur, rien ne peut le faire ; mais ça peut provoquer un transfert.*

Qu'est-ce que tu veux dire? Pourquoi me faire peur comme ça?

L'arthrite change d'emplacement. Au lieu de s'en prendre à vos mains, elle s'en prend à votre cœur.

Non!

Si.

Non! Non! NON!

Si, oh, que si! Et aussi à votre âme. Mais vous aurez toujours votre amour-propre. Il vous restera au moins cela. Une femme n'a-t-elle pas droit à son amour-propre? Quand tout le reste a fichu le camp — son cœur, son âme et même l'homme qu'elle aime —, il vous restera toujours cela, petite mademoiselle Frisco, n'est-ce pas? Cette piécette sans laquelle votre bourse serait vide. Que ce soit votre sombre et amer réconfort jusqu'à la fin de votre vie. Qu'il vous serve à ça. Il faut qu'il serve à ça, car si vous continuez sur le même chemin, il n'y aura plus d'occasion.

Arrête! Je t'en supplie...

4

« Arrête, murmura-t-elle dans son sommeil. Je t'en supplie, arrête ! Je t'en supplie ! »

Elle roula de côté. L'*azka* fit un petit bruit contre la chaîne. Un éclair fendit les nuages, foudroya le vieil orme de la rivière de Castle et le précipita dans les eaux grondantes sous les yeux momentanément aveuglés d'Alan Pangborn, assis au volant de son break.

Le roulement de tonnerre qui l'accompagna réveilla Polly ; elle ouvrit les yeux et sa main se referma aussitôt sur l'*azka*, protectrice. Une main souple, dont les articulations jouaient aussi facilement que des roulements à billes bien huilés.

Mademoiselle Deux-Noms... petite mademoiselle Frisco.

« Qu'est-ce que... ? » Elle avait la voix encore enrouée mais se sentait l'esprit parfaitement clair, comme si elle ne sortait pas d'un sommeil profond, mais d'un état de concentration proche de la transe. Quelque chose se profilait indistinctement dans son esprit, quelque chose d'aussi monumental qu'une baleine. Dehors, les éclairs zébraient et raturaient le ciel dans un véritable feu d'artifice.

Quelqu'un d'autre a oublié votre nom ? Je me demande... On dirait que oui.

Elle alluma sa lampe de chevet. A côté du téléphone (le téléphone aux touches surdimensionnées dont elle n'avait plus besoin) était posée l'enveloppe qu'elle avait trouvée dans son entrée avec le reste de son courrier. Elle avait replié et remis la lettre en place.

Au milieu du vacarme du tonnerre, elle avait parfois l'impression d'entendre des gens crier. Elle n'y prêta pas davantage attention. Elle pensait au coucou, l'oiseau qui pond ses œufs dans le nid d'un autre oiseau pendant l'absence de celui-ci. Remarque-t-il quelque chose, lorsqu'il revient ? Bien sûr que non, il accepte le nouvel œuf comme le sien. Comme Polly avait accepté cette maudite lettre, simplement parce qu'elle se trouvait sur le sol de son vestibule entre deux catalogues et une publicité de chaînes câblées.

Elle l'avait acceptée... mais *n'importe qui* pouvait glisser une lettre dans la fente prévue à cet effet, non ?

« Mademoiselle Deux-Noms..., murmura-t-elle d'un ton démoralisé. Petite demoiselle Frisco... » C'était bien de cela qu'il s'agissait, non ? La chose que son inconscient avait retenue et qu'il lui avait communiquée par l'entremise de tante Evvie. Elle avait bien été mademoiselle San Francisco.

Autrefois, jadis.

Elle tendit la main vers l'enveloppe.

Non ! lui intima une voix, une voix qu'elle connaissait très bien. *N'y touchez pas, Polly ! N'y touchez pas, si vous savez ce qui est bon pour vous !*

La baleine monumentale se rapprochait de la surface. La voix de Gaunt ne pouvait l'arrêter ; rien ne pouvait arrêter sa remontée.

Si, vous, vous pouvez l'arrêter, Polly. Croyez-moi, il le faut !

Sa main hésita et revint se fermer sur l'*azka*, toujours protectrice. Elle sentait quelque chose à l'intérieur, quelque chose qui s'était réchauffé à sa chaleur, quelque chose qui s'agitait frénétiquement dans la petite amulette creuse ; elle se sentit prise de révulsion, l'estomac secoué de haut-le-cœur, les entrailles tordues de spasmes.

Elle tendit néanmoins de nouveau la main vers la lettre.

Dernier avertissement, Polly, fit la voix de Mr Gaunt.

Oui, répliqua celle de tante Evvie. *Je crois qu'il est sérieux, Trisha. Il a toujours eu un faible pour les femmes qui manifestent de l'amour-propre, mais je vais te dire quelque chose. Je ne crois pas qu'il puisse tirer grand-chose de celles qui prennent une décision et s'y tiennent. Il me semble que le moment est venu pour toi de décider, une bonne fois pour toutes, quel est vraiment ton nom.*

Elle s'empara de l'enveloppe, ignorant le picotement de mise en garde de ses mains, et étudia l'adresse impeccablement tapée à la machine. La lettre — la soi-disant lettre, soi-disant photocopiée — avait été adressée à « Ms Patricia Chalmers ».

« Non, murmura-t-elle. Ce n'est pas le bon nom. » Ses mains se refermèrent lentement sur l'enveloppe et la roulèrent en boule. Une douleur sourde monta dans son poignet, mais Polly l'ignora. C'est avec un regard brillant, fiévreux, qu'elle ajouta : « On m'a toujours appelée Polly à San Francisco ; j'étais Polly pour tout le monde, même pour l'Aide sociale à l'Enfance ! »

Cette attitude avait fait partie de sa tentative pour rompre avec tout ce qui, s'imaginait-elle, lui avait fait tant de mal dans son passé sans qu'elle eût jamais songé, même dans ses heures les plus noires, qu'elle s'était infligée elle-même la plupart de ses blessures. Il n'y avait eu ni Patricia ni Trisha à San Francisco ; seulement Polly. C'était le nom qu'elle avait mis sur les trois formulaires envoyés à l'Aide sociale à l'Enfance, c'était sous ce nom qu'elle les avait signés : Polly Chalmers, sans initiale au milieu.

Si Alan avait réellement écrit à l'organisme social de San Francisco, il avait certes pu donner « Patricia » comme prénom. Mais dans ce cas, il aurait dû recevoir une réponse « inconnue », non ? Bien entendu. Même l'adresse n'était pas cohérente, puisque celle qu'elle avait donnée sous la rubrique « Dernier lieu de résidence » avait été l'adresse de ses parents, à l'autre bout de la ville.

Et si Alan avait donné les deux noms, Polly et Patricia ?

Oui, et alors ? Elle connaissait assez bien les mécanismes de la bureaucratie pour savoir que peu importait le nom donné par Alan ; une lettre de l'administration aurait forcément dû lui parvenir avec le nom et l'adresse qu'elle leur avait donnés. Polly avait une amie à Oxford qui recevait du courrier de l'université du Maine sous son nom de jeune fille, alors qu'elle était mariée depuis vingt ans.

Or cette enveloppe était arrivée adressée à *Patricia* Chalmers, et non à Polly Chalmers. Et qui, à Castle Rock, l'avait appelée Patricia, encore aujourd'hui ?

La même personne qui avait su que Nettie Cobb

s'appelait en fait Netitia Cobb. Son excellent ami Leland Gaunt.

Toutes ces histoires de nom, intervint soudain tante Evvie, *c'est très intéressant ; mais là n'est pas l'important. L'important, c'est l'homme, ton compagnon. C'est bien ton compagnon, non ? Même encore maintenant. Tu sais bien qu'il n'aurait jamais été fouiner dans ton dos comme l'en accuse cette lettre. Peu importent ces questions de prénoms, peu importe qu'elle ait l'air très convaincante... tu le sais, non ?*

« Oui, dit-elle doucement. Je le connais. »

L'avait-elle réellement cru, ce que contenait cette lettre ? Ou bien avait-elle rejeté ses doutes sur cette absurde et incroyable accusation parce qu'elle avait eu peur — une peur panique — qu'Alan ne découvrît l'ignoble vérité sur l'*azka* et ne l'obligeât à choisir entre lui et l'amulette ?

« Oh non, ce serait trop simple, reprit-elle, toujours à voix haute. Je l'ai cru, d'accord. Seulement une demi-journée, mais je l'ai cru. Oh bon Dieu ! Bon Dieu, qu'est-ce que j'ai fait ? »

Elle jeta au sol la lettre froissée, avec l'expression révoltée de quelqu'un qui se rend compte qu'il tient un rat crevé à la main.

Je ne lui ai pas dit ce qui m'avait mise en colère. Je ne lui ai pas laissé une seule chance de s'expliquer. Je l'ai cru... tout bêtement. Pourquoi ? Au nom du ciel, pourquoi ?

Elle le savait bien. La crainte, la crainte honteuse et brutale de voir révéler ses mensonges sur la mort de Kelton, de voir soupçonner les malheurs et les misères de ses années passées à San Francisco, de voir évaluer sa culpabilité dans la mort de son bébé... et tout cela par qui ? Par l'homme dont elle désirait le plus au monde l'estime et la bonne opinion.

Mais ce n'était pas tout. Ce n'était même pas l'essentiel. Son orgueil avait avant tout été en cause ; son orgueil blessé, outragé et sournois qu'elle avait baptisé du beau nom d'amour-propre. L'orgueil, la petite pièce qui soi-disant restait dans sa bourse lorsque celle-ci était par ailleurs vide. Elle l'avait cru parce qu'elle avait été victime d'un sentiment de honte qui frisait la panique. Une honte venue de son orgueil.

J'ai toujours apprécié les femmes qui ont de l'amour-propre.

Une onde de douleur, terrible, explosa dans ses mains; Polly gémit et les appuya contre sa poitrine.

Il n'est pas trop tard, Polly, dit doucement Mr Gaunt. *Pas trop tard, même maintenant.*

«Oh, va chier, l'amour-propre!» hurla soudain Polly dans l'obscurité de sa chambre étouffante, arrachant l'*azka* de son cou. Elle le brandit haut au-dessus d'elle dans son poing fermé. La fine chaîne d'argent lui fouettait sauvagement le poignet et elle sentit la surface de l'amulette se craqueler comme un œuf. «VA CHIER, L'AMOUR-PROPRE!»

La douleur planta instantanément ses griffes dans ses mains comme un petit animal affamé... mais elle savait, même en cet instant, qu'elle n'était pas aussi grande qu'elle l'avait redouté; qu'elle en était même bien loin. Elle le savait avec autant de certitude qu'elle savait qu'Alan n'avait jamais écrit aux services de l'Aide sociale à l'Enfance de San Francisco en demandant des informations sur elle.

«VA CHIER, L'AMOUR-PROPRE, VA CHIER, L'ORGUEIL! VA CHIER, VA CHIER!» hurla-t-elle. Elle lança l'*azka* dans la chambre.

L'amulette heurta le mur, retomba sur le sol et s'entrouvrit. Il y eut un éclair et elle vit deux pattes poilues sortir de la fente. Celle-ci s'agrandit et la petite araignée qui en surgit détala vers la salle de bains. La foudre frappa de nouveau, imprimant son ombre allongée et déformée sur le sol, comme un tatouage électrique.

La jeune femme bondit de son lit et se lança à sa poursuite. Il fallait la tuer, et vite... car sous ses yeux, l'araignée grandissait. Elle s'était nourrie des poisons qu'elle avait sucés du corps de Polly; et maintenant qu'elle n'était plus confinée dans l'amulette, il était impossible de prévoir la taille qu'elle pourrait atteindre.

Elle commanda l'interrupteur d'un geste vif et le tube

fluo, au-dessus du lavabo, éclaira la pièce. Elle vit l'araignée se précipiter vers la baignoire. En passant la porte, elle n'était pas plus grosse qu'un scarabée, mais elle avait maintenant les proportions d'une souris.

Lorsque Polly entra à son tour, la bestiole se retourna (horrible bruit de pattes cliquetant sur le carrelage) et Polly eut le temps de se dire : *Mon Dieu ! Ça se trouvait entre mes seins pendant tout ce temps !*

Le corps, hirsute, était couvert de crins brun-noir. Des poils minuscules se hérissaient sur ses pattes. Des yeux sinistres la regardaient, semblables à de faux rubis ; elle vit deux crochets incurvés sortir de sa gueule, comme des dents de vampire. Il en dégouttait un liquide clair qui laissait, en tombant, de petits cratères fumant sur les carreaux.

Polly poussa un hurlement et saisit le débouche-cabinets placé à côté des toilettes. Ses mains hurlèrent à leur tour mais elle les referma néanmoins sur le manche de bois, puis frappa l'araignée qui battit en retraite, une patte cassée pendant de travers, inutile. Polly la poursuivit jusqu'à la baignoire.

Blessée ou pas, la monstruosité continuait à croître et faisait maintenant la taille d'un rat. Son abdomen, qui traînait pourtant sur le carrelage, ne l'empêcha pas de monter avec une agilité déconcertante au rideau de la douche. Ses pattes produisaient un bruit de gouttes de pluie contre le plastique et les anneaux tintaient sur la tringle d'acier.

Polly imprima au débouche-cabinets un mouvement de batte de base-ball et la lourde coupelle de caoutchouc, sifflant dans l'air, frappa une nouvelle fois l'horrible chose. Malheureusement, l'arme improvisée n'eut pas l'effet escompté ; le rideau ondula, poussé vers le milieu de la baignoire dans laquelle l'araignée se laissa tomber avec un bruit mou et charnu.

C'est à cet instant-là qu'il y eut la coupure d'électricité.

Polly se retrouva plongée dans l'obscurité, le débouche-cabinets à la main, et tendit l'oreille. Puis il y eut un éclair, et elle vit un dos gibbeux et hirsute dépasser du rebord de la baignoire. La monstruosité qui, en sortant de l'*azka*, était grande comme un dé à coudre, faisait maintenant la taille d'un chat. La monstruosité qui s'était nourrie du sang de ses veines tout en la soustrayant à la douleur.

Que pouvait-il bien y avoir dans l'enveloppe que j'ai laissée à la ferme Camber ?

Débarrassée de l'amulette, la douleur bien réveillée et grinçant dans ses mains, elle ne pouvait plus se dire qu'elle n'avait rien à voir avec Alan.

Les crochets de l'araignée cliquetaient contre le rebord en porcelaine de la baignoire ; on aurait dit que quelqu'un tapotait délibérément contre une surface dure pour attirer l'attention. Ses yeux mornes de poupée la regardaient au ras du bord.

C'est trop tard, semblaient lui dire ces yeux. *Trop tard pour Alan, trop tard pour toi. Trop tard pour tout le monde.*

Polly s'élança.

« Qu'est-ce que tu m'as fait faire ? hurla-t-elle. Qu'est-ce que tu m'as fait faire ? Espèce de monstre, qu'est-ce que TU M'AS FAIT FAIRE ?

Et l'araignée se redressa sur ses pattes postérieures, tripotant le rideau de douche avec les antérieures, obscène, pour trouver l'équilibre et soutenir l'attaque.

5

Ace Merrill commença à éprouver un peu plus de respect pour le vieux chnoque lorsque Keeton sortit une clef qui ouvrait le hangar. Le hangar sur lequel figurait le symbole en pointe de diamant et l'avertissement DANGER EXPLOSIFS. Il en ressentit encore davantage quand, sentant la fraîcheur et entendant le ronronnement de l'air conditionné, il vit les caisses empilées. De la dynamite commerciale. Beaucoup de dynamite commerciale. Ça ne valait évidemment pas un arsenal plein de missiles Stinger, mais il y avait certainement de quoi ouvrir le bal. Et un sacré bal, même.

Ils avaient trouvé une lampe-torche de forte puissance dans le compartiment aux accessoires de la fourgonnette, entre les sièges, sans compter d'autres outils utiles, et tandis qu'Alan se rapprochait de Castle Rock, que Norris Ridgewick préparait un nœud coulant dans sa cuisine et que le rêve de Polly Chalmers touchait à sa fin, Ace faisait sauter le faisceau lumineux d'une caisse à l'autre. Au-dessus d'eux, la pluie tambourinait sur le toit du hangar. Elle tombait tellement dru qu'il avait l'impression d'être à nouveau sous les douches de la prison.

« Bon, allons-y, dit Buster d'une voix basse et enrouée.

— Hé, une minute, Papa. C'est la pause. » Il tendit la lampe à Buster et prit la pochette en plastique que lui avait donnée Gaunt. Il déposa un petit tas de coke dans le creux formé par les tendons de son pouce et le renifla rapidement.

« Qu'est-ce que c'est ? demanda Buster, méfiant.

— La poudre sud-américaine qui décoiffe, et elle est tellement extra que c'est rien de le dire.

— Ouais, concéda Keeton, méprisant. De la cocaïne. ILS vendent de la cocaïne. »

Ace n'avait pas besoin de lui demander qui étaient ces EUX et ces ILS. Le vieux chnoque n'avait fait que lui parler de ça, jusqu'ici, et sans doute n'allait-il lui parler que de ça pendant tout le reste de la nuit.

« Faux, Papa. ILS ne la vendent pas ; ILS veulent se la garder pour EUX. (Il en versa encore quelques pincées et lui tendit sa main.) Essaie-la et dis-moi si je me trompe. »

Keeton le regarda, en proie au doute, à la curiosité et à la suspicion. « Pourquoi tu m'appelles tout le temps Papa ? Je ne suis pas assez vieux pour être ton père, tout de même !

— Je suppose que tu ne lis jamais les bandes dessinées de Crumb, hein ? » La coke lui faisait déjà son effet et le chargeait d'électricité jusqu'au bout des nerfs. « Il en a fait une dont le héros s'appelle Zippy. Et je trouve que tu ressembles exactement au paternel de Zippy.

— C'est bon, au moins ? demanda Buster, toujours soupçonneux.

— Fantastique. Mais je t'appellerai monsieur Keeton, si tu veux. » Il marqua un temps d'arrêt et ajouta, délibérément : « Tout comme ILS font.

— Non, protesta aussitôt Buster. Ça va, tant que ce n'est pas une insulte.

— Absolument pas. Vas-y. Essaie. Une pincée de cette merde-là, et tu vas chanter "hi-ho, hi-ho, on rentre du boulot" jusqu'à l'aube. »

Buster lui jeta un dernier regard soupçonneux et se décida. Il renifla, toussa, éternua, puis se claqua une main sur le nez. Les yeux emplis de larmes, il jeta un regard noir à Ace. « Hé, ça brûle !

— Seulement la première fois, l'assura Ace, content de lui.

— De toute façon, je ne sens rien. Arrêtons de faire les idiots et mettons la dynamite dans la fourgonnette.

— D'accord, Papa. »

Il leur fallut moins de dix minutes pour charger les caisses d'explosifs. La dernière en place, Buster dit : « C'est bien possible que ton truc fasse de l'effet, en fin de compte. Je peux encore en avoir un peu ?

— Et comment, Papa. Je t'accompagne. »

Ils se poudrèrent le nez et repartirent pour la ville. Buster, au volant, ressemblait de moins en moins au Papa de Zippy et de plus en plus au Mr Crapaud de Walt Disney dans *Le Vent dans les saules*. Les yeux du maire brillaient d'un éclat nouveau, frénétique. Stupéfiant, la vitesse à laquelle s'était évanouie sa confusion d'esprit. Il avait l'impression de comprendre tout ce qu'ILS avaient cherché à faire — tous leurs plans, tous leurs complots, toutes leurs machinations. Il raconta tout à Ace qui, assis en tailleur à l'arrière de la fourgonnette, branchait des détonateurs sur les minuteurs. Pour le moment, Buster avait complètement oublié Alan Pangborn, leur chef de file. L'idée de faire sauter Castle Rock, d'en faire sauter le plus possible, au moins, le mettait en transe.

Le respect d'Ace se transforma en une véritable admiration. Le vieux chnoque était cinglé, mais Ace aimait les cinglés : il les avait toujours aimés. Il se sentait à l'aise avec eux. Et, comme la plupart des gens la première fois qu'ils se shootent à la cocaïne, l'esprit de Buster faisait la tournée des planètes extérieures. Il n'arrivait pas à la fermer. Ace n'avait qu'à faire de temps en temps «ouais, ouais,» ou «très juste, Papa,» ou «foutrement vrai».

Il faillit appeler plusieurs fois Buster «Monsieur Crapaud» au lieu de «Papa». Traiter ce type de crapaud, cependant, risquait de ne pas être très apprécié.

Ils traversèrent le Tin Bridge alors qu'Alan en était encore à cinq kilomètres et sortirent sous une pluie battante. Ace avait enroulé une couverture au-dessus d'un paquet de dynamite et de l'un des minuteurs branchés.

«Tu veux de l'aide? demanda nerveusement Buster.

— Vaut mieux me laisser faire, Papa. Tu serais capable de te foutre à l'eau et il faudrait que je perde mon temps à te repêcher. T'ouvres l'œil, c'est tout... d'accord?

— D'accord, Ace... Pourquoi on snifferait pas un peu de coke avant, dis?

— Pas tout de suite, répondit Ace avec indulgence, en tapotant le bras charnu du maire. Cette merde est presque pure. Tu veux pas exploser, tout de même?

— Non, pas moi. Tout le reste, mais pas moi.» Il se mit à rire comme un forcené, imité par Ace.

«On se marre bien ce soir, pas vrai, Papa?»

Stupéfait, Buster se rendit compte que c'était vrai. La dépression qui avait suivi... suivi l'accident de Myrtle... cette dépression lui paraissait à des années-lumière. Il avait l'impression qu'avec son excellent ami Ace Merrill ils avaient finalement réussi à LES coincer là où ils l'avaient voulu: dans la paume de leur main.

«Tu parles», dit-il en regardant Ace descendre le long de la pente herbeuse et glissante, à côté du pont, tenant son chargement contre son ventre.

On était relativement au sec sous le pont; de toute façon, la dynamite comme les détonateurs étaient à l'épreuve de l'eau. Ace posa le paquet dans le coude formée par deux entretoises, puis relia les détonateurs à la dynamite en enfonçant dans l'un des pains les fils déjà commodément dénudés. Enfin il tourna le gros bouton blanc du cadran jusqu'au chiffre 40. Le minuteur se mit aussitôt à égrener les secondes.

Il se glissa de dessous le pont et escalada la pente herbeuse.

« Alors ? demanda anxieusement Buster. Tu crois que ça va sauter ?

— Et comment ! » répondit Ace en remontant dans la fourgonnette. Il était trempé jusqu'aux os, mais il s'en fichait.

« Et s'ILS la trouvent ? S'ILS la débranchent avant...

— Ecoute, Papa, écoute une minute... Passe la tête par la portière, et écoute. »

Buster s'exécuta. Entre les roulements du tonnerre, il crut deviner des hurlements et des cris. Puis, nettement, la détonation sèche et dure d'un pistolet.

« Monsieur Gaunt les tient occupés, expliqua Ace. Il est très fort, l'enfant de salaud. » Il fit un petit tas de poudre dans le creux de son pouce, en renifla une partie, puis tendit la main sous le nez de Buster. « A toi, Papa, c'est ma tournée. »

Buster plongea la tête et sniffa à son tour.

Ils s'éloignèrent du pont environ sept minutes avant l'arrivée d'Alan Pangborn. En dessous, le minuteur indiquait le chiffre 30.

6

Ace Merrill et Danforth Keeton (alias Buster, alias Papa, alias Monsieur Crapaud) remontèrent lentement Main Street sous la pluie diluvienne, tels le Père Noël et son acolyte, laissant ici et là leurs petits paquets. Des voitures de patrouille les doublèrent en trombe par deux fois, mais aucune ne s'intéressa à ce qui paraissait être un simple véhicule d'équipe de télé. Comme l'avait déclaré Ace, Mr Gaunt les tenait occupés.

Ils déposèrent cinq bâtons de dynamite (et un détonateur) à l'entrée du Salon funéraire Samuels. La boutique du coiffeur se trouvait à côté. Une couverture enroulée autour du bras, Ace donna un coup de coude dans la vitre du haut de la porte. Il doutait fort que Bill Fullerton eût fait poser un système d'alarme, et encore plus que la police réagît, au cas où il se déclencherait. Buster lui tendit une bombe nouvellement préparée (ils utilisaient le fil de fer trouvé dans le coffre-banquette pour attacher solidement minuteurs et détonateurs à l'explosif) et Ace la projeta par la fenêtre brisée. Ils la virent rouler jusqu'au pied du premier fauteuil, le minuteur réglé sur 25.

« Ils vont avoir les cheveux bougrement longs avant de pouvoir venir se les faire couper ici, Papa », lança sardoniquement Ace. Buster partit d'un rire incontrôlable.

Ils se séparèrent, et Ace alla jeter un de ses colis dans le Galaxia tandis que Buster en glissait un autre dans la fente de la boîte des dépôts, à la banque. Au moment où ils retournaient à la fourgonnette, sous les trombes d'eau, un éclair déchira les nuages. Le vieil orme s'effondra dans la rivière avec un craquement énorme. Ils s'immobilisèrent sur le trottoir, tournés dans la direction de la rivière et pensant que la dynamite placée sous le pont avait fait explosion avec une vingtaine de minutes d'avance ; mais aucune boule de feu ne s'éleva.

« C'est sans doute la foudre, dit Ace. Elle a dû toucher un arbre. Viens. »

Au moment où Ace, qui était au volant, se dégageait du trottoir, le break d'Alan les doubla. L'intensité de l'averse était telle qu'aucun des deux conducteurs ne remarqua l'autre.

Ils roulèrent jusqu'au Nan's Luncheonette. Ace fit sauter la vitre de la porte avec la même technique que chez le coiffeur et ils laissèrent une charge amorcée, réglée cette fois sur 20, juste à côté de la caisse. Au moment où ils quittaient le restaurant, un éclair absolument fulgurant frappa, et tous les lampadaires de la rue s'éteignirent.

« L'électricité ! s'exclama Buster, tout joyeux. L'électricité est coupée ! Fantastique ! On se fait le bâtiment municipal ! On le fait sauter jusqu'au ciel !

— Hé, Papa, il est plein de flics ! Tu les as pas vus ?

— Ils courent après leur propre queue, répondit Buster avec impatience. Et quand le feu d'artifice va commencer, ils vont courir deux fois plus vite. En plus, il fait noir, maintenant, et on peut passer par l'entrée du tribunal. Le passe ouvre aussi cette porte.

— T'as les couilles d'un tigre, Papa, tu sais ! »

Buster sourit, lèvres serrées. « Toi aussi, Ace, toi aussi ! »

7

Alan se glissa dans l'un des emplacements en épi, devant le Bazar des Rêves, coupa le moteur et resta assis derrière son volant, étudiant la boutique de Mr Gaunt. Le panneau, dans la vitrine, disait :

VOUS DITES BONJOUR JE DIS AU REVOIR
AU REVOIR AU REVOIR
JE NE SAIS PAS POURQUOI VOUS DITES BONJOUR ET MOI AU REVOIR

Un éclair crépita comme un néon géant qui bafouillerait, transformant la vitrine en une sorte d'œil géant et mort.

Cependant, quelque chose, tout au fond de lui, lui laissait à penser que le Bazar des Rêves, bien que fermé et silencieux, n'était peut-être pas vide. Certes, Mr Gaunt aurait pu facilement quitter la ville dans la confusion qui régnait, au milieu de la tempête qui faisait rage et des flics qui couraient partout comme des canards à qui l'on a coupé la tête : aucune difficulté. Mais le personnage dont il avait esquissé le portrait en esprit, pendant le long voyage de retour de l'hôpital de Bridgton, se rapprochait plutôt de celui du Joker, la Némésis de Batman. Alan avait le sentiment d'avoir affaire à un genre d'individu pour lequel le comble de la drôlerie serait d'installer une valve d'inversion à poussée turbo dans les chiottes d'un ami. Et un type de cet acabit, comme ceux qui posent une punaise pointe en l'air sur une chaise ou qui glissent une allumette enflammée dans un œillet de chaussure pour s'amuser, quitte-t-il la scène avant que vous vous soyez assis ou ayez remarqué que l'ourlet de votre pantalon prend feu ? Bien sûr que non ! Sinon, où serait le plaisir ?

Je crois que tu traînes encore dans le coin, pensa Alan. Que tu tiens à assister au spectacle. Pas vrai, espèce de fils de pute ?

Il restait parfaitement immobile, contemplant la boutique à l'auvent vert, et s'efforçait de sonder l'esprit d'un homme capable de concevoir et de mettre en branle un enchaînement aussi complexe et aussi malintentionné d'événements. Il était bien trop concentré sur ses réflexions pour remarquer que la voiture garée à sa gauche était assez ancienne, même si sa carrosserie présentait des formes coulées presque aérodynamiques. C'était la Tucker de Leland Gaunt.

Comment a-t-il procédé ? Il y a beaucoup de choses que j'aimerais savoir, mais pour ce soir, une seule suffira. Comment cela a-t-il été possible ? Comment a-t-il pu en apprendre autant sur nous en si peu de temps ?

Brian m'a dit que monsieur Gaunt n'était pas vraiment un homme.

A la lumière du jour, Alan aurait traité cette idée par le mépris, comme il avait traité par le mépris l'idée que l'amulette de Polly ait pu posséder un pouvoir surnaturel de guérison. Mais ce soir, calfeutré dans sa voiture au milieu d'une tempête démente, face à cette vitrine réduite à un œil vide et mort, l'hypothèse sinistre s'imposait avec une force indéniable. Il se souvint du jour où il était venu jusqu'ici avec l'intention précise de rencontrer Mr Gaunt et de lui parler, et de l'étrange sensation qui s'était emparée de lui tandis que, les mains en coupe autour des yeux pour atténuer les reflets du verre, il essayait de voir quelque chose à l'intérieur du magasin. Sensation d'être surveillé, alors que la boutique était manifestement vide. Et non seulement ça : celui qui le surveillait débordait de méchanceté et de haine. Impression tellement nette qu'il avait pendant un instant pris son propre reflet pour le visage désagréable (et à demi transparent) de quelqu'un d'autre.

Avec quelle force s'était-elle imposée !

Alan se rappela quelque chose d'autre, quelque chose que sa grand-mère lui disait souvent quand il était petit : *La voix du démon est douce à l'oreille.*

Brian m'a dit...

Comment Mr Gaunt avait-il acquis son savoir ? Et, au nom du ciel, pourquoi choisir comme théâtre un endroit aussi écarté que Castle Rock ?

... que monsieur Gaunt n'était pas vraiment un homme.

Soudain, Alan se pencha et avança une main tâtonnante sur le plancher de la voiture, du côté du passager. Il crut un instant que ce qu'il cherchait avait disparu — que l'objet était tombé de la voiture à un moment ou un autre —, puis ses doigts effleurèrent une courbe métallique. L'objet avait simplement roulé sous le siège. Il le prit, se redressa... et la voix de la dépression, qui s'était tue depuis qu'il avait quitté la chambre de Sean Rusk (ou que les déferlements ininterrompus de ses réflexions avaient noyée), s'éleva, forte et désagréablement joyeuse.

Salut, Alan ! Désolé, je t'ai laissé tomber un moment, mais je suis de retour, OK ? Qu'est-ce que tu tiens là ? Une boîte de cacahuètes ? Mais non ! On dirait, mais ce n'est pas ça, hein ? C'est le dernier attrape-nigaud acheté par Todd au magasin de farces et attrapes, non ? Une fausse boîte de cacahuètes Tastee-Munch avec un grand serpent dedans — du papier crépon autour d'un ressort. Et quand il t'a rapporté ce truc, l'œil allumé, un sourire crétin sur le visage, tu lui as dit de ranger cette ânerie, c'est bien ça ? Mais lorsque tu as vu sa tête s'allonger, tu as fait semblant de ne rien remarquer ; tu lui as dit... Voyons un peu. Qu'est-ce que tu lui as dit, au juste ?

« Le fou et son argent ne restent pas longtemps en ménage », murmura tristement Alan. Il tournait et retournait le gadget entre ses mains, l'examinant sous toutes les coutures, se souvenant du visage de son fils. « Voilà ce que je lui ai dit. »

Ouiiiii, bravo ! Comment ai-je pu oublier une réflexion

aussi pertinente ? C'est toi qui veux parler de gens malintentionnés ? Bon Dieu, mes aïeux ! Heureusement que tu me l'as rappelé ! Heureusement que tu NOUS *l'as rappelé ! Mais voilà, Annie a sauvé la situation. Elle a dit qu'il pouvait bien se payer ça. Elle a dit... Voyons un peu. Qu'est-ce qu'elle a dit, au juste ?*

« On n'est jeune qu'une fois, et c'est amusant, non ? » Alan avait parlé d'une voix enrouée et tremblante. Il s'était mis à pleurer — et pourquoi pas ? Pourquoi pas, nom de Dieu de nom de Dieu ? La vieille souffrance était de retour et s'enroulait autour de son cœur douloureux comme un torchon sale.

Ça fait mal, hein ? demanda la voix de la dépression, voix chargée de culpabilité et de haine de soi, avec une intonation de sympathie qu'Alan — l'autre partie de lui-même — soupçonna d'être entièrement feinte. *Ça fait vraiment trop mal, comme si tu vivais dans une chanson mélancolique où il serait question d'amour ayant mal tourné ou d'enfants morts. Quelque chose qui fait aussi mal ne peut pas te faire de bien. Fous-moi ça dans la boîte à gants, mon vieux. Oublie-le. La semaine prochaine, quand cette histoire de fous sera terminée, tu vendras le break avec la fausse boîte de cacahuètes en prime. Pourquoi pas ? C'est le genre de petites mystifications qui séduisent non seulement les enfants, mais des adultes comme Gaunt. Oublie-le. Oublie...*

Alan coupa la voix en plein élan. Il avait jusqu'ici ignoré qu'il en était capable et c'était une bonne chose que de le savoir, une chose qui pourrait se révéler utile, à l'avenir... s'il avait un avenir, évidemment. Il regarda la boîte de plus près, la tournant et la retournant, l'étudiant réellement pour la première fois, la voyant non pas comme un souvenir stupide de son fils disparu, mais comme un objet chargé de créer l'illusion comme son bâton magique (creux), son chapeau haut de forme (à double fond) ou le Tour de la Fleur Magique, toujours niché sous le bracelet de sa montre.

La magie... N'était-ce pas l'élément central ? Une magie chargée de mauvaises intentions, d'accord ; une magie calculée non pour faire rire les gens ou les laisser bouche bée mais pour les transformer en taureaux furieux ; néanmoins, de la magie. Et quel est le fondement de toute magie ? Faire prendre des vessies pour des lanternes. Un serpent d'un mètre cinquante replié dans une boîte de cacahuètes... ou bien, pensa-t-il en évoquant le cas de Polly, une maladie qui prend l'aspect d'une guérison.

Il ouvrit la portière et descendit, la fausse boîte à la main gauche. Maintenant qu'il avait pris un peu de recul par rapport aux dangereux attraits du sentimentalisme, il se souvenait de son opposition à cet achat avec quelque chose comme de la stupéfaction. Il avait lui-même toujours été fasciné par la magie et, enfant, la fausse boîte l'aurait enthousiasmé. Pour quelle raison avait-il parlé d'un ton si désagréable à son fils lorsque celui-ci avait voulu l'acheter ? Pourquoi avait-il fait semblant de ne pas voir qu'il l'avait blessé ? Aurait-il été jaloux de la jeunesse et de l'enthousiasme de Todd ? Incapable de se souvenir de l'émerveillement que peut procurer la chose la plus simple pour un gosse ? Quoi ?

Il l'ignorait. Il savait seulement que c'était le genre de tour qu'un Mr Gaunt comprendrait, et il voulait l'avoir avec lui.

Alan se pencha dans sa voiture et prit sa lampe-torche dans le désordre de la petite boîte à outils, sur le siège arrière. Puis il passa devant le capot de la Tucker de Mr Gaunt (toujours sans la remarquer) et s'enfonça sous l'auvent vert foncé du Bazar des Rêves.

8

Eh bien, m'y voici. Enfin.

Il avait le cœur qui battait fort, mais régulièrement. Dans son esprit, les visages de son fils, de sa femme et de Sean Rusk semblaient s'être combinés. Il jeta un nouveau coup d'œil au panneau dans la vitrine et essaya d'ouvrir. La porte était verrouillée. Au-dessus de lui, la toile de l'auvent ondulait et claquait dans les rafales et les hululements du vent.

Il avait glissé la boîte de Tastee-Munch dans sa chemise. Il la toucha de la main et eut l'impression d'en retirer un réconfort indescriptible mais parfaitement réel.

« D'accord, dit-il, me voici, prêt ou non. » Du culot de la lampe-torche, il brisa la vitre de la porte. Il se raidit, dans l'attente du déclenchement d'une alarme, mais rien ne vint. Soit Gaunt ne l'avait pas branchée, soit il n'en avait pas. Il passa la main entre les fragments de verre brisé et le bouton de la porte, à l'intérieur, céda sans difficulté. Pour la première fois, Alan Pangborn pénétra dans le Bazar des Rêves.

Il fut tout d'abord frappé par l'odeur de renfermé et de poussière. Non pas l'odeur d'une boutique qui vient d'ouvrir mais au contraire celle d'un endroit resté inoccupé pendant des mois, voire des années. Le pistolet à la main droite, il dirigea le faisceau de la lampe avec la gauche. Il éclaira un plancher nu, des murs nus et un certain nombre de présentoirs à dessus de verre. Ces derniers étaient vides. Il n'y avait plus la moindre marchandise. Une épaisse couche de poussière recouvrait tout, intacte, sans la plus petite marque de passage.

Cela fait une éternité que quelqu'un a mis les pieds ici pour la dernière fois.

Mais comment était-ce possible, alors qu'il avait vu des gens y entrer et en sortir pendant toute la semaine ?

Parce que ce n'est pas vraiment un homme. Parce que la voix du démon est douce à l'oreille.

Il fit deux pas de plus, éclairant chaque zone du magasin avec la lampe, respirant l'atmosphère sèche de musée et de poussière qui emplissait l'air. Il regarda derrière lui et vit, à la lueur d'un éclair, l'empreinte de ses pas dans la poussière. Puis, d'un mouvement circulaire, il fit passer le faisceau sur le présentoir qui avait également servi de comptoir à Gaunt… et arrêta son mouvement.

Dessus, étaient posés un magnétoscope et un téléviseur portable Sony — un modèle aux formes arrondies et non carrées, carrossé en rouge et aussi flamboyant qu'une voiture de pompiers.

Un cordon s'enroulait autour du téléviseur. Un objet de la taille d'un livre était posé sur le magnétoscope, mais Alan pensa qu'il s'agissait d'autre chose.

Il s'avança, braquant la lampe sur la télé. Elle était tout autant couverte de poussière que le sol et les présentoirs de verre. Le cordon était un câble coaxial avec une prise à chaque extrémité. Alan déplaça le faisceau et vit que l'objet de la taille d'un livre était en fait une cassette vidéo, dans un emboîtage de plastique noir sans marque. Une enveloppe de format commercial, également poussiéreuse, attendait à côté. Dessus, était écrit :

À L'ATTENTION DU SHÉRIF PANGBORN

Il posa pistolet et lampe sur le comptoir de verre, prit l'enveloppe, l'ouvrit et en retira une unique feuille de papier. Puis il reprit la lampe pour éclairer le message dans son rond puissant de lumière.

Cher shérif Pangborn,

Vous venez de découvrir que je suis un homme d'affaires assez particulier — de ceux, rarissimes, qui s'efforcent d'avoir en magasin « quelque chose pour chacun ». Je regrette que nous n'ayons jamais eu l'occasion de nous rencontrer face à face, mais une telle entrevue aurait été fort inopportune, de mon point de vue, en tout cas. Ha ! ha ! A tout hasard, je vous ai laissé un petit quelque chose que je crois susceptible de beaucoup vous intéresser. Il ne s'agit pas d'un cadeau (je ne suis nullement du genre Père Noël, comme vous en conviendrez certainement), mais tout le monde, à Castle Rock, m'a assuré que vous étiez un homme honorable et je pense que vous paierez le prix que j'en exige. Ce prix comporte un petit service... un service qui, dans votre cas, relèvera davantage de la bonne action que du canular. Quelque chose me dit que vous serez d'accord avec moi, cher monsieur.

Je sais que vous vous êtes longuement et intensément interrogé sur les derniers moments qu'ont vécus votre femme et votre plus jeune fils. Je crois que vous aurez très bientôt la réponse à ces questions.

Croyez bien que je ne vous souhaite que ce qu'il y a de mieux et que je demeure,

Votre très fidèle et très obéissant serviteur,
Leland Gaunt

Alan reposa lentement la feuille. « Salopard ! » grinça-t-il entre ses dents.

Dans le faisceau de la lampe, il vit que le cordon du magnétoscope traînait au sol, son extrémité gisant à plus d'un mètre de la prise électrique la plus proche. Ce qui n'était pas un problème, dans la mesure où il y avait une panne générale de courant.

Comment, mais vous ne devinez pas ? pensa Alan. Je crois que ça n'a aucune importance. Aucune. Je crois que lorsque j'aurai branché les deux appareils et mis la cassette en place, tout marchera à la perfection. Parce qu'il n'avait aucun moyen, aucun, de provoquer les choses qu'il a provoquées ou de connaître les choses qu'il connaît.

Pas s'il est humain. La voix du démon est douce à l'oreille, Alan, et quoi que tu fasses, tu ne dois pas regarder ce qu'il t'a laissé.

Malgré tout, il posa de nouveau la lampe et prit le câble coaxial pour l'examiner. Puis il le brancha dans le logement adéquat, à l'arrière de la télé ; la boîte de Tastee-Munch essaya de tomber de sa chemise quand il se pencha. Il la prit, les doigts gourds, et la posa sur la vitre, à côté du magnétoscope.

9

Norris Ridgewick était à mi-chemin du Bazar des Rêves lorsqu'il songea tout d'un coup qu'il fallait être cinglé — encore plus qu'il ne l'avait déjà été, ce qui n'était pas peu dire — pour vouloir coincer Leland Gaunt tout seul.

Il prit le micro. « Unité Deux à Central, ici Norris. A vous. »

Il relâcha le bouton. Il n'y eut qu'un bruyant crépitement d'électricité statique. Le cœur de la tempête se trouvait juste au-dessus de Castle Rock.

« Et merde ! » dit-il en prenant la direction du bâtiment municipal. Alan y serait peut-être ; sinon, il y aurait bien quelqu'un pour le renseigner. Alan saurait quoi faire... et même dans le cas contraire, le shérif aurait droit à sa confession : il avait entaillé les pneus de la voiture de Hugh Priest et envoyé l'homme à la mort simplement parce que lui, Norris Ridgewick, avait voulu posséder une canne à pêche Bazun comme celle de son cher vieux papa.

Il arriva au bâtiment municipal (alors que le minuteur, sous le pont, affichait le chiffre 5) et se gara à côté d'une fourgonnette d'un jaune éclatant. Un véhicule des types de la télé, apparemment.

Norris sortit sous la pluie battante et courut dans le poste de police pour essayer de trouver son chef.

10

Polly balança le débouche-cabinets sur l'araignée qui, cette fois, dressée sur ses pattes postérieures, obscène, ne recula pas. Ses pattes antérieures hirsutes se refermèrent sur le manche de bois et les mains de Polly protestèrent sous la douleur lorsqu'elle souleva la masse tremblotante collée à la ventouse de caoutchouc. Sa prise perdit sa fermeté, l'ustensile s'abaissa et l'araignée se mit soudain à se hisser le long du manche ; on aurait dit un obèse accroché à une corde raide.

Elle ouvrit la bouche pour hurler lorsque les pattes s'abattirent sur ses épaules comme celles d'un galant entraînant sa cavalière dans une polka. Les yeux sinistres couleur rubis plongèrent dans les siens. La gueule à crochets s'ouvrit et elle sentit l'haleine de la chose — une puanteur d'épices amères et de viande en putréfaction.

Une des pattes vint se glisser dans la bouche ouverte de Polly. D'ignobles crins rudes caressèrent ses dents et sa langue. L'araignée poussa un miaulement d'impatience.

Polly résista à la tentation de recracher l'immonde membre. Elle lâcha le manche de la ventouse et s'empara de la patte de la bête. En même temps elle mordit, de toute la force de ses mâchoires. Une sorte de croûte craqua sous ses dents, comme si elle venait de croquer une pleine poignée de cachets d'aspirine, et un goût amer et froid, un goût de thé qui aurait macéré pendant des jours, lui emplit la bouche. L'araignée émit un cri de douleur et essaya de battre en retraite. Les poils raides glissaient mal, irritant les mains de Polly qui serra néanmoins plus fort que jamais... et qui tordit la patte, comme si elle dépeçait une cuisse de dinde. Il y eut un bruit d'arrachement, un crissement cartilagineux. L'araignée émit un nouveau cri de douleur, un couinement larmoyant.

Le monstre essaya de nouveau de s'écarter. Recrachant le liquide sombre et amer qui lui remplissait la bouche (et sachant qu'il lui faudrait longtemps, très longtemps, pour en oublier le goût), Polly tira dessus de toute son énergie. Tout au fond d'elle-même, très loin, elle était stupéfaite de cette manifestation de force brute, mais en même temps elle la comprenait parfaitement. Elle était épouvantée, elle était révoltée... mais plus que tout, elle était folle de rage.

On s'est servi de moi. J'ai vendu la vie d'Alan contre ça ! Contre ce monstre !

L'araignée essaya de l'attaquer de ses crochets, mais ses pattes arrière perdirent leur appui incertain sur le manche de la ventouse et elle serait tombée, si Polly l'avait laissé faire.

Au lieu de cela, elle étreignit le corps tiède et boursouflé entre ses avant-bras et serra, le brandissant bien haut, si bien qu'il se mit à se tortiller au-dessus d'elle ; les pattes, agitées de mouvements spasmodiques, lui piétinaient le visage. Des sérosités gluantes et un sang noir commencèrent à couler sur ses bras en filets brûlants.

« Plus jamais ! hurla Polly. Plus jamais ! PLUS JAMAIS ! PLUS JAMAIS ! »

Elle lança la chose, qui alla heurter le mur carrelé au-dessus de la baignoire et s'écrasa dessus, le couvrant d'un magma d'ichor. La masse immonde resta accrochée ainsi un instant, collée au mur par ses organes visqueux, avant de retomber dans la baignoire avec un clappement mou.

Polly s'empara de la ventouse et se jeta sur la chose pour la frapper, comme on tenterait de tuer une souris à coups de balai ; mais elle n'y parvenait pas. L'araignée était secouée de frissons et essayait de lui échapper, ses pattes griffant le caoutchouc antidérapant avec son motif de pâquerettes jaunes. Du coup, Polly saisit le débouche-cabinets à l'envers et l'abattit manche en avant, de toutes ses forces.

La lance improvisée empala l'immonde chose en plein milieu. Il y eut un bruit ignoble d'éclatement, les entrailles de l'araignée se rompirent et se répandirent sur le tapis de caoutchouc en un flot puant ; elle se mit à s'agiter frénétiquement, enroulant inutilement ses pattes autour du pieu que Polly lui avait enfoncé dans le cœur... puis, au bout de quelques secondes, elle s'immobilisa.

Polly recula, ferma les yeux et sentit l'univers vaciller. Elle était déjà pratiquement évanouie lorsque le nom d'Alan explosa dans sa tête comme une chandelle romaine. Elle replia ses mains en poings et les cogna l'une à l'autre, articulations contre articulations. Deuxième explosion brutale et extrême, de douleur cette fois. L'univers reprit sa place en un éclair froid.

Elle ouvrit les yeux, avança jusqu'à la baignoire et regarda dedans. Elle crut tout d'abord qu'il n'y avait plus rien. Puis, à côté de la ventouse de l'ustensile, elle aperçut l'araignée. Elle n'était pas plus grosse qu'un de ses ongles et elle était tout à fait morte.

Le reste n'est jamais arrivé. C'était ton imagination.

« Tu parles, Charles ! » dit Polly d'une voix étranglée et tremblotante.

Mais l'araignée n'avait pas d'importance ; c'était Alan qui en avait. Alan qui, à cause d'elle, courait un danger terrible. Elle devait absolument le retrouver, avant qu'il ne soit trop tard.

S'il n'était pas déjà trop tard.

Aller au poste de police. Là, quelqu'un saurait bien où...

Non, fit la voix de tante Evvie. *Pas là. Si tu vas au poste de police, il sera certainement trop tard. Tu sais où tu dois aller. Tu sais où il est.*

Oui.

Oui, bien entendu.

Polly courut jusqu'à la porte, tandis qu'une pensée confuse battait à son esprit comme un papillon contre une lampe : *Mon Dieu, je vous en prie, faites qu'il n'achète rien ! Ô mon Dieu, je vous en prie, je vous en prie, faites qu'il n'achète rien !*

23

1

Le minuteur sous le pont de la Castle, pont connu des habitants de Castle Rock sous le nom de Tin Bridge depuis des temps immémoriaux, atteignit le zéro à 19 h 38 le mardi 15 octobre, en l'an du Seigneur 1991. La minuscule décharge électrique destinée à déclencher la sonnerie vint lécher les plots de la batterie de neuf volts sur lesquels Ace avait branché ses fils. Il y eut effectivement un début de sonnerie, noyée une fraction de seconde plus tard dans un éclair de lumière lorsque l'électricité mit le feu au détonateur et le détonateur, à son tour, à la dynamite.

Rares furent les habitants de Castle Rock qui prirent l'explosion pour un coup de tonnerre ; celui-ci roulait dans le ciel comme de l'artillerie lourde ; celle-là ressembla plutôt à un titanesque coup de fusil. La partie sud du vieux pont, bâtie non en étain («tin») mais en ferrailles rouillées, décolla de la rive sur une boule de feu aplatie. Elle s'éleva à trois ou quatre mètres, se transforma en une rampe légèrement inclinée et retomba dans un vacarme de béton qui se rompt et de métal qui vole en éclats. La partie nord se tordit, se détacha du reste et s'affaissa de travers dans le cours d'eau qui débitait ses flots à plein régime. La partie sud vint se caler contre l'orme frappé peu avant par la foudre.

Sur Castle Avenue, là où catholiques et baptistes (sans compter près d'une dizaine de policiers) poursuivaient un débat d'une rare violence, le combat cessa. Albert Gendron et Phil Burgmeyer qui s'entre-déchiraient avec la plus grande férocité encore quelques secondes auparavant, se tenaient maintenant côte à côte, regardant l'aveuglante lumière. Du sang coulait le long de la joue gauche d'Albert, blessé à la tempe, et la chemise de Phil pendait en lambeaux sur lui.

Près d'eux, Nan Roberts se tenait à califourchon sur le père Brigham comme un très gros (et, dans son uniforme naguère impeccable, très blanc) vautour. Elle avait empoigné le bon curé par sa tignasse et lui avait frappé le crâne à plusieurs reprises contre le macadam. Le révérend gisait à côté, inconscient, suite aux pieux sacrements libéralement distribués par le père Brigham.

Henry Payton, qui avait perdu une dent depuis son arrivée (sans parler des illusions qu'il aurait pu entretenir sur l'harmonie religieuse qui régnait aux Etats-Unis), arrêta son geste au moment où il s'apprêtait à séparer Tony Mislaburski du diacre baptiste Fred Mellon.

Tous restèrent pétrifiés, comme des enfants jouant au jeu des Statues.

«Bordel de merde, c'était le pont!» marmonna Don Hemphill.

Henry Payton décida de profiter de l'accalmie. Il se débarrassa de Tony Mislaburski, mit les mains en porte-voix devant sa bouche ensanglantée et cria de toutes ses forces: «Ça suffit, tout le monde! C'est la police! Je vous ordonne de...»

C'est alors que Nan Roberts éleva à son tour la voix. Depuis des années elle vociférait des ordres dans la cuisine de son resto et elle avait l'habitude de se faire entendre, quel que fût le raffut. Payton n'était pas de taille et sa voix fut noyée dans le rugissement de Nan.

« CES FOUTUS CATHOLIQUES SE SERVENT DE DYNAMITE ! » trompeta-t-elle.

Le nombre des participants s'était sérieusement réduit, mais ils rattrapaient par une rage enthousiaste ce qui leur manquait en quantité.

A peine quelques secondes après le barrissement de Nan, la pluie de horions reprenait en une douzaine d'escarmouches différentes, sur cinquante mètres d'une avenue également battue par la pluie.

2

Norris Ridgewick fit irruption dans le bureau du shérif quelques instants avant l'explosion du pont, hurlant à pleins poumons : « Où est le shérif Pangborn ? Il faut que je trouve le shérif Pangb... »

Il s'arrêta court. En dehors de Seat Thomas et d'un Tunique-Bleue qui ne paraissait pas assez vieux pour avoir le droit de boire légalement de la bière, le poste de police était désert.

Où diable étaient-ils tous passés ? On avait l'impression qu'au moins six mille voitures de patrouille et autres véhicules divers étaient garés dans la plus grande pagaille, dehors. Avec, au milieu, sa Coccinelle, qui aurait certainement remporté le pompon d'or de la pagaille, s'il y avait eu remise de pompons pour ça. Elle gisait toujours sur le flanc, là où Buster l'avait renversée.

« Bordel ! s'écria Norris. Où y sont passés ? »

Le jeune trooper qui ne paraissait pas en âge de boire de la bière accrocha l'adjoint par l'uniforme et lui dit : « Il y a une bagarre quelque part dans une rue, les chrétiens contre les cannibales, ou je sais pas quoi. En principe, je dois tenir le central, mais avec cette saloperie de tempête, j'ai l'impression de me faire cracher à la figure chaque fois que j'ouvre le micro — et vous, qui êtes-vous ? ajouta-t-il d'un ton morose.

— Shérif adjoint Norris Ridgewick.

— Moi, c'est Joe Price. C'est quoi au juste, ce patelin, shérif ? Ils sont tous devenus complètement cinglés, ici ! »

Norris ne répondit pas et s'approcha de Seat Thomas. Le teint de ce dernier tirait sur le gris sale et il respirait avec la plus grande difficulté. Il tenait l'une de ses mains ridées fermement appuyée contre sa poitrine.

« Où est Alan, Seat ?

— Ch'ais pas, répondit le vieil adjoint, adressant à Norris un regard triste et effrayé. Il se passe quelque chose de terrible, mon gars. De vraiment terrible. Dans toute la ville. Le téléphone est en rideau, ce qui est incompréhensible, vu que pratiquement toutes les lignes sont enterrées. Mais je vais te dire un truc. Je suis content qu'il soit en rideau. Je suis content, parce que j'aime autant pas savoir.

— Tu devrais être à l'hôpital, remarqua Norris, regardant son vieux collègue avec inquiétude.

— Non, au Kansas, répliqua Seat sèchement. Pour le moment, je vais juste rester assis ici en attendant que ça passe. Je ne vais... »

Le pont sauta à cet instant, lui coupant la parole : le coup de fusil géant déchira la nuit comme une griffe monstrueuse.

« Bordel ! s'écrièrent Norris et Joe Price, à l'unisson.

— Ouaip, fit Seat Thomas de sa voix fatiguée, effrayée, provocante, et dont le ton ne manifestait aucune surprise. Je crois bien qu'ils vont faire sauter la ville. C'est probablement la suite du programme. »

Soudain, d'une manière consternante, le vieil homme se mit à pleurer.

« Où est passé le shérif Pangborn ? » cria Norris à l'intention de Price. Ce dernier l'ignora : il courait à la porte, voir ce qui venait d'être pulvérisé.

Norris jeta un coup d'œil à Seaton Thomas, mais le vieux policier contemplait le vide, la main toujours fortement appuyée contre le cœur, tandis que des larmes roulaient sur ses joues. Norris rejoignit Joe Price dans le parking réservé, là où il avait collé une contredanse à la Cadillac rouge de Buster Keeton il y avait environ mille ans. Un pilier de feu se mourait, encore haut et clair, dans le ciel pluvieux ; à sa lueur, les deux hommes virent que le pont qui enjambait la Castle était détruit. Les derniers feux tricolores de la ville, à sa sortie, gisaient en morceaux dans la rue.

« Sainte mère de Dieu ! souffla le trooper Price d'une voix chargée de respect. Je suis bien content que ce ne soit pas ma ville. » La lumière de l'incendie lui mettait du rose aux joues et des points d'ambre dans les yeux.

Plus que jamais, Norris ressentit le besoin de joindre Alan. Il prit la décision, pour commencer, de partir en patrouille à la recherche de Payton : s'il y avait une bagarre sérieuse quelque part, ça ne serait pas trop difficile, et Alan s'y trouverait peut-être aussi.

Au moment où il rejoignait le trottoir, un éclair lui révéla deux silhouettes qui contournaient au petit trot le bâtiment adjacent du tribunal ; elles semblaient se diriger vers la fourgonnette de télé d'un jaune éclatant. Il ne reconnut pas la première, mais il lui fut impossible de se tromper sur la seconde, massive, jambes légèrement arquées : Danforth Keeton.

Norris Ridgewick fit deux pas vers la droite et s'adossa au mur de brique, à l'entrée de l'allée, prit son arme de service, la leva à hauteur d'épaule, canon pointé vers le ciel, et hurla « HALTE ! » de toutes ses forces.

3

Polly recula dans l'allée, brancha les essuie-glaces et tourna à gauche. A la douleur de ses mains s'ajoutait une profonde et puissante sensation de brûlure dans ses bras, là où la bave de l'araignée avait coulé sur sa peau. Cette bave était un poison, un poison qui la pénétrait insidieusement. Mais elle n'avait pas le temps de s'occuper de ça maintenant.

Elle approchait du stop du carrefour de Main Street et de Laurel lorsque le pont sauta. La détonation géante la fit grimacer et elle regarda, stupéfaite, la gerbe de feu qui s'élevait au-dessus de la rivière de Castle. Un instant, elle vit la silhouette en forme de portique du pont lui-même, tout en angles noirs sur fond de lumière aveuglante, puis elle disparut, engloutie par les flammes.

Elle tourna à gauche sur Main Street, dans la direction du Bazar des Rêves.

4

A une certaine époque, Alan s'était livré avec ténacité aux joies du film familial — il n'avait pas idée du nombre de personnes qu'il avait fait périr d'ennui avec ses images tressautantes, projetées sur un drap punaisé au mur du séjour et immortalisant ses enfants en couches-culottes dans leurs premiers pas incertains, ou Annie leur donnant le bain, ou des fêtes d'anniversaire, ou des sorties en famille. Dans tous ces films les gens faisaient bonjour à la caméra ou grimaçaient. On aurait dit une sorte de loi implicite du genre : On vous filme ? Faites bonjour ou grimacez ! Sinon, vous serez arrêté, inculpé d'Indifférence notoire et condamné à passer dix ans à regarder d'interminables bobines de films familiaux, avec leurs images tressautantes.

Cinq ans auparavant, il était passé à la caméra vidéo, plus facile à manier et dont les films revenaient moins cher... et au lieu de faire périr les gens d'ennui pendant dix ou quinze minutes, ce qui correspondait à trois ou quatre rouleaux de huit millimètres mis bout à bout, on pouvait les martyriser pendant des heures, sans même devoir changer de cassette.

Il prit celle qu'il avait sous les yeux et l'examina. Pas d'étiquette. Très bien, pensa-t-il. Parfait. A moi de trouver tout seul ce qu'il y a dessus, n'est-ce pas ? Sa main s'avança vers le magnétoscope… et hésita.

La forme composite constituée des visages de Todd, de Sean et de sa femme battit soudain en retraite dans son esprit, remplacée par les traits blêmes et chargés d'effroi de Brian Rusk, comme il l'avait vu l'après-midi même.

Tu as l'air malheureux, Brian.

Oui, m'sieur.

Veux-tu dire que tu es vraiment malheureux ?

Oui, m'sieur. Et si vous appuyez sur ce bouton, vous aussi vous serez malheureux. Il veut que vous regardiez, mais pas parce qu'il veut vous faire un cadeau. Monsieur Gaunt ne fait jamais de cadeaux, à personne. Il veut vous empoisonner, c'est tout. Comme il a empoisonné tous les autres.

Cependant il lui *fallait* regarder.

Ses doigts effleurèrent le tableau de commande, caressant la forme lisse et carrée des boutons. Il s'interrompit et regarda autour de lui. Oui, Gaunt était toujours ici. Quelque part. Alan le sentait ; une présence pesante, à la fois menaçante et aguichante. Il pensa au mot qu'il lui avait laissé.

Je sais que vous vous êtes longuement et intensément interrogé sur les derniers moments qu'ont vécus votre femme et votre plus jeune fils…

Ne le faites pas, shérif…, murmura Brian Rusk. Alan revit les yeux pâles, blessés, suicidaires le regarder par-dessus la glacière posée sur le porte-bagages de la bicyclette. La glacière pleine de cartes de base-ball. *Laissez le passé en paix. C'est mieux ainsi. Et il ment ; vous* SAVEZ *qu'il ment.*

Oui. Il le savait. Il le savait très bien.

Cependant, il lui fallait regarder.

Alan appuya sur le bouton MARCHE.

Le petit témoin vert s'alluma aussitôt. Coupure de courant ou non, le magnétoscope fonctionnait parfaitement, comme Alan l'avait pressenti. Il enclencha la télé rouge sexy et au bout de quelques instants, l'éclat de l'écran (neige sur Canal 3) éclaira son visage d'une lumière blafarde. Il appuya sur le bouton ÉJECTION et le chariot porte-cassettes se présenta.

Ne le faites pas, murmura encore une fois la voix de Brian Rusk; mais Alan n'écoutait plus. Il disposa la cassette, repoussa le chariot et écouta le cliquetis mécanique des têtes de lecture qui se mettaient en place sur la bande. Puis il respira profondément et enfonça la touche LECTURE. La neige de l'écran disparut, remplacée par un noir léger, puis par du gris ardoise sur lequel une série de chiffres défila: 8... 7... 6... 5... 4... 3... 2... X.

Apparut alors l'image tremblotante d'une route secondaire, prise par une caméra tenue d'une main incertaine. Au premier plan un panneau indiquait (en flou, la mise au point étant plus loin) 117. Mais Alan n'en avait pas besoin. Il avait emprunté ce tronçon de route bien des fois et le connaissait par cœur. Il reconnut le bosquet de pins juste au-delà du virage; c'était au milieu de ce bosquet que le Scout s'était jeté, s'écrasant en une étreinte hérissée de tôles et de ferrailles contre le plus gros des arbres.

Mais, sur l'image, les arbres ne présentaient aucune trace de l'accident, alors que les cicatrices étaient encore bien visibles si on prenait la peine d'aller y voir de près (il l'avait fait à plusieurs reprises). Fascination et terreur se glissèrent silencieusement jusque dans le creux de ses os lorsqu'il se rendit compte, pas seulement du fait des arbres intacts et de la courbe de la route, mais aussi à l'aspect du moindre détail du paysage et par toutes les intuitions que lui dictait son cœur, que la prise de vue avait eu lieu le jour où Todd et Annie avaient trouvé la mort.

Il allait assister à l'accident.

Parfaitement impossible, et pourtant vrai. Il allait voir sa femme et son fils mourir broyés sous ses yeux.

Coupez ça! cria Brian. *Coupez ça! C'est un empoisonneur, il ne vend que du poison! Coupez avant qu'il ne soit trop tard!*

Mais Alan n'aurait pas pu davantage faire ce geste qu'il aurait pu arrêter les battements de son cœur par la pensée; il était pétrifié, envoûté.

La caméra fit un panoramique (entrecoupé de soubresauts) vers la gauche, cadrant la route. Pendant un instant, rien ne se passa; puis il y eut un reflet de soleil. Le

Scout. Le Scout arrivait. Il s'avançait vers le bosquet de pins où lui et ses occupants trouveraient leur fin. Il s'approchait du point final de sa carrière terrestre. Il n'allait pas spécialement vite ; il ne zigzaguait pas. Rien n'indiquait qu'Annie en avait perdu le contrôle ou était sur le point de le perdre.

Alan se pencha en avant, la sueur lui coulant sur les joues, le sang lui battant violemment aux tempes. Il sentit son estomac se soulever.

Ça n'est pas réel. C'est un montage. Il s'est débrouillé pour le faire faire. Ce ne sont pas eux ; il y a peut-être une actrice et un jeune acteur à l'intérieur qui tiennent leur rôle, mais ce ne sont pas eux. C'est impossible.

Cependant, il savait que si. Que pouvait-on voir d'autre sur un écran branché à un magnétoscope qui marchait sans courant électrique ? Quoi d'autre, sinon la réalité ?

Un mensonge ! cria la voix de Brian Rusk, voix lointaine et facile à ignorer. *C'est un mensonge, shérif, un mensonge ! UN MENSONGE !*

Il distingua bientôt les numéros de la plaque minéralogique : 24912V. Ceux de la voiture d'Annie.

Soudain, derrière le Scout, Alan vit un nouvel éclat lumineux. Une autre voiture se rapprochait à toute vitesse.

A l'extérieur, le Tin Bridge sauta avec ce bruit de détonation monstrueuse. Alan ne regarda pas dans cette direction, n'entendit même pas l'explosion. Il était complètement envoûté par l'écran du Sony, où Annie et Todd approchaient de l'arbre qui se tenait entre eux et le reste de leur vie.

La voiture qui arrivait derrière roulait à au moins cent dix ou cent vingt kilomètres à l'heure. Alors que le Scout approchait de la position du cameraman, ce second véhicule (dont il n'y avait trace dans aucun rapport) vint se coller contre le premier. Annie, apparemment, le vit aussi. Elle accéléra, mais il était trop tard. Le moteur n'était pas assez puissant.

Le bolide était une Dodge Challenger surélevée de l'arrière de manière à la faire piquer du nez. A travers les vitres fumées, on devinait l'arceau de sécurité. Des autocollants couvraient l'arrière : HEARST, FUELLY, FRAM, QUAKER STATE... Bien qu'il n'y eût pas de son, Alan croyait presque entendre les rugissements pétaradants du pot d'échappement trafiqué.

«*Ace!*» cria-t-il, comprenant brusquement. Ace ! Ace Merrill ! La vengeance ! Bien sûr ! Comment se faisait-il qu'il n'y eût jamais pensé ?

Le Scout passa devant la caméra qui panoramiqua à droite pour le suivre. Un instant, Alan put voir à l'intérieur. Oui. C'était bien Annie, le foulard en cachemire qu'elle avait pris ce jour-là noué autour de la tête ; et Todd, avec son T-shirt *Star Trek*. Le garçonnet s'était retourné pour regarder arriver la Dodge. Annie en faisait autant dans le rétroviseur. Alan ne put distinguer son visage, mais elle se penchait en avant, tendue, raidissant au maximum le harnais de sa ceinture de sécurité. Il eut cette brève vision de sa femme et de son fils et quelque chose en lui se rendit compte qu'il ne voulait pas les voir ainsi, s'il n'y avait aucune chance de changer le résultat ; il refusait d'assister à leurs derniers moments pleins de terreur.

Mais il n'y avait plus moyen de revenir en arrière.

La Challenger heurta le Scout. Le choc ne fut pas très violent, mais Annie avait accéléré, et il se révéla suffisant. Le petit véhicule manqua le virage, quitta la route et fonça sur le bosquet où l'attendait un pin au tronc énorme.

«*NON!*» cria Alan.

Le Scout rebondit dans le fossé, se cabra sur deux roues, retomba et alla s'encastrer contre le gros arbre, s'écrasant silencieusement.

La Challenger couleur de citron vert s'arrêta au bord de la route.

La portière du conducteur s'ouvrit.

Ace Merrill en descendit.

Il regarda l'épave du Scout, à peine visible dans la vapeur qui s'échappait du radiateur crevé, et se mit à rire.

«*NON!*» cria à nouveau Alan, repoussant à deux mains le magnétoscope du comptoir. L'appareil heurta le sol mais ne se cassa pas, et le câble coaxial, trop long, ne se rompit pas. Il y eut une ligne de brouillage qui traversa l'écran, mais ce fut tout. Alan vit Ace remonter dans sa voiture, toujours hilare ; c'est alors qu'il souleva la télé rouge au-dessus de sa tête, exécuta un quart de tour et la projeta contre le mur. Il y eut un éclair électrique, une explosion creuse, puis plus rien, sinon le bourdonnement du magnétoscope à l'intérieur duquel continuait de se dérouler la bande. Alan lui donna un coup de pied et il s'arrêta enfin.

Va lui faire la peau. Il habite à Mechanic Falls.

C'était une voix nouvelle. Elle était froide, démente, mais possédait sa propre logique implacable. La voix de Brian Rusk avait disparu ; il n'y avait plus que celle-ci, répétant sans fin les deux mêmes phrases.

Va lui faire la peau. Il habite à Mechanic Falls. Va lui faire la peau. Va lui faire la peau.

De l'autre côté de la rue, il y eut deux nouvelles détonations géantes ; la boutique du coiffeur et le magasin de pompes funèbres sautèrent presque au même instant, vomissant des morceaux de verre et des débris enflammés dans le ciel et dans la rue.

Va lui faire la peau. Il habite à Mechanic Falls.

Il prit la boîte de Tastee-Munch sans y penser, simplement parce qu'il était entré avec et qu'il fallait donc la reprendre avec lui. Il franchit la porte, brouillant ses premières empreintes, et quitta le Bazar des Rêves. Les explosions n'avaient aucun sens pour lui ; le trou déchiqueté et en feu qui venait de s'ouvrir au milieu de l'alignement des bâtiments, de l'autre côté de Main Street, n'avait aucun sens pour lui. Castle Rock, tous les gens qui y vivaient, Polly Chalmers y comprise, n'avaient aucun sens pour lui. Il avait une affaire à régler à Mechanic Falls, à cinquante kilomètres d'ici. Voilà ce qui avait du sens. En fait, voilà qui résumait tout.

Alan jeta revolver, lampe-torche et fausse boîte de cacahuètes sur le siège du passager du break. En esprit, ses mains se refermaient déjà sur le cou d'Ace Merrill et commençaient à serrer.

5

« Halte ! hurla de nouveau Norris. Ne bougez pas d'où vous êtes ! »

Un coup de chance inespéré, se disait-il. Il se trouvait à moins de soixante mètres de la cellule où il avait l'intention de mettre Dan Keeton au frais. Quant à l'autre type... eh bien, tout dépendrait de ce qu'ils venaient de trafiquer, tous les deux, non ? Ils n'avaient pas exactement l'attitude de gens qui viennent d'administrer l'extrême-onction à un mourant ou de réconforter ceux qui souffrent.

Le trooper Price regarda les deux hommes immobilisés à côté du panneau annonçant TRIBUNAL DU COMTÉ DE CASTLE ROCK. Puis ses yeux se tournèrent de nouveau vers Norris. Ace et le Papa de Zippy échangèrent un regard. Tous deux dirigèrent la main en direction de la crosse de leur pistolet, qui dépassait de leur ceinture.

Norris avait dirigé le canon de son arme vers le ciel, comme il avait appris à le faire dans des situations telles que celle-ci. Respectant toujours la procédure, il bloqua sa main droite dans son poing gauche et abaissa le pistolet à l'horizontale. Si le manuel avait raison, ils ne se rendraient pas compte que le canon pointait exactement entre eux, chacun croirait être personnellement visé. « Eloignez les mains de vos armes, les amis. Tout de suite ! »

Buster et son compagnon échangèrent un nouveau regard et restèrent bras ballants.

Norris jeta un bref coup d'œil au trooper. « Vous, là ! Price ! Pouvez pas me donner un coup de main ? Si vous n'êtes pas trop fatigué !

— Mais qu'est-ce que vous faites ? » demanda Price. Il paraissait inquiet et peu enclin à s'en mêler. Les activités de la nuit, couronnées par la destruction violente du pont, l'avaient ravalé au rang de simple badaud. Il se sentait apparemment peu désireux de retrouver un rôle plus actif. Les choses avaient pris des proportions démesurées en un laps de temps trop court pour lui.

« Arrêter ces deux énergumènes ! cracha Norris. Ça se voit pas, non ?

— Arrête donc ça, l'ami », dit Ace, avec un geste obscène du majeur tendu. Buster partit d'un rire aigu et gloussant.

Le trooper les regarda nerveusement, puis se tourna, l'air troublé, vers Norris. « Heu... pour quel motif ? »

Le copain de Buster éclata à son tour de rire.

Norris concentra toute son attention sur les deux hommes et s'inquiéta de constater que leurs positions relatives venaient de changer. Au moment où il leur était tombé dessus, ils se tenaient pratiquement épaule contre épaule ; au moins un mètre cinquante les séparait, maintenant, et l'écart continuait à se creuser.

« Ne bougez plus ! » vociféra-t-il. Les deux hommes s'immobilisèrent et échangèrent un nouveau regard. « Rapprochez-vous ! »

Ils restèrent où ils se trouvaient, sous la pluie battante, les bras ballants, sans le quitter des yeux.

« Je les arrête déjà pour port d'arme illégal ! rugit Norris, furieux, à l'intention du trooper Price. Sors-toi le pouce du cul et magne-toi le train ! »

Cette apostrophe créa le choc qui décida Price à agir. Il voulut prendre son revolver, se rendit compte qu'il était encore bloqué par son attache : il se mit à la tripoter pour la défaire. Il n'en était pas encore venu à bout lorsque le salon de coiffure et le magasin de pompes funèbres explosèrent.

Buster, Norris et le Tunique-Bleue regardèrent tous les trois dans cette direction ; Ace, non. Il n'attendait que ce précieux instant. Il retira l'automatique de sa ceinture à la vitesse d'un tireur d'élite du Far West et fit feu. La balle atteignit Norris à l'épaule, effleurant son poumon et lui cassant la clavicule. Le policier s'était avancé d'un pas lorsqu'il avait vu les deux hommes s'éloigner l'un de l'autre ; il se trouva repoussé contre le mur. Ace tira de nouveau, ouvrant un petit cratère dans la brique à quelques centimètres de l'oreille de Norris. Le ricochet fit le bruit d'un gros (très gros) insecte en colère.

« Oh, bordel ! » s'écria le trooper Price qui s'attaqua soudain avec beaucoup plus d'enthousiasme à la boucle de sécurité qui retenait son arme.

« Dessoude ce mec, Papa ! » hurla Ace. Il souriait. Il fit encore une fois feu sur Norris, et la troisième balle ouvrit un sillon brûlant dans le flanc de l'adjoint au moment où il tombait à genoux. Au-dessus d'eux, un éclair zigzagua. Norris entendit, incrédule, le vacarme des briques et du bois projetés dans la rue par la dernière explosion.

Le Tunique-Bleue finit par dégager son arme ; mais au moment de la braquer, une balle tirée par Keeton lui arracha le crâne au-dessus de la ligne des sourcils. Il se trouva quasiment projeté hors de ses bottes et collé au mur de brique.

Norris leva une dernière fois son pistolet. On aurait dit qu'il pesait soudain cent kilos. L'étreignant toujours à deux mains, il visa Keeton, qui constituait une cible plus claire que son ami. En outre, Buster venait juste de tuer un flic et c'étaient des conneries qu'on ne pouvait absolument pas tolérer à Castle Rock. On était peut-être des culs-terreux, ici, mais pas des barbares. Norris appuya sur la détente au moment précis où Ace lui tirait encore une fois dessus.

Le recul de son arme renversa Norris et la balle d'Ace ne fit que passer en sifflant à l'endroit où se trouvait sa tête un dixième de seconde auparavant. Buster Keeton alla aussi valdinguer, les mains pressées sur le ventre. Du sang se mit à gicler entre ses doigts.

Norris gisait le long du mur de brique à côté du trooper Price, respirant péniblement, une main contre son épaule blessée. *Bordel de Dieu, quelle journée de chien !* pensa-t-il.

Ace le visa, réfléchit un instant, renonça (en tout cas pour l'instant) à tirer et alla s'agenouiller à côté de Buster. Au nord, la banque explosa dans un grondement de feu et une projection de fragments de granit. Ace ne jeta même pas un regard dans cette direction. Il déplaça les mains de Papa pour mieux voir la blessure. Il était désolé de ce qui lui était arrivé ; il commençait à s'attacher à ce bon vieux Papa.

« Ça fait mal ! Bon Dieu, que ça fait mal ! » gémit Buster.

Ace n'en doutait pas. Le bon vieux Papa avait pris un pruneau de 45 juste au-dessus du nombril. Le trou d'entrée faisait la taille d'une grosse pièce. Le repris de justice n'avait pas besoin de retourner son nouvel ami pour savoir que le trou de sortie, dans le dos, faisait celle d'une soucoupe, une soucoupe qui serait bordée de fragments de colonne vertébrale, dépassant comme des sucres d'orge ensanglantés.

« Ça fait mal ! Ça fait MAAAALLL !

— Ouais. » Ace colla le canon de son automatique contre la tempe de Buster. « Manque de pot, Papa. Je vais te filer un calmant définitif. » Il fit feu par trois fois. Le corps du maire tressauta et s'immobilisa.

Ace se releva, avec l'intention d'achever ce connard d'adjoint (s'il restait quelque chose à achever) lorsqu'il y eut une détonation ; une balle déchira l'air à moins de trente centimètres de sa tête. Ace se tourna et vit un autre flic debout sur le seuil du poste de police. Celui-ci paraissait plus vieux que Dieu le Père lui-même. Il tirait sur Ace d'une main, tenant l'autre pressée contre sa poitrine, juste au-dessus du cœur.

La seconde balle de Seat Thomas vint labourer le sol juste à la droite d'Ace, faisant voler de l'eau boueuse sur ses Doc Martin. Le vieux vautour n'était pas foutu de viser correctement, mais Ace se rendit soudain compte qu'il avait foutrement intérêt à se tirer de là, et vite. Ils avaient collé assez de dynamite dans le tribunal pour faire sauter tout le bâtiment jusqu'à la stratosphère et réglé le minuteur sur 5 — et lui qui restait planté là, appuyé contre l'un de ses murs, à essuyer la fusillade de cet enfoiré de Mathusalem !

Que la dynamite leur règle leur compte, à tous les deux !

Il était temps d'aller revoir Mr Gaunt.

Ace se redressa et se précipita dans la rue ; le vieil adjoint fit de nouveau feu, mais la balle se perdit complètement. Il se coula derrière la fourgonnette jaune mais ne chercha pas à y entrer. La Chevrolet était garée devant le Bazar des Rêves. Elle constituerait un excellent moyen de prendre la poudre d'escampette. Mais il avait tout d'abord l'intention de retrouver Mr Gaunt et de se faire payer. Il n'arrivait pas à imaginer que Mr Gaunt n'eût rien à lui donner. Voyons !

Il lui restait aussi à mettre la main sur un certain arnaqueur de shérif.

« Un chien de ma chienne », grommela Ace, partant en courant en direction de la boutique.

6

Frank Jewett se tenait sur les marches du tribunal lorsqu'il aperçut finalement l'homme qu'il cherchait. Cela faisait un moment qu'il attendait là et il ne s'était guère ému, jusqu'ici, des événements qui se déroulaient à Castle Rock : ni des cris et des hurlements en provenance de Castle Hill, ni de Danforth Keeton accompagné d'un Hell's Angel sur le retour dégringolant l'escalier cinq minutes auparavant, ni des explosions, ni de la fusillade qui venait tout juste de s'arrêter dans le parking du poste de police, au coin de la rue. Frank avait d'autres chats à fouetter et d'autres chiens de sa chienne à livrer. Frank avait un mandat d'amener très spécial lancé contre son cher vieil ami George T. Nelson.

Et voici — roulez tambours, sonnez trompettes ! — que se présentait George T. Nelson, en personne, en chair et en os, arrivant d'un pas tranquille au bas des marches ! S'il n'avait pas eu un pistolet automatique enfoncé à la taille de son pantalon de survêt en polyester « Sans-Ceinture » (et nonobstant le fait qu'il pleuvait comme vache qui pisse), on aurait pu dire que George T. Nelson était en route pour aller pique-niquer.

En train de se balader sous la flotte, le cher monsieur George T. Nelson de mes couilles, tranquille comme Baptiste… et pourtant que disait le mot trouvé par Frank dans son bureau ? *N'oublie pas, deux mille dollars, au plus tard à sept heures et quart. Sinon tu regretteras d'être né avec une queue.* Frank consulta sa montre, constata qu'il était plus près de vingt heures que de dix-neuf heures quinze, et estima que c'était sans grande importance.

Il brandit le Llama espagnol de George T. Nelson en direction de la tête de ce fumier de professeur de travaux pratiques de mes deux, à l'origine de tous ses ennuis.

« NELSON ! hurla-t-il. GEORGE NELSON ! TOURNE-TOI UN PEU PAR ICI ET REGARDE-MOI, ORDURE ! »

George T. Nelson virevolta sur place. Sa main se porta à la crosse de son arme puis retomba lorsqu'il vit qu'il était couché en joue. Au bout d'un instant, il mit les poings sur les hanches et regarda Frank Jewett, debout sur les marches du tribunal, la pluie lui dégoulinant du nez, du menton et du canon de son revolver.

« Tu vas me descendre ? demanda George T. Nelson.

— Je veux ! ricana Frank.

— M'abattre comme un chien, c'est ça ?

— Tiens pardi ! C'est ce que tu mérites ! »

A la grande stupéfaction de Frank, George T. Nelson souriait et acquiesçait. « Ouais, ouais. C'est à quoi on peut s'attendre de la part d'un merdeux qui entre par effraction chez un ami et lui tue son perroquet, un malheureux oiseau sans défense. Exactement ce à quoi on peut s'attendre. Alors vas-y, espèce de binoclard pétochard de merde. Tire et qu'on en finisse. »

Le tonnerre gronda mais Frank ne l'entendit pas. La banque explosa dix secondes plus tard, et c'est à peine s'il le remarqua. Il avait trop à faire, entre sa fureur... et sa stupéfaction. Sa stupéfaction devant l'attitude courageuse jusqu'à la témérité et le *culot* dont faisait preuve Monsieur George T. Nelson de mes couilles.

Finalement, Frank réussit à rompre la paralysie qui immobilisait sa langue. « J'ai tué ta volaille, d'accord ! J'ai chié sur ce stupide portrait de ta maman, encore d'accord ! Et toi, qu'est-ce que t'as fait ? Qu'est-ce que t'as fait, sinon de tout faire pour que je perde mon boulot et ne puisse plus jamais enseigner ? Bon Dieu ! J'aurai déjà de la chance si je ne finis pas en taule ! » La totale injustice dont il était victime lui apparut de nouveau dans toute son étendue, comme lorsqu'on passe du vinaigre sur de la chair à vif. « Tu n'avais qu'à venir me voir et me demander de l'argent, si tu en avais besoin! Pourquoi n'avoir pas fait comme ça ? On aurait pu trouver un arrangement, espèce d'abruti !

— Je comprends rien à ce que tu racontes ! cria à son tour George T. Nelson. Tout ce que je sais, c'est que tu as assez de courage pour tuer un pauvre petit perroquet mais que t'as pas les couilles de m'affronter à la loyale !

— Tu comprends rien... tu comprends rien à ce que je raconte ? » bredouilla Frank. Le canon du Llama s'agitait en tous sens, follement. Il n'arrivait pas à s'imaginer qu'on puisse avoir autant de culot que ce type qui le narguait. Un pied sur le sol et l'autre pratiquement déjà dans l'éternité, et continuer à mentir aussi effrontément, voilà qui le dépassait.

« Non, j'en ai pas la moindre idée ! »

Au comble de la rage, Frank Jewett se replia sur la réaction régressive d'un enfant et hurla : « Menteur ! Sale menteur ! Tu me bourres la caisse !

— Trouillard ! répliqua George T. Nelson avec à-propos. Petit trouillard ! Massacreur de perroquets !

— Maître chanteur !

— Cinglé ! Range ce flingue, cinglé ! Attaque-moi à la loyale ! »

Frank lui adressa un sourire sinistre. « A la loyale ? Tu veux te battre à la loyale ? Sais-tu seulement ce que c'est, la loyauté ? »

George T. Nelson tendit ses mains vides et agita les doigts. « Mieux que toi, on dirait. »

Frank ouvrit la bouche pour répliquer, mais rien n'en sortit. Les mains désarmées de George T. Nelson l'avaient momentanément réduit au silence.

« Vas-y donc ! reprit George T. Nelson. Range-le. Faisons comme dans les westerns, Frank. Si t'as assez de couilles pour ça, évidemment. Le plus rapide gagne. »

Frank se dit : Et pourquoi pas ? Pourquoi pas, nom d'un foutre ?

Il n'avait de toute façon plus guère de raisons de vivre,

et quant à faire quelque chose, autant montrer à son « bon vieil ami » qu'il n'était pas un trouillard.

« D'accord ! » répondit-il en enfonçant le Llama sous sa ceinture. Il tendit les mains devant lui, sans trop les éloigner de la crosse. « Et comment comptes-tu faire, Georgie de mes deux ? »

George T. Nelson souriait. « Tu commences à descendre, je commence à monter. Et au prochain coup de tonnerre...

— Très bien. Ça marche. On fait comme ça. »

Frank Jewett descendit la première marche du haut pendant que George T. Nelson montait sur la première du bas.

7

Polly venait juste d'apercevoir l'auvent vert du Bazar des Rêves lorsque sautèrent le salon de coiffure et les pompes funèbres. L'éclat de la lumière fut à la mesure de l'énorme rugissement de l'explosion. Elle vit des débris en jaillir comme des astéroïdes dans un film de science-fiction et rentra instinctivement la tête dans les épaules, se laissant couler sur son siège. Elle fut bien inspirée ; plusieurs débris de bois et le levier d'acier provenant du fauteuil 2 (celui de Henry Gendron) vinrent fracasser le pare-brise de sa Toyota. La pièce métallique produisit un étrange ronflement vorace lorsqu'elle traversa l'habitacle avant de ressortir par la lunette arrière. Les fragments de verre s'éparpillèrent avec des sifflements, comme une décharge de chevrotines.

Privée de pilote, la Toyota heurta le trottoir et alla échouer contre une borne-fontaine.

Polly se redressa, cligna des yeux et regarda par le trou qui remplaçait son pare-brise. Elle vit quelqu'un sortir du Bazar des Rêves et se diriger vers l'une des trois voitures garées en face du magasin. Dans l'intense lumière de l'incendie qui s'était déclaré de l'autre côté de la rue, elle n'eut pas de mal à reconnaître le shérif.

« Alan ! » cria-t-elle. Mais le policier ne se retourna pas. Il se déplaçait avec la détermination mécanique d'un robot.

Polly ouvrit brutalement sa portière et se précipita vers lui, hurlant son nom sans reprendre haleine. Du bas de la rue, lui parvint une série de coups de feu rapprochés. Alan ne se tourna pas dans cette direction, de même qu'il n'avait pas eu un coup d'œil pour les ruines en feu qui, quelques instants auparavant encore, constituaient deux honorables entreprises commerciales de la ville. Il paraissait complètement absorbé en lui-même et Polly comprit soudain qu'il était trop tard. Leland Gaunt l'avait eu, lui aussi. Il avait fini par acheter quelque chose et si elle ne parvenait pas à le rejoindre avant qu'il se fût lancé à quelque chasse au canard sauvage commanditée par Gaunt... Dieu seul savait ce qui se passerait ensuite.

Elle força le train.

8

« Aide-moi », dit Norris en passant un bras autour du cou de Seat Thomas. Il se remit laborieusement debout.

« Je crois que je l'ai touché », répondit Seaton. Il soufflait, mals il avait retrouvé ses couleurs.

« C'est bien. » Son épaule lui faisait souffrir le martyre ; on aurait dit que la douleur s'enfonçait un peu plus profondément à chaque élancement, comme si elle cherchait son cœur. « Mais pour le moment, aide-moi.

— Tu vas voir, ça va aller. » Le vieux policier avait tellement craint pour Norris qu'il en avait oublié son angoisse d'être, comme il l'avait dit, victime d'une crise cardiaque. « Dès qu'on sera à l'intérieur...

— Non, fit Norris dans un hoquet. A la bagnole.

— Quoi ? »

Norris se tourna et foudroya Seaton d'un regard frénétique et plein de souffrance. « A ma bagnole ! Faut que j'aille au Bazar des Rêves ! »

Oui. A l'instant où les mots sortirent de sa bouche, tout parut se mettre en place. C'était au Bazar des Rêves qu'il avait acheté la Bazun. C'était dans la direction de la boutique qu'était parti en courant l'homme qui lui avait tiré dessus. C'était au Bazar des Rêves que tout avait commencé ; tout devait s'y terminer.

Le Galaxia sauta, inondant Main Street d'un supplément de lumière. Un appareil « Double Dragon » jaillit des ruines, tourna par deux fois sur lui-même et atterrit dans la rue, où il se fracassa bruyamment.

« Norris ! On t'a tiré dessus et...

— Si tu crois que je le sais pas ! » cria Norris. Une écume ensanglantée vola de ses lèvres. « Et maintenant, on va chercher ma bagnole !

— Ça n'est pas une bonne idée...

— Non, ça n'est pas une bonne idée. » Norris avait répondu d'un ton sinistre. Il se tourna et cracha du sang. « C'est la seule idée. Et maintenant, suffit. Aide-moi. »

Seat Thomas l'entraîna vers Unité Deux.

9

Si Alan n'avait pas regardé dans son rétroviseur avant de faire marche arrière dans la rue, il aurait renversé Polly — couronnant la journée en écrasant la femme qu'il aimait sous les roues arrière de son vieux break. Il ne la reconnut pas ; ce n'était pour lui qu'une forme, une silhouette de femme se détachant devant la fournaise incandescente, de l'autre côté de la rue. Il écrasa les freins et, l'instant suivant, elle se mettait à marteler sa vitre.

L'ignorant, il reprit sa marche arrière. Il n'avait pas le temps de s'occuper des problèmes de la ville, ce soir ; il avait les siens à régler. Qu'ils s'entre-tuent tous comme des bêtes, si ça leur plaisait. Lui, il allait à Mechanic Falls. Il allait faire la peau à l'homme qui avait tué sa femme et son fils pour se venger de quatre années passées à l'ombre.

Polly s'agrippa à la poignée et, à moitié courant, à moitié traînée, se retrouva au milieu de la rue jonchée de débris. Elle réussit à écraser le bouton, sous la poignée, la main broyée par la douleur, et la porte s'ouvrit en grand; elle y resta désespérément accrochée, les pieds traînant par terre, lorsque Alan repartit en marche avant. Au comble du chagrin et de la rage, Alan se dirigeait vers le bas de Main Street, ayant totalement oublié que le pont venait d'être pulvérisé et qu'on ne pouvait plus traverser.

« Alan, arrête, Alan ! » hurla-t-elle.

Le message passa. Mystérieusement, il passa — en dépit de la pluie, du tonnerre, du vent et des craquements rageurs et voraces de l'incendie. En dépit de son obsession.

Il la regarda, et Polly sentit son cœur se briser en voyant son expression ; il avait l'air d'un homme qui surnage dans le maelström d'un cauchemar. « Polly ? demanda-t-il d'un ton lointain.

— Il faut que tu t'arrêtes, Alan, il le faut ! »

Elle aurait voulu lâcher la poignée — ses mains la faisaient intolérablement souffrir — mais elle craignait qu'il n'en profitât pour s'éloigner et la laisser plantée là, au milieu de la rue.

Non : elle ne le craignait pas, elle en était sûre.

« Il faut que j'y aille, Polly. Je suis désolé que tu sois furieuse contre moi, que tu croies que j'ai fait quelque chose, mais on pourra régler ça plus tard. Pour le moment, il faut que j'y...

— Je ne suis plus furieuse contre toi ! Je sais que ce n'était pas toi, Alan. C'était *lui*, qui nous a montés l'un contre l'autre, comme il a fait à peu près avec tout le monde à Castle Rock. Parce que c'est ça, qu'il fait. Comprends-tu, Alan ? Est-ce que tu m'écoutes, au moins ? *Je te le dis, c'est ça qu'il fait !* Maintenant, arrête ! Coupe ton foutu moteur et *écoute-moi* !

— Je dois y aller, Polly. » Il avait lui-même l'impression que sa voix venait de loin, de très loin. De la radio, peut-être. « Mais je serai de ret...

— Non, jamais ! » cria-t-elle. Soudain elle se sentit furieuse contre lui — furieuse contre eux tous, tous les gens de cette ville, elle comprise, avec leur avidité, leurs peurs, leur colère, leur besoin de posséder. « Non, tu n'y vas pas, parce que si tu pars, il n'y aura plus rien quand tu reviendras, plus rien ! »

L'arcade de jeux vidéo sauta. Des débris se mirent à pleuvoir autour de la voiture d'Alan, arrêtée au milieu de Main Street. Sa main droite, experte et vive, vola jusqu'à la boîte de Tastee-Munch et la posa sur ses genoux, comme pour se réconforter.

Polly ne se rendit même pas compte de l'explosion ; elle regardait Alan de ses yeux sombres remplis de souffrance.

« Polly...

— Regarde ! » s'écria-t-elle soudain, déchirant le devant de son corsage. La pluie éclaboussait le renflement de ses seins et faisait naître des reflets sur sa gorge. « Regarde, je l'ai enlevé ! J'ai enlevé le charme ! Il est parti ! Et maintenant, enlève le tien, Alan ! Si tu es un homme, débarrasse-t'en ! »

Il éprouvait des difficultés à la suivre depuis les profondeurs du cauchemar qui le retenait, le cauchemar dans lequel Leland Gaunt l'avait embobiné comme dans un cocon empoisonné... et dans un soudain éclair de compréhension, elle sut ce qu'était ce cauchemar. Ce qu'il était fatalement.

« Est-ce qu'il t'a dit ce qui était arrivé à Todd et à Annie ? » demanda-t-elle doucement.

Il eut un mouvement en arrière de la tête, comme si elle l'avait giflé, et Polly comprit qu'elle avait mis dans le mille.

« Bien sûr, qu'il te l'a dit. Quelle est l'unique chose au monde que tu veux, la chose inutile mais que tu désires tellement que tu en perds complètement le nord ? C'est ça, ton charme, Alan. C'est celui-là qu'il t'a passé autour du cou. »

Elle lâcha la poignée et tendit les deux bras à l'intérieur de la voiture. La lumière du plafonnier les éclaira ; ils avaient une couleur sombre et malsaine et étaient tellement enflés que ses coudes étaient transformés en deux fossettes boursouflées.

« Il y avait une araignée à l'intérieur du mien. Une petite araignée rose, rampant hors de son trou, dit-elle en chantonnant sur le ton d'une berceuse, la voix douce.

Tomba la pluie, emporta l'araignée. Rien qu'une petite araignée. Mais elle s'est mise à grossir. En se nourrissant de ma douleur. C'est ce qu'elle a fait avant que je la tue et que je reprenne ma douleur. Moi qui voulais tellement m'en débarrasser, Alan... C'était ce que je désirais, mais je n'en avais pas besoin. Je peux t'aimer et je peux aimer la vie tout en supportant la douleur. Je crois même que la douleur peut rendre le reste meilleur, comme une belle monture peut rendre un diamant encore plus beau.

— Polly...

— Bien sûr, elle m'a empoisonnée, continua-t-elle, songeuse, et il se peut que le poison me tue si l'on ne fait rien. Mais pourquoi pas ? C'est juste. Dur, mais juste. J'ai acheté le poison en achetant le charme. Il en a vendu beaucoup, dans cette abominable petite boutique, la semaine dernière. Ce salopard travaille vite, il faut le reconnaître. Petite araignée rose, soulevant son couvercle — ça, c'était le mien. Qu'est-ce qu'il y a à l'intérieur du tien, Alan ? Annie et Todd, c'est ça ?

— Ace Merrill a tué ma femme ! Il a tué Todd, Polly ! Il...

— NON ! l'interrompit-elle brutalement, lui prenant le visage entre ses mains douloureuses. Ecoute-moi ! Comprends ce que je te dis ! Il ne s'agit pas seulement de ta vie, Alan, ne le vois-tu pas ? Il t'a fait racheter ta propre maladie, et te l'a fait payer le double de son prix ! Tu n'as pas encore compris ça ? C'est pourtant clair ! »

Il la regarda, bouche bée... puis, lentement, ses lèvres se refermèrent. Une expression de surprise et d'étonnement vint soudain se poser sur son visage. « Attends, dit-il. Quelque chose clochait. Quelque chose clochait dans la bande qu'il m'a laissée. Je n'arrive pas tout à fait à...

— Si, tu le peux, Alan ! Quel que soit le truc que ce salaud t'a vendu, c'était un faux ! Tout comme le nom sur la lettre qu'il m'a fait parvenir était faux ! »

Il l'écoutait vraiment pour la première fois. « Quelle lettre ?

— C'est sans importance, maintenant. Je te le dirai plus tard, s'il y a un plus tard. Ce qui compte, c'est qu'il en fait trop. Je crois qu'il en rajoute toujours. Ce fumier est tellement gonflé d'orgueil que c'est un miracle qu'il n'explose pas. Essaie de comprendre, Alan! Annie est morte, Todd aussi, et si tu te lances à la poursuite d'Ace Merrill alors que la ville est en feu autour de toi... »

Une main apparut au-dessus de l'épaule de Polly; un avant-bras encercla son cou et elle fut violemment tirée en arrière. Ace Merrill se tenait derrière elle, un pistolet pointé sur sa tête, souriant à Alan par-dessus son épaule.

« Quand on parle du loup, ma petite dame », dit Ace.

Dans le ciel...

10

... le tonnerre se déchaîna.

Frank Jewett et son « bon vieil ami » George T. Nelson se faisaient face sur les marches du tribunal — deux flingueurs de western binoclards — depuis au moins quatre minutes, les nerfs tendus comme des cordes de violon à la limite de la rupture.

Frank émit un cri sourd et sa main s'empara de la crosse de son pistolet.

George T. Nelson eut un bruit de gorge rauque et saisit son arme.

Ils arboraient un même sourire fiévreux — un sourire qui ressemblait à quelque grand hurlement pétrifié — en braquant leurs automatiques. Les deux index pressèrent les deux détentes. Les deux détonations coïncidèrent au point de n'en faire qu'une. La foudre tomba pendant que volaient les deux balles... qui s'effleurèrent à mi-chemin, se déviant suffisamment pour manquer ce qui aurait été, sinon, le point central d'une cible.

Frank Jewett sentit un frôlement d'air à sa tempe gauche.

George T. Nelson sentit une piqûre au côté droit de son cou.

« Hein? dit George T. Nelson.

— Quoi? » dit Frank Jewett.

Leurs sourires se transformèrent de la même manière, exprimant l'incrédulité. George T. Nelson avança d'un pas hésitant vers Frank; Frank avança d'un pas hésitant vers George. Encore quelques instants et les deux anciens amis allaient s'embrasser, leur querelle réduite à rien par cette brève incursion aux limites de l'éternité... mais c'est alors que le bâtiment municipal sauta avec un grondement comme si le monde se fendait en deux, les transformant tous les deux en chaleur et lumière.

11

Cette dernière explosion ridiculisa toutes les autres. Ace et Buster avaient disposé quarante bâtons de dynamite, en deux lots de vingt, à l'intérieur du bâtiment. Le premier lot sur le fauteuil du juge, dans la salle d'audience, le deuxième, à la demande expresse de Buster, sur le bureau d'Amanda Williams, dans l'aile des conseillers municipaux. « Les femmes n'ont rien à faire en politique, de toute façon », avait expliqué le maire à Ace.

Le vacarme de l'explosion fut assourdissant et, pendant un instant, une lumière surnaturelle allant du violet à l'orangé emplit toutes les ouvertures de ce qui était l'édifice le plus grand de la ville. Puis le feu se déploya en coup de fouet par les fenêtres, les portes, les bouches d'aération et les grilles comme s'il était fait d'impitoyables bras musclés. Le toit d'ardoise se souleva sur un coussin de feu, intact, semblable à un vaisseau spatial curieusement orné de pignons, puis vola en centaines de milliers d'éclats déchiquetés.

L'instant suivant, le bâtiment lui-même explosait dans toutes les directions, faisant pleuvoir sur Main Street une telle averse de briques et de morceaux de verre qu'aucun être vivant au-dessus de la taille d'un cancrelat n'aurait pu y survivre. L'explosion fit dix-neuf morts, hommes et femmes, dont cinq journalistes venus couvrir l'aberrante escalade de violence de Castle Rock et, de spectateurs actifs, devenus acteurs passifs.

Voitures de patrouille et véhicules de la télé sautèrent comme des maquettes d'enfant. La fourgonnette jaune que Gaunt avait procurée à Ace et à Buster parcourut ainsi une longue trajectoire sereine dans l'axe de Main Street à trois mètres au-dessus du sol, roues tournant toutes seules, les portes arrière à demi arrachées à leurs gonds tordus, déversant outils et minuteurs sur la chaussée. Elle s'inclina à gauche sur un courant ascendant brûlant et s'effondra finalement dans la vitrine de l'agence d'assurances Dostie, s'ouvrant un sillon de machines à écrire et de classeurs renversés avant de s'immobiliser, calandre défoncée.

Le sol trembla comme dans un séisme ; les vitres éclatèrent partout en ville. Les girouettes, solidement pointées sur le nord-est sous l'effet de la tempête (laquelle commençait à diminuer d'intensité, comme gênée par cet avatar incongru), se mirent à tournoyer follement. Plusieurs sautèrent de leur axe et on retrouva l'une d'elles, le lendemain, solidement plantée dans la porte de l'église baptiste, comme la flèche d'un Indien en maraude.

Sur Castle Avenue, où le sort de la bataille se dessinait favorablement pour les catholiques, le combat cessa. Henry Payton resta pétrifié à côté de son véhicule, bras ballants, le revolver qu'il tenait pointé vers le sol tournant un œil rond vers la boule de feu qui se formait au sud. Du sang coulait comme des larmes sur ses joues. Le révérend William Rose s'assit, vit la lueur monstrueuse à l'horizon et commença à se demander si la fin du monde n'était pas sur le point d'arriver et si ce n'était pas l'étoile Absinthe qui venait de tomber. Le père John Brigham se dirigea vers lui de la démarche zigzaguante d'un ivrogne. Il avait le nez très nettement déporté sur la gauche et sa bouche n'était plus qu'une masse sanglante. Il envisagea de shooter dans la tête de Rose comme si c'était un ballon de foot ; au lieu de cela, cependant, il l'aida à se relever.

Depuis les hauteurs de Castle View, Andy Clutterbuck ne leva même pas les yeux. Assis sur le perron de la maison des Potter, il pleurait en serrant le cadavre de sa femme dans ses bras. Il était encore à deux ans de son plongeon mortel, à travers la glace du lac Castle, mais il venait de vivre sa dernière journée d'homme sobre.

Sur Dell's Lane, une procession grouillantes d'insectes descendait le long d'une couture de la robe de Sally Ratcliffe, enfermée dans sa chambre. Elle avait appris ce qui était arrivé à Lester, compris que c'était plus ou moins sa faute (ou avait cru le comprendre, ce qui, en fin de compte, revenait au même), et s'était pendue avec la ceinture de sa sortie de bain. Elle tenait l'une de ses mains profondément enfoncée dans sa poche ; entre ses doigts serrés se trouvait un éclat de bois, noirci par l'âge, spongieux de pourriture. La vermine dont il était infesté le quittait, à la recherche d'un nouvel abri plus stable. Les insectes atteignirent l'ourlet de la robe et passèrent sur l'une des jambes pendantes de la jeune femme pour gagner le plancher.

Des briques sifflèrent dans l'air, transformant les bâtiments qui se trouvaient à une certaine distance du point zéro en quelque chose qui ressemblait aux ruines laissées par un tir de barrage d'artillerie. Les édifices les plus proches présentaient plus de trous que du gruyère ou s'étaient complètement effondrés.

La nuit rugissait comme un lion qui aurait la gorge transpercée d'une lance empoisonnée.

12

Seat Thomas, au volant de la voiture que Norris avait absolument tenu à emprunter, sentit l'arrière se soulever en douceur, comme hissé par la main d'un géant. Quelques secondes plus tard, une tempête de briques s'abattait sur le véhicule. Deux ou trois crevèrent le coffre. Une autre rebondit bruyamment sur le toit, une autre encore atterrit sur le capot dans une gerbe de poussière de terre cuite de la couleur du sang caillé avant de glisser au sol.

« Bordel, Norris, c'est toute la ville qui saute ! s'exclama Seat d'une voix étranglée.

— Conduis, c'est tout », répondit Norris. Il éprouvait

l'impression de se carboniser sur place ; la sueur perlait en grosses gouttes sur son visage que rosissait la congestion. Il avait le sentiment qu'Ace ne l'avait pas blessé mortellement, qu'il n'avait à aucun moment touché de partie vitale, mais quelque chose, cependant, lui paraissait horriblement mal tourner. Une sorte de maladie le rongeait et progressait en lui et il devait multiplier les efforts pour empêcher sa vue de se brouiller. Au fur et à mesure qu'augmentait sa fièvre, il devenait de plus en plus certain qu'Alan avait besoin de lui et que s'il faisait preuve de courage, il pourrait, avec un peu de chance, expier les terribles événements qu'il avait mis en branle en massacrant les pneus de Hugh.

Devant lui, il aperçut un petit groupe de personnes se tenant dans la rue à proximité de l'auvent vert du Bazar des Rêves. La colonne de feu qui s'élevait, monumentale, au-dessus des ruines du bâtiment municipal, les éclairait comme des acteurs sur une scène. Il voyait le break d'Alan, et Alan en personne qui en sortait. En face de lui, tournant le dos à la voiture de patrouille avec laquelle lui et Seat Thomas se rapprochaient, un homme brandissait un pistolet, se faisant un bouclier d'une femme qu'il tenait d'une clef au cou. Norris ne distinguait pas suffisamment la femme pour la reconnaître, mais l'individu qui la maintenait contre lui portait les restes en lambeaux d'un T-shirt Harley Davidson : c'était l'homme qui avait essayé de le tuer devant le bâtiment municipal, le même qui avait achevé Buster Keeton en lui faisant sauter la cervelle. Bien que ne l'ayant jamais rencontré, Norris était convaincu d'être tombé sur le plus sinistre voyou de la ville, Ace Merrill.

« Bordel de Dieu, Norris ! C'est Alan ? Qu'est-ce qui se passe, encore ? »

Peu importe qui est ce type, il ne peut pas nous entendre arriver, pensa Norris. Pas avec tout ce boucan. Si Alan ne regarde pas vers nous, s'il ne mange pas le morceau...

Le policier blessé avait son revolver de service sur les genoux. Il baissa la vitre côté passager et souleva l'arme.

Elle pesait cent kilos, la dernière fois. Son poids avait bien doublé, entre-temps.

« Roule lentement, Seat, aussi lentement que possible. Et quand je te taperai de mon pied, arrête-toi. Surtout, ne cherche pas à comprendre.

— Avec ton pied ? Qu'est-ce que tu racontes, avec ton...

— La ferme, Seat, le coupa Norris d'un timbre épuisé. Souviens-toi de ce que je t'ai dit. »

Il se tourna de côté, passa la tête et le buste par la fenêtre ouverte, et agrippa la barre qui portait le gyrophare et les projecteurs. Lentement, avec peine, il se tira à l'extérieur jusqu'à ce qu'il fût assis dans l'ouverture. Son épaule hurlait des protestations douloureuses, et du sang frais vint imbiber sa chemise. Ils étaient à moins de trente mètres des trois personnes debout dans la rue, et il pouvait viser l'homme qui menaçait Alan en s'appuyant au toit. Il n'était pas question de tirer, pour le moment, car il risquait de toucher aussi la femme. Mais si l'un d'eux faisait le moindre mouvement...

Norris n'osa pas s'avancer davantage. Du pied, il donna un coup sur la cuisse de Seat. Ce dernier arrêta la voiture en douceur au milieu de la rue jonchée de briques et de débris.

Bouge ! supplia mentalement Norris. Que l'un de vous bouge, n'importe qui, je m'en fiche, même pas de beaucoup, mais qu'il bouge, pour l'amour du ciel !

Il ne remarqua pas la porte du Bazar des Rêves qui s'ouvrait ; il était trop concentré sur l'homme au revolver et l'otage qu'il tenait. Il ne vit pas non plus Leland Gaunt sortir de sa boutique et s'avancer sous l'auvent.

13

« Ce fric était à moi, espèce de salopard ! cria Ace à Alan, et si tu veux récupérer ta pute autrement qu'en morceaux, t'as intérêt à me dire où tu l'as planqué ! »

Alan venait de descendre du break. « Je ne sais pas de quoi tu veux parler, Ace.

— Déconne pas ! hurla le repris de justice. Tu sais *exactement* de quoi je veux parler ! Du fric de Pop ! Dans les boîtes de conserve ! Si tu veux ta pute, dis-moi ce que tu en as fait ! Offre très limitée dans le temps, tête de nœud ! »

Du coin de l'œil, Alan saisit un mouvement. Une voiture de patrouille, non pas de la Police d'Etat mais du comté, lui sembla-t-il, arrivait du bas de Main Street. Il n'osa pas regarder plus franchement. Si jamais Ace s'apercevait qu'on le contournait, il abattrait Polly, en moins de temps qu'il n'en faut pour le dire.

Il se força à ne pas quitter du regard la jeune femme dont les yeux exprimaient la fatigue et la souffrance... mais pas la peur.

Alan eut l'impression de se retrouver soudain sain d'esprit. C'est une chose bizarre, la santé d'esprit : lorsqu'on en est privé, on ne s'en rend pas compte. On ne la sent pas partir. En revanche, on la sent revenir ; elle est comme un oiseau sauvage et rare qui vivrait et chanterait en nous, non point par décret mais par choix.

« Il s'est planté, dit-il d'un ton calme à Polly. Gaunt s'est planté avec l'enregistrement.

— Mais qu'est-ce que vous racontez, bordel ? » Ace avait parlé d'une voix hachée à la coke. Il enfonça le canon de son arme dans la tempe de Polly.

Alan fut le seul à voir la porte du Bazar des Rêves s'ouvrir furtivement ; il n'aurait rien remarqué s'il ne s'était autant appliqué à ne pas regarder en direction de la voiture qui remontait lentement la rue. Et il fut le seul à voir — comme un fantôme, aux limites mêmes de sa vision — la haute silhouette qui en sortait, non pas vêtue d'une veste d'intérieur ou d'un veston en tweed, mais d'un grand manteau de drap noir.

Un manteau de voyage.

Leland Gaunt tenait à la main un bagage d'un modèle démodé, une valise comme en avaient les représentants pour transporter leurs échantillons, au bon vieux temps. Taillée dans une peau de hyène, elle était agitée de curieux mouvements, gonflait et se dégonflait, gonflait et se dégonflait sous les longs doigts blancs qui la tenaient par la poignée. De l'intérieur, comme le sifflement d'un vent lointain ou le gémissement spectral des fils à haute tension, parvenait un brouhaha affaibli de cris. Ce n'était pas avec ses oreilles qu'Alan entendait ce tapage horrible et dérangeant, mais avec son esprit.

Immobile sous l'auvent, Gaunt voyait à la fois la berline qui approchait et le tableau figé à côté du break ; il y avait dans ses yeux une expression grandissante d'irritation. Peut-être même d'inquiétude.

Alan pensa : Et il ne sait pas que je l'ai vu. J'en suis pratiquement sûr. Je vous en prie, mon Dieu, faites que je ne me trompe pas !

14

Alan ne répondit pas à Ace. Au lieu de cela, il continua de s'adresser à Polly, serrant un peu plus fort la boîte de Tastee-Munch dans ses mains. Ace ne semblait pas avoir remarqué la boîte, très certainement parce que le shérif n'avait strictement rien fait pour la dissimuler. « Annie ne portait pas sa ceinture de sécurité, ce jour-là, dit Alan. Je ne te l'avais pas dit ?

— Je... je ne m'en souviens pas, Alan. »

Derrière Ace, Norris s'extrayait péniblement de la voiture par la fenêtre.

« C'est pour cette raison qu'elle est passée à travers le pare-brise. » Dans un instant, je vais devoir attaquer l'un ou l'autre, pensa-t-il. Ace ou Gaunt ? Lequel ? Comment ? « C'est ce qui n'a pas arrêté de me tracasser ; pour quelle raison sa ceinture n'était-elle pas bouclée ? Elle n'avait même pas besoin d'y penser, tant elle avait l'habitude de la mettre. Mais ce jour-là, elle ne l'a pas fait.

— C'est ta dernière chance, flicard ! hurla Ace. C'est mon argent ou cette pute ! Tu choisis ! »

Alan continua de l'ignorer. « Mais sur l'enregistrement, elle portait sa ceinture. » Et soudain, il *sut*. Ce savoir s'éleva dans son esprit comme une colonne de feu argentée. « *Elle était encore attachée* ET VOUS VOUS ÊTES PLANTÉ, MONSIEUR GAUNT ! »

Alan fit brusquement demi-tour vers la haute silhouette qui se tenait toujours à deux ou trois mètres derrière lui, sous l'auvent vert. Tout en se déplaçant d'un unique grand pas vers le plus récent des entrepreneurs de Castle Rock et avant que ce dernier fût en mesure de faire quoi que ce soit, sinon d'avoir l'œil qui s'agrandissait, Alan avait soulevé le couvercle du dernier tour de prestidigitation acheté par Todd, celui qu'Annie avait voulu qu'il s'offrît sous prétexte que l'on n'est jeune qu'une fois.

Le serpent jaillit mais, cette fois-ci, ce n'était plus une petite plaisanterie.

Cette fois-ci, il était réel.

Il ne le fut que pendant quelques secondes et Alan ne sut jamais si quelqu'un d'autre l'avait vu : mais Gaunt, si. De cela, il était et est resté absolument sûr. Il était long, bien plus que le tortillon de papier crépon qui en était sorti une semaine auparavant, environ, lorsqu'il avait défait le couvercle dans le parking municipal après le long et solitaire voyage de retour de Portland. Sa peau chatoyait de motifs iridescents et changeants, mouchetée de diamants rouges et noirs comme celle de quelque fabuleux serpent à sonnettes.

Sa mâchoire s'ouvrit pour aller frapper Leland Gaunt à l'épaule, à travers le manteau de drap, et l'éclat aveuglant de chrome de ses crochets fit cligner des yeux à Alan. Il vit la tête mortelle se rétracter puis plonger vers le cou de Gaunt. Celui-ci eut un sursaut et l'attrapa de sa main libre… mais déjà les crochets étincelants s'étaient enfoncés dans sa chair, non pas une fois, mais plusieurs. La gueule triangulaire se brouillait comme le pied-de-biche d'une machine à coudre en mouvement.

Gaunt hurla (de douleur, de rage ou des deux, Alan n'aurait su dire) et laissa tomber la valise afin de saisir le serpent à deux mains. Alan comprit que c'était le moment ou jamais et bondit tandis que l'autre écartait le serpent qui le fouettait de la queue, avant de le jeter sur le trottoir, devant ses pieds protégés de bottes. En touchant le sol, il était déjà redevenu ce qu'il était auparavant, rien de plus qu'une babiole de bazar, un mètre cinquante de ressort entortillé dans du papier crépon d'un vert délavé, le genre de tour que seul un gamin comme Todd pouvait pleinement aimer, et que seule une créature comme Leland Gaunt pouvait pleinement apprécier.

Du sang coulait du cou de Gaunt en menus filets de trois paires de trous. Il l'essuya machinalement de l'une de ses étranges mains aux doigts démesurés avant de se baisser pour reprendre sa valise... et s'arrêta soudain. Tel qu'il était, à demi plié sur ses longues jambes, bras tendu, on aurait dit une gravure d'Ichabod Crane. Mais l'objet qu'il voulait saisir n'était plus là. La valise en peau de hyène dont les flancs roulaient ignoblement se trouvait maintenant posée sur le sol entre les pieds d'Alan, qui l'avait prise, avec sa dextérité et sa rapidité habituelles, pendant que Gaunt se débattait avec le serpent.

L'expression du propriétaire du Bazar des Rêves ne laissait plus de doute : une combinaison de rage, de haine et de stupéfaction déformait ses traits et le suffoquait. Sa lèvre supérieure se rétracta comme une babine de chien sur ses dents mal rangées. Des dents effilées en crocs, comme si on les avait limées pour la circonstance.

Il tendit les mains, doigts ouverts, et siffla : « Donnez-moi ça ! Elle m'appartient ! »

Alan ignorait que Leland Gaunt avait affirmé à des douzaines de personnes, à Castle Rock, de Hugh Priest à Slopey Dodd, n'avoir pas le moindre intérêt pour les âmes humaines — ces pauvres petites larves. S'il l'avait su, le shérif aurait éclaté de rire et fait remarquer que le mensonge était le principal outil de travail de Gaunt. Certes, il savait ce qui se trouvait dans la valise, gémissant comme des lignes à haute tension par grand vent et respirant comme un vieillard moribond effrayé. Il le savait très bien.

Le sourire macabre de Gaunt s'agrandit encore. Ses mains horribles continuèrent à se tendre vers Alan.

« Je vous avertis, shérif, ne faites pas le con avec moi.

Je ne suis pas le genre d'homme avec lequel on peut se permettre de plaisanter. Cette valise m'appartient !

— Je ne crois pas, monsieur Gaunt. J'ai la nette impression que ce qu'elle contient a été volé. Je crois que vous feriez mieux... »

Ace avait observé, bouche bée, l'œil rond, la subtile transformation de Gaunt en monstre. Le bras qui retenait Polly se détendit un peu et la jeune femme comprit qu'elle devait saisir cette occasion. Elle tourna brusquement la tête et enfonça les dents, jusqu'aux gencives, dans le poignet d'Ace Merrill. Celui-ci, sans réfléchir, la repoussa ; Polly alla s'étaler par terre tandis que le repris de justice braquait son revolver sur elle.

« Salope ! » hurla-t-il.

15

« Maintenant ! » murmura Norris avec une note de gratitude dans la voix.

Il tenait le canon de son revolver de service appuyé contre l'un des phares du toit. Il bloqua sa respiration, se mordit la lèvre inférieure et écrasa la détente. Ace Merrill se trouva projeté sur la femme étalée dans la rue (Polly Chalmers, j'aurais dû m'en douter, eut-il le temps de penser), l'arrière de son crâne éclaté se répandant en grumeaux pâteux.

L'adjoint se sentit tout d'un coup très faible.

Mais aussi extrêmement soulagé.

16

Alan ne remarqua pas la mort d'Ace Merrill.

Leland Gaunt non plus.

Ils se faisaient face, Gaunt sur le trottoir, Alan à côté de son break, la valise aux immondes pulsations à ses pieds.

Gaunt prit une profonde inspiration et ferma les yeux. Quelque chose passa fugitivement sur son visage, une sorte de scintillement. Lorsqu'il rouvrit les yeux, le simulacre du Leland Gaunt — charmant, courtois — qui avait trompé tant de personnes à Castle Rock était de nouveau là. Il jeta un coup d'œil au serpent de papier gisant au sol, eut une grimace de dégoût et l'expédia d'un coup de pied dans le caniveau. Puis il regarda de nouveau Alan et tendit la main.

« S'il vous plaît, shérif, pas de dispute. Il est tard, et je suis fatigué. Vous voulez me voir quitter la ville ? Eh bien, je veux justement en partir. Et j'en partirai... dès que vous m'aurez rendu ce qui m'appartient. Et, je vous assure, cela m'appartient.

— Assurez-moi tout ce que vous voulez et allez vous faire foutre. Je n'en crois pas un mot, l'ami. »

Gaunt afficha une expression d'impatience et de colère. « Cette valise et son contenu m'appartiennent ! Ne respecteriez-vous pas la liberté du commerce, shérif Pangborn ? Seriez-vous communiste ? J'ai marchandé pour chacun des articles, chacun, vous m'entendez, qui se trouvent dans cette valise ! Je me les suis procurés honnêtement ! Si c'est une récompense que vous voulez, des émoluments, une commission, un pourcentage, un dessous-de-table ou un pot-de-vin, appelez ça comme vous voulez, je peux le comprendre et nous pourrons toujours nous entendre. Mais vous devez admettre qu'il s'agit simplement de commerce et non de...

— Vous trichez ! Vous trompez ! cria alors Polly. Vous mentez, vous arnaquez les gens ! »

Gaunt lui lança un regard peiné, puis revint à Alan. « C'est faux. J'ai fait affaire comme je le fais toujours. Je montre aux gens ce que j'ai à vendre... et je les laisse décider seuls. Alors... s'il vous plaît...

— Je pense que je vais la garder », répondit calmement Alan. Un petit sourire, aussi léger et tranchant qu'un premier anneau de glace en novembre, effleura ses lèvres. « Disons que ce sont des pièces à conviction, d'accord ?

— Je crains que vous ne puissiez faire cela, shérif. » Gaunt descendit du trottoir. Dans ses yeux brillaient de petits points rouges. « Vous pouvez mourir, mais vous ne pouvez garder ce qui m'appartient. Pas si je veux le récupérer. Et c'est le cas. » Il se dirigea vers Alan, les points rouges de ses yeux se creusant. Il laissa une empreinte de botte dans un fragment rosâtre de la cervelle d'Ace.

Alan sentit son estomac se tordre, mais il ne broncha pas. Au lieu de cela, poussé par un instinct qu'il ne chercha pas à éclaircir, il plaça les mains devant le phare gauche du break, les croisa en forme d'oiseau et fit un mouvement de va-et-vient avec les poignets.

Les moineaux volent de nouveau, monsieur Gaunt, pensa-t-il.

Une grande silhouette, davantage faucon que moineau et d'un réalisme dérangeant, pour une ombre insubstantielle, se mit soudain à battre des ailes sur la façade factice du Bazar des Rêves. Gaunt l'aperçut du coin de l'œil, se tourna vivement, poussa un soupir étranglé et battit en retraite.

« Quittez la ville, l'ami », dit Alan. Il disposa ses mains différemment et un gros chien pataud (un saint-bernard, peut-être) traversa la façade de Cousi-Cousette dans le faisceau lumineux. Quelque part, pas très loin, un chien se mit à aboyer. Un gros chien, à la voix.

Gaunt se tourna dans cette direction. Il donnait l'impression de se sentir sinon acculé, du moins désarçonné.

« Vous avez de la chance que je vous laisse partir, reprit Alan. Mais de quoi pourrais-je vous inculper ? Le vol d'âmes est peut-être prévu dans le code de loi dont Brigham et Rose sont les spécialistes, mais je ne pense pas qu'il figure dans le mien. Je vous conseille néanmoins de ficher le camp tant qu'il est temps.

— *Rendez-moi ma valise !* »

Alan se contenta de le fixer, s'efforçant de prendre un air incrédule et méprisant alors que son cœur battait la chamade dans sa poitrine. « Vous n'avez pas encore compris ? Ça ne vous saute pas aux yeux ? Vous avez *perdu* ! Auriez-vous oublié comment on fait, dans ces cas-là ? »

Gaunt regarda Alan pendant un instant qui s'éternisa, puis acquiesça. « Je savais bien qu'il valait mieux éviter d'avoir affaire à vous. » On aurait presque dit qu'il se parlait. « Je le savais très bien. D'accord, vous avez gagné. » Il entama un mouvement pour s'éloigner ; Alan se détendit légèrement. « Je vais aller... »

Il virevolta, aussi rapide qu'un serpent, si rapide, même, qu'Alan lui-même parut lent. Son visage avait de nouveau changé ; il avait perdu tout aspect humain. Il avait la tête d'un démon, maintenant, avec de grandes bajoues profondément entaillées et des yeux chassieux dans lesquels flamboyait un feu orange.

« *MAIS PAS SANS CE QUI M'APPARTIENT !* » hurla-t-il, bondissant vers la valise.

Quelque part — très près ou à mille kilomètres —, Polly cria : « Attention, Alan ! », mais il n'était plus temps de faire attention ; le démon était sur lui, dégageant un ignoble mélange d'odeurs, soufre et cuir carbonisé. Il était temps d'agir ou de mourir.

Alan passa la main droite sur l'intérieur de son poignet gauche, à la recherche de la minuscule boucle élastique qui dépassait du bracelet de sa montre. Quelque chose en lui prévoyait que ça ne marcherait jamais, que même un nouveau miracle de transmutation ne pourrait le sauver, cette fois, car le Tour de la Fleur Magique était usé jusqu'à la corde, il...

Son pouce s'engagea dans la boucle.

Le minuscule paquet jaillit du bracelet.

Alan lança les mains, dégageant la boucle pour la dernière fois.

« *ABRACADABRA, IMMONDE MENTEUR !!* » cria-t-il. Et ce qui fleurit alors entre ses mains ne fut pas le bouquet de papier multicolore mais une gerbe flamboyante qui éclaira tout le haut de Main Street d'un fabuleux chatoiement de couleurs changeantes. Puis il se rendit compte que ces couleurs qui jaillissaient de ses mains en une incroyable fontaine n'étaient en fait qu'une couleur, comme toutes les couleurs, diffractées par un prisme de verre ou un arc-en-ciel, ne sont qu'une couleur. Son bras subit une décharge d'énergie et il se sentit rempli d'une vaste et incompréhensible extase :

La blancheur ! La venue de la blancheur !

Gaunt poussa un hurlement de rage, de souffrance et de peur, mais ne recula pas. Alan avait peut-être raison : cela faisait tellement de temps qu'il n'avait pas perdu une partie qu'il avait oublié. Il tenta de plonger sous le bouquet de lumière qui chatoyait dans les mains du shérif et un instant, ses doigts effleurèrent même la poignée de la valise.

Soudain, un pied chaussé d'une pantoufle de femme fit son apparition ; celui de Polly. Elle le fit retomber sur la main de Gaunt. « Laissez ça tranquille ! » cria-t-elle.

Il leva les yeux vers elle, montrant les dents... et Alan projeta le rayonnement lumineux à sa figure. Leland Gaunt poussa un long hululement de souffrance et de peur avant de battre en retraite en crabe, des flammes bleues dansant dans les cheveux. Les longs doigts blancs firent un ultime effort pour s'emparer de la poignée, mais cette fois-ci ce fut Alan qui les piétina.

« Pour la dernière fois, je vous ordonne de ficher le camp », dit-il d'une voix dont il ne reconnut pas le timbre. Il était trop énergique, trop sûr de lui, trop débordant de puissance. Il comprit que s'il ne pouvait probablement pas détruire la chose accroupie devant lui, une main craintive protégeant son visage du spectre changeant de lumière, il pouvait au moins la chasser. Cette nuit, il en avait le pouvoir... s'il osait l'employer. S'il osait lui tenir tête et rester véridique. « Pour la dernière fois, je vous ordonne de ficher le camp !

— Elles mourront sans moi ! » gémit la chose gauntesque. Ses mains pendaient entre ses jambes ; les longues griffes par lesquelles elles se terminaient cliquetaient nerveusement au milieu des débris de la rue. « Elles mourront toutes, absolument toutes ! Comme des plantes sans eau, dans le désert. C'est ça, que vous voulez ? »

Polly était à côté d'Alan, pressée contre lui.

« Oui, répondit-elle froidement. Mieux vaut qu'elles meurent ici et maintenant, plutôt que d'aller avec vous et de vivre. Elles ont fait — nous avons tous fait — des choses affreuses, mais ce prix-là est trop élevé. »

La chose gauntesque siffla et secoua ses griffes dans leur direction.

Alan ramassa la valise et recula lentement dans la rue, Polly toujours à ses côtés. Il brandit la fontaine de fleurs de lumière qui projeta un prodigieux chatoiement sur Gaunt et la Tucker Talisman. Il respira, engloutissant plus d'air que son corps en avait jamais contenu, aurait-on dit ; et lorsqu'il parla, ce fut d'une voix tonnante et vaste qui ne lui appartenait pas. « *LOIN D'ICI, DÉMON ! TU ES BANNI DE CES LIEUX !* »

La chose gauntesque hurla, comme ébouillantée ; l'auvent vert du Bazar des Rêves prit feu et la vitrine fut soufflée vers l'intérieur dans une averse d'éclats de verre brillant comme des diamants. Des mains refermées d'Alan, des rayons éclatants, bleus, rouges, verts, orange et d'un violet profond partaient dans toutes les directions. Pendant un instant, il parut tenir une minuscule supernova en équilibre sur son poing.

La valise en peau de hyène s'ouvrit soudain avec un claquement écœurant et les voix emprisonnées et gémissantes s'échappèrent sous forme d'une vapeur qui fut non pas vue, mais ressentie par tous : Alan, Polly, Norris, Seaton.

Polly sentit le poison brûlant qui gagnait son épaule et sa poitrine disparaître.

La chaleur malsaine qui s'accumulait autour du cœur de Norris se dissipa.

Partout dans Castle Rock, les gens lâchaient leurs armes à feu et leurs bâtons ; ils se regardaient les uns les autres avec, dans les yeux, la stupéfaction hébétée de ceux qui se réveillent d'un cauchemar.

Et la pluie cessa.

17

Hurlant toujours, la chose qui se faisait appeler Leland Gaunt bondit à petits sauts en direction de la Tucker dont elle ouvrit la portière ; elle s'effondra derrière le volant. Le moteur se lança avec une sorte de gémissement, un bruit que jamais moteur fait de mains d'homme n'aurait produit. Le tuyau d'échappement vomit une longue langue incandescente. Les feux de position s'allumèrent ; loin d'être en plexiglas rouge, c'étaient de petits yeux méchants, les yeux d'un démon cruel.

Polly Chalmers ne put retenir un cri et se tourna contre la poitrine d'Alan. Alan, lui, ne pouvait détourner les yeux ; il était condamné à voir ce spectacle et à se souvenir toute sa vie de ce qu'il avait vu, de même qu'il se souviendrait des merveilles lumineuses de la nuit : le serpent de papier, devenu momentanément réel, les fleurs de papier métamorphosées en bouquet de lumière et en source de puissance.

Les trois phares s'allumèrent. La Tucker partit en marche arrière, transformant le macadam en goudron fumant sous ses roues. Les pneus hurlèrent lorsqu'elle vira à droite ; et alors qu'elle n'avait même pas effleuré le break d'Alan, celui-ci recula tout de même d'un mètre ou deux, comme repoussé par un puissant aimant. L'avant de la Tucker s'était mis à luire d'un rayonnement brumeux et le véhicule, à l'abri de ce nuage iridescent, paraissait changer et se transformer.

La voiture *hurla* et prit la direction du bas de Main Street, de la fournaise bouillonnante qui avait remplacé le bâtiment municipal, du fouillis de voitures et de fourgonnettes écrasées et renversées, de la rivière en furie que n'enjambait plus aucun pont. Le moteur tournait à un nombre de tours insensé, hurlements d'âmes frénétiques et discordantes, et la lueur brillante et brumeuse s'étendit vers l'arrière de la voiture, l'enveloppant bientôt complètement.

Pendant un bref instant, la chose gauntesque regarda Alan par la fenêtre en train de s'affaisser et de fondre, comme pour le marquer pour toujours de ses yeux rouges en forme de losange, de sa bouche étirée sur un ricanement béant.

Puis la Tucker se mit à rouler.

Elle prit de la vitesse dans la pente ; les transformations dont elle était l'objet s'accélérèrent aussi. La voiture commença à fondre, redisposa ses éléments. Le toit se rétracta, les enjoliveurs brillants se couvrirent de rayons, les pneus devinrent à la fois plus grands et plus fins. Une forme s'extrayait des restes de la calandre de la Tucker ; c'était un cheval noir aux yeux aussi rouges que ceux de Gaunt, un cheval enveloppé d'un suaire à l'éclat laiteux, un cheval dont les sabots faisaient jaillir des étincelles de feu et laissaient de profondes empreintes fumantes au milieu de la rue.

La Talisman s'était métamorphosée en un chariot ouvert, un nain bossu assis haut sur le siège du conducteur. Il appuyait ses bottes sur le garde-boue et la pointe recourbée de ces bottes paraissait être en feu.

Mais la transformation n'était pas achevée. Pendant que le chariot se précipitait vers le bas de la rue dans son nuage chatoyant, ses flancs se mirent à croître ; un toit de bois complété de gouttières se tricota à partir du suaire protéen et nourricier. Une fenêtre apparut. Les rayons des roues se parèrent d'éclairs colorés fantomatiques lorsque les roues, de même que les sabots du cheval noir, quittèrent le macadam.

La Talisman s'était transformée en chariot ; le chariot était maintenant identique à ceux des médecins itinérants qui avaient sillonné le pays, un siècle auparavant. Quelque chose était écrit sur le côté ; Alan eut tout juste le temps de le lire :

CAVEAT EMPTOR

A cinq mètres en l'air et s'élevant toujours, le chariot passa à travers les flammes qui montaient des ruines du bâtiment municipal. Les sabots du cheval noir galopaient sur une route céleste invisible, arrachant toujours des étincelles d'un bleu ou d'un orange éclatants. L'attelage franchit la rivière de Castle comme un flamboiement dans le ciel ; il passa au-dessus du pont qui gisait dans le torrent, semblable au squelette d'un dinosaure.

Puis un nuage de fumée de la carcasse en flammes du bâtiment municipal se déporta au-dessus de la rue ;

lorsqu'il se dissipa, Leland Gaunt et son chariot infernal avaient disparu.

18

Alan raccompagna Polly jusqu'à la voiture dans laquelle étaient arrivés Norris et Seaton. Norris, assis sur la fenêtre, s'accrochait toujours à la barre des gyrophares ; il était trop faible pour descendre seul.

Alan glissa un bras autour de sa taille (Norris, taillé comme un piquet, n'était pas bien gros) et l'aida à retrouver le sol.

« Norris ?

— Oui ? » L'adjoint pleurait.

« A partir de maintenant, tu pourras te changer dans les chiottes tant que tu voudras. D'accord ? »

Norris paraissait ne pas avoir entendu.

Alan s'était rendu compte que la chemise de son premier adjoint était trempée de sang. « As-tu été gravement touché ?

— Pas trop, je crois. Il me semble pas, en tout cas. Mais ça... ! (Il eut un geste circulaire de la main, englobant toute la ville.) Tout ça, c'est ma faute. Ma faute !

— Certainement pas, intervint Polly.

— Vous ne comprenez pas ! dit Norris, le visage torturé par le chagrin et la honte. C'est moi qui ai crevé les pneus de Hugh Priest ! C'est moi qui l'ai provoqué !

— Oui, c'est vous qui les avez crevés, sans doute. Il faudra vivre avec ça. Moi, c'est Ace Merrill que j'ai lancé et je vais devoir supporter cette idée toute ma vie. » Elle eut un geste vers les baptistes et les catholiques en train de se disperser sans être inquiétés par les quelques flics encore valides et qui les regardaient, hébétés. Certains des ex-croisés marchaient seuls ; d'autres avançaient ensemble. Apparemment, le père Brigham soutenait le révérend Rose et Nan Roberts avait passé un bras autour de la taille de Payton. « Mais qui les a provoqués, eux ? Qui a mis le feu aux poudres, Norris ? Wilma ? Nettie ? Et tous les autres ? Laissez-moi vous dire que si vous avez fait ça tout seul, c'est que vous êtes un vrai bourreau de travail ! »

Norris éclata en sanglots bruyants et éplorés. « Je suis tellement désolé !

— Moi aussi, observa calmement Polly. J'en ai le cœur brisé. »

Alan serra brièvement Norris et Polly contre lui, puis se pencha à la portière du véhicule de patrouille, côté passager. « Et toi, vieille noix, comment ça va ? demanda-t-il à Seaton Thomas.

— Tout à fait ragaillardi. » En réalité, il avait surtout l'air surexcité ; confus, mais surexcité. « A côté de moi, vous paraissez complètement dans les vapes.

— Je crois qu'il faudrait conduire Norris à l'hôpital, Seat. Si tu as la place, tu pourrais tous nous conduire.

— Et comment ! Montez ! Quel hôpital ?

— Northern Cumberland. Il y a là-bas un petit garçon que j'aimerais bien voir. Je voudrais être sûr que son père l'a retrouvé.

— Dis donc, Alan, est-ce que j'ai bien vu ce que je crois avoir vu ? Est-ce que la bagnole de ce type s'est transformée en chariot pour s'envoler dans le ciel ?

— Je ne sais pas, Seat. Et je vais te dire ce que j'en pense en toute honnêteté : je préfère ne jamais le savoir. »

Henry Payon venait de les rejoindre ; il toucha Alan à l'épaule. Il était plongé dans un état de choc qui lui faisait un regard étrange et présentait l'aspect d'un homme qui ne va pas tarder à bouleverser sa conception des choses ou sa manière de vivre, sinon les deux. « Qu'est-ce qui s'est passé, Alan ? Qu'est-ce qui s'est passé dans votre foutu patelin ? »

C'est Polly qui répondit.

« Il y a eu une vente de liquidation. La plus formidable liquidation qu'on puisse imaginer... mais à la fin, certains ont décidé de ne pas acheter. »

Alan ouvrit la portière et aida Norris à s'installer sur le siège avant. Puis il posa une main sur l'épaule de Polly. « Allez, on y va, maintenant. Norris a mal, et il a perdu beaucoup de sang.

— Hé ! s'exclama Henry. J'ai pas mal de questions à...
— Gardez-les au frais. » Alan s'assit à côté de Polly et referma la portière. « On en parlera demain, mais pour le moment je ne suis pas en service. En fait, je crois que je suis définitivement hors de service, dans *ce* patelin. Soyez déjà content que tout soit terminé. Quoi que ce soit, c'est terminé.
— Mais... »
Alan se pencha en avant et tapota l'épaule osseuse de Seat. « Fouette, cocher ! Et n'épargne pas les chevaux. »
Seat démarra en direction du nord ; la berline tourna à gauche à la fourche et commença à grimper les hauteurs de Castle View. Au sommet de la colline, Alan et Polly se retournèrent spontanément pour regarder la ville, où l'on voyait encore flamboyer des incendies couleur de rubis. Alan ressentait de la tristesse, un sentiment de perte et un chagrin étrangement hypocrite.
Ma ville. C'était ma ville. Mais plus maintenant. Plus jamais.
Ils se retournèrent ensemble et se regardèrent.
« Tu ne le sauras jamais, dit-elle doucement. Ce qui est réellement arrivé ce jour-là à Annie et à Todd... non, tu ne le sauras jamais.
— Et je ne veux plus le savoir », conclut Alan Pangborn. Il l'embrassa délicatement sur la joue. « Ce sont des choses qui appartiennent aux ténèbres. Que les ténèbres les emportent. »
Le sommet franchi, ils empruntèrent la route 119 et Castle Rock disparut à leur vue. Les ténèbres l'avaient engloutie, aussi.

VOUS ÊTES DÉJÀ VENU ICI...

Bien sûr. Je n'oublie jamais un visage.

Venez un peu par ici, qu'on se serre la main ! Je vais vous dire quelque chose : je vous ai reconnu à votre démarche, avant même d'avoir bien vu votre tête. Vous n'auriez pas pu choisir un meilleur jour pour revenir à Junction City, la plus jolie petite ville de l'Iowa — au moins de ce côté-ci de l'Ames. Allez-y, vous pouvez rire, c'était pour plaisanter.

Voulez-vous vous asseoir une minute ? Tenez, là, sur ce banc à côté du monument aux morts, on sera très bien. Le soleil est bon et, d'ici, on peut voir presque tout le centre ville. Faites attention aux échardes, c'est tout. Ce banc est ici depuis l'époque où Hector était à la mamelle. Tenez, regardez donc par là — non, un peu à droite. Le bâtiment dont les vitres ont été passées au blanc. C'était le bureau de Sam Peebles ; il s'occupait d'immobilier et s'en sortait sacrément bien. Puis il a épousé Naomi Higgins, une fille de Proverbia, et ils sont partis quelque part comme font presque tous les jeunes, de nos jours.

Ça fait un an que son local est vide — l'économie a pas marché fort, depuis cette affaire au Moyen-Orient — mais finalement quelqu'un l'a repris. Je peux vous dire aussi que les langues ont bougrement marché, mais vous savez comment c'est ; dans un patelin comme Junction City, où les choses ne changent guère d'une année sur l'autre, l'ouverture d'un magasin est un événement. Ça ne devrait pas tarder, d'ailleurs ; les derniers ouvriers ont plié bagage vendredi dernier. A mon avis...

Qui ?

Oh, elle ! C'est Irma Skillins. Elle était la directrice de l'école secondaire de Junction City ; la première femme à l'être dans cette partie de l'Etat, d'après ce que j'ai entendu dire. Elle a pris sa retraite il y a deux ans et m'est avis qu'elle a pris sa retraite de tout — Eastern Star, Filles de la Révolution américaine, l'Association de Bridge de Junction City ; paraît même qu'elle ne chante plus dans le chœur. Sans doute à cause de ses rhumatismes, qui lui font fichtrement mal, à présent. Vous voyez comme elle s'appuie sur sa canne ? Quand on est comme ça, j'imagine qu'on ferait à peu près n'importe quoi pour un peu de soulagement.

Regardez-moi ça, comme elle lorgne sur la vitrine du nouveau magasin ! Mais au fond, pourquoi pas ? Elle est peut-être vieille, mais elle est pas morte et elle peut tenir le coup encore un moment. Et vous connaissez le proverbe : c'est la curiosité qui a tué le chat, mais c'est la satisfaction qu'il l'a fait revenir.

Si je peux lire le panneau ? Cette bonne blague ! Je me suis fait faire des lunettes il y a deux ans, mais c'est juste pour regarder de près ; de loin je vois aussi bien qu'à vingt ans. OUVERTURE PROCHAINEMENT, y a écrit. Et en dessous : PRIÈRES EXAUCÉES, UN NOUVEAU GENRE DE MAGASIN. Et encore plus bas — attendez une minute, c'est écrit petit — *Vous n'en croirez pas vos yeux !* Moi, je crois que si. C'est dans l'Ecclésiaste qu'il est dit qu'il n'y a rien de nouveau sous le soleil, et je m'en tiens à ça. Mais Irma reviendra. Ne serait-ce que pour profiter du spectacle, au-dessous de cet auvent d'un beau rouge vif qu'il a mis devant l'ancien bureau de Sam Peebles !

J'irai peut-être y jeter un coup d'œil, moi aussi. Je suppose que tout le monde en ville en fera autant, tant que tout n'aura pas été dit.

Curieux nom pour un magasin, non? Prières Exaucées... On se demande ce qu'on peut bien y vendre.

Que voulez-vous, avec un nom pareil, ça pourrait être n'importe quoi.

Vraiment n'importe quoi.

24 octobre 1988
28 janvier 1991

3818

Composition Interligne B-Liège
Achevé d'imprimer en Europe (France)
par Maury-Eurolivres - 45300 Manchecourt
le 19 décembre 2003.
Dépôt légal décembre 2003. ISBN 2-290-32115-X
1er dépôt légal dans la collection : septembre 1994

Éditions J'ai lu
84, rue de Grenelle, 75007 Paris
Diffusion France et étranger : Flammarion